HEYNE
JUBILÄUMS
REIHE

In derselben Reihe erschienen außerdem als Heyne-Taschenbücher:

Österreichische Erzähler · Band 50/82
Frauenkrimis · Band 50/90
Hinter dem Schleier · Band 50/94
1000 neue Witze zum Totlachen · Band 50/95
Glücklich und zufrieden · Band 50/98
Psycho · Band 50/101
König Artus · Band 50/106
Lachen ist ansteckend · Band 50/107
Shadorun · Band 50/109
Bitte lächeln · Band 50/113
U-Boot · Band 50/114
Notfall · Band 50/119
Star Trek spezial · Band 50/121
Zärtliches Feuer · Band 50/122
Thriller · Band 50/123
Liebe und Macht · Band 50/124
Macht der Leidenschaft · Band 50/127
Nichts als die Wahrheit · Band 50/128
Rache ist Weiblich · Band 50/129
Akte X · Band 50/130
Männer · Band 50/132
Liebe für ein ganzes Leben · Band 50/133
Mord am Golden Gate · Band 50/134
Herzerfrischend heiter · Band 50/135
Der Fluch · Band 50/136
Liebe · Band 50/137
Erotik · Band 50/138
Schlesinger, Blöde Männer · Band 50/139
Hochspannung · Band 50/140
Zauber der Leidenschaft · Band 50/141

HEYNE
JUBILÄUMS
REIHE

Fantasy

Zwei ungekürzte Romane

WILHELM HEYNE VERLAG
MÜNCHEN

HEYNE JUBILÄUMSBÄNDE
Nr. 50/147

QUELLENNACHWEIS

R. A. Salvatore DAS JOCH DER ZYKLOPEN/
The Sword Of Bedwyr

Aus dem Amerikanischen von Michael Windgassen
(Der Titel erschien bereits in der Reihe
»Heyne Science Fiction & Fantasy« mit der Band-Nr. 06/5953.)

Fritz Leiber SCHWERTER UND TEUFELEI/ Swords And Deviltry

Aus dem Amerikanischen von Thomas Schlück
(Der Titel erschien bereits in der Reihe
»Heyne Science Fiction & Fantasy« mit der Band-Nr. 06/3307.)

Umwelthinweis:
Das Buch wurde auf chlor- und säurefreiem Papier gedruckt.

Printed in Germany 1999
Umschlagillustration: Steve Crisp/Agentur Luserke
Umschlaggestaltung: Atelier Ingrid Schütz, München
Satz: Buch-Werkstatt GmbH, Bad Aibling
Druck und Bindung: Elsnerdruck, Berlin

ISBN 3-453-14822-3

http://www.heyne.de

R. A. SALVATORE

DAS JOCH DER ZYKLOPEN

Prolog

Das sind die Inseln von Avonsee: schroffe Bergspitzen und sanfte Hügel, milde Regenschauer und tobende Winde, die von den Gletschern über die Dorsal-See herbeifegen. Da ist das stille Baranduine, das fruchtbare Regenbogenland, bewohnt von einfachen Leuten und Zauberwesen. Da sind die Fünf Wächter, die Windbrecher: kahle Bergriesen, weidende Schafe und bunte Flechtengewächse, die unheimlich leuchten, wenn die Sonne untergeht. Mögen sich alle Seefahrer hüten vor den Felsenriffen der Meerenge.

Da ist Prätoria, hochzivilisiert und dichtbesiedelt; hier blüht der Handel mit dem Festland, und das Land ist von Städten übersät.

Und da ist das wilde Eriador, ein Land der Kriege, dessen Bewohner mit Schwert und Pflug gleichermaßen vertraut sind, ein Land der Clans mit engen Blutbanden; wer gegen einen aus ihren Reihen kämpft, nimmt es gleich mit der ganzen Sippe auf.

Eriador, ungebändigt, wo die Wolken tief über geschwungene, üppig bewachsene Hügel hinwegziehen, getrieben von heftigen Winden, die selbst zur Hochsommerzeit bitterkalt sind. Wo auf geheimen Hügelkuppen Elfen tanzen und Zwerge Waffen schmieden, die unweigerlich binnen eines Jahres vom Blut des Feindes benetzt sind.

Lang sind die Geschichten über die barbarischen Horden, die Huegoths, bei allen wohlbekannt und von nachhaltigem Einfluß. Doch noch nie haben die Huegoths das Land in Besitz nehmen, das Volk von Eriador unterwerfen können. Es heißt, daß sich beide Seiten niemals etwas schuldig geblieben sind, daß jedes Opfer gerächt wurde, Auge um Auge, Zahn um Zahn.

Aus den Schluchten des Eisernen Kreuzes stiegen die Zyklopen herab, einäugige Monstren, wild und unbarmherzig. Sie zogen über das Land, brandschatzten, plünderten und mordeten alle, die ihrer Wut nicht entkommen konnten. Da erhob sich ein Mann mit dem Namen Bruce MacDonald; er stiftete Einheit unter den Clans von Eriador, führte Männer und Frauen zusammen und gab dem Krieg die entscheidende Wende. Und als die Gebiete im Westen befreit waren, soll, so heißt es, Bruce MacDonald mit dem Schwert eine Schneise geschlagen haben durch die nördlichen Ausläufer des Eisernen Kreuzes, um mit seinen Streitkräften hinauszustürmen nach Osten und die Zyklopen zu vernichten.

Das war vor sechshundert Jahren.

Aus Gascony, dem großen Königreich im Süden der Inselgruppe, kamen mächtige Soldatentruppen übers Meer. Und so wurde Avon, das einstige Elkinador, befriedet und ›zivilisiert‹. Doch es gelang den Gasconen nie, Eriador, den Norden der Insel, zu bezwingen. Eine der gasconischen Flotten fiel der wilden Dorsal-See zum Opfer, die mit ihren hohen Wellen die Schiffe zu Treibholz zerschmetterte; große Wale zerstörten eine zweite Flotte. »Bruce MacDonald!« so tönte der Schlachtruf, als sich das Volk von Eriador in Erinnerung an den Helden von einst um jeden Fleck des kostbaren Landes zur Wehr setzte. So entschlossen war sein Widerstand, daß die Gasconen abzogen und eine Mauer bauten, die den unbeugsamen Norden vom Rest des Landes abtrennte.

Weil der Widerstand Eriadors andauerte und auch im Süden immer wieder Kämpfe ausbrachen, verloren die Gasconen schließlich ihr Interesse an den Inseln und zogen ab. Zurück blieben ihre Sprache, Religion und Sitten, die sie unter den Menschen von Avon verbreitet hatten. Nicht so in Eriador, dem unbezähmbaren Land, wo eine Religion gepflegt wird, die älter ist als Gascony, und wo Treue so kostbar ist wie Blut.

Das war vor dreihundert Jahren.

Im Avonschen Carlisle am River Stratton gelangte ein Hexerkönig an die Macht, der danach trachtete, die ganze Inselgruppe unter seine Kontrolle zu zwingen. Sein Name war Grünspatz. Er verfolgte seine Ziele mit allen Mitteln und schloß deshalb einen unheilvollen Pakt mit Cresis, dem Befehlshaber über die Zyklopen. Ihn ernannte er zu seinem ersten Herzog und gewann die kriegerischen Einaugen für seine Streitkräfte. Innerhalb von nur zwei Wochen eroberte Grünspatz ganz Avon; er unterdrückte jeden Widerstand und richtete dann seinen Blick auf Eriador. Doch auch seinem Heer erging es nicht anders als den Barbaren, den Zyklopen und Gasconen.

Schließlich machte sich über Eriador eine Dunkelheit breit, die weder Schwert noch Kampfesmut zu vertreiben vermochte: die schwarze Pest, von der hinter vorgehaltener Hand behauptet wurde, daß sie durch böse Zauberkräfte heraufbeschworen worden sei. Avon blieb verschont, doch im freien Eriador, auf dem Festland wie auf den vorgelagerten Inseln, grassierte sie um so schlimmer. Ihr erlagen zwei Drittel der Bevölkerung, und von den wenigen, die überlebten, waren viele zu geschwächt, um kämpfen zu können.

Und so dehnte Grünspatz seine Herrschaft auch auf die Gebiete im Norden des Eisernen Kreuzes aus. Er ernannte einen achten Herzog, der Montfort regieren sollte, jene Bergwerksstadt, die früher zu Ehren des Einheitsstifters Caer MacDonald genannt worden war.

Für Eriador brachen düstere Zeiten an; die Elfen zogen sich zurück, die Zwerge wurden versklavt.

Das war vor zwanzig Jahren. Das war, als Luthien Bedwyr zur Welt kam.

Und dies ist seine Geschichte.

1. Kapitel

Ethans Zweifel

Ethan Bedwyr, der älteste Sohn des Grafen von Bedwydrin, stand auf dem Balkon des väterlichen Hauses in Dun Varna und schaute hinaus auf ein zweimastiges Schiff mit schwarzem Segel, das langsam in den Hafen glitt. Der stolze Mann zog die Stirn kraus, noch ehe die Flagge zu erkennen war – jenes Emblem aus überkreuz geschlagenen, offenen Handflächen über einem blutunterlaufenen Auge. Denn er wußte: Nur die Schiffe des Königs oder die der Barbaren aus dem Nordosten wagten es, durch die dunklen und kalten Gewässer der Dorsal-See zu fahren, so benannt nach den schwarzflossigen, fleischfressenden Walen, die in räuberischen Rudeln umherzogen. Und er wußte auch, daß die Barbaren niemals ohne Geleitschutz segelten.

Bald kam eine zweite Standarte in Sicht – ein starker Arm, im Ellbogen eingewinkelt und in der Faust eine Grubenhacke gepackt.

»Besucher?« fragte jemand aus dem Hintergrund.

Ethan erkannte die Stimme seines Vaters, und ohne sich umzudrehen, antwortete er mit unverhohlenem Abscheu: »Ausgeflaggt mit dem Wimpel des Herzogs von Montfort.«

Gahris Bedwyr trat neben den Sohn ans Balkongeländer. Ethan warf ihm einen Blick zu und erschrak. Die Erscheinung des Alten war unverändert stattlich und stolz. Im Licht der aufgehenden Sonne leuchteten seine zimtbraunen Augen, der Wind vom Meer fuhr durch sein silberweißes Haar. Das Gesicht war faltig und gebräunt, gegerbt von der Sonne und zahllosen Stunden der Fischerei auf gefährlicher See. Gahris war nicht kleiner als Ethan, und der überragte die meisten Männer der Insel Bedwydrin, die wiederum im Durchschnitt größer waren als die männlichen Bewohner der Nachbarinseln. Nach wie vor waren seine Schultern breit, die Arme kräftig dank unermüdlicher Arbeit in der Jugend.

Als aber die schwarzen Segel auf die Docks zutrieben und die Zyklopen mit heiserem Gebrüll die Männer am Kai zur unterwürfigen Aktion antrieben, strafte Gahris' Blick seine stolze Erscheinung Lügen.

Ethan wandte sich von ihm ab und schaute zurück auf den Hafen; es schmerzte ihn zu sehen, wie sehr der Mut des Vaters gebrochen war.

»Ich glaube, da kommt der Cousin des Herzogs«, bemerkte Gahris. »Es war zu hören, daß er Urlaub macht und die nördlichen Inseln bereist. Tja, wir müssen zusehen, daß er sich gut amüsiert.« Gahris machte sich auf den Weg zurück ins Haus, blieb aber noch einmal stehen. »Wirst du zur Unterhaltung des Gastes in der Arena kämpfen?« fragte Gahris, obwohl er wußte, wie Ethan antworten würde.

»Nur, wenn er sich mir selbst als Gegner stellt«, antwortete der Sohn allen Ernstes. »Und wenn der Tod über Sieg oder Niederlage entscheidet.«

»Du mußt zu akzeptieren lernen, was ist«, ermahnte ihn der Vater.

Ethan bedachte ihn mit zornigem Blick, einem Blick, mit dem auch Gahris vor einem Vierteljahrhundert noch geantwortet hätte, bevor das unabhängige Eriador unter die brutale Herrschaft des Königs von Avon gefallen war. Gahris zögerte einen Moment lang und rief sich in Erinnerung, wieviel für ihn und sein Volk auf dem Spiel stand. Den Bedwydrinern und auch den

Bewohnern der Nachbarinseln ging es nicht schlecht, denn Grünspatz war hauptsächlich mit den Problemen in Avon beschäftigt, dem Land südlich jenes Gebirgszugs, der das Eiserne Kreuz genannt wurde. Und auch Morkney, der Herzog von Montfort, der das Volk auf dem eriadorischen Festland unter seine eiserne Knute zwang, ließ die Insulaner weitestgehend unbehelligt, solange sie ihre Abgaben pünktlich entrichteten und seinen Vertretern mit Respekt begegneten, wenn diese die Inseln besuchten.

»Wir dürfen mit unserem Leben zufrieden sein«, sagte Gahris in der Absicht, den Zorn des stolzen Sohnes zu besänftigen, denn er fürchtete, daß Ethan dem Cousin des Herzogs offen entgegentreten könnte, vor Hunderten von Zeugen und trotz der zahlreichen Prätorianer.

»Zufrieden mag nur sein, wer sich der Knechtschaft beugt«, knurrte Ethan und machte aus seiner Wut kein Hehl.

»Du bist von vorgestern«, murmelte Gahris, und damit rechnete er den Sohn jenen Kräften zu, die ihren Sinn in die Vergangenheit richteten auf die erbitterten Unabhängigkeitskriege, da sich Bedwydrin gegen jeden Versuch der Fremdherrschaft erhoben hatte. Die Geschichte der Insel war eine fast ununterbrochene Folge von Kämpfen, Kämpfe gegen räuberische Barbaren, zyklopische Horden und selbstherrliche Könige, die immer wieder darauf gedrungen hatten, sämtliche Inseln mit Waffengewalt zu vereinen; Kämpfe auch gegen die mächtige gasconische Flotte, die das große Königreich im Süden ausgeschickt hatte, um die Völker im Norden zu unterwerfen. So war auch Avon einst in dessen Hände gefallen, doch die Krieger von Eriador hatten den Eroberern so sehr zugesetzt, daß diese eine Mauer errichteten, um sich gegen die Provinz im Norden, das Land der Unbezähmbaren, abzuschotten. Seit alters her waren die Bedwydriner stolz darauf, daß kein gasconischer Soldat je ihre Insel betreten und lebend wieder verlassen hatte.

Doch längst waren andere Zeiten angebrochen, und Gahris hatte sich den Veränderungen fügen müssen.

»Ich bin ein Bedwydriner«, antwortete Ethan wie zur Erklärung seines Trotzes.

»Immer ein hochtrabender Rebell«, schalt ihn der Vater. »Ohne Rücksicht auf die Folgen. Dein Stolz macht dich blind!«

»Mein Stolz zeichnet mich aus als Sohn dieser Insel«, entgegnete Ethan, und seine zimtfarbenen Augen, das Erkennungsmerkmal des Clans, blitzten gefährlich auf in der Morgensonne.

Gahris wußte sich vor diesem Blick in acht zu nehmen und lenkte ein. »Nur gut, daß dein Bruder bereit ist, unsere Gäste zu unterhalten«, sagte der Alte ruhig und ging davon.

Ethan blickte auf den Hafen hinunter. Das Schiff hatte angelegt. Zyklopen sprangen von Bord, um die Seile festzumachen. Mit roher Gewalt stießen sie jeden zur Seite, der ihnen im Weg stand oder zu nahe kam. Sie trugen nicht die schwarz-silbernen Uniformen der prätorianischen Garde; es waren einfache Wachen, wie sie ein jeder Edelmann als Begleitschutz mit sich führte. Selbst Gahris hatte zwei Dutzend davon; sie waren ihm vom Herzog von Montfort geschenkt worden.

Verächtlich wandte sich Ethan von der Hafenszene ab und blickte hinüber auf den Übungsplatz, der linkerhand unterhalb des Balkons lag. Dort würde, wie er wußte, Luthien zu finden sein, sein einziger und um fünfzehn Jahre jüngerer Bruder, der jede freie Minute nutzte, um sich im Schwertkampf und Bogenschießen zu üben. Er war der Stolz und die Freude seines Vaters, und sogar Ethan mußte zugeben, daß es landein, landaus keinen zweiten gab, der so zu kämpfen verstand wie Luthien.

Das lange, wellige Haar hatte einen rötlichen Schimmer. Selbst von weitem gab der junge Mann ein beeindruckendes Bild ab. Er war um zwei Zoll größer als sechs Fuß, hatte eine breite Brust, muskelstrotzende Arme und goldbraune Haut, die Zeugnis davon ablegte, daß er sich fast ausschließlich unter freiem Himmel aufhielt.

Ethan beobachtete, wie Luthien geschickt und mit Leichtigkeit seine Trainingsgegner bezwang, die ihn von zwei Seiten gleichzeitig zu attackieren versuchten.

Eine Gruppe von Kämpfern am Rand des Übungsfeldes zollte jubelnd Beifall, den Luthien mit tiefer Verbeugung entgegennahm.

Ja, dachte Ethan voller Groll; Luthien wird die »Gäste« gewiß zu unterhalten wissen. Der Gedanke stieß dem stolzen Mann bitter auf. Einen Vorwurf konnte er dem Bruder allerdings nicht machen. Luthien war noch jung und naiv. Er hatte mit seinen zwanzig Jahren noch nicht erfahren können, was wahre Freiheit bedeutet, und wußte nichts von der einstigen Größe, die sein Vater eingebüßt hatte, als Hexerkönig Grünspatz an die Macht gekommen war.

Da trat Gahris auf den Übungsplatz hinaus und winkte Luthien zu sich. Lächelnd nickte er in Richtung Hafen. Luthien antwortete mit breitem Schmunzeln, eilte unverzüglich los und rieb sich unterwegs den Oberkörper mit einem Handtuch trocken. Gefällig wie immer.

»Du tust mir leid, lieber Bruder«, flüsterte Ethan ohne jede Ironie, denn er wußte, daß sich Luthien eines Tages der Wahrheit über sein Land würde stellen müssen und den Vater in seinem Kleinmut durchschauen.

Ein Ruf lenkte Ethans Aufmerksamkeit zurück zur Anlegestelle, und er sah, wie ein Zyklop einen einheimischen Fischer zu Boden stieß. Zwei weitere Zyklopen kamen hinzu, und zu dritt schlugen und traten sie auf den Mann ein, bis es diesem schließlich gelang, auf allen vieren davonzulaufen. Lauthals lachend kehrten die Monstren an die Hafenmauer zurück, um das Schiff festzutäuen.

Ethan hatte genug gesehen. Außer sich vor Wut wirbelte er herum; es hätte nicht viel gefehlt und er wäre mit zwei Wachen zusammengeprallt, die im Dienst seines Vaters standen.

»Erbe von Bedwyr«, grüßte der eine Zyklop, grinste breit und zeigte gelbe Zähne.

Ethan registrierte wohl den respektlosen Tonfall in der Stimme des Monstrums. Die Anrede, obgleich sie der gebotenen Form entsprach, klang hohl aus dem Mund eines Zyklopen, der letztlich nur dem König von Avon und dessen Hexerherzögen gehorchte. Ethan wußte wie jeder andere auch: Diese vom Herzog von Montfort ›geschenkten‹ Wachen waren nichts weiter als Spione. Doch auf Bedwydrin wagte es keiner, dieses offene Geheimnis beim Namen zu nennen.

»Was habt ihr in den Privatgemächern meiner Familie zu suchen?« herrschte Ethan die beiden an.

»Wir sind gekommen, um Euch davon zu unterrichten, daß der Cousin des Herzogs von Montfort angekommen ist«, entgegnete der eine.

Ethan musterte das häßliche Wesen mit starrem Blick. Zyklopen waren zwar kleiner als die meisten männlichen Vertreter der Menschen, aber sehr viel stämmiger gebaut, und selbst die kleinsten unter ihnen wogen an die zweihundert Pfund; die größeren brachten bis zu dreihundert Pfund auf die Waage. Der Ansatz des dichten, drahtigen Haars reichte tief in die fliehende Stirn, die sich zu einem knochigen Wulst mit buschiger Braue aufwarf, unter der das eine, stets blutunterlaufene Auge hervorstach. Die Nase war flach und breit; die Lippen traten kaum in Erscheinung. Statt dessen zeigten sich ständig diese tierischen, gelben Zähne. Von einem Kinn konnte bei einem Zyklopen nicht die Rede sein.

»Wir wissen Bescheid«, entgegnete Ethan mit grimmiger, fast bedrohlicher Stimme. Die beiden Zyklopen sahen einander an und kicherten; doch das Grinsen verschwand von ihren Gesichtern, als sie auf Ethan zurückblickten und bemerkten, daß dessen Hand zum Schwert langte. Zwei junge Burschen, menschliche Diener der Familie, kamen zufällig hinzu, nahmen aber kaum Notiz von dem, was hier vor sich ging.

»Seltsam, daß Ihr ein Schwert tragt in Euren Privatgemächern«, sagte einer der Zyklopen.

»Dazu zwingt die Vorsicht vor stinkenden Einaugen«, erwiderte Ethan laut und deutlich, ermutigt durch die Anwesenheit der zwei menschlichen Zeugen. »Und ich will kein Wort mehr von euch hören«, forderte er. »Euer Atem widert mich an.«

Die beiden Wachen schäumten vor Wut, hielten aber an sich. Immerhin war Ethan der Sohn des Grafen, und ihm hatten sie, die Zyklopen, zumindest dem Anschein nach Folge zu leisten. Sie wandten sich ab und stampften davon.

Auch die Jungen suchten das Weite, aber Ethan sah, daß sie übers ganze Gesicht grinsten. Das ist die Jugend von Bedwydrin, dachte er; die Jugend eines stolzen Volkes. Und er schöpfte Hoffnung daraus, daß die beiden ihr sichtliches Vergnügen daran hatten, wie er mit den häßlichen Zyklopen umsprang.

Doch sofort kam die Ernüchterung, als sich Ethan klarmachte, daß er dem Vater wieder einmal Grund gegeben hatte, ihn zu schelten.

2. KAPITEL

Zwei Edelmänner und deren Damen

Ein zyklopischer Soldat, gerüstet mit einem Schild, auf dem das Wappen von Montfort – gebeugter Arm und Grubenhacke – prangte, betrat die Empfangshalle im Haus von Gahris Bedwyr. Es war ein großer, rechtwinkliger Raum, ausgestattet mit einigen bequemen Sesseln und einer riesigen Feuerstelle.

»Vicomte Aubrey«, ließ der einäugige Herald verlauten, »Cousin des Herzogs Morkney von Montfort, sechster von achten und viertrangig in der Folge von …« Und so ging es für etliche Minuten lang weiter; der Zyklop zählte jedes noch so unwichtige Detail aus der Abstammung des Vicomtes auf, jedes Heldenstück, jeden Gnadenakt und jede Ruhmestat (die, und war sie noch so übertrieben dargestellt, einen Mann wie Gahris kaum beeindrucken konnte, hatte der doch mit seinen über sechzig Jahren im wilden Land von Bedwydrin schon so manche schwere Prüfung zu bestehen gehabt).

Im stillen dachte der Inselgraf: soso, ein Vicomte; in Eriador scheint jeder vierte Mann diesen Titel zu führen, diesen oder den eines Baron.

»Und sein Gefährte, Baron Wilmon«, fuhr der Zyklop fort, und Gahris seufzte tief in Reaktion auf diese nicht ganz unerwartete Erklärung, die sich wie eine Bestätigung seines Gedankens ausmachte. Glücklicherweise war Wilmons Vorstellung nicht gar so lang wie die von Aubrey. Und auf seine weibliche Begleitung ging der Zyklop nur mit den Worten ein: »die Damen Elenia und Avonese.«

»Ellen und Avon«, murmelte Gahris leise vor sich hin, denn er wußte um das anmaßende Gehabe, das sich unter den sonst eher nüchternen Menschen auf den Inseln breitgemacht hatte.

Herein marschierten der Vicomte und sein Gefolge. Aubrey war aufs vortrefflichste gekleidet, ein Mann Mitte Vierzig mit graumeliertem Haar. Wilmon, wohl an die zwanzig Jahre jünger, hatte sich geckenhaft herausgeputzt. Beide waren bewaffnet mit Schwert und Dolch, doch beim Händeschütteln bemerkte Gahris, daß diese weichen, schlaffen Pfoten wohl kaum imstande sein würden, ein schweres Schwert zu schwingen. Die Damen machten auf den Grafen einen geradezu lächerlichen Eindruck. Übermäßig dick aufgetragen waren Kosmetik und Parfüm, über den voluminösen Polsterungen drohten die engen, seidenen Kleider zu platzen, und eine Überfülle von Geschmeide klapperte mit jeder Bewegung, die sie in aufreizender Absicht taten. Avonese zählte an die fünfzig Jahre, und kein einziges Jahr ließ sich trotz Farbe und Puder verhehlen. Obwohl sie es darauf anlegte – oh, wie sehr sie es versuchte, dachte Gahris fast mitleidig.

»Vicomte Aubrey«, sagte er höflich und lächelte. »Es ist mir eine Ehre, Euch als meinen Gast begrüßen zu dürfen, Euch, der Ihr das Vertrauen des hochgeschätzten Herzogs besitzt.«

»So ist es«, antwortete Aubrey gelangweilt.

»Darf ich erfahren, was Euch so hoch in den Norden führt?«

»Nein.« Weiter kam der Vicomte nicht, denn Avonese schlüpfte unter seinem Arm hinweg und ergriff Gahris' Hand.

»Wir machen eine Urlaubsreise«, lallte sie, und dem Grafen schlug eine Weinfahne entgegen.

»Zuletzt waren wir auf der Insel Marvis«, erklärte Elenia. »Uns wurde gesagt, daß die Banketts, die der Graf von Marvis auszurichten versteht, unübertroffen sind. Er hat uns nicht enttäuscht.«

»Und was uns da für köstliche Weine angeboten wurden!« fügte Avonese schwelgerisch hinzu.

Aubrey schien das Geplapper der Frauen ebenso zu ermüden wie Gahris. Nur Wilmon schien keine Notiz davon zu nehmen, so sehr war er mit einem Nietnagel an seinem Gürtel beschäftigt.

»Der Graf von Marvis steht zu Recht in dem Ruf, ein exzellenter Gastgeber zu sein«, bemerkte Gahris ohne Ironie. Bruce Durgess war ihm ein teurer Freund, ein Leidensgefährte in der dunklen Zeit der Herrschaft des Hexerkönigs.

»O ja«, bestätigte Aubrey. »Und ich gehe davon aus, daß Ihr es ihm gleichzutun versucht und uns mit Eurer vielgepriesenen Porreesuppe bewirtet und vielleicht auch mit einer knusprig gebratenen Lammkeule.«

Gahris fiel auf die Schnelle keine passende Antwort ein. Die beiden erwähnten Gerichte zählten neben diversen Fischdelikatessen in der Tat zu den Spezialitäten des Landes.

»Ich hasse Lauchsuppe«, sagte Aubrey. »Aber zum Glück haben wir genügend Proviant an Bord der Schiffe, und ich schätze, wir werden uns in Eurem Haus nicht lange aufhalten.«

Gahris zeigte sich bestürzt, um zu verhehlen, wie erleichtert er war über diese Ankündigung.

»Aber ich dachte ...«, hob der Graf in betrübtem Tonfall an.

Aubrey fiel ihm ins Wort. »Ich habe in Kürze eine wichtige Audienz bei Morkney und hätte Euer mieses, kleines Eiland gewiß links liegenlassen, wenn mir auf Marvis geboten worden wäre, was ich zu sehen wünsche. Wie ich hörte, leben auf den Inseln die tüchtigsten Kämpfer von ganz Eriador. Doch jene Exemplare, die mir auf Marvis vorgeführt wurden, hätten sicherlich sogar gegen einen verkrüppelten Zwerg aus den Bergwerken von Montfort das Nachsehen gehabt.«

Gahris schwieg und dachte im stillen, daß diesem Vicomte für die beleidigende Bezeichnung Bedwydrins als »mieses, kleines Eiland« in früheren Zeiten die Zunge abgeschnitten worden wäre.

»Ich hoffe sehr, daß mir Eure Kämpfer eine bessere Vorstellung bieten können«, sagte Aubrey abschließend.

Avonese betatschte Gahris' Arm; die kräftigen Muskeln schienen ihr zu gefallen. »Kämpfer inspirieren mich ungemein«, flüsterte sie ihm ins Ohr.

Für den heutigen Morgen war zwar kein Kampf in der Arena angesetzt, aber Gahris wollte seinen Gästen gern diesen Gefallen tun. Der Vicomte würde hoffentlich zufrieden sein mit der Vorstellung und noch vor dem Mittagessen wieder aufbrechen. So könnte der Graf es sich ersparen, ihnen ein Mahl vorzusetzen, sei es Lamm oder Lauchsuppe.

»Ich werde mich sogleich persönlich darum kümmern«, sagte Gahris und zog seinen Arm behutsam aus Avoneses fingernagelbewehrter Umklammerung. »Meine Diener werden Euch zeigen, wo Ihr Euch nach der langen Schiffsreise erfrischen könnt. Ich bin bald wieder da.«

Und gleich darauf eilte er durch die steinernen Flure des großen Hauses. Bald hatte er Luthien ausfindig gemacht, der nach seinem morgendlichen Training frisch gewaschen und sauber angezogen war.

»Zurück in den Hof mit dir!« sagte Gahris zur sichtlichen Verwirrung des Sohnes. »Sie sind gekommen, um einen Kampf zu sehen. Mehr nicht. Danach wollen sie wieder abziehen.«

»Ich soll kämpfen?«

»Wer könnte das besser?« fragte Gahris. Er klopfte Luthien auf die Schulter und führte ihn mit sanftem

Nachdruck auf den Weg zurück, den er gekommen war. »Wir veranstalten zwei Vorkämpfe mit je einem Zyklopen. Dann kommst du an die Reihe.« Gahris stockte und krauste die Stirn. »Wer käme da als stärkster Gegner in Frage?«

»Ethan«, antwortete Luthien, ohne zu zögern, doch Gahris schüttelte den Kopf. Ethan wollte nicht mehr in der Arena kämpfen und schon gar nicht zur Unterhaltung solcher Gäste.

»Garth Rogar vielleicht«, sagte Luthien. »Er ist zur Zeit sehr gut in Form.«

»Wirst du ihn denn auch schlagen können?«

Die Frage schien den stolzen jungen Mann zu kränken.

Gahris antwortete selbst. »Natürlich wirst du das. Aber ich bitte dich, biete den Gästen ein dramatisches Schauspiel. Wir wollen doch, daß Bedwydrin und du, mein Sohn, vor dem Herzog von Montfort in den höchsten Tönen gelobt werden.«

Gahris blieb zurück, als Luthien loseilte, voller Ehrgeiz und Zuversicht, sowohl den Vater als auch die vornehmen Besucher zufriedenstellen zu können.

»Wie schmachvoll wird es für Luthien sein, wenn ich ihn vor den Augen seines Vaters und der Gäste zu Boden strecke«, dröhnte der riesenhafte Mann und erntete dafür beifälliges Gelächter der anderen Kämpfer. Sie saßen in einer niedrigen, nach Schweiß riechenden Kammer am Ende des Tunnelgangs, der in die Arena hinausführte. Ungeduldig wartete ein jeder darauf, zum Kampf nach draußen gerufen zu werden.

»Was könnte schmachvoll sein an einem Sieg?« entgegnete der junge Bedwyr mit gespielter Verwunderung.

Rogar Garth war ein Hüne; er überragte Luthien um Haupteslänge, und seine Arme waren so kräftig wie die Beine des Jungen. Er ließ das Tuch fallen, mit dem er seine Schwertklinge poliert hatte, und stand auf. Zwei Schritte brachten ihn vor Luthien zu stehen. Der junge Mann saß und warf den Kopf in den Nacken, um zu Rogar aufzublicken.

»Heute wirst du mir unterliegen«, versprach der Barbar. Er musterte den Gegner mit strengem Blick und wandte sich langsam von ihm ab. In der Kammer war es mucksmäuschenstill.

Luthien hob sein Schwert und schlug Garth Rogar mit der Breitseite auf den Rücken. Nun prusteten alle vor Lachen, einschließlich Rogar. Der riesige Nordländer wirbelte herum und markierte einen Scheinangriff, doch Luthien parierte. Das Auge konnte nicht folgen, so schnell flog sein Schwert in die Höhe und lenkte den Stoß des anderen ab.

Sie alle waren befreundet miteinander, die jungen Kämpfer, abgesehen von den wenigen Zyklopen, die abseits in der Ecke hockten und das Spiel der beiden mit geringschätzigen Blicken verfolgten. Bis auf Garth Rogar stammten sie alle aus Bedwydrin. Der junge Barbar war vor vier Jahren schiffbrüchig in den Hafen von Dun Varna geschwemmt und von den Inselbewohnern freundlich aufgenommen worden. Und nun erlernte er wie jeder junge Mann von Bedwydrin das Kriegshandwerk. Für die Burschen war's ein Spiel, wenngleich ein tödlich ernstes. Auch in Friedenszeiten – und andere kannten sie nicht – kam es nicht selten vor, daß Banditen und gefährliche Monstren der Dorsal-See entstiegen.

»Ich werde dir demnächst die Lippen aufschneiden«, sagte Garth. »Und dann wirst du nie mehr Katerin O'Hale küssen können.«

Das Gelächter brach ab; es wurde nur noch hinter vorgehaltener Hand gekichert. Auf Kosten Katerins zu scherzen wagte niemand. Sie kam von der anderen Seite Bedwydrins und war aufgewachsen unter Fischerleuten, die den Stürmen der offenen Avonsee trotzten. Zäh und hartgesotten waren sie, und Katrin stand den Mitgliedern ihrer Sippe in nichts nach. Ein Lederbündel flog durch den Raum und prallte gegen den Rücken des barbarischen Hünen. Garth Rogar sprang herum und sah sich Katerin gegenüber, die mit verschränkten Armen dastand, die verdeckte Hand am Heft des gegürteten Schwertes.

»Wenn du frech wirst, werde ich dir was abschneiden«, versprach die rothaarige junge Frau, und ihre grünen Augen funkelten bedrohlich. »Das Küssen wäre das letzte, woran du dann in Zukunft noch dächtest.«

Wieder brach schallendes Gelächter aus. Garth Rogar lief vor Verlegenheit rot an im Gesicht; er wußte, daß er in einem Wortgefecht gegen Katerin der Unterlegene sein würde. Wie zur Abwehr hob er die Arme und kehrte auf seinen Platz zurück, um seine Waffen zu pflegen.

Die in Schaukämpfen eingesetzten Waffen waren allesamt echt, wenngleich mit abgestumpfter Spitze, die zwar verletzen, nicht aber töten konnten. Zugegeben, auch in der Arena waren schon Kämpfer zu Tode gekommen, doch der letzte Unglücksfall dieser Art lag mehr als ein Jahrzehnt zurück. Schaukämpfe hatten einen festen Platz im traditionsbewußten Leben auf Bedwydrin wie überall in Eriador, und niemand scheute sich vor den möglichen Kosten, die ihm ein solcher Kampf abverlangen mochte. Die Wunden, die den jungen Männern und Frauen im jahrelangen Training und in den Arenen beigefügt wurden, lehrten sie Respekt vor gegnerischen Waffen und Verständnis für diejenigen, die im Ernstfall an ihrer Seite kämpfen würden. Verlangt wurden nur drei Jahre Ausbildung, aber die meisten fügten freiwillig ein weiteres Jahr hinzu, und wie Luthien nahmen sich manche sogar vor, ein Leben lang zu trainieren.

Er hatte bislang an die hundert Mal in der Arena gefochten und alle Gegner schlagen können, bis auf einen: seinen Bruder Ethan. Zu einem zweiten Kampf zwischen ihnen war es nie gekommen, denn Ethan hatte kurz darauf der Arena für immer den Rücken gekehrt. Luthien war enttäuscht über die hartnäckige Weigerung des Bruders, ihm Revanche zu gewähren, doch das tat seinem Respekt und seiner Liebe für ihn keinen Abbruch. Nach Ethans Abtritt rückte Luthien als Bester in der Gruppe vor. Katerin O'Hale war schnell und geschmeidig wie ein Katze; Bukwo, der Zyklop, konnte einstecken wie kaum ein anderer; und Garth Rogar besaß die mit Abstand größte Kraft. Luthien aber hatte alles, was einen wahren Kämpfer auszeichnet: Er war schnell und stark, beweglich und ungemein gewandt in der Handhabung seiner Waffe; er verkraftete schwerste Gegenschläge und ließ sich auch durch heftigste Schmerzen nicht in die Knie zwingen. Und dennoch: Er hatte bislang weniger Wunden davongetragen als jeder andere Kämpfer, abgesehen von denen, die erst am Anfang ihrer Laufbahn standen.

Eine Scharte auswetzend, fuhr er mit einem Schleifstein über die fein geschmiedete Klinge; dann streckte er das Schwert aus, um die Balance zu prüfen.

Der erste Kampf, in dem sich zwei Zyklopen, mit Knüppeln bewaffnet, gegenüberstanden, hatte bereits begonnen, als Gahris seine vier Gäste zu den Ehrenplätzen auf dem Balkon führte. Er selbst setzte sich in deren Mitte. Elenia und Avonese nahmen ihn sogleich in die Zange und schmiegten sich an ihn. Dem Grafen war äußerst unbehaglich zumute, zumal drei Zyklopen aus Aubreys Begleitschutz unmittelbar hinter ihm saßen. Einer von ihnen trug eine Armbrust, was für einen Zyklopen äußerst ungewöhnlich war. Da sie nur ein einziges Auge hatten, mangelte es ihnen an räumlichem Sehvermögen, und darum konnten ihnen weitreichende Waffen kaum von Nutzen sein. Doch dieser Zyklop schien mit seiner Waffe durchaus vertraut zu sein, und Gahris bemerkte, daß auf dem Schaft eine merkwürdige Zielvorrichtung angebracht war, bestehend aus zwei winklig zueinanderstehenden Spiegeln.

Seufzend mußte Gahris zur Kenntnis nehmen, daß sich nur eine Handvoll von Insulanern auf den Rängen rund um die Arena eingefunden hatte. Ihm wäre eine große, johlende Zuschauermenge natürlich lieber gewesen, und es dauerte ihn, daß ihm keine Zeit geblieben war, um für die heutige Veranstaltung zu werben.

Aubrey rutschte ungeduldig auf dem Platz hin und her. Ihm lag nichts an diesem Spektakel, und er war nur deshalb hier, weil er das fordernde Gemaule seiner Gemahlin Avonese nicht länger hatte ertragen können.

»Zyklopen?« rief Avonese verärgert. »Wenn ich balgende Zyklopen sehen will, werfe ich ein Stück rohes Fleisch unter die Wachen von Schloß Montfort.«

Gahris stöhnte. Nein, so konnte es nicht weitergehen.

»Ihr habt doch hoffentlich besseres zu bieten als zwei Zyklopen, die aufeinander eindreschen«, sagte Aubrey, und sein Blick, den er dem Grafen zuwarf, war drohend und bittend zugleich. »Cousin Morkney, der Herzog von Montfort, wäre sehr enttäuscht, wenn er erführe, daß mir der Aufenthalt auf Eurer Insel ganz und gar mißfallen hat.«

»Das ist nur ein Vorkampf«, versuchte Gahris zu erklären, doch der Unmut seiner Gäste wuchs zusehends. Schließlich gab der Graf klein bei. Er winkte dem Marschall der Arena zu, worauf sich dieser von seinem Platz am Bühnenrand erhob, den Kampf abbrach und die beiden Monstren aufforderte, den Platz zu verlassen. Wie es so Brauch war, verbeugten sich die Kämpfer vor der Ehrentribüne und zogen ab. Sie hatten den Tunnelgang noch nicht erreicht, als sie sich schon wieder in den Haaren lagen.

Ihren Auftritt hatten nun die rothaarige Katerin und eine junge Frau aus dem Südosten der Insel, die zwar noch unerfahren war im Kampf, sich aber Hoffnungen machen konnte auf eine glänzende Karriere. Avonese und Elenia brüllten empört, noch ehe der Kampf begonnen hatte.

Im stillen rügte sich Gahris dafür, daß er diese Reaktion nicht vorhergesehen hatte. Die beiden Kämpferinnen waren ungemein schön, voller Leben und vor Gesundheit strotzend. Außerdem war ihre Kampfmontur, um Bewegungsfreiheit zu gewähren, äußerst knapp geschnitten, und den Augen von Aubrey und Wilmon war anzusehen, daß sie allzu lange schon in Gesellschaft der beiden aufgetakelten »Damen« waren und reizvollere Anblicke hatten entbehren müssen.

»Unerhört!« schrie Avonese.

»Wir wollen schwitzende Männerleiber sehen«, schnurrte Elenia und kraulte Wilmons Kinn mit langen Fingernägeln.

Gahris versuchte zu erraten, was Wilmon wohl zu der Forderung veranlaßte, die nächste Kampfpaarung auftreten zu lassen. Spekulierte er auf die Wirkung, die der Anblick schwitzender Männerleiber auf seine Gemahlin ausübte, oder fürchtete er ihren Groll?

»Die Zeit drängt«, fügte Aubrey hinzu. »Ich will jetzt endlich was sehen, und zwar einen Kampf zwischen den besten Schwertkämpfern der Insel. Das ist doch wohl nicht zuviel verlangt, oder?«

Gahris bebte vor Zorn. Er mußte sich schwer zügeln, um diesem schmächtigen Kerl von Aubrey nicht an die Kehle zu springen. Er nickte nur mit dem Kopf, gab erneut dem Marschall ein Zeichen und ließ Luthien und Garth Rogar in die Arena rufen.

Auf den Stufen hinter den Ehrenplätzen stand Ethan. Er war sichtlich wütend auf seinen Vater und die dreisten Gäste.

Spontan gaben die beiden Frauen Laute genüßlicher Anerkennung von sich, als Luthien und Garth Seite an Seite aus dem Tunnelgang hervortraten, spärlich bekleidet mit Sandalen, Kettenhandschuhen, Lendenschurz sowie einem Halsband und einer Art Bandelier, das zum Schutz der Brust umgelegt war.

»Gibt's einen stärkeren Kerl als den?« schwärmte Elenia mit Blick auf den flachsblonden Barbaren.

»Gibt's einen hübscheren?« Avonese hatte nur Augen für Luthien.

»Das ist mein Sohn«, erklärte Gahris stolz. »Luthien Bedwyr. Und der Hüne neben ihm ist ein Huegoth, den es vor Jahren an unsere Küste geschwemmt hat. Beides hervorragende Kämpfer. Ihr werdet nicht enttäuscht sein, Vicomte.«

Avonese und Elenia machten aus ihrer Begeisterung kein Geheimnis. Sie kicherten und plapperten aufgeregt durcheinander.

»Der Barbar wird den anderen mit links abfertigen«, meinte Elenia.

»Das glaube ich nicht. Er ist zu tumb; der Kleinere scheint mir sehr viel gewiefter zu sein«, entgegnete Avonese. Plötzlich sprang sie von ihrem Platz auf, trat ans Geländer und warf ihr Taschentuch aus feinem Batist in die Arena.

»Luthien Bedwyr!« rief sie. »Du kämpfst als mein Favorit. Streng dich an. Wenn du siegst, werde ich dich reich belohnen.«

Gahris schaute zu Aubrey hinüber; er fürchtete, der Eifer der Gemahlin könnte den Vicomte verstimmen. Doch der machte einen eher erleichterten Eindruck.

Elenia ließ sich nicht lumpen; auch sie sprang ans Geländer, warf ihr Taschentuch auf den Platz und rief Huegoth zu, er solle sich ihr zu Ehren schlagen.

Luthien und Garth kamen herbei, verbeugten sich vor den Gästen und steckten jeweils ihr Taschentuch in den Gürtel.

»Ich werde zu verhindern wissen, daß es durch den Schmutz gezogen wird«, versprach Luthien und blickte keck zu Avonese auf.

»Nicht durch Schmutz, aber durch Blut«, meinte Garth und wandte sich ab von Elenia, die unaufhörlich kicherte.

Die beiden nahmen Aufstellung in der Ringmitte und setzten die Helme auf. »Jetzt ist also klar, was auf dem Spiel steht«, sagte der junge Bedwyr.

Garth setzte eine spöttische Miene auf. »Ich rate dir: Denk lieber an den Kampf und nicht an das Vergnügen, das dem Sieger winkt.« Und kaum hatte der Marschall in die Hände geklatscht, um den Kampf zu eröffnen, stieß der Barbar mit der Lanze zu. Er suchte den schnellen Erfolg.

Luthien war auf diesen kühnen Angriff nicht gefaßt. Zwar ließ er sich blitzschnell zur Seite fallen, konnte aber nicht der Lanzenspitze entgehen, die ihm einen schmerzhaften Hieb vor die Hüfte versetzte.

Garth Rogar trat zurück und hob die Arme, als feierte er bereits den Sieg. »Es ist beschmutzt«, rief er und deutete auf Avonesens Taschentuch.

Elenia kreischte vor Vergnügen, ungeachtet der bitterbösen Blicke, die ihr Avonese von der Seite aus zuwarf.

Nun ging Luthien zum Angriff über. Tief geduckt und die schildführende Hand am Boden preschte er auf den Gegner zu und zielte mit schwingendem Schwert auf die Beine von Garth. Doch der sprang rechtzeitig zurück. Luthien setzte die Attacke fort, denn er wußte: Sobald er sie abbräche, würde der Gegner, weil in günstiger Stellung, von oben herab zuschlagen und ihn gewiß in den Staub schicken.

Luthien aber war schnell. Wiederholt ließ er das Schwert sausen und zwang Garth, hüpfend auszuweichen. Schließlich wußte sich der Barbar nicht anders zu helfen, als die Lanze senkrecht in den Sand zu pflanzen, um die Klinge des Gegners abzufangen. Luthien nutzte den Augenblick. Beherzt sprang er auf Garth zu, und weil er das Schwert nicht schnell genug mit sich reißen konnte, wuchtete er dem Barbar den Schild vor Brust und Gesicht.

Garth Rogar taumelte zurück. Aus der Nase und dem Mundwinkel rann Blut. Dennoch schmunzelte er. »Gratuliere«, sagte er. Als sich Luthien für das Kompliment mit einer Verbeugung bedankte, stach der andere mit lautem Gebrüll zu.

Luthien hatte mit dem Angriff gerechnet. Sein Schwert schnellte empor und ließ die Stichwaffe zur Seite hin abgleiten. Nachsetzend schlug er erneut mit dem Schild zu, traf aber nur die mächtige Brust des Gegners, sein Schlag zeigte kaum Wirkung.

Sofort konterte der Barbar. Er warf den freien Arm um Luthiens Nacken und rammte ihm das Knie in den Oberschenkel. Luthien geriet ins Wanken, parierte aber instinktiv mit dem Schwert, als der Riese, den Vorteil nutzend, vorzupreschen versuchte.

Keiner von beiden gönnte sich, geschweige denn dem anderen, eine Verschnaufpause. Sie kämpften aus Stolz und aus Liebe zum Wettstreit. Schwert und Lanze kreuzten sich, Luthiens Hiebe mit dem Schild beantwortete Garth mit der Faust.

Gahris hatte den Sohn und Garth Rogar noch nie besser kämpfen sehen und war sichtlich stolz, zumal die Gäste gefesselt schienen vom Schauspiel, das ihnen geboten wurde, und jeden Hieb, jedes geschickte Ausweichmanöver mit Jubelrufen begleiteten. Noch lauter als ihre Männer kreischten Avonese und Elenia. Mitfiebernd feuerten sie ihren jeweiligen Favoriten an, wußten aber Kämpfe dieser Art nicht richtig einzuschätzen und glaubten ein ums andere Mal, daß die Entscheidung gefallen sei.

Doch Luthien und Garth hielten den Kampf offen; sie waren sich in allen Belangen ebenbürtig, hatten stets ein Mittel parat, um die Attacke des jeweils anderen abzuwehren.

Garth stach mit der Lanze zu, und als Luthien parierte, riß der Barbar die Waffe hoch und schlenzte das Schwert des Gegners in die Luft. Aus dem Schwung der Bewegung ließ Garth das Bein vorschnellen und trat dem anderen mit voller Wucht in den Unterleib. Luthien knickte in der Hüfte ein und schnappte nach Luft.

Im letzten Augenblick gelang es dem jungen Bedwyr, den Schild zu heben und die Lanzenspitze abzuwehren, die auf seinen Kopf einstach, mußte aber einen zweiten Tritt einstecken, der ihn, vor die Hüfte treffend, zu Boden schickte.

»Jawohl!« schrie Elenia. Daß Avonese die jüngere Frau mit finsteren Blicken bedachte, bemerkte Gahris erst jetzt, und er ahnte, daß sich ein ernster Konflikt anbahnte.

Garth ließ seinen Vorteil nicht ungenutzt; brüllend warf er sich über den Kontrahenten, dem die Puste ausgegangen zu sein schien.

Doch Luthien ging hinter seinem Schild in Deckung, führte einen blitzschnellen Streich mit der Klinge und traf die Waffenhand des Barbaren. Der konnte dem kettengepanzerten Handschuh verdanken, daß er seine Finger behielt; doch der Schlag war so schmerzhaft, daß er schreiend vom Gegner abließ.

Sogleich trat Luthien wieder in Aktion. Den Rundschild auf Kopfhöhe haltend, stürmte er herbei, bevor Garth Gelegenheit hatte, die Lanze in Anschlag zu bringen. Das seitlich einschwingende Schwert schmetterte vors Lederbandelier des Gegners. Garth Rogar krümmte sich vor Schmerzen, ließ aber den anderen nicht aus den Augen. Als dieser erneut mit dem Schwert auszuholen versuchte, langte Garth mit der gepanzerten Hand zu und packte die Klinge.

Luthien drängte vor, und wie er erwartet hatte, stemmte sich ihm der Barbar mit angezogenem Knie und dem ganzen Gewicht des Körpers entgegen. Flink wie ein Wiesel sprang der junge Bedwyr zurück und ließ sich rücklings zur Boden fallen, worauf sein Gegenüber das Gleichgewicht verlor und der Länge nach umkippte. Luthien pflanzte dem Stürzenden beide Füße in den Bauch.

»Laß ihn fliegen!« schrie Avonese, und genau das tat Luthien. Er streckte die Beine und hievte den Gegner über sich hinweg. Nach einer halben Umdrehung in der Luft landete Garth auf dem Rücken.

In Windeseile standen beide wieder auf den Beinen, beäugten den jeweils anderen mit großem Respekt. Sie waren müde und geschunden, und beiden war klar, daß sie an den Nachwirkungen dieses Gefechts noch eine Weile würden laborieren müssen. Doch darauf nahmen sie keine Rücksicht. Wie im Rausch erlebten sie den Kampf.

Gahris sah, daß nun Elenia der Rivalin giftige Blicke zuwarf. »Mach ihn fertig!« feuerte sie ihren Favoriten an, und ihr Schrei übertönte alle anderen Laute in der Arena. Ein jeder, auch Luthien und Garth, wandte ihr das Gesicht zu.

»Mir scheint, du hast eine feurige Verehrerin«, frotzelte Luthien und schmunzelte dem Freund zu.

Garth Rogar mußte an sich halten, um nicht laut loszulachen. »Ich will sie nicht enttäuschen«, antwortete er. Und kaum hatte er den Satz beendet, hob er die Lanze, hebelte sie herum und schlug mit dem Schaft zu. Luthien riß schützend den Schild in die Höhe und konterte mit geradem Stoß, doch der Barbar war bereits außer Reichweite. Dessen Antwort wäre im wahrsten Sinne des Wortes fast ins Auge gegangen. Luthien duckte sich im letzten Moment vor der Lanzenspitze, die über den Rand des Schildes hinwegglitt und gegen den Helm prallte. Und gleich darauf peitschte wuchtig das Schaftende hervor und traf Luthien in die Seite.

Der Hieb schmerzte, doch Luthien biß die Zähne aufeinander. Er wußte: Jetzt war Angriff die beste Verteidigung gegen die machtvollen Attacken des Gegners. Geduckt und dem nachsetzenden Stoß ausweichend, stürzte er sich dem Kontrahenten entgegen, wirbelte um die eigene Achse und kam unter Rogars lanzenführenden Arm zu stehen, rammte ihm den Rand des Schildes in die Achselhöhle und stieß ihn zur Seite. Zwar gelang es dem Barbaren zum wiederholten Mal, Luthiens Schwert mit der Hand abzufangen, doch er geriet ins Stolpern, als sich ihm der junge Bedwyr mit aller Macht entgegenwarf. Garth schlug rücklings zu Boden und verlor die Lanze aus der Hand.

»Gib's ihm!« brüllte Avonese.

»Wehr dich, du Ochse!« krakeelte Elenia.

Garth Rogar war sofort wieder auf den Beinen. Anstatt die Lanze vom Boden aufzuheben – was ihm Luthien gestattet hätte –, attackierte der Barbar mit ungestümer Wucht. Überrascht hob Luthien den Schild, doch es traf ihn ein gewaltiger Fausthieb, der den ganzen Arm betäubte.

Luthien sprang zurück und sah verwundert zu, wie der Schild vom Unterarm herabklappte. Einer der Halteriemen war gerissen. Sich abduckend wich er einem zweiten Fausthieb aus, der, wäre er ins Ziel gelangt, verheerender gewirkt hätte als ein Lanzenstoß. Die dritte Gerade des Huegoths wehrte Luthien mit dem Schild ab, das nun auch noch seiner Hand entglitt und zu Boden fiel.

Garth setzte nach. Luthien versuchte, ihn mit dem Schwert zu bremsen und stach zu. Garth wich zur Seite hin aus, wo ihn Luthiens freie Faust erwartete. Sie traf auf den Höcker der vorzeiten schon einmal gebrochenen Nase.

Garth grinste, obwohl sichtlich benommen durch den Schlag.

»Gibst du auf?« fragte Luthien höflich. Von der Galerie waren Elenias wütende Proteste und das Siegesgeheul von Avonese zu hören.

Wie vorauszusehen war, attackierte Garth aufs neue. Luthien warf ihm das Schwert entgegen. Der Hüne versuchte, nach hinten ausweichen, doch der Impuls seiner rechts, links geführten Hiebe, die einen jungen Bullen niedergestreckt hätten, hinderte ihn an der Rückwärtsbewegung.

Luthien fing das Schwert mit der Linken auf und legte dem Gegner die Schneide an den Hals, um dessen Aufgabe zu erzwingen. Wütend packte Garth nach der Klingenspitze und klammerte die andere Hand um Luthiens Unterarm.

»Reiß ihm den Arm aus!« schrie Elenia. Avonese beugte sich über Gahris' Schoß hinweg und zischte der Rivalin ins Gesicht. Wilmon und Aubrey murrten ungehalten über den zänkischen Eifer der Gemahlinnen.

Die beiden Kämpfer ranfelten miteinander. Luthien hielt sich wacker gegen die körperliche Übermacht des Riesen, doch es war klar, daß er ihm auf Dauer nicht würde standhalten können. Mit aller Kraft stieß er ihn von sich ab, trat einen Schritt zurück und riß den Arm aus seiner Umklammerung. Garth aber hielt hartnäckig an der Klinge fest. Und nun schlugen beide mit Fäusten aufeinander ein. Garth nahm zwei, drei Fausthiebe des Gegners in Kauf, um ihm mit der Hand in den Schritt zu langen und in die Luft zu stemmen. Dabei gab er das Schwert aus der gepanzerten Hand nicht frei.

Luthien drosch nun von oben auf den Kopf des Barbaren ein, bis dieser den Gegner wie ein Leichtgewicht von sich schleuderte und mit fliegenden Fäusten nachsetzte. Luthien sprang vom Boden auf. Er war erschöpft und fürchtete, daß der nächste plazierte Schwinger des Freundes ihm den Rest geben würde.

Er ließ das Schwert wie ein horizontales Pendel hin und her sausen und nötigte Garth seinen Takt auf. Der wartete einen günstigen Augenblick ab und ließ die Faust vorschnellen. Damit hatte Luthien gerechnet; er warf sich zu Boden, holte mit dem Bein aus und trat dem Riesen vor die Knie. Garth fiel auf den Rücken. Der Aufprall verschlug ihm den Atem.

Schnell wie eine Katze war Luthien wieder aufgesprungen, stemmte den Fuß auf die Brust des Mannes am Boden und zielte mit der Schwertspitze auf dessen Nasenwurzel.

Überraschend ähnlich klangen die Schreie von Elenia und Avonese; um so deutlicher aber unterschied sich der Ausdruck auf ihren Gesichtern.

Aubrey stand der Mund offen, so sehr bewunderte er die Leistung des jungen Bedwyr, was Gahris mit Genugtuung erfüllte. Doch das Lächeln verschwand aus des Grafen Gesicht, als sich ihm Avonese erneut über den Schoß beugte und mit hämischem Blick auf Elenia sagte: »Graf, ich bitte Euch, zeigt mit dem Daumen nach unten.«

Gahris stockte der Atem. Mit der verlangten Geste würde der Verlierer des Kampfes zum Tode verurteilt. Und das widersprach allen Gebräuchen, die auf den Inseln gepflegt wurden. Zweikämpfe in der Arena galten als sportliche Veranstaltung.

Elenias Wut schien der Gehässigkeit der Rivalin zusätzlich Nahrung zu geben. »Runter mit dem Daumen!« forderte Avonese erneut, ohne Elenia aus den Augen zu lassen. Sie wußte, wonach der jüngeren Frau der Sinn stand im Hinblick auf den Barbaren, und sie um diesen Genuß zu bringen war ihr, Avonese, ein unwiderstehlicher Anreiz. »Euer Sohn ist mein Favorit, und darum steht es mir zu, die Siegerentscheidung zu fällen.«

»Aber ...«, stammelte Gahris. Weiter kam er nicht.

Der Vicomte fiel ihm ins Wort. »Sie hat das Recht dazu, alter Tradition gemäß«, sagte Aubrey, wie immer bemüht, seiner launischen Gemahlin zu entsprechen.

»Garth Rogar hat tapfer gekämpft«, protestierte Gahris.

»Daumen nach unten!« sagte Avonese, jedes einzelne Wort betonend, wobei sie Gahris mit starrem Blick fixierte.

Dem Grafen wurde allmählich bewußt, auf was er sich eingelassen hatte. Avonesens Forderung war im Sinne der erwähnten Tradition berechtigt, denn Luthien hatte, ahnungslos, wie er war, zugestimmt, als ihr Favorit zu kämpfen, und ihr somit die Möglichkeit gegeben, über das Los des Unterlegenen zu entscheiden. Gahris wußte: Wenn er sich ihrer Forderung widersetzte, würde er aus Montfort ernste Konsequenzen zu erwarten haben, im schlimmsten Fall sogar eine Flotteninvasion und die Aberkennung seiner Grafschaft. Morkney suchte nur nach einem Vorwand, um gegen ihn oder die anderen Inselgrafen vorzugehen.

Behutsam schob er Avonese beiseite und blickte in die Arena hinab. Luthien stand dort immer noch in Siegerpose über dem Geschlagenen und wartete auf das Signal, das den Kampf für beendet erklärte und den für beide verdienten Beifall auslösen würde. Luthien war verblüfft, als er sah, daß der Vater die Hand ausstreckte und den Daumen nach unten drehte. Dann hörte er Avonese schreiend fordern, daß er, Luthien, seine Pflicht zu vollenden habe, und er verstand nicht, was sie damit meinte.

Aubrey wurde ungeduldig. Gahris winkte den Marschall der Arena zu sich, doch der war so verwirrt wie Luthien und reagierte nicht.

»Wird's bald?« zeterte Avonese. »Aubrey, unternimm doch was.«

Der Vicomte schnippte mit den Fingern, und der Zyklop, der hinter ihm stand, legte die Armbrust an.

Luthien war einen Schritt zurückgetreten und streckte nun den Arm aus, um dem Freund auf die

Beine zu helfen. Garth ergriff die Hand und erhob sich, als ihn das Geschoß der Armbrust traf. Er zuckte zusammen und umklammerte krampfhaft Luthiens Hand.

Der junge Bedwyr verstand nicht, was er sah. Dann löste sich der Griff; die Hand des Freundes entglitt ihm, und langsam, wie im Traum, sackte der stolze Barbar zurück in den Sand.

3. Kapitel

Adieu, mein Bruder

Fassungslos starrte Luthien auf den Freund, auf die zerzausten, flachsblonden Haare und das geschundene Gesicht, das selbst im Tod noch den erstaunten Ausdruck festhielt.

»Pack dich, Tod, und flieg davon!« jammerte Luthien. Er warf das Schwert von sich und fiel auf die Knie. »Verschwinde, du gehörst nicht hierher. Such dir einen Greis oder einen Säugling, der nicht kräftig genug ist, um in dieser grausamen Welt zu leben. Geh und laß ab von diesem Mann; er ist jünger als ich es bin.« Luthien ergriff die Hand des Toten und schob den Arm unter dessen Kopf. Er spürte die Wärme in Rogars Körper, fühlte den kühlen Schweiß, den der heftige Kampf hatte hervortreten lassen. Luthien fand keine Worte für die Wut, die in ihm aufwallte. Was sollte er dem Tod noch sagen, diesem gleichgültigsten aller Geister? Den konnte ja doch keine Klage rühren. Welchen Sinn hatten noch Worte, jetzt, da der Freund auf immer verloren war?

Hilflos blickte Luthien zum Balkon auf; seine Miene verriet Verwirrung und rasende Wut zugleich. Doch die Gäste und der Vater waren nicht mehr da. Auch Ethan hatte Reißaus genommen vor der entsetzlichen Szene in der Arena. Luthiens Blick irrte umher. Von den Zuschauern waren nur noch wenige geblieben. Sie tuschelten miteinander und gafften entgeistert auf den Mann am Boden und den Sohn von Bedwyr, der über ihm kauerte.

Luthien richtete den Blick zurück auf Garth Rogar. Er sah das Pfeilende zwischen zwei Rippen in der Seite stecken und langte vorsichtig hin, als hoffte er, den Freund wieder zum Leben erwecken zu können, wenn er das Geschoß aus ihm herauszöge. Er berührte den metallenen Schaft, vermochte es aber nicht, die Hand darum zu schließen.

Laute Rufe ließen ihn herumfahren, und er sah seine Kämpferkameraden aus dem Tunnelgang in die Arena rennen, allen voran Katerin. In vollem Lauf ließ sie sich auf die Knie fallen und rutschte an die Seite des Toten. Nach einer Weile streckte sie die Hand aus und schloß die gebrochenen Augen. Luthien begegnete ihrem ernsten Blick. Langsam schüttelte sie den Kopf.

Er sprang auf und stieß einen gellenden Schrei aus. Die Fäuste geballt, blickte er um sich, wie gehetzt. Dann fand seine Wut eine Richtung. Er zerrte Avonesens Taschentuch aus dem Gürtel, warf es zu Boden und stampfte darauf herum.

»Beim Tod meines Freundes und Gefährten Garth Rogar«, rief er. »Ich, Luthien Bedwyr, werde nicht eher ruhen …«

»Genug«, fiel ihm Katerin ins Wort, stand auf und nahm ihn in die Arme. Verstört sah er sie an, konnte kaum glauben, daß sie es wagte, ihn in diesem Moment zu unterbrechen.

»Es reicht, Luthien«, sagte sie leise und gefaßt. »Garth Rogar ist tot, als Kämpfer gefallen nach dem uralten Gesetz der Arena. Es gereicht ihm zur Ehre.«

Luthien war entsetzt und befreite sich aus Katerins Armen. Er starrte auf die Kameraden, die Kämpfer, die während der vergangenen Jahre an seiner Seite trainiert hatten, doch auch bei ihnen fand er keine Unterstützung. Ihm war, als stünde er unter Fremden.

Und Luthien rannte los, durch die Arena, in den

Tunnelgang, am Hafen vorbei und über den Strand nach Norden.

»Was für ein Unglück«, sagte Gahris, bemüht, den Fall herunterzuspielen.

»Es war Mord«, korrigierte Ethan. Sein Vater blickte nervös über die Schulter, als fürchtete er, daß einer von Aubreys zyklopischen Wachen mithören könnte, was hier gesprochen wurde.

»Ein schwerer Vorwurf«, flüsterte er.

»Die Wahrheit ist nicht leicht«, entgegnete Ethan mit ernster, laut tönender Stimme.

»Schluß jetzt«, forderte der Graf. »Davon will ich nichts mehr hören.« Und erneut blickte er um sich.

Ethan schnaubte verächtlich; er war empört über die Feigheit des Vaters. Dabei verstand auch er genug von Politik, um zu wissen, daß das zaghafte Verhalten des Grafen begründet war. Ein Affront gegen Aubrey und sein Gefolge würde der Herzog von Montfort mit Vergeltung beantworten; womöglich würde er Kriegschiffe zur Insel schicken. Doch das kümmerte Ethan nicht. Er war stolz und bereit zu kämpfen.

»Und Lady Avonese?« fragte er, wobei er das Wort »Lady« mit sarkastischem Tonfall belegte.

Gahris seufzte kleinmütig, und für den Sohn schien es, als schrumpfte der Vater. »Aubrey hat angedeutet, daß er sie hier zurücklassen will«, sagte Gahris. »Er hofft, daß sie einen günstigen Einfluß auf Bedwydrin ausüben wird.«

»Als deine neue Gemahlin«, höhnte Ethan. »Als Morkneys Spionin im Hause der Bedwyr.« Der Vater antwortete nicht.

»Was ist von einer solchen Frau zu halten, die sich mal mit dem einen, mal mit einem anderen Mann verkuppeln läßt?« empörte sich Ethan. »Soll ich sie etwa auch noch Mutter nennen?«

Gahris konnte seine Wut nicht länger bändigen, und er schlug dem Sohn mit der Hand ins Gesicht.

Ethan rührte sich nicht. Der Blick, mit dem er den Vater fixierte, war als Antwort deutlich genug.

Gahris war selbst mehr als unglücklich über den Stand der Dinge. Großes Unheil braute sich zusammen; es drohte nicht nur ihm und seiner Familie, sondern dem ganzen Volk von Bedwydrin. Für einen flüchtigen Moment lang dachte der weißhaarige Graf an seine Frau, die der Pest zum Opfer gefallen war, und er erinnerte sich an die glücklichen Zeiten, die der Pest und der Tyrannei des Königs vorangegangen waren. Doch diese Zeiten waren unwiderruflich vorbei, und auch die Gedanken daran verflogen in Anbetracht der Notwendigkeiten, denen sich der alte Bedwyr fügen mußte.

Luthien stand auf der hohen Klippe im Nordwesten der Bucht und blickte auf Dun Varna herab. Die letzten Lichter der Stadt erloschen nach und nach. Er konnte nicht glauben, was an diesem Tag geschehen war, wollte den Tod des Freundes nicht wahrhaben. Zum ersten Mal stieß ihm der eklige Beigeschmack eines Lebens unter der Herrschaft von König Grünspatz auf, aber da er bislang nichts anderes kennengelernt hatte als die Arena, wußte er seine Empfindung nicht einzuordnen.

War Ethans andauernder Mißmut darauf zurückzuführen? fragte er sich. Luthien wußte, daß Ethan für den Vater nur wenig Respekt übrig hatte, was er, Luthien, nie verstehen konnte und als Verstocktheit auf seiten des älteren Bruders zu erklären versuchte. Denn für Luthien war Gahris ein edler, mutiger Mann, über allen Zweifel erhaben, der von allen geliebte und hochverehrte Graf von Bedwydrin.

Luthien vertraute darauf, daß sein Vater immer die richtigen Entscheidungen traf. Daß Garth Rogar sterben mußte, war gewiß der Entschluß von Gahris Bedwyr gewesen.

Aber warum? Luthien legte sich die wildesten Erklärungen zurecht: Waren vielleicht Gerüchte laut geworden, wonach die barbarischen Huegoths einen Überfall auf Bedwydrin vorbereiteten? Wurde geargwöhnt, daß Garth ein Spion sei? Hatte Gahris womöglich gar erfahren, daß Garth ein Attentat auf ihn plante?

Luthien schüttelte den Kopf und verwarf die unsinnigen Gedanken. Er kannte Garth Rogar seit etlichen Jahren. Dieser noble Kämpfer war nie Spion gewesen und mit Sicherheit kein Attentäter.

Warum also?

»Wir haben uns um dich Sorgen gemacht«, meldete sich eine sanfte Stimme aus dem Hintergrund. Luthien erkannte sie sofort als die von Katerin O'Hale. »Vor allem dein Vater.«

Unverwandt starrte Luthien über das ruhige Wasser der Bucht und hinaus auf die dunkel werdende Stadt. Katerin trat ihm zur Seite und nahm seinen Arm, wie sie es auch in der Arena getan hatte.

»Komm mit zurück.«

»Rache ist doch nicht unehrenhaft, oder?« murmelte Luthien vor sich hin. Er wandte sich nun der jungen Frau zu, doch, dunkel wie es war, konnte er sie kaum erkennen.

Katerin ließ sich mit der Antwort Zeit. »Nein«, sagte sie schließlich. »Aber es wäre töricht, in aller Öffentlichkeit Rache zu schwören gegen jemanden, der ein Freund und Verwandter des Herzogs von Montfort ist. Du willst ihm doch keinen Vorwand geben, dich zu töten und deinen Vater als Grafen abzulösen. Deine Wut würde sinnlos verpuffen.«

Luthien rückte von ihr ab, verärgert darüber, daß er ihr nicht widersprechen konnte.

»Dann werde ich ein Gelöbnis aussprechen«, sagte

er. »Und nur du sollst es hören. Ich schwöre beim Grab meiner Mutter, daß Garths Tod nicht ungesühnt bleibt, egal, was es auch kostet, mir, meinem Vater oder Bedwydrin.«

Katerin konnte kaum glauben, was sie da hörte, doch es widerstrebte ihr, dem Freund abzuraten. Auch sie steckte voll ohnmächtiger Wut; zum ersten Mal in ihrem Leben kam sie sich wie eine Gefangene vor. Sie war in Hale aufgewachsen, an der Küste vor der offenen Avonsee. Einen Großteil ihrer jungen Jahre hatte sie auf kleinen Fischerbooten verbracht, bedroht von hohen Wellen und räuberischen Walen, stets in äußerster Lebensgefahr. Doch Hale war ein entlegener Ort, auf sich allein gestellt und selten von anderen besucht. Nachrichten von der Insel, von Eriador oder Avon drangen nie bis dorthin vor, und in ihrer Unwissenheit wähnten sich die stolzen Bewohner von Hale frei und ungebunden.

Doch jetzt hatte Katerin erfahren von politischen Machenschaften, die ihr so bitter ankamen wie ihrem Freund Luthien. Sie trat vor ihn hin, schmiegte sich an ihn, und die kalten Winde der Augustnacht konnten den beiden nichts anhaben.

In der Morgendämmerung wurden die schwarzen Segel gehißt; stolz flatterten die Wimpel von Montfort und Avon, und vom Bug schäumte Gischt hochauf in kristallklare Luft, als das Schiff den Hafen von Dun Varna verließ.

Katerin war in ihr Quartier zurückgekehrt, doch Luthien hatte sich nicht vom Fleck bewegt. Er hockte am Rand der Steilküste und blickte auf die Bucht hinaus. Als die Segel am Horizont entschwanden, wurde ihm klar, daß er einen langen Weg vor sich hatte, wenn er seinem Schwur entsprechen wollte. Doch er war entschlossen und gelobte aufs neue, Garth Rogar zu rächen.

Gern wäre er länger in Dun Varna geblieben, und er scheute davor zurück, vom Vater Abschied zu nehmen. Wie sollte er ihm sein Vorhaben erklären? Am liebsten wäre er sofort losmarschiert, doch ihn drückte der Hunger, und die nächste Ortschaft lag eine Tagesstrecke weit entfernt.

Kaum hatte er das Haus Bedwyr betreten, als zwei Zyklopen auf ihn zueilten. »Der Graf will Euch sprechen«, knurrte der eine.

Luthien wollte die beiden passieren, doch die verstellten ihm den Weg mit gekreuzten Hellebarden. Unwillkürlich langte Luthien zur Hüfte, dabei trug er gar kein Schwert.

»Der Graf will Euch sprechen«, wiederholte der Zyklop. Er streckte den Arm aus und hielt ihn gepackt. »Er will, daß wir Euch zu ihm bringen, und sei es mit Gewalt.«

Luthien zerrte den Arm frei. Er war drauf und dran, dem Monstrum ins Gesicht zu schlagen, doch die Vorstellung, an den Fußgelenken in die Kammer des Vaters geschleift zu werden, hielt ihn zurück.

Wenig später stand er vor Gahris in dessen Arbeitszimmer, wo der Graf Erbstücke und Bücher der Familie aufbewahrte (einige der wenigen Bücher, die es auf Bedwydrin gab). Obwohl es in der Kammer beileibe nicht kalt war, prasselte ein heftiges Feuer im Kamin, und der Alte schürte es noch. Offenbar fror er von innen heraus. An der Wand über der Feuerstelle hing das von ihm am meisten wertgeschätzte Stück seiner Sammlung: das Familienschwert mit blitzblanker Klinge und goldenem Heft, perlenbesetzt und gestaltet in Form eines Drachen, dessen ausgebreitete Flügel als Querstange dienten. Es war vor langer Zeit von den Zwergen des Eisernen Kreuzes geschmiedet worden, die das Eisenblech in wohl tausend Lagen fest übereinander geschlagen hatten, so daß die Klinge um so schärfer wurde, je öfter sie zum Einsatz kam. *Blender* wurde das Schwert genannt, weil es in dem wüsten Krieg vor sechshundert Jahren zahllosen Zyklopen das Auge ausgestochen hatte.

»Wo warst du?« wollte Gahris wissen. Er strich Asche von seinem Rock und straffte die Schulter, hatte sich aber bislang noch nicht dem Sohn zugewendet.

»Ich mußte für eine Weile allein sein«, antwortete Luthien und versuchte, ebenso ruhig und gelassen zu erscheinen wie der Alte.

»Damit sich der Zorn legt?«

Luthien seufzte bloß.

Jetzt erst wandte ihm der Vater das Gesicht zu. »Das war weise von dir, mein Sohn«, sagte er. »Zorn verleitet zu unbedachten Handlungen, die meistens schlimme Folgen nach sich ziehen.«

Die Besonnenheit des Alten irritierte Luthien. Sein Freund war tot! »Wie konntest du nur?« platzte es aus ihm heraus. Unwillkürlich ballte er die Fäuste und trat einen Schritt nach vorn. »Was hast du getan ...?« Vor Erregung verschlug es ihm die Sprache.

Gahris schüttelte den Kopf und winkte mit der Hand ab. »Was hätte ich tun sollen?« fragte er.

Hilflos breitete Luthien die Arme aus. »Garth Rogar hat ein solches Schicksal nicht verdient«, rief er. »Verflucht sei dieser Vicomte und sein verkommenes Gefolge!«

»Beruhige dich, mein Sohn. Die Welt, in der wir leben, ist nicht immer heiter und gerecht, aber ...«

»Es gibt keine Entschuldigung«, stieß der Sohn zwischen zusammengebissenen Zähnen hervor.

»Hältst du mir nicht einmal zugute, daß ich bemüht bin, einen Krieg zu vermeiden?« fragte Gahris.

Luthien schnappte wütend nach Luft.

»Hüte dich«, sagte Gahris. »Beschwöre nicht das Unheil des Krieges herauf. Das sind Schrecken, die du nicht kennst und niemals kennenlernen mögest. Denn sie nehmen dir den Glanz aus den Augen.« Er deutete auf das eigene Gesicht, und tatsächlich: Seine zimtbraunen Augen blickten stumpf drein an diesem Augustmorgen.

»Waren denn auch die Augen von Bruce MacDonald so trübe?« fragte Luthien mit spöttischem Tonfall und in Erinnerung an den größten Helden Eriadors.

Ruhig antwortete Gahris: »Die alten Geschichten klingen gut, wenn die Schrecken des Krieges vergessen sind. Wer weiß schon, wie sehr Bruce MacDonald an Leib und Seele gelitten hat? Von denen, die heute leben, hat ihm keiner in die Augen geblickt.«

Luthien fand die Worte des Vaters absurd. Bruce MacDonald war immerhin schon über dreihundert Jahre tot. Doch verstand er, was der Alte meinte. Und der fuhr in seiner Rede fort:

»Es gibt auch Geschichten von vermeintlich ruhmreichen Schlachten, an denen ich selbst teilgenommen habe. Ich sah Blut von meinem Schwert tropfen«, sagte er und blickte auf zu der sagenhaften Waffe an der Wand. »Glaube mir, es waren entsetzliche Gemetzel, und die Erinnerung daran erfüllt mich weniger mit Stolz als mit Abscheu und Reue. Willst du nicht auch, daß uns und unserem Land solche Greuel erspart bleiben?«

Luthien seufzte wieder, doch diesmal nicht aus Trotz, sondern Resignation.

»Laß mit diesem Seufzer deinen Stolz davonfliegen«, riet der Vater. »Trauere um deinen Freund und akzeptiere, was sein muß. Und laß dich nicht von Ethan irre machen …« Er stockte, und es schien, als bereute er das zuletzt Gesagte. Luthien mußte an dieser Bemerkung Anstoß nehmen, denn er verehrte den älteren Bruder und sah in ihm einen Helden.

»Was soll das heißen?« fragte er barsch. »Welche

Rolle spielt er in diesem Zusammenhang? Was hat er getan, als ich weg war?«

Gestenreich versuchte Gahris, den Sohn zu beschwichtigen. »Du hast mich falsch verstanden«, sagte er. »Ich wollte dir nur raten, dich nicht von seinem Temperament und seinem törichten Stolz anstecken zu lassen, und hoffe, daß es dir gelingt, deinen Zorn mit Hilfe des Verstandes zu mäßigen. Es war gut, daß du weggegangen bist, um für eine Weile allein zu sein. Das respektiere ich. Und bedenke: Der Herzog von Montfort läßt uns viel Freiraum, so auch der König. Daran wollen wir doch nichts ändern, oder?«

Luthien ließ nicht locker. »Was hat Ethan getan?«

»Nichts. Aber er hat protestiert, und zwar lauthals«, antwortete Gahris ungehalten.

»Und darüber bist du enttäuscht?«

Verärgert kehrte ihm der Vater den Rücken zu. »Er ist mein ältester Sohn und mein Nachfolger als Graf von Bedwydrin. Ich mache mir Sorgen um das Volk. Wie wird es ihm unter seiner Führung ergehen?«

Luthien hatte den Eindruck, als spräche der Vater mit sich selbst, als versuchte er, sich vor sich selbst zu rechtfertigen.

»Ich fürchte, er wird Unheil stiften«, fuhr der Alte fort. »Unheil für sich, das Haus Bedwyr und für die ganze Insel.« Plötzlich wirbelte er herum und deutete mit ausgestrecktem Finger auf Luthien. »Unheil auch für dich!« brüllte er so heftig, daß Luthien zurückschreckte. Doch der Graf wandte sich wieder dem Feuer zu und murmelte vor sich hin: »Halsstarrig, wie er ist, würde er sich, wenn er meine Nachfolge anträte, sein eigenes Grab schaufeln, Ruin über unser Haus bringen und die Feinde auf den Plan rufen. Nein, nein, nein, dazu darf es nicht kommen.«

Gahris war zunehmend in Rage geraten; er hatte die Fäuste geballt und zitterte am ganzen Körper. Luthien drängte es, den Vater zu beruhigen, doch irgend etwas hielt ihn davon ab. Statt dessen machte er sich lautlos davon. Er liebte und achtete den Vater, aber seine Worte hatten ihn verstört. Sie hallten ihm im Kopf nach – so wie das Schnurren des tödlichen Pfeils aus der Armbrust und das letzte Röcheln des Freundes.

4. KAPITEL

Feucht vom Blut eines gefallenen Feindes

Was wäre, wenn sich die Eltern eines Königs nie begegnet wären? Was, wenn der Pfeil getroffen hätte, der einen heute gefeierten Helden in seiner Jugend um Haaresbreite verfehlte? Oft entscheiden persönliche Zufälligkeiten über das Geschick ganzer Nationen. Und so war es auch in jener Augustnacht, als Luthien das Haus verließ und die Stallungen aufsuchte, wo er Ethan vorfand, der gerade die Satteltaschen seines Pferdes mit Proviant vollstopfte.

Neugierig trat Luthien näher.

Ethan antwortete auf die Frage, die seinem Bruder im Gesicht geschrieben stand. »Mir ist befohlen worden zu gehen.«

Luthien schien nicht zu verstehen, was er da hörte.

»Ich reite in den Süden.« Ethan spuckte jedes seiner Worte mit Abscheu aus. »Da werde ich mich den Soldaten des Königs anschließen, die nach Gascony ziehen, um an der Seite der Gasconen Krieg zu führen gegen das Königreich von Duree.«

»Das ist aller Ehren wert«, meinte Luthien gedankenlos, er begriff immer noch nicht.

»Ein Söldnerdienst ist das«, knurrte Ethan. »Für einen unrechtmäßigen König.«

»Warum gehst du dann?«

Ethan hielt beim Packen inne und musterte den naiven Bruder mit fragenden Blicken.

»Weil es der Graf von Bedwydrin so bestimmt hat«,

antwortete Ethan klar und deutlich und machte sich wieder an den Satteltaschen zu schaffen.

All das ergab für Luthien keinen Sinn. Darum entgegnete er nichts; er zuckte nicht einmal mit der Wimper.

»Gahris sagt, mein Einsatz werde der Familie und unserem Land zur Ehre gereichen«, fuhr Ethan fort.

Luthien musterte den Bruder von Kopf bis Fuß. Im ersten Moment war er neidisch darauf, daß Gahris nicht ihn, sondern Ethan ins Feld schickte. »Wäre es nicht besser, du gürtetest den *Blender*, wenn du für die Ehre des Hauses Bedwyr eintrittst?« fragte er mit Blick auf das einfache Schwert, das, in einer Scheide steckend, an Ethans Gürtel hing.

»Wie kannst du nur so töricht fragen«, entgegnete Ethan. »Gahris schickt mich in den Tod, weil es Aubrey so verlangt.«

Daß er dies fast im Plauderton aussprach, erschreckte Luthien zutiefst. Er packte Ethan bei der Schulter und zerrte ihn herum, zwang den Bruder, ihm ins Gesicht zu schauen.

»Er will mich nicht als seinen Nachfolger sehen«, erklärte Ethan mit haßerfüllter Stimme, und Luthien erinnerte sich an das Gespräch, daß er kurz zuvor mit dem Vater geführt hatte. »Aber die Regeln sind eindeutig. Ich bin der älteste Sohn und habe darum Anspruch darauf, ihn zu beerben.«

»Das Recht würde ich dir niemals streitig machen«, entgegnete Luthien. Er hatte immer noch nicht verstanden, worum es eigentlich ging.

»Aber das tut Gahris«, antwortete Ethan. »Und es scheint, daß ich auch außerhalb von Bedwydrin in dem Ruf stehe, eigensinnig und treulos zu sein.«

»Also deshalb schickt er dich in den Krieg. Du sollst dich auszeichnen und deinen guten Ruf wiederherstellen«, räsonierte Luthien, doch er fürchtete, daß dieser Gedanke nicht der Wahrheit entsprach.

»Deshalb schickt mich Gahris in den Tod«, wiederholte Ethan. »Ich bin ihm ein Problem und nicht zuletzt eines für Aubrey, denn der hat längst kapiert, daß ich ihm als Graf gefährlich werden könnte. Vielleicht bin ich wirklich hochmütig, aber ich glaube nicht, daß Morkneys Cousin nur gekommen ist, um sich mit einem Schauspiel in der Arena unterhalten zu lassen.«

»Du glaubst, Aubrey habe den weiten und gefährlichen Weg nach Bedwydrin nur deshalb gemacht, um von unserem Vater zu fordern, daß er dich wegschickt?«

»Ja, aber nicht nur deshalb«, antwortete Ethan, und zum ersten Mal klang in seinen harschen Tönen auch ein wenig Mitgefühl an. »Mein kleiner Bruder, was weißt du von Freiheit? Du kennst nichts anderes als ein Leben unter dem Diktat aus Carlisle und Montfort.«

Luthien krauste die Stirn; er war nun völlig verwirrt.

»Aubrey hat die Inseln im Norden bereist«, erklärte Ethan. »Caryth, Marvis, Bedwydrin. Und auf der Rückreise wird er auch am Diamantensund Station machen. Zweck seiner Reise ist es, das Nordland zu kontrollieren und Morkneys Herrschaft zu festigen. Ein Mann wie er macht keinen ›Urlaub‹. Er und seinesgleichen sind ständig darauf aus, ihre Macht auszubauen. Das steckt ihnen im Blut. Aubrey ist nach Bedwydrin gekommen, um unseren Vater wieder fester an die Kandare zu nehmen und um mich unschädlich zu machen. Und beides ist ihm gelungen.« Die Taschen waren gepackt, und Ethan stieg aufs Pferd.

»Übrigens«, fuhr er fort. »Du wirst eine neue Mutter haben, Luthien. Respektiere und fürchte sie.« Er setzte das Pferd in Bewegung, doch Luthien griff in die Zügel, bestürzt und voller Zorn.

»Du kennst sie«, sagte Ethan. »Du warst ihr Favorit in der Arena.«

Luthien riß vor Schreck die Augen auf. Avonese? Das konnte nicht wahr sein! »Niemals!« protestierte er.

»Sonntag morgen ist es soweit«, erklärte Ethan. »Unserem Vater sind die Hände gebunden. Als seine Gemahlin wird Lady Avonese unser Haus und unser Land ausspionieren. Das ist der Anfang vom Ende. Und Gahris muß sich fügen. Wenn nicht, wird Morkney endlich tun können, was er schon lange will, und mit Hilfe des Königs unseren Hafen mit schwarzen Segeln füllen.«

»Um so wichtiger ist es, daß du hier bleibst«, rief Luthien flehentlich.

»Unmöglich«, erwiderte Ethan mit gefaßter Stimme. »Gahris hat befohlen, daß ich gehe.« Er schaute Luthien an, und die Festigkeit seines Blicks beruhigte den aufgebrachten Bruder. »Du weißt nur wenig von dem, was in der Welt geschieht. Du hast nie die Augen der armen Kinder gesehen, die in den Straßen von Montfort Hunger leiden. Du hast nie die Bauern gesehen, die sich von früh bis spät krummlegen und schließlich um ihre Ernte betrogen werden. Du hast nie die hilflose Wut eines Mannes gesehen, dem die Tochter entführt wird, um den noblen Herrschaften zu Diensten zu sein, oder das Klagen einer Mutter gehört, die ihr verhungertes Kind in den Armen hält.«

Luthien ließ die Zügel fallen.

»Mit einer solchen Welt kann ich mich nicht abfinden«, sagte Ethan. »Ich habe eine Vorstellung davon, wie sie sein sollte. Doch unser Vater, dieser Lakai eines unrechtmäßigen Königs, bringt weder die Kraft noch den Mut auf, sich gegen dieses Unrecht zur Wehr zu setzen.«

Ethan bemerkte, daß seine anklagenden Worte allmählich Eindruck machten auf das naive Gemüt des jüngeren Bruders, der dastand wie vom Donner gerührt. Trotz aller Unterschiede liebte er ihn, und er bemitleidete ihn, weil er wahre Freiheit nie kennengelernt hatte.

»Leb wohl, mein Bruder«, sagte Ethan. »Von allen werde ich dich am meisten vermissen. Halte die Augen aufs Fenster gerichtet, die Ohren zur Tür, und vor allem: Nimm dich in acht vor Lady Avonese.« Er gab dem Pferd die Sporen und preschte davon. Bestürzt blieb Luthien allein im Hof zurück.

Luthien fand keinen Schlaf in dieser Nacht, und am nächsten Tag wanderte er ziellos umher. Er blickte auch nicht auf, als ihm Katerin vom Feldrand aus zurief. In der folgenden Nacht konnte er wieder nicht schlafen. Er dachte an Ethan, an Garth Rogar und an seinen Vater, den er nun mit ganz anderen Augen sah.

Er nahm sich vor, mit dem Vater zu sprechen und ihn mit Ethans Vorwürfen zu konfrontieren. Was würde er dazu zu sagen haben? fragte er sich, zweifelte aber inzwischen daran, daß ihn dessen Rechtfertigung würde überzeugen können. Ethans Worte hatten ihm die Augen geöffnet. Sie wieder zu schließen war nun nicht mehr möglich.

Am Morgen des nächsten Tages suchte er den Vater auf, um seinen eigenen Standpunkt vorzutragen, um seiner Wut über den Mord an Garth Rogar Ausdruck zu geben und darüber, daß Avonese, diese abscheuliche Frau, ihm als neue Mutter zugemutet werden sollte.

Schmunzelnd sah er voraus, daß sich seine Beschwerden wohl ähnlich anhören würden wie die von Ethan, und er fragte sich, ob der Vater auch ihn in den Krieg schicken würde.

Ohne angeklopft zu haben, betrat er das Arbeitszimmer, fand den Vater aber nicht vor. Der war bereits wie an jedem Morgen ausgeritten. Luthien wollte schon kehrtmachen, zum Stall gehen, das eigene Pferd satteln und dem Vater nachreiten. Doch er besann sich anders, da er fürchtete, daß Avonese den Vater begleitete. Ihr zu begegnen war das letzte, was er sich wünschte.

So beschloß er, in der Kammer zu warten. Er musterte die Bücher in den Regalen, machte Feuer im Kamin, setzte sich in den bequemen Sessel, legte die Füße hoch und nahm ein Buch zur Hand, als plötzlich die Tür aufflog und eine der Wachen hereingepoltert kam.

»Was habt Ihr hier zu suchen?« wollte der Zyklop wissen und drohte mit dem Dreizack, blieb aber auf Distanz.

»Das geht dich nichts an.« Luthien krauste die Stirn. Er kannte jeden Wachposten im Haus, doch diesen hier hatte er noch nie gesehen.

»Antwortet!« brüllte der Zyklop. »Was führt Euch hierher in die Privatgemächer des Grafen und der Gräfin von Bedwydrin?«

»Gräfin?« Luthien erstickte fast an diesem Wort.

»Ich habe Euch eine Frage gestellt«, knurrte der Zyklop und brachte den Dreizack in Anschlag.

»Wer zum Teufel bist du, daß du es wagst, so mit mir zu reden?«

»Der Leibwächter der Gräfin von Bedwydrin«, antwortete der einäugige Soldat, ohne zu zögern.

»Und ich bin der Sohn des Grafen«, sagte Luthien.

»Ich weiß, wer Ihr seid, Schwertfechter«, entgegnete der Zyklop. Mit der freien Hand langte er über die Schulter und brachte hinter dem breiten Rücken eine Armbrust zum Vorschein. Jetzt wußte Luthien, wen er da vor sich hatte. Er warf das Buch auf den Tisch und sprang auf.

»Ihr seid nicht angemeldet«, fuhr der Zyklop unbeeindruckt fort. »Also habt Ihr hier nichts verloren. Schert Euch davon, bevor ich Euch beibringe, was sich gehört.«

Ohne sein blutunterlaufenes Auge von Luthien abzuwenden, kehrte er langsam zur Tür zurück.

Luthien war wie versteinert. Er hatte Rache geschworen, und nun stand ihm der Feind, den er auf dem Schiff des Herzogs wähnte, unmittelbar gegenüber. Was hatte das zu bedeuten? fragte er sich. Was hatte Aubrey dazu bewogen, ausgerechnet diesen Zyklopen auf der Insel zurückzulassen? Welche List steckte dahinter? Verfolgte er die Absicht, Luthien zu reizen?

Er erinnerte sich an Ethans Voraussage vom Fall des Hauses Bedwyr und wußte, daß ihn das, wozu er sich nun gezwungen sah, für den Rest seines Lebens begleiten würde.

»Folgt mir!« verlangte der Zyklop und kehrte Luthien den Rücken zu, vor dem die Armbrust hing, mit der er Garth getötet hatte.

»Sag mir«, hob Luthien mit ruhiger Stimme an, »hat es dich gefreut, einen Mann zu töten, der hilflos am Boden lag?«

Der Zyklop wirbelte herum; auf seinem Gesicht machte sich ein hämisches Grinsen breit, und er zeigte Luthien seine spitzen, gelb verfärbten Zähne. »Zu töten macht mir stets Vergnügen«, antwortete er. »Kommt Ihr jetzt, oder wollt Ihr zu meinem Vergnügen beitragen?«

Luthien nahm den Stein vom Tisch, mit dem der Graf seine Briefbögen beschwerte, und schleuderte ihn mit aller Wucht durch den Raum. Am Schenkel getroffen, brüllte das Monstrum auf. Es duckte sich und richtete den Dreizack auf Luthien.

»Das war nicht gerade klug«, murmelte der junge Bedwyr vor sich hin, als ihm klar wurde, daß er unbewaffnet war. Die einäugige Bestie rückte näher. Luthien langte nach einem Hocker, um ihn als Schild zu benutzen, doch er zersplitterte schon beim ersten Zustoß.

Luthien sprang über den Schreibtisch hin zum Kamin, packte den Schürhaken und mußte sich sogleich der zweiten Attacke des Monstrums erwehren. Im letzten Augenblick gelang es ihm, den Dreizack mit der Eisenstange abzulenken und zur Seite zu weichen. Dennoch schrammte ihm einer der Zinken über den Bauch. Eine dünne Blutspur zog sich über das weiße Hemd.

Grinsend fuhr sich der Zyklop mit der Zunge über die spitzen Zähne.

»Ich habe keine Waffe!« protestierte Luthien.

»Das macht die Sache für mich um so spaßiger«, entgegnete der Zyklop und holte zu einem neuen Stoß aus, drehte blitzschnell den Schaft um und schlug mit dem stumpfen Ende von der Seite zu. Luthien ließ sich nicht narren und sprang mit beiden Beinen über die vorbeisausende Stange hinweg. Kaum war er wieder auf dem Boden, schnellte er einen Schritt nach vorn und stieß mit den Fingern auf das Auge des Zyklopen ein.

Doch ehe er den Gegner ernstlich verletzen konnte, warf es ihn, vom zurückschwingenden Spieß getroffen, wuchtig zur Seite. Immerhin war der Zyklop einen Moment lang benommen und orientierungslos.

Luthien fackelte nicht lange. Er sprang zurück zum Kamin. »Jetzt ist es um dich geschehen!« rief er und langte triumphierend nach dem sagenhaften Schwert. Doch es klemmte fest verhakt an der Wand.

Jetzt lachte der Zyklop und brachte den Dreizack erneut in Anschlag.

Luthien hatte das Heft freigerissen; aber der Haken, der die Klingenspitze hielt, gab nicht nach. Mit aller Macht versuchte er, das Schwert aus der Verankerung herauszuhebeln, und lehnte sich, die Füße vor den Kaminsockel gestemmt, zurück. Mit einem Ruck löste sich das Schwert von der Wand, sauste herum und schlug krachend auf die Zinken des Dreizacks, die Luthien fast die Brust durchstoßen hätten. Beide gerieten aus dem Gleichgewicht, doch Luthien reagierte schneller als der andere. Den Kaminsockel als Absprung nutzend, stürmte er geduckt voran und riß den Zyklopen mit sich zu Boden.

Blitzschnell war er wieder auf den Beinen, hob das Schwert über die Schulter und schlug zu. Doch nicht minder schnell hatte das Monstrum den Dreizack aufgepflanzt, der mit den Zinken die Klinge auf halben Wege abfing. Vor Wut schnaubend, rollte der Zyklop zur Seite.

»Ich bin keiner Eurer halbstarken Gegner, die Euch in der Arena gegenüberstehen«, knurrte der Einäugige. »Ich war Kommandant der prätorianischen Garde!« Und sofort attackierte er mit einer Serie von tückischen Stößen und Finten, mal von vorn, mal von der Seite geführt, beidermaßen Knauf und Zinken zum Einsatz bringend. Er verstand es vortrefflich, mit der Langwaffe zu kämpfen; wie mit einem kurzen Degen ging er damit um und zwang Luthien in die Defensive.

Doch der Sohn von Bedwyr parierte perfekt. Seine Ausweichmanöver waren so pünktlich wie die Attacken des Gegners. Er fiel auf keine der Finten herein, wich aus, wehrte ab und ließ den Dreizack jedesmal ins Leere stoßen.

Luthiens Respekt für den Gegner stieg mit jedem Vorstoß. Weil seine Waffe die kürzere Reichweite hatte, brauchte Luthien den ganzen Raum für seine Manöver, und wohin er auch auswich, der Zyklop drängte immerzu auf ihn ein. Dann nahm Luthien hinter einem Diwan Deckung.

Lächelnd parierte er einen hoch angesetzten Stoß und ließ den Dreizack, vom Schwert geführt, ins gepolsterte Kopfteil fahren. Er sah, wie sich im Ausdruck des Einäugigen zunehmend Unbehagen abzeichnete, und wich vorsichtig zurück, als der Zyklop wutschnaubend vorpreschte. Es schien, als wollte er die kleine Couch mit der Wucht seines massigen Körpers zermalmen.

Abrupt blieb er stehen. Offenbar ahnte er, daß der wendige Gegner sich ihm entziehen würde, daß er von der Couch behindert werden könnte und daß der andere nur auf einen Fehltritt seinerseits wartete. Er versuchte, das Möbelstück wegzuschieben, doch Luthien schlug, seine Deckung verteidigend, mit dem Schwert zu, und dem Monstrum kostete es fast die Hand, als die Klinge tief ins Polster einschnitt.

»Das wird meinem Vater nicht gefallen«, bemerkte Luthien.

»Es wird ihm bestimmt nicht gefallen, Euch bestatten zu müssen«, knurrte das Monstrum und stieß abermals mit dem Spieß zu. Er rechnete damit, daß Luthien den Gegenschlag von vorhin wiederholen und versuchen würde, den Dreizack mit dem Schwert ins Polster zu zwingen. Diesen Moment wollte der Zyklop ausnützen, um den Gegner mit Hilfe des Divans an die Wand zu drücken.

Luthien aber reagierte anders als erwartet. Er tauchte unter dem Spieß weg und wälzte sich über die Couch. Instinktiv wich der Zyklop zurück, doch bevor er seine Waffe wieder unter Kontrolle hatte, war Luthien mit dem Schwert zur Stelle.

Der *Blender* drang tief in den Bauch und hinauf durch das Zwerchfell, die Lungen bis ins Herz. Der Einäugige hatte in diesem Moment die Waffe hoch über den Kopf erhoben, und eine Sekunde lang fürchtete Luthien, daß die Zinken auf ihn herabfahren würden.

Dann sah er das Auge des Zyklopen brechen, sah, wie ihn alle Kraft verließ, wie ihm der Dreizack aus der Hand glitt. Und langsam kippte der leblose Körper rücklings zu Boden.

Luthien suchte Halt mit den Füßen. Vor ihm lag sein erstes Mordopfer. Was er bei diesem Anblick empfand, behagte dem jungen Mann ganz und gar nicht. Er betrachtete den toten Zyklopen und rief sich immer wieder in Erinnerung zurück, daß dieser seinen Freund Garth Rogar getötet hatte und daß er ihm fast selbst zum Opfer gefallen wäre. Und außerdem handelte es sich um einen Zyklopen, um eines jener wilden, bösen Wesen, die weder Liebe noch Mitleid kannten, die in ihrer Erscheinung und ihrem Temperament kaum etwas mit Menschen gemein hatten. Es war allein dieser Gedanke, der das Gewissen des jungen Mannes in diesem Moment ein wenig zu entlasten vermochte, ihm Mut zu schöpfen gewährte.

Er schaute auf das blutverschmierte Schwert. Wahrhaftig, es war perfekt austariert und von enormer Schärfe. Luthien konnte kaum glauben, wie leicht es durch die Ledermontur in den Körper des Gegners eingedrungen war. Ein einziger Hieb hatte den stabilen Diwan beinahe zweigeteilt. Da er nun seinen Schwur eingelöst und den Freund gerächt hatte, war ihm, als spürte er, den *Blender* haltend, das Blut seiner stolzen Ahnen durch die Adern strömen.

Als sich Luthien wieder beruhigt hatte, wurde ihm bewußt, daß seine Tat eine unheilvolle Kettenreaktion in Gang setzen würde, die er mit dem eigenen Leben würde büßen müssen, wenn er in Dun Varna bliebe. Dennoch reute es ihn keinen Augenblick, den Feind erschlagen zu haben. Er hatte den Stein geschleudert und damit willentlich die Konfrontation herausgefordert. Gahris, sein eingeschüchterter Vater, würde keine Entschuldigung gelten lassen. Damit war zu rechnen, wenn Ethans Behauptungen der Wahrheit entsprachen. Luthien vergegenwärtigte sich noch einmal die letzte Begegnung mit dem Vater und legte Gahris' Worte neu aus unter dem Eindruck dessen, was Ethan gesagt hatte.

Luthien ahnte, daß sich sein Leben nun von Grund auf ändern würde. Als Verbrecher gebrandmarkt, würde er aus Dun Varna und von der Insel fliehen müssen. Vielleicht, so dachte er, wäre es ratsam, dem

Bruder nachzueilen und mit ihm zu ziehen. Ethan würde gewiß Verständnis haben für seine Tat und ihm helfen wollen. Doch womöglich hatte Ethan bereits die Fähre erreicht, die zwischen Bedwydrin und dem Festland verkehrte. Wohin würde der Bruder von dort aus gehen? Nach Montfort? Oder direkt nach Carlisle?

Er schaute durch das kleine Fenster nach draußen und sah die Sonne im Osten höhersteigen. Bald würde der Vater zurückkehren. Luthien durfte nicht länger warten; er mußte sich schleunigst auf den Weg machen.

Er dachte daran, den *Blender* mitzunehmen, diese unvergleichliche Waffe. Eine bessere hatte er noch nie in den Händen gehalten. Aber sie gehörte ihm nicht, und sein Anspruch darauf war für immer verloren. Obwohl er seine Tat für gerechtfertigt und ehrenwert hielt, weil es ihm eine Freundespflicht gewesen war, Garth zu rächen, wußte Luthien, daß er Schande über das Haus Bedwyr gebracht hatte. Er durfte sich nicht auch noch eines gemeinen Diebstahls schuldig machen.

Ohne das Blut von der Klinge abgewischt zu haben, hängte er die Waffe an ihren Platz über dem Kamin zurück. Gahris sollte sehen, daß mit ihr der grausame Tod an Garth Rogar gesühnt worden war.

5. KAPITEL

Kein Blick zurück

Auf dem Rücken seines Lieblingspferdes Flußtänzer verließ Luthien die Stadt. Der Hengst war ein Morgan-Highlander, ein muskelbepacktes Roß mit kurzen Beinen, das sich wie kein anderes Tier auf den tiefen und ewig feuchten Böden Eriadors fortbewegen konnte. Highlander-Pferde trugen ein dichtes Fellkleid, das sie vor Regen und kalten Winden schützte. Es war bei den meisten Exemplaren dieser Züchtung struppig und rauh, doch Flußtänzer hatte ein feines, geschmeidiges Fell, das mit jeder Bewegung schillerte wie ein sonnenbeschienener Wasserlauf.

Das Pferd war schwer beladen an diesem Tag. Luthien hatte eingepackt, was er für die lange Reise nötig zu haben glaubte, unter anderem auch sein Angelzeug und die Netze. Den jungen Bedwyr so ausreiten zu sehen, konnte niemanden verwundern, denn jeder wußte, daß nach Garth Rogars Tod nur selten trainiert wurde in der Arena.

Und darum nahm kaum jemand Notiz von ihm, als er zur Stadt hinausritt. Nur einmal hielt er das Pferd an, um einen Fischer zu fragen, ob das Wasser im Norden der Bucht ruhig genug sei zum Auswerfen der Netze oder ob er es lieber mit der Angelschnur versuchen sollte. Das kurze Gespräch zwischen den beiden verlief freundlich und ganz alltäglich. Genauso wollte es Luthien.

Als Luthien aber die riedbedeckten Häuser hinter

sich gelassen hatte, gab er dem Pferd die Sporen. Fünf Meilen außerhalb der Stadt suchte er eine jener Stellen am Strand auf, wo er sich immer wieder gern zum Fischen hinbegab. Dort legte er auf den Steinen nahe der Brandung sein Angelzeug ab, Netze und Stangen. Außerdem zog er einen der nassen Stiefel aus und ließ ihn zurück in der Absicht, aus seinem Verschwinden ein Rätsel zu machen. Es tat ihm um den Vater leid, wenn dieser würde erfahren müssen, daß sein Sohn allem Anschein nach in die wilde Dorsal-See hinausgespült worden sei.

Doch darauf konnte er nun keine Rücksicht nehmen. Er schwang sich wieder aufs Pferd und führte es vorsichtig über die Steine, um möglichst wenig Spuren zu hinterlassen – und seufzte frustriert, als das Tier den Schwanz hob und eine deutliche Wegmarkierung fallen ließ.

Luthien ritt in westlicher Richtung auf Hale zu und bog dann nach Süden ab. Es war schon nach Mittag, als er im Abstand etlicher Meilen wieder an Dun Varna vorbeikam, und er fragte sich, was jetzt wohl im Haus des Vaters vor sich gehen mochte. Wie hatten Gahris und Avonese auf die Entdeckung des toten Zyklopen reagiert? Ob dem Vater das blutige Schwert an der Wand aufgefallen war?

Wahrscheinlich hatte man schon jemanden ausgeschickt, um am Nordrand der Bucht nach Luthien zu suchen. Womöglich waren sogar schon die Ausrüstung und der Stiefel gefunden worden. Allerdings bezweifelte Luthien, daß sein Vater darüber bereits informiert worden war.

Sei's drum, dachte der junge Bedwyr und erneuerte seinen Beschluß, dem Weg zu folgen, der ihm von seinem Herzen gewiesen wurde. Der Verstand sagte ihm zwar, daß er unbehelligt nach Hause würde zurückkehren können. Denn es war schließlich zu entschuldigen, daß er sich gegen den bewaffneten Zyklopen zur

Wehr gesetzt hatte. Luthien mochte einfach nicht glauben, daß sich der Vater gegen ihn wenden würde. Es war also nicht die Angst vor Strafe, die Luthien davonziehen ließ. Das wurde ihm nun bewußt, als er seine Heimatstadt passierte, vielleicht zum allerletzten Mal. Ethan hatte Zweifel gesät, tiefgreifende Zweifel, die Luthien veranlaßten, sein bisheriges Leben in Frage zu stellen. War er wirklich frei, wie er immer geglaubt hatte? Was hatte es in Wirklichkeit auf sich mit diesem König, der von Carlisle aus das ganze Inselreich beherrschte?

Die Antworten auf diese Fragen waren nur außerhalb seines Vaterhauses zu finden.

Normalerweise dauerte der Ritt zum Fährhafen am Diamantensund drei Tage. Luthien trieb sein Pferd an in der Hoffnung, die Strecke in nur zwei Tagen schaffen zu können. Flußtänzer sprengte bereitwillig voran und jagte mit seinem Reiter über das zentrale Hochland der Insel. Luthien war schon weit von Dun Varna entfernt, als er das erstemal Rast machte. Es regnete heftig in dieser ersten Nacht. In seine Decke gehüllt, hockte er am Lagerfeuer, das mehr Qualm als Flammen hervorbrachte. Doch er spürte weder Kälte noch Nässe; zu sehr beschäftigten ihn all die drängenden Fragen. Er dachte an Katerin, an den Duft ihrer Haut und den Blick ihrer grünen Augen, wenn er bei ihr lag und sie umarmte, und er bedauerte, ihr nichts von seinem Weggang gesagt zu haben.

Die Nacht war weit vorgerückt, als er endlich einschlief; und schon früh wachte er wieder auf, geweckt von hellem Sonnenschein.

Ein herrlicher Tag. Luthien bestieg das Pferd und schaute zum blauen Himmel auf. Daß keine einzige Wolke darüber hinwegzog, war eine Seltenheit auf Bedwydrin. Eine euphorische Stimmung machte sich breit; Luthien glaubte, noch nie so lebendig gewesen zu sein wie in diesem Augenblick. Die Vögel und alle

Tiere am Boden lebten noch einmal auf an diesem herbstlichen Sonnentag. Bald schon würde die dunkle und kalte Zeit des Winters anbrechen. Luthien war in seinem bisherigen Leben nur selten aus Dun Varna herausgekommen und wenn überhaupt, dann war es nur für kurze Zeit.

Jetzt lag ein langer Weg vor ihm; er führte ihn aufs Festland, nach Avon und womöglich bis nach Gascony und Duree, wenn es ihm denn gelänge, zum Bruder aufzuschließen. Mit einem Male öffnete sich für Luthien eine große Welt voller Abenteuer und Gefahren, und die erregende Aussicht darauf verdrängte allen Kummer über den Tod des Freundes wie auch die Furcht vor seinem Vater. Er wünschte, Katerin wäre bei ihm, wünschte sich, mit ihr gemeinsam die neugewonnene Freiheit auskosten zu können.

Gegen Mittag hatte er zwei Drittel der Strecke zurückgelegt. Flußtänzer lief mit Leichtigkeit und unermüdlich voran. Der Weg bog ab in südöstliche Richtung. Nach einer Weile kam Luthien an eine enge Holzbrücke, die sich über einen wild dahinschießenden Wasserlauf erstreckte. Jenseits lag ein kleines Waldgebiet.

Da tauchte aus entgegengesetzter Richtung eine Kutsche aus den Bäumen auf. Der zyklopische Kutscher konnte den Reiter auf der Brücke deutlich sehen und hatte reichlich Zeit, den Wagen abzubremsen, doch mit jener Dreistigkeit, die für seinesgleichen typisch ist, nahm er keine Rücksicht und lenkte das Gespann auf die Brücke.

»Platz da!« brüllte der Einäugige.

»Warum hast du nicht angehalten?« protestierte Luthien. »Ich war eher auf der Brücke als du.« Er sah, daß der Zyklop nur leicht bewaffnet war. Er schien im Dienst eines einfachen Händlers zu stehen, da er nicht das Erkennungszeichen der Prätorianer trug. Luthien war bereit kehrtzumachen. Schließlich war es einfacher, ein einzelnes Pferd zurückzusetzen als ein zweispänniges Gefährt.

Doch plötzlich zeigte sich ein feistes, fleckiges Gesicht im Fenster des Wagens. »Fahr den Kerl über den Haufen!« grölte der Händler und zog den Kopf wieder zurück.

Fast hätte sich Luthien als Grafensohn zu erkennen gegeben, fast hätte er seine Waffe gezogen und dem Zyklopen befohlen, bis zum Fährhafen zurückzusetzen. Aber er schluckte seinen Stolz und besann sich darauf, daß es klüger sei, unerkannt zu bleiben und kein Aufsehen zu erregen. Er reiste als Fischer oder Bauer.

»Na, wird's bald, oder muß ich dich ins Wasser stoßen?« knurrte der Zyklop und ließ die Zügel schnalzen, um das Gespann näher an den Reiter heranzuführen. Nervös schnaubten alle drei Rosse.

Dem jungen Bedwyr gingen ein paar mögliche Antworten durch den Kopf, die für den Zyklopen und seinen Herrn allesamt äußerst unangenehm sein würden. Doch er hielt sich im Zaum und ließ das Pferd langsam von der Brücke zurückweichen.

Der Wagen rumpelte über die Planken. Der dicke Händler steckte den Kopf durchs Fenster und sagte: »Wäre ich nicht in Eile, würde ich aussteigen und dir Manieren beibringen, du lausiger Bursche.« Dann winkte er mit der weichen, plumpen Hand, und von der Peitsche des Zyklopen angetrieben, stoben die Pferde davon.

Luthien mußte an sich halten, um diesem Kerl nicht doch noch das Maul zu stopfen. Aber dann schüttelte er den Kopf und lachte laut auf. Er sah ein, daß es töricht war, sich durch eine solche Bagatelle die Laune verderben zu lassen.

Flußtänzer trottete über die Brücke und folgte dem Weg, der nach Norden ausscherte, um einen hoch aufragenden Felsen herum. Luthien hatte den Zwischenfall schon wieder vergessen, als er wenig später von einer Anhöhe aus in die Senke blickte und sah, daß der Wagen des Händlers – keine hundert Schritt entfernt – am gegenüberliegenden Flußufer entlangrollte und vor einer ganz und gar eigentümlich aussehenden Gestalt stehenblieb.

Es handelte sich offenbar, wie Luthien erkannte, um einen Halbling. Vertreter dieser Art waren nur selten so hoch im Norden anzutreffen. Jener dort unten saß auf einem lohfarbenen Reittier, einem eselhaften Pony mit haarlosem Schwanz, der waagerecht ausgestreckt war. Bemerkenswerter als dieses Tier war die Aufmachung des kleinwüchsigen Reiters. Obwohl abgetragen und fadenscheinig, machten die Kleider auf Luthien einen erlesen modischen Eindruck. Unter einem purpurnen Umhang aus Samt, der wie die langen, braunen Locken über den Rücken wallte, trug der Halbling ein blaues Wams; an den Schultern plusterten sich die Puffärmel eines weißen Seidenhemdes mit breiten Manschetten an den Handgelenken. Ein goldbesticktes und mit Fransen und Schellen verziertes Wehrgehenk hing quer über der Brust und lief seitlich zu einer Schlaufe zusammen, in der ein Rapier steckte. Danach langte der Halbling nun mit grünem Panzerhandschuh.

Unter der Kniehose, die wie der Umhang aus dunkelrotem Samt geschneidert war, stakten grün bestrumpfte Beine mit schmuckvollen Bändern an den Waden hervor. Ein riesiger Hut vervollständigte das Bild; die breite Krempe war an einer Seite hochgeschlagen. Darin steckte ein großer, rotgelber Federbusch. Das Gesicht des fremden Wesens war aus der Entfernung kaum auszumachen, doch Luthien sah, daß es einen Spitz- und Knebelbart trug.

Daß einem Halbling Haare im Gesicht wuchsen, war äußerst ungewöhnlich. Nicht weniger verwunderte Luthien die Aufmachung und das eselartige Reittier des Kleinen sowie die Tatsache, daß dieser die Kutsche mit seinem Degen zum Anhalten zwang, um sie auszurauben. Luthien lenkte sein Pferd die Böschung hinab, suchte Deckung hinter einem Gebüsch und beobachtete die Szene.

»Aus dem Weg, oder ich trample dich nieder!« krakeelte der stämmige Zyklop.

Doch der Halbling lachte nur. »Weißt du denn nicht, wer ich bin?« fragte er, und sein Akzent verriet, daß er weder aus Bedwydrin noch aus Eriador stammte. »Ich bin Oliver deBurrows«, erklärte er, »der Wegelagerer. Ich schenke dir und deinem Herrn das Leben, wenn ihr euch kampflos ergebt; aber die Münzen und Juwelen wandern in meine Tasche.«

Ein Gascone, dachte Luthien; er hatte schon manche scherzhafte Geschichten über dieses Volk gehört, und zwar von einem Erzähler, der deren Mundart nachzuahmen verstand.

»Warum geht's nicht weiter?« polterte der Händler und streckte den Kopf ungeduldig zum Fenster hinaus. Er war merklich verblüfft von dem, was er da sah. »Was ist?«

»Nichts weiter«, antwortete der Zyklop. »Kaum der Rede wert.«

»Dann mach voran«, rief der Händler.

Scheinbar wie aus dem Nichts zog der Zyklop ein großes Schwert und ließ es, ohne lange zu fackeln, auf den Halbling niedersausen. Luthien schnappte nach Luft. Er wähnte den kleinen, wunderlichen Burschen schon in seinem Blut am Boden liegen, doch plötzlich schnellte dessen linke Hand vor, in der ein Dolch mit breiter Klinge steckte.

Er fing das Schwert mit der Handwaffe auf, ließ blitzschnell den Arm rotieren und riß dem Monstrum das Heft aus der Hand. Das Schwert flog in hohem Bogen durch die Luft und bohrte sich ins Gras mehr als fünf Schritt entfernt. Sogleich setzte der Kleine mit dem Degen nach und plazierte die Spitze auf den ledernen Waffenrock, knapp Zweifingerbreit unter dem bloßen Hals des Zyklopen. Bedrohlich bog sich die Klinge durch.

»Du Ratte!« fauchte das Monstrum.

Der Wegelagerer lachte wieder laut auf. »Wie sagte mein seliger Vater immer? Der Stolz eines Halblings steht im umgekehrten Verhältnis zu seiner Größe.« Und nach dramatischer Pause fügte er hinzu: »Und ich versichere dir: Ich bin sehr klein.«

Dem Kutscher hatte es offenbar die Sprache verschlagen. Wahrscheinlich war ihm auch die kuriose Logik des Kleinen zu hoch. Luthien, versteckt hinter dem Busch, kicherte in sich hinein.

»Was glaubst du, wie weit sich mein prächtiger Degen noch durchbiegen läßt?« fragte Oliver. »Gib dich geschlagen. Ich habe gewonnen und möchte nun meinen Lohn in Empfang nehmen.«

Doch nun staunte der Halbling nicht schlecht, als die Kutschentür aufflog und ein Zyklop nach dem anderen aus dem Wagen sprang, insgesamt sechs an der Zahl. Angesichts der veränderten Situation zog der Wegelagerer das Rapier zurück und meinte einschränkend: »Oder sollte ich mich am Ende geirrt haben?«

6. KAPITEL

Oliver deBurrows

Auf seinem lohfarbenen Rößchen war der modische Wegelagerer in Augenhöhe mit den zyklopischen Wachen. Er parierte einen Lanzenstoß von der einen Seite und riß so heftig am Zügel, daß sich das Pony aufbäumte und auf den Hinterläufen kehrtmachte. Gerade rechtzeitig, denn nun kam von hinten ein Schwert herangesaust, dem es auszuweichen galt. Der Kleine war nur noch als verwischter Schatten auszumachen, so rasend schnell bewegte er sich. Aber der zyklopische Kutscher grinste hämisch und zog eine zweite Waffe: eine gespannte Armbrust.

Oliver deBurrows hielt sich selbst für eine lebende Legende. Doch damit wäre es jetzt zu Ende gewesen, hätte sich der junge Luthien Bedwyr, versteckt hinter einem Gebüsch auf der anderen Seite des Flusses, nicht in diesem Moment ein Herz gefaßt. Luthien war noch nie ein Freund der Händler gewesen; im Gegenteil: Er fand ihre Raffsucht und Überheblichkeit empörend und rechnete sie den Räubern und Dieben zu. Zwar konnte kein Zweifel daran bestehen, daß auch dieser Halbling ein Räuber war, doch Luthien wägte nicht lange ab in diesem kritischen Augenblick; er ließ sein Herz entscheiden.

Der zyklopische Kutscher wußte nicht, wie ihm geschah, als er, von Luthiens Pfeil in die Brust getroffen, auf dem Kutschbock zurückgeworfen wurde. Die Armbrust glitt ihm aus den Händen.

Oliver schien davon nichts bemerkt zu haben. »Ja, komm doch, du, der du mit deinem einen Auge aussiehst wie ein Rindvieh von hinten!« brüllte er auf einen anderen Zyklopen ein und fuchtelte so wild mit seinem Rapier in der Luft herum, daß der andere wie benommen von ihm abrückte und sich verdutzt an der fliehenden Stirn kratzte.

Luthien lenkte sein Roß hinter dem Gebüsch hervor, ließ es auf der steilen Böschung Anlauf nehmen und mit einem gewaltigen Sprung über den Fluß setzen. Noch ehe es die andere Seite erreichte, hatte Luthien den Bogen wieder gespannt und einen zweiten Pfeil abgeschossen.

Die Zyklopen schrien vor Wut. Einer riß eine lange Hellebarde aus der Halterung neben der Kutschentür und rannte auf Luthien zu, besann sich aber unter dem Anflug schnurrender Pfeile anders und suchte eilends Deckung hinter den Zugpferden. Von drei Seiten bedroht, war Oliver so sehr mit seinen unmittelbaren Gegnern beschäftigt, daß er nicht einmal wußte, wieso die anderen ein so furchtbares Geheul anstimmten. Als er aber sein Pony herumriß und den hinter ihm stehenden Gegner konfrontierte, sah er, daß dieser abgelenkt war und in eine andere Richtung starrte.

»Pardon«, sagte der Halbling höflich und hielt dem verdutzten Monstrum seinen Dolch unter die Nase. Mit der anderen Hand zog er nun den breiten Hut vom Kopf und schlug mit der Krempe dem Rößl auf die Kruppe. Das Tier reagierte sofort, ging hinten hoch und trat mit den Läufen aus, was jenen Zyklopen schlecht bekam, die in Reichweite der Hufe und unaufmerksam waren. Oliver hatte Luthien mittlerweile entdeckt, zuckte aber nur mit den Achseln und wandte sich denen zu, die ihm gefährlich zu werden drohten.

Trotz der unerwarteten Hilfe war der Feind immer noch in der Überzahl, und der Halbling geriet in arge

Bedrängnis, zumal er sich jetzt nur mit einer Waffe zur Wehr setzen konnte.

Ein Armbrustschütze, der bäuchlings auf dem Dach der Kutsche lag, ließ von Oliver ab und nahm den neuen Gegner ins Visier. Doch Luthien hing tief geduckt an der Flanke seines Pferdes, das ihm wie ein Schild Deckung bot. Der Pfeil des Zyklopen verfehlte sein Ziel um Längen. Luthien tauchte wieder auf und erwiderte den Schuß; sein Pfeil schlug dicht unterhalb des Zyklopengesichts im Holzaufbau der Kutsche ein. Schneller als der Gegner hatte Luthien einen neuen Pfeil aufgelegt, der, aus zehn Schritt abgeschossen, das Monstrum auf dem Kutschdach festnagelte.

Nun stürmte der Soldat mit der Hellebarde hinter dem Gespann hervor. Luthien hatte nur eine Möglichkeit, dem Stoß auszuweichen. Er warf den Oberkörper zurück und ließ sich vom Pferd fallen. Unsanft prallte er am Boden auf, hielt aber den Bogen gepackt und benutzte ihn wie eine Lanze, als er sich aufrappelnd einer zweiten Attacke erwehren mußte.

Oliver hatte sein Pony herumgeschwungen, um die beiden letzten Gegner vor sich zu haben. Sein Rapier peitschte über den gesenkten Kopf des Reittiers hin und her. Der Halbling gab sich gelassen; ja, er machte fast einen gelangweilten Eindruck. Tatsächlich aber war er aufs äußerste angespannt. Diese Zyklopen wußten gut zu kämpfen, und sie hatten hervorragende Waffen zur Verfügung. Doch Oliver wäre als Wegelagerer nicht weit gekommen, wüßte er nicht so manchen Trick aus seinem weißen Puffärmel zu ziehen. Und er war mittlerweile schon zwei Jahrzehnte als Räuber unterwegs.

»Hinter euch!« brüllte er plötzlich, und einer der beiden Zyklopen wäre auf diese simple Finte beinahe hereingefallen, hätte fast einen Blick über die Schulter geworfen – was für jemanden, der nur ein Auge hat, das mittig im Gesicht sitzt, nicht ohne Halsverrenkung möglich ist.

Der andere Zyklop ließ sich nicht beirren und setzte seinen Angriff fort. Und auch der andere schlug wieder zu, aufbrausend und voller Wut darüber, daß er sich von dem kleinen Kerl hatte narren lassen.

Oliver wußte, daß die beiden auf diesen Trick nicht hereinfallen würden; er führte etwas ganz anderes im Schilde, als er nun ein zweites Mal rief: »Hinter euch!« Er wollte sie reizen und denken lassen, daß er sie für dumm hielt. Und wie erwartet, reagierten die Monstren mit ungestümer Wut.

Oliver gab seinem Pony die Sporen, und es preschte voran, auf die beiden Gegner zu, die so blindwütig attackierten, daß sie keine Notiz nahmen von Olivers geschicktem Manöver. Der hatte nämlich die Zügel schießen lassen, war rücklings vom Sattel gerollt und nach einer Luftrolle sicher auf den Füßen gelandet. Die Zyklopen sprangen zurück, als das Tier zwischen ihnen hinwegsprengte. Oliver war sofort zur Stelle und rammte dem einen das Rapier ins Hinterteil.

Der Zyklop heulte auf und schlug mit dem Schwert um sich. Doch Oliver parierte mit dem Degen und schlenzte ihm die Waffe aus der Hand.

»Was seid ihr bloß für Hornochsen«, schnaubte Oliver und stemmte, Entrüstung mimend, die Fäuste in die Hüfte. »Dabei habe ich euch doch, höflich wie ich bin, vor einem Angriff von hinten gewarnt.« Der Halbling ging in die Fechtauslage und simulierte einen Vorstoß, worauf der Verwundete laut aufschreiend das Weite suchte und im Laufen den Hosenboden festhielt.

Der andere Zyklop aber konterte mit aller Kraft.

»Es wäre klug, wenn du dich deinem Freund anschlössest«, feixte Oliver. Er parierte den einen Hieb, wich dem zweiten mit eingezogenem Kopf aus und hüpfte über den dritten hinweg. »Du bist mir nämlich nicht gewachsen.«

Der Zyklop antwortete mit einem Wirbel von Schwerthieben. Oliver hatte wohl ein dutzendmal Gelegenheit, mit dem Rapier zuzustechen, wäre dabei selbst aber kaum ungeschoren davongekommen. Das Schwert des Gegners war fast so schwer wie der Halbling selbst, und so zog er es vor, der Offensive auszuweichen.

»Oder sollte ich mich am Ende geirrt haben?« schränkte der Kleine zum wiederholten Mal ein. Dann stieß er einen kurzen, schrillen Pfiff aus, wovon der Gegner aber nichts bemerkte. Der merkte auch nicht, daß sich das lohfarbene Pony von hinten näherte.

Das Tier stieß den Zyklopen zu Boden und trommelte mit den Vorderläufen auf ihn ein. Schließlich bäumte es sich auf, hüpfte wie ein dressiertes Hündchen auf und ab und stampfte auf dem Monstrum am Boden herum.

»Darf ich dir mein Pferd vorstellen?« fragte Oliver höflich.

Der Zyklop brüllte und versuchte aufzustehen, doch die zerschmetterten Glieder versagten ihm den Dienst.

Luthien war schwerer verwundet, als er sich einzugestehen wagte, zumal er gerade in einen brutalen Kampf verwickelt war, und der Kopf dröhnte ihm so sehr, daß er kaum richtig sehen konnte.

Er nahm nur noch einen Schatten wahr, als der Gegner mit der Hellebarde auf ihn einzustoßen versuchte. Luthien schwenkte den Bogen hin und her und sprang zurück, prallte dabei aber so wuchtig mit dem Rücken gegen einen Baumstamm, daß es ihm den Atem verschlug. Der Zyklop wähnte den Gegner endgültig geschlagen und stieß mit der Hellebarde zu, doch die tückische Spitze schlug – statt den Gegner – ein tiefes Loch ins Holz. Luthien hatte sich zeitig zur Seite fallen lassen.

Er antwortete seinerseits mit einem Streich, schlug

aber daneben und mußte zu seinem Schrecken mitansehen, wie der Bogen am Baumstamm zerbarst. Die Wurfarme des Bogens wurden nur noch von einem Splitter in der Mitte zusammengehalten.

Der Zyklop bellte vor Lachen. Luthien schleuderte ihm den Bogen entgegen und zog das Schwert, worauf das Gelächter des Einäugigen in ein bedrohliches Knurren umschlug.

Olivers Pony tanzte immer noch auf dem Monstrum herum, das sich am Boden wand und stöhnte. Da sprang der Halbling von hinten in den Sattel, um dem jungen Mann zur Hilfe zu eilen. Doch hielt er inne, weil er aus der Kutsche ein heftiges Tuscheln vernahm.

»Schieß doch!« hörte er eine Frau sagen. »Du bist doch kein Feigling, oder?«

Oliver nickte bestätigend, denn er ging davon aus, daß die Frau mit dem Händler sprach, und war selbst der Meinung, daß alle Händler Feiglinge seien. Er hüpfte hoch, kam aufrecht mit den Füßen auf dem Sattel zu stehen, lenkte das Pony zur Kutsche hin und sprang aufs Dach, wo er beinahe über die Leiche des Zyklopen stolperte, dem sich ein Pfeil ins Gesicht gebohrt hatte. Oliver schaute auf seine blutverschmierten Schuhe und rümpfte die Nase. Plötzlich tauchte eine riesenhafte Hand auf und klemmte sich um das Fußgelenk des Halblings.

Der zyklopische Kutscher ließ nicht locker, obwohl ihm ein Pfeil in der Brust steckte. Oliver schlug ihm die Breitseite seiner Degenklinge über den Schädel, und als dieser den Fuß losließ, um mit der Hand nach der Platzwunde am Kopf zu langen, trat ihm der Halbling ins Auge. Der Zyklop brachte nur noch gurgelnde Laute von sich, kippte rücklings vom Bock und stürzte hinter den angespannten Gäulen zu Boden, die nervös aufschreckten.

»Glück für dich, daß du mir nicht meine feinen, gestohlenen Kleider besudelt hast«, rief ihm der Halbling zu. »Denn in dem Fall hätte ich kein Pardon mit dir gehabt.«

Der Kleine schnaubte verächtlich, kletterte auf die andere Seite des Daches und ging in die Knie. Wenig später zeigten sich der Kopf und die feisten Pratzen des Händlers, bewaffnet mit einer Armbrust. Die war auf Luthien angelegt, der noch mit dem einzig übriggebliebenen Soldaten kämpfte.

Von oben meldete sich eine Stimme: »Was Ihr da vorhabt, scheint mir nicht klug zu sein.« Verwundert blickte der Händler zu dem kleinen Kerl hinauf, der am Dachrand lässig auf einem Knie hockte, in der grün behandschuhten Hand das Rapier präsentierte, den Ellbogen des linken Arms auf das eingewinkelte Knie stützte und mit dem Zeigefinger vor den Nasenflügel tippte.

»Oder sollte ich mich wieder einmal irren?« fuhr der Halbling im Plauderton fort.

Der Händler brüllte und versuchte, sich im engen Fensterausschnitt um die eigene Achse zu drehen. Doch ehe er die Armbrust auf Oliver richten konnte, schnappte der Degen plötzlich zu. Der Händler erstarrte vor Entsetzen, erholte sich aber rasch von dem Schreck, als ihm klar wurde, daß er von der Klinge gar nicht getroffen worden war. Und so setzte er seinen Angriff fort und drückte den Auslöser der Armbrust durch. Die Sehne schnurrte, entließ aber keinen Pfeil, denn der lag nicht mehr in der Führung. Oliver hatte ihn mit der Degenspitze herausgeschnippt.

Der Kleine hob die Arme und meinte schulterzuckend: »Ich bin besser. Seid Ihr nicht auch der Meinung?« Schreiend zog sich der Dickwanst ins Innere der Kutsche zurück, wo er sich von der Frau erneut als Feigling beschimpfen lassen mußte.

Oliver machte es sich auf dem Dach bequem und

schaute dem Kampf zu, den der junge Mann und der letzte Zyklop gegeneinander führten.

Der Zyklop brachte eine lange Hellebarde mit wuchtigen Streichen zum Einsatz, von der Seite, von vorn, von oben herab. Der junge Mann hielt wacker mit seinem Schwert dagegen und war bislang kein einziges Mal getroffen worden, obwohl es den Anschein hatte, daß ihm die Erfahrung fehlte in der Verteidigung gegen eine so lange Stoßwaffe.

»Wenn er vorrückt, mußt du ihm frontal entgegentreten«, rief Oliver.

Luthien hörte den Rat, konnte ihm aber keinen taktischen Sinn entnehmen. In der Arena hatte er oft genug gegen Lanzenträger gekämpft, doch deren Waffen waren allenfalls acht Fuß lang. Der Schaft dieser Hellebarde aber maß fast das Doppelte.

Als der Zyklop erneut zustieß, befolgte Luthien den Rat und sprang vor – mit dem Ergebnis, daß ihm die Metallspitze über die rechte Schulter schrammte. Er schrie auf, sprang zurück und nahm das Schwert in die linke Hand, um die schmerzende Schulter zu entlasten.

»Was treibst du denn da?« schimpfte Oliver. »Du darfst ihm doch nicht geradewegs in den Stoß laufen.«

Luthien und der Zyklop verschnauften kurz; beide wunderten sich über das, was dieser seltsame Halbling zum besten gab.

»So was kann doch nur einer dummen Viper einfallen. Bist du nicht gescheiter als so ein dummes Viech?« Und dann hielt der Halbling einen langen Vortrag über geeignete Methoden zur Verteidigung gegen lange Hieb- und Stoßwaffen, ergänzt um Ratschläge zur Abwehr von dummen Vipern. Doch Luthien hörte nicht hin. Ein heftiger Streich des Gegners zwang ihn, zur Seite auszuweichen, und schon folgte ein gerader Stoß, gezielt auf den Bauch. Luthien wirbelte herum, geriet dabei aus dem Gleichgewicht und stürzte zu

Boden. Die zurückgezogene Hellebarde kratzte ihm übers Hinterteil, hinterließ aber keine ernsthafte Verletzung. Blitzschnell wälzte sich Luthien nach vorn, schnappte mit der freien Hand nach dem Schaft der Stoßwaffe und brachte mit peitschender Bewegung sein Schwert nach oben. Der lange Schaft zerbrach in zwei Teile.

»Gut gemacht!« johlte der Halbling vom Dach der Kutsche.

Der Zyklop hielt nur noch den stumpfen Stiel gepackt, wußte aber wie eine Lanze damit umzugehen und schlug zu, bevor Luthien wieder auf die Beine kam. Getroffen sackte Luthien in den Staub zurück, und sogleich setzte der Einäugige nach und drohte den Gegner zu pfählen.

»Oje«, stöhnte Oliver, als der Zyklop sein ganzes Gewicht auf den Schaft legte, um sein Opfer zu durchbohren. Luthien zappelte wie wild.

Oliver legte den Hut an die Brust und senkte pietätvoll das Haupt. Doch plötzlich zuckte der Zyklop zusammen und ließ die Waffe fallen. Taumelnd wankte er ein paar Schritte zurück, und als er sich umdrehte, sah Oliver, daß er sich den Bauch hielt, um die herausdrängenden Gedärme zurückzuschieben. Luthien lag immer noch rücklings am Boden; von dem aufgepflanzten Schwert troff Blut. Langsam richtete er sich auf und warf den halbierten Hellebardenschaft beiseite. Jetzt erkannte Oliver, was geschehen war, und lachte erleichtert auf. Luthien hatte die Holzstange unter der Armbeuge abgefangen, darin festgeklemmt und sich dann listig zur Seite fallen lassen, um den Schwertstoß ausführen zu können.

»Der Junge gefällt mir«, sagte der Halbling und schwenkte den Hut zum Zeichen seiner Anerkennung. Dann klopfte er vom Dachrand aus mit dem Rapier an die Tür und rief: »He, du feiger Dickmops, gibst du dich endlich geschlagen?«

Quietschend ging der Verschlag auf. Der Händler trat zum Vorschein, gefolgt von einer grell geschminkten und Parfüm verströmenden Lady in einem dünnen, scharlachroten Seidenkleid, das kaum bis zu den Knien reichte, dafür oben aber um so tiefer ausgeschnitten war. Mit gekrauster Stirn blickte sie auf den Halbling herab, doch als sie den jungen Bedwyr sah, der sich langsam der Kutsche näherte, verwandelte sich ihr Ausdruck schlagartig.

Luthien begegnete ihrem taxierenden Blick mit starrer Miene. Er dachte an Avonese, und seine Linke schloß sich unwillkürlich fester um das Heft des blutbeschmierten Schwerts.

Drei anmutige Luftsprünge – vom Dach auf den Kutschbock und über die Kruppe eines der Pferde zu Boden – brachten Oliver unmittelbar vor den Gefangenen zu stehen. Mit der freien Hand riß er dem Händler den Geldbeutel vom Gürtel, während das Rapier der Dame die Juwelenkette vom Hals pflückte.

»Sieh dich mal im Wagen um«, sagte er zu Luthien. »Ich habe zwar nicht um Hilfe gebeten, bin aber großzügigerweise bereit, die Prise zu teilen.« Er stockte, sah sich nachdenklich um und zählte die Toten und Verwundeten am Boden. Dabei kam er zu dem Ergebnis, daß drei Zyklopen, also die Hälfte der Mannschaft, auf Luthiens Konto gingen, doch dann reklamierte er den Kutscher für sich und meinte: »Du hast von sechsen zwei erledigt; also gehören mir Zweidrittel der Beute.«

Luthien warf ihm einen entrüsteten Blick zu.

»Du verlangst doch nicht etwa die Hälfte?« brüllte Oliver.

»Ich bin kein Räuber«, erwiderte Luthien.

Oliver, der Händler und seine Dame tauschten verwunderte Blicke, und wie aus einem Munde sagten sie: »Was denn sonst?« Luthien verzog das Gesicht.

Es war lange still, bevor der Halbling seine Aufforderung wiederholte. »Schau endlich nach, was im Wagen zu finden ist!« Luthien zuckte mit den Achseln und bestieg die Kutsche. Der Innenraum war in mehrere Kammern unterteilt; die meisten enthielten Lebensmittel, Kleider und gewöhnliche Reiseutensilien. Dann aber fand er unter einer Sitzbank eine kleine eiserne Truhe. Er zog sie hervor und hievte sie nach draußen.

Oliver hatte den Händler gezwungen, sich bis auf die Unterwäsche auszuziehen und am Boden zu knien.

»So viele Taschen«, stöhnte der Halbling und wühlte im übergroßen Wams des Dicken herum.

An Luthien gewandt, flötete die Dame: »Ihr dürft mich durchsuchen.« Der junge Bedwyr wich vor ihr zurück und prallte mit dem Rücken gegen die aufgeklappte Tür.

»Wenn Ihr darunter was verbergt«, sagte Oliver und zeigte auf das dünne Kleidchen, »dann seid Ihr nur halb so viel Frau, wie Ihr vorzutäuschen versucht.« Er lachte über den eigenen Witz, aber dann schien ihm der Atem zu stocken, als er sah, was Luthien in den Händen hielt. Seine Augen leuchteten merklich auf.

»Mir scheint, es wird Zeit zu gehen«, sagte Oliver und warf das Wams beiseite.

»Und was wird aus denen da?« fragte Luthien.

»Die müssen wir umbringen«, antwortete Oliver wie beiläufig. »Sonst werden sie uns die gesamte prätorianische Garde auf den Hals schicken.«

Luthien bedachte den Halbling mit finsterem Blick. Bewaffnete Zyklopen im Kampf zu töten war eine Sache; aber einen hilflosen Mann und dessen Frau oder verwundete Feinde zu meucheln kam für den jungen Bedwyr nicht in Betracht. Bevor er protestieren konnte, stöhnte der Halbling auf und schlug sich mit der flachen Hand vor die Stirn.

»Oje, einer der Einäugigen ist entkommen«, sagte er und mimte Verzweiflung. »Wir können also nicht alle

Zeugen beiseite schaffen. Mir scheint, daß uns ein Gnadenakt nun besser zu Gesicht stehen könnte.« Er richtete den Blick auf die stöhnend am Boden liegenden Zyklopen: auf den Kutscher unter der Deichsel; auf denjenigen, der die Hufe des Ponys zu spüren bekommen hatte; auf den, der von Luthien aufgespießt worden war und sich, am Boden kniend, immer noch den Bauch hielt; und schließlich auf den, der, von Olivers Rößl getreten, in hohem Bogen durch die Luft geflogen war. Letzterer hatte sich inzwischen wieder berappelt, machte aber keine Anstalten, den Räubern nahe zu kommen.

»Übrigens«, fügte der Halbling grinsend hinzu, »im Gegensatz zu mir hast du tatsächlich einen Mord auf dem Kerbholz.«

»Nehmt mich mit!« rief die Lady plötzlich und warf sich so ungestüm an Luthiens Brust, daß der die Eisentruhe fallen ließ – auf die eigenen Füße. Überwältigt vom Schmerz, vom Parfümgestank der Lady und von den Erinnerungen an Avonese, verlor Luthien die Fassung. Er stieß sie von sich und streckte sie mit einem Fausthieb zu Boden.

»An deinen Manieren ist noch einiges zu feilen«, bemerkte Oliver und schüttelte den Kopf. »Und dasselbe gilt für Euch«, meinte er, an den Händler gewandt, der mit keinem Wort gegen die Behandlung seiner Dame protestierte. »Aber darum und um die Schatztruhe werden wir uns später kümmern. Komm mein Freund, wir verschwinden.«

Unschlüssig zuckte Luthien mit den Achseln. Was er nun tun sollte, war ihm ebensowenig klar wie das, was er getan hatte.

»Schäbig!« rief Oliver. Ein passender Name für das häßliche, lohfarbene Pony, wie Luthien befand. Es kam herbeigetrottet und knickte in den Vorderläufen ein, um dem Halbling das Aufsitzen zu erleichtern.

»Nimm die Truhe mit auf dein Pferd«, kommandierte Oliver. »Ich suche inzwischen meinen Dolch. Und Ihr«, sagte er und tippte dem bibbernden Händler mit der Rapierklinge auf den Kopf, »Ihr werdet jetzt fleißig zählen, so wie Ihr Eure Münzen zählen würdet, eine nach der anderen, und zwar tausendmal hintereinander.«

Luthien lockte Flußtänzer herbei und befestigte die Truhe hinter dem Sattel. Anschließend half er der Lady auf die Beine. Er wollte sich bei ihr entschuldigen – immerhin hatten er und der Halbling sie ausgeraubt, und sie war auch nicht mit Avonese zu verwechseln. Aber erneut warf sie sich ihm um den Hals und knabberte mit den Zähnen an seinem Ohrläppchen. Mit Gewalt (und fast auf Kosten des Ohrs) stieß er sie um Armeslänge von sich.

»Wie stark du bist«, schnurrte sie.

Oliver kam auf Schäbig zurückgetrottet. »Ist das Eure Frau?« fragte er den am Boden knienden Händler.

»Ja, meine Angetraute«, antwortete der und knirschte mit den Zähnen.

»Ein wirklich treues Herzchen«, sagte Oliver. »Tja, das Geld haben wir ja jetzt.«

Luthien hatte es eilig, der Frau zu entkommen. Er rannte zum Pferd und sprang so ungestüm in den Sattel, daß nicht viel gefehlt hätte und er wäre zur anderen Seite hin wieder heruntergestürzt. Als er sah, daß ihm die Frau hastig folgte, gab er dem Pferd die Sporen und preschte davon in Richtung Brücke.

Oliver schaute ihm mit sichtlichem Vergnügen nach. Er lenkte das Pony herum, um dem Händler und seiner Frau gegenüberzustehen. »Ihr könnt nun all Euren fettleibigen Händlerkollegen berichten, von Oliver de-Burrows ausgeraubt worden zu sein«, sagte er, als sei dieser Hinweis von Bedeutung.

Schäbig bäumte sich auf; Oliver legte grüßend die Hand an die Hutkrempe und trabte los.

7. KAPITEL

Die Fähre am Diamantensund

Ich bin Oliver deBurrows«, sagte der Halbling, als er, mehr als eine Meile vom Tatort entfernt, in ruhigem Schrittempo an Luthiens Seite einherritt. »Wegelagerer«, fügte er wie eine Berufsbezeichnung hinzu und lüftete den Hut.

Luthien hob an, sich selbst vorzustellen, doch der Halbling hatte noch nicht zu Ende gesprochen. »Früher habe ich mich immer als ›Wegelagerling‹ ausgegeben, doch meine Opfer nahmen mich unter diesem Titel weniger ernst. Darum mußte ich des öfteren zum Rapier greifen, um mich verständlich zu machen. Du verstehst?« Er zog den Degen aus der Schlaufe des Wehrgehenks und richtete die Klingenspitze auf Luthien.

»Ich verstehe«, antwortete der junge Bedwyr und schob das gefährliche Blatt mit der Hand beiseite. Als er sich nun vorzustellen versuchte, schnitt ihm der Kleine abermals das Wort ab.

»Und das hier ist mein feines Roß Schäbig«, sagte er und tätschelte dem lohfarbenen Pony den Hals. »Es ist natürlich nicht das hübscheste, aber klüger als andere Pferde und gewiß auch klüger als so mancher Mensch.«

Luthien fuhr mit der Hand durch die zerzauste Mähne seines Pferdes. »Und das ist …«

Doch wieder unterbrach der Kleine. »Ich bin dankbar dafür, daß du mir zur Hilfe gekommen bist. Allerdings wäre ich mit dieser Bande auch allein fertig geworden. Es waren ja nur sechs. Aber wie sagte mein Papa immer so treffend? Schlag angebotene Hilfe niemals aus. Und deshalb bin ich dankbar.«

»Luth ...«

»Aber meine Dankbarkeit hat Grenzen und ist mit der Teilung der Beute abgegolten«, fuhr der Halbling fort. »Du sollst ein Viertel davon haben.« Er musterte Luthiens schlichte Aufmachung mit sichtlichem Mißfallen. »Ich schätze, damit bist du mehr als gut bedient. Hast wahrscheinlich noch nie so viel auf einmal besessen.«

»Mag sein«, antwortete der Grafensohn von Bedwydrin und suchte sein Schmunzeln zu verbergen. Doch dann besann er sich darauf, daß er sein Zuhause nur mit einer geringen Summe Geldes verlassen hatte. Es reichte gerade eben, um den Fährpreis zu bezahlen und für ein paar weitere Tage über die Runden zu kommen. Weiter hatte er nicht vorausgeblickt, als er von Dun Varna aufgebrochen war.

»Ich gestatte dir, mich zu begleiten.« Oliver ließ sich kaum Zeit zum Luftholen und fiel Luthien erneut ins Wort, als der ein viertes Mal zur Vorstellung der eigenen Person ansetzte. »Der Händler war allem Anschein nach nicht überrascht, mich zu treffen. Und er wußte wohl, daß ich gezögert hätte zuzuschlagen, wäre sein Begleitschutz offen zu erkennen gewesen. Aber er hat sie versteckt gehalten«, stellte der Halbling nachdenklich fest und es schien, als spräche er mit sich selbst. Dann schnippte er mit den Fingern und wandte sich Luthien derart plötzlich zu, daß dieser vor Schreck zusammenfuhr.

»Ich glaube fast, er wollte mich in die Falle locken«, rief Oliver. Er hielt für eine Weile inne und strich mit der grün behandschuhten Hand über den Spitzbart.

»Ja, ja«, fuhr er fort. »Der Kerl hat mit mir gerechnet. Wenn mich nicht alles täuscht, habe ich ihn mir schon einmal mit dem Rapier vorgeknöpft. Das war in der Nähe von Princetown, glaube ich mich zu entsinnen.« Er nickte mit dem Kopf. »Wie dem auch sei, der Dickwanst hat bestimmt schon von mir gehört. Es kommt mir zupaß, daß du mich begleitest«, sagte er. »Vorläufig, jedenfalls. Solange, bis ich vor diesem Händler in Sicherheit bin. Denn er hat bestimmt noch ein paar weitere Fallen aufgestellt.«

»Du glaubst also, daß die Gefahr noch nicht vorüber ist.«

»Das sagte ich.«

Luthien grinste. Er konnte kaum fassen, daß dieser kleine Kerl berüchtigt war als Wegelagerer. Er selbst hatte von Oliver deBurrows noch nie ein Wort gehört, obwohl die Händler, die das Haus seines Vaters in Dun Varna aufsuchten, stets Geschichten von Räubern und Banditen zu erzählen wußten.

»Übrigens«, sagte Oliver und betrachtete Luthien mit kritischem Blick. »Ich finde ...« – er wirkte geradezu empört – »... also wirklich, wär's nicht angebracht, daß du dich mir vorstellst? Es gibt da gewisse Anstandsregeln, und wer ein anständiger Wegelagerer sein will, hat die zu befolgen. Nun ja«, seufzte Oliver, »an meiner Seite wirst du schon noch einiges dazulernen.«

»Ich heiße Luthien«, beeilte sich der junge Bedwyr zu sagen, bevor ihn der Halbling ein weiteres Mal unterbrechen konnte. Er überlegte kurz, ob es nicht besser wäre, sich einen Decknamen zuzulegen. Aber es fiel ihm auf die Schnelle keiner ein. »Luthien Bedwyr von Dun Varna. Und das ist Flußtänzer«, fügte er hinzu und tätschelte sein Pferd.

Oliver zog die Zügel und ließ das Pony anhalten. »Bedwyr?« Es schien, als wollte er sich den Klang des Wortes auf der Zunge zergehen lassen. »Bedwyr. Der Name ist mir nicht geläufig.«

»Gahris Bedwyr ist der Graf von Bedwydrin«, erklärte Luthien.

Leiche eines zyklopischen Wächters zurückgelassen. In Zukunft bin ich auf mich allein gestellt.« Er streckte das Schwert aus und ließ das Sonnenlicht auf der Klinge blitzen, die noch fleckig war vom Blut des Zyklopen. »Ein Geächteter wie du, Oliver deBurrows. Geächtet in einem Land, das von einem unrechtmäßigen König beherrscht wird. Darum will ich mein Schwert erheben und für Gerechtigkeit streiten.«

Wie zum Gruß und zur Erklärung seines Einverständnisses hob Oliver das Rapier. Doch nach wie vor hielt er Luthien für einen dummen kleinen Jungen, der von den Regeln und Gefahren der Straße keine Ahnung hatte. Gerechtigkeit? Oliver brach über diesen Gedanken fast in schallendes Gelächter aus. Mochte der sein Schwert für eine schöne Illusion erheben; Oliver dagegen zückte seine Klinge ausschließlich zum Zwecke des Profits. Immerhin: Dieser junge Mann konnte als Verbündeter durchaus nützlich sein. Wenn es ihm ausschließlich um Gerechtigkeit ging, würde er, Oliver, um so mehr an barer Münze für sich einsäckeln können. Und dieser Gedanke stimmte den Halbling wohlgemut. Freundlich lächelte er dem anderen zu.

Vielleicht, dachte er, wäre es sogar sinnvoll, schon jetzt eine Gemeinschaft auf Dauer in die Wege zu leiten. »Ich akzeptiere deine Erklärung«, sagte Oliver, »und bitte dich, meine voreilige Reaktion zu entschuldigen.« Erneut hob er das Rapier, um mit der Klinge an den Hutrand zu tippen, und wurde daran erinnert, daß die Kopfbedeckung am Boden lag. Luthien sah, was ihm fehlte, und lenkte sein Pferd zurück, doch der Halbling winkte ab. Tief über den Sattel gebeugt, fischte er den Hut mit der Klingenspitze vom Boden auf. Ein Schlenker aus dem Handgelenk ließ den Hut in hohem Bogen durch die Luft und paßgenau auf den Kopf fliegen.

Auf Luthiens erstaunten Blick antwortete der Halbling mit einstudiertem Lächeln.

»Auf dieser Insel sind wir nicht sicher, Bruder Vogelfrei«, erklärte Oliver, und seine Miene wurde ernst. »Wie gesagt, ich glaube, der Händler lauert mir auf. Womöglich ist er auf dem Weg zu deinem Vater, um mit ihm gemeinsam zur Jagd auf Oliver deBurrows zu blasen.« Schnaubend ließ der Kleine Luft ab. Mit Blick auf Luthien fing er zu kichern an, brach schließlich in schallendes Gelächter aus.

»Oh, welch eine wunderbare Ironie«, tönte er. »Der Händler ersucht den Grafen um Hilfe, während des Grafen Sohn mir zu Hilfe kommt.« Sein Lachen wurde immer lauter, und Luthien stimmte mit ein, mehr aus Höflichkeit denn aus freudigem Mitempfinden.

Luthien hatte gehofft, die Fähre am Nachmittag besteigen zu können. Doch die war schon ausgelaufen, als die beiden den Hafen erreichten. Nachts wurde der Fährbetrieb eingestellt, denn im Dunklen waren die Späher nicht in der Lage zu erkennen, ob sich die gefährlichen Dorsalwale in der Meerenge aufhielten. Luthiens Beschreibung dieser zehn Tonnen schweren Menschenfresser ließ den Halbling schließlich Abstand nehmen von seinem Plan, noch am selben Tag in einem leichten Boot überzusetzen. Statt dessen richteten sich die beiden ein Lager ein.

Luthien blieb trotz unablässigen Sprühregens, der in der Glut zischte und dicke Qualmwolken entstehen ließ, bis tief in die Nacht am Feuer sitzen. Die beiden Pferde standen mit hängenden Köpfen in der Nähe. Auf der anderen Seite des Feuers lag Oliver und schnarchte friedlich vor sich hin.

Um die Kälte abzuwehren, hatte sich der junge Mann in seine Decke eingemummt. Er konnte immer noch nicht fassen, was über die letzten zwei Tage geschehen war: Garth Rogar war getötet worden, Bruder Ethan von Zuhause weggegangen; dann der Streit mit der zyklopischen Wache und nun der Überfall auf den Händlerwagen. In Erinnerung daran glaubte Luthien, schlecht zu träumen. Ihm war, als sei er in einen Strom aus unkontrollierbaren Ereignissen gestürzt, als spülten ihn dessen Fluten davon.

Nein, befand er schließlich; die Möglichkeit, steuernd einzugreifen, war gegeben. Zweifellos. Die Welt, der er sich nun gegenüber sah, entsprach beileibe nicht dem, was er durch seine Erziehung vorzufinden gelernt hatte. Vielleicht markierte sein Entschluß, Dun Varna zu verlassen und dem Zyklopen die Stirn zu bieten, eine Art Übergang aus der behüteten Kindheit zum Erwachsensein.

Vielleicht, wer weiß? Noch hatte Luthien keine klare Antwort parat. Nur eines wußte er genau: Er war seinem Herzen gefolgt, als er Dun Varna den Rücken kehrte, so wie auch heute, als er sich an Olivers Seite gestellt hatte. Er war seinem Herzen gefolgt, und hier draußen, unterwegs, in der kühlen verregneten Augustnacht gab es kaum einen anderen Anhaltspunkt, der ihm die Richtung weisen konnte.

Der nächste Tag war ähnlich grau und feucht, doch die beiden kamen gut voran. Bald wehte ihnen die salzige Luft vom Meer entgegen.

»Bei klarem Wetter könnten wir von hier aus die Nordausläufer des Eisernen Kreuzes sehen«, sagte Luthien.

»Woher weißt du?« frotzelte Oliver. »Hast du auf dieser Insel jemals einen klaren Tag erlebt?« Die Plauderei zwischen beiden war heiter, die Stimmung gut (Oliver schien immer heiter aufgelegt zu sein). Luthien fühlte sich erleichtert, doch wirklich frei würde er erst dann aufatmen können, wenn der enge Kanal überquert und das Festland von Eriador erreicht worden wäre.

Von einer felsigen Anhöhe aus sahen sie endlich den Diamantensund und das Festland jenseits der schmalen Wasserstraße. Diamantensund hieß sie deshalb, weil eine kleine kahle Insel, die wie ein Diamant geschliffen war, auf halbem Wege zwischen beiden Ufern aus dem Wasser aufragte.

Zwei flache, offene Kanalboote lagen vertäut am Ende zweier Holzstege, die weit ins Wasser hinausreichten und deren Ständer aus dicken alten Eichenstämmen bestanden. Ein Stück abseits war die alte Anlegestelle zu sehen, die ebenso stabil gebaut war und als Ruine Zeugnis ablegte von der Gewalt des Meeres.

An der Bauweise der Kanalboote, einschließlich jener beiden, die auf der gegenüberliegenden Seite lagen, hatte sich seit über dreihundert Jahren nichts geändert; sie entsprach nach wie vor den ursprünglichen Konstruktionsplänen der Zwerge vom Eisernen Kreuz. Ihr Entwurf war einfach und zweckmäßig: Vorn wie hinten schwebte jeweils ein flaches, offenes Deck für Passagiere und Fracht über dem Wasser, gehalten von einem hohen Holzgerüst, das sich über das Fahrzeug wölbte und in dessen zehn Fuß hohem Scheitelpunkt ein Metallrohr befestigt war. Durch dieses Rohr führte das über den Kanal gespannte Seil. Links und rechts des Rohres war je ein großes Zahnrad angebracht. Von einer Winde in Gang gesetzt, griffen die Zähne zum Antrieb des Kahns um die Knoten im Seil. Was an diesem System besonders beeindruckte, war die Leichtigkeit, mit der sich die Fähre vorantreiben ließ. Denn das Getriebe war ausgelegt für Zwerge, und so genügte ein einziger Mann, um die Winde zu bedienen.

Doch nach wie vor war jede Überfahrt ein gefährliches Unternehmen. Wie an jedem Tag, so herrschte auch heute ein starker Wellengang. Das Wasser schäumte über zahllosen Klippen, vor allem nahe der Insel, an der die Boote festmachen konnten, falls sie in Schwierigkeiten gerieten.

Von den Fähren war immer eine außer Betrieb, damit Reparaturen vorgenommen werden konnten, am Führungsseil oder am Boot selbst. Dutzende von

Männern waren tagein, tagaus bei der Arbeit, um den Fährdienst aufrechtzuerhalten.

Luthien kannte sich aus mit der Routine am Hafen; er deutete auf das weiter nördlich liegende Boot und informierte Oliver: »Es sieht so aus, als würde dieser Kahn da vorübergehend stillgelegt. Und der andere scheint gleich abzulegen. Wenn wir uns nicht beeilen, müssen wir etliche Stunden warten, bis die nächste Fähre rübergeht.« Mit der Zunge schnalzend, trieb er Flußtänzer an, und das Pferd galoppierte los in Richtung Anlegestelle.

Schäbig kam kaum nach; Oliver gab ihm die Sporen, ritt zu Luthien auf und gab ihm zu verstehen, daß er es doch nicht gar so schnell angehen möge.

»Aber die Fähre …«, protestierte Luthien.

»Ich fürchte, auf die ist ein Überfall geplant«, erwiderte Oliver.

Luthien musterte den Halbling mit ungläubigem Blick. An der Anlegestelle waren rund dreißig Leute versammelt. Darunter befanden sich auch zwei Zyklopen; doch die waren unbewaffnet und schienen wie die anderen übersetzen zu wollen. Ihr Anblick war zwar ungewohnt, denn wie Luthien wußte, gab es auf Bedwydrin kaum Zyklopen, eigentlich nur diejenigen, die im Hause seines Vaters dienten oder durchreisende Händler beschützten. Dennoch, auf Anordnung von König Grünspatz durften sich die Einäugigen wie alle Bürger von Avon frei bewegen, und zwei von ihnen am Fährhafen des Diamantensunds anzutreffen, hatte nicht viel zu bedeuten.

»Du mußt lernen, solche Sachen zu wittern«, sagte Oliver angesichts der erkennbaren Zweifel des jungen Freundes. Luthien zuckte mit den Schultern und trabte im gemäßigten Tempo neben dem Halbling einher.

Die zwei Zyklopen und viele der wartenden Menschen an der Anlegestelle blickten den beiden Reitern neugierig entgegen, doch niemand ließ erkennen, daß man mit deren Ankunft gerechnet hatte. Oliver war trotzdem auf der Hut; er bremste sein Pony noch weiter ab und spähte aufmerksam unter der breiten Hutkrempe hervor.

Ein Horn ertönte zum Zeichen dafür, daß die Fähre nun bald ablegen würde. Oliver hielt Luthien zurück, als der sein Pferd anspornte.

»Wir verpassen das Boot«, zischte Luthien verärgert.

»Immer langsam«, ermahnte Oliver. »Laß sie denken, daß wir die nächste Fähre abwarten wollen.«

»Wieso?«

»Siehst du die Reihe Fässer dort drüben am Stegrand?« fragte Oliver. Luthien drehte den Kopf, um in die angedeutete Richtung zu blicken, doch der Halbling packte ihn beim Arm und flüsterte: »Nicht so auffällig!«

Luthien seufzte, gehorchte aber und schielte verstohlen zum Steg hinüber. Die vielen Fässer schienen vom Festland herbeigeschafft worden zu sein und warteten darauf, abgeholt zu werden.

»Sie sind mit einem X markiert«, bemerkte Oliver.

»Es ist also Wein darin«, antwortete Luthien.

»Wieso sind dann bei etlichen die Spundlöcher offen?« Luthien schaute genauer hin und stellte tatsächlich fest, daß jedes dritte Faß unversiegelt war.

»Und wenn diese beiden Zyklopen da tatsächlich auf der Durchreise sind, warum haben sie dann noch nicht die Fähre bestiegen?« wollte Oliver wissen.

Wieder seufzte Luthien, ließ aber diesmal durchblicken, daß nun auch er Verdacht schöpfte.

»Kann dein Pferd springen?« fragte Oliver leise.

Luthien sah, daß das Fährboot langsam ablegte, und verstand sofort, worauf der Halbling anspielte.

»Ich sag dir, wann's losgeht«, flüsterte Oliver. »Und wenn du Gelegenheit dazu hast, versuch, das eine oder andere Faß ins Wasser zu stoßen.«

Luthien spürte Unruhe in sich aufkommen. Er hatte

den Eindruck, als flatterten ihm Schmetterlinge durch den Bauch wie immer dann, wenn er die Arena betrat. Kein Zweifel, dachte er; an Oliver deBurrows Seite zu reisen würde wohl nie langweilig werden.

Sie lenkten ihre Reittiere auf den dreißig Fuß langen Holzsteg und passierten zwei Arbeiter, ohne belästigt zu werden. Dann aber trat ein dritter auf sie zu und grinste.

»Die nächste Fähre geht eine Stunde vor Mittag ab«, sagte er und zeigte auf einen kleinen Schuppen, wo Reisende warten und eine Mahlzeit zu sich nehmen konnten.

»Soviel Zeit haben wir nicht«, rief Oliver und ließ Schäbig losspringen. Flußtänzer preschte hinterdrein. Die Menge am Steg stob auseinander. Die beiden Zyklopen brüllten auf und zückten kurze Schwerter, die sie unter ihren Umhängen versteckt gehalten hatten. Wie von Oliver vermutet, geriet nun jedes dritte Faß in Bewegung. Deckel fielen klappernd zu Boden, und Zyklopen tauchten daraus hervor.

Doch die beiden Gefährten hatten das Moment der Überraschung auf ihrer Seite. Luthien sprengte an den beiden Zyklopen vorbei und stieß sie zur Seite. Oliver lenkte Schäbig zum Stegrand hin, wo er ein Faß nach dem anderen mit gezieltem Fußtritt in Wasser kippen ließ.

Die Fähre hatte sich inzwischen bereits um fünf Schritt vom Steg entfernt. Für Flußtänzer war ein solcher Sprung kein Problem.

Nun kam Oliver. Er saß aufrecht im Sattel und schwenkte den Hut, als sein Pony durch die Luft flog und, auf der Fähre landend, über die blanken Planken rutschte, bis es von Flußtänzers Hinterteil jäh zum Stoppen gebracht wurde. Die Zyklopen, ein Dutzend an der Zahl, brüllten ihnen von der Anlegestelle nach und drohten mit schwingenden Schwertern, doch Oliver schenkte ihnen keine Beachtung. Er stieg aus dem

Sattel und zog seine Waffen, um einem Zyklopen entgegenzutreten, der sich zwischen Frachtgütern an Bord der Fähre verschanzt hielt.

Dolch und Degen schwirrten durch die Luft; Oliver ließ seine Klingen einen verwirrenden Tanz aufführen, von dem der Gegner sichtlich beeindruckt war. Als die Waffen schließlich zur Ruhe kamen, blickte der Zyklop verdutzt auf seinen Lederwams und sah ein präzise eingeritztes ›O‹ darauf prangen.

»Ich hätte meinen Namen auch vollständig ausbuchstabieren können«, meinte Oliver. »Und sei versichert, ich habe einen langen Namen.«

Knurrend hob der Zyklop eine schwere Axt. Oliver rannte auf ihn zu, tunnelte die gegrätschten Beine des Riesen und stach ihm von hinten das Rapier in den Rumpf.

»Ich würde dich gern auch ein zweites Mal narren«, spottete der Halbling. »Aber wozu? Ein Narr wie du merkt ja nicht einmal, daß er genarrt wird.«

Wutschnaubend holte der Zyklop mit dem Arm aus und war schon im Begriff herumzuwirbeln, warf dann aber instinktiv einen Blick nach vorn, und so konnte er gerade noch sehen, wie ihm Luthiens Faust ins Gesicht flog. Oliver zog sein Rapier ein und rammte mit der Schulter die Kniebeuge des Riesen. Der knickte ein und stürzte, von Luthiens Fausthieb getroffen, rücklings zu Boden, wo er nach kurzem Zappeln reglos liegenblieb.

Spritzendes Wasser ließ Luthien zur Seite blicken. Die Zyklopen am Steg schleuderten Speere in Richtung Boot. »Sag dem Fährmann, daß er mehr Fahrt aufnehmen soll!« verlangte Oliver seelenruhig und drückte im Vorbeigehen Luthien einen kleinen Beutel voller Münzen in die Hand. »Und bezahl den Mann.« Der Halbling näherte sich dem Heck der Fähre; daß ein Speer nach dem anderen herbeigesurrt kam, schien ihn kaum zu beeindrucken.

»Ihr törichten Ochsen!« brüllte er, um sie zu reizen. »Ihr seid doch so dumm, daß ihr beim Versuch, in der Nase zu bohren, den Finger ins einzige Auge steckt!«

Vor Wut verschärften die Zyklopen ihr Bombardement mit Speeren.

»Oliver!« rief Luthien.

Der Halbling warf einen Blick über die Schulter zurück. »Keine Bange«, sagte er. »Die haben nur ein Auge und können nicht räumlich sehen. Ein gezielter Wurf ist so kaum möglich.«

Lachend dreht er sich wieder um. »Hoppla!« feixte er und sprang in die Luft, worauf sich ein Speer zwischen seinen Beinen in die Planken bohrte.

»Oder solltest du dich wieder einmal irren?« sagte Luthien und äffte Aussprache und Redewendung des Halblings nach.

»Selbst Einäugige können mitunter Glück haben«, entgegnete Oliver stirnrunzelnd. Doch als ob er beweisen wolle, daß seine Zuversicht begründet war, fuhr er fort, die Zyklopen am Steg mit üblen Schmähungen zu verspotten.

»Was geht hier vor?« verlangte der alte, verwitterte Fährmann zu wissen und packte Luthien bei den Schultern. »Ich dulde nicht, daß ...«

Er verstummte, als ihm Luthien den Beutel voller Münzen reichte.

»Na schön«, meinte der Alte. »Aber ich rate euch, die Pferde festzubinden. Wenn sie über Bord gehen, ist's euer Schaden.«

Luthien nickte, und der drahtige Alte ging zur Winde zurück.

Langsam schipperte die Fähre voran, schaukelte auf den schwarzen Wellen des Kanals, der die Dorsal- mit der Avonsee verband. Die ins Wasser gestürzten Zyklopen kletterten auf den Landungssteg zurück und versuchten gemeinsam mit ihren Kumpanen das zweite Fährboot flottzumachen, um mit ihm die Verfolgung aufzunehmen. Doch davon ließ sich Luthien nicht verunsichern; er wußte, wie träge und schwerfällig die Boote waren. Der Vorsprung war so groß, daß, wenn die Zyklopen endlich das andere Ufer erreichten, Flußtänzer und Schäbig schon Meilen von der Küste entfernt sein würden.

Luthien band die Reittiere fest, als Oliver fluchend herbeigehumpelt kam.

»Bist du verletzt?« fragte Luthien besorgt.

»Nein, es ist nur deswegen hier«, sagte der Halbling und zeigte den Schuh, den er in der Hand hielt. Er hatte ihn anscheinend im Wasser abzuspülen versucht; das Leder war verschmutzt und feucht, ansonsten aber unversehrt.

»Der Fleck!« ärgerte sich Oliver und hob den Arm, um Luthien den Schuh näher vor Augen zu führen. »Als ich auf dem Dach der Händlerkutsche war, bin ich in das Blut des toten Zyklopen getreten. Und jetzt kriege ich es nicht mehr ab.«

Luthien verstand das Problem nicht und zuckte mit den Achseln.

»Den Schuh habe ich aus dem vornehmsten Internat in Gascony geklaut«, stöhnte Oliver, »und zwar von dem Sohn eines Mannes, der mit dem König eng befreundet ist. Wo könnte ich in diesem wilden Land, das du deine Heimat nennst, ein zweites Paar dieser Güte finden?«

»Aber dieses Paar ist doch noch gut«, meinte Luthien.

»Nicht gut genug für mich«, erwiderte Oliver entschieden. Er verschränkte die Arme vor der Brust, tippte ungeduldig mit dem beschuhten Fuß auf die Planken und blickte zornig geradeaus.

Luthien mußte an sich halten, um nicht laut aufzulachen beim Anblick des eingeschnappten Halblings.

Kaum zwei Schritt entfernt rührte sich stöhnend der am Boden liegende Zyklop.

»Wenn er aufwacht, trete ich ihm ins Auge«, kündigte Oliver an. »Gleich zweimal.« Und er warf einen Blick hoch zu Luthien, dessen Brust, den Lachkrampf unterdrückend, auf und ab ging. »Anschließend werde ich meinen Namen, meinen vollständigen Namen, meinen vollständig sehr langen Namen quer in deine blanken Batzen ritzen«, versprach der Kleine.

Luthien preßte das Gesicht in Flußtänzers zottelige Mähne.

Die Fähre näherte sich inzwischen der Diamanteninsel, die auf halber Strecke zwischen den Ufern lag. Es schien, als sei den Freunden die Flucht gelungen. Selbst Olivers schmollende Miene heiterte wieder auf.

Doch plötzlich ging ein Rucken durch das Führungsseil. Luthien und Oliver schauten zurück und sahen einige Zyklopen im Ständerwerk der Spannvorrichtung hängen und mit Äxten auf das dicke Tau einhacken.

»He, hört auf damit!« brüllte der Fährmann und eilte aufs Achterdeck. Luthien wollte gerade fragen, was wohl passieren könnte, wenn das Führungsseil gekappt würde, als es tatsächlich zerriß. Der Strömung überlassen, driftete das Boot ab und trieb direkt auf die Insel zu.

Der Fährmann rannte auf die andere Seite zurück und gab seinem einzigen Gehilfen lauthals Befehle. Der kurbelte wie wild an der Winde, doch das Boot war kaum zu beschleunigen. Es kroch weiter im Schneckentempo voran und trieb unaufhaltsam der tödlichen Falle entgegen.

Luthien und Oliver hielten sich an den Sattelknäufen fest und suchten festen Tritt auf den schwankenden Planken. Das Boot schrappte über kleine Felsen im Wasser hinweg, verfehlte eine scharfe Klippe nur um Haaresbreite, prallte aber schließlich doch mit voller Wucht vor die der Insel vorgelagerten Felsen.

Die Fracht rutschte zur Seite. Der Zyklop kippte,

kaum daß er sich erhoben hatte, über die Reling und stürzte kopfüber auf einen muschelbesetzten Steinbrocken. Einen der anderen Passagiere traf ein ähnliches Schicksal; er landete im Wasser und rang schreiend nach Luft. Schäbig und Flußtänzer hielten sich wacker aufrecht; das Pony jedoch fiel einen Schritt nach vorn und trampelte Oliver auf den unbeschuhten Fuß. Der Halbling vergaß, daß er über den verschmutzten Schuh beleidigt war, und holte ihn schnell aus der Tasche.

Die Wellen warfen das Boot immer wieder gegen die Felsen. Das Holz knirschte und splitterte. Luthien legte sich auf die Planken, kroch an den Rand des Decks und hievte den über Bord gegangenen Mann aus dem Wasser. Der Fährmann hieß seinen Gehilfen nicht nachzugeben an der Winde, doch dann waren statt Kommandos nur noch Flüche von ihm zu hören, als er gewahr wurde, daß es ohne den sicheren Halt, den das Seil gewährleistet hatte, kein Entrinnen gab aus der Strömung.

»Bring mir mein Pferd!« verlangte Luthien von Oliver und kroch nach achtern, wo er das lose Ende des Führungsseils packte und Ausschau hielt nach einer geeigneten Verankerung. Er rückte bis an den äußersten Rand vor und machte sich bereit, das Seil um eine Felsnadel zu schleudern.

Fast hätte ihn eine Welle über Bord gespült, doch Oliver war zur Stelle und hielt ihn am Gürtel zurück. Luthien warf das Seil um den Fels und knotete eine Schlinge, so fest er konnte. Oliver stieg auf Flußtänzers Rücken, lenkte das Pferd herum und gab Luthien Gelegenheit, die Schlinge am Sattelknauf zu befestigen.

Behutsam trieb der Halbling das Pferd voran. Das Seil straffte sich, worauf das Schaukeln der Fähre nachließ, und während sich das Pferd ins Zeug legte, zurrte Luthien das gespannte Seil mit dem losen Ende fest. Das Getriebe der Winde konnte nun wieder greifen; langsam bewegte sich die Fähre weg von den drohenden Felsen. Der Fährmann, sein Gehilfe und die vier anderen Passagiere jubelten begeistert.

»Ich werde das Boot aufs Inseldock bringen«, sagte der Alte und deutete auf die Anlegestelle jenseits der Klippen. »Da warten wir auf die Fähre von drüben.«

Luthien lenkte den Blick des Fährmanns auf die andere Kanalseite zurück, wo das zweite Boot soeben abgelegt hatte und voll von Zyklopen war.

»Nein«, sagte er, »kein Zwischenstopp; ich bitte dich, fahr rüber.«

Der Alte nickte, obwohl er der provisorischen Verankerung des Führungsseils nicht zu trauen schien. Dann ging er nach vorn, kehrte aber wenig später zurück und sagte: »Wir müssen ins Dock. Man hat die gelbe Fahne gehißt.«

»Na und?« Oliver zog die Stirn kraus.

Luthien klärte ihn auf. »Die gelbe Fahne bedeutet, daß Dorsalwale im Kanal aufgekreuzt sind.«

»Ja«, bestätigte der Fährmann. »Und deshalb müssen wir hier auf der Insel Halt machen.« Er bedachte die beiden mit mitleidigem Blick und kehrte aufs vordere Deck zurück. Hilflos schauten Luthien und Oliver dem Boot entgegen, auf dem sich eine Meute von Zyklopen näherte.

Als sie die Inselstation erreichten, halfen Luthien und Oliver den anderen Passagieren beim Verlassen der Fähre. Dann reichte der Halbling dem Alten einen zweiten Beutel voll Geld, ging zu seinem Pony zurück und gab zu verstehen, daß er auf dem Boot zu bleiben gedachte.

»Wir müssen weiter«, erklärte Luthien dem Alten, und beide blickten über das aufgewühlte, schwarze Wasser vor dem Festland Eriadors.

Aufmunternd meinte der Alte: »Die Flagge bedeutet lediglich, daß am Vormittag Dorsals gesichtet worden sind.«

»Wir müssen uns vielmehr vor den Zyklopen hüten«, entgegnete Luthien. Der Alte nickte, stieg mit seinem Gehilfen von Bord und überließ Luthien und Oliver das Boot.

Unverzüglich nahm Luthien die Winde zur Hand. Oliver blieb auf dem Achterdeck, um die Zyklopen im Auge zu behalten. Die auf der Insel zurückgebliebene Gruppe schaute ihnen nach. Ihre Mienen verrieten eine so große Besorgnis, daß selbst dem ansonsten so unerschütterlichen Halbling mulmig wurde.

»Diese Dorsals«, sagte Oliver und kam auf Luthien zu. »Sind die wirklich so groß?«

Luthien nickte.

»Größer als dein Pferd?«

Luthien nickte.

»Größer als die Fähre?«

Luthien nickte.

»Bring mich zur Insel zurück«, sagte Oliver. »Lieber will ich gegen die Zyklopen kämpfen.«

Luthien verzichtete auf eine Antwort; er kurbelte unablässig weiter und blickte nervös umher, denn er rechnete jeden Moment damit, daß eine dieser riesigen, bedrohlichen Rückenflossen würde auftauchen können.

Das Boot der Zyklopen passierte die Diamanteninsel; zwei Monstren blieben darauf zurück. Oliver stöhnte, denn er fürchtete zu Recht, daß sich diese beiden erneut am Führungsseil zu schaffen machen würden. Doch seine Sorge schlug bald um in Erheiterung. Die Seile auf der Inselstation waren sehr hoch gehängt. Um an sie heranzukommen, mußten die Zyklopen etliche Kisten aufeinanderstapeln. Und kaum waren die zwei hinaufgeklettert, machten sich der alte Fährmann, sein Gehilfe und die anderen Passagiere über den Kistenturm her und stürzten ihn mitsamt den Zyklopen über den Rand der Anlegestelle ins schwarze Wasser.

Von Olivers lautem Hurra aufmerksam gemacht, drehte sich Luthien um und sah, was am Inselufer geschah, konnte aber nicht ahnen, daß sich dieser kleine Zwischenfall nachträglich als sehr bedeutsam herausstellen sollte.

In ausgelassener Freude schlug Oliver Purzelbäume und tanzte umher. Als er dann aber zufällig nach Norden blickte, blieb er plötzlich wie angewurzelt stehen. Aus den dunklen Wellen des Kanals war eine mächtige Flosse aufgetaucht, die mindestens dreimal so groß war wie er selbst.

Auch Luthien hörte zu schmunzeln auf, als er die Miene des Freundes sah und seinem Blick folgte.

Die Rückenflosse des Dorsalwals glitt pfeilschnell durchs Wasser und zerschnitt die Wellen. Dann verringerte sich das Tempo um die Hälfte, und die Flosse verschwand von der Oberfläche.

Luthien hielt sich an den Rat, den ansässige Fischerleute für solche Fälle parat hatten, und hörte zu kurbeln auf; ja, er drehte die Winde sogar ein Stück zurück, um das träge vorwärtstreibende Boot gänzlich zum Stoppen zu bringen.

»Kurbel weiter!« schimpfte Oliver, doch Luthien zog ihn zu sich und verlangte von ihm, daß er still sein solle.

Das Wasser zur Linken wurde noch schwärzer. Das Boot drängte nach Süden und zerrte am Führungsseil, als der Koloß, unter der Fähre wegtauchend, den Flachboden schrammte. Dicht unter der Wasseroberfläche kam er auf der anderen Seite zum Vorschein, und Oliver sah voll Schrecken auf den vierzig Fuß langen, schwarzweiß gefleckten Rumpf, auf zehn Tonnen mörderischer Masse. Dem Halbling wurden die Knie weich; er drohte einzuknicken und von Bord zu fallen, doch Luthien hielt ihn fest gepackt.

»Ruhig Blut«, flüsterte ihm der junge Bedwyr zu. Er hoffte darauf, daß sich die Angriffslust des Wals auf das Boot der Zyklopen richten würde. Die Einäugigen stammten aus dem Gebirge und wußten sich vor den gefährlichen Walen nicht zu schützen.

Steuerbords tauchte die Flosse wieder aus dem Wasser hervor. Das Tier bewegte sich langsam, scheinbar unschlüssig.

Luthien schaute zurück und sah die Zyklopen entschlossen näher rücken. Grinsend winkte er ihnen zu und machte sie mit ausgestrecktem Zeigefinger auf die große Flosse aufmerksam.

Wie erwartet gerieten die Zyklopen außer Rand und Band, als sie den Wal erblickten. Auf dem Deck ihrer Fähre brach Panik aus. Das Monstrum an der Winde kurbelte hastig in gegensinniger Richtung, um zur Insel umzukehren. Andere versuchten gar, sich am Führungsseil hangelnd in Sicherheit zu bringen.

»Ein guter Gedanke«, sagte Oliver und schaute auf zu dem Tau, das die eigene Fähre auf Kurs hielt. Kopfschüttelnd lenkte Luthien den Blick des Freundes auf die beiden treuen Pferde, und Oliver zeigte sich zerknirscht.

Der große Wal zog einen weiten Kreis und schwenkte ein auf die Richtung, aus der Lärm und wilde Bewegung zu vernehmen war, auf das Boot der Zyklopen. Das Ungeheuer hatte sich entschieden.

Vorsichtig drehte Luthien an der Winde und trieb das Boot langsam voran, ohne den Wal aus den Augen zu lassen.

Brüderlich wie sie waren, wählten die Zyklopen einen aus ihrer Mitte und warfen ihn vor dem herbeischwimmenden Wal ins Wasser in der Hoffnung, der Räuber würde das Opfer annehmen und die anderen in Ruhe lassen.

Sie hatten keine Vorstellung von der Gier der Dorsals.

Das schwarzweiß gefleckte Ungeheuer rammte seitlich in das Boot. Dann bäumte es sich auf der mächtigen Schwanzflosse auf und ließ den tonnenschweren Rumpf aufs Achterdeck fallen. Die Besatzung flog in hohem Bogen von Bord und strampelte schreiend im Wasser umher. Der Wal verschwand unter der Oberfläche, und als er jenseits des Wracks wieder auftauchte, steckte zappelnd und ohnmächtig schreiend ein Zyklop bis zur Hüfte im riesigen Rachen.

Der Wal biß zu und tauchte erneut unter; die abgetrennte Hälfte des Einäugigen wippte zwischen blutroten Wellen auf und ab.

Mit einer Zyklopenhälfte gab sich ein Dorsal nicht zufrieden. Die gewaltige Schwanzflosse katapultierte zwei Zyklopen dreißig Fuß hoch in die Luft; der eine landete im Maul des Wals, der andere wurde ein zweites Mal aus dem Wasser geschleudert.

Minutenlang wütete das Tier unter seinen Opfern, bevor es schließlich mit hoher Geschwindigkeit in nördlicher Richtung abzog.

»Luthien«, rief Oliver nervös.

In einiger Entfernung erhob sich der Koloß aus dem Wasser, fiel klatschend auf die Oberfläche zurück und nutzte den Impuls, um den Kurs zu wechseln.

»Luthien«, brüllte Oliver erneut, doch der junge Bedwyr brauchte nicht erst nach Norden zu blicken, um sich davon zu überzeugen, daß der Wal ein neues Angriffsziel gefunden hatte. Das rettende Festland war noch allzuweit entfernt. Es würde nicht rechtzeitig zu erreichen sein. Luthien gab die Kurbel aus der Hand, schaute sich suchend um und dachte nach.

»Luthien«, rief Oliver zum wiederholten Mal. Er stand wie versteinert da und starrte dem Verhängnis entgegen.

Luthien rannte aufs Achterdeck und schrie den Leuten auf der Insel zu: »Kappt das Seil!«

Zuerst schienen sie nicht hören oder verstehen zu können, was Luthien von ihnen wollte. Sein Verlangen lauthals wiederholend, zeigte Luthien nun auf das

Führungsseil. Sofort gab der Fährmann seinem Gehilfen die entsprechende Anweisung, und mit einem langen Messer zwischen den Zähnen kletterte der Junge wieselflink durch das hohe Ständerwerk zum Seil hinauf.

Luthien trat an Olivers Seite und beobachtete den herbeischwimmenden Wal.

Noch hundert Faden. Achtzig.

Fünfzig Faden entfernt. Luthien hörte Oliver leise vor sich hin brabbeln; er schien tatsächlich zu beten.

Plötzlich war ein heftiger Ruck zu spüren. Das Seil war zerschnitten, und, von der Strömung getrieben, schlug die Fähre wie ein Pendel aus, dem Ufer des Festlands entgegen. Luthien nahm Oliver beim Arm und zerrte ihn auf die Reittiere zu. Flußtänzer und Schäbig stampften mit den Hufen und wieherten nervös; offenbar witterten sie die Gefahr. Luthien schnitt das lose, durchs Wasser mitgezogene Tauende ab, denn es bremste den Abtrieb.

Der Wal vollzog die Richtungsänderung der Fähre mit und glitt näher heran.

Noch dreißig Faden. Oliver konnte bereits das schwarze Auge des Ungeheuers erkennen.

Von der schnellen Strömung mitgerissen, war das Boot in Fahrt gekommen, doch der Wal war schneller und nur noch zwanzig Faden entfernt.

Oliver betete nun laut.

Die Fähre schrammte über ein Riff, und als es Luthien und Oliver schließlich gelang, ihren starren Blick vom Verfolger losreißen, sahen sie eine andere Gefahr auf sich zukommen: die schroffe Felsenküste. Der Dorsal drehte nun ab, verscheucht von den Untiefen im ufernahen Gewässer.

Die Erleichterung der Freunde hielt sich in Grenzen, denn unaufhaltsam und von der Brandung geschüttelt trieb das Boot auf eine zerklüftete Steilwand zu.

8. KAPITEL

Ein gut gewählter Weg

Sitz auf!« rief Oliver, während er selbst sein Pony bestieg und an den Zügeln zerrte, weil das Tier vor Angst auszubrechen drohte.

Luthien wußte zwar nicht, was der Halbling vorhatte, aber weil ihm selbst kein besserer Einfall kam, tat er, was Oliver verlangte. Kaum saß er im Sattel, sah er, daß Oliver sein Pony in Stellung brachte, und zwar auf die dem Felsen abgewandte Bordseite. Jetzt begriff der junge Mann.

»Es gilt, genau zur richtigen Zeit abzuspringen«, rief Oliver. Das Boot bebte, als es erneut auf ein Riff lief; aus dem Achterdeck riß eine Planke heraus und trieb im strudelnden Fahrwasser.

»Springen?« schrie Luthien. Die Klippen vor ihnen waren zwar nur wenige Fuß hoch, und Luthien traute seinem Pferd durchaus zu, daß es die Höhe schaffte, wenn es den festen Boden unter den Hufen haben würde. Doch auf dem wankenden Boot war ein kräftiger Absprung kaum möglich, und außerdem ließ sich nicht erkennen, auf welchen Grund Pferd und Reiter hinter dem felsigen Hindernis auftreffen würden. Nur eines war sicher abzusehen, nämlich die Katastrophe, die unausweichlich über sie hereinbräche, wenn der Sprung unversucht bliebe oder nicht gelänge. Als also Oliver sein Pony auf dem schmalen Deck Anlauf nehmen ließ und sprang, folgte Luthien ohne zu zögern.

Er vergrub das Gesicht in der dichten Pferdemähne

und wagte es nicht hinzusehen, als Flußtänzer mit dem Schwung der Fähre zum Sprung abhob. Gleichzeitig hörte er hinter sich das Holzboot am Felsen zerschmettern, und er wußte, daß er die Steinmauer überwunden hatte.

Er öffnete die Augen, als sein Pferd aufsetzte und in kurzen Trabschritten auf einer buckligen Grasfläche auslief. Schäbig stand neben ihm, ohne Reiter und mit einer kleinen Schnittwunde am Vorderlauf. Eine Schrecksekunde lang fürchtete Luthien, daß Oliver im Sprung aus dem Sattel gestürzt und vor die Klippen geschlagen war. Doch dann hörte er den Halbling lachen und sah, wie er sich durchs feuchte Gras wälzte.

Schließlich stand er auf und hob den Hut vom Boden. Dann blickte er zur Diamanteninsel zurück und winkte mit beiden Armen, um den Helfern dort mitzuteilen, daß er und Luthien in Sicherheit waren.

Luthien lenkte Flußtänzer an den Klippenrand und schaute hinunter auf die zerschmetterte Fähre. Zwanzig Faden weiter hinten umkreiste der Dorsal im Wasser treibende Wrackteile.

»Es war doch am Ende halb so schlimm«, meinte Oliver.

Halb so schlimm? Luthien war sprachlos. Ungestüm pochte sein Herz, das Blut rauschte ihm in den Ohren. So erleichtert hatte er sich noch nie gefühlt, auch nicht nach Siegen in der Arena. Was mochte Schlimmeres noch geschehen an der Seite des Halblings?

Trotz aller Freude über das knappe Entrinnen lief dem jungen Bedwyr ein kalter Schauer über den Rücken.

»Da kommen welche, um uns zu gratulieren«, sagte Oliver und nickte in Richtung Hafen. Zwei Dutzend Männer rannten herbei; sie brüllten und fuchtelten mit Werkzeugen in der Luft herum.

»Die sehen mir nicht nach Gratulanten aus«, bemerkte Luthien.

Oliver warf einen Blick auf die zerstörte Fähre. »Glaubst du, sie wollen uns dafür zur Kasse bitten?«

Luthien zuckte nur mit den Achseln. Der Halbling verstand und beeilte sich, das Pony zu besteigen.

Im Sattel sitzend, lüftete er den Hut und verbeugte sich tief. »Ich weiß euern Beifall durchaus zu schätzen«, rief er den herbeilaufenden Männern zu. »Doch leider, leider schließt sich jetzt der Vorhang.«

Seite an Seite stoben sie davon: der geckenhafte, kleine Gauner auf dem häßlichen, lohfarbenen Pony und der junge Grafensohn aus Bedwydrin auf seinem glänzend weißen Vollbluthengst.

Während der folgenden Tage ging es weniger turbulent zu. Die beiden reisten in südlicher Richtung über Äcker und Weideland, aßen gut und rasteten, wo ihnen Quartier angeboten wurde. Die Bauern im Norden von Eriador waren freundliche Leute und mehr als willig, im Austausch gegen Nachrichten aus der Fremde ihre Mahlzeiten zu teilen und einen Schlafplatz in der Scheune herzurichten.

In den Gesprächen mit den Gastgebern war Oliver immer der Wortführer; er erzählte Luthien und den Bauern spannende Geschichten aus Gascony, von Abenteuern, die, wie er behauptete, sehr viel aufregender gewesen seien als jene ›Bagatellen‹, die er bislang mit Luthien erlebt hatte.

Luthien hörte zu, ohne Widerworte zu geben, obwohl ihm durchaus bewußt war, daß Olivers Geschichten in der Hauptsache aus Aufschneidereien bestanden und – wenn überhaupt – nur zu einem geringen Anteil der Wahrheit entsprachen. Olivers Behauptungen waren zum Teil haarsträubend, aber recht unterhaltsam, vor allem für die Bauersleute. Luthien erkundigte sich bei ihnen nach dem Verbleib von Ethan, doch keiner hatte ihn gesehen oder von ihm gehört. Wenn sich die beiden Freunde morgens wieder auf den Weg machten, stand die ganze Familie und mitunter auch die Nachbarschaft im Hof, um ihnen Glück zu wünschen und zum Abschied nachzuwinken.

Die Lügen und Übertreibungen des Halblings konnten Luthien nicht weiter stören, denn er war selbst viel zu sehr beschäftigt mit seinen eigenen Gedanken. Er versuchte, sich über die verwirrenden Ereignisse der letzten Woche Klarheit zu verschaffen, glaubte letztlich aber doch daran, in jeder Hinsicht richtig gehandelt zu haben. Auch wenn er an den Zyklopen in seines Vaters Haus dachte oder an den, der auf dem Dach der Händlerkutsche sein Leben hatte lassen müssen, oder an jene, die dem Dorsal zum Opfer gefallen waren, so empfand er keinerlei Reue. Im Gegenteil, er faßte Mut aus der Überzeugung, daß er sich in ähnlicher Situation gleichermaßen verhalten würde.

Mut machte ihm auch sein Gefährte. Von Tag zu Tag fand er mehr Gefallen an Olivers Gesellschaft. Er war zwar ein Dieb, wozu er sich selbst bekannte, aber beileibe keine schlechte Person. Was er tat und aus der Vergangenheit erzählte, zeugte doch davon, daß er sich recht hohe Prinzipien zum Maßstab setzte. Zum Beispiel bereicherte er sich stets nur an Händlern oder Edelmännern und trotz der rüden Drohungen, die er gegen den Händler und dessen Frau ausgestoßen hatte, glaubte Luthien erkannt zu haben, daß Oliver im Grunde durchaus zartbesaitet war.

Weil er nicht wußte, wie er seinen Bruder finden sollte, beschloß Luthien, den diebischen Halbling noch eine Weile zu begleiten, egal wohin dieser und das Schicksal ihn auch führen mochten.

Mehrere Tage lang zogen sie nach Süden weiter, dann bogen sie in östlicher Richtung ab, überquerten große, wogende Kornfelder und hohe Steinmauern. »Da geht's lang«, sagte Oliver eines Nachmittags und deutete auf eine weite Kluft zwischen dem Hauptmassiv des Eisernen Kreuzes und den nördlichen Ausläufern. »Auch für mich wird's die erste Überquerung sein.«

Luthien wußte den Namen des Passes zu nennen. »Die Bruce MacDonald-Scharte.«

Oliver bremste sein Reittier ab und zeigte sich nachdenklich. »Ich hoffe, dieser Bruce wird uns keine Maut abzuknöpfen versuchen«, sagte er schließlich und hielt schützend die Hand vor seinen klingenden Beutel.

»Wohl kaum, es sei denn, er steigt aus seinem Grab«, antwortete Luthien lachend. Und dann erzählte er von Bruce MacDonald, dem größten Helden in der Geschichte Eriadors, der den Angriff der Zyklopen abgewehrt und sie in ihre Felshöhlen zurückgedrängt hatte. Der Legende nach hatte er diese Schneise ins Gebirge geschlagen, um es leichter überqueren und die zyklopischen Streitkräfte überrumpeln zu können. Denn die hatten seinen Vorstoß erst im Frühjahr erwartet, wenn die hohen Paßwege vom Eis befreit sein würden.

»Und jetzt sind die Einäugigen wohl eure ganz besonderen Freunde«, entgegnete Oliver. »Bei uns in Gascony gibt's keine Zyklopen, jedenfalls keine, die es wagen würden, aus ihren dreckigen Berglöchern zu kriechen.« Und der Halbling erzählte nun seinerseits Geschichten darüber, wie die Gasconen mit den einäugigen Monstren umsprängen; er berichtete von Schlachten, in denen es – natürlich – sehr viel wüster zugegangen sei als bei den ›Scharmützelchen‹, die Bruce MacDonald ausgefochten habe.

Luthien ließ den Halbling schwätzen. Er hörte gar nicht mehr zu; in Gedanken war er noch bei MacDonald, und wieder einmal fiel ihm auf, daß sein Herz schneller zu schlagen anfing, sooft er von dem legendären Helden sprach. Und plötzlich glaubte der junge Bedwyr, seine Taten und Empfindungen verstehen zu können. Er wußte jetzt, warum ihn wegen des Mordes im Haus seines Vaters keinerlei Gewissensbisse plagten. Er dachte an die Gefühle, die er gehabt hatte, als der erste Zyklop auf der Fähre über Bord gegangen war. Nicht ihm hatte er geholfen, sondern jenem Mann, der ebenfalls ins Wasser gefallen war.

Luthien erkannte zum ersten Mal, wie tief der Haß gegen die Zyklopen in ihm steckte. Und dank dieser Einsicht konnte er nun auch Ethan besser verstehen. Jetzt wußte er, warum der Bruder nicht mehr in der Arena hatte kämpfen wollen, als vor Jahren die zyklopischen Wachen durch den Herzog von Montfort an Gahris' Hof abkommandiert worden waren. Und weitere Erinnerungen wurden wach, während der junge Mann seine Gedanken erforschte, Erinnerungen an Geschichten, die er als Kind gehört hatte, und die von grausamen Verbrechen der Zyklopen aus der Zeit vor Bruce MacDonald berichteten. Auch in jüngerer Zeit hatte es heimtückische Überfälle gegeben, zumeist auf hilflose Bauern.

Luthien war tief in Gedanken versunken, als Oliver sein Pony zügelte und sich nach allen Seiten hin umschaute. Der junge Bedwyr nahm davon keine Notiz und ritt weiter, wurde aber schließlich von Oliver zurückgepfiffen.

Luthien kehrte um und musterte den Halbling mit argwöhnischem Blick, denn dessen Miene verriet ernste Besorgnis. »Was ist?« fragte er leise.

»Du mußt lernen, Gefahren zu wittern«, flüsterte Oliver.

Und es war, als hätte er ein Stichwort gegeben, denn plötzlich surrte ein Pfeil über ihre Köpfe hinweg.

»Zyklopen«, folgerte er aus dem schlecht gezielten Schuß.

Zu beiden Seiten des Wegs geriet das hohe Korn in raschelnde Bewegung, als mehrere Zyklopen auf wilden Maulsäuen herbeigeprescht kamen, häßlichen, aber kräftigen Reittieren, die aussahen wie eine Kreuzung aus Gaul und Wildschwein.

Luthien und Oliver rissen ihre Pferde herum, um in entgegengesetzter Richtung davonzureiten, doch da tauchten zwei weitere Zyklopen aus dem Getreidefeld auf; der eine unmittelbar neben Oliver, der andere weiter hinten auf der Straße.

Schäbig bäumte sich auf und trat mit den Vorderläufen auf den Zyklopen ein, der mit erhobenem Schwert auf dem Rücken der Maulsau anrückte. Im Sattel weit nach vorn gebeugt, stieß Oliver mit seinem Rapier zu.

Der Zyklop, vom Getrampel des Ponys abgelenkt, sah die Klinge nicht kommen. Genausowenig war er gefaßt auf den Stoß des Dolches, mit dem ihm der Halbling das Schwert entwand. Der Zyklop sackte sterbend vornüber auf den Hals des Reittiers, das weiterlief und trippelnd die Straße überquerte.

Luthien knöpfte sich den zweiten weiter unten vor, der einen Spieß in Anschlag brachte. Dieser wähnte sich im Vorteil wegen der längeren Reichweite seiner Waffe und ritt auf seiner Maulsau geradewegs auf den Gegner zu.

Doch Luthien holte mit dem Schwert aus und konterte mit einem kreisrund geführten Hieb, der den Spieß ablenkte und nach oben zwang. Beim Einholen der Klinge schlug er dem Monstrum tiefe Wunden in die Oberarme. Es rutschte aus dem Sattel und stürzte rücklings in den Dreck, und ehe er sich versah, war Luthien über ihm. Es ließ den Kopf zurückfallen und bedeckte das Gesicht mit den verwundeten Armen, darauf gefaßt, von den Hufen des Pferdes zertrampelt zu werden.

Oliver dagegen hatte keine Zeit, seinen Angreifer endgültig zur Strecke zu bringen, denn von vorn stürmten zwei Dutzend Zyklopen herbei, und er konnte nicht riskieren, daß sein Pony ins Straucheln geriet beim Versuch, dem Gegner am Boden die Knochen zu brechen. Also lenkte er das Pony herum, gab ihm die Sporen und setzte Luthien nach, um mit ihm das Weite zu suchen.

Unter dem Beschuß von Pfeilen jagten sie davon. Zwar hatte Oliver durchaus recht, wenn er behauptete, daß Zyklopen miserable Schützen seien, durch ihr mangelndes Sehvermögen, doch der Zufall schloß nicht aus, daß einer der vielen Pfeile sein Ziel dennoch erreichte.

Als Flußtänzer kurz ins Stolpern kam, wußte Luthien, daß sein Pferd von einem Pfeil getroffen worden war. Ein zweiter Pfeil ritzte dem jungen Mann die Schulter auf.

»Sollten wir nicht lieber von der Straße runter?« rief Luthien, denn er versprach sich Deckung zwischen den hohen Getreidehalmen. Oliver schüttelte den Kopf. Auf festem Geläuf waren Pferde und selbst Ponys sehr viel schneller als Maulsäue; die wiederum hatten Vorteile im dichten Gestrüpp. Und außerdem wimmelte es in den Feldern zu beiden Seiten von weiteren Zyklopen, die sich, erkennbar am wilden Gewoge der Halme, an der Jagd beteiligten.

»Dieser Händler«, rief Oliver. »Mir scheint, er kann wirklich keinen Spaß vertragen.«

Luthien hatte keine Zeit zu antworten, denn vor ihm und auf seiner Seite trat ein Zyklop aus dem hohen Korn hervor. Er beugte sich tief über den Hals des Pferdes und ließ die Zügel schießen. Auch Flußtänzer senkte den Kopf und legte einen Schritt zu. Luthien spürte den Luftzug der Klinge, die über ihn hinwegsauste. So schnell waren die beiden, daß der Gegner keine Gelegenheit mehr hatte zu einem besser gezielten Hieb.

Der junge Mann bremste sein Pferd ab und ließ Oliver zu sich aufschließen. Sie waren gemeinsam in diese Falle getappt und mußten nun gemeinsam einen Ausweg suchen. Weiter vorn rotteten sich immer mehr Zyklopen zusammen, und jede Verzögerung würde die Verfolger im Rücken aufholen lassen.

Luthien warf einen Blick auf Oliver und mußte beinahe laut auflachen. Im großen Hut des Halblings steckte ein Pfeil.

Doch das Lachen verging ihm sogleich, als er wieder nach vorn schaute. Die Straße vor ihnen war in schimmernd blaues Licht getaucht. Wie aus einem Munde schrien Luthien und Oliver vor Entsetzen auf, glaubten sie doch, daß irgendein teuflischer Zauber der Zyklopen dafür verantwortlich sei. Oliver zog den Hut vom Kopf und preßte ihn vors Gesicht.

Flußtänzer und Schäbig waren zu schnell, um dem gespenstischen Licht noch ausweichen zu können.

Schlagartig veränderte sich die Welt ringsum.

Luthien glaubte zu träumen. Ihre eigenen Bewegungen und auch die der Pferde schienen von einer zähen, unsichtbaren Masse gebremst zu sein, doch der Blick nach unten auf den Boden verriet, daß sie mit enormer Geschwindigkeit dahinrasten. Unerhört raumgreifend war jeder scheinbar langsame Galoppsprung.

Die Lichtschneise scherte von der Straße ab und verlief südwärts über weite Kornfelder, von denen kein Halm geknickt wurde unter den Hufen der Pferde. Es war, als liefen sie durch Luft oder auf einem Kissen aus Licht. Sie kamen mit dem Boden nicht in Berührung, verursachten auch keinen Laut. Sie überquerten einen breiten Fluß, ohne daß ein Tropfen Wasser aufspritzte. Sekunden später rückte das Gebirge näher, und gleich darauf ging es über steile Hänge den Gipfeln entgegen, durch Schluchten und über Felsspalten hinweg.

Jäh ragte vor ihnen plötzlich eine Steilwand auf. Luthien schrie warnend auf, doch seine Worte verhallten, kaum daß sie über die Lippen gegangen waren. Gefolgt von Schäbig, schnellte Flußtänzer den schroffen Fels hinauf, erklomm den tausend Fuß hohen Grat und sprengte über ein weites Geröllfeld dahin, dann durch einen Hain kleiner Bäume, dicht an dicht gewachsen, und doch rührte sich kein einziges Blatt, als die Pferde hindurchstoben.

Wenig später drohte eine zweite Klippe, vor der die Lichtschneise zu enden schien; wirbelnde Muster in Blau und Grün tanzten auf der Wand. Bevor Luthien reagieren konnte, war Flußtänzer schon ins Gestein vorgedrungen.

Der Druck der Massen war kaum erträglich; Luthien glaubte, ersticken zu müssen. Er konnte nicht schreien, nicht Luft schöpfen in der bedrängenden Enge, und er sah sein Ende gekommen.

Doch plötzlich öffnete sich der Berg. Leichtfüßig sprang Flußtänzer hinaus in eine von Fackeln beleuchtete Höhle. Laut hallte das Getrappel der Hufe auf blankem Stein.

Schäbig folgte dichtauf und kam neben dem weißen Hengst zum Stehen. Oliver hielt noch immer den Hut vors Gesicht gedrückt. Nach einer Weile riskierte er einen ersten Blick über die Krempe. Er schaute sich um, starrte ungläubig auf die geschlossene Wand im Rücken und sah den wirbelnden Lichtschein verglühen. Dann wandte er sich Luthien zu, der die Lippen bewegte, als wollte er etwas sagen.

Oliver kam ihm zuvor mit den Worten: »Behalt's für dich; ich will's nicht wissen.«

9. KAPITEL

Brind'Amour

Dem Anschein nach befanden sie sich in einer natürlichen Höhle mit nahezu kreisrundem Grundriß und einem Durchmesser von etwa dreißig Fuß. Die Wände waren rauh und unbehauen, die Decke unterschiedlich hoch; doch der Boden war rätselhaft glatt und eben. Links von ihnen entdeckten die Freunde eine schlichte Holztür. Daneben stand ein Tisch, voll von verschiedenen Pergamenten; manche steckten in silbrigen Röhren, andere waren lose zusammengerollt, und wiederum andere lagen ausgebreitet da, gehalten von seltsam geformten Briefbeschwerern, die kleinen Feuerteufeln glichen. Weiter links erhob sich ein einzelnes Postament, auf dem eine Kristallkugel lag, lupenrein und vollkommen rund geschliffen.

Rechterhand lehnte ein Stuhl an der Wand; davor machte sich ein großer Schreibtisch breit mit einem Aufsatz voller Fächer und Zwischenböden. Wie auf dem Tisch lagen auch hier zahlreiche Pergamentrollen. Außerdem befand sich darauf ein menschlicher Schädel, ein baumähnlich verästelter Kandelaber, eine Kette mit dicken Perlen, die wie präparierte Zyklopenaugen aussahen, Tintenfässer, Violen und lange Federkiele; kurzum, all das, was die Freunde darauf schließen ließ, daß es sie in das Gelaß eines Zauberers verschlagen hatte.

Beide stiegen aus den Sätteln. Luthien untersuchte das Hinterteil seines Pferdes und atmete erleichtert auf, als er feststellte, daß der Pfeil des Zyklopen Flußtänzer bloß geschrammt und keinen größeren Schaden angerichtet hatte.

Er nickte Oliver zu und näherte sich der seltsamen Kristallkugel, während der Freund zielstrebig auf den Schreibtisch zuging. »Sieh dich bloß vor!« warnte Luthien, kannte er doch viele Geschichten von gefährlichen Zauberern, und es wäre gewiß unklug, sich einen Hexer zum Feind zu machen, dem es in seiner Macht stand, jenen Lichttunnel entstehen zu lassen, durch den die beiden hierhergekommen waren.

Luthiens Verwunderung über den seltsamen Gang der Ereignisse steigerte sich noch, als er in die Kugel blickte. Darin erblickte er die eigene Person sowie Oliver, wie er sich in der Höhlenkammer bewegte, und die beiden Pferde, die nach dem langen Ritt verschnaufend dastanden. Zuerst erklärte sich Luthien das Bild als einfache Spiegelung, doch dann fiel ihm auf, daß der Blickwinkel ein anderer war. Es schien, als schaute er von oben auf sich herab.

Drüben am Schreibtisch ließ Oliver eine Phiole in der Hosentasche verschwinden.

»Stell sie sofort wieder zurück!« herrschte ihn Luthien an; er sah jede Bewegung des Freundes in der kristallenen Kugel.

Oliver reagierte sichtlich verblüfft. Wie war ihm Luthien auf die Schliche gekommen?

»Zurück damit!« forderte Luthien erneut, weil Oliver offenbar nicht hören wollte.

»Du gönnst mir auch gar nichts«, entgegnete Oliver und rückte widerwillig mit dem Fläschchen heraus. »Da steckt bestimmt was Kostbares drin. Du mußt nämlich wissen, daß wir hier im Haus eines Zauberers sind.«

»Ja, bei einem Zauberer, der uns das Leben gerettet hat«, erinnerte Luthien.

Tief seufzend stellte Oliver die Phiole an ihren Platz auf den Schreibtisch zurück.

»So ist es recht«, meldete sich plötzlich eine Stimme rechts von Luthien. Erschrocken fuhr er herum und starrte ins Leere. Dann sprang er einen Schritt zurück, als sich die Felswand zu bewegen schien und der Zauberer daraus hervortrat, farblich nicht zu unterscheiden vom grauen Gestein. Allmählich aber nahm er eine blasse Hautfarbe an.

Er war alt, mindestens so alt wie Luthiens Vater. Aber er hielt sich aufrecht und strahlte eine Würde aus, die den jungen Bedwyr beeindruckte. Er trug einen tiefblauen, wallenden Umhang. Kopf- und Barthaar schimmerten schneeweiß und so samtig wie Flußtänzers Fell; es fiel vorn wie hinten bis auf die Schultern herab. Tiefblau wie der Umhang leuchteten auch seine Augen; sie sprühten voll Leben und Weisheit und zeigten Fältchen an den Rändern – wohl gefurcht von endlosen Stunden der Lektüre seiner Pergamentrollen, spekulierte Luthien.

Luthien mußte sich losreißen vom fesselnden Anblick des Alten, und als er zu Oliver hinüberschaute, sah er, daß dieser ebenso beeindruckt war.

»Wer seid Ihr?« wollte der Halbling wissen.

»Unwichtig.«

Oliver zog den Hut und verbeugte sich anmutig. »Ich bin …«

»Oliver Burrows, der sich Oliver deBurrows nennt«, unterbrach der Zaubermeister. »Ja, ja, natürlich, das bist du, aber auch das ist ohne Bedeutung.« Er schaute Luthien an, als wartete er auf dessen Vorstellung; doch Luthien verschränkte die Arme vor der Brust, fast trotzig, wie es schien.

»Dein Vater vermißt dich sehr«, sagte der Zauberer, und mit dieser einfachen Feststellung hatte er den jungen Bedwyr gründlich verunsichert.

Oliver stellte sich an die Seite des Freundes, um ihm Beistand zu leisten, den er selbst nötig hatte.

»Ich beobachte euch schon eine Weile«, erklärte der

Zauberer und schritt langsam auf den Schreibtisch zu. »Ihr seid beide, wie sich gezeigt hat, sehr begabt und mutig, genau die Richtigen für meine Zwecke.«

»Und was sind das für Zwecke?« fragte Oliver irritiert. Der Zauberer wandte sich ihm zu und streckte fordernd die geöffnete Hand aus. Schulterzuckend warf ihm der Halbling die eingesteckte Phiole zu.

»Was sind das für Zwecke?« wollte auch Luthien wissen, voller Ungeduld und mit Nachdruck, nicht zuletzt in der Absicht, seinem diebischen Freund aus der Verlegenheit zu helfen.

»Geduld, mein Junge«, entgegnete der Alte gelassen, und daß der Halbling ihn zu bestehlen versucht hatte, schien ihm nicht das Geringste auszumachen. Einen Moment lang starrte er auf die Phiole; dann grinste er dem Halbling zu.

Seufzend ließ Oliver ein weiteres Mal die Schultern zucken, zog ein zweites, ganz ähnliches Fläschchen aus der Tasche und gab auch das an den Zauberer ab.

»Ich sorge stets für Ersatz«, klärte Oliver den verwirrten Freund auf.

»Und das doppelt und dreifach, wie mir scheint«, sagte der Zauberer in etwas schärferem Ton und streckte erneut die Hand aus.

Oliver kramte nun eine dritte Phiole zum Vorschein, diesmal war es die verlangte. Der Zauberer vergewisserte sich mit einem Blick, stellte das Fläschchen auf den Schreibtisch zurück und ließ die beiden anderen in die eigene Tasche wandern.

»Zur Sache«, sagte er händereibend und näherte sich dem Freundespaar. »Ich möchte euch einen Vorschlag machen.«

»Bei uns in Gascony sind Zauberfritzen nicht gut gelitten«, bemerkte Oliver brüsk.

Der Alte blieb stehen und zeigte sich nachdenklich. »Nun«, antwortete er, »ich habe euch das Leben gerettet.«

»Ha!« schnaufte der Halbling. »Mit Einäugigen werden wir auch allein fertig.«

Der Zauberer musterte Luthien mit skeptischem Blick, doch der junge Mann zog es vor zu schweigen.

»Na schön«, meinte der Alte und deutete mit der Hand auf die Felswand, worauf das geheimnisvolle blaue Licht wieder zu wirbeln anfing. »Ab mit euch. Es sind erst eine oder zwei Minuten vergangen. Die Zyklopen werden bestimmt noch an Ort und Stelle sein.«

Luthien war sichtlich verärgert über den Freund, und als sich Oliver mit hängendem Kopf geschlagen gab, schmunzelte der Alte zufrieden und ließ das magische Tor verschwinden.

»Ich wollte nur einen guten Preis für uns herausschlagen«, erklärte der Halbling kleinlaut.

»Einen Preis?« empörte sich der Hexer. »Ich habe euch soeben vor dem sicheren Untergang bewahrt!« Er schüttelte den Kopf und seufzte. »Also gut«, fuhr er schließlich fort. »Wenn euch das nicht genug ist, will ich noch etwas darauflegen: Passierscheine, mit denen ihr nach Montfort einreisen könnt, und ein paar lebenswichtige Informationen. Außerdem verspreche ich, dafür zu sorgen, daß euch der Händler, den ihr ausgeraubt habt, nicht länger behelligt. Dagegen ist meine Bitte eine Kleinigkeit, wenngleich, wie ich zugeben muß, eine nicht ungefährliche.«

»Um was geht's?« drängte Luthien.

»Das besprechen wir beim Abendessen«, antwortete der Zauberer und wies mit seiner Hand zur Holztür hin.

Das waren Worte nach Olivers Geschmack, und er ließ sich nicht zweimal bitten. Luthien dagegen, der nach wie vor die Arme vor der Brust verschränkt hielt, rührte sich nicht vom Fleck und preßte resolut die Lippen aufeinander.

»Ich werde nicht speisen mit jemandem, der mir seinen Namen vorenthält«, sagte der junge Grafensohn.

»Dann bekomme ich wohl die doppelte Portion«, spekulierte Oliver.

»Mein Name tut nichts zur Sache«, wiederholte der Zauberer.

Luthien stellte sich stur.

Der Zauberer kam näher und starrte ihm in die Augen; beide zuckten kein einziges Mal mit der Wimper. »Brind'Amour«, sagte der Alte in einem Tonfall, der anklingen ließ, daß dieser Name eigentlich allenthalben bekannt sein müßte.

»Und ich heiße Luthien Bedwyr«, stellte sich der junge Mann vor und forderte mit festem Blick Respekt. Doch bevor er dazu kam, Rang und Titel aufzuzählen, hatte sich der Alte abgewandt.

Im Nebenraum war auf fürstliche Weise ein Tisch für drei Personen gedeckt. Vor einem der Gedecke stand ein Stuhl mit hoher Lehne.

»Sehr aufmerksam«, meinte Oliver trocken, doch als er sich der prächtigen Tafel näherte, verschlug es sogar ihm die Sprache. Feinstes Silberbesteck, kristallene Pokale, Servietten aus Damast und edles Porzellan standen und lagen zur Mahlzeit bereit. An Bereitschaft mangelte es auch Oliver nicht; er kannte kein Halten mehr und hüpfte auf den hohen Stuhl.

Brind'Amour durchquerte den Raum, eine aus Ziegeln gemauerte Kammer, die keinen Vergleich zuließ mit der gerade verlassenen Höhle. Aus mehreren geheimen Vitrinen, deren Türen von der Oberfläche der Ziegelwand nicht zu unterscheiden waren, holte er die Speisen heraus: gebackene Ente, exotisches Gemüse, erlesenen Wein und klares, kaltes Wasser.

»Man sollte doch meinen, daß sich ein so tüchtiger Magier, wie Ihr es seid, einen Diener herbeizaubern kann«, sagte Luthien, nachdem er Platz genommen hatte. »Oder daß er einfach nur in die Hände zu klatschen braucht, um die Teller zu füllen.«

Brind'Amour kicherte. »Ich möchte meine Kräfte

schonen für eine wichtigere Sache, die heute noch ansteht«, erklärte er. »Glaube mir, die Zauberei zehrt an den Kräften, und es wäre ein Jammer, wenn wir unserer großen Aufgabe nicht nachkommen könnten, weil ich zu faul war, das Essen an den Tisch zu bringen.«

Luthien gab sich mit dieser Erklärung zufrieden. Er hatte Hunger, und außerdem war zu fürchten, daß jedes wichtige Wort, das nun fallen würde, für Oliver wiederholt werden müßte. Denn der Halbling hatte sich gerade buchstäblich in eine Schüssel voll eingelegter Kürbisschnitzel vertieft.

Als er seinen Pokal hob, um den letzten Schluck Wein daraus zu trinken, war Luthien restlos davon überzeugt, daß er nie zuvor eine köstlichere Mahlzeit zu sich genommen hatte.

»Vielleicht sollten wir in Gascony unser Urteil über Zauberfritzen noch einmal überdenken«, meinte Oliver und tätschelte die gespannte Bauchdecke.

»Ja, vielleicht solltet ihr sie zu Küchenmeistern bestellen«, sagte der Alte und zwinkerte Luthien schalkhaft zu. »Wozu wäre ein Zauberer sonst wohl nützlich?«

Luthien nickte, schenkte dem humorigen Schlagabtausch zwischen Oliver und Brind'Amour aber kaum Beachtung. Oliver erzählte von einem Abenteuer, das er im Turm eines Hexenmeisters erlebt hatte, während Brind'Amour ihm mit beschreibenden Einzelheiten aushalf und an angemessenen Stellen höflich Beifall zollte. Da jetzt die Mahlzeit beendet war und sich ein jeder förmlich vorgestellt hatte, brannte Luthien darauf zu erfahren, um welche Aufgabe es ging, die der Zauberer ihnen abverlangte. Brind'Amour hatte sie vor den Zyklopen in Schutz genommen und ihnen Passierscheine für Montfort versprochen (wo Luthien mit Ethan zusammenzutreffen hoffte). Auch daß er ihnen den Händler vom Hals schaffen wollte, war eine durchaus verlockende Belohnung.

»Ihr habt von einer Aufgabe gesprochen«, sagte Luthien schließlich, als er Gelegenheit fand, in das Gespräch der beiden einzugreifen. »Wenn ich mich recht erinnere, wolltet Ihr während des Essens darüber reden.«

»Dazu bin ich noch nicht gekommen, weil dein kleiner Freund soviel zu erzählen hat«, entgegnete Brind'Amour mit gequältem Lächeln.

»Oliver hat jetzt genug geredet«, meinte Luthien ernst und bestimmend.

Brind'Amour lehnte sich im Stuhl zurück und klatschte in die Hände, worauf eine Tabakspfeife mit langem Stil aus einem Fach in der Wand herausgeflogen kam, sich von selbst entzündete und sich dann sanft in seine wartende Hand legte. Luthien verstand, daß dieser Trick daran erinnern sollte, wer der Herr in diesem Hause war.

»Ich habe etwas verloren«, sagte der Zauberer, nachdem er eine Weile an der Pfeife gepafft hatte. »Etwas, das mir sehr kostbar ist.«

»Ich hab's nicht, ehrlich«, erklärte Oliver und breitete die Arme aus.

Brind'Amour warf ihm einen gutmütigen Blick zu. »Ich weiß, wo es steckt.«

»Dann ist es nicht verloren«, folgerte der Halbling scharfsinnig, doch weder der Zauberer noch Luthien reagierten auf den Scherz. Der junge Bedwyr sah dem Gesicht des Alten an, daß ihn der Verlust tief bedrückte.

»Es steckt in einem versiegelten Höhlensystem, das nicht weit entfernt von hier ist.«

»Versiegelt?« fragte Luthien nach.

»Ja, zusammen mit einigen Kollegen habe ich den Zugang eigenhändig verschlossen«, antwortete Brind'Amour. »Vor vierhundert Jahren schon, bevor die Gasconen auf die Avonsee-Inseln kamen und zu einer Zeit, da der Name Bruce MacDonald noch in aller Munde war.«

Luthien wollte antworten, stockte aber, als ihm bewußt wurde, was er da gehört hatte.

»Ihr müßtet längst tot sein«, meinte Oliver geradeheraus, und Luthien bedachte ihn mit strengem Blick.

Aber Brind'Amour nahm an dieser Bemerkung keinen Anstoß. Im Gegenteil, er nickte zustimmend und sagte: »Meine Kollegen sind längst unter der Erde. Ich lebe nur deshalb noch, weil ich viele Jahre in magischer Starre zugebracht habe.« Dann fuchtelte er plötzlich mit den Händen in der Luft herum, um anzudeuten, daß er das Thema zu wechseln wünschte und daß es Wichtigeres zu besprechen gebe. Daß er sich nicht wohl fühlte, war ihm deutlich anzusehen. »Wenn ich tot wäre, würde es heute in der Welt womöglich weniger kompliziert zugehen«, fuhr der Alte fort. »Aber dann hättet ihr den heutigen Tag auch nicht überlebt«, fügte er unmißverständlich hinzu.

»Die Aufgabe, die es zu erledigen gilt, ist im Grunde denkbar einfach«, erklärte der Zauberer. »Wie gesagt, ich habe etwas verloren. Ihr müßt zu dieser Höhle hin und es zurückholen.«

»Und um was handelt es sich?« fragten beide Freunde gleichzeitig.

Der Zauberer zögerte mit der Antwort.

»Wir müssen wissen, wonach wir suchen sollen«, sagte Luthien.

»Nach einem Stab«, sagte der Alte schließlich. »Er gehört mir und ist so kostbar wie alles andere, was ich mein Eigen nenne.«

»Wie konntet Ihr ihn dann in der Höhle zurücklassen?« fragte Luthien.

»Ich habe ihn nicht zurückgelassen«, antwortete der Alte in ziemlich barschem Tonfall. »Er wurde mir gestohlen und dort versteckt. Aber das ist eine andere Geschichte, und die geht euch nichts an.«

»Aber ...« Oliver wollte widersprechen, verstummte

jedoch, als sich der Alte verärgert zeigte und ihm einen bitterbösen Blick zuwarf.

»Was die Höhle betrifft«, sagte der Zauberer an Luthien gewandt, »wir haben sie versiegelt, um deren Bewohner daran zu hindern, über Eriador herzufallen.«

»Wer wohnte denn darin?« wollte Luthien wissen.

»Der König der Zyklopen und seine tüchtigsten Krieger«, antwortete Brind'Amour gleichmütig. »Wir fürchteten, daß er sich mit den Gasconen verbünden würde, die ja bekanntlich unsere Inseln zu erobern vorhatten.«

Luthien machte kein Hehl daraus, daß er diesen Worten kaum glauben konnte. Auch Oliver zeigte sich skeptisch. Die Gasconen verabscheuten die Zyklopen ebensosehr, wie es die Eriadorianer taten, und darum erschien eine solche Allianz mehr als zweifelhaft.

Außerdem konnte Luthien nicht nachvollziehen, wieso Brind'Amour und seine Kollegen mit so ungemein drastischen Mitteln gegen die Einäugigen vorgegangen waren, die ja doch, von Bruce MacDonald so vollständig besiegt, vorläufig keine Gefahr mehr hatten darstellen können.

»Wenn wir Glück haben, ist die Höhle jetzt unbewohnt«, sagte Brind'Amour, und es schien, als legte er großen Wert auf diese Bemerkung.

»Warum geht Ihr dann nicht selbst dorthin und holt Euch Euren Stab?« fragte Oliver.

»Ich bin alt und schwach«, entgegnete Brind'Amour. »Die Quelle meiner Zauberkraft liegt hier in dieser Grotte. Es würde mir nicht gelingen, die Pforte offenzuhalten, wenn ich durch den Tunnel in die andere Höhle ginge. Darum brauche ich eure Hilfe, Hilfe, für die ihr schon reichlich belohnt worden seid und für die ihr noch weitere Belohnung erwarten könnt.«

Luthien wurde den Verdacht nicht los, daß der Zauberer einige wichtige Informationen verschwieg, wußte aber nicht, wie er ihm die volle Wahrheit entlocken konnte. Oliver lehnte sich entspannt zurück und tätschelte seinen Bauch. Er war, wie es schien, rundum zufrieden.

»Ich schlage vor, ihr ruht euch jetzt erst einmal aus«, sagte Brind'Amour. »Es stehen zwei warme, weiche Betten für euch parat. Alles weitere kann warten bis morgen.«

Die Freunde waren einverstanden. Sie vergewisserten sich noch, daß Flußtänzer und Schäbig gut untergebracht waren, und stiegen dann in behagliche Federbetten.

Nachdem sie der Alte verlassen hatte, fragte Oliver: »Glaubst du wirklich, daß er vierhundert Jahre auf dem Buckel hat?«

»Einem Zauberer ist alles zuzutrauen«, antwortete Luthien.

»Und was hältst du von der Behauptung, daß er viele Jahre in magischer Starre zugebracht haben will?«

»Auch darüber zerbreche ich mir nicht den Kopf.« Luthien war unter einfachen und praktisch denkenden Fischern und Bauern aufgewachsen. An Magie grenzten auf Bedwydrin allenfalls die Arzneien der Kräuterweiber oder die Wettervorhersagen der Wachposten an den Häfen. Schon damit hatte der junge Bedwyr seine Schwierigkeiten – ein Mann wie Brind'Amour verunsicherte ihn vollends.

»Ich kann nicht verstehen, wieso eine Höhle, in der nicht mehr steckt als ein Zyklopenhäuptling und ...«

Luthien brachte den Halbling mit einer Handbewegung zum Schweigen. »Laß uns diese Aufgabe schnell erledigen, damit wir möglichst bald in eigener Sache vorankommen ...« Er stockte und wußte nicht weiter.

»In welcher Sache?« hakte Oliver verwundert nach, doch Luthien fragte sich dasselbe.

Was hatten er und Oliver Burrows, der sich selbst Oliver deBurrows nannte, eigentlich vor? Welchen

Plan verfolgten sie? Was wollten sie mit ihrem Leben anstellen? Wollten sie weiter die Straßen unsicher machen und Händlerkutschen überfallen?

Der junge Bedwyr wußte keine Antwort. Seine Welt stand kopf seit dem Besuch von Vicomte Aubrey und seinem Gefolge in Dun Varna. Er hatte die Heimatstadt verlassen, um seinen Bruder zu suchen, doch nun dämmerte ihm, wie groß diese Welt in Wirklichkeit war. Oliver hatte ihn darüber aufgeklärt, daß es zwischen Montfort und Carlisle am Stratton-Fluß ein Dutzend verschiedener Häfen gab, die allesamt einen Fährdienst unterhielten für die Überfahrt nach Gascony, und daß Gascony noch viel größer sei als Avon, Hunderte von Städten habe, in der mehr Menschen wohnten als in Dun Varna. Und Duree, das Land, wohin Ethan in den Krieg ziehen wollte, lag über tausend Meilen südlich der Nordküste von Gascony.

Tausend Meilen!

Wie konnte Luthien hoffen, zu Ethan aufzuschließen, ohne zu wissen, welchen Weg der Bruder eingeschlagen hatte?

Luthien blieb die Antwort auf Olivers Frage schuldig; dem Halbling war offenbar auch nur wenig daran gelegen, denn schon bald schnarchte er zufrieden vor sich hin.

10. KAPITEL

Notlügen?

Als Luthien und Oliver den magischen Tunnel verließen, den Brind'Amour für sie geöffnet hatte, schlug ihnen unangenehm warme Luft entgegen, obgleich die Höhle, in der sie sich befanden, enorm groß war. Das Licht der Fackel, die Luthien in der Hand hielt, reichte kaum bis unter die Decke. Ein matter Schimmer ließ hoch oben scharfkantige, lange Tropfsteine erahnen.

Von hinten zuckte ein Blitz auf, und als sie sich umdrehten, sahen sie das Portal zusammenschrumpfen. Spontan eilten sie ein paar Schritte zurück aus Angst, von Brind'Amour im Stich gelassen zu werden. Das wirbelnde Lichtfeld verdichtete sich bis auf die Größe einer Faust, ohne an Intensität einzubüßen.

»Ich glaube, er will nur sicherstellen, daß da kein Zyklop hindurchschlüpfen kann, falls uns denn wirklich einer begegnet«, meinte Oliver erleichtert.

»Vielleicht will er auch verhindern, daß wir unverrichteter Dinge zurückkehren«, argwöhnte Luthien. »In der Kristallkugel überwacht er jeden unserer Schritte.«

Während er das sagte, untersuchte Luthien die Felswand, vor der sie standen. Obwohl er nur wenige Vergleichsmöglichkeiten hatte – er kannte bislang nur die Meeresgrotten an der Steilküste über Dun Varna –, kam ihm diese Höhle hier reichlich sonderbar vor. Der kupferfarbene, rauhe Fels war von dunklen, glatten Adern durchzogen.

»Das sind Metalleinlagerungen«, erklärte Oliver. »Vermutlich Kupfer. Es scheint unter starker Hitze geschmolzen und aus dem Gestein herausgesickert zu sein.«

Auch Luthien schaute genauer hin. »Offenbar ist die Höhle hier an dieser Stelle versiegelt worden«, sagte er. »Vielleicht haben die Zauberer ein magisches Feuer entfacht, das einen Bergrutsch ausgelöst hat.«

»So sieht's aus«, fand auch Oliver, zeigte sich aber ebensowenig überzeugt wie Luthien. Mit dem Knauf seines Dolches tippte er vorsichtig an den Felsen, um dessen Dichte zu ermessen. Die Wand schien sehr dick zu sein. Daraus folgerte er, daß die Hitze diesseits der Wand zur Wirkung gebracht worden war. Doch diesen Gedanken behielt er für sich.

»Komm«, sagte der Halbling. »Ich will mich hier nicht länger als nötig aufhalten.« Er warf einen Blick auf Luthien, der immer noch das geschmolzene Erz studierte, und sah ihm an, daß seine Überlegungen in die gleiche Richtung gingen wie die eigenen. »Immerhin warten in Montfort viele pralle Geldsäcke auf meinen begierigen Zugriff«, fügte er eine Spur zu laut hinzu, denn aus mehreren Richtungen hallten seine Worte wider. Aber wie erhofft lenkten sie Luthiens Gedanken von der Wand ab.

Der Untergrund war uneben; hier und da wuchsen Stalagmiten aus dem Gestein, die sogar Luthien überragten. Obwohl sich die beiden in einer nach allen Seiten hin geschlossenen Kammer befanden, hatten sie bisweilen den Eindruck, durch enge Korridore zu gehen. Durch das Fackellicht in Luthiens Hand tanzten unheimliche Schatten um sie herum. Beklommen und vorsichtig schlichen die beiden voran.

Sie erreichten eine abschüssige Böschung. Auf dem Gelände, das sich darunter ausbreitete, war ein Pfad zu erkennen; er schlängelte sich vorbei an hohen Stalagmiten und Felsbrocken, die anscheinend aus den Tropfsteinen herausgebrochen waren.

»Da unten kommen wir besser voran«, sagte Luthien und machte sich an den Abstieg, kauernd und in weiter Rücklage, wobei er fast auf dem Hosenboden zu sitzen kam.

Oliver packte ihn bei den Schultern und hielt ihn zurück. »Willst du nicht wissen, was diese Steine da zerbrochen haben könnte?« fragte der Halbling argwöhnisch.

Darüber wollte Luthien lieber nicht mutmaßen. »Komm mit«, entgegnete er und rutschte langsam bergab.

Oliver grummelte verärgert vor sich hin, warf einen letzten Blick zurück auf die Wand im Hintergrund und das magische Portal, zuckte mit den Achseln und folgte dem Freund.

Unten angekommen, sah er Luthien mit starrer Miene vor dem Sockel eines abgeknickten Tropfsteins stehen, den Blick zu Boden gerichtet.

»Was …?« Die Frage, die der Halbling stellen wollte, erübrigte sich, als er neben Luthien zu stehen kam. Zwischen zerbrochenem Gestein lagen Knochenreste am Boden verstreut. Gehetzt blickten sich die beiden um, als rechneten sie mit dem Überfall eines schrecklichen, gewaltigen Monstrums, das sie unter seinen Füßen zertrampeln könnte.

»Von Zyklopen stammen die nicht«, stellte Oliver fest und hob einen Schädel auf, der zwei Augenlöcher aufwies.

Es waren insgesamt drei Skelette zu zählen, aber nur zwei Schädel; der dritte schien in tausend Stücke zersplittert worden zu sein. Obwohl nicht mehr als weißes Gebein zum Vorschein kam, glaubten die Freunde erkennen zu können, daß die Leichenreste hier noch nicht vor allzu langer Zeit abgelegt worden waren. Unter einem Felsbrocken räumten sie einen

Schenkelknochen hervor, an dem noch Sehnen- und Hautfetzen klebten. Auch fanden sie Kleiderreste, die kaum verrottet waren.

»Mir scheint, wir sind nicht die ersten, die Brind'Amour auf die Suche nach seinem Stab geschickt hat«, sagte Luthien.

»Und fest steht jetzt, daß hier in der Höhle noch Leben ist«, fügte Oliver hinzu. Er schaute sich um zwischen den umgestürzten Stalagmiten. »Ich glaube nicht, daß Zyklopen dafür verantwortlich sind«, sagte er. »Auch kein Zyklopenhäuptling.«

Das geschmolzene Erz in der Wand, die umgekippten Kalksteinbrocken und nun dies! Den Freunden wurde zunehmend mulmig zumute. Luthien versuchte, sich Brind'Amours Worte über die Höhle in Erinnerung zu rufen. Er hatte anscheinend doch gelogen oder zumindest einen Teil der Wahrheit verschwiegen.

Aber was nutzte jetzt noch die Einsicht, hinters Licht geführt worden zu sein? Es gab kein Entrinnen, solange das Portal verschlossen blieb, und Luthien wußte, daß darauf erst zu hoffen war, wenn der verlorengegangene Stab geborgen sein würde.

»Wenn dieser Stab wirklich so kostbar ist, wird er wohl unter den Schätzen desjenigen zu finden sein, der hier das Kommando hat«, mutmaßte Luthien. »Und dieser Pfad scheint mir geradewegs dorthin zu führen.«

»Wie schön«, entgegnete Oliver.

Dem Pfad folgend, verließen sie die große Kammer und traten in einen weiten Korridor hinaus. Das Fackellicht beschien beide Seitenwände, und auch die Decke war zu sehen. Doch das konnte die beiden nur wenig trösten, zumal sie nun feststellen mußten, daß, wer immer durch diesen Gang gekommen war, nicht nur die aufrecht stehenden Tropfsteine kurz und klein geschlagen, sondern auch die von oben herabhängenden Stalagtiten abgebrochen hatte.

Die Wärme der Luft schien von Schritt zu Schritt zuzunehmen. Die Wände schimmerten dunkelrot. Hinter einer steil abfallenden Stufe weitete sich der Korridor. Luthien kletterte als erster hinab; Oliver folgte dichtauf.

Sie kamen an den Rand eines unterirdischen Sees. Das Wasser schillerte gelblichrot im Widerschein der Fackel, von der nun sehr viel mehr Leuchtkraft auszugehen schien. In den Wänden glitzerten Quarz und andere Kristalle auf. Jenseits des Wassers entdeckten die Freunde den Eingang zu einem weiteren Korridor, der die Richtung fortsetzte, der sie bisher gefolgt waren.

Luthien beugte sich vor und streckte prüfend die Hand aus, spürte heiße Schwaden aufsteigen und wagte es nicht, die Hand ins Wasser zu tauchen.

»Wieso ist es hier so heiß?« fragte Oliver. »Wir sind doch hoch oben im Gebirge, und auf den Gipfeln liegt Schnee.«

»Sind wir wirklich so hoch oben?« entgegnete Luthien, und erinnerte den Halbling daran, daß sie nicht wissen konnten, wohin sie der Tunnel des Zauberers geführt hatte.

Oliver starrte über den See. Er war nur knapp hundert Fuß breit und etwa doppelt so lang, schien aber dennoch unüberwindlich zu sein. Die Oberfläche durchmaß den gesamten Querschnitt des Raums, und der Halbling, wasserscheu wie er war, hatte nur wenig Lust, auf die andere Seite zu schwimmen.

»Es gibt einen Weg drumherum«, sagte Luthien und deutete auf einen Felssims, der sich zehn Fuß über dem Wasserspiegel an der Wand entlangzog.

An der Aussicht auf eine Kletterpartie schien Oliver auch keinen Gefallen zu finden. Er setzte seinen Rucksack auf dem Boden ab, hantierte an den Schnallen herum und überhörte Luthiens Fragen, der wissen wollte, was er nun zu tun gedenke. Wenig später kramte der Halbling ein langes dünnes und fast durchsichtiges Seil zum Vorschein, an dessen Ende ein dreizackiges Ankereisen befestigt war.

Auch an ihren höchsten Stellen hing die Decke nicht höher aus dreißig Fuß; sie war rauh und brüchig, voller Spalten und Zacken. Oliver holte nun zum Schwung aus, ließ das Ankereisen um ein kurzes Stück Seil kreisen und schleuderte es zur Decke empor. Das Eisen flog in hohem Bogen durch die Luft und fiel klatschend in den See.

Luthien strafte den Gefährten mit wütendem Blick. Laut hallte der Schlag aufs Wasser durch den Saal, und sekundenlang wagte es keiner der beiden, sich zu rühren.

Oliver versuchte sich zu entschuldigen. »Ich dachte nur …«

»Hol das Ding sofort wieder ein!« fiel ihm Luthien ins Wort.

Während er das Seil aufwickelte, erklärte Oliver, daß er die Dregge an der Decke habe festmachen wollen, um das Seil als Sicherung beim Gang über den Felssims nutzen zu können; es würde vor allem auch dann von Hilfe sein, wenn sie zu einem schnellen Rückzug gezwungen wären.

Fast hatte Oliver das Ankereisen eingeholt, als es plötzlich auf dem Grund des Sees festzuhaken schien. So sehr er auch am Seil zerrte, das Eisen ließ sich nicht befreien. Luthien packte mit an – vergeblich.

»Schneid das Seil durch! Wir müssen weiter«, verlangte Luthien. Widerwillig langte der Halbling nach dem Dolch, denn es tat ihm leid um jede Elle seiner wertvollen dünnen Schnur.

Plötzlich riß es ihn nach vorn. Unwillkürlich langte er auch mit der anderen Hand nach dem Seil, bemerkte aber dann, daß er dem Zug nicht widerstehen konnte und ins Wasser gezerrt würde, wenn er nicht losließe. Das Seil sauste ihm durch die Finger, und er verdankte es den festen Lederhandschuhen, daß ihm nicht die Hände verbrannten. »Tu doch was!« schrie er Luthien zu und hüpfte in seiner Not auf und ab.

Aber was konnte Luthien schon tun? Er suchte festen Halt unter den Füßen und beugte sich vor, um das Seil zu fassen, ließ aber von dem Vorhaben ab, weil er einsehen mußte, daß auch seine Mithilfe den gewaltigen Zug nicht bremsen konnte.

Das Seil war fast zur Gänze ausgespielt, als die Kraft, die an ihm zerrte, plötzlich zum Stillstand kam.

Der Halbling stolperte einen Schritt zurück und starrte verwundert aufs Wasser. »Mir scheint, ich habe einen dicken Fisch an der Angel«, murmelte er.

Sprachlos blickte Luthien aufs Wasser, das sich inzwischen wieder beruhigt hatte und spiegelglatt dalag. Dann faßte er sich ein Herz und langte zum Seil, holte es Armlänge um Armlänge vorsichtig ein, in jedem Moment darauf gefaßt, daß es ihm erneut entrissen würde.

Zur Verwunderung beider tauchte die Dregge schließlich auf; in den Zinken hing brauner und rötlicher Tang. Luthien nahm das Ankereisen in die Hand, säuberte es und gab auch Oliver Gelegenheit, einen Blick darauf zu werfen. Einer der Zinken war ein wenig verbogen, ansonsten aber fehlte jeder Hinweis auf die Kraft, die den Haken durchs Wasser gezerrt hatte.

»Hab noch nie davon gehört, daß ein Fisch Geschmack an Eisen hätte«, meinte Oliver und kicherte nervös. »Komm, machen wir uns auf den Weg über den Sims.«

Zuvor aber wollte nun Luthien den Plan des Freundes in die Tat umzusetzen versuchen. Er musterte das Deckengewölbe und entdeckte zwei Stalagtiten, die so ineinander verwachsen waren, daß sie eine Art Bügel ausformten. Dieses Ziel im Blick ließ er die Dregge kreisen.

»Paß auf, daß mein schönes Seil nicht verlorengeht«, warnte Oliver, und schon surrte es durch die Luft. Das Eisen flog genau durch die Bügelöffnung und baumelte auf der anderen Seite herab. Als Luthien das Seil stramm zog, verhakten sich die Zinken im Gestein.

»Jetzt kann's losgehen«, sagte er.

Oliver zuckte mit den Schultern und ließ Luthien den Vortritt.

Der Pfad am Uferrand führte geradewegs in den Einstieg zur Felswand. Zehn Fuß über dem See tasteten sie sich vorsichtig auf dem schmalen Sims voran. Das Wasser unter ihnen blieb ruhig, doch plötzlich war ein leises Plätschern zu hören, und Oliver sah kleine Wellen vor die Felswand springen.

»Beeil dich!« flüsterte der Halbling, dabei bewegte sich Luthien schon so schnell, wie er konnte. Der Sims war nicht mehr als ein Fuß breit, und immer wieder mußten die beiden unter hervorkragenden Felskanten hinwegkriechen.

Das Plätschern nahm an Lautstärke zu, und an einer Stelle, knapp dreißig Fuß von der Wand entfernt, schien das Wasser plötzlich zu sieden.

Oliver schnappte nach Luft, als sich ein Wellenberg mannshoch auftürmte, verdrängt von einer kolossalen Masse, die wenig später aus dem Wasser auftauchte und sich als die geschwungene Hornplatte einer gigantischen Schildkröte entpuppte.

Der Halbling schrie vor Entsetzen auf, und Luthien legte einen Schritt zu, um dem Riesentier zu entkommen, das nun langsam herbeigeglitten kam, den Kopf weit vorgereckt und mit gefährlich funkelnden Augen. Das Maul der Bestie war groß genug, um den Halbling mit einem Bissen zu verschlingen.

Zehn Fuß von der Felswand entfernt, schnellte der Kopf plötzlich auf unmöglich langem Hals in die Höhe. Aufschreiend sprang Oliver zurück und zückte sein Rapier. Die Schildkröte verfehlte ihn knapp, schnappte mit ihrem gewaltigen Kieferkamm zu und riß einen Felsbrocken aus dem Gesims heraus.

Bevor das riesige Reptil erneut zubeißen konnte, war Luthien zurückgeeilt und hatte den Arm um Oliver geschlungen. Das Seil fest im Griff, sprang er von der Felskante ab und segelte mit Oliver im Arm dicht am klaffenden Maul der Bestie vorbei. Die fuhr mit dem Kopf herum und stieß Luthien dabei wuchtig in den Rücken, wodurch er zusätzlichen Schwung bekam und am Seil außer Reichweite pendelte.

Oliver hatte neuen Mut gewonnen und brüllte der Schildkröte zu: »Sei froh, daß ich dich nicht zu Suppe verarbeite. Ich wüßte nämlich ein leckeres Rezept.«

Die beiden flogen in weitem Bogen durch den Raum, kamen an der Stelle vorbei, von der sie aufgebrochen waren, und schwangen dann kreisend dem gegenüberliegenden Ufer entgegen. Luthien hatte, bevor er abgesprungen war, das Seil so hoch wie möglich gegriffen. Trotzdem wäre er mit Oliver unweigerlich ins Wasser getaucht, hätte ihn der Kopfstoß der Schildkröte nicht auf jene Bahn geschickt, die am Rand des Sees entlangführte und somit einem Gang durch die Lotrechte des Seils auswich.

Als sie im Rückschwung höher aufstiegen, rutschte Luthien am Seil nach unten, um mehr Reichweite zu gewinnen. Dann löste er seinen Griff vollends und ließ sich klaftertief auf den schlammigen Boden des seichten Uferrandes fallen.

Luthien kletterte als erster aus dem Wasser und nahm das Seil mit sich, soweit es seine Länge gestattete. Plötzlich geriet er ins Stolpern, und als ihm das Seil aus den Händen glitt, warf er es ohne Überlegung auf ein Gebilde schroffer Felszacken zu, worin es sich glücklicherweise verfing. Als er sich wieder aufgerichtet hatte und zur Klippe hinkletterte, um das Seil zu bergen, hastete Oliver an ihm vorbei auf den Eingang des weiterführenden Stollens zu.

Warum es der Halbling so eilig hatte, wurde Luthien klar, als er sich umdrehte und den Kopf der Schildkröte aus dem Wasser aufsteigen sah. Aus dem klaffenden Maul schoß ein Dampfstrahl hervor.

Luthien ließ sich hinter der Felsenklippe zu Boden fallen und entging so dem sengendheißen Atemhauch der Bestie. Schweißgebadet und mit hochrotem Gesicht sprang er auf und eilte Oliver nach. Im Schutz des Korridors wagte er einen Blick zurück.

Die Oberfläche des Sees war wieder spiegelglatt, von der riesigen Schildkröte nichts zu sehen.

»Wo ist mein Seil?« fragte Oliver.

»Das holen wir uns auf dem Rückweg«, antwortete Luthien.

»Womöglich haben wir's schon früher nötig.« Der Halbling blickte auf den trügerisch stillen See hinaus. »Na schön, auf dem Rückweg dann«, sagte er, hoffte aber insgeheim, über eine andere Route zurück in den Tunnel des Zauberers gelangen zu können.

Die beiden kamen gut voran; der Stollen war relativ eben und frei von Geröll und Tropfsteinen.

»Jetzt wissen wir, was denen widerfahren ist, die vor uns hier waren«, sagte Oliver hoffnungsvoll. »Und wir haben das Biest hinter uns gelassen.«

»Aber wir müssen noch einmal daran vorbei«, gab Luthien zu bedenken.

»Wer weiß?« antwortete Oliver. »Vielleicht auch nicht. Sobald wir den Stab gefunden haben, wird uns der Zauberfritze bestimmt zur Hilfe kommen.«

Luthien war weniger zuversichtlich als der Freund. »Es könnte auch sein, daß der Stab auf dem Grund des Sees liegt.«

Oliver gab darauf keine Antwort; statt dessen grummelte er vor sich hin, schimpfte über ›Zauberfritzen‹ im allgemeinen und über solche, die Höhlengänge versiegelten, um einen Zyklopenhäuptling darin einzusperren. Und während die Freunde, etliche Stollen durchlaufend, von einer Kammer in die nächste kamen, weitete Oliver seinen Ärger aus auf ›Händlerfritzen‹ und sonstige ›Fritzen‹, von denen Luthien noch nie gehört hatte. Der junge Bedwyr ließ ihn reden, wußte er doch, daß der Halbling, wenn er einmal losgelegt hatte, kaum zu bremsen war.

Zum Schweigen brachte ihn erst der überwältigende Ausblick auf eine große, domartige Kammer. Wie versteinert blieben die beiden im Eingang stehen. Das Fackellicht fiel glitzernd auf einen Berg aus Gold und Silber, Perlen und Edelsteinen ungeahnter Größe. Der Haufen war doppelt so hoch wie Luthien groß, und zwischen all den wertvollen Metallen und Kristallen steckten auch kostbare Schmuckstücke und Gebrauchsgegenstände wie Schalen und Pokale, die aller Wahrscheinlichkeit nach aus den Kunstschmieden der Zwerge stammten. Wie in Trance wandelten die beiden in der Kammer umher.

Kopfschüttelnd versuchte sich Oliver von seiner Benommenheit zu befreien, lief auf den Berg zu, stopfte die Taschen voll, grabschte nach Münzen und warf sie übermütig in die Luft.

»Wir suchen etwas anderes«, erinnerte ihn Luthien. »Das ganze Zeug hier rauszuschaffen, wird uns ohnehin nicht gelingen.«

Darum kümmerte sich Oliver anscheinend nicht, und Luthien sah ein, daß ein Verzicht auf Anteile an diesen Schätzen zuviel verlangt wäre. Der offene, leicht begehbare Pfad, den sie gekommen waren, schien auch der einzige Zugang zu diesem Raum zu sein. Entweder waren die Kostbarkeiten von der Schildkröte gehortet worden – und die hatte keinerlei Anstalten gemacht, ihnen zu folgen –, oder aber es handelte sich hier um den Schatz eines lange verstorbenen Königs, vielleicht jenes Zyklopenoberhauptes, von dem Brind'Amour gesprochen hatte. Doch nach den Erziehungsvorschriften von Luthiens Vater kam

›zuerst die Pflicht‹, und diese Regel einzuhalten schien jetzt, da so vieles von der eigentlichen Aufgabe ablenkte, wichtiger denn je.

»Denk an den Stab, Oliver«, mahnte er ein weiteres Mal. »Wenn wir den haben, kannst du machen, was du willst.«

Oliver war der glücklichste Dieb der Welt. Er hockte auf einem Haufen von Münzen, steckte die Daumen in die Ohren, wackelte mit den grün behandschuhten Händen und streckte Luthien die Zunge heraus.

Luthien wollte den Freund gerade erneut zur Besinnung rufen, als ihm ein großer Sack aus Leinwand in den Blick fiel und seine Aufmerksamkeit erregte. Er lag auf einem Geldhaufen zur Rechten, und Luthien war sich sicher, daß der Sack vorhin noch nicht da gelegen hatte.

Er blickte zur Decke hinauf, mutmaßend, daß er von oben heruntergefallen sein könnte. Aber dort war nichts zu entdecken. Kein Wunder, es war ja kein Aufprall zu hören gewesen, geschweige denn ein Geklimper von Münzen. Schulterzuckend trat er herbei und tastete vorsichtig mit seinem Schwert nach dem Sack. Überzeugt davon, daß keine Gefahr drohte, steckte Luthien die Fackel in den Haufen, packte den Sack und öffnete ihn.

Daraus zog er ein Gewand zum Vorschein, einen Umhang, der trotz des trüben Fackellichts in einem Rot leuchtete, wie er es satter und kräftiger nie gesehen hatte. Außerdem fand er ein merkwürdig anmutendes Ding: zwei schlanke, leicht geschwungene Rundhölzer, die an einem Ende miteinander verbunden waren, und zwar durch eine Vorrichtung, die wie ein Scharnier aussah. Als Luthien die Hölzer auseinanderklappte, erkannte er, daß es sich um die Wurfarme eines Bogens handelte. An einem Faden hing ein Splint, mit dem sich das Scharnier in der Mitte arretieren ließ. In einem kleinen Behältnis am Ende des

Wurfarms steckte die Sehne aus feinem, festem Darmmaterial.

Luthien legte den seidenen Umhang um die Schultern und zog die Kapuze über den Kopf. Dann nahm er noch einmal den Sack zur Hand und fand darin einen schlanken kleinen Köcher samt Gürtel, der darauf schließen ließ, daß der Köcher nicht auf dem Rücken, sondern an der Hüfte zu tragen war. Er enthielt nur eine Handvoll Pfeile. Daneben lag ein Pfeil, der dem jungen Bedwyr äußerst seltsam vorkam, nicht nur weil er länger war als die anderen; dicht unter der Spitze zeigte der Schaft eine zylindrische Verdickung, dick wie Luthiens Unterarm. Überraschenderweise war dieser Pfeil dennoch gut ausgewogen, wovon sich Luthien überzeugen konnte, als er ihn in die Hand nahm. Bei genauerem Hinsehen stellte er fest, daß die Nocke unter den Steuerfedern nicht aus Holz, sondern aus Metall bestand und offenbar als Gegengewicht zur schweren Spitze diente. Trotz seiner Ausgewogenheit zweifelte Luthien daran, daß dieser plumpe Pfeil weit würde tragen können.

Olivers Stimme riß ihn aus der Versenkung. »Glaubst du, daß das hier der Stab des Zauberfritzen sein könnte?« rief der Halbling. »Luthien?«

Luthien strich die Kapuze vom Kopf und eilte auf den Freund zu, der von dem großen Klunkerhaufen herabrutschte und einen eichenen Stab in ausgestreckter Hand präsentierte.

»Ah, da bist du ja«, sagte er und musterte Luthien mit spöttischer Miene. Der junge Bedwyr stemmte eine Hand in die Hüfte, hielt in der anderen den ungewöhnlichen Bogen in die Höhe und stellte sich in dem neuen Umhang zur Schau.

Statt Luthiens Aufmachung zu kommentieren, sagte Oliver: »Der Stab ist gefunden, jetzt darf ich mich vergnügen.« Zufällig fiel sein Blick auf merkwürdige Schemen am Boden, die aussahen wie der Schattenriß einer Gruppe von Menschen, die ihre Arme in die Luft gerissen hatten, als wollten sie eine Gefahr abwehren. Oliver beugte sich vor, berührte das Abbild mit den Fingerspitzen und stellte entsetzt fest, daß es aus Asche bestand.

Er richtete sich auf, wandte sich dem Freund zu und sagte: »Weißt du, in Gascony erzählt man sich Geschichten von Schätzen, die so üppig sind wie dieser hier, und immer werden sie bewacht von ...«

Plötzlich geriet der Haufen aus Gold und Silber in Bewegung und barst auseinander, so daß seine Einzelteile klimpernd und scheppernd in alle Richtungen davonkugelten. Oliver und Luthien blickten auf in die Augenschlitze eines wütenden Drachen.

»Ja«, führte der Halbling stammelnd seinen Gedanken zu Ende, »bewacht von einem solchen Scheusal.«

11. Kapitel

Balthasar

Luthien war aufgewachsen am Rand des Meers der großen Wale, hatte die Leiber der Riesen gesehen, die von den Soldaten seines Vaters aus dem Gebirge heruntergeschleppt worden waren, und vor wenigen Minuten hätte ihn fast eine monströse Schildkröte entzweigebissen. Wie jeder andere junge Mann aus Eriador oder Avon kannte er Schilderungen von Drachen und von tapferen Helden, die solche Ungeheuer zur Strecke brachten. Doch keine dieser Geschichten hatte ihn vorbereiten können auf das, was er nun zu Gesicht bekam.

Langsam streckte und reckte sich der gewundene Lindwurm zur vollen Länge, die wohl an die hundert Fuß maß, und richtete sich, auf seinen Vorderläufen abgestützt, hoch auf über den erbarmungswürdig kleinen Halbling. Wie Leuchtfeuer brannten die grüngelben Augen, und der rötlich goldene Schuppenpanzer, in dem sich während des langen Schlafs der Bestie Münzen und Edelsteine festgesetzt hatten, schien so hart und fest wie eine Wand aus Eisen zu sein. Über welche Waffen mochte dieses Monstrum wohl verfügen? Den Krallen war durchaus zuzutrauen, daß sie Felsen würden zerreißen können; aus den Kiefern wucherte eine Fülle von Zähnen, die wie Elfenbein schimmerten und so lang waren wie Luthiens Schwert; und jedes einzelne der aus dem Kopf wachsenden Hörner konnte drei Männer gleichzeitig aufspießen. Luthien erinnerte sich an Geschichten von feuerspeienden Drachen und fand nun eine Erklärung dafür, warum das Erz aus dem Höhlengestein herausgeschmolzen war; nun wußte er auch, daß es nicht die Schildkröte war, die die Tropfsteine zerbrochen hatte. Daran hatte dieser Drache vor vierhundert Jahren seine Wut ausgelassen, die Wut über seine Einkerkerung.

Und nun stand er mit neu entflammter Wut über Oliver und brüllte: »DEINE TASCHEN SIND PRALL GEFÜLLT MIT MEINEN JUWELEN, DU MICKRIGER DIEBSDAUMEN!« Und die Stimme allein machte einen solchen Wind, daß Oliver der Hut in den Nakken rutschte.

Ohne nachzudenken, steckte Oliver die Hände in die Taschen, sprang weg von den Ascheresten am Boden und hin zum Rand der Kammer, der halbwegs unverstellt war von den Schätzen des Drachen.

Luthien stand da mit offenem Mund, starr vor Staunen darüber, daß der Lindwurm sprechen konnte. Natürlich war von einer solchen Fähigkeit auch in den alten Sagen die Rede, doch Luthien hatte immer geglaubt, daß dieser Punkt von den Erzählern frei hinzugedichtet worden war. Ein solches Monstrum, eine geflügelte Riesenechse sprechen zu hören und das ausgerechnet in seiner Muttersprache war für Luthien das Wunderlichste überhaupt.

»NUN?« donnerte die Bestie mit Blick auf Oliver; es schien, als habe sie von Luthien noch keine Notiz genommen. »WILLST DU DEN MÄCHTIGEN BALTHASAR NICHT AUF KNIEN ANFLEHEN, DASS ER DEIN JÄMMERLICHES LEBEN SCHONEN MÖGE?«

»Wenn ich mich nur noch eine Weile an diesem prächtigen Anblick erfreuen dürfte«, antwortete Oliver. »Als ich herkam, fand ich nur diesen Schatz hier vor. Auch der ist durchaus prächtig anzusehen. Wirklich sehr prächtig.«

Luthien traute den eigenen Ohren nicht. Er konnte

kaum glauben, daß Oliver, als Dieb überführt, noch den Nerv hatte, auf diesen Schatz einzugehen. Unglaublich auch, daß er überhaupt Worte fand angesichts dieses Riesenwurms.

»Aber seid versichert, mächtiger Balthasar, ich bin nicht des Schatzes wegen gekommen«, fuhr der Halbling fort und versuchte, unbekümmert zu erscheinen. »Mein Wunsch war es, Euch vor Augen zu sehen. Gestattet mir, daß ich mich weide am Anblick Eurer legendären Herrlichkeit. Ihr habt Jahrhunderte geschlafen, und leider gibt es heutzutage nicht mehr viele Euresgleichen.«

»WENN ES MEHR DRACHEN GÄBE, GÄBE ES WENIGER DIEBSGESINDEL«, antwortete Balthasar, und Luthien bemerkte, daß die Stimme des Ungeheuers schon ein wenig freundlicher klang. Offenbar hatten Olivers Komplimente beschwichtigend auf ihn gewirkt. Daß Drachen zur Eitelkeit neigten, war ebenfalls aus den alten Geschichten zu erfahren; je größer der Drache, desto eitler war er auch.

»Eurer Logik läßt sich nicht widersprechen«, sagte Oliver und fing an, seine Taschen zu leeren. Münzen und Juwelen purzelten zu Boden. »Aber ich hatte nicht zu träumen gewagt, Euch tatsächlich anzutreffen. Mir begegnete nur diese Schildkröte, in einem See, nicht weit von hier, ein recht großes Biest, und da ich noch nie einen Drachen gesehen habe, hielt ich sie für Euch.«

Die engen Augenschlitze des Drachen weiteten sich, und Luthien fürchtete, daß das Scheusal seinen Schlangenhals ausfahren und den Halbling verschlingen würde.

»Ihr könnt Euch vorstellen, wie enttäuscht ich war«, fuhr Oliver unbeirrt fort. »Ich hatte so viel von Balthasar gehört, aber als ich dann die Schildkröte sah und sie mit Euch verwechselte, dachte ich bei mir, daß ein solcher Schatz Euer nicht würdig sei. Jetzt weiß ich, daß ich mich schrecklich geirrt habe.« Ein letztes Mal langte der Halbling in die Tasche, holte eine große Perle daraus hervor und legte sie vorsichtig zurück auf einen der Klunkerhaufen.

Balthasars Kopf schwankte hin und her; der Drache wirkte unschlüssig. Plötzlich verharrte er in seiner Bewegung, hielt die Nase schnuppernd in die Luft, als habe er einen fremden Geruch wahrgenommen.

»Ich will mich nicht an Eurem Schatz vergreifen, hatte auch nicht die Absicht, Euch beim Schlafen zu stören«, beeilte sich Oliver zu sagen. »Ich bin eigentlich nur gekommen, um Eure Herrlichkeit und Größe zu bewundern ...«

»LÜGNER!« brüllte Balthasar so laut, daß Luthien vor Schmerzen zusammenzuckte. »LÜGNER UND DIEB!«

»Falls Ihr mir Euren Feueratem entgegenschleudern wollt, bedenkt, daß dann wohl auch ein Teil Eurer Kostbarkeiten verbrennt!« rief Oliver und sprang zu den aufgehäuften Münzen hin. »Ist mein Tod Euch soviel wert?«

Doch Balthasar schien um seine Schätze wenig besorgt zu sein. Luthien glaubte, das scheußliche Reptil grinsen zu sehen, als es die gepanzerten Schultern senkte und das Maul auf den Halbling zuführte.

Dann richtete sich das Biest schlagartig auf, schnupperte, ließ den Kopf herumschnellen und richtete seinen lichtsprühenden Blick auf den jungen Bedwyr.

Luthien stand wie versteinert da, gebannt durch diesen fesselnden Blick, von dem die Legenden berichteten, was er aber immer für ebenso unwahrscheinlich gehalten hatte wie die Behauptung, daß Drachen sprechen können.

Jetzt waren alle Zweifel ausgeräumt. Es drängte ihn, die Waffen wegzuwerfen und zu fliehen, doch er war nicht imstande, sich zu bewegen.

Der Drache wandte sich wieder dem Halbling zu, der besorgt in Luthiens Richtung starrte.

»WER BEGLEITET DICH?« wollte die Bestie wissen.

»Niemand«, antwortete Oliver.

Für Luthien war schleierhaft, was Oliver mit dieser dreisten Lüge bezweckte, hatten doch beide, der Halbling und der Drache, ihre Blicke auf ihn gerichtet.

»LÜGNER!« knurrte Balthasar.

»So nanntet Ihr mich bereits«, entgegnete Oliver. »Was soll nun geschehen? Ich habe zurückgegeben, was in meinen Taschen war, und Eure Erhabenheit gesehen. Wollt Ihr mich nun fressen oder laufenlassen, damit ich der Welt berichten kann, was für ein prächtiger Drache Ihr seid?«

Balthasar war sichtlich perplex und wich ein Stück zurück.

»Ihr seid schon vierhundert Jahre von der Bildfläche verschwunden«, erklärte Oliver. »Glaubt mir, die Geschichten über Euch werden immer weniger. Aber wenn ich hier herauskomme, verspreche ich, daß Balthasar bald wieder in aller Munde sein wird.«

Was für ein kluger Kerl, dachte Luthien, und seine Bewunderung für den Halbling vervielfachte sich in diesem Augenblick. Allein die Tatsache, daß er im Angesicht des Drachen sprechen konnte, beeindruckte Luthien über die Maßen, zumal sein eigener Mund wie ausgetrocknet schien vor Angst.

Der Drache knurrte nun fürchterlich, sog mit geblähten Nüstern derartig kraftvoll Luft ein, daß Olivers Hut vom Nacken in die Stirn rutschte.

»Na na«, rief Oliver und drohte mit dem Finger. »Wenn Ihr Feuer spuckt, geht eine Menge Gold und Silber dabei drauf.«

Luthien konnte es kaum fassen, aber es schien tatsächlich so, daß der Halbling Herr der Lage war. Daraus schöpfte der junge Bedwyr so viel Zuversicht, daß er seine Glieder wieder bewegen konnte.

Aber oft trügt der Schein, wenn ein Drache im Spiel ist. Balthasar überdachte alles sehr genau; er erwägte, den Halbling abziehen und die Legende neu aufleben zu lassen. Solche Geschichten würden zweifelsohne andere in die Grotte locken, Möchtegern-Helden und Schatzsucher. Der Drache fragte sich, ob es mit seiner Gefangenschaft dann womöglich endlich vorbei wäre, ob er wieder frei übers Land würde fliegen und sich an der Einwohnerschaft einzelner Dörfer laben könnte.

Doch träge, wie er war, befand er schließlich, daß es zu anstrengend wäre, ständig wachbleiben und sich mit selbsternannten Helden auseinandersetzen zu müssen. Außerdem hatte er längst festgestellt, daß der geckenhafte Halbling ein Lügner und Dieb war.

Der Kopf des Lindwurms schnellte vor, so plötzlich und kraftvoll, daß Luthien unwillkürlich aufschrie. Jetzt schien es endgültig um den Freund geschehen zu sein. Luthien riß den Bogen hoch und nockte den seltsamen Pfeil auf die Sehne.

Oliver aber hatte nicht umsonst die besten Kampfschulen in Gascony besucht; er war mit allen Wassern gewaschen und wußte sich nicht zuletzt auch gegen sagenhafte Ungeheuer zur Wehr zu setzen. Er ließ sich, als der Drache angriff, auf den Bauch fallen, zog das Rapier und stach von unten zu, doch der Drachenpanzer war so fest, daß sich die auftreffende Klinge fast zu einem geschlossenen Kreis verbog, ohne den geringsten Schaden zu verursachen.

Balthasar bäumte sich auf, peitschte mit dem langen Schwanz und rührte mit den ledernen Flügeln einen gewaltigen Sturm auf. Oliver hielt mit der freien Hand den Hut auf den Kopf gedrückt; sein purpurner Umhang flatterte von den Schultern, als er sich gegen den heftigen Wind stemmte, um dem Angriff des Drachen zu trotzen.

Schon drohte das klaffende Maul den Halbling zu verschlingen, als Luthien den Pfeil fliegen ließ, inständig hoffend, daß es eine besondere Bewandtnis damit habe.

Der Pfeil sauste auf die Bestie zu, wurde aber dann von dem gewaltigen Wind zur Seite gedrückt und flog auf die Felswand zu. Doch so weit kam er nicht; er explodierte auf halbem Wege in der Luft.

Krachend und heulend stoben bunte Funken durch die Kammer; gleißende Lichtbälle schlingerten umher; einer davon prallte in Balthasars Gesicht und zwang ihn zurück. Eine rote Feuerlanze schoß senkrecht nach oben und zerbarst mit einem Donnerschlag, der die Höhle zum Erbeben brachte und die aufgehäuften Schätze auseinanderfegte.

Unter das Krachen und Pfeifen mischte sich Balthasars wütendes Protestgebrüll.

Geistesgegenwärtig klaubte Oliver Brind'Amours Zauberstab vom Boden auf und rannte los, war schon fast an Luthien vorbei, als dieser ihn beim Kragen packte und nach dem Eichenstecken langte.

Oliver schrie wie am Spieß, riß die Augen auf und erkannte, daß es der Freund war, der ihn festhielt. Bereitwillig überließ er ihm den Stab, nahm statt dessen die Fackel zur Hand und rannte weiter. Der junge Bedwyr folgte.

Kaum hatten sie den Ausgang erreicht, als Balthasar Feuer spie.

Die beiden waren rechtzeitig um die Ecke gesprungen, doch sie spürten die Flammen im Nacken. Der heiße Luftschwall trieb sie noch schneller voran. Felsgestein zerbröckelte und schmolz. Luthien konnte dem Drang nicht widerstehen, zurückzublicken und sich ein Bild zu machen von der entfesselten Wut des mächtigen Lindwurms. Doch Oliver zerrte ihn entschlossen weiter aus Sorge, daß jede noch so kleine Verzögerung mit dem Tod bestraft werden könnte.

In der Schatzkammer war das Feuerwerk immer noch zu Gange. Über den Lärm hinweg hörten die fliehenden Freunde das Gepolter des Drachen, der die Verfolgung aufgenommen hatte.

»IHR KOMMT NICHT WEIT!« röhrte Balthasar. Mit scharrenden Klauen versuchte er, den riesigen Schlangenleib durch den Stollen zu zwängen, und immer wieder spuckte er sein Feuer aus.

Luthien und Oliver hatten die nächste Kammer schon hinter sich gelassen. Luthien war drauf und dran, ein paar Pfeile nach hinten abzuschießen, besann sich aber schnell eines Besseren. Was konnten so kleine Pfeile schon gegen einen so fest gepanzerten Drachen ausrichten? Er zog den Splint, klappte den Bogen zusammen und steckte ihn neben den Köcher unter den Gürtel.

Schwerfällig mühte sich der Drache durch die engen Gänge, während die Freunde ihren Vorsprung weiter ausbauten konnten. Dann aber trafen sie auf jenes Hindernis, das für Balthasar keines sein würde: den unterirdischen See. Hier hatte der Drache alle Vorteile auf seiner Seite.

Unverzüglich strebte Luthien auf den Felssims zu, obwohl ihm schwante, daß der gefahrvolle Umweg nicht zu schaffen war, bevor der Drache aufkreuzte. Das Seil hing immer noch zwischen den Klippen. Also machte Luthien kehrt und steuerte darauf zu.

Das Seil in der einen Hand und den Zauberstab in der anderen, kletterte er auf den höchsten Vorsprung, den er erreichen konnte, und hieß Oliver, auf seinen Schultern Platz zu nehmen.

»Du mußt noch höher hinaus, wenn der Flug gelingen soll«, sagte der Halbling. Luthien reichte ihm den Stab und suchte den See nach der Schildkröte ab. Dann griff er das Seil so hoch wie möglich und holte zum Schwung aus.

Das Gebrüll im Stollen trieb Luthien zur Eile an. Er sprang vom Felsen ab, hangelte sich am Seil weiter hoch und brachte die Beine nach oben, als er mit Oliver über das Wasser segelte.

Sie hatten nicht einmal die Hälfte der Strecke zurückgelegt, als Luthiens Füße durchs Wasser pflügten und der Schwung dadurch merklich abgebremst wurde. Verzweifelt versuchte er, am Seil emporzuklettern, und zog die Beine ein, wußte er doch, wie weit die schreckliche Schildkröte ihren Hals ausfahren konnte.

Doch nun war der Schwung verspielt, und die beiden kreisten langsam am austrudelnden Seil.

»Das gefällt mir nicht«, meinte Oliver.

»Gib mir den Stab«, verlangte Luthien. Der Halbling freute sich, das Ding loszuwerden, denn nun hatte er beide Hände frei und konnte sich am Seil ein Stück weiter hochhangeln. Er malte sich bereits aus, daß er, falls der Freund gefressen würde, die Möglichkeit hätte, auf den Schild der Kröte zu springen, von dessen Rand ins Wasser zu hechten und um sein Leben zu schwimmen. Doch die Vorstellung, Luthien im Stich zu lassen, behagte ihm nicht; er hatte den tapferen jungen Menschen schon zusehr ins Herz geschlossen.

Luthien brachte die Beine noch weiter nach oben, wand die Fußgelenke um das Seil und holte mit wippenden Körperbewegungen neuen Schwung.

»Was hast du vor?« rief der Halbling, den es fast herunterschüttelte.

»Zumindest will ich das Ding hier retten«, antwortete Luthien und schleuderte, vom Moment des Schwungs unterstützt, Brind'Amours Stab auf das gegenüberliegende Ufer zu. Das Holz tischte ein paar Mal an der Oberfläche auf und trieb schließlich unmittelbar vor dem Beckenrand im Wasser.

»Ich hatte gehofft, daß sich mehr damit anfangen läßt«, murrte Oliver und stieß gleich darauf einen spitzen Schrei aus, als Balthasar unter lautem Gebrüll die Kammer erreichte.

»Was könnten wir schon mit einem Zauberstab anfangen?« entgegnete Luthien.

»Euch ist er wahrlich nicht nütze«, tönte eine Stimme vom Ufer. Und als die beiden am Seil hängenden Freunde aufblickten, sahen sie Brind'Amour ans Ufer treten und seinen wertvollen Stab aus dem Wasser fischen.

Das verdrallte Seil schwenkte die beiden herum, so daß sich nun ihr Blick auf Balthasar richtete, der von der anderen Seite auf den See zueilte.

»Jetzt hängen wir genau in der Schußlinie zwischen Drache und Hexer«, bemerkte Oliver. »Ich glaube, dies ist nicht mein Glückstag.«

Luthien versuchte, das Seil zur Ruhe zu bringen, und ließ den Blick pendeln zwischen den zwei mächtigen Gegnern. Beim Anblick des Zauberers fing Balthasar aus tiefer Kehle zu knurren an, wohl in Erinnerung daran, von ihm und dessen Kollegen vor vierhundert Jahren eingesperrt worden zu sein.

»Wir in Gascony finden Zauberfritzen nur zum Lachen, vor allem solche Tattergreise wie den da«, sagte Oliver und machte deutlich, daß er sich von Brind'Amour keine Hilfe versprach.

»Geh zurück in dein Loch!« rief Brind'Amour dem Lindwurm zu.

»NICHT OHNE DEINE KNOCHEN!« lautete die zu erwartende Antwort.

Brind'Amour streckte den Zauberstab aus; knisternd schossen schwarze Blitze aus dessen Ende hervor. Dem magischen Sperrfeuer hilflos ausgesetzt, schrien Luthien und Oliver gemeinsam auf. Doch die Blitze schlugen einen Bogen um sie herum, ohne ihr Ziel zu verfehlen. Zischend trafen sie auf den Schuppenpanzer des Drachen und das Felsgestein ringsum.

Balthasar röhrte vor Wut. Steine zerbarsten; ein Teil der Decke stürzte über dem Drachen ein, den eine Wolke von Schutt und Staub umhüllte.

»Wir in Gascony könnten uns auch irren.« Oliver schöpfte neuen Mut.

Doch der Drache gab sich noch lange nicht geschlagen. Er schüttelte das Geröll von seinem Rücken und bäumte sich auf. Obwohl er kaum verwundet war, wirkte er nun wütender denn je. Wäre Luthien bei klarem Verstand gewesen, hätte er das Seil losgelassen und gemeinsam mit Oliver unter Wasser Deckung gesucht. Vor Entsetzen starr sah er nun den mächtigen Drachenkopf hervorschießen und weißglühende Flammen ausstoßen.

Zum Glück hatte Brind'Amour schon einen weiteren Zauber gesprochen. Das Wasser des Sees wogte gewaltig und türmte sich auf zu einem Wall, der die Freunde vor der Feuersbrunst bewahrte.

Im Nu dampfte die gesamte Kammer. Heiße Tropfen bespritzten Luthien und Oliver, denen nichts anderes übrig blieb, als die Augen zu schließen und sich am Seil festzuhalten.

Balthasars Atem schien unerschöpflich zu sein. Das feurige Brausen dauerte minutenlang. Luthien wagte einen Blick und erkannte, daß Brind'Amours Kräfte zu erlahmen drohten, denn die Wasserwand wurde zusehends dünner und fiel dann ganz in sich zusammen. Luthien wähnte sein Ende gekommen.

Doch der Wurm schien sich gleichfalls verausgabt zu haben. Der Feuersturm war zum Erliegen gekommen. Dichte Schwaden waberten durch den Raum. Luthien konnte nichts sehen, hörte aber, wie Balthasar, durchs Wasser platschend, herbeistapfte.

»Was geschieht da mit meinem Seil?« schnaubte Oliver. Luthien folgte dem Blick des Freundes und staunte nicht schlecht über das, was er sah. Brind'Amour hatte das Seilende in eine lebendige Schlange verwandelt, die sich, auf dem Wasser kringelnd, ihrem Hexenmeister am Ufer näherte.

Plötzlich schlug das Wasser unter den Freunden rauschende Wellen. Die Schildkröte war wieder da!

Die Seilschlange kroch an Land, wand sich, den hektischen Anweisungen Brind'Amours folgend, um einen Felsbrocken und zog das Seil straff, worauf die Freunde in die Höhe gehievt wurden, weg vom Wasser und der Schildkröte.

Als Oliver zurückblickte, verlor er fast die Besinnung vor Entsetzen. Aus nächster Nähe starrten ihm die teuflisch funkelnden Augenschlitze des Drachen entgegen. Der Halbling versuchte, einen Schrei auszustoßen, doch seine Lippen waren wie vernäht.

»HALLO, DU DIEB UND LÜGNER«, sagte Balthasar. Luthien verzichtete darauf, den Blick zu heben. Er spürte ohnehin, wie nahe er dem Tode war.

Aber mit einem Male zuckte der Drache zusammen. Vom See spritzte schäumend eine Wasserfontäne auf. Wie Balthasar so starrte auch Oliver nach unten und sah, daß sich die Schildkröte im Bein des Drachen festgebissen hatte.

Das Seil war inzwischen straff gespannt. Unverzüglich machte sich Luthien, halb hangelnd, halb rutschend, auf den Weg nach unten.

Heiße Gischt überschüttete die Freunde, als die Kolosse im See gegeneinander zu kämpfen begannen. Fauchend spie der Drache Feuer aus; erneut wallte sengendheißer Dampf auf, und die Kröte schrie vor Schmerzen. Mit Oliver auf dem Buckel, der die Arme fest um seinen Hals geschlungen hatte, erreichte Luthien das Ufer und ließ sich zu Boden fallen.

»Sputet euch!« rief Brind'Amour, denn er wußte, daß die Schildkröte dem Drachen bald unterlegen sein würde. Der Zauberer blickte ein letztes Mal über den See, schleuderte einen letzten Blitz von sich und eilte den Freunden nach, und weil der Halbling die Fackel am anderen Ufer zurückgelassen hatte, ließ er ein magisches Licht aufleuchten, das ihnen den Weg wies.

Sie hatten gerade die Kammer verlassen und stiegen in den mit zerbrochenen Tropfsteinen gepflasterten

Stollen ein, als sie Balthasar ans Ufer platschen und rufen hörten: »DIEBE! LÜGNER!«

Auf diesem Terrain war der Lindwurm im Vorteil, denn die drei kamen zwischen den Gesteinsbrocken nur langsam voran. Schließlich entdeckte Luthien den faustgroßen Wirbel aus blau leuchtender Energie, spürte aber gleichzeitig den Drachen im Nacken und fürchtete, so kurz vorm Ziel doch noch überwältigt zu werden.

Da stimmte Brind'Amour einen wilden Gesang an, packte Luthien und Oliver beim Kragen, hob vom Boden ab und flog in Windeseile der Tunnelwand entgegen, gejagt vom Feuerschwall aus dem Schlund des Drachen.

Oliver schrie und schlug die Hände vors Gesicht aus Furcht, vor der Wand zu zerschmettern. Doch plötzlich weitete sich das Tunnellicht und nahm sie auf, als ein letztes Feuerzüngeln nach ihnen langte.

12. KAPITEL

Geschichten aus besseren Tagen

Mit rauchenden Kleidern und ineinander verschlungen purzelten alle drei in die Höhle des Zauberers. Brind'Amour bewies enorme Wendigkeit; er befreite sich als erster aus dem Knäuel und stand lachend auf.

»Der alte Balthasar wird jetzt weitere vierhundert Jahre vor Wut dampfen«, feixte der Zauberer.

Luthien musterte ihn mit eisiger Miene, und sein zorniger Blick ließ Brind'Amours Gelächter zu einem erstickenden Kichern verkümmern.

»Junger Bedwyr«, sagte der Alte. »Du solltest nach dem geglückten Abschluß eines Abenteuers wirklich zu lachen lernen. Daß du noch lebst, ist Grund genug, mein Junge. Und außerdem kannst du dich darüber freuen, dem Drachenschatz ein Ding entwendet zu haben.«

»Nicht nur eines«, sagte Oliver und förderte aus den scheinbar endlos tiefen Taschen ein paar Edelsteine zu Tage.

»Um so mehr darf gelacht werden«, jubelte Brind'Amour. Oliver jonglierte mit drei Steinen, warf sie durch die Luft und erfreute sich an ihrem Glitzern im flackernden Fackellicht. Applaudierend klatschte Brind'Amour in die Hände.

Luthien verzog keine Miene. »Balthasar?« fragte er.

»Balthasar?« wiederholte Brind'Amour wie ein Papagei.

»Ihr habt den Drachen Balthasar genannt«, sagte Luthien. »Woher kennt Ihr seinen Namen?«

Der Alte schien in Verlegenheit zu geraten. »Nun, ich habe euch natürlich in meiner Kristallkugel beobachtet«, platzte es so hastig aus ihm heraus, daß Luthien in seinem Verdacht nur bestärkt wurde. »Der Drache hat sich mit diesem Namen vorgestellt.«

»Ja, so ist es«, bestätigte Oliver.

»Ihr wußtet den Namen schon vorher«, sagte Luthien unbeirrt. Einer der Edelsteine, mit denen Oliver jonglierte, fiel klirrend zu Boden. Brind'Amour hörte schlagartig zu kichern auf. Die Stimmung schlug augenblicklich um. Aus Ausgelassenheit und Freude wurden nun eine überaus gereizte Spannung. Oliver hatte den Eindruck, als drohte sein Freund den Alten zu verprügeln. »Ihr habt uns einen Bären aufgebunden«, stellte Luthien fest. »Die Geschichte über den Zyklopenhäuptling war eine Lüge.«

Brind'Amour lächelte angestrengt. »Mein lieber junger Luthien Bedwyr«, sagte er feierlich. »Wenn ich von einem Drachen berichtet hätte, der euch jenseits des magischen Tunnels erwartet, wärt ihr dann gegangen?«

»Gute Frage«, meinte Oliver in der Hoffnung auf Versöhnung.

»Ihr habt uns losgeschickt, obwohl Euch klar war, daß wir nur eine hauchdünne Chance hatten, mit heiler Haut davonzukommen«, entgegnete Luthien.

Brind'Amour zuckte mit den Achseln. Der Vorwurf schien ihn nicht zu treffen, was den jungen Bedwyr nur noch wütender machte. Er ballte die Fäuste und preßte die Lippen aufeinander.

»Luthien«, flüsterte Oliver, um den Freund zur Vernunft zu bringen. »Luthien.«

»Soll ich mich etwa entschuldigen?« Brind'Amour wechselte plötzlich in eine Stimmlage über, die Luthien einen gehörigen Schrecken versetzte. »Wie eigensinnig bist du eigentlich?«

Luthien zeigte sich verdutzt; was der Alte mit der zweiten Frage bezweckte, war ihm schleierhaft.

»Glaubst du wirklich, ich setze dich und deinen Freund einer solchen Gefahr aus, ohne einen sehr guten Grund dafür zu haben?« fuhr Brind'Amour fort und schnippte mit den Fingern.

»Rechtfertigt dieser Grund Eure Lüge? Ist er mehr wert als unser Leben?« konterte Luthien.

»Jawohl!« antwortete der Zauberer entschieden. »Es gibt Wichtigeres als deine Sicherheit, mein Junge.«

Der traurige Blick des Alten hinderte Luthien daran, seiner Wut freien Lauf zu lassen.

»Sei versichert, daß ich tagtäglich trauere um all die Männer, die von der Suche nach meinem Stab nie zurückgekommen sind«, sagte Brind'Amour mit so ernsthaftem Nachdruck, daß Luthien nur mit Beklommenheit reagieren konnte. Hilfesuchend sah er sich nach Oliver um, denn er glaubte fast, von einem Zauberbann geschlagen zu sein. Den Halbling aber schienen die Worte des Alten nicht minder überwältigt zu haben

»Wißt ihr, woher ein Zauberer seine Kräfte bezieht?« fragte Brind'Amour, der plötzlich sehr alt und müde auf die beiden Freunde wirkte.

»Aus seinem Zauberstab?« bot Oliver als Antwort an. Eingedenk der gefahrvollen Wiederbeschaffung drängte sich ihm diese Vermutung auf.

»Nein, nein«, entgegnete Brind'Amour. »Ein solcher Stab ist bloß ein Werkzeug, das die Kräfte bündelt.« Er hob die Hand vors Gesicht und fuhr mit dem Daumen über die Fingerkuppen, als versuchte er, die geheimnisvollen Kräfte zu erfühlen. »Ihr wißt also nicht, woher sie stammen?«

Luthien und Oliver tauschten fragende Blicke. Keiner von beiden hatte eine Antwort parat.

»Aus dem Universum!« platzte es aus Brind'Amour heraus, so laut und ungestüm, daß die beiden einen Schritt zurücksprangen. »Aus den Feuern der Sonne und den Gewalten eines Gewittersturms. Aus den Himmelskörpern und dem himmlischen Gefilde schlechthin.«

»Ihr klingt wie ein Priester«, bemerkte Oliver spöttisch; um so mehr verwunderte es ihn, auf Zustimmung zu stoßen.

»Du hast es erfaßt!« erwiderte der Alte. »Die Zauberer von einst haben sich immer als Mitglieder einer Priesterschaft verstanden. Aber im Unterschied zu gewöhnlichen Priestern durchdringen wir nicht nur geistige Komplexe, sondern auch die Zusammenhänge von Natur und Kosmos, zumal beides untrennbar miteinander verwoben ist. Ja, ein Zauberer...« Seine blauen Augen funkelten voll Stolz; sie schienen ins Unendliche gerichtet zu sein. »Ein Zauberer versteht sich auf beides. Merkt euch das, meine Jungen. Jeder physische Vorgang zeitigt Konsequenzen im Bereich des Geistigen, und einem Naturwesen bleibt nichts anderes übrig als dem Kurs der Seele zu folgen.

Was glaubt ihr wohl, wer die großen Kathedralen erbaut hat?« fragte Brind'Amour, womit er die acht großartigen Bauwerke meinte, die auf den Inseln der Avonsee zu finden waren. Sechs davon standen in Avon, das größte in Carlisle und ein ähnlich prächtiges in Princetown. Baranduine, die Insel im Westen, hatte nur eines, so auch Eriador mit seiner Kathedrale in Montfort. Luthien war noch nie in Montfort gewesen, hatte die Stadt aber an den Ausläufern des Eisernen Kreuzes passiert und von weitem einen Blick auf das Bild werfen können. Sämtliche Gebäude (von denen viele recht stattlich waren) und selbst die gewaltige Burg wirkten wie Puppenhäuser im Schatten jener mächtigen Kathedrale, deren Türme und Zinnen alles andere überragten. Sie wurde schlicht und einfach

»Ministerium« genannt und war der Stolz aller Bewohner von Eriador. Jede Familie des Landes konnte auf einen Vorfahren verweisen, der am Bau der Kathedrale mitgewirkt hatte. Und darum fühlte sich Luthien zu einem energischen Einspruch veranlaßt.

»Das Volk hat sie erbaut«, stieß er zwischen zusammengebissenen Zähnen hervor.

Der Zauberer nickte eifrig.

»Ja, so verhält es sich auch in Gascony«, sagte Oliver, um den Leistungen seines Heimatlandes die gebührende Geltung zu verschaffen. Der Halbling war schon in Montfort gewesen und wußte, daß die gasconischen Kathedralen, obwohl groß und prächtig, einen Vergleich mit denen auf den Inseln nicht standhalten konnten. Der Anblick des Ministeriums hatte ihm den Atem verschlagen, und von den Kathedralen südlich des Eisernen Kreuzes waren mindestens drei noch gewaltiger und beeindruckender als die in Montfort.

Brind'Amour quittierte Olivers Hinweis mit freundlichem Lächeln und wandte sich wieder Luthien zu. »Aber wer hat sie entworfen?« fragte er. »Und wer hat die Bauarbeiten beaufsichtigt, den vielen, selbstlosen Helfern aufgetragen, was zu tun ist? Du glaubst doch wohl nicht, daß es einfachen Bauern oder Fischern, so tüchtig sie auch sein mögen, gelingen könnte, die kolossalen Strebebögen und hohen Fenster einer Kathedrale zu berechnen.«

Dagegen hatte Luthien nichts einzuwenden. »Die Fähigkeit dazu wurde durch göttliche Inspiration vermittelt. Gott hat seine Priester …«

»Nein!« Die Schärfe im Tonfall des Alten ließ Luthien verstummen. »Zugegeben, es war in der Tat göttliche Eingebung im Spiel. Aber der Entwurf stammt von der Bruderschaft der Zauberer und nicht von den Priestern, die später mit unserem Segen die Kathedralen in Besitz nahmen.« Brind'Amour seufzte tief, bevor er in seiner Rede fortfuhr und einen wehmütig klagenden Ton anklingen ließ. »Unsere Bruderschaft war eine einflußreiche Institution … damals. Bruce MacDonald hatte erfolgreich Krieg gegen die Zyklopen geführt. Unser Glaube war stark, und wir hielten unbeirrt an unserem Kurs fest. Davon konnte uns auch das große Heer der Gasconen nicht abbringen, als es in unser Land einmarschierte. Dieser Glaube half uns, die Belagerung zu überstehen und die Gasconen letztendlich zurückzudrängen.« Und mit Blick auf Oliver fügte er hinzu: »Ja, dein Volk konnte den Glauben an uns und Gott nicht brechen.«

Oliver entgegnete: »Mir wurde berichtet, daß die Gasconen andere Geschäfte im Süden zu erledigen hatten und deshalb ihre Soldaten aus Avonsee abziehen mußten.«

»Ha, dein Volk hatte nicht den Mumm, in Avonsee zu bleiben«, widersprach Brind'Amour. »Es wäre ihm auch nie gelungen, Eriador einzunehmen; und bei all den Unruhen im Norden … Nun, vielleicht können wir uns darauf einigen, daß euer damaliger König keinen Gefallen daran fand, über die stolzen, freiheitsliebenden Inselbewohner von Avonsee sein Zepter zu führen.«

Oliver zeigte sich einverstanden.

»Ausgerechnet während der Friedenszeit, die auf den Abzug der Gasconen folgte, brach dieses Unheil über unser Land herein, jene Strahlfäule, die alles zerfrißt«, sagte Brind'Amour und richtete seine Aufmerksamkeit wieder auf den jungen Bedwyr. Luthien hatte den Eindruck, als sei dieser Geschichtsunterricht allein ihm gewidmet.

»Vielleicht waren wir gelangweilt«, meinte der Alte schmunzelnd. »Vielleicht war die Verlockung der Teilhabe an höheren Mächten zu groß. Unsereins, die Bruderschaft der Zauberer, war früher stets von den kleinen Wesen der unteren Ebenen umgeben gewesen, von Zwergen und Dämonen niederer Ränge; sie dienten uns und konnten uns dank ihres Wissens um andere Existenzebenen beraten, wenn wir nicht mehr weiterwußten. Damals, und das ist noch gar nicht so lange her, bezogen wir unsere Energien ausschließlich aus den Naturgewalten, aus Feuer und Blitz, aus den kalten Winden, die von den Gletschern im Norden herabwehen, oder aus der Brandung des Ozeans. Doch dann verstiegen sich manche Kollegen darauf, teuflische Pakte zu schließen mit den Dämonen höherer Ränge, wie geschehen im Fall des heute regierenden Königs Grünspatz ...« Brind'Amour spuckte den Namen verächtlich aus. »Zwar vergingen mehrere Jahrzehnte, ehe diese Abweichler ihre unrechtmäßig erworbenen Kräfte anwenden konnten, doch wir, die guten Zauberer, wurden Schritt für Schritt ins Abseits gedrängt.« Abermals ließ er ein tiefes Seufzen vernehmen und schaute betrübt zu Boden.

Dem jungen Bedwyr schwirrte der Kopf. Von Brind'Amours Behauptungen paßte nichts mit dem zusammen, was Luthien von Kindheit auf gelernt hatte und was somit die Grundlage war für seine Wahrnehmung von der Welt. Daß die großen Kathedralen nicht von den Priestern, sondern von Zauberern entworfen worden waren, konnte er noch halbwegs gelassen hinnehmen. Was aber den jungen Mann schier aus der Fassung brachte, war die Unterstellung, der König, dem sein Vater als Graf diente, würde mit bösen Dämonen paktieren.

Luthien war geneigt, dem Alten das Lügenmaul zu stopfen. Noch aber wußte er sich zu beherrschen und bedachte Brind'Amour nur mit strafenden Blicken. An seiner Seite wurde Freund Oliver merklich nervös, doch darauf konnte Luthien im Augenblick keine Rücksicht nehmen.

Brind'Amours Stimme klang wahrhaftig und ernst, als er fortfuhr: »Am meisten bedauere ich, daß die herrlichen Kathedralen von Avonsee, diese einmaligen

Monumente unserer großen Städte, entweiht worden sind und mißbraucht werden als Behausung für jene acht königlichen Herzöge aus der jüngsten Generation pervertierter Zauberer. Nicht einmal das Ministerium wurde verschont, das ich als junger Mann zu entwerfen mitgeholfen habe.«

»Wie alt seid Ihr eigentlich?« wollte Oliver wissen, doch Brind'Amour schien diese Frage zu überhören.

»Einst waren diese Bauwerke Ausdruck für den Glauben und die Spiritualität der Menschen«, erklärte der Zauberer, und das Gewicht seiner Worte milderte Luthiens Wut. »Jetzt werden Gelage darin abgehalten und die Einkommen aus ungerechten Steuern zusammengezählt.«

An der letzten Behauptung konnte auch Luthien nicht mehr zweifeln. Sein Vater war schon häufig nach Montfort zitiert worden, und er hatte davon gesprochen, daß er das Ministerium aufgesucht habe, nicht um zu beten oder Gottesdienst zu feiern, sondern um Herzog Morkney zu erklären, warum die Abgaben rückläufig waren.

»Doch das soll nicht eure Sorge sein«, meinte Brind'Amour schließlich und versuchte, einen heitereren Tonfall anzuschlagen.

So einfach war Luthien nicht umzustimmen. Der stolze junge Mann hatte das merkwürdige Gefühl, daß sich die Worte des Zauberers nachhaltig auswirken würden auf sein Leben. Nur wußte er nicht, inwiefern, und das ängstigte ihn.

»Ihr seid jetzt frei und habt meine Freundschaft gewonnen. Wer weiß? Vielleicht wird sie euch eines Tages nützlich sein.« Die Wolke aus schmerzlichen Erinnerungen war vom Gesicht des Alten gewichen; statt dessen machte sich ein launiger Ausdruck breit. Er musterte Luthien und sagte: »Der Umhang steht dir gut.«

»Ich habe ihn aus der Drachenhöhle«, erklärte Luthien. Als er aber dann den Alten schalkhaft zwinkern sah, erinnerte er sich an die Umstände seines Fundes. »Ihr habt den Sack mit Umhang und Bogen dort hingelegt«, sagte er.

»Als Belohnung für die Bergung meines Stabs«, antwortete Brind'Amour. »Eigentlich wollte ich dich erst im nachhinein damit beglücken, zumal ich fürchten mußte, daß sich Balthasar daran vergreifen könnte. Aber du siehst, ich habe an dich geglaubt, an euch beide, und das war richtig so. Immerhin hast du den Bogen bereits sinnvoll anwenden können.«

Oliver machte räuspernd auf sich aufmerksam. »Es war Euch also möglich, dieses Zeugs in die Höhle zu bringen. Warum seid Ihr nicht gekommen, um uns dort rauszuholen?« empörte sich der Halbling. »Den Stab hatte ich längst gefunden. Uns wäre vieles erspart geblieben.«

Brind'Amour schaute Luthien an in der Hoffnung, auf Verständnis zu treffen. Doch Olivers Argument hatte auch in ihm erneut Zweifel aufkommen lassen. »Der Zauber war nicht stark genug«, stammelte der Alte. »Ich wußte ja auch nicht genau, wo ihr wart und was ihr zu erwarten hattet.«

»Ach ja? Ihr habt den Sack auf gut Glück in die Kammer geschleudert?« hakte Oliver argwöhnisch nach. »Ich muß schon sagen: nicht schlecht gezielt.«

Brind'Amour hob die Arme, als wollte er einem Mißverständnis Einhalt gebieten. »Natürlich, euch auszumachen, war nicht schwer, und mit Hilfe einer simplen Formel ließ sich dann der Sack in die Kammer bringen. Dazu bedurfte es keiner Tunnelschleuse. Ihr versteht?«

Die Freunde sahen einander an. Nach einer Weile zuckte Oliver mit den Schultern und deutete damit an, daß er Brind'Amours Erklärung gelten ließ.

»Und was hatte es mit diesem seltsamen Pfeil auf sich?« wollte Luthien wissen.

»Ein harmloses Ding«, antwortete Brind'Amour kichernd. »Es lag neben dem Köcher und ist zufällig mit weggezaubert worden. Dieser Pfeil ist gar kein richtiger Pfeil, sondern eine sogenannte Feuerwerksrakete von der Art, wie sie früher in glücklicheren Tagen, bevor Grünspatz an die Macht kam, anläßlich großer Feierlichkeiten angezündet worden sind. Ich muß sagen, du hast das Ding wirklich sinnvoll angewendet.«

»Das war Glück«, meinte Luthien bescheiden. »Ich hatte keine Ahnung, was dieser Pfeil anrichtet.«

»Unterschätze nie den Wert glücklicher Umstände«, riet Brind'Amour. »War es denn kein Glück, daß du zur Stelle warst, als Oliver dich brauchte? Wäre dein Freund noch am Leben, wenn dich der Zufall nicht zu ihm geschickt hätte?«

»Mir hat mein Rapier geholfen«, protestierte Oliver, zog die Klinge blank und führte sie an die Seite seiner breiten Nase.

Brind'Amour brach in schallendes Gelächter aus.

»Oh, Ihr verletzt mich!« rief Oliver.

»Nichts für ungut. Die Zyklopen des Händlers hätten dich gewiß ärger verletzt«, entgegnete der Zauberer. Oliver mußte ihm recht geben. Er steckte die Waffe in die Scheide zurück, vergeblich bemüht, das eigene Lachen zu unterdrücken.

Plötzlich wandelte sich Brind'Amours Miene ein weiteres Mal. Er musterte Luthien mit ernstem Blick und sagte: »Zeig dich mit dem Umhang lieber nicht in der Öffentlichkeit.«

Luthien betrachtete das blutrote Tuch, das schimmernd von seinen breiten Schultern fiel. Die Warnung des Alten war ihm ein Rätsel, und er fragte sich, welchen Nutzen ein solches Kleidungsstück haben konnte, wenn es nicht getragen werden durfte.

»Er gehörte einem berüchtigten Dieb«, erklärte Brind'Amour. »Wie auch der Bogen. Klappbögen dieser Art zu tragen ist in Avon bei Strafe verboten. Denn dies sind die Waffen jener Banden, die im Untergrund wirken und den Thron bedrohen.«

Luthien schaute auf Umhang und Bogen und geriet erneut über den Wert dieser Sachen ins Rätseln. Was sollte er von Brind'Amours Geschenken halten, wenn sie für ihn am Ende nur eine Last bedeuteten?

Als hätte er Luthiens Gedanken gelesen, antwortete der Alte: »Halte daran fest und geh sorgsam damit um. Vielleicht werden sie dir einmal nützlich sein. Wenn nicht, betrachte sie als Zeugnis für deine Begegnung mit einem Drachen. Es können nur sehr wenige von sich behaupten, ein solches Biest mit eigenen Augen gesehen zu haben, denn von denen, die es sahen, hat wohl kaum jemand überlebt. Und denke daran, auch diese Begegnung muß ein Geheimnis bleiben«, fügte Brind'Amour hinzu und machte deutlich, wie ernst es ihm mit diesem Nachsatz war.

Luthien verwunderte sich über diese Forderung und warf einen verblüfften Blick auf den Freund. Der grinste verschlagen, legte den Zeigefinger an die Lippen und zwinkerte ihm zu. Der junge Bedwyr verstand und entnahm dieser Geste, daß Oliver, welterfahren wie er war, die Sache durchschaute und ihm später erklären würde.

Über den Drachen, die Geschenke und Brind'Amours Geschichtsunterricht wurde im weiteren Verlauf des Abend kein einziges Wort mehr gesprochen. Der Zauberer setzte den Freunden wieder ein vorzügliches Mahl vor und bot ihnen an, die Nacht noch einmal in den weichen Betten zu verbringen, womit die beiden sofort einverstanden waren.

Spät in der Nacht trat Brind'Amour an Olivers Bett, weckte ihn und führte ihn vor die Tür hinaus. »Paß gut auf ihn auf«, flüsterte der Alte.

»Ihr erwartet, wie's scheint, große Dinge von Luthien Bedwyr«, meinte der Halbling verschlafen.

Brind'Amour ging auf diese Bemerkung nicht ein und antwortete: »Ich mache mir Sorgen um ihn. Vor zwei Wochen noch führte er ein unbekümmertes Leben im Haus des Vaters. Jetzt ist er vogelfrei, ein Dieb und ein Krieger.«

»Ein Mörder?« fragte Oliver nach, interessiert zu erfahren, wie der Alte darüber dachte.

»Nein, ein Krieger. Er hat Zyklopen getötet, die nach seinem und auch nach deinem Leben trachteten«, antwortete Brind'Amour und warf einen Blick auf die geschlossene Tür zur Schlafkammer. Auf Oliver machte er den Eindruck eines besorgten Vaters.

»Er hat in den vergangenen Tagen viele Abenteuer auf einmal zu bestehen gehabt«, fuhr der Zauberer fort. »Er hat sich einem Drachen gegenübergesehen. Für einen Kerl wie Oliver deBurrows mag das nur eine Kleinigkeit sein ...«

»Allerdings«, unterbrach der Halbling und verdrehte die Augen, als machte er sich lustig über die eigene Angeberei.

»Aber für den jungen Luthien war dies gewiß von einschneidender Bedeutung«, ergänzte der Alte. »Ich bitte dich, Oliver, paß gut auf ihn auf. Das Fundament seiner Welt löst sich auf und wird wie Treibsand unter seinen Füßen zerfließen.«

Oliver stemmte eine Hand in die Hüfte, verlagerte sein Gewicht und tippte ungeduldig mit dem Fuß auf. »Ihr verlangt sehr viel von mir«, bemerkte er und krauste die Stirn. »Und wie wird es mir vergolten? All Eure Geschenke durfte Luthien für sich einstreichen.«

»Der Passierschein nach Montfort ist für dich sehr viel wertvoller als für Luthien«, erwiderte Brind'Amour. Er wußte über Olivers jüngsten Aufenthalt in dieser Stadt Bescheid, wußte, daß der Halbling bei manchem einflußreichen Händler dort auf der schwarzen Liste stand.

»Montfort interessiert mich nicht«, sagte der Halbling beiläufig und musterte seine manikürten Fingernägel.

Brind'Amour lachte. »Na schön, aber wie wär's denn damit?« Aus einem Gefach in der Wand zauberte er ein Gehänge aus Leder hervor. Olivers Augen wurden groß, als er erkannte, was es war: eine Montur, die zur gehobenen Ausrüstung eines Diebes gehörte. Sie ließ sich mittels langer Riemen an den Körper binden und war mit zahlreichen Schnallen und kleinen Täschchen zur griffbereiten Aufbewahrung diverser Einbrecherwerkzeuge ausgestattet.

»Hier ist was ganz Besonderes drin«, sagte Brind'-Amour und öffnete einen Beutel, der viel zu klein schien für das, was er enthielt: einen faustgroßen Ball, schwarz und faltig und mit einer dünnen Schnur versehen. »Sieh nur, die Schnur ist sehr viel feiner als jene, die du in Balthasars Höhle zurücklassen mußtest«, erklärte der Zauberer. »Und die Dregge hier haftet an jeder noch so glatten Oberfläche.« Zur Demonstration schleuderte er das Ding an die Felswand und zog die Schnur straff. »Es hält der Last von drei ausgewachsenen Männern stand. Und wenn man dreimal daran ruckt, löst es sich aus der Verankerung.« Gesagt, getan, und tatsächlich fiel beim dritten Ruck die Dregge von der Wand ab.

Brind'Amour stopfte das seltsame Ding in den Beutel zurück und öffnete ein weiteres Behältnis, das am Gürtel der Montur befestigt war.

Oliver traute seinen Augen nicht, als er hineinblickte, denn was von außen allzu klein wirkte, war von erstaunlichem Fassungsvermögen und enthielt jede Menge nützlicher Werkzeuge: Feilen, Nachschlüssel, dünne Drähte und sogar einen Glasschneider.

»Du brauchst dir nur einen Gegenstand zu wünschen, und schon hast du ihn zur Hand.«

Oliver zweifelte nicht an den Worten des Zauberers, wollte aber dennoch eine Probe aufs Exempel machen.

Er hielt die Hand über den Beutelrand, flüsterte »Dietrich« und zuckte vor Schreck zusammen, als sich die Finger um einen gekröpften Metallstift schlossen.

»Na? Kommen wir ins Geschäft?« fragte der Zauberer.

»Ich werde nie mehr von Luthiens Seite weichen«, gelobte Oliver, nachdem er sich von seinem Schock erholt hatte.

Am nächsten Morgen überreichte Brind'Amour den beiden die versprochenen Passierscheine für Montfort, und als sie in die Kammer kamen, wo Flußtänzer und Schäbig untergebracht waren, zeigte sich, daß Brind'Amours Zauber bereits wirkte. Wirbelndes Licht öffnete die Wand vor dem Tunnel, der sie auf die Straße nach Montfort hinausbringen sollte.

Der Abschied war kurz und freundlich, obgleich Luthien erkennen ließ, daß er nach wie vor Argwohn hegte. Brind'Amour schüttelte ihm die Hand und zwinkerte dem Halbling verschwörerisch zu.

In seiner Kristallkugel sah der Zauberer die beiden durch den Tunnel fliegen und auf die Landstraße hinaustreten, die nach Montfort führte. Er war voller Sorge und wußte um das große Risiko, das er eingegangen war, indem er dem jungen Bedwyr Umhang und Bogen anvertraut hatte – ob in gutem Glauben oder aus Verzweiflung war ihm selbst nicht ganz klar.

Gern hätte er die Freunde ständig im Auge behalten und schützend begleitet, doch Brind'Amour mußte sie nun ihrem Schicksal überlassen. Er durfte weder sein Höhlenversteck verlassen noch Ausschau halten, denn sein magischer Blick würde wohl kaum unbemerkt bleiben und Grünspatzens Hexerherzöge auf seine Spur bringen.

Falls König Grünspatz erführe, daß Brind'Amour noch lebte, würde er gewiß Himmel und Hölle in Bewegung setzen, um ihn zu Fall zu bringen, und nicht nur ihn, sondern auch Luthien und Oliver.

Brind'Amour ließ die Kristallkugel dunkel werden, ging in die Schlafkammer und warf sich ermattet aufs weiche Bett. Jetzt, da er sein Vorhaben in Gang gebracht hatte, blieb ihm nichts anderes, als hoffend abzuwarten.

13. Kapitel

Montfort

Flußtänzer zeigte Gefallen daran, wieder auf offener Straße zu sein. Regennaß glänzte sein weißes Fell. Am liebsten wäre er im gestreckten Galopp davongeprescht, doch Luthien hielt ihn im Zaum. Anders als in den nördlichen Gebieten war hier das Gelände rauh und zerklüftet. Sie näherten sich den Ausläufern des Eisernen Kreuzes und hatten noch eine gute Wegstrecke bis Montfort vor sich.

»Ich wünschte, er hätte uns näher an die Stadt herangeführt«, sagte Luthien ungeduldig. Er brannte darauf, den Ort kennenzulernen. »Aber dem Pferd tut's gut, daß es laufen kann.« Er tätschelte Flußtänzers muskulöse Flanke und lockerte die Zügel ein wenig. Das Pferd sprang voran, dicht gefolgt von Oliver und Schäbig.

»Der Alte hat uns so nahe wie möglich herangeführt«, sagte Oliver, dem allmählich bewußt wurde, wie sehr dem Zauberer an Luthiens Sicherheit gelegen war, und er erinnerte sich an dessen Bitte, auf den Freund Obacht zu geben. »Daß er sich in seiner Höhle versteckt halten muß, hat, wie ich vermute, seine Ursache in Montfort.«

Luthien dachte nach. Brind'Amour hatte davon gesprochen, daß Grünspatz und seine Herzöge mit dämonischen Mächten konspirierten. »Und diese Ursache nennt sich wohl Morkney«, spekulierte er.

»Das ist anzunehmen«, antwortete Oliver.

»Dann will ich mich nicht weiter beklagen«, sagte Luthien. »Brind'Amour hat sich als Freund erwiesen, und ich verzeihe ihm, daß er uns unter falschem Vorwand in die Drachenhöhle geschickt hat. Immerhin war er zur Stelle, als wir ihn brauchten.«

»Wäre er uns früher zur Hilfe gekommen, hätten wir den Schatz einsacken können«, entgegnete der Halbling und seufzte über die vertane Chance.

»Wir sind aber doch nicht leer ausgegangen«, sagte Luthien und lachte auf. Umhang und Klappbogen als einzige Belohnung für ein so gefahrvolles Unternehmen wie die Exkursion in die Drachenhöhle wirkten im nachhinein geradezu lächerlich auf ihn. Oliver jedoch schien alles andere als belustigt zu sein, und Luthien wunderte sich über den ernsthaften Ausdruck in dem sonst so wonnigen Gesicht des Halblings.

»Unterschätze nicht, was du bekommen hast«, sagte Oliver.

»Zugegeben, der Bogen ist was Besonderes.«

»Ich meine nicht den Bogen, obwohl auch der seinen Wert hat«, entgegnete der Halbling. »Sehr viel kostbarer noch ist der Umhang.«

Luthien blickte skeptisch drein und schaute auf die Satteltasche, als rechnete er damit, daß sich der besagte Umhang von selbst daraus entfalten und zur Geltung bringen würde. Zweifellos war er ein schönes Stück; die blutrote Farbe lud das Auge ein, sich darin zu verlieren, und schimmerte sogar bei schwächstem Licht, so daß der Eindruck entstand, als sei das Tuch belebt.

»Gib's zu, du hast keine Ahnung«, fuhr der Halbling fort. »Ist dir nicht aufgefallen, wie seltsam der Drache auf dich reagierte, als wir in der Schatzhöhle waren?«

Luthien erinnerte sich, von dem Drachen ignoriert worden zu sein; er hatte anscheinend gar nicht zur Kenntnis genommen, daß Oliver in Begleitung war.

»Bedenke, das Auge eines Drachen ist noch schärfer

als das eines Adlers«, sagte Oliver und versuchte, dem Freund auf die Sprünge zu helfen.

»Er hat mich nicht gesehen«, erwiderte Luthien; er ahnte, daß Oliver diese Antwort erwartete, wußte aber immer noch nicht, worauf der Freund hinauswollte.

»Warum wohl? Wegen des Umhangs«, erklärte Oliver. Und als Luthien den Kopf schüttelte, beteuerte er: »So ist es. Auch ich habe dich nicht gesehen und wäre fast über dich hinweggerannt.«

»Du warst zu sehr auf den Drachen fixiert«, meinte Luthien. »Und Balthasar hatte nur dich im Blick, zumal deine Taschen voll von seinen Schmuckstücken waren.«

»Aber ich habe dich schon aus den Augen verloren, bevor der Drache auftauchte«, versicherte Oliver und bewirkte, daß Luthien die Stirn krauste und ins Stutzen kam.

»Als ich den Stab fand, habe ich nach dir gerufen«, fuhr Oliver fort. »Ich dachte, du wärst hinter einem Haufen verschwunden oder davongelaufen. Erst als du die Kapuze vom Kopf gezogen hast, konnte ich dich sehen.«

»Vielleicht war's eine optische Täuschung«, sagte Luthien.

»Papperlapapp«, entgegnete der Halbling. »Ein solches Rot sticht doch ins Auge, aber trotzdem warst du vor der grauen Wand nicht auszumachen.«

Luthien starrte wieder auf die Satteltasche und fuhr sich nachdenklich mit der Hand übers Stoppelkinn.

»Ich bin sicher, daß der Umhang in den Straßen von Montfort sehr nützlich sein kann«, sagte Oliver.

»Für einen Dieb vielleicht.«

»Du bist ein Dieb.«

Luthien schwieg. War er wirklich ein Dieb? Warum ritt er an der Seite von Oliver deBurrows nach Montfort? Um über den eingeschlagenen Kurs nicht länger grübeln zu müssen, lachte der junge Bedwyr laut auf.

Nicht der eigene Entschluß, sondern der Zufall hatte ihn auf diesen Weg gebracht.

Hinter der nächsten Biegung öffnete sich ein Ausblick auf das Tal von Montfort. Die Stadt nistete zwischen hohen Felsen am Nordrand des Eisernen Kreuzes und wucherte in langen Häuserzeilen über die Hänge hinaus. Beherrscht wurde das Bild vom Anblick des sagenhaften Ministeriums.

Es schien Teil der majestätischen Berge und als solcher nicht von Menschen geschaffen, sondern durch die Hand Gottes aus dem Gebirge herausgetrennt und geformt worden zu sein. Das Portal flankierten zwei wuchtige, hohe Türme mit quadratischer Aussichtsplattform. Noch sehr viel höher ragte der spitz zulaufende Vierungsturm in der Mitte auf. Mächtige Strebebögen stemmten ihr Gewicht von außen gegen die gewaltigen Steinwände. Von allen Traufen reckten Wasserspeier ihre grinsenden Gesichter hervor. Voll erzählender Motive und freifließenden Formen waren die hohen, bunten Glasfenster.

Obwohl noch weit entfernt, war Luthien von diesem Anblick überwältigt, gleichzeitig aber mußte er an Brind'Amours Klage über den gegenwärtigen Mißbrauch dieser heiligen Stätte denken. Und wieder fühlte sich der junge Bedwyr zutiefst verunsichert; er hatte den Eindruck, als würde ihm der Boden unter den Füßen entzogen.

Wie die meisten Gebirgsstädte war auch Montfort von einem doppelten Außenwall umgeben, bewacht von zahllosen Zyklopen. Als Oliver und Luthien das Tor erreichten, stellten sich ihnen zwei Wachen in den Weg. Angesichts ihrer argwöhnischen Blicke rechnete Luthien damit, abgewiesen oder gar gefangengenommen zu werden, zumal sich der Halbling törichterweise vor ihnen aufzuspielen versuchte. Die Armbrustschützen auf dem Wehrgang brachten ihre Waffen in Anschlag.

Einer der Zyklopen trat auf Flußtänzer zu und fixierte die Satteltaschen. Luthien hielt die Luft an.

»Ich verlange, daß ihr uns endlich durchlaßt. Ihr habt keinen Grund, uns aufzuhalten«, protestierte Oliver.

Luthien verdrehte die Augen. Gewiß, wenn man den Klappbogen bei ihm fände, würde es Scherereien geben. Weitaus bedrohlicher aber war, was die Dreistigkeit des Halblings an Folgen nach sich ziehen mochte.

Der andere Zyklop beäugte den Kleinen mit unheilvollem Blick und rückte näher, worauf ihm Oliver die vom Zauberer gefälschten Passierscheine unter die Nase hielt. Der Zyklop nahm das Pergament entgegen und faltete es auseinander. Daß er nicht lesen konnte, zeigte sich allein schon daran, daß er den Bogen verkehrt herum vors Auge führte. Dennoch hellte seine Miene sichtlich auf; dann winkte er den Kameraden herbei. Dieser schien ein wenig gescheiter zu sein. Nach kurzem Zögern drehte er das Pergament sogar richtig herum, und nun strahlte auch sein Gesicht wie das des anderen. Er schaute zum Wehrgang hinauf, winkte die Armbrustschützen zurück und beeilte sich, den Reitern das Tor zu öffnen. Beide Wächter neigten sogar respektvoll die Köpfe, als Oliver und Luthien an ihnen vorbeiritten.

»Oh, dieser Zauberfritze hat wirklich was weg!« lachte Oliver, kaum daß sich das Tor hinter ihnen geschlossen hatte.

Luthien antwortete nicht; der Anblick von Montfort verschlug ihm fast den Atem. Für den jungen Bedwyr war bislang die größte Stadt Dun Varna gewesen, und er sah nun, daß der Geburtsort im Vergleich allenfalls den zwanzigsten Teil von Montfort ausmachte.

»Wie viele Menschen wohnen hier?« fragte er kleinlaut.

»Ungefähr zwanzigtausend«, antwortete der Halbling, und seinem Tonfall merkte Luthien an, daß Oliver kaum beeindruckt war.

Zwanzigtausend Menschen! Auf ganz Bedwydrin, der Insel, die fünftausend Quadratmeilen groß war, lebten nicht mehr als ein Viertel dieser Anzahl. Das enorme Ausmaß von Montfort und seine unglaubliche Bevölkerungsdichte machten den jungen Mann ein wenig beklommen.

»Daran gewöhnst du dich noch«, tröstete Oliver, der zu spüren schien, wie es um die Gemütslage des Freundes bestellt war.

Luthien entdeckte einen zweiten, inneren Wall, der den höhergelegenen Bezirk der Stadt umschloß und im Grenzbereich zur Unterstadt das Ministerium tangierte. Dank zahlreicher Erzminen floß viel Geld in die Stadt, doch Luthien bemerkte auf den ersten Blick, daß hier – im Unterschied zu den Gemeinden seiner Heimatinsel – nur ein kleiner Bevölkerungsteil am Reichtum teilhatte. Die Häuser der tiefergelegenen Bezirke waren bescheiden bis armselig. Auf den gepflasterten Straßen spielten Kinder mit selbstgebasteltem Spielzeug; sie schwangen Knüppel wie Schwerter oder wiegten Puppen, die aus Lumpen zusammengenäht waren. Die Händler und Handwerker, die Luthien sah, schienen überaus hart arbeiten zu müssen; ihre Rücken waren gebeugt, die Hände verdreckt und schwielig. Aber sie zeigten sich freundlich, lächelten und winkten den beiden ungewöhnlichen Besuchern zu.

Jenseits des inneren Walls waren prächtige Wohnhäuser zu sehen und Türme, die bis zum Himmel aufragten. Luthien konnte sich vorstellen, was für Menschen dort lebten. Er dachte an Aubrey und Avonese und hatte plötzlich nur noch wenig Lust, die Oberstadt zu erkunden. Es fiel ihm auf, daß der innere Wall sehr viel strenger bewacht war als beide Außenwälle, worüber er sich aber vorläufig keine weiteren Gedanken machte.

Oliver ritt zielstrebig in Richtung auf einen Stadtteil im Südosten zu, der von einem hohen Felshang überschattet wurde. Vor einem Stall angelangt, stieg er aus dem Sattel. Die Leute, die dort ihrer Arbeit nachgingen, schien er gut zu kennen. Er grüßte freundlich, reichte dem Stallmeister einen kleinen Beutel voll Münzen, überließ ihm die Zügel von Schäbig und forderte Luthien auf, das gleiche zu tun. Luthien hatte keinerlei Bedenken, denn er wußte, wie wichtig dem Halbling sein zwar häßliches, aber außergewöhnliches Pony war, und daß es hier im Stall gut untergebracht sein würde, wußte er offenbar aus Erfahrung.

»Auf ins Zwelf!« sagte der Halbling, als Luthien die Satteltaschen geschultert hatte.

»Ins Zwelf?«

Ohne eine Antwort zu geben, führte Oliver den Freund in eine finstere, heruntergekommene Gegend. Die Leute auf den Straßen hatten freudlose Gesichter, und hinter jeder Tür, an der die beiden vorbeikamen, schien sich eine Spelunke, eine Pfandleihe oder ein Bordell zu verbergen. Nach einer Weile schritt Oliver auf eine solche Tür zu, und Luthien erkannte am darüberhängenden Ladenschild, daß sie am Ziel waren. Auf diesem Schild waren ein stämmiger Zwerg und ein feingliedriger Elf abgebildet, die sich lachend zuprosteten; der Zwerg hielt einen Becher Bier in die Höhe, der Elf einen Pokal, wahrscheinlich mit Wein gefüllt. »DAS ZWELF, ZUR FRÖHLICHEN RUNDE AUS ZWERG UND ELF«, stand dort zu lesen, und darunter hatte jemand gekritzelt: »Zutritt für Zyklopen auf eigene Gefahr.«

»Was zieht dich ausgerechnet hier hin?« wollte Luthien wissen und hielt den Freund an der Schulter zurück.

Oliver deutete die Straße entlang und sagte: »Würdest du lieber in eine der anderen Tavernen einkehren?«

Luthien verstand den Sinn der Frage nicht. Doch als er genauer hinsah, entdeckte er, daß die jeweilige Kundschaft, die sich in den Türen zeigte, entweder ausschließlich aus Menschen oder Zyklopen bestand.

»Aber du bist weder Zwerg noch Elf«, antwortete Luthien. »Und dasselbe trifft für mich zu.«

»Das Zwelf bewirtet unter anderem auch Menschen«, erklärte Oliver.

Luthien stutzte ein weiteres Mal. Auf Bedwydrin gab es zwar nur wenige Elfen und noch weniger Zwerge; aber dennoch wurde kein Unterschied gemacht zwischen ihnen und den anderen Teilen der Gemeinschaft.

Doch Oliver zeigte sich entschlossen, und weil er mit den hiesigen Sitten und Gebräuchen offenbar vertraut war, willigte Luthien ein und folgte ihm in die Taverne.

Als er die Schankstube betrat, schlug ihm eine atemberaubende Wolke aus strengen Gerüchen entgegen, Bier- und Weindünste, Düfte von exotischen Kräutern. So verräuchert war der Raum, daß die Gäste kaum zu erkennen waren. Zusammen mit Oliver zwängte er sich an den Tischen vorbei und stellte fest, daß Menschen, Zwerge und Elfen jeweils getrennt voneinander saßen. An einem Tisch hockten fünf Zyklopen, die, wie an den silber-schwarzen Uniformen erkennbar, der prätorianischen Garde angehörten; sie lachten laut und provozierten die anderen Gäste mit üblen Schmähungen.

Die Stimmung im Raum war zum Zerreißen gespannt; es fehlte offenbar nicht viel zum Ausbruch einer wilden Keilerei. Luthien war froh, sein Schwert bei sich zu haben, und hielt die Satteltaschen fest gepackt, als er, von allen Seiten angerempelt, dem Tresen zustrebte.

Davor standen Hocker mit ungewöhnlich hoher Sitzfläche, über Trittsprossen besteigbar. Oliver machte es sich auf einem dieser Hocker bequem und war, derart erhöht thronend, in der Lage, die Ellbogen auf dem polierten Tresen abzustützen.

»Hallo, Tasman«, grüßte Oliver. »Freut mich zu sehen, daß du noch lebst und nicht, wie befürchtet, am Galgen baumelst.« Der Mann am Tresen war von rauher Erscheinung, obgleich schmächtig gebaut. Er drehte sich um und schüttelte den Kopf, als er Oliver erkannte, der ihm fröhlich zugrinste und mit der Hand an den großen Hut tippte.

»Oliver deBurrows«, sagte Tasman und wischte den Tresen vor dem Halbling mit einem Tuch trocken. »Hätte nicht gedacht, daß du dich so schnell wieder blicken läßt. Über deine jüngsten Mätzchen ist noch lange kein Gras gewachsen.«

»Du vergißt, daß ich stets das Glück auf meiner Seite habe«, entgegnete der Halbling.

»Und du scheinst vergessen zu haben, wie viele Leute hier ein Hühnchen mit dir rupfen wollen«, sagte Tasman. Er langte unter den Tresen und holte eine Schnapsflasche zum Vorschein. »Wollen wir hoffen, daß auch sie dich vergessen haben«, fügte er hinzu und schenkte dem Gast ein.

»Wenn nicht, verdienen sie dein Mitleid«, antwortete Oliver; er erhob sein Glas und fügte gleichsam als Trinkspruch hinzu: »Denn dann werden sie schmerzliche Bekanntschaft machen mit der Spitze meines Rapiers.«

Tasman schien von Olivers Sprüchen nicht viel zu halten. Er schüttelte den Kopf und stellte ein Glas vor Luthien hin, der neben Oliver auf einem niedrigeren Hocker Platz genommen hatte.

Bevor Tasman einschenken konnte, hatte Luthien die Hand aufs Glas gelegt. »Für mich bitte nur Wasser«, sagte er höflich.

Die stahlgrauen Augen des Schankwirts weiteten sich sichtlich. »Wasser?« wiederholte er perplex.

»So wird auf Bedwydrin, der Heimatinsel meines Freundes, helles Bier genannt«, log Oliver, um Luthien aus der Verlegenheit zu helfen.

»Aha.« Tasman krauste die Stirn und schob Luthien einen Krug zu, bis zum Überschäumen gefüllt mit starkem Bier. Luthien blickte vom Krug ins Gesicht des Freundes und ersparte sich jede weitere Bemerkung.

»Ich … wir brauchen ein Zimmer«, sagte Oliver. »Ist bei dir eins frei?«

»Dein eigenes«, antwortete Tasman mürrisch.

Oliver strahlte zufrieden auf, griff in die Tasche und zählte eine angemessene Summe Silbermünzen ab.

»Es müßte nur noch ein bißchen aufgeräumt werden«, meinte Tasman und langte nach dem Geld, doch prompt zog Oliver die Hand zurück.

»Der Preis ist derselbe«, knurrte Tasman.

»Und die Arbeit …«

»Ist nötig, weil du darin beim letzten Mal alles auf den Kopf gestellt hast«, führte Tasman aus.

Oliver dachte eine Weile nach; es schien, als könnte er den Worten des Wirts nicht folgen. Schulterzuckend köderte er ihn erneut mit dem Geld, hielt aber noch daran fest und sagte: »Damit wir uns richtig verstehen, das sollte auch reichen für unsere Getränke.«

»Einverstanden«, sagte Tasman. Er nahm das Geld und widmete sich anderen Gästen.

Dem Freund zugewandt, sah sich Oliver argwöhnischen Blicken ausgesetzt. Er seufzte tief und sagte: »Nun ja, ich bin schon früher einmal hiergewesen.«

»Das war nicht schwer zu erraten«, antwortete Luthien.

Oliver seufzte ein zweites Mal. »Ende vergangenen Frühjahrs hat mich ein Boot aus Gascony hier abgesetzt«, erklärte er und berichtete von ›kleineren Problemen‹ mit Bewohnern der Stadt, und daß er vor wenigen Wochen in den Norden aufgebrochen sei, um sich nach anständiger Arbeit umzuschauen. Ein paar Schritte abseits stehend, trocknete Tasman Gläser ab und grinste über Olivers Ausführungen. Es bedurfte dieser spöttischen Miene nicht, um Luthiens Skepsis zu schüren, zumal er ja längst wußte, was Oliver, der Wegelagerling, tatsächlich im Norden des Landes gesucht hatte. Aufschlußreicher als sein Bericht waren die vielen Auslassungen.

Luthien hatte Fantasie genug, um sich einen Reim darauf zu machen. Wahrscheinlich war Oliver vor wütenden Händlern aus der Stadt geflohen. Was er im einzelnen hier in Montfort angestellt hatte, würde Luthien mit der Zeit wohl auch noch in Erfahrung bringen. Darum verzichtete er darauf, ihn jetzt schon mit Fragen zu bedrängen.

Er hätte auch keine Gelegenheit mehr dazu gehabt, denn Oliver hörte abrupt zu erzählen auf, als eine hübsche Frau vorbeischlenderte, deren tief ausgeschnittene und durch ein Schnürband geraffte Bluse einen Großteil ihrer prallen Brüste zur Schau stellte.

»Du entschuldigst«, sagte Oliver, ohne die Frau aus den Augen zu lassen. »Meine fröstelnden Lippen sehnen sich an einen wärmenden Ort.« Er hüpfte zu Boden, eilte ihr nach, überholte sie und kletterte unmittelbar neben ihr auf einen freien Hocker.

Daß sein Gesicht nur bis auf Höhe ihrer Brüste heranreichte, schien ihn nicht im geringsten zu verunsichern. »Anbetungswürdige«, deklamierte er theatralisch. »Mein Herz souffliert der trock'nen Zunge auszusprechen, daß Ihr die schönste aller Rosen seid und ausgestattet mit den schärfsten ...« Er schlug die Hände vor die eigene Brust und schien nach Worten zu suchen. »... Dornen, an die sich aufzuspießen mein stolzes Halblingherz entschlossen ist.«

Luthien folgte der Szene mit ungläubigem Staunen. Am meisten verblüffte ihn, daß die Frau, obwohl fast doppelt so groß wie Oliver, sichtlich angetan war und durchaus interessiert an seinen lächerlichen Schmeicheleien.

Tasman kicherte, wohl nicht zuletzt auch über Luthiens verdutzte Miene. »So kennen wir ihn«, sagte er, und seine Stimme verriet ernstempfundene Bewunderung. »Er sucht die Herausforderung, du verstehst?«

Luthien verstand – wenn überhaupt – nur die Hälfte. Als er wieder zu den beiden hinüberschaute, sah er, daß sie sich angeregt miteinander unterhielten. Unwillkürlich mußte er an Katerin O'Hale denken und stellte sich vor, wie sie mit den Halbling umgesprungen wäre, hätte er sich ihr so dreist genähert.

Doch diese Frau dort drüben nahm keinerlei Anstoß an Olivers Art und kaum verhohlenen Absichten; im Gegenteil, sie schien Gefallen daran zu finden. Luthien hatte sich in seinem jungen Leben noch nie so fehl am Platz gefühlt. In Gedanken kehrte er zu Katerin zurück und wünschte, wieder in Dun Varna zu sein, an der Seite seiner Freunde und seines Bruders. Er wünschte, daß alles wieder so wie früher wäre, daß Vicomte Aubrey nie seinen Fuß auf die Insel gesetzt hätte.

Luthien starrte auf den Tresen, nahm den Krug zur Hand und leerte ihn in einem Zug. Tasman schien das Unbehagen des jungen Gastes wahrzunehmen, füllte den Krug aufs neue und wandte sich ab, bevor Luthien Gelegenheit hatte, für das Bier zu zahlen. Kopfnickend bedankte sich der junge Bedwyr, drehte sich auf dem Hocker herum und musterte die anderen Gäste: Gauner und Strolche, Zyklopen, die Streit suchten, und ruppige Zwerge, die durchaus bereit zu sein schienen, den Einäugigen die Stirn zu bieten. Unwillkürlich langte Luthien nach dem Heft seines Schwertes.

Plötzlich spürte er eine leichte Berührung am Arm. Er schnellte herum und sah, daß der Hocker, den Oliver geräumt hatte, neu besetzt war.

»Zum ersten Mal in Montfort?« fragte die Frau.

Luthien schluckte. Auf den ersten Blick glaubte er, einem billigen Abbild von Avonese gegenüberzusitzen. Die Frau war stark geschminkt und parfümiert, das Oberteil des Kleides betörend tief ausgeschnitten.

»Mit 'ner Menge Geld in den Taschen, wie ich vermute«, schnurrte sie und streichelte ihm über den Arm. Luthien ahnte nun, was hier gespielt wurde. Er fühlte sich wie in eine Falle getappt und wußte nicht, wie er sich herauswinden konnte, ohne die Frau zu beleidigen.

Ein gellender Schrei ließ plötzlich den Lärm in der Schenke verstummen. Alle Köpfe fuhren herum, doch Luthien brauchte gar nicht hinzusehen; für ihn stand ohnehin sofort fest, daß Freund Oliver an dem Aufruhr beteiligt war.

Luthien sprang vom Hocker, drängte durch die Menge und sah den Halbling vor einem riesenhaften, verwahrlosten Kerl stehen, der einen Schlagring an den Knöcheln trug, aber er war auch so zu erkennen, daß nicht gut Kirschen essen war mit ihm. Ihm zur Seite standen zwei Typen ähnlichen Kalibers, die ihn gegen Oliver aufhetzten. Die von ihm umworbene Frau hatte sich ebenfalls auf die Seite des Hünen geschlagen und inspizierte ihre Fingernägel.

»Die Lady kann sich doch wohl selbst entscheiden«, meinte Oliver beiläufig. Luthien wunderte sich, daß Rapier und Dolch immer noch in ihren Scheiden steckten. Wie wollte sich der Knirps gegen diesen muskelstrotzenden Mann zur Wehr setzen?

»Sie gehört mir«, brüllte der andere und spuckte ein Stück Kautabak auf den Boden. Oliver betrachtete den häßlichen Auswurf, der zwischen seinen Füßen gelandet war, blickte dann wieder auf und sagte: »Wäre mir was auf die Schuhe gekleckert, hättest du sie sauber lecken müssen.«

Luthien raufte sich die Haare, entsetzt über die Torheit des Halblings, dem zahlenmäßig eine dreifache

Übermacht gegenüberstand – von der kräftemäßigen Überlegenheit der anderen Seite ganz zu schweigen. Dennoch schien er es auf einen Kampf anzulegen.

»Du sprichst von ihr wie von einem Pferd«, fuhr Oliver ruhig und gelassen fort. Dann wandte er sich der Frau zu, um die der Streit ging, lüftete den Hut und sprach: »Teuerste, Ihr habt besseres verdient als diesen Hornochsen.«

Wie nicht anders zu erwarten war, platzte dem Hünen nun der Kragen. Mit erhobenen Armen warf er sich Oliver entgegen. Doch anstatt zur Seite auszuweichen, sprang der Halbling beherzt nach vorn und rammte dem Angreifer die Stirn zwischen die Schenkel.

Der Kerl blieb wie angewurzelt stehen, schielte ins Leere und langte mit zitternden Händen in den Schritt.

»Fürs erste wäre somit jedes weitere Werben vergebliche Liebesmüh, gell?« feixte der Halbling.

Ächzend klappte der Hüne in sich zusammen. Mit gezücktem Dolch rückte nun einer seiner Kumpane näher. Doch bevor er zustechen konnte, hatte ihm Luthien die Waffe mit einem gezielten Schwerthieb entwunden. Gleichzeitig schlug er mit der freien Hand so fest zu, daß der Mann mit blutspritzender Nase zu Boden ging.

»Au!« schrie Luthien und schüttelte die schmerzenden Knöchel.

»Wie? Du hast meinem Freund weh getan? Schäm dich!« rügte Oliver den niedergeschlagenen Mann.

Jetzt ging der dritte Kerl zum Angriff über; auch er war mit einem langen Messer bewaffnet. Luthien hob das Schwert und machte sich auf einen Kampf gefaßt. Doch nun kam ihm Oliver zuvor – mit Rapier und Dolch.

Die Menge wich zurück. Luthien bemerkte, daß die Prätorianer dem Streit mit größter Aufmerksamkeit folgten, und ihm war sofort klar, daß Oliver, falls er seinen Gegner verwundete oder gar tötete, auf der Stelle verhaftet werden würde.

Ein jeder der Zuschauer schnappte vor Schreck nach Luft, als der Kerl mit seinem langen Messer zustieß. Doch Oliver wich elegant aus und klopfte ihm den Hosenboden mit der Rapierklinge aus. Auch die nächste Attacke parierte der Halbling auf ähnliche Weise.

Der Mann, den Luthien zu Boden geschickt hatte, berappelte sich und versuchte aufzustehen. Bevor Luthien ihm einen Nachschlag verpassen konnte, war die Frau zur Stelle, die, von Olivers Einsatz sichtlich angetan, erneut die Fronten wechselte. Sie zog einen ihrer Schuhe aus, hob ihn schützend an die Brust und wirkte in dieser Pose wie eine echte Dame. Doch dann verzerrte sich ihr Gesicht zu einer wütenden Grimasse, und mit bloßem Fuß trat sie dem Kerl so ungestüm ins Gesicht, daß dieser wieder zu Boden ging und die Arme über den Kopf zusammenschlug.

Die Menge quittierte das Zwischenspiel mit johlendem Beifall.

Oliver hielt den Gegner noch eine Weile hin, dann aber machte er ernst und ließ seine Klingen auf eine Art und Weise durch die Luft schwirren, die den anderen geradezu hypnotisierte. Unvermittelt sprang er nach vorn und entriß ihm mit dem Dolch das lange Messer.

»Jetzt reicht's!« rief der Halbling, worauf es in der Schenke so leise wurde, daß man eine Stecknadel hätte fallen hören. »Versuch nur, deine Waffe vom Boden aufzuheben. Vielleicht schaffst du's. Aber ich warne dich«, fuhr er in ruhigerem Ton fort und tippte mit dem Rapier an die breite Hutkrempe. »Es könnte durchaus sein, daß dir dabei der Arm abfällt.«

Der Mann warf einen letzten flüchtigen Blick auf das Messer, machte dann kehrt und rannte durch die Menge davon, die in lautes Gelächter ausbrach. Oliver verbeugte sich höflich, steckte seine Waffen zurück und stieg vorsichtig über jenen Strolch hinweg, der immer noch, die Hände zwischen die Beine gepreßt, am Boden lag und jammerte.

Oliver trat durch ein Spalier begeisterter Zuschauer und ließ sich huldvoll als Held des Tages auf die Schultern klopfen.

»Kaum ist er zurück, und schon gibt's wieder Ärger«, meinte Tasman, als der Halbling und Luthien zu ihren Hockern am Tresen zurückkehrten.

Oliver gab sich gekränkt und sagte: »Aber Gevatter, ich hatte immerhin die Ehre einer Dame zu verteidigen.«

»Ja«, lachte Tasman. »Einer Dame mit scharfen … Dornen.«

»Oh, wie kannst du nur …«, empörte sich Oliver. Lachend wandte er sich dem Gefährten zu, der vor Verwunderung den Kopf schüttelte.

»Du wirst lernen«, sagte Oliver.

Was als Versprechen gemeint war, hörte sich für Luthien an wie eine Drohung.

14. Kapitel

Der erste Coup

Kleiner Alkoven« – einen lächerlicheren Straßennamen hatte Luthien nie gehört. Doch daß dieser Name durchaus sinnfällig war, zeigte sich, als Oliver am Ende einer von windschiefen Holzhäusern gesäumten Straße um eine Ecke bog und ankündigte, daß sie nun am Ziel seien. Der Kleine Alkoven war eine winzige Gasse, kaum drei Schritt breit, ein düsterer Winkel zwischen den Rückfronten hoher Gebäude.

Vorsichtig tappten sie in der Dunkelheit voran, stiegen über betrunkene Männer hinweg, die ihren Rausch ausschliefen und entweder nicht nach Hause zurückgefunden oder gar kein Zuhause hatten. Eine einzige Laterne funzelte über einem zerbrochenen Handlauf und ausgetretenen Stufen, die zu einer eisenbeschlagenen Tür hinabführten. Hinter einem Fenster sah Luthien ein paar dunkle Gestalten auf- und abgehen.

»Da tagt die Gilde der Diebe«, flüsterte Oliver.

»Bist du Mitglied?«

Was Luthien als angemessene Frage formulierte, schien für den Halbling völlig abwegig zu sein. »Von wegen«, erwiderte er hochtrabend und ging kichernd weiter.

Nach wenigen Schritten erreichten sie einen engen Treppengang, der zu einer Holztür hinabführte. Hier blieb Oliver lange stehen, sah sich um und strich mit der Hand über den wie immer sauber getrimmten Spitzbart.

»Da unten habe ich gewohnt«, flüsterte er aus dem Mundwinkel heraus. Er wirkte angespannt, geradezu nervös.

»Man muß wissen, wann's brenzlig wird«, zitierte Luthien den Freund, worauf Oliver schmunzelnd kehrtmachte, gleich darauf aber herumwirbelte und den Dolch durch die Luft schleuderte. Der traf wuchtig auf die Holztür und blieb zitternd darin stecken.

Bevor Luthien den Freund fragen konnte, was der mit diesem seltsamen Spiel bezweckte, klackerte es mehrmals kurz hintereinander; dann knirschte Stein auf Stein, und schließlich wurde ein Zischen laut. Als er sich der Tür zuwandte, sah er heiße Flammen von unten auflodern und Pfeile daraus hervorschießen. Die beiden Freunde sprangen in Deckung. Wenig später löste sich ein großer Stein aus dem Türsturz und fiel krachend in die Flammen.

Es war, als hätte ein Riese über den Treppenrand gelugt und eine Kerze ausgeblasen, denn plötzlich war das Feuer erloschen.

»Jetzt können wir runter«, sagte Oliver und hakte beide Daumen unter seinen breiten Gürtel. »Aber paß auf, wo du hintrittst. Die Pfeile könnten vergiftet sein.«

Luthien folgte dem Freund und meinte verdutzt: »Du bist offenbar bei manchen Leuten ziemlich unbeliebt.«

Oliver langte nach dem Dolch, um ihn aus der Holztür herauszuziehen. Doch so sehr er zerrte, die Klinge blieb stecken. »Diese Leute haben mich und meine charmante Art nur noch nicht richtig zu schätzen gelernt«, antwortete er, pflanzte entrüstet die Fäuste in die Hüfte und musterte den Dolch wie einen hartnäckigen Kontrahenten.

Luthien wollte behilflich sein, wurde aber barsch zurückgestoßen, und bevor er protestieren konnte, sprang der Halbling hoch, packte den Dolch mit beiden Händen und stemmte die Füße gegen das Türblatt.

Ein entschlossener Ruck löste die Klinge, worauf Oliver einen eleganten Salto rückwärts vollführte und sicher auf dem Boden landete, den Hut aus der Luft auffing und den Dolch in die Scheide steckte.

»Meine überaus charmante Art«, wiederholte er, sichtlich zufrieden mit sich selbst, zumal ihm Luthien den Gefallen tat, Bewunderung zu zeigen.

Der Halbling verbeugte sich und wies mit ausgestrecktem Arm zur Tür. Luthien war aber gar nicht darauf erpicht, als erster das Haus zu betreten. »Wenn ich richtig verstanden habe, war das einmal deine Wohnung«, sagte er und trat zur Seite.

Oliver warf den Umhang über die Schulter zurück, stiefelte erhobenen Hauptes an Luthien vorbei, holte tief Luft und öffnete die Tür. Beißender Rußgestank schlug den Freunden entgegen, und obwohl kaum Licht vorhanden war, sahen sie, daß die Innenseite der Tür schwarz verkohlt war. Vorsichtig trat Oliver über die Schwelle, zog aber sogleich den tastenden Fuß zurück.

Innen sauste eine schwere, lange Klinge mit doppelter Schneide an der Türöffnung vorbei. Der Balken, an dem sie aufgehängt war, knirschte und ächzte unter der schwingenden Last, die langsam auspendelte und schließlich zum Stillstand kam.

»Du bist bei manchen mehr als unbeliebt«, stellte Luthien fest.

»Du irrst«, antwortete Oliver und grinste heimtückisch. »Diese Falle habe ich selbst eingebaut.« Er zog den Hut und schlüpfte vorsichtig an dem scharfen Pendel vorbei.

Luthien folgte schmunzelnd, doch das Schmunzeln wich schlagartig aus seinem Gesicht, als ihm bewußt wurde, daß ihn der Halbling vorsätzlich in die Falle hatte tappen lassen wollen. Wutschnaubend betrat er die Wohnung.

Oliver war nach links gegangen und hantierte an

einer Lampe herum. Es mußte Öl nachgegossen werden. Als er sie schließlich zum Leuchten brachte, sah Luthien, daß das Glas zersprungen und das Gehäuse verbeult und verrußt war.

Wie die Lampe so war auch jeder andere Gegenstand der Wohnungseinrichtung zerschlagen und angeflämmt. Die Möbel und Teppiche waren zu nichts mehr nutze. Noch hing ätzender Rauch in der Luft, obwohl die längst abgekühlt war.

»Ein magischer Feuerball«, spekulierte Oliver. »Oder Elvengrog.«

»Elfengrog?«

»Eine Flasche, gefüllt mit leicht entzündbaren Ölen«, antwortete Oliver und trat die Überreste eines Stuhles beiseite. »Im Stopfen hängt ein Lumpenfetzen, der, angesteckt, wie eine Lunte wirkt. Sehr wirkungsvoll.

Auf Schlaf müssen wir wohl vorerst verzichten«, sagte er und kramte aus den Satteltaschen ein paar einfache Kleidungsstücke hervor.

»Du willst doch jetzt nicht etwa anfangen, die Wohnung aufzuräumen?« fragte Luthien.

»Was denn sonst? Ich will schließlich nicht auf der Straße übernachten«, entgegnete Oliver, und so machten sich beide an die Arbeit.

Es dauerte zwei volle Tage, um all den Müll zu beseitigen und die Räume zu lüften. Zum Essen gingen die beiden ins Zwelf; ab und zu schauten sie im Stall nach den Pferden. Sooft sie nach ihren kurzen Ausflügen in die Wohnung zurückkehrten, fanden sie darin eine Meute von Kindern vor, neugierige, halb verhungerte und verdreckte Bälger, die darauf warteten, daß Oliver ihnen etwas zum Essen mitbrachte. Und das versäumte er nie.

Am zweiten Abend wurde ihnen von Tasman angeboten, ein Bad in der Schenke zu nehmen. Frisch gewaschen und mit ihren guten Kleidern ausstaffiert, kehrten Oliver und Luthien in die Wohnung zurück, die nun wieder als ein Zuhause bezeichnet werden konnte.

Dort empfingen sie kahle Wände und rauhe Dielenbretter. Immerhin hatte Oliver eine neue Öllampe gekauft. Als Bettstatt dienten ihre Reisematten.

»Morgen abend werden wir uns nach geeigneten Möbeln umschauen«, sagte Oliver und kroch unter seine Decke.

»Wie steht's um unsere Kasse?« fragte Luthien, dem natürlich nicht entgangen war, daß Olivers Geldbeutel zunehmend schlanker wurde.

»Trübe«, antwortete der Halbling. »Darum mein Vorschlag, mit der Anschaffung von Möbeln bis zum Abend zu warten.«

Luthien verstand und machte kein Hehl aus seiner Enttäuschung. Oliver hatte nicht die Absicht, irgend etwas einzukaufen.

»Ich habe schon was Bestimmtes im Auge«, sagte Oliver. »Nämlich das Haus eines gewissen Händlers, dem ich bereits während meines letzten Aufenthaltes in der Stadt einen Besuch abstatten wollte. Die Wachposten werden immer noch dieselben sein, so auch die Vermögenswerte.«

Luthien meldete Widerspruch an, doch bevor er ein Wort sagen konnte, meinte Oliver grinsend: »Das gefällt dir wohl nicht. Hältst du das Handwerk der Diebe für unehrenhaft?«

Luthien fand die Frage lächerlich.

»Wie gut kennst du die Gesetze?« wollte der Halbling wissen.

Luthien zuckte mit den Achseln, als wollte er zum Ausdruck bringen, daß darüber doch wohl allgemein Klarheit herrsche – zumindest was den Tatbestand des Diebstahls anbelangte. »Es ist verboten, sich fremdes Eigentum anzueignen.«

»Falsch!« rief der Halbling. »Was du sagst, gilt beileibe nicht immer. Mitunter ist die Aneignung fremden Eigentums ein durch und durch legales Geschäft.«

»Und du machst Geschäfte, wenn ich recht verstehe«, antwortete Luthien ironisch.

Oliver lachte. »Das Geschäftemachen überlasse ich den Händlerfritzen. Ich beschränke mich darauf, dem Gesetz Geltung zu verschaffen«, entgegnete er. »Wohlgemerkt, wir reden hier über das Gesetz, nicht über Gerechtigkeit. Solange König Grünspatz herrscht, solltest du beides nicht miteinander verwechseln.« Damit beendete er das Gespräch und wälzte sich zur Seite. Luthien blieb noch lange wach. Er dachte über Olivers Worte nach und fühlte sich unwohl dabei.

Sie schlichen über die Dachfirste der hohen Häuser in der Oberstadt. Luthien hatte seinen blutroten Umhang angelegt. Oliver trug einen bequemen schwarzen Anzug und die Montur – das Geschenk von Brind'Amour. In den Straßen patrouillierten Zyklopen der prätorianischen Garde. Manche schoben auch auf den Dächern Wache, doch Oliver wußte ihnen auszuweichen.

Die beiden erreichten eine hüfthohe Brüstung, drei Stockwerke über der Straße. Oliver spähte darüber hinweg, blinzelte Luthien zu und nickte mit dem Kopf.

Luthien kam sich vor wie ein ungezogenes Kind auf verbotenen Wegen. Nervös schaute er sich nach allen Seiten um und raffte den Umhang zusammen.

Oliver nahm den kleinen, faltigen Ball aus dem Schulterhalfter, heftete ihn an die Brüstung und wikkelte das dünne Seil ab.

»Freu dich, mein Guter!« flüsterte Oliver. »Heute nacht wirst du vom Meister lernen.« Lautlos seilte er sich zu einem Fenster ab. Dort verharrte er in der Luft hängend und zog ein kleines Werkzeug aus der Montur, einen Glasschneider, wie Luthien richtig vermutete, obwohl er das Ding im Dunklen nicht erkennen konnte. Aber er sah nun, wie es der Freund ansetze, einen großen Bogen auf dem Fenster beschrieb und behutsam das angeritzte Glasstück herausdrückte. Nachdem er sich einmal kurz umgeschaut hatte, verschwand der Halbling in der Öffnung.

Als das Seil wieder frei war, machte sich Luthien an den Abstieg und kletterte dem Halbling hinterher.

Oliver ließ eine kleine Lampe aufleuchten und schwenkte den gebündelten Lichtstrahl durch den Raum. Luthien traute den Augen kaum. Zwar stammte er als Grafensohn selbst aus vermögenden Verhältnissen, doch im Vergleich zu dem, was er hier an Prunk erblickte, wirkte das Haus seines Vaters geradezu armselig. An den Wänden hingen Gobelins; dicke Teppiche bedeckten den Boden, und überall standen kostbare Kunstgegenstände herum – Vasen, Statuen, Zierwaffen und sogar eine komplette Ritterrüstung.

Ein großer Schreibtisch aus Eichenholz war das einzige Möbelstück in diesem Raum. Darauf stellte Oliver die Lampe ab. Dann machte er sich händereibend auf die Suche nach Beute. Das A und O der Räuberei sei, so hatte er Luthien wenige Stunden zuvor anvertraut, eine wohlüberlegte Auswahl der zu stehlenden Stücke zu treffen; es gelte, möglichst Wertvolles aufzugreifen, das außerdem im Sinne einer unbehinderten Flucht möglichst handlich sein müsse.

Nach kurzer Bestandsaufnahme nahm Oliver eine hübsche Vase aus blauem Porzellan und goldverzierten Rändern in die Hand. Freudestrahlend kam er damit auf Luthien zu, blieb aber plötzlich wie angewurzelt stehen.

Auch Luthien hörte die schwerfälligen Schritte im Flur.

Die Freunde eilten ans Fenster. In seiner Panik übersah Luthien die ausgeschnittene Glasscheibe, die Oliver zur Seite gelegt hatte. Laut klirrend zersprang sie unter seinem Fuß. Oliver zögerte nicht lange; die Vase unter den Arm geklemmt, stieg er durchs Fenster und packte das Seil.

Luthien warf einen Blick zur Tür zurück und sah, wie sich die Klinke bewegte. Erst jetzt wurde er gewahr, daß die Lampe noch immer auf dem Schreibtisch stand. Er stürmte durchs Zimmer, blies die Flamme aus und wich zur Wand zurück, als zwei Zyklopen zur Tür hereintraten.

Die beiden hielten ihre Nasen schnuppernd in die Luft und schlichen argwöhnisch umher. Da sie selbst eine Laterne bei sich trugen, hoffte Luthien, daß sie den schmauchenden Docht der ausgelöschten Lampe nicht riechen würden. Und das schien tatsächlich der Fall zu sein. Eine der Wachen nahm am Rand des Schreibtischs Platz, nur einen Schritt von Luthien entfernt.

Luthien hielt die Luft an und langte nach dem Heft des Schwerts. Fast hätte er es aus der Scheide gezogen, als sich der Zyklop herumdrehte.

Fast hätte er ihn attackiert, doch er tat es nicht, denn der Einäugige schien ihn nicht zu bemerken, obwohl er in seine Richtung blickte.

»Solche Bilder gefallen mir«, sagte die Wache lachend und wandte sich dem Kollegen zu. Luthien bemerkte nun, daß er unmittelbar vor einem Gobelin stand, auf dem eine Schlachtszene mit siegreichen Zyklopen abgebildet war. Der Betrachter hatte offenbar nicht registriert, daß zum Original eine zusätzliche Figur hinzugetreten war.

»Komm«, sagte der andere wenig später. »Hier ist niemand. Du mußt dich verhört haben.«

Der Zyklop auf dem Schreibtisch zuckte mit den Achseln und machte sich auf die Beine. Auf dem Weg zur Tür schaute er sich noch einmal um und blieb stehen.

Unter den Rand der Kapuze hinausblinzelnd, sah Luthien, daß der Wachposten die zertretene Glasscheibe entdeckt hatte. Der schlug nun dem Kollegen auf die Schulter und lief mit ihm zum Fenster hin.

»Aufs Dach!« schrie einer der beiden, zum Fenster hinausgebeugt.

Kaum waren die beiden Zyklopen aus dem Zimmer gerannt, hastete Luthien ans Fenster. In diesem Augenblick kam Oliver am Seil herbeigeschwungen, kletterte über den Sims und löste die magische Dregge, indem er dreimal am Seil ruckte. Er hatte den Ball hereingeangelt und wollte ihn gerade am Fenstersims verankern, um auf die Straße hinunterklettern zu können, als durch den Flur Verstärkung herbeipolterte.

»Zu spät«, sagte Luthien und hielt Oliver beim Arm fest.

»Dabei habe ich so sehr darauf gehofft, auf Gewalt verzichten zu können«, antwortete Oliver, gelassen wie immer.

Luthien drängte den Halbling zur Wand, schmiegte sich rücklings an den Gobelin und ließ den kleinen Freund unter seiner tarnenden Kutte verschwinden.

Luthien spähte unter dem Kapuzenrand hervor; Oliver fand Ausblick durch eine kleine Öffnung zwischen den Falten. Und so sahen beide einen drahtigen Mann mit Nachthemd und Schlafmütze ins Zimmer eilen, den Hausherrn, wie's schien, gefolgt von mehreren Zyklopen. Ein jeder trug eine Laterne bei sich.

»Verdammt!« brüllte der Mann, als er sich umschaute, die Lampe auf dem Schreibtisch, das zerbrochene Fensterglas und das leere Postament erblickte, auf dem die Vase gestanden hatte. In heller Aufregung trat er an den Schreibtisch, öffnete die Schublade mit einem Schlüssel und seufzte erleichtert auf.

»Ein Glück«, frohlockte er. »Es fehlt also nur die billige Vase.«

Luthien schaute hinter dem Umhang auf den Halbling hinab, der zu ihm aufblickte und listig mit dem Auge zwinkerte.

»Die Statuette ist noch da«, sagte der Händler und streichelte selbstvergessen über die kleine geflügelte Gestalt, die auf dem Schreibtisch stand. »Und das hier.« Seine Hände tauchten in die Schublade, worauf ein Klimpern und Klackern von Juwelen laut wurde. Dann schob er die Lade wieder zu, schloß ab und kommandierte: »Durchsucht die ganze Gegend, und meldet den Vorfall der Stadtwache.« Er blickte sich um und krauste die Stirn. Luthien und Oliver wähnten sich ertappt. »Und ich will, daß sämtliche Fenster vergittert werden!« knurrte der Händler.

Dann verließ er das Zimmer, nahm die Wachen mit und tat den Freunden sogar den Gefallen, die Tür hinter sich abzuschließen.

Oliver schlüpfte unter dem Umhang hervor, rieb sich gierig die Hände und eilte sogleich auf den Schreibtisch zu. Dankenswerterweise hatte der Händler die Lampe darauf stehen lassen.

»Die Lade ist verschlossen«, flüsterte Luthien, doch Oliver kramte bereits in einem Beutel seines Gehänges und zog daraus mehrere kleine Gegenstände zum Vorschein, die er nebeneinander auf die Schreibtischplatte legte.

»Du könntest dich auch irren«, sagte er wenig später und zog voller Stolz die Lade auf, die gefüllt war mit edlen Schmuckstücken: juwelenbesetzten Halsketten und Armspangen, Ohrringen und dergleichen mehr. Oliver stopfte die Klunker in einen kleinen Sack, der ebenfalls Bestandteil der wundersamen Diebesmontur war. Der Halbling lernte Brind'Amours Geschenk immer mehr zu schätzen.

»Greif dir die Statuette«, sagte er zu Luthien, während er auf das freistehende Postament zutrat und die Vase darauf zurückstellte.

Stundenlang warteten sie am Fenster, bis die Zyklopen ihre Fahndung endlich eingestellt und sich verzogen hatten. Dann warf Luthien die Dregge aufs Dach hinauf, und in Windeseile waren die Freunde auf und davon.

In der Dunkelheit des Zimmers war den Freunden nicht aufgefallen, welch sichtbare Spur sie dort zurückgelassen hatten. Die aber entdeckte der Händler. Als er am nächsten Morgen den Verlust seiner kostbarsten Werte bemerkte, tobte er vor Wut, packte die Vase, die Oliver an ihren Ort zurückgestellt hatte, und schleuderte sie quer durch den Raum, wo sie an der Wand neben dem Schreibtisch in tausend Stücke zersprang.

Auf dem Gobelin, vor dem Luthien Zuflucht gesucht hatte, war der Schemen eines bemantelten Mannes zu erkennen – ein blutroter Schatten, der die Schlachtszene befleckte und sich trotz gründlichster Wäsche nicht mehr entfernen ließ. Der Hexenmeister, den der Händler Tage später zu sich rief, stand staunend davor und wußte keinen Rat.

Der blutrote Schatten blieb für immer.

15. KAPITEL

Der Brief

Luthien lehnte sich voller Behagen im Polstersessel zurück, streckte die bloßen Füße auf dem dicken, teuren Teppich aus und gähnte. Er fühlte sich rundum wohl. Er und Oliver waren kurz vor Tagesanbruch von ihrem dritten Raubzug in dieser Woche zurückgekehrt und zu Bett gegangen. Doch das laute Geschnarche des Freundes hatte ihn nicht schlafen lassen. Schließlich war er auf den Einfall gekommen, Olivers Füße in einen Eimer voll kalten Wassers zu stellen. Und nun dachte er halb schmunzelnd, halb gähnend zurück an die ungebärdigen Proteste des Halblings.

Luthien war allein in der Wohnung. Oliver hatte sich auf die Suche nach einem Hehler gemacht, um eine vor drei Tagen in Besitz genommene Vase zu verscherbeln. Es war ein schönes Stück, dunkelblau und mit Gold besprenkelt. Eigentlich hatte Oliver sie für sich behalten wollen, doch Luthien war der Ansicht, daß es wichtiger sei, Lebensmittelvorräte anzuschaffen, um den nahenden Winter bequem überstehen zu können.

Bequem. Für Luthien hatte dieses Wort einen seltsamen Klang. Als Habenichts war er vor gut drei Wochen in Montfort angekommen, hatte ein ausgebranntes Kellerloch bezogen, das Oliver seine Wohnung nannte. Die war inzwischen kaum wiederzuerkennen, denn jetzt hingen hier Gobelins an den Wänden, lagen kostbare Teppiche auf dem Boden, und nicht minder kostbar war das Mobiliar.

Die Freunde hatten bei etlichen Kaufleuten reiche Beute gemacht. Teile davon schmückten nun die Wohnung; der Rest war im Handel mit ansässigen Hehlern versilbert worden.

Das Schmunzeln in Luthiens Gesicht wich langsam einem sorgenvollen Ausdruck. Solange er das Jetzt oder die letzten Tage bedachte, konnte er das Lächeln beibehalten. Doch die Vergangenheit ließ sich nicht verdrängen, und außerdem galt es, in die Zukunft zu blicken. Zwar wußte er die Bequemlichkeiten durchaus zu genießen, für die er und Oliver gesorgt hatten, doch er konnte nicht stolz darauf sein. Er war Luthien Bedwyr, Sohn des Grafen von Bedwydrin und Held der Arena.

Oder? War er nunmehr nur noch Luthien, der Dieb im blutroten Umhang?

Er seufzte und dachte wehmütig an seine Herkunft, sehnte sich zurück nach der Unbefangenheit von früher, als es für ihn noch keine größere Sorge gegeben hatte als ein Riß in seinem Fischernetz. Und was die Zukunft anbelangte, war er damals voller Zuversicht gewesen.

Jetzt wagte er es kaum, über Künftiges nachzudenken. Sollte es etwa sein Schicksal sein, im Haus eines Händlers ermordet zu werden? Möglich war auch, daß die Gilde der Diebe, die auf der anderen Seite des kleinen Alkovens ihr Quartier hatte, ihnen, der freischaffenden Konkurrenz, den Erfolg neidete und das Handwerk zu legen versuchte. Mußten er und Oliver fürchten, aus Montfort vertrieben zu werden und im harschen Winter den Gefahren der Straße ausgesetzt zu sein? Oliver hatte sich nur deshalb bereit erklärt, die Vase zu verkaufen, weil er die Notwendigkeit der Vorratsbeschaffung für den Winter einsah, zumal auch er, wie Luthien wußte, stets damit rechnete, Hals über Kopf aus der Stadt fliehen zu müssen.

Es hielt ihn plötzlich nicht länger im Sessel. Er sprang auf, durchquerte das kleine Zimmer, nahm vor dem eichenen Schreibtisch Platz und breitete das Pergament vor sich aus, jenen Brief, den er bereits vor zehn Tagen begonnen hatte mit den Worten *Lieber Vater …* Doch wie zuvor wußte er auch jetzt nicht so recht, was er schreiben sollte. Daß aus ihm ein Dieb geworden war? Seufzend tunkte er den Federkiel ins Tintenfaß und fing an zu schreiben.

Ich bin in Montfort und habe mich mit einem ungewöhnlichen Burschen zusammengetan, einen Gasconen namens Oliver deBurrows.

Schmunzelnd hielt Luthien inne, als ihm bewußt wurde, daß für eine angemessene Beschreibung seines Freundes weder Papier noch Tinte ausreichte.

Warum ich zur Feder greife, ist mir selbst nicht ganz klar. Es scheint ja leider so, daß wir uns nicht nur räumlich voneinander entfernt haben. Dennoch will ich Dir mitteilen, daß es mir gut geht …

Vorsichtig blies Luthien über das Pergament, um die Tinte antrocknen zu lassen, und erneut verdrängten Sorgenfalten das Lächeln im Gesicht.

… wenn auch nicht ganz so gut, wie ich es wünschte. Denn ich habe Dinge gesehen und erfahren, die mich betrüben, Vater, und es drängt sich mir mehr und mehr die Frage auf, ob dieser herrschsüchtige König und seine Armee aus zyklopischen Hunden tatsächlich unseren Treueid verdienen.

Wieder geriet Luthien ins Stocken. Es behagte ihm nicht, auf politische Themen einzugehen, denn trotz Brind'Amours nachdrücklicher Unterweisung verstand er davon herzlich wenig. Als dann die Feder erneut übers rauhe Pergament kratzte, schlug sie eine Richtung ein, der Luthien guten Gewissens folgen konnte.

Du solltest Dir einmal ein Bild davon machen, wie die Kinder von Montfort zu leben genötigt sind. Vor Hunger wühlen sie im Unrat der Gosse nach eßbaren Resten, während ihre Eltern geknechtet werden von habgierigen Kaufleuten.

Ich bin zum Dieb geworden, Vater. Jawohl, ich bin ein Dieb.

Luthien ließ die Feder fallen und starrte auf den Brief. Er hatte nicht die Absicht gehabt, dem Vater sein Geheimnis anzuvertrauen. Gewiß nicht. Und doch kam dieses Bekenntnis wie von selbst, wohl als Ergebnis seines wachsenden Grolls. Luthien war drauf und dran, das Pergament zu zerreißen, doch er besann sich anders und las die letzten Worte noch einmal.

Ich bin ein Dieb.

Ihm war, als blickte er in den klaren, unbestechlichen Spiegel seiner bekümmerten Seele. Und das Abbild schreckte ihn nicht. Also griff er wieder zur Feder, strich das Pergament glatt und fuhr zu schreiben fort.

Es herrscht ein großes Unrecht. Mein Freund Brind'-Amour spricht von einer Strahlfäule, und der Vergleich trifft durchaus zu, denn Eriador, die Rose von einst, welkt vor unseren Augen dahin. Ob König Grünspatz und seine Herzöge schuld daran sind, sei dahingestellt; allerdings bin ich mir sicher, daß, wer mit Zyklopen gemeinsame Sache macht, lieber Fäulnis sieht als eine Rose.

Diese Plage lastet schwer auf Montfort, und darum ziehe ich los im Schatten der Nacht, um Vergeltung zu üben, so gering sie auch sei.

Ich habe Zyklopen erschlagen, aber das Übel steckt tiefer. Ich fürchte um Eriador. Ich fürchte um die Kinder.

Luthien lehnte sich zurück und starrte gedankenversunken auf den Brief. »Um Vergeltung zu üben, so gering sie auch sei«, las er laut und mußte sich eingestehen, daß seine Vergeltung geradezu erbärmlich war in Anbetracht seiner Vorstellung davon, wie die Welt eigentlich beschaffen sein sollte.

Er hatte sich schon halb vom Stuhl erhoben, als er sich noch einmal hinsetzte, zur Feder langte und mit tintennassem Kiel die Anrede durchkreuzte. »Nichtswürdiger!« zischte er vor sich hin, und vor Wut schossen ihm Tränen in die zimtbraunen Augen.

Luthien lag schlafend im Sessel, als Oliver freudestrahlend in die Wohnung zurückkehrte. Der Geldbeutel an seinem Gürtel war prall gefüllt. Offenbar hatte er ein gutes Geschäft mit der Vase gemacht.

Er trat vor Luthien hin, um ihn zu wecken, denn er hatte die Absicht, mit ihm auf den Markt zu gehen und einzukaufen. Doch zufällig traf sein Blick auf den Brief, und so schlich er neugierig zum Schreibtisch. Seine heitere Miene verflüchtigte sich, als er die zornigen Worte las. Dann kehrte er an den Sessel zurück und betrachtete mitleidsvoll das selbst im Schlaf bekümmerte Gesicht des Freundes. Schließlich rang er sich zu einem Lächeln durch und ließ den Geldbeutel vor Luthiens Ohr klimpern.

»Wach auf!« rief der Halbling. »Die Sonne scheint, und der Markt wartet auf unseren Besuch.«

Murrend drehte sich Luthien auf die andere Seite, doch Oliver packte ihn bei den Schultern. »Komm, du Schlafmütze«, sagte er. »Der Winter steht vor der Tür, und wir haben noch einiges zu besorgen. Ich für mein Teil brauche unter anderem ein Dutzend warmer Mäntel.«

Luthien blinzelte unter halb geöffneten Lidern hervor. Ein Dutzend Mäntel, zusätzlich zu all denen, die er bereits besaß? Luthien glaubte nicht richtig gehört zu haben.

»Ein Dutzend, wenn nicht mehr«, wiederholte der Halbling. »Davon werde ich mir dann das schönste Stück aussuchen.« Und mit gezierter Miene fügte er hinzu: »Die anderen … *peh!* … die können mir gestohlen bleiben. Weg damit.«

Luthien war völlig perplex. Hatte Oliver nun endgültig den Verstand verloren, daß er Mäntel zu kaufen gedachte, um sie sogleich wieder wegzuwerfen?

»Komm, Beeilung!« sagte der Halbling und drängte ungeduldig zur Tür. »Wir müssen zum Markt, bevor die verlotterten Kinderscharen aufkreuzen und uns die besten Sachen vor der Nase wegstehlen.«

Die Kinder. Jetzt verstand Luthien, wen Oliver im Sinn hatte; ihnen, die in etwa so groß waren wie er selbst, wollte er die Mäntel zukommen lassen. Luthien sprang aus dem Sessel und folgte dem großherzigen Freund nach draußen.

Im Laufschritt erreichten sie das Zentrum der Unterstadt, einen weiten, offenen Marktplatz voller Buden und Zelte und fliegender Händler. Es wurde gesungen, auf fremdartigen Musikinstrumenten gespielt; Jongleure und Akrobaten warteten mit ihren Kunststückchen auf. Luthien hielt seine Geldbörse fest in der Hand, und befolgte damit Olivers eindringlichen Rat. Die meisten Musikanten und Trickkünstler, so hatte er gesagt, trügen ihre Darbietungen nur deshalb vor, um von ihrem eigentlichen Gewerbe abzulenken.

Die Sonne strahlte hell, und es herrschte Hochbetrieb auf dem Markt. Eine große Handelskarawane, die wohl letzte in diesem Jahr, war in der Nacht eingetroffen. Sie kam aus Avon und hatte auf dem Weg hierher die Hohe Mauer im Osten und die nördlichen Ausläufer des Eisernen Kreuzes passiert. Zwar wurden die meisten Güter in Port Charley umgeschlagen, der Hafenstadt an der Westküste, doch weil die baranduinischen Piraten die Meerenge unsicher machten, zogen die großen, reichen Karawanen des Südens die längere, aber sicherere Landroute vor.

Die beiden Freunde schlenderten eine Weile umher. Oliver kaufte eine Tüte Zuckerkand. Bald darauf kamen sie an den Stand eines Pelzhändlers. Der Halbling bestaunte die Auslage; einer der Mäntel schien ihm besonders gut zu gefallen, und er versuchte, mit dem Verkäufer zu feilschen, doch der beharrte auf den vollen Preis. Es kam zu einem heftigen Wortwechsel zwischen den beiden. Schließlich warf Oliver die Arme in die Luft, nannte den Händler einen »Barbaren« und kehrte ihm den Rücken.

Luthien mußte sich sputen, um mit seinem elegant gekleideten Freund Schritt halten zu können. »Der Preis war doch in Ordnung«, sagte er.

»Er wollte nicht handeln«, entgegnete der Halbling empört.

»Aber er hat wirklich nicht zu viel verlangt.«

»Ich weiß«, antwortete Oliver ungeduldig und warf einen Blick auf den Pelzstand zurück. »Barbar.«

Luthien verzichtete auf jede weitere Bemerkung. Er kannte sich mit den Gepflogenheiten des Marktes kaum aus, hatte aber immerhin schon herausgefunden, daß für die meisten Waren deutlich überhöhte Preise gefordert wurden. Das Feilschen um einen Nachlaß schien Teil des Geschäfts zu sein, bei dem es offenbar nicht zuletzt darauf ankam, daß sich am Ende sowohl Händler als auch Kunde einbilden konnte, die jeweils andere Seite übervorteilt zu haben.

Es dauerte nicht lange, und sie kamen an einer zweiten Pelzhandlung vorbei. Oliver stritt mit dem Verkäufer um den Preis eines Mantels, dessen Qualität der des soeben verschmähten Stücks ganz ähnlich war. Die beiden einigten sich, und Oliver zählte dem Händler den ausgemachten Betrag in die Hand – fünf Silbermünzen mehr als er für den anderen Mantel bezahlt hätte. Luthien wollte den Freund darauf aufmerksam machen, doch der grinste so zufrieden vor sich hin, daß sich jeder Einwand erübrigte.

Und so verbrachten sie den ganzen Vormittag: Sie kauften, feilschten, sahen den Schaustellern zu und spendierten den vielen Kindern, die auf dem Markt herumsprangen, jede Menge Zuckerkand. Luthiens Laune verbesserte sich beträchtlich.

Als es Zeit wurde, nach Hause zurückzukehren, trug er einen großen, prallvollen Sack auf der Schulter. Oliver sorgte für den Geleitschutz und hielt mit Argusaugen Ausschau nach möglichen Beutelschneidern. Er hatte gerade den Blick zur Seite gerichtet auf eine verdächtige Gestalt, als Luthien unvermittelt stehen blieb und Oliver auf den Sack auflaufen ließ. Der Halbling prallte zurück, schüttelte verwirrt den Kopf und bückte sich, um den zu Boden gefallenen Hut aufzuheben. Der Strolch, der Olivers Aufmerksamkeit auf sich gezogen hatte, lachte vor Schadenfreude lauthals auf.

»Dummkopf«, beschwerte sich Oliver bei seinem Freund. »Sag doch Bescheid, wenn du stehenbleibst.« Den Staub vom Hut klopfend, schimpfte er weiter, bis ihm auffiel, daß Luthien gar nicht zuhörte.

Mit weit aufgerissenen Augen starrte der junge Bedwyr nach vorn. Oliver folgte der Blickrichtung und sah nun selbst, was den Freund so sehr faszinierte.

Die junge Frau war wirklich außergewöhnlich schön; ihrer Schönheit konnten auch die schäbigen, zerlumpten Kleider, die sie trug, keinen Abbruch tun. Sie ging mit gesenktem Kopf daher, und die langen, weizenblonden Haare fielen in dichten Wellen über Wangen und Schultern. Wie Oliver zu erkennen glaubte, lugte zwischen den Locken ein spitz zulaufendes Ohr hervor. Die großen, grün leuchtenden Augen zeugten von einer inneren Stärke, die im krassen Widerspruch stand zum äußeren Erscheinungsbild. Ihr folgte auf Schritt und Tritt ein Mann, dessen scharf geschnittenen Gesichtszüge Oliver an einen Bussard erinnerten.

Oliver trat an die Seite des Freundes und stieß ihn unsanft mit dem Ellbogen an. Doch Luthien rührte sich nicht. »Sie ist eine Sklavin«, sagte der Halbling. »Wahrscheinlich eine Halbelfe. Und dieser Kerl da hinter ihr wird sie bestimmt nicht abtreten, selbst wenn du ihm alles Gold von Eriador für sie anbieten würdest.«

»Eine Sklavin?« fragte Luthien verwundert, und es schien, als wäre ihm die Bedeutung dieses Wortes fremd.

Oliver nickte. »Sie ist nichts für dich.«

Als Luthien zurückblickte, waren die Frau und ihr Meister in der Menge verschwunden.

»Schlag sie dir aus dem Kopf«, sagte Oliver, doch Luthien paßte, daß dies kaum mehr möglich war.

Die beiden kehrten in ihre Wohnung zurück, luden ihre Einkäufe dort ab und gingen, weil Oliver darauf bestand, ins Zwelf, wo sie ihre Stammplätze am Tresen einnahmen. Luthien mußte immerzu an die Frau denken.

Er dachte auch an Katerin O'Hale, seine Jugendliebe. Obwohl er erst wenige Wochen von ihr getrennt war, kam ihm die Zeit mit ihr, wie überhaupt sein Leben auf Bedwydrin, so weit entrückt vor wie ein schöner Traum, der sich angesichts der harschen Wirklichkeit verflüchtigt.

Er fragte sich, was er für Katerin noch empfand. Ja, er war ihr zugetan, vielleicht sogar verliebt in sie gewesen. Doch ihre Nähe hatte sein Blut nie so sehr in Wallung gebracht wie dieser eine Blick auf jene wunderschöne junge Frau. Daß er so hingerissen von ihr war, wußte er sich selbst nicht zu erklären. Vielleicht spielte der Umstand eine Rolle, daß er sie als Leibeigene zutiefst bedauerte. Vielleicht war er auch aufgrund seiner sorgenvollen Lebenssituation aus dem seelischen Gleichgewicht geraten. Hatte all dies seine Emotionen so sehr durcheinandergebracht? Wie würde er empfinden, wenn Katerin in diesem Moment zur Schenke hereinkäme?

Luthien konnte und wollte diesen Überlegungen nicht länger folgen. Gewiß war nur eines: daß ihn der Anblick dieser wunderschönen Sklavin überwältigt hatte, und so versuchte er, sich ihr Bild zu vergegenwärtigen. Doch es entschwand ihm allmählich; zu stark waren die störenden Einflüsse seiner gegenwärtigen Umgebung.

»Viele Elfen sind versklavt«, erklärte Oliver. »Vor allem die Mischlinge.«

Luthien warf dem Freund einen verärgerten Blick zu, und es schien, als wertete er dessen Bemerkung als Beleidigung seiner Liebsten.

Wie zur Klarstellung fügte Oliver hinzu: »Ich spreche von denen, die halb Elfe, halb Mensch sind. Davon gibt's nicht wenige.«

»Und die werden als Sklaven gehalten?« fragte Luthien empört.

Oliver zuckte mit den Schultern. »Wenn sie es sich gefallen lassen? Dein Mitgefühl in allen Ehren. Es hätten vor allem die Zwerge verdient, denn die werden hier in Avon am geringsten geachtet.«

»Und wie steht's um die Halblinge?« entgegnete Luthien gehässig.

Oliver fuhr mit den Händen durch die langen, braunen Locken. »Ein rechter Halbling weiß sich Respekt zu verschaffen«, antwortete er. Dann schnippte er mit den Fingern und ließ Tasman die leeren Krüge füllen.

Luthien hatte kein Interesse an einer Fortsetzung des Gesprächs. Er schwelgte in Erinnerung an die schöne Frau und machte sich Gedanken um die Sklaverei im allgemeinen. Soweit er wußte, gab es auf Bedwydrin keine Leibeigenschaft. Auf der Insel lebten Vertreter unterschiedlichster Arten in Frieden und Fairneß miteinander. Nur die Zyklopen waren nicht gern gesehen, mußten aber auf Weisung aus Carlisle geduldet werden. Dennoch wollte niemand mit ihnen zu tun haben, und so mancher Wirt ließ sich irgendwelche Ausreden einfallen, um sie nicht beherbergen zu müssen.

Aber Sklaverei? Für Luthien waren solche Zustände

widerwärtig, und allein der Gedanke daran, daß dieses wunderschöne Wesen, an das er auf den ersten Blick sein Herz verloren hatte, einem Kaufmann als Sklavin diente, erfüllte ihn mit einer Bitterkeit, die kein Maß Bier herunterzuspülen vermochte.

Als er schon etliche Krüge geleert hatte, löste sich seine Zunge, und sein wütendes Gegrummel über Ungerechtigkeiten, die nicht länger hinzunehmen seien, wurde immer lauter, so daß sich Oliver genötigt sah, ihn zur Vorsicht zu mahnen. Er stieß ihn heftig an mit dem Ergebnis, daß sich der junge Mann mit Bier bekleckerte. Wütend wandte er sich dem Freund zu, doch bevor er lospoltern konnte, hatte ihn Oliver mit vielsagenden Gesten auf zwei Kerle aufmerksam gemacht, die abseits am Tresen hockten. Luthien schnappte einige Worte ihres Gesprächs auf und spitzte sofort die Ohren.

»Ich sage dir, es war der Blutrote Schatten!« beteuerte der eine. »Er ist zurück und wird dem Herzog und seiner Bagage gehörig auf die Füße treten. Wart's ab.«

»Dummes Geschwätz«, entgegnete der andere und winkte mit der Hand ab. »Was meinst du, Tasman? Mein Kumpel behauptet, der Blutrote Schatten wäre von den Toten wiederauferstanden und würde wieder durch Montfort spuken.«

»So glaub mir doch, man hat seinen Schatten gesehen«, ereiferte sich der erste. »Das weiß ich aus zuverlässiger Quelle. Der Schatten ist da und läßt sich weder abwaschen noch mit Farbe überstreichen.«

»Mir ist auch so was zu Ohren gekommen«, bestätigte Tasman, der wie üblich mit einem Lappen den Tresen wischte. »Angenommen, es verhält sich wirklich so«, meinte er. »Was würdest du davon halten?«

»Das will ich dir sagen« antwortete der eine. »Es wäre mir ein Vergnügen zu sehen, wie den feisten

Ausbeutern der kalte Angstschweiß ausbricht und die Knie zu zittern anfangen.«

»Aber hast du dann nicht auch das Nachsehen?« gab Tasman zu bedenken. »Und in den Straßen der Oberstadt würde es bald nur so wimmeln von Wachsoldaten.«

Der Angesprochene war eine Weile stumm und dachte nach. »Sei's drum«, antwortete er schließlich. »Hauptsache, den Schweinen geht's endlich ans Leder!« Er drohte vom Hocker zu kippen, als er herumfuhr und mit hoch erhobenem Krug den übrigen Gästen zuprostete: »Auf den Blutroten Schatten!« Es überraschte Luthien, daß der Trinkspruch auf allgemeine Zustimmung stieß.

Oliver krauste die Stirn in Erinnerung daran, was Brind'Amour über die Geschenke an Luthien gesagt hatte.

»Von wem ist hier eigentlich die Rede?« lallte Luthien, zu beschwipst, um sich selbst einen Reim darauf machen zu können.

»Von dir, du Esel!« Oliver trank den letzten Schluck aus seinem Krug und sprang vom Hocker. »Komm, es wird Zeit für dich, ins Bett zu gehen.«

Luthien saß da wie vom Donner gerührt und starrte entgeistert auf die beiden Strolche. Er hatte immer noch nicht begriffen, worum es ging.

Auf dem Nachhauseweg kehrte ihm die schöne Sklavin in den Sinn zurück, und er dachte immer noch an sie, als Oliver längst eingeschlafen war.

Derjenige, der an der vermuteten Rückkehr des Blutroten Schattens Zweifel angemeldet hatte, betrachtete Oliver und Luthien mit mehr als bloß flüchtigem Interesse, als die beiden die Schenke verließen. Bald darauf ging auch er und schlich über Umwege zu einer geheimen Pforte, die durch den Wall zur Oberstadt führte.

Die zyklopischen Wachen schienen den Mann zu kennen, waren aber wenig erfreut, ihn zu sehen und musterten ihn mit argwöhnischen Blicken. Der zeigte ihnen sein Siegel und eilte weiter.

Er hatte Wichtiges zu berichten.

16. KAPITEL

Gefährlicher Leumund

Konzentrier dich auf das, was wir vorhaben«, sagte Oliver in strengem Tonfall, als er und Luthien auf dunklen Straßen dem inneren Stadtwall entgegenstrebten.

»Ich finde, wir sollten die Sache abblasen«, entgegnete Luthien. »Geld haben wir doch ohnehin mehr als genug ...«

Oliver riß den Freund am Arm herum und zischte wütend: »Ich rate dir gut, sag nie, nie noch einmal so etwas Dummes!«

Schulterzuckend setzte sich Luthien wieder in Bewegung, doch Oliver packte erneut zu und hielt ihn zurück. »Versprich's!«

»Wann hast du denn endlich genug?« fragte Luthien.

»Ha!« schnaubte der Halbling. »Ich werde solange rauben, bis die Reichen arm und die Armen reich geworden sind, um dann wieder ganz von vorn anzufangen.«

»Und was hat das für einen Sinn?« wollte Luthien wissen.

»So würdest du nicht fragen, wenn du ein echter Dieb wärst«, antwortete Oliver und schnippte mit den Fingern, was er sich im Laufe der vergangenen Tage offenbar als Tick angewöhnt hatte.

»Papperlapapp«, entgegnete Luthien und drängte an Oliver vorbei.

Der Halbling schüttelte den Kopf. Seit dem Markttag letzter Woche war Luthien wie ausgewechselt, nur noch schlecht gelaunt, bisweilen sogar trübsinnig; aß ohne Appetit, redete kaum und verweigerte seine Teilnahme an Beutezügen durch die Oberstadt.

Diesmal aber hatte Oliver darauf bestanden, daß er ihn begleitete; er hatte ihn buchstäblich aus der Wohnung gezerrt. Der Freund brachte durchaus Verständnis auf für Luthiens turbulente Gemütslage; zudem machte er sich selbst große Sorgen darüber, daß die Gerüchte um den Blutroten Schatten grassierten und alle reichen Kaufleute in Angst und Schrecken versetzten. Die nahmen sich mittlerweile so sehr in acht, daß die Diebe von Montfort ungewöhnlich zurückhaltend geworden waren.

Doch dieser allgemeine Aufruhr schien den jungen Bedwyr herzlich wenig zu kümmern. Woran er tatsächlich krankte, wußte der Halbling sehr wohl, schließlich war er selbst eine romantische Natur. Aber im Gegensatz zu seinem Freund wußte er das Geschäftliche von privaten Gefühlen zu trennen. Er eilte Luthien nach und sagte: »Wenn ich einen Blick in dein Ohr werfen würde, bekäme ich sicherlich das Bild einer versklavten Halbelfe zu Gesicht, einer Schönheit mit weizenblonden Haaren und den grünsten aller Augen.«

»Du bist nicht groß genug, um in mein Ohr blicken zu können«, entgegnete Luthien in schroffem Tonfall.

»Das brauche ich auch nicht, denn meine Vorstellung reicht bei weitem aus«, entgegnete der Halbling nicht weniger schroff. Doch dann besann er sich darauf, daß es ungünstig wäre, den Freund zu verärgern, denn je gereizter die Stimmung, desto größer war die Gefahr, daß der geplante Raubzug scheiterte. »Ich weiß, was du durchmachst«, sagte er. »Du leidest.«

Oliver hatte diesmal offenbar den richtigen Ton angeschlagen, denn Luthiens Widerstand schien gebrochen. Im stillen gab er dem Freund recht. Noch nie hatte es ihn so schlimm erwischt. Er konnte weder essen noch schlafen, und ständig stand ihm, wie Oliver richtig vermutete, das Bild der Halbelfe im Sinn. Luthien hatte den Eindruck, in ihre Seele geschaut und darin die vollkommene Entsprechung der eigenen Seele erblickt zu haben. Er war sonst eher von nüchternem Schlage und wußte um die Haltlosigkeit eines solchen Eindrucks. Dennoch, der Schmerz, den er empfand, ließ sich nicht wegleugnen.

»Wie schön ist die Wildblume jenseits des Feldes«, sagte Oliver leise. »Sie leuchtet dir aus dem Schatten der Bäume entgegen, und ist doch unerreichbar. Es scheint, als hättest du nie eine schönere Blume gesehen, geschweige denn in den Händen gehalten.«

»Und wenn ich nun das Feld überqueren würde, um die Blume zu pflücken?« fragte Luthien.

Oliver zuckte mit den Achseln. »Darauf würde ich an deiner Stelle verzichten. Ich würde es beim schönen Anblick belassen und das Bild in Erinnerung halten.«

»Feigling.« Zum ersten Mal seit Tagen lachte Luthien auf.

»Wie bitte?« entgegnete Oliver und versuchte beleidigt dreinzuschauen. »Mich nennst du feige, ausgerechnet mich, den tollkühnen Oliver deBurrows, der sich in die Oberstadt vorwagt und sich unter die Nägel reißt, was nicht niet- und nagelfest ist?«

Luthien registrierte, daß der Halbling ihn daran zu erinnern versuchte, weshalb sie sich auf den Weg gemacht hatten. Er gab klein bei, und gemeinsam zogen die beiden weiter.

Nach einer Stunde hatten sie es geschafft, an den zahlreichen Patrouillen vorbeizukommen, den Wall zu überwinden und in jenes südlich gelegene Viertel vorzudringen, das im Schatten der hohen Klippen lag. Dort stiegen sie auf eins der Dächer. Sie waren kaum oben, als erneut ein Wachtrupp vor ihnen auftauchte.

Luthien zog schnell die Kapuze über den Kopf, während Oliver unter dem roten Umhang Deckung suchte. Ohne die Eindringlinge zu bemerken, marschierten die Zyklopen davon.

Luthien zögerte. »Wir hätten nicht kommen sollen«, flüsterte er. »Es sind zu viele Wachen unterwegs.«

»Wir sollten uns geschmeichelt fühlen«, widersprach Oliver. »Man zollt uns großen Respekt, und es wäre undankbar, wenn wir die Erwartungen enttäuschten, die in den Blutroten Schatten gesetzt werden.«

Luthien hatte den Verdacht, daß Oliver, vermessen wie er war, die Gefahren auf die leichte Schulter nahm. Kopfschüttelnd beobachtete er den Freund dabei, wie er, auf dem First balancierend, seine Dregge durch die Luft wirbeln ließ und auf das benachbarte Dach schleuderte. Er zog das Seil straff und sicherte es mit einem Laufknoten, der sich auch von der anderen Seite aus leicht würde lösen können. Als Luthien zu ihm aufgeschlossen war, hielt er noch einmal Ausschau nach allen Seiten, um sicherzustellen, daß kein Zyklop in der Nähe war, und hangelte sich schließlich behende auf die andere Seite hinüber. Luthien folgte.

»Es gibt Pfeile, die sich durch Felsstein beißen«, sagte Oliver, als sie in schwindelnder Höhe eine zweite Gasse überquerten. »Solche Geschosse wären was für deinen Bogen.«

»Wohin gehen wir eigentlich?« wollte Luthien wissen.

Der Halbling deutete in nördliche Richtung auf eine Gruppe spitzgiebliger Häuser. Verwundert klimperte Luthien mit den Augen. Die beiden hatten bislang immer nur im Süden der Oberstadt zugeschlagen. Die flachen Dächer und die schattenwerfende Bergwand boten zwar ideale Bedingungen. Doch der Grund für den Revierwechsel lag auf der Hand; es waren im Süden der Stadt so viele zyklopische Wachen zusammengezogen worden, daß sie wahrscheinlich nun an anderer Stelle fehlten.

Dennoch war dem jungen Bedwyr nicht wohl zumute. In den weniger leicht zugänglichen Häusern wohnten die reichsten Kaufleute der Stadt, unter anderem auch Mitglieder der großen Familie von Herzog Morkney. Luthien ging allerdings davon aus, daß Oliver wußte, was er tat. Darum behielt er seine Vorbehalte für sich und folgte; er schwieg auch noch, als ihn der dreiste Halbling zurück auf die Straßen hinabführte.

Die Straßen waren breit und mit Steinplatten gepflastert, gesäumt von zweistöckigen Häusern mit reich verzierten Fassaden voller Erker und kleiner Balkone. Junge Liebespaare schlenderten umher, an allen Ecken standen Wachposten; doch unter den Falten von Luthiens Umhang blieben die beiden Freunde unbemerkt.

Sie erreichten eine Kreuzung, von der eine Straße abzweigte, die das Straßenschild als Allee der Kunsthandwerker auswies. Oliver machte Luthien auf einen kleinen Trupp zyklopischer Wachen aufmerksam, die sichtlich entspannt und arglos ihre Runden drehten.

»Ich denke, daß wir heute mal ausnahmsweise nicht vom Dach aus einsteigen«, flüsterte er schmunzelnd und rieb voller Vorfreude die Hände aneinander.

Luthien ahnte, was der Freund im Schilde führte, und legte die Stirn in Falten, denn Oliver hatte immer wieder davor gewarnt, in die vornehmen Geschäfte dieses Stadtbezirks einzubrechen. Deren Inhaber heuerten nämlich oft Hexer an, die sich darauf verstanden, magische Diebstahlsicherungen zu installieren.

Oliver zupfte den Freund am Ärmel und lockte ihn weiter. Obwohl er ein ungutes Gefühl hatte, vertraute Luthien dem erfahrenen Komplizen und folgte. Wenig später standen sie im Schatten einer Nische zwischen zwei Geschäften. Oliver bestaunte die Auslagen hinter den Schaufenstern.

»Da stehen die wertvolleren Sachen«, sagte der Halbling und musterte mit Kennerblick feines Porzellan und Kristallgefäße. »Aber das hier« – er wandte sich den kleinen Zinnfiguren und Kunstgegenständen in der anderen Auslage zu – »wird leichter zu vermarkten sein. Und dieses hübsche Ding will ich mir nicht entgegen lassen«, fügte er hinzu und zeigte auf die Statuette eines Halbling-Ritters. Oliver schien sich entschlossen zu haben. Er schaute sich noch einmal um und kramte den Glasschneider aus einem der Beutel seines Gehänges.

Luthien starrte auf das kleine Standbild, das dem Freund so sehr gefiel: ein aus Zinn geformter Halbling in kühner Haltung, mit wehendem Umhang und blankgezogenem Schwert, dessen Spitze im Sockel steckte neben bloßen, dichtbehaarten Füßen. Ein hübsches Stück fürwahr, aber Luthien bemerkte auch, daß es reichlich billig war im Vergleich zu den übrigen, mit Edelsteinen besetzten Figurinen ringsum.

Luthien packte Oliver beim Arm, als der gerade den Glasschneider ansetzen wollte.

»Wer hat das Ding da wohl reingestellt?« fragte Luthien.

Oliver blickte verblüfft zu ihm auf.

»Warum steht es so auffällig da? Überleg doch!«

Oliver richtete den Blick zurück auf das Standbild. »Wer's da hingestellt hat? Na, doch wohl der Inhaber, oder?« Der Halbling war merklich irritiert.

»Warum?«

»Was soll die Frage?«

»Das kann doch nur ein Köder sein, ausgelegt für diebische Halblinge«, flüsterte Luthien.

Wiederum blickte Oliver verwundert zu ihm auf.

»Du mußt lernen, Gefahren zu wittern«, sagte Luthien grinsend, wobei er den Tonfall des Freundes perfekt nachahmte.

Endlich bemerkte auch Oliver, daß die Statuette

fehlplaziert wirkte. Er drehte sich um und nickte. »Verschwinden wir lieber.«

Luthien spürte, wie sich ihm die Nackenhaare sträubten. Vorsichtig spähte er auf die Straße hinaus, schaute nach links und nach rechts. Mit ernster Miene wandte er sich dem Freund zu und flüsterte: »Zyklopen, hüben wie drüben!«

»Aber vorhin waren doch nur...« Oliver stockte. »Wir sitzen also in der Falle?«

»Uns bleibt nur der Weg über die Dächer«, antwortete Luthien.

Der Halbling zögerte nicht lange. Schnell hatte er die Dregge zur Hand und über die Dachkante geworfen. Dann reichte er dem Freund das abgesicherte Seil und meinte höflich: »Bitte nach Ihnen.«

Luthien wußte, warum Oliver ihm den Vortritt ließ. Der Halbling war nur zu faul zum Klettern und wollte hochgehievt werden.

»Und schau dich da oben gründlich um, bevor du mich hochholst«, mahnte er grinsend an.

Luthien verdrehte die Augen und machte sich an den beschwerlichen Aufstieg. Kichernd nahm Oliver zur Kenntnis, daß sich der Umhang des Freundes als Schatten auf dem Schaufenster niedergeschlagen hatte.

Als Luthien durch die Fassade kletterte, konnte er natürlich nicht sehen, was Oliver unterdessen tat; dennoch war er nicht überrascht, als er Minuten später den Halbling aufs Dach hievte, zusätzlich beschwert um das Gewicht eines Sackes voller Porzellanteller und Kristallpokale.

»Wir wollen doch nicht mit leeren Händen nach Hause«, entschuldigte er sich.

Über steile Dächer und Regenrinnen schlugen sie den Rückweg ein. Im Unterschied zum Bezirk nahe des Walles standen die Häuser hier dicht bei dicht. So ähnelte der Block einer bizarren Gebirgslandschaft aus spitzen Giebeln und schlank aufragenden Schornsteinen. Plötzlich hatten sich die beiden aus den Augen verloren. Luthien glaubte, den Freund wiedergefunden zu haben, als die schemenhaften Umrisse einer Gestalt vor ihm aus einer Traufe auftauchten. Fast hätte er sich ihr zu erkennen gegeben, bemerkte aber rechtzeitig, daß sie um etliches größer war als der Halbling.

Ein Zyklop.

Luthien legte sich flach auf den Bauch und dankte dem Himmel für seinen Umhang. Besorgt hielt er nach Oliver Ausschau, doch der schien auf der anderen Seite des Daches vorausgeeilt zu sein. Es war nur noch zu hoffen, daß er vorsichtig sein würde.

Luthien stand vor einer riskanten Entscheidung. Er nahm den Bogen, klappte ihn auseinander und legte einen Pfeil auf. Der Zyklop rückte näher, wähnte sich aber, wie es schien, allein. Luthien zweifelte nicht daran, ihn mit dem Pfeil erwischen zu können. Doch wenn der nicht auf der Stelle tödlich träfe, würde das Monstrum die halbe prätorianische Wache von Montfort zusammenbrüllen.

Die Entscheidung wurde dem jungen Bedwyr abgenommen, als kurz darauf ein heftiger Aufprall und Geschrei zu hören waren, begleitet von Hänseleien, wie sie nur ein gewisser Halbling zu formulieren wußte.

Oliver war auf den Zwischenfall durchaus vorbereitet gewesen. Über die Traufe schleichend, hatte er einen Schatten auf dem First entlanghuschen sehen. Zuerst wähnte er den Freund dort oben, bezweifelte dann aber, daß dieser so töricht wäre, sich dermaßen auffällig zu verhalten.

Der Halbling suchte Deckung, denn die Traufe bot ihm wenig Schutz; einem angreifenden Zyklopen wäre es ein leichtes, ihn in die Tiefe zu stoßen. Als

Oliver dann über die Kante einer Dachgaube spähte, entdeckte er jenen Zyklopen, den auch Luthien im Blick hatte. Also machte der Halbling kehrt und eilte über die Traufe in Richtung auf das benachbarte Dach, das vergleichsweise flach gebaut war. Von dort aus wollte er auf die andere Seite überwechseln, um dem Zyklopen, der dem Freund offenbar den Weg versperrte, in den Rücken fallen zu können.

Doch so weit kam Oliver nicht.

Der auf dem First Wache schiebende Zyklop hatte ihn bemerkt und kam ihm mit gezogenem Schwert halb laufend, halb rutschend entgegengestürmt. Oliver ließ den Beutesack fallen, zückte Rapier und Dolch und ging in Abwehrhaltung. Als der Zyklop, wie erwartet, mit ausgestrecktem Schwert attackierte, sprang der Halbling zur Seite und fing die Klinge mit der Kurzwaffe ab.

Statt das Schwert fallen zu lassen, hielt der Angreifer hartnäckig daran fest. Durch Olivers Riposte aus dem Gleichgewicht gebracht, mißlang es ihm, seinen Angriffsschwung rechtzeitig zu bremsen, und so stürzte der Zyklop über den Rand. Oliver gab ihm noch einen deftigen Tritt ins Hinterteil mit auf den Weg in die Tiefe. Sein Schreien brach abrupt ab, als er fünfundzwanzig Fuß weiter unten, ins eigene Schwert fallend, auf die Pflastersteine schlug. Da lag er nun, aufgespießt und mit verrenkten Gliedern.

»Nichts für ungut«, hänselte der Halbling, der sich seine Häme nicht verkneifen konnte. »Aber du wolltest ja unbedingt deine Waffe behalten.«

Oliver wirbelte herum. Drei weitere Zyklopen kamen über die Dachschräge angerannt, worauf der eitle kleine Geck nichts Eiligeres zu tun hatte, als sein Erscheinungsbild auf Vordermann zu bringen. Er zog den Hut, den er in die Montur geklemmt hatte, klopfte die Beulen aus und setzte ihn auf den Kopf.

Der Lärm schreckte den Zyklopen auf, der vor Luthien in der Dachrinne stand. Doch ehe er reagieren konnte, steckte ihm Luthiens Geschoß im Rücken. Luthien wollte sich gerade erheben, um dem Freund zur Hilfe zu eilen, ging aber sogleich wieder in Deckung, als von links oben Armbrustbolzen herbeigesurrt kamen.

Die Schützen schossen blind drauflos, da sie ihr getarntes Ziel nur ahnen, nicht aber sehen konnten. Trotzdem flogen manche Bolzen so dicht an Luthien vorbei, daß sich ihm vor Schreck fast die Blase entleerte.

Er selbst konnte die Schützen gut erkennen; ihre schwarzen Silhouetten zeichneten sich deutlich vorm grau bewölkten Himmel ab. Was er zuvor nur geahnt hatte – nämlich, daß in seinem Klappbogen Zauberkräfte steckten –, wurde nun zur Gewißheit, als er aus ungünstiger Position und mit ungelenken Bewegungen einen Pfeil abschoß, der unter normalen Umständen weit gefehlt hätte, dennoch aber voll ins Schwarze traf.

Einer der Zyklopen zuckte zusammen und ließ den Kopf hängen. Luthien sah, daß ihm der Pfeil in der Stirn steckte. Mit beiden Händen langte das Monstrum nach dem zitternden Schaft, dann kippte es nach hinten weg und rutschte auf der anderen Seite die Dachschräge hinab.

Seine beiden Kumpane beeilten sich, hinter dem First in Deckung zu gehen.

Olivers Dolch schnellte nach vorn, das Rapier zuckte hin und her; links wie rechts parierte er die wütenden Angriffe der Wachen. Den Kopf einziehend, wich er einem seitlich geführten Schwert aus.

Dann ging er zum Gegenangriff über und rammte die Rapierspitze in den Oberschenkel eines der Zyklopen. Der schrie vor Schmerzen auf.

»Haha!« triumphierte der Halbling, den es selbst am meisten überraschte, daß sein wildes Stochern Wirkung zeigte. Wie zum Gruß tippte er mit der Klinge an den Rand der breiten Hutkrempe. Doch für solche Späße hatte der Verletzte wenig Sinn. Mit ungestümer Wucht fiel er über den Halbling her.

Oliver stand mit dem Rücken zum Abgrund; die Stiefelabsätze ragten bereits über den Rand der Rinne. Mit wirbelnden Fechthieben hielt er die Zyklopen auf Distanz. Es gelang ihm sogar, wieder sicheren Tritt zu fassen, doch bald mußte er einsehen, daß er sich in der gefährlichen Nähe zum Abgrund nicht lange gegen die drei Gegner würde behaupten können.

Mit neu geladenen Armbrüsten tauchten die beiden Zyklopen hinter dem First wieder auf. Sie blickten sich um, fluchten auf den Dieb und seinen Umhang und zielten auf die Stelle, an der sie Luthien vermuteten.

Luthien aber war inzwischen um die Dachkante herumgeklettert, über den toten Zyklopen hinweggestiegen und befand sich nun hinter den beiden Armbrustschützen. Er hob den Bogen und ließ den Pfeil fliegen. In den Rücken getroffen, brüllte einer der Einäugigen kurz auf. Der andere fuhr herum und starrte verstört ins Leere, und ehe er sich hinter dem First in Sicherheit bringen konnte, hatte auch ihn ein Pfeil des unsichtbaren Gegners ereilt. Stöhnend verschwand der Zyklop hinter dem Dachgrat.

Luthien legte einen weiteren Pfeil auf die Sehne, denn überraschenderweise hatte sich der im Rücken getroffene Zyklop wieder aufgerafft und wankte ihm entgegen. Mit jedem Schritt trieb es ihn schneller die Dachschräge hinab. Außer sich vor Schmerz und Wut geriet er zunehmend außer Kontrolle, bis er kurz vor Luthien der Länge nach hinschlug und mit dem Gesicht über die rauhen Schindeln rutschte.

Oliver konnte von Glück reden, daß die drei Zyklopen nie gelernt hatten, in harmonischer Abstimmung miteinander den Feind zu bekämpfen. Statt den jeweils anderen zu unterstützen, behinderten sie sich gegenseitig.

Dennoch schwebte der Halbling in äußerster Gefahr, und es war weniger die eigene Fähigkeit als vielmehr die Ungeschicklichkeit der Gegner, der er seine Vorteile verdankte. Der Angriff des einen Zyklopen wurde abgefangen von seinem Kampfgenossen, der ihm zur Seite stand und gleichzeitig mit ihm vorpreschte. Die beiden verkeilten sich ineinander; der eine platschte sogar aufs Hinterteil, was den dritten, der ebenfalls attackierte, derart verdutzte, daß er für einen Moment die Übersicht verlor.

Oliver ließ sich die Gelegenheit nicht entgehen, entwand ihm mit dem Dolch das Schwert und schleuderte es hinunter auf die Straße.

»Und was gedenkst du jetzt zu tun?« feixte der Halbling, als der Entwaffnete wie entgeistert auf die leere Hand starrte. Dann fing er wütend zu knurren an, krallte die Finger und sprang auf Oliver zu. Mit einem Fausthieb hatte der Halbling nicht gerechnet; im letzten Augenblick knickte er in der Hüfte ein und konterte mit wild flatternden Armen das Übergewicht, das ihn rücklings in die Tiefe zu ziehen drohte. Schnell hatte er sich wieder gefangen, brachte den Dolch vor und zwang den angreifenden Zyklopen zurück.

»Die Frage war doch wohl erlaubt, oder?« fragte Oliver.

Die beiden anderen Zyklopen hatten die Zeit genutzt, um voneinander freizukommen, und nun standen alle drei wieder angriffsbereit vor dem Halbling. Derjenige, der sein Schwert verloren hatte, zog grinsend einen langen Krummdolch aus der Scheide.

Seufzend bemerkte Oliver: »Jetzt scheint's doch noch brenzlig zu werden.«

Eines der Monstren stob herbei; der Halbling sprang zur Seite und staunte nicht schlecht, als der Angreifer weiterrannte, über den Rand der Traufe hinaus. In seinem Rücken steckte ein Pfeil. Verwundert blickte Oliver zum First hinauf. »Ich liebe diesen Kerl«, sagte er mit Blick auf Luthien, der dort mit dem Bogen stand und zum Köcher langte, um einen zweiten Pfeil aufzuspannen.

Um ihn daran zu hindern, preschte einer der Zyklopen los. Schulterzuckend legte Luthien den Bogen ab und zückte das Schwert. Er nutzte den Vorteil seiner erhöhten Position und ließ die Klinge niederfahren, als der Zyklop zum Stoß ansetzte. Klirrend prallten die Schwerter aufeinander. Doch so einfach ließ sich das Monstrum nicht entwaffnen. Es hielt das Heft mit beiden Händen gepackt und drängte hartnäckig auf den Gegner ein.

Luthien drosch erneut von oben zu, schlenzte mit einer Bewegung aus dem Handgelenk die gegnerische Waffe zur Seite, ließ das eigene Schwert im Kreis zurückschwenken und streckte zustoßend den Ellbogen.

Der Zyklop verzog das Gesicht, taumelte zurück und entledigte sich so der Klinge, die ihm durch die Brust gefahren war. Er starrte auf die Wunde, preßte die Hand davor, um das sprudelnde Blut einzudämmen, und kippte bäuchlings aufs Dach.

Der nunmehr allein übriggebliebene Zyklop versuchte in blinder Wut, den Halbling zur Strecke zu bringen. Der sprang hin und her, hüpfte hoch und mußte mehrmals auch das pralle Bäuchlein einziehen, um dem fuchtelnd geführten Krummdolch auszuweichen. Mit ausgestrecktem Rapier hielt er den ungestümen Angreifer auf Distanz und hoffte darauf, daß sich der Wüterich zu einem Fehler hinreißen ließ.

»Euereins als Einäugige zu bezeichnen ist im Grunde nicht ganz richtig«, lachte der Halbling. »Denn ich weiß, ihr habt zwei Augen; und das braune Äuglein am Hinterteil ist mit Abstand das hübschere der beiden.«

Grollend holte das Monstrum zum Schlag aus und hob den Dolch hoch über den Kopf, als wollte er den Halbling der Länge nach zweiteilen. Doch schon war Oliver auf ihn zugesprungen und fing den Schlagarm ab, indem er seine Unterarme über dem Kopf verschränkte. Die kleinen Beine drohten unter der wuchtigen Masse einzuknicken.

Oliver wirbelte um die eigene Achse und warf sich mit dem Rücken auf den Gegner, worauf der in der Hüfte einknickte. Blitzschnell drehte der Halbling den Dolch in der Hand, ließ den Arm wie ein Pendel herumfahren und rammte dem anderen die Klinge dorthin, wo er dessen Lenden vermutete.

Kreischend bäumte sich das Monstrum auf und sprang in die Höhe; Oliver half nach, indem er sich mit seinem ganzen Gewicht gegen die Schienbeine des Gegners zurückfallen ließ. Der stürzte über den Rand in die Tiefe, beschrieb eine halbe Umdrehung in der Luft und prallte rücklings auf den Pflastersteinen auf.

Der Halbling rief ihm nach: »Wo du schon mal unten bist, kannst du ja dein Schwert wiederaufsammeln.«

»Obacht, da rückt Verstärkung an!« warnte Luthien und eilte auf den Freund zu. Oliver langte in den Beutesack, holte einen Porzellanteller daraus hervor und schleuderte ihn wie einen Diskus von sich. Luthien schaute dem fliegenden Kreisel nach und sah ihn auf dem Nasenrücken eines Zyklopen zerspringen, der über den Dachgrat spähte.

»Ein teures Geschoß«, meinte der Halbling.

Die beiden rannten los, kletterten über Giebel und Traufen und seilten sich schließlich auf die Straße ab. Sie hörten die Laufschritte der Verfolger; da schien eine ganze Armee auf den Beinen zu sein und sämtliche Fluchtwege abzuschneiden.

Oliver wollte in einer Toreinfahrt Deckung suchen, doch Luthien hielt ihn zurück. »Da stöbern sie uns mit Sicherheit auf«, sagte er und zog den Freund mit sich vor die Hauswand am Rand des Torbogens. Als ein Wachtrupp in die Straße stürmte, schlüpfte der Halbling unter Luthiens Umhang.

Wie zu erwarten war, durchsuchten die Verfolger sämtliche Nischen und Winkel. Viele rannten schnaubend weiter; andere rüttelten an jeder Haus- und Ladentür. Es dauerte lange, bis die Freunde ihre Flucht fortzusetzen wagten. Der Osten dämmerte schon.

Bald hatten die Verfolger ihre Spur wiederaufgenommen. Ein Zyklop, der besonders schnell war, blieb ihnen hartnäckig auf den Fersen. Es zeigten sich die ersten Sonnenstrahlen am Horizont. Im Schutz der Dunkelheit eine Verschnaufpause einzulegen war jetzt nicht mehr möglich. Das Monstrum saß ihnen im Nacken und machte brüllend aufmerksam auf die Flüchtigen.

»Schieß ihn ab!« hechelte der Halbling, dem allmählich die Puste auszugehen schien. Luthien wäre der Aufforderung gern nachgekommen, allein fehlte ihm die Zeit, um den Bogen zu spannen.

Der teilende Stadtwall kam in Sicht. Davor öffnete sich der weite Platz, dem Herzog Morkney seinen Namen gegeben hatte. Ringsum befanden sich luxuriöse Geschäfte und teure Restaurants. Um diese frühe Morgenstunde war der Platz wie leergefegt. Nur an dem pompösen Brunnen, der in der Mitte stand, zeigte sich Bewegung: Ein Zwerg arbeitete mit Hammer und Meißel an einer Steinskulptur. Er kümmerte sich kaum um die beiden, die an ihm vorbeirannten, dicht gefolgt von dem riesigen Zyklopen, der hämisch kicherte, voller Zuversicht darauf, die beiden erwischen zu können, zumindest den Kleinen, dessen Kräfte merklich nachließen.

In seinem Übereifer war der Einäugige so sehr auf die Flüchtigen fixiert, daß er blindlings in den schweren Hammer des Zwerges rannte. Vor dem zugeklappten Augenlid sah er am Ende nur noch Funken sprühen.

Am Wall angelangt, blickten die Freunde zurück und nickten dem kleinen Retter anerkennend zu; doch der gab sich nach wie vor gleichgültig, hob seelenruhig den Hammer vom Boden auf und setzte seine Arbeit fort, ehe die anderen Zyklopen auf den Platz gestürmt kamen.

Die Morgensonne strahlte vom Himmel, als die beiden ihre Wohnung erreichten. Während Luthien seinem Groll über das nach seiner Meinung viel zu waghalsige Unternehmen Luft machte, durchwühlte Oliver den Sack und ärgerte sich über all die zerbrochenen Teller und Gläser.

Luthien wunderte sich: »Wie konntest du in dieser heiklen Lage überhaupt an Beute denken?«

Oliver blickte auf und grinste. »Mut will schließlich belohnt sein«, sagte er und setzte die Bestandsaufnahme fort. Schmunzelnd griff er tief in den Sack, zwinkerte dem Freund listig zu und präsentierte ihm den ritterlichen Halbling aus Zinn.

17. KAPITEL

Liebesleid

Während der nächsten Tage verließen die Freunde nur selten ihre Wohnung, abgesehen von gelegentlichen Ausflügen ins Zwelf. Es interessierte sie zu erfahren, welche neuen Gerüchte über den mysteriösen Blutroten Schatten im Umlauf waren. Und sie bekamen einiges zu hören, denn alle Gespräche kreisten um dessen letzten großen Auftritt in der Oberstadt, wo es ihm auf wundersame Weise gelungen war, sich der Verschwörung mehrerer Kaufleute zu entziehen, in zwei Geschäfte einzubrechen und einer Übermacht zyklopischer Wachen die Stirn zu bieten. Weil dieses Gaunerstück hohe Wellen schlug, hielten es die Freunde für angebracht, eine Weile unterzutauchen.

Oliver genoß die selbstverordnete Ruhepause und schwelgte in der Vorstellung, als Halbling legendenhafte Statur anzunehmen. Luthien dagegen wirkte verdrossen und brütete tagein, tagaus vor sich hin. Zuerst glaubte Oliver, daß der Freund in Anbetracht des großen öffentlichen Aufsehens nervös geworden sei oder daß ihn das Nichtstun langweilte; dann aber stieg er dahinter, daß Luthiens Kummer vom Herzen herrührte.

»Sag bloß, du denkst immer noch an sie«, wunderte sich der Halbling. Er öffnete die Tür, um die laue Septemberluft ins Zimmer zu lassen. Das Wetter war für die Jahreszeit ausgesprochen heiter.

Luthien tat so, als verstünde er die Bemerkung des

Freundes nicht, sah aber dessen sorgenvoller Miene an, daß er ihn durchschaut hatte. Er fühlte sich ertappt und senkte sichtlich verlegen den Blick.

»Oh, wie tragisch!« rief der Halbling, ließ sich in den Sessel fallen und warf in dramatischer Gebärde den Arm vors Gesicht. »Welch ein Jammer!« Aus Versehen stieß er mit den Beinen gegen die Säule, auf der der Zinnhalbling stand; blitzschnell langte er hin, um zu verhindern, daß die Figur zu Boden fiel.

»Was faselst du da?« Luthien hatte wenig Lust auf Rätselraten.

»Ich spreche von dir, du Dummkopf«, erwiderte Oliver. Auf Luthiens Reaktion wartend, staubte er den Sockel ab und stellte seine Trophäe zurück. Dann musterte er den beharrlich schweigenden Freund mit ernster Miene und sagte: »Wir suchen alle nach einem Lebenssinn. Dagegen ist nichts einzuwenden. Ich bedauere nur, daß du ihn in Gestalt dieser Frau gefunden zu haben glaubst.«

Luthien kniff verärgert die Brauen zusammen und machte Anstalten, von seinem Sessel aufzuspringen. Doch Oliver winkte mit der Hand ab.

»Leuge nicht«, sagte er. »Du kannst mir nichts vormachen. Deine Gedanken sind voll von Minne.«

Luthien lehnte sich zurück. »Ich weiß wirklich nicht, wovon du redest«, entgegnete er, und um seine Ahnungslosigkeit auch gestisch zum Ausdruck zu bringen, schaute er sich fragend nach allen Seiten um.

»Von Minne«, wiederholte Oliver. »Du hast diese Schönheit gesehen und bist in Liebe entflammt. Dich drängt's, auf den Markt zu gehen und nach ihr Ausschau zu halten.«

Luthien biß sich auf die Unterlippe, als wollte er die Zunge hindern, dem Freund recht zu geben.

»Sie ist die Königin deines Herzens, für sie wirst du kämpfen, in ihrem Namen große Taten vollbringen, deinen Mantel vor ihr ausbreiten, um sie trockenen

Fußes über eine Regenpfütze steigen zu lassen, und dich schützend vor sie stellen, um den Pfeil, der auf sie zuschnellt, mit der eigenen Brust abzufangen.«

»Auf dich schnellt gleich meine flache Hand zu«, knurrte Luthien.

»Natürlich bist du verlegen«, erwiderte Oliver gelassen, »denn dir dürfte ja klar sein, wie lächerlich du klingst.« Luthien schien in seiner Wut kaum an sich halten zu können, doch der Halbling ließ sich davon nicht irritieren. »Dabei ist dir diese Frau, diese Halbelfe, völlig unbekannt. Zugegeben, sie sieht ganz hübsch aus. Aber alles andere, was dein Verlangen schürt, hast du ihr in deiner Fantasie bloß angedichtet.«

Luthien mußte unweigerlich schmunzeln. Ja, der Halbling hatte durchaus recht, sein Verhalten zu belächeln. Aber er konnte seine Gefühle nicht unterdrücken. Bis in die Träume hinein verfolgte ihn das Bild der schönen Halbelfe, obwohl er sie doch nur für einen kurzen Augenblick leibhaftig vor sich gesehen hatte. Über diese Besessenheit ließ sich unmöglich vernünftig reden; allein der Versuch wäre lächerlich.

»Du scheinst in dieser Hinsicht jede Menge Erfahrungen gemacht zu haben«, meinte Luthien und bewirkte mit dieser Bemerkung, daß Oliver wehmütig zu lächeln anfing. »Persönliche Erfahrungen.«

»Durchaus.« Mehr gab der Halbling nicht preis.

Sie ließen es dabei bewenden. Luthien ruhte sich im Sessel aus, während Oliver seine zahlreichen Beutestücke abstaubte und umstellte. Was Luthien nicht bemerkte: Hin und wieder leuchtete die Miene des Halblings auf in Erinnerung an glückliche Momente. Mitunter verzog sich auch das Gesicht wie unter Schmerzen; dann kamen ihm weniger angenehme Erinnerungen in den Sinn.

Nach einer Weile überraschte Oliver den Freund damit, daß er ihm seinen Wintermantel über den

Schoß warf. »Er ist ruiniert!« jammerte er und hob einen Ärmel, um den Freund auf einen Riß im Futter hinzuweisen.

Luthien musterte den Schaden und stellte fest, daß ein scharfer Gegenstand den Riß verursacht haben mußte, eine Dolchklinge zum Beispiel. Oliver hatte den Mantel noch kein einziges Mal getragen, da es seit Tagen beständig mild war, sogar nach Sonnenuntergang. Seltsam, wie dieser Riß zustande gekommen war; seltsam auch, daß Oliver ihn gerade jetzt entdeckte.

»Ich werde den Fetzen wohl an die Kinder abtreten«, maulte Oliver. Er stemmte die Hände in die Hüfte und schmollte. »Es ist bald mit einem Kälteeinbruch zu rechnen. Komm, beeil dich«, sagte er, warf sich einen leichten Umhang über die Schulter und ging zur Tür. »Wir müssen zum Markt; da will ich mir einen neuen Mantel kaufen.«

Luthien ließ sich nicht zweimal bitten.

Sie verbrachten den ganzen Tag auf dem Markt, doch die junge Schönheit, die Luthiens Herz gestohlen hatte, war nirgends zu sehen.

»Es hat keinen Zweck«, sagte Oliver, als es schon dunkel wurde. »Was mir gefällt, ist viel zu teuer. Wir sollten's morgen noch einmal versuchen; vielleicht ist dann der Händler bei besserer Laune und läßt mit sich handeln.«

Luthiens Enttäuschung legte sich, und als er den Freund anblickte, verriet sein Lächeln tief empfundene Wertschätzung. Er wußte, was der Halbling im Schilde führte, und war ihm dankbar dafür. Daran konnte kein Zweifel mehr bestehen: Olivers Mitgefühl zeugte davon, daß ihm Verliebtheit – oder die »Minne«, wie er sich ausdrückte – alles andere als fremd war.

Am nächsten Morgen machten sie sich wieder auf den Weg zum Markt. Oliver feilschte mit den Händlern; Luthien sah sich in der Menge um. Als sie dann vor einer Garküche zu Mittag aßen, klagte Oliver über raffgierige Händlerfritzen, die, weil der Winter vor der Tür stand, die Preise für warme Pelzmäntel in die Höhe trieben.

Es dauerte eine Weile, ehe dem Halbling auffiel, daß Luthien gar nicht zuhörte und anscheinend auch zu essen vergessen hatte. Er hockte da mit einem Stück Brot in der Hand und starrte über den Platz. Oliver folgte seinem Blick und erkannte das Sklavenmädchen an der Seite seines Meisters, dem eine Gruppe von Dienern folgte.

Oliver krauste die Stirn, als die Halbelfe unter ihren weizenblonden Locken aufblickte und ihren Verehrer mit einem scheuem Lächeln bedachte. Daß diese harmlose Geste nicht ohne Folgen bleiben würde, sah der welterfahrene Halbling sehr wohl voraus.

Und tatsächlich: Als der Händler bemerkte, daß seine Sklavin unerlaubterweise den Blick gehoben hatte, trat er auf sie zu und schlug ihr mit der Hand ins Gesicht.

Oliver reagierte schnell, zog Luthien am Ärmel zu sich herum und nannte ihm ein Dutzend Gründe, warum es äußerst töricht sei, sich zu dieser Tageszeit und an diesem Ort mit dem Händler anzulegen. Alleine hätte der Halbling den Freund aber wahrscheinlich dennoch nicht zurückhalten können. Zum Glück eilten einige Bekannte aus dem Zwelf herbei, die ebenfalls bemerkt hatten, daß sich Unheil zusammenbraute. Und erst als ein Trupp der prätorianischen Garde herbeimarschierte, ließ sich der aufgebrachte junge Bedwyr beruhigen.

»Alles in Ordnung«, versicherte Oliver den argwöhnisch gewordenen Zyklopen. »Mein Freund hat eine Kakerlake an seinem Brot entdeckt, doch die ist jetzt weg und war so gut, ihm noch ein Stückchen übrigzulassen.«

Die Prätorianer zogen ab, warfen aber bedrohliche Blicke zurück.

Kaum waren sie verschwunden, befreite sich Luthien von den vielen Händen, die ihn festhielten, und sprang auf – doch der Händler und sein Gefolge waren nicht mehr zu sehen.

Oliver bat seine Zechbrüder, Luthien zur »Vernunft« zu bringen und nach Hause zu begleiten. Sie taten ihm den Gefallen und packten so heftig zu, daß dem jungen Mann keine andere Wahl blieb. Als sie wieder in der Wohnung waren und die Helfer weggegangen waren, fing Luthien mächtig zu toben an, trat auf die Möbel ein und hämmerte mit den Fäusten gegen die Wand.

»Von einem Grafensohn hätte ich ein wenig mehr Contenance erwartet«, bemerkte Oliver trocken und stellte sich schützend vor das kleine Standbild des ritterlichen Halblings.

Luthien stürmte auf den Freund zu und brüllte: »Finde heraus, wer dieser Schuft ist!«

»Wer?«

Luthien ließ den Arm vorschnellen, schnappte sich die Statuette und drohte damit, sie vor die Wand zu werfen. Der entsetzte Ausdruck auf Olivers Gesicht ließ keinen Zweifel daran, daß er unter diesen Umständen zu allen Zugeständnissen bereit war.

»Ich will, daß du in Erfahrung bringst, wer er ist und wo er wohnt«, sagte Luthien in ruhigerem Tonfall.

»Das ist nicht klug«, entgegnete Oliver und langte nervös nach seinem Schmuckstück. Doch er reichte nicht heran; Luthien brauchte dazu nur den Arm ein wenig zu heben.

»Es könnte eine Falle sein«, gab der Halbling zu bedenken. »Die Händlerfritzen lauern darauf, uns zu erwischen. Womöglich ahnen sie, daß du der Blutrote Schatten bist und an den hübschen Köder anbeißen wirst.«

»An einen Köder wie diesen hier?« sagte Luthien und winkte mit der Statuette.

»Ja, genau«, rief Oliver freudig, weil er glaubte, daß der Freund endlich begriffen hatte. Doch die Miene verfinsterte sich schlagartig, als ihm klar wurde, worauf Luthien anspielte. Auch er, Oliver, hatte sich nicht davon abhalten lassen, den Köder vom Haken zu nehmen.

Der Halbling gab sich geschlagen und zuckte mit den Achseln. »Minnefritzen«, grummelte er, stiefelte zum Zimmer hinaus und schlug mit Wucht die Tür hinter sich zu. Doch Oliver war von zartfühlendem Schlag, und noch ehe er die Stufen zur Straße hinaufgestiegen war, lächelte er schon wieder.

18. KAPITEL

Sklavin nur zum Schein

»Hast du dir die Sache immer noch nicht aus dem Kopf geschlagen?« fragte Oliver, als er am späten Nachmittag zurückkehrte und Luthien in der kleinen Wohnung unruhig auf- und abmarschieren sah.

Luthien blieb stehen und taxierte den Halbling mit unnachgiebigem Blick.

»Geld und Juwelen zu stehlen ist eine Sache«, meinte der Kleine. »Eine Sklavin zu entführen eine ganz andere.«

Luthien rührte keine Miene.

Oliver seufzte. »Sturer Bock«, sagte er. »Na schön. Es scheint, wir haben Glück. Das Haus des Händlersfritzen liegt im Nordwesten der Stadt, unterhalb der Straße, die nach Port Charley führt. Dort sind nur wenige Wachposten abgestellt, und der Stadtwall, der bis zu diesem Neubauviertel hin verlängert werden soll, ist noch längst nicht fertig. Hauptsächlich wohnen da die weniger betuchten Kaufleute. Trotzdem, was du vorhast, ist kein Pappenstiel. Du kannst Gift darauf nehmen, daß uns Herzog Morkney und die gesamte prätorianische Garde auf den Fersen sein werden. Wenn wir's denn riskieren sollten …«

»Heute nacht noch«, entschied Luthien, und wieder seufzte der Halbling.

»Dann werden wir heute nacht noch Abschied nehmen müssen von dieser gastlichen Stadt«, antwortete Oliver. »Und auf offener Straße überwintern.«

»Sei's drum.«

»Sturer Bock«, murrte Oliver. Er ging in sein Schlafzimmer und schlug die Tür hinter sich zu.

Unbemerkt bogen sie in die Gasse neben dem Händlerhaus ein, ein hübsches, zweigeschossiges Gebäude, mit vielen kleinen Balkonen und Fenstern. Nach wie vor äußerte Oliver Bedenken, die Luthien nicht zur Kenntnis nahm. Der junge Mann hatte einen Sinn des Lebens gefunden, der auf etwas anderes zielte als auf den Erwerb und das Wegwerfen von Wintermänteln zugunsten armer Kinder. Er hielt sich vielmehr für den sprichwörtlichen Ritter in glänzender Rüstung, der seine Herzensdame aus der Gewalt eines Bösewichts befreit.

Die Frage, ob sie denn überhaupt gerettet werden wollte, stellte er sich nicht.

Im Haus und ringsum war alles still, denn nur selten verirrten sich Diebe hierher, und auf den Straßen patrouillierten nur wenige Wachen. Hinter einem der Fenster im angebauten Trakt brannte eine Kerze. Im Schatten der Ziegelwand schlichen sie näher.

»Kann ich dich wirklich nicht davon abbringen?« fragte Oliver ein letztes Mal. Vergebens. Seufzend nahm er seine magische Dregge zur Hand und schleuderte sie über einen Balkon. Diesmal kletterte der Halbling als erster hinauf, weil er Sorge hatte, Luthien könnte, ungeduldig wie er war, ohne ihn ins Haus einsteigen. Ihm war durchaus zuzutrauen, daß er das ganze Haus auf den Kopf stellen und dann mit der Frau in seinen Armen ins Ministerium gehen würde, um dort von Herzog Morkney zu verlangen, auf der Stelle getraut zu werden.

Der Halbling kletterte übers Balkongeländer und schlich zur Tür. Nachdem er sich vergewissert hatte, daß niemand in der Nähe war, ging er ans Geländer zurück, um Luthien ein Zeichen zu geben. Es überraschte ihn nicht, daß dieser bereits auf halbem Weg nach oben war.

Er wollte den Freund gerade ob seiner Unbeherrschtheit rügen, als sein Blick über den Hof auf das von Kerzenlicht beleuchtete Fenster fiel. Dahinter war eine Frau zu sehen – die schöne Sklavin, unverwechselbar auszumachen an ihren langen, schimmernden Locken. Voller Neugier beobachtete der Halbling, wie sie das Haar unter eine schwarze Kappe steckte, ein Bündel zur Hand nahm, die Kerze löschte und ans Fenster trat.

Luthien hatte inzwischen das Geländer erreicht und blieb rittlings darauf sitzen, als er, von Oliver aufmerksam gemacht, über die Schulter zurückblickte.

Ein aus Bettlaken zusammengeknüpfter Strang fiel über den Fenstersims zu Boden; eine schlanke Gestalt, in Schwarz und Grau gekleidet wie ein Dieb, rutschte gewandt daran herab.

Luthien verzog das Gesicht zu einer wütenden Grimasse, glaubte er doch, daß irgendein Schuft bei seiner Liebsten eingestiegen sei.

Oliver bemerkte die Reaktion des Freundes und wußte dessen Miene zu deuten. Er machte ihn auf sich aufmerksam und legte den Zeigefinger über die geschürzten Lippen.

Die schlanke Gestalt sprang zu Boden und schlüpfte im Schatten davon.

»Na?« flüsterte Oliver und deutete auf das Seil.

Luthien verstand nicht.

»Willst du nicht wieder runterklettern?« fragte der Halbling. »Hier haben wir nichts mehr zu suchen.«

Luthien blickte für einen Moment unschlüssig drein, als er aber dann das breite Grinsen des Halblings sah, ging ihm ein Licht auf, und sofort seilte er sich wieder vom Balkon ab. Oliver sputete sich zu folgen. Seine Erleichterung über die unerwartete Wende wich einer unguten Vorahnung, was diese vermeintliche Sklavin anbelangte. Jedenfalls machte er sich auf eine lange, gefahrvolle Nacht gefaßt.

Zurück im Hof zupfte Oliver dreimal am Seil und holte die Dregge ein, rannte hinter Luthien her und schloß an der übernächsten Straßenecke zu ihm auf.

Luthien war dort stehengeblieben und spähte um einen Mauervorsprung hinweg in eine enge Gasse. Oliver schlüpfte durch dessen gegrätschte Beine und plierte in dieselbe Richtung.

Tatsächlich, da stand die Halbelfe; daran konnte kein Zweifel bestehen, denn sie hatte die Kappe vom Kopf genommen und schüttelte ihre weizenblonden Locken aus. Neben ihr waren zwei andere Gestalten zu erkennen; die eine hatte eine ähnliche Statur wie sie, die andere erreichte zwar Luthiens Größe, war aber sehr viel zierlicher gebaut.

Luthien schaute auf den Halbling herab, der zu ihm aufblickte und das Wort ›Elfen‹ mit den Lippen formte. Luthien wußte nur wenig über diese Spezies, zeigte aber kopfnickend an, daß er mit ihm einer Meinung war.

In Verfolgung der Dreiergruppe, die dem reichen Viertel von Montfort zustrebte, ließ Luthien den Freund vorangehen, denn der hatte mehr Erfahrung in solchen Dingen. Zwar konnte der junge Bedwyr das Offensichtliche nicht leugnen, aber dennoch kam er aus dem Staunen nicht heraus, als er sah, daß die drei Elfen in eine dunkle Gasse schlichen und über ein Seil durch ein Fenster im Obergeschoß eines unbeleuchteten Hauses stiegen.

»Sie braucht deine Hilfe nicht«, flüsterte Oliver dem Freund ins Ohr. »Komm, laß uns gehen, ich bitte dich.«

Luthien fand keine Worte; er wollte dem Halbling widersprechen, mußte ihm aber im stillen recht geben. Es schien tatsächlich so, daß die Frau keine Hilfe nötig hatte. Aber er konnte jetzt nicht gehen. Er stieß den Freund von sich und starrte zum Fenster hinauf.

Wenig später tauchten die drei wieder auf. Ein eingespieltes Team, wie es schien. Sie bugsierten einen prall gefüllten Sack nach unten. In die Gasse zurückgekehrt, lupfte die Sklavin geschickt den Seilhaken aus der Verankerung.

Oliver schlüpfte unter Luthiens Umhang, und Luthien mußte zur Seite weichen, als die drei Gestalten im Abstand einer Armeslänge vorbeieilten. Luthien hätte die Halbelfe ohne weiteres festhalten und hier und jetzt zur Rede stellen können. Allein der Halbling ahnte, was den Freund zu tun drängte, und kam ihm zuvor, indem er dessen Hände packte und energisch festhielt. Kaum waren die drei elfischen Diebe um die Ecke verschwunden, setzten Oliver und Luthien nach, verfolgten sie den ganzen Weg zurück bis in den nordwestlichen Bezirk der Stadt.

An ihrem Treffpunkt trennten sich die drei auch wieder; zwei trugen den Sack davon, während die Sklavin in das Haus ihres Herrn zurückkehrte.

»Komm, laß sie gehen«, flüsterte Oliver, obwohl er wußte, daß seine Bitte auf taube Ohren stieß. Luthien kannte ihren Weg, zog die Kapuze seines Umhangs tief ins Gesicht, eilte unbemerkt an der Sklavin vorbei und wartete an der Straßenecke vor dem Haus des Händlers.

Die Frau eilte in seine Richtung, völlig lautlos, ganz wie eine gewiefte Diebin. Unmittelbar neben ihrem unsichtbaren Beobachter blieb sie stehen, schaute sich um und trat dann auf die Straße hinaus.

»Sklavin nur zum Schein«, sagte Luthien klar vernehmbar und hob den Kopf.

Er zuckte vor Schreck zusammen, denn damit hatte er nicht gerechnet: Die Halbelfe fuhr blitzschnell herum und zog ein kurzes Schwert, wie aus dem Nichts. Klirrend schlug die Klinge dicht über Luthiens geducktes Haupt ans Mauerwerk und sprühte Funken. Luthien versuchte, zur Seite auszuweichen, doch ehe er sich versah, hatte ihm die Diebin die Schwertspitze an den Hals gesetzt und hielt ihn in Schach.

»Das würde ich lieber sein lassen«, meldete sich Oliver, der von hinten herangeschlichen war.

»Du bist nicht gefragt«, tönte eine Elfenstimme im Rücken des Halblings.

Oliver seufzte und riskierte einen Blick über die Schulter. Da stand einer der Komplizen, ein Elf. Seine Miene verhieß nichts Gutes, ebensowenig wie das Schwert, mit dem er auf Olivers Rücken zielte. Im Abstand einiger Schritte hatte die Dritte im Bunde Stellung bezogen und den gespannten Bogen auf den Halbling angelegt.

»Ich könnte mich auch irren«, gab er unumwunden zu. Vorsichtig steckte er sein Rapier in die Scheide zurück, langte dann langsam in seine Montur, zog den Hut daraus hervor und setzte ihn auf.

Luthien hatte den Eindruck, als spießten ihn die Blicke aus grünen Augen förmlich auf. »Wer bist du«, verlangte die Frau zu wissen.

»Oliver«, antwortete Luthien, weil ihm gerade kein anderer Name einfiel.

»Er ist ein dummer Narr«, schaltete sich der Halbling ein.

Luthien quittierte dessen Bemerkung mit säuerlicher Miene.

Die Frau gab leichten Druck auf ihre Waffe und zwang Luthien zu schlucken.

»Schon gut«, stammelte er. »Ich heiße Luthien.«

Zwischen zusammengebissenen Zähnen stieß sie hervor: »Was treibst du hier in dieser Gegend?«

»Ich habe dich auf dem Markt gesehen und bin ...«

»Er ist deinetwegen hier«, fiel ihm der Freund ins Wort. »Obwohl ich ihm davon abgeraten habe, und zwar eindringlich, das kannst du mir glauben.«

Ihre Gesichtszüge wurden ein wenig freundlicher; es schien, daß sie den jungen Mann wiedererkannte.

Schließlich ließ sie das Schwert sinken und fragte: »Du bist wirklich meinetwegen hier? Weshalb?«

»Ich sah, wie du geschlagen wurdest«, versuchte Luthien zu erklären. »Das heißt, ich konnte nicht ... wieso läßt du dir so etwas gefallen?«

»Ich bin eine Sklavin«, antwortete die Frau. »Halbelfe, geringer als ein Mensch.« In ihrem spöttischen Tonfall klang Bitterkeit und Zorn mit an.

»Wir sollten von der Straße runter«, meinte der Elf und wies Oliver den Weg in die Gasse. Zu dessen Erleichterung steckte er sein Schwert in die Scheide. Die Bogenschützin nahm den Pfeil von der Sehne.

Die Halbelfe bat Luthien zu folgen, zögerte, als er an ihr vorbeiging und starrte verwundert auf die dunklen Umrisse, die der junge Mann an der Mauer zurückgelassen hatte. Dann ging ein Strahlen über ihr Gesicht.

»Wie ich sehe, seid ihr alle Halbelfen«, sagte Oliver, als er Gelegenheit fand, die drei aus der Nähe zu betrachten.

»Ich bin eine Vollelfe«, korrigierte die mit dem Bogen. Der Blick, den sie auf ihren männlichen Begleiter richtete, verriet, daß die beiden eng miteinander verbunden waren. »Aber wir gehören zusammen wie eine Familie.«

»Ihr, das heißt die ›Schröpfer‹, wenn ich recht verstehe«, meinte Oliver, worauf alle drei mit verstörter Miene reagierten.

»Eine berühmt, berüchtigte Diebesbande«, klärte der Halbling seinen Freund auf. »Es heißt fälschlicherweise, daß sie ausschließlich aus Vollelfen bestünde.«

»Du hast von uns gehört, Halbling?« fragte Luthiens Schwarm.

»Wer in Montfort hätte das nicht«, sagte Oliver, und diese Antwort schien den Dreien zu gefallen.

Die Halbelfe beäugte Luthien mit sichtlichem Wohlgefallen.

»Siobhan!« wies sie der männliche Begleiter zurecht.

»Weißt du denn nicht, wen wir da gefangen haben?« fragte sie, ohne den Blick von Luthien abzuwenden.

»Ich bin Oliver deBurrows«, stellte sich der Halbling vor; er ging fest davon aus, daß sein Name allenthalben bekannt war. Doch zu seiner Enttäuschung schien keiner der drei von ihm Notiz zu nehmen.

»Du hast einen merkwürdigen Schatten an der Mauer zurückgelassen«, sagte Siobhan. »Dort drüben. Einen blutroten Schatten.«

Luthien schaute sich um, richtete dann den Blick zurück auf Siobhan und zuckte mit den Achseln.

»Der Blutrote Schatten!« Der Halbelf zeigte sich tief beeindruckt und nahm nun endgültig die Hand vom Schwert.

»Und ich bin Oliver deBurrows«, wiederholte der Halbling mit Nachdruck. Aber auch diesmal schien keiner auf ihn zu achten. Die drei hatten nur Augen für Luthien.

»Du machst viel von dir reden«, sagte Siobhan und lächelte verschmitzt. Luthiens Herz pochte so ungestüm, daß er fürchtete, es könnte aussetzen. »Jawohl«, fuhr sie fort, von ihren Freunden Zustimmung erheischend. »Ein jeder weiß, was du so treibst. Die reichen Kaufleute zittern vor dir. Zum Vergnügen des gemeinen Volkes.«

Luthien spürte deutlich, daß sein Gesicht die Farbe des Umhangs angenommen hatte, wenn nicht sogar noch um eine Nuance dunkler war. »Mit Olivers Hilfe«, stammelt er.

»Sag's ihnen«, murmelte der Halbling beleidigt.

»Ich hätte dich für sehr älter gehalten«, meinte Siobhan. »Für einen langlebigen Elf oder dergleichen.«

Luthien erinnerte sich an Brind'Amours Erklärung, daß der Umhang einem sagenhaften Dieb gehört hatte. Wahrscheinlich spielte Siobhan auf diesen ehemaligen Besitzer an. Luthien schmunzelte in Gedanken daran, was der erste Blutrote Schatten in Montfort wohl angestellt haben mochte.

»Es wird spät, wir müssen los«, mahnte die Elfe; und an Siobhan gewandt: »Und du geht jetzt besser zurück ins Haus deines Herrn.«

Siobhan nickte. »Wie gesagt, unsere Gruppe besteht nicht nur aus Elfen«, sagte sie zu Luthien.

»Soll das eine Einladung an uns sein?« fragte Oliver.

Siobhan schaute ihre Freunde an, die nach kurzer Bedenkzeit ihr Einverständnis kundtaten, indem sie mit dem Kopf nickten. »Wenn ihr so wollt«, sagte Siobhan. Sie sah dem jungen Bedwyr in die Augen, und ihr Blick ließ ihn hoffen, daß ihre Einladung mehr versprach als der mögliche Beitritt zu einer Diebesbande.

»Ihr seid willkommen, du und der ruhmreiche Oliver deBurrows«, sagte sie, und ihr Augenzwinkern machte deutlich, um wen es ihr in erster Linie ging.

Luthien warf einen Blick über die Schulter auf seinen kleinen Freund und sah, daß der kaum merklich den Kopf schüttelte.

»Denkt drüber nach. Es kann nie schaden, gute Beziehungen zu haben.« Siobhan schenkte Luthien ein letztes Lächeln, das ihn dahinschmelzen und mit Gewißheit annehmen ließ, daß sie nicht nur an seiner Partnerschaft als Dieb interessiert war. Schließlich verabschiedete sie sich auch von ihren Gefährten und ging los, um über den Strang aus Bettlaken in ihr Zimmer zurückzuschleichen.

Luthien schaute ihr wie gebannt nach. Oliver schüttelte nur den Kopf und seufzte.

19. KAPITEL

In heiligen Hallen

Interesse heuchelnd, lehnte sich Herzog Morkney über den Rand seines riesigen Schreibtischs und stützte die knochigen Ellbogen auf, die unter den weiten Ärmeln einer roten Robe zum Vorschein kamen. Ihm gegenüber standen mehrere Kaufleute; sie plapperten aufgeregt durcheinander. Zusammen brachten sie nur die Wörter ›Dieb‹ und ›Blutroter Schatten‹ zustande.

Der Herzog hatte während der vergangenen Wochen die Beschwerden dieser Männer schon etliche Male über sich ergehen lassen müssen, und er konnte sie langsam nicht mehr hören.

»Und das Schlimmste ist«, schrie einer der Händler so laut, daß die anderen verstummten, »das Schlimmste ist, daß ich den verfluchten Schattenfleck von meinem Schaufenster nicht mehr wegbekomme. Was soll ich bloß der Kundschaft sagen? Die macht sich schon über mich lustig.«

»Hört, hört!« riefen die anderen.

Morkney hob die knotige Hand an den Mund und versuchte zu verbergen, daß er grinste. »Er ist doch bloß ein gemeiner Dieb, mehr nicht«, sagte er. »Wir leben nun schon so lange mit diesem Pack, wie könnte uns da die Ankunft eines neuen Strolchs verunsichern? Immerhin ist er so entgegenkommend, daß er nach jeder Tat sein Schandmal zurückläßt.«

»Ihr versteht nicht ganz ...«, hob einer der Händler

zu sprechen an, stockte aber, und sein Gesicht wurde kreidebleich, als er Morkneys blutunterlaufene Augen mit unheilvoll drohendem Ausdruck auf sich gerichtet sah.

Um seinen Kollegen vor dem Zorn des tückischen Herzogs in Schutz zu nehmen, meldete sich schnell ein anderer zu Wort und warnte: »Der Pöbel schlägt sich auf seine Seite und bietet ihm Hilfe an.«

»Hilfe? Wobei?« knurrte Morkney. »Bei diesen lächerlichen Beutezügen? Ihr habt doch selbst zugegeben, daß dieser Dieb auch nicht mehr Schaden anrichtet als all die anderen seinesgleichen. Was schreckt euch so? Dieser Schatten etwa? Verletzt er womöglich euer aufgeblasenes Ehrgefühl?«

»Der Zwerg vom Platz ...«

»Wird angemessen bestraft werden«, führte Morkney aus und zwinkerte den Bittstellern mit dem Auge zu. »An Zwergen im Frondienst gibt's doch wohl immer Bedarf, nicht wahr?« fragte er listig, und die Gruppe der Händler zeigte sich einverstanden.

»Geht zurück in eure Geschäfte«, sagte der Herzog, lehnte sich in seinem Stuhl zurück und fuchtelte mit den dürren Armen herum. »König Grünspatz hat mir gegenüber angedeutet, daß er mit den Erträgen nicht gerade zufrieden ist, und darin sehe ich ein sehr viel schwerwiegenderes Problem als kleine Diebereien oder ein alberner Schatten, der sich nicht entfernen läßt.«

»Er ist uns aus der Falle entwischt«, versuchte einer der Händler zu erklären, was drei der anderen durch Kopfnicken bestätigten; gemeinsam hatten sie dem Schatten in der Allee der Kunsthandwerker aufgelauert.

»Dann stellt ihm eine weitere Falle, wenn ihr das für richtig haltet«, schnauzte Morkney die Bittsteller an.

Murrend verließen sie das herzogliche Amtszimmer.

»Soso, der Blutrote Schatten«, grummelte der greise

Hexer vor sich hin und durchwühlte die Pergamente auf der Suche nach den jüngsten Anweisungen von König Grünspatz. Morkney gehörte seit eh und je der alten Bruderschaft der Hexer an; er war bereits Mitglied gewesen, als der ursprüngliche Blutrote Schatten sämtliche Kaufleute von Eriador und Nord-Avon in Angst und Schrecken versetzt hatte. In den Ermittlungen gegen diesen Meisterdieb hatte man schon damals viele Erkenntnisse zusammentragen können, dennoch war es nie gelungen, ihn zur Strecke zu bringen.

Und nun sollte er wieder zurück sein? Morkney fand diese Behauptung absurd. Der Blutrote Schatten war ein normal Sterblicher gewesen und schon längst unter den Toten. Wahrscheinlich, so dachte der Herzog, hatte der Zufall irgendeinem kleinen Dieb den magischen Umhang in die Hände gespielt. Mochte auch das Erkennungszeichen dasselbe sein; wer dahintersteckte, war gewiß ein anderer.

»Ein kleiner Dieb«, murmelte Morkney und kicherte in Gedanken an die Folter, die dieser neue Strolch erleiden würde, sobald er von den Händlern gefaßt worden wäre.

»Ich arbeite allein«, sagte Oliver entschlossen.

Luthien sah ihn fragend an.

»Nur mit dir«, präzisierte der Halbling. Er hatte seine feinsten Ausgehsachen angezogen; ein hoher, mit einem Federbusch geschmückter Filzhut krönte die aufsehenerregende Erscheinung des Gecken deBurrows. »Jedenfalls kommt für mich die Mitgliedschaft in irgendeiner Gilde nicht in Frage«, fuhr er fort. »Ich will die Beute für mich behalten und mir nicht vorschreiben lassen, wo und wann der nächste Einbruch stattfinden soll.«

Luthien wußte darauf keine stichhaltigen Argumente zu entgegnen. Er war nicht einmal selbst davon überzeugt, daß es in praktischer Hinsicht günstig wäre, den Schröpfern beizutreten. Allerdings wollte er Siobhan häufiger sehen, und zu diesem Zweck war er bereit, Zugeständnisse zu machen.

»Ich weiß, woran du denkst«, sagte Oliver in anklagendem Tonfall.

Luthien seufzte. »Dieberei kann nicht alles sein, Oliver«, versuchte er zu erklären. »Es gibt Wichtigeres als materiellen Gewinn. Zugegeben, der Anschluß an die Gruppe würde unsere Beute und unsere Freiheit schmälern, aber er brächte uns gewiß ein höheres Maß an Sicherheit. Du weißt, wie verbissen die Händler hinter uns her sind.«

»Und gerade deshalb dürfen wir uns dieser Bande nicht anschließen«, entgegnete Oliver.

Luthien verstand nicht, was der Freund damit meinte.

»Willst du deine Bewunderer enttäuschen?« fragte der Halbling.

»Bewunderer?«

»Stell dich nicht so dumm. Der Blutrote Schatten ist in aller Munde, und alles freut sich, wenn dieser Name fällt. Abgesehen von den Händlern natürlich, was die Freude um so größer macht.«

Luthien schüttelte den Kopf. »Aber ich würde doch nach wie vor den Umhang tragen«, stammelte er. »Und das Zeichen wäre …«

»Deine mysteriöse Besonderheit ginge verloren«, unterbrach der Halbling. »Es hätte sich bald rumgesprochen, daß du dich den Schröpfern angeschlossen hast. Dein einzigartiger Ruf wäre dahin; du würdest mit den anderen Bandenmitgliedern in einen Topf geschmissen. Nein, sage ich! Du mußt unabhängig bleiben und auf eigene Faust agieren. Wir werden die tumben Händlerfritzen solange narren, bis sie resignieren, und dann ziehen wir weiter. Damit seine Legende Furore macht, wird der Blutrote Schatten aus Montfort verschwinden.«

»Und dann?«

Oliver zuckte mit den Achseln. »Wir könnten uns eine andere Stadt vorknöpfen. Princetown in Avon zum Beispiel. Nach ein paar Jahren würden wir nach Montfort zurückkehren, um der Legende neue Nahrung zu geben. Du hast hier schon viele Wunder bewirkt, bist aber noch zu jung, um das zu würdigen«, sagte der Halbling. So ernst hatte Luthien den Freund noch nie sprechen hören. »Du, der Blutrote Schatten, der die feisten Händlerfritzen an der Nase rumführt, hast den armen Leuten diesseits des Walles wieder etwas gegeben, was sie über viele Jahre entbehren mußten.«

»Und das wäre?« fragte Luthien ohne jede Spur von Ironie.

»Hoffnung«, antwortete Oliver. »Du hast ihnen die Hoffnung zurückgegeben. So, und jetzt gehe ich auf den Markt. Kommst du mit?«

Luthien nickte, blieb aber noch eine Weile gedankenversunken zurück und ließ den Freund vorausgehen. Dessen Worte waren nicht von der Hand zu weisen. Er, Luthien Bedwyr, war aufgrund einer sonderbaren Verkettung von Zufälligkeiten zur Verkörperung einer Legende geworden, von der er bis vor wenigen Wochen nie etwas gehört hatte, wider Willen in die Rolle eines Anführers gedrängt, von dem die unterdrückte Masse erwartete, daß er die grausame Macht von König Grünspatz breche.

Luthien konnte es kaum fassen. Der eigene Werdegang machte ihn schwindeln. Seine Schritte waren merklich beschwingt, als er loslief, um Oliver einzuholen.

Es war ein kalter, trister Tag – typisch für die Jahreszeit –, und auf dem Markt herrschte nur wenig Betrieb. Es gab auch nicht mehr so viel zu kaufen, und mit neuen Warenlieferungen war vorläufig nicht zu rechnen, denn die Karawanen würden über Monate ausbleiben.

Es waren nur wenige Leute unterwegs; um so deutlicher fiel das Freundespaar auf, vor allem Oliver in seiner schrillen Aufmachung. Die patrouillierenden Zyklopen warfen ihnen argwöhnische Blicke zu. Einer schien sich besonders intensiv für sie zu interessieren; er trug einen dicken Verband um den Schädel.

Luthien und Oliver hielten vor einer Garküche an, um einen Imbiß zu sich zu nehmen. Sie unterhielten sich mit dem Wirt über das Wetter, die Kundschaft und dergleichen mehr.

»Ihr solltet euch lieber verziehen«, flüsterte plötzlich eine Stimme, als der Wirt davongeschlurft war, um andere Gäste zu bedienen.

Die beiden tauschten fragende Blicke und sahen dann eine schlanke, in Mantel und Kapuze gehüllte Gestalt neben der Bude stehen. Als sie den Kopf hob und unter dem Kapuzenrand hervorlugte, erkannten die Freunde das Gesicht des Halbelfen, den sie in der vergangenen Nacht getroffen hatten.

»Weiß man über uns Bescheid?« fragte Oliver leise.

»Sie haben einen Verdacht«, antwortete der Halbelf. »Aber natürlich hüten sie sich, euch in aller Öffentlichkeit damit zu konfrontieren. Es sind zu viele Zeugen anwesend.«

»Natürlich«, flüsterte Oliver. Luthien blickte scheinbar unbeteiligt vor sich hin, um das heimliche Gespräch nicht durch Gesten zu verraten. Außerdem verstand er nicht, worüber die beiden sprachen. Wenn die Zyklopen ihn und Oliver tatsächlich verdächtigten, warum kamen sie dann nicht und verhafteten sie? Luthien war lange genug in Montfort, um zu wissen, daß unliebsame Personen ohne viel Federlesens aus dem Verkehr gezogen wurden. Sooft die prätorianische Garde im Kleinen Alkoven aufkreuzte, schleppte sie mindestens einen Strolch in Ketten davon.

»Es gibt Neuigkeiten zu berichten«, sagte der Halbelf.

»Sprich«, sagte Oliver, hob aber sogleich die Hand an den Mund, als eine Gruppe von Zyklopen vorbeimarschierte.

»Nicht jetzt«, flüsterte der Halbelf wenig später. »Bei Mondaufgang wird sich Siobhan hinterm Zwelf versteckt halten.«

»Wir werden da sein«, versprach Oliver.

»Sie will, daß er allein kommt«, flüsterte der Mittler. Oliver schaute Luthien an, und als er sich zu dem Halbelfen herumdrehte, war dieser verschwunden.

Seufzend richtete Oliver seinen Blick zurück auf den Marktplatz und bemerkte, warum der Halbelf so plötzlich davongeeilt war. Die Gruppe der Zyklopen kehrte zurück und zeigte unverhohlen Interesse an dem Freundespaar.

Oliver flüsterte Luthien zu: »Mein Paps hat immer gesagt: Ein kluger Dieb weiß Einschlupf zu finden, ein klügerer versteht sich aufs Verschwinden.« Er stand auf und nahm Luthien beim Arm, doch schon waren die Wachen herbeigesprungen und hatten die beiden umstellt.

»Kalt heute«, meinte einer.

»Wollt euch wohl für den Winter eindecken«, sagte der zweite.

Oliver wollte antworten, doch Luthien kam ihm zuvor. Er blickte dem Zyklopen unerschrocken ins Gesicht und sagte: »Allerdings. Für viele ist der Winter in Montfort kälter als für gewisse andere.«

Offenbar begriff der Zyklop nicht, was Luthiens Bemerkung zu bedeuten hatte; selbst Oliver wußte im ersten Augenblick nichts damit anzufangen. Er ahnte nicht, was seine zurechtweisenden Worte am Morgen vor Verlassen der Wohnung im Herzen des jungen Mannes bewirkt hatten. Luthien war voll neuen Mutes, machte sich vertraut mit der Rolle des Blutroten Schattens, des schweigenden Fürsprechers der Unterprivilegierten, des Beschaffers von Mänteln für frierende Kinder, des Widersachers reicher Leute.

»Wie lange seid ihr schon in Montfort?« wollte eines der Monstren wissen und beäugte Luthien mit kritischem Blick.

Jetzt trat Oliver vor, legte den Arm um die Taille des Freundes und sagte: »Seit dem Tage, da mein Sohn zur Welt kam« – Luthien traute seinen Ohren kaum – »ach, die arme Mutter; sie hat die Geburt dieses großen, stattlichen Knaben nicht überlebt.«

Der Blick des Zyklopen wanderte zwischen den beiden verwirrt und skeptisch hin und her. »Er ist dein Vater?« fragte er Luthien.

Luthien schwang den Arm um Olivers Schulter. »Jawohl, er ist mein Paps«, antwortete er mit gasconischem Akzent.

»Und was habt ihr hier zu schaffen?« wollte der Prätorianer wissen, doch sein Kumpan zog ihn an der Schulter herum und forderte ihn wortlos auf, die beiden in Frieden zu lassen.

Dutzende von Menschen, etliche Zwerge und mehrere Elfen waren zusammengelaufen und verfolgten die Szene mit größter Aufmerksamkeit und grimmiger Miene. Nicht wenige hatten einen Dolch oder ein kurzes Schwert im Gürtel stecken.

Die Zyklopen beeilten sich davonzukommen.

»Was ist geschehen?« fragte Luthien.

»Die Zyklopen sind auf mutige Leute gestoßen«, antwortete Oliver. »Komm, laß uns gehen. Der Schröpfer hat recht; wir sollten uns hier nicht blicken lassen.«

»Küß mich!« Die helle Stimme ließ den jungen Mann zusammenfahren; noch weniger gefaßt war er auf das, was sie von ihm verlangte.

Luthien stand wie versteinert da. Er starrte Siobhan an und wußte nicht ein noch aus.

»Das willst du doch«, sagte sie und ließ nicht den geringsten Zweifel anklingen.

»Ich bin gekommen, um zu hören, was es Neues gibt«, entgegnete Luthien, bereute seine Worte aber sogleich. Wie töricht, ausgerechnet jetzt auf ein anderes Thema zu lenken!

Das silberne Mondlicht, das in ihren Haaren glänzte, machte die schöne Halbelfe für Luthien noch begehrlicher, als sie es ohnehin schon für ihn war. Sie lächelte neckisch und strich die langen Locken aus dem zarten Gesicht. Luthien warf einen Blick über die Schulter, als fürchtete er, von Oliver beobachtet zu werden. Doch der Halbling saß in die Schenke. Es war verabredet, daß Luthien ihn dort treffen sollte, sobald er mit Siobhan gesprochen hatte.

Als Luthien sich wieder zu ihr wandte, war ihr Lächeln spurlos verschwunden.

»Der Zwerg...«, fing sie verärgert zu sprechen an. Doch weiter kam sie nicht. Luthien war impulsiv auf sie zugegangen und küßte sie auf den Mund, wich dann ebenso abrupt einen Schritt zurück und blickte verlegen drein.

Ganz anders Siobhan: Sie schmunzelte, strich mit der Hand über den Nacken und war völlig entspannt. »Warum hast du mich dazu aufgefordert?« fragte Luthien bestürzt.

»Weil du es so wolltest«, antwortete sie unumwunden.

Luthien ließ die stolzen Schultern hängen.

»Ich war ja auch darauf aus«, fügte sie hinzu, »und wollte möglichst schnell zur Sache kommen.«

»Zur Sache kommen?« fragte Luthien, sichtlich verdutzt. Was sie da sagte, klang nicht gerade vielversprechend.

Siobhan holte tief Luft. »Ich wollte euch, dich und Oliver, darüber aufklären, daß...« Sie stockte; es schien ihr schwerzufallen, den Satz zu Ende zu bringen.

Luthien war alarmiert. »Was?« forderte er zu wissen und trat auf sie zu. Doch sie hob die Hand und hielt ihn zurück.

»Der Zwerg«, stammelte sie. »Der Zwerg, der euch auf dem Morkney-Platz geholfen hat… Er ist festgenommen worden, hockt in einem Verließ und wartet auf seinen Prozeß.«

Luthien ballte die Fäuste. »Wo hält man ihn fest?« fragte er, und es schien, als wollte er auf der Stelle losstürmen, um den Zwerg zu befreien.

Siobhan aber zuckte mit den Schultern. »Es gibt viele Verließe, in denen er stecken könnte«, antwortete sie bekümmert. »Wir wissen nur, daß er morgen zusammen mit einer großen Anzahl anderer Gefangener im Ministerium vor Gericht steht. Er wird bestimmt zur Zwangsarbeit im Bergwerk verurteilt werden.«

Luthien schwieg und versuchte, seine Gedanken zu ordnen. Woher wußte sie von dem Zwischenfall auf dem Morkney-Platz?

Siobhan schien auf die unausgesprochene Frage vorbereitet zu sein und antwortete schmunzelnd: »Ich habe doch gesagt, daß es günstig ist, gute Beziehungen zu pflegen. Jetzt verstehst du vielleicht, was ich meine.«

Luthien nickte.

»Übrigens«, ergänzte sie. »Shuglin, so heißt der Zwerg, wußte natürlich, daß ihm Verhaftung droht.«

»Gehört er auch zu eurer Bande?«

Siobhan schüttelte den Kopf. »Er ist ein einfacher Handwerker.«

Luthien nickte, obwohl er im Grunde ratlos war. Wieso hatte ihm dieser Zwerg geholfen, obwohl er damit rechnen mußte, verhaftet und bestraft zu werden?

»Ich muß jetzt gehen«, sagte Siobhan und blickte zum Nachthimmel auf, um zu sehen, welchen Stand der Mond inzwischen eingenommen hatte.

»Wann werde ich dich wiedersehen?« drängte es Luthien zu fragen.

»Bald«, versprach Siobhan und zog sich zurück.

»Siobhan!« rief Luthien viel zu laut und alle Vorsicht außer acht lassend. Das hübsche Mädchen kehrte um und sah ihn fragend an.

Luthien schaute in ihre grün schimmernden Augen und fand keine Worte. Um so beredter war sein Ausdruck.

»Noch ein Kuß?« fragte sie, und schon berührten sich sacht die Lippen der beiden.

»Wir werden uns schon wiedersehen«, neckte sie und machte sich von ihm frei. Dann war sie verschwunden, ein Schatten unter Schatten.

»Hüte dich«, warnte Oliver auf dem Nachhauseweg; es war spät geworden, und Luthien hatte ein paar Krüge Bier zuviel getrunken. »Du wirst doch nicht so dumm sein und darauf reinfallen ...«

»Sei's drum«, antwortete Luthien entschlossen, wenngleich ein wenig lallend.

»Es kommt alle naslang vor, daß Zwerge angeklagt und zur Zwangsarbeit verurteilt werden«, fuhr Oliver fort. »So was nennt man legale Versklavung. Auf diese Weise ist Montfort reich geworden.«

»Sei's drum.«

Oliver gab sich geschlagen.

Es war noch dunkel, als die beiden im Schatten des Ministeriums den trennenden Stadtwall überwanden. Neben ihnen ragte das nördliche Querhaus der Kathedrale auf; davor öffnete sich ein weiter Platz. »Wir müssen zum Westportal hin«, sagte Oliver und forderte den Freund auf, den Umhang abzulegen.

Luthien gehorchte und verschwendete keinen Gedanken auf den fraglichen Sinn und Zweck dieser Anweisung. Er war dem Ministerium nie zuvor so nahe gewesen und fühlte sich winzig klein dagegen. Er schaute auf zu den gewaltigen Strebepfeilern und den vielen Wasserspeiern, die an den Simsen vorkragten und sich über ihn lustig zu machen schienen. Geheimnisvoll und mächtig wirkte Montforts Ministerium im fahlen Licht der Dämmerung.

Bald nachdem die Sonne aufgegangen war, füllte sich der Platz mit Händlern und Handwerkern. Auch ein paar Prätorianer befanden sich in der Menge. Luthien bemerkte, daß viele Leute ihre Kinder mitgebracht hatten.

»Heute ist Steuerzahltag«, erklärte Oliver. Luthien nickte und wurde gewahr, daß wieder eine Woche vergangen und nun auch der Monat September am Ende war. »Sie bringen ihre Kinder mit in der Hoffnung, glimpflich davonzukommen«, sagte Oliver und ließ durch sein Kichern anklingen, daß er eine solche Hoffnung für töricht hielt.

Sie hielten sich hinter dem Querhaus versteckt, bis die Eichenpforten am Westportal aufgeschlossen und für die lange Reihe der Steuerpflichtigen geöffnet wurden. Zu beiden Seiten des Eingangs standen stämmige Zyklopen, die die Männer und ihre Familien in die Kathedrale trieben wie Schafe in den Pferch.

Oliver und Luthien nahmen Deckung im Schatten der Mauer, als ein großes Fuhrwerk heranrollte und vor dem nördlichen Seiteneingang am Querhaus anhielt. Mehrere Prätorianer kamen aus der Kathedrale, um die herbeigeschafften Gefangenen in Empfang zu nehmen: vier Männer, drei Frauen und zwei Zwerge. Sie alle trugen weite, graue Umhänge, die lose von den Schultern hingen und bei manchen vorn offenstanden. Den Zwerg, der ihm und Oliver geholfen hatte, erkannte Luthien auf den ersten Blick an dessen buschigem, blauschwarzem Bart, der über den Rand der verhüllenden Kapuze hinauswucherte, sowie an dem ärmellosen Lederwams, den er auch am Morgen seiner Verhaftung auf dem Morkney-Platz getragen hatte.

Luthien erinnerte sich an den Namen, den Siobhan genannt hatte, und flüsterte: »Shuglin.« Es drängte ihn, den Helfer zu befreien, doch Oliver hielt den Freund zurück.

»Nicht jetzt«, zischte der Halbling und zeigte auf ein kleines Haus jenseits des Fuhrwerks. Hinter den Fenstern huschten etliche Gestalten vorbei, und vorm Eingang kauerten zwei, die wie Bettler aussahen. Sie waren von Kopf bis Fuß verhüllt, und Luthien verstand nun, was den Freund in Sorge versetzte. Bettler in der Oberstadt anzutreffen war mehr als ungewöhnlich, und diese Burschen hier hatten, unschwer erkennbar, die breitschultrige Statur von Zyklopen.

»Ob sie uns erwarten?« flüsterte Luthien.

»Es könnte durchaus sein«, antwortete der Halbling. »Zwar wäre eine solche Falle allzu offensichtlich, aber vielleicht ahnen sie ja, wie leicht du dich übertölpeln läßt.«

Luthien nahm keinen Anstoß an dieser Bemerkung; er war viel zu angespannt und verunsichert. Das Tageslicht nahm zu; vor und hinter den riesigen Mauern der Kathedrale wimmelte es von prätorianischen Wachen. Luthien wußte nicht weiter, doch auszubüchsen kam für ihn nicht in Frage.

Seine bedrückte Miene wechselte in einen Ausdruck wachsender Verwunderung über, als er den Freund betrachtete. Der Halbling hatte die dunkle Jacke, die Schuhe und den Hut abgelegt und in die Taschen seines Gehänges gestopft, die Hosenbeine hochgekrempelt und ein geblümtes Jungmädchen-Kleid angezogen. Nun setzte er eine Perücke aus langem, schwarzem Roßhaar auf den Kopf (Luthien hatte keine Ahnung, woher die stammte) und zupfte einen Gesichtsschleier zurecht, um Knebel- und Spitzbart zu verbergen.

Der gute, alte Oliver, dachte Luthien; er mußte schwer an sich halten, um nicht laut aufzulachen.

»Ich bin ab sofort das unschuldige Töchterlein eines vermögenden Händlerfritzen«, erklärte Oliver und reichte dem Freund einen gefüllten Geldbeutel. Luthien warf einen Blick hinein und bekam große Augen, als er sah, daß die Münzen aus Gold waren.

Oliver ergriff Luthiens Hand und führte ihn um die Ecke des Querhauses herum. Einen weiten Bogen um das Gefangenenfuhrwerk und den Trupp der Zyklopen schlagend, schlenderten sie über den Platz auf das Westportal des Ministeriums zu.

Luthien war tief beeindruckt vom Anblick des gewaltigen Westwerks, der kunstvoll gegliederten Fassade. In zahlreichen Nischen standen herrliche, bunt bemalte Statuen der Helden von einst, der Lichtgestalten aus Eriadors Geschichte. Der junge Bedwyr bemerkte, daß diese Standbilder seit langem vernachlässigt worden waren; die Farbe blätterte, die Konturen bröckelten und auf jedem Vorsprung häufte sich Vogelkot.

»Papa, beeil dich; wir kommen noch zu spät«, maulte der Halbling mit piepsiger Stimme.

Aus seinen Träumereien aufgeschreckt, warf Luthien einen irritierten Blick auf den Freund, straffte aber sogleich die Schultern und legte einen Schritt zu, als er zwei zyklopische Wachen in der Nähe stehen sah. »Ist es wirklich schon so spät?« fragte er.

»Dalli, dalli«, feixte eines der Monstren. »Wer nicht rechtzeitig seine Steuern berappt, muß im Bergwerk Steine klopfen.« Und mit grinsendem Blick auf Oliver fügte er hinzu: »Oder dem Herzog das Töchterlein abtreten.« Das gehässige Lachen der beiden hätte Luthien am liebsten mit seinem versteckten Schwert beendet, doch er hielt sich zurück.

Oliver stieß ihn von der Seite an und deutete kopfnickend auf den Geldbeutel. Luthien verstand und nahm ein paar Goldmünzen zur Hand. Alle Achtung, dachte er anerkennend, wußte er doch, wie schwer es dem knausrigen Halbling fiel, sich von Teilen seiner Beute zu trennen.

»Sollte ich mich wirklich verspätet haben?« fragte Luthien die Zyklopen, schaute sich um und bot ihnen die Münzen an.

»Ach was«, antwortete einer der beiden und öffnete eine der hohen Pforten, während der andere das Schmiergeld einsteckte.

Luthien und Oliver betraten den Vorraum, eine kleine, enge Durchgangshalle, die im Grundriß knapp zehn auf zehn Fuß maß. Als die Pforte hinter ihnen zugeschlagen wurde, atmeten die Freunde erleichtert auf. Unverzüglich schritt Luthien auf die Pforte zu, die zum Hauptschiff führte, wurde aber von Oliver zurückgehalten. Er legte den Finger an die Lippen und preßte das Ohr an die Holztür. Von drinnen tönte eine dunkle Stimme; die die Namen der Steuerzahler aufrief.

Wie sollte es nun weitergehen? fragte sich Luthien. Oliver schien eine Antwort in Aussicht zu nehmen und schaute nach oben. In beide Seitenwände waren auf halber Höhe Öffnungen eingelassen, die Einschlupf boten in einen Gang, der sich durch das Westwerk erstreckte.

Im Nu hatte Oliver seine magische Dregge ausgeworfen. Die beiden kletterten am Seil hinauf und liefen durch den Gang, der, wie es schien, für Wartungsarbeiten an den Statuen und hohen Fenstern angelegt worden war. Über eine enge Wendeltreppe erreichten sie einen Säulengang, der in einer Höhe von fünfzig Fuß rund um das Hauptschiff herumführte.

»Das Triforium«, erklärte Oliver und zwinkerte verschmitzt mit den Augen. Von hier oben ließ sich bestens observieren, was unten im Hauptschiff passierte.

Luthien schaute nach oben und war überwältigt von dem riesigen Kreuzgewölbe, das sich über den weiten

Raum spannte; er kam sich darunter klein und unbedeutend vor.

Oliver war schon ein paar Schritte vorausgeeilt. »Komm endlich«, mahnte er im Flüsterton. Vorsichtig schlichen sie den Laufgang entlang. Zwischen den Säulen zur Linken standen große Steinskulpturen jüngeren Datums: geflügelte Scheusale mit gehörnten Häuptern, die auf das Hauptschiff herabblickten. Die Freunde waren voller Abscheu angesichts dieser dämonischen Fratzen, die den heiligen Ort entweihten.

Sie erreichten die Ecke zum südlichen Querhaus; das Triforium winkelte nach rechts ab. Schräg gegenüber ragten gigantische Orgelpfeifen auf. Darunter hatte sich einst der Chor gesammelt, wo früher Gottesdienst gefeiert wurde; jetzt schwärmten Zyklopen dort umher.

Vom Hochaltar waren die beiden noch rund dreißig Schritt entfernt. Dahinter lag die Apsis, jenes Halbrund am östlichen Rand, das Teil des trennenden Walls war und eigentlich noch zur Unterstadt gehörte.

Zunächst wurden Luthiens Blicke von den mächtigen Bündelpfeilern nach oben unter die Kuppel des Vierungsturms gelenkt. Als er dann schwindelnd den Kopf senkte und in den Altarraum hinabschaute, bekam er erstmalig Morkney, den verhaßten Herzog von Montfort, zu Gesicht. In ein rotes Gewand gehüllt, thronte er mit gelangweilter Miene auf einem Stuhl unmittelbar hinter dem Altartisch.

Auf einem Podest am Rand der Apsis stand der Steuereintreiber, flankiert von zwei riesenhaften Zyklopen. Er rief einen Namen in den Raum, worauf sich ein Mann aus dem Gestühl im Hauptschiff erhob und nach vorn eilte, um seine Abgaben zu entrichten.

Der Mann, ein Schankwirt aus der Unterstadt, reichte einem der Zyklopen einen Beutel voller Münzen und wagte sich nicht zu rühren, während der Inhalt des Beutels auf dem Altartisch ausgeschüttet und nachgezählt wurde. Morkney ließ sich die Summe nennen, wiegte den Kopf hin und her und winkte schließlich beiläufig mit der Hand, um den Wirt zu entlassen. Der lief zur Sitzbank zurück, sammelte seine beiden Kinder ein und sputete sich, ins Freie zu kommen.

Diese Prozedur wiederholte sich ein ums andere Mal auf die gleiche Weise. Die meisten Männer durften nach geleisteter Zahlung nach Hause zurückkehren. Dann aber trat ein alter Gemüsehändler vom Markt vor, dessen Abgabe den raffgierigen Herzog offenbar nicht zufriedenstellte. Morkney flüsterte einem der Zyklopen ein paar Worte zu, worauf dieser den Mann ergriff und davonschleppte. Eine alte Frau – die Gattin, wie's schien – sprang von ihrem Platz auf und fing lauthals zu lamentieren an. Auch sie wurde davongezerrt.

»Nicht zu fassen!« murmelte Oliver vor sich hin.

Rund zwei Stunden später hob Morkney die dürre Hand und unterbrach die Steuererhebung, um Gericht zu sitzen über die Angeklagten. Der Eintreiber machte einem anderen Mann am Lesepult Platz.

»Man führe die Gefangenen vor!« rief dieser. Zwei Zyklopen, die in der ersten Sitzreihe gesessen hatten, standen auf und zogen die Männer, Frauen und Zwerge an einer Kette hinter sich her.

»Da ist unser Retter«, bemerkte Oliver gelassen. »Hast du eine Idee, wie wir an ihn rankommen könnten?«

Luthien schwieg, zumal deutlich war, daß der Halbling die Frage nicht ernstgemeint hatte, denn es gab nicht die geringste Möglichkeit, helfend einzugreifen. In der Kathedrale hielten sich mindestens drei Dutzend Zyklopen auf, und wahrscheinlich schoben draußen noch mal so viele Wache. Darüber hinaus war

Morkney als trickreicher Hexer bekannt, der sich gewiß nicht so einfach überlisten ließ.

Kaum waren die einzelnen Anklagen verlesen worden, standen auch schon Urteil und Strafe fest: Die vier Männer sollten nach Princetown deportiert werden. Oliver mutmaßte, daß man sie dort zum Militärdienst zwingen würde. Die drei Frauen mußten im Haushalt verschiedener Kaufleute dienen, die alle zu Morkneys Freunden zählten. Und den Zwergen stand, wie zu erwarten war, eine langjährige Knechtschaft in den Bergwerken bevor.

Die Freunde mußten ohnmächtig mitansehen, wie Shuglin durch das Querhaus zum Nordeingang geschleift wurde, wo ein Fuhrwerk zum Abtransport bereitstand.

Anschließend wurde mit dem Eintreiben der Steuern fortgefahren. Oliver und Luthien schlichen durchs Triforium in den Gang zurück, der im Vorraum mündete. Nachdem sie sich an der Wand abgeseilt hatten, holte Oliver die Dregge ein, verstaute sie in der Montur, zog den Schleier übers Gesicht und forderte Luthien auf, die Pforte zu öffnen. Die zyklopischen Wachen machten sich lustig über den vermeintlichen Händler und sein unschuldiges »Töchterlein«, doch Luthien überhörte ihre Zoten. Wortlos ging er an der Seite des Freundes zurück in die Wohnung, wo er wie ein gefangener Hund zwischen den Wänden unruhig hin- und herschlenderte.

Oliver, der nach wie vor sein Mädchenkostüm trug, machte darauf aufmerksam, daß es bald Mittag sei und das Zwelf aufmache, doch Luthien schien ihn nicht zu hören.

»Wir konnten für den armen Kerl nichts tun!« Oliver war nun mit seiner Geduld am Ende. Er hüpfte auf einen Stuhl und brüllte Luthien ins Gesicht: »Absolut nichts!«

»Man schleppt ihn jetzt ins Bergwerk«, entgegnete

Luthien und kehrte dem Freund den Rücken zu. »Aber ich werde ihn da rausholen; darauf kannst du Gift nehmen.«

»Bei allen Heiligen von Avon«, prustete Oliver. Resigniert ließ er sich auf einen Stuhl fallen und zog die schwarze Perücke ins Gesicht.

20. KAPITEL

Für den Lohn eines Kusses

Seit über einer Stunde warteten Luthien und Oliver auf einer Felszunge hoch über der schmalen Straße, die zum Bergwerk führte. Flußtänzer und Schäbig grasten auf einer nahegelegenen Weide. Im Norden, kaum eine Meile weit entfernt, war die äußere Stadtmauer von Montfort zu sehen. Oliver rechnete damit, daß das Fuhrwerk mit den Verurteilten erst nach Abschluß der Steuereintreibung die Stadt verlassen würde; wahrscheinlich war, daß Morkney noch den einen oder anderen »Freiwilligen«, der die Abgaben nicht entrichten konnte, mit auf die Reise schickte.

Luthien hatte das Fuhrwerk hier, unmittelbar hinter der Stadt überfallen wollen, doch Oliver wußte von vornherein, daß dieser Plan nicht aufgehen würde.

Die Miene des jungen Bedwyr verdüsterte sich merklich, als der Wagen herbeirumpelte, eskortiert von zwei Dutzend Zyklopen auf feurigen Maulsäuen.

»Können wir jetzt endlich ins Zwelf gehen?« fragte der Halbling müde. Doch statt zu antworten, rannte Luthien wütend los, um sein Pferd zu holen.

In sicherem Abstand folgten die beiden dem Fuhrwerk. Hin und wieder sahen sie es auf der kurvenreichen Straße vor sich auftauchen.

»Wir sollten die Finger davon lassen«, riet Oliver zum wiederholten Male, doch Luthien antwortete nicht. Nun schien dem Halbling endgültig der Geduldsfaden zu reißen. Er zügelte sein Pony und blieb stehen.

Luthien schaute sich verärgert um. »Der Zwerg ...«, hob er zu sagen an und stockte, denn Oliver warf die Hand in die Luft und gebot ihm zu schweigen. Der Halbling hatte die Augen geschlossen und den Kopf in den Nacken gelegt. Es schien, als habe er irgendeine Witterung aufgenommen.

Plötzlich gab er dem Pony die Sporen, worauf es mit einem mächtigen Satz von der Straße sprang und im Gebüsch verschwand. Luthien starrte entgeistert vor sich hin, bis auch ihm das Gestampfe etlicher Maulsäue zu Ohren kam, die sich von vorn näherten.

Für eine Flucht in die Richtung, die Oliver eingeschlagen hatte, war es zu spät. Luthien duckte sich tief auf den Hals seines Hengstes, trieb ihn heftig an und ritt im gestreckten Galopp zurück nach Montfort. Nach einer Meile fand er Gelegenheit, von der Straße abzubiegen, doch das Pferd stolperte auf holprigem Gelände und warf ihn aus dem Sattel. Blitzschnell war Luthien wieder auf den Beinen und langte nach dem Zügel, um das nervöse Pferd zu beruhigen.

Oben auf der Straße donnerte die Horde der Zyklopen entlang. Die Hufschläge und das Gepolter des leeren Fuhrwerks übertönten jedes andere Geräusch.

Nach kurzer Verschnaufpause führte Luthien sein Pferd zur Straße zurück, stieg in den Sattel und ritt in entgegengesetzter Richtung los, um den Freund zu suchen.

»Es wird aber auch Zeit«, schnaubte der Halbling. »Wir müssen den Zwerg raushauen, bevor er in den Schacht einfährt. Wenn er erst einmal da unten ist ...« Jedes weitere Wort war überflüssig, denn Luthien zögerte keinen Augenblick und preschte voraus.

Der Eingang zum Bergwerk bestand lediglich aus einem unscheinbaren Loch in der Felswand; die Seitenwände waren mit schweren Hölzern abgestützt. Die Freunde ließen ihre Reittiere in einem Gebüsch abseits der Straße zurück und kletterten bergan bis zu einer Stelle, die einen geschützten Ausblick bot auf das Gelände ringsum. Zyklopen waren nicht zu sehen. Nichts rührte sich.

»Von Bewachung keine Spur«, bemerkte Luthien.

»Warum wohl?« fragte Oliver nach.

Luthien zuckte mit den Achseln und trat aus dem Versteck hervor. Oliver packte ihn beim Arm und deutete auf eine zweite Öffnung im Fels, rechterhand des Eingangs zum Bergwerk. »Das könnten die Wohnquartiere sein«, flüsterte er. »Womöglich werden die Gefangenen dort festgehalten, bevor man sie nach unten schickt.«

Luthien blickte von einem Felsloch zum anderen. »Was machen wir jetzt?« fragte er.

Oliver nickte in Richtung auf den Bergwerksstollen. »Da legen wir uns auf die Lauer. Wenn Shuglin noch nicht drin ist, wird er da durch müssen.«

Von Oliver dicht gefolgt, kletterte Luthien den Hang hinauf. Vor dem Eingang angelangt, zog er die Kapuze seines blutroten Umhangs tief ins Gesicht. Es war dunkel in dem Tunnel, sehr dunkel. Auch als sich seine Augen an die Düsternis gewöhnt hatten, waren kaum Konturen auszumachen.

Oliver schlüpfte unter Luthiens Umhang, und gemeinsam rückten sie in den Stollen vor. Nach wenigen Schritten kamen sie an eine Biegung; rechts zweigte ein Nebengang ab, der allem Anschein nach zur anderen Öffnung im Berg führte. Aus der Tiefe des Hauptstollens flackerte plötzlich ein schwacher Lichtschein. Schritte waren zu hören.

Die Freunde huschten in den Seitengang. Den Rücken an die Wand gepreßt, klappte Luthien seinen Bogen auseinander. Oliver legte sich auf den Bauch, robbte bis zur Felskante vor und spähte in den Stollen.

Das Fackellicht nahm an Helligkeit zu. Zwei Zyklopen tauchten auf; sie sprachen unbekümmert miteinander. Oliver hob die Hand, um Luthien ein Zeichen für den Angriff geben zu können.

Der junge Bedwyr legte einen Pfeil auf die Sehne. Das Licht wurde heller, das Stampfen der Schritte lauter. Als dann der Halbling die Hand herunterfahren ließ, trat Luthien vor und spannte den Bogen.

Die Zyklopen waren nur noch wenige Schritte entfernt. Vor Schreck sprangen sie auseinander.

Luthiens Geschoß verfehlte sein Ziel.

Er konnte es kaum glauben: Der Zyklop, auf den er angelegt hatte, war herumgewirbelt und dem Pfeil ausgewichen, der unter hochgerissenem Arm die Achselhöhle streifte, ohne größeren Schaden anzurichten.

Luthien starrte auf den Bogen, als fühlte er sich durch ihn betrogen. Und schon stürmten die Zyklopen wutschnaubend herbei. Gewiß hätten sie Luthien niedergestreckt, wäre Oliver nicht dazwischengefahren.

Rapier und Dolch führten einen wilden Tanz auf, und noch ehe die Monstren von ihm Notiz nahmen, hatte der Halbling den einen schwer, den anderen leicht verletzt.

Der verwundete Zyklop ließ die Waffe fallen, hielt die Rechte an die Rippen gepreßt und versuchte, mit der Fackel auf den Halbling einzudreschen. Sein Kumpan stieß wilde Flüche aus und schwenkte eine schwere Keule.

Oliver ließ sich nach links in den Seitenstollen fallen und rollte über die Schulter ab. Der mit der Keule hatte sein glubschendes Auge starr auf den Halbling gerichtet und schrie vor Entsetzen auf, als sich ihm Luthiens Schwert in den Brustkorb bohrte.

Oliver war schon wieder auf den Beinen, wich der Fackel aus, die auf ihn niedersauste, und stach mit dem Rapier zu. Tödlich getroffen, glotzte das Monstrum entgeistert auf den kleinen Gegner herab und sackte zu Boden.

Die Freunde beeilten sich, die Fackel zu löschen,

denn aus dem Tunnel flackerten weitere Lichter auf. Sie schlichen durch den Seitengang, der an einer Felskante endete, vierzig Fuß über dem ebenen Boden einer großen, ovalförmigen Kammer. Darin hielten sich fünf Zyklopen auf, die zwei Zwerge bewachten, wovon einer – wie die Freunde erleichtert bemerkten – einen buschigen, blauschwarzen Bart und ein ärmelloses Lederwams trug. Beide waren an Hand- und Fußgelenken festgekettet. Die Zyklopen standen am Rand der Kammer vor einem großen Ausschnitt im Felsboden. Darüber erhob sich ein Holzgerüst samt Flaschenzug und Winde. Zwei Seile führten durch das Loch nach unten.

Während einer der Zyklopen, über den Rand des Ausschnitts gebeugt, eins der Seile durch die Hand laufen ließ, bediente ein anderer die Winde.

Luthien nockte einen Pfeil auf, doch Oliver mahnte ihn wortlos zur Vorsicht und machte darauf aufmerksam, daß nicht weniger als drei weitere Stollen in die hell erleuchtete Kammer mündeten.

Luthien begriff, was ihm der Freund anzudeuten versuchte. In den höher gelegenen Regionen des Stollenkomplexes hielt sich wahrscheinlich eine Vielzahl von Wachen auf, die sofort zur Stelle sein würden, sobald Geräusche eines Kampfes zu vernehmen wären.

Unschwer zu erraten war aber auch, was es mit dem Flaschenzug und der Winde auf sich hatte. Luthien ahnte, daß an den Seilen eine Hebebühne hing, und wenn Shuglin und der andere Zwerg darauf nach unten befördert würden, käme jede Hilfe für sie zu spät.

Der Zyklop am Schacht reckte den Hals nach vorn und rief nach unten, und aus der nächst tieferen Etage wurde Antwort gegeben. Plötzlich kippte er kopfüber ins Loch. In seinem Rücken steckte ein Pfeil. Vier seiner Kumpane blickten erschrocken durch den Raum und sahen Luthien auf der Felskante knien, der gerade einen zweiten Pfeil abgeschossen hatte. Der prallte von der Winde ab, bewirkte aber immerhin, daß der Einäugige an der Kurbel schreiend zurückwich.

Unterdessen hatte Oliver die magische Dregge unter die Decke der Kammer geworfen; jetzt hüpfte er auf die Schulter des Freundes, der den Bogen zusammenklappte, das Seil ergriff und von der Kante absprang in Richtung auf die Winde. Blut- und purpurrot flatterten die Umhänge der beiden durch die Luft, als sie herbeigeflogen kamen.

Dank Olivers geschickter Berechnung, war die Dregge günstig fixiert. Als das Pendel durch den tiefsten Punkt schwang, ließ sich der Halbling zu Boden fallen und purzelte umeinander. Luthien flog weiter dem Zyklopen an der Winde entgegen und trat mit dem Fuß nach ihm aus. Indem er sich duckte, konnte der Zyklop diesem Angriff noch ausweichen, nicht aber dem, der nun von Oliver ausging. Dessen Rapier schnellte vor, durchstieß seinen Bauch und schlitzte die Decke auf bis zur Lunge. Er stürzte zu Boden und rang erstickend nach Luft.

Der Tritt hatte Luthien am Seil herumwirbeln lassen. Er flog über den Schacht hinaus und sah, wie erwartet, eine große Hebebühne in fünfzehn Fuß Tiefe an den Seilen hängen. Darauf stand ein halbes Dutzend Zyklopen, die vergeblich darauf warteten, nach oben gehievt zu werden.

Der äußerste Pendelausschlag war erreicht, und nun schleuderte es Luthien zurück – drei bewaffneten Zyklopen entgegen. Es blieb ihm nichts anderes übrig, als abzuspringen. Mit flatternden Armen stürzte er auf die klaffende Schachtöffnung zu und prallte schließlich im Hüftknick gegen den Rand. Blitzschnell wälzte er sich darüber hinweg, zog aufspringend sein Schwert und rannte zur anderen Seite des Schachtes hin. Einer der Zyklopen nahm sich den Halbling vor, die anderen versuchten, Luthien in die Enge zu treiben. Und wie aus einem Halse schrien alle um Hilfe und warnten vor dem »Blutroten Schatten«.

»Aha, der dickste Koloß hat's auf mich abgesehen«, bemerkte Oliver; und tatsächlich: Ihm stand ein Exemplar gegenüber, das die meisten seiner Artgenossen sowohl an Körperfülle wie auch an Häßlichkeit in den Schatten stellte. Schlimmer noch: Dieses Monstrum führte eine riesige, doppelschneidige Streitaxt und war mit einem Panzer geschützt, den kein Rapier der Welt würde durchstoßen können.

Und schon hackte die Bestie mit der Axt zu. Oliver hechtete nach vorn, kugelte durch die gegrätschten Beine des Gegners und sah Funken sprühen, als das Eisen den felsigen Boden traf und erschüttern ließ.

Brüllend fuhr der Zyklop herum und sah sich abermals genarrt, denn Oliver war bereits auf demselbem Weg zurückgerollt. Dann standen sie einander gegenüber. Oliver hatte die Winde im Rücken und den offenen Schacht vor sich.

Derweil schlug sich Luthien wacker gegen die beiden anderen Zyklopen. Die waren ebenfalls gut gerüstet und verstanden es, mit ihren Schwertern umzugehen, was ihnen der junge Bedwyr schon nach dem ersten Schlagabtausch zugestehen mußte.

Mutig sprang er vor, doch der eine wehrte seinen Angriff ab, während der andere Gegner mit der Klinge zustach. Es hätte nicht viel gefehlt, und Luthien wäre aufgespießt worden. Herumwirbelnd schlug er mit der eigenen Waffe die des Zyklopen zur Seite und attackierte erneut – wiederum vergeblich.

Oliver hoffte darauf, den schwergewichtigen Koloß ermüden zu können; immer wieder stach er zu, doch das Rapier vermochte den Panzer nicht zu durchstoßen. Bald geriet auch der Halbling ins Keuchen, so sehr strengte es ihn an, den gewaltigen Axthieben auszuweichen.

Er musterte den Gegner auf der Suche nach einer

Lücke, einem Spalt in der Rüstung. Doch davon war nichts zu sehen; statt dessen entdeckte er einen Schlüsselring, der am Gürtel des Monstrums hing. Der Halbling warf einen Blick auf den jungen Freund und wartete auf einen günstigen Augenblick.

Luthien wurde hart bedrängt, schlug aber trotzig zurück und hielt die Gegner auf Abstand. Er entdeckte, daß die beiden Zwerge die langen Fußfesseln entwirrten, und was sie im Schilde führten, war nicht schwer zu erraten.

Luthien trug Angriffe vor, die leicht zu parieren waren. Es kam ihm fürs erste nur darauf an, die Gegner zu beschäftigen.

Die Zwerge kamen von hinten und warfen sich wuchtig mit den Schultern in die Kniekehlen der Zyklopen. Luthien sprang zur Seite, als die beiden an ihm vorbeistolperten. Einem von ihnen versetzte er flugs einen Stoß in die Rippen. Der prallte mit dem Kumpan zusammen, worauf beide schreiend in den Schacht stürzten.

Luthien hörte sich bei seinem Namen gerufen, warf einen Blick zurück und sah den Freund mit dem Rapier zustechen. Die Klinge fuhr geradewegs durch den Schlüsselring, riß ihn, seitlich weghebelnd, vom Gürtel des Gefängniswärter ab und schleuderte das Ding im hohen Bogen durch die Luft – in Luthiens wartende Hand.

Luthien zögerte keine Sekunde lang und eilte auf die Zwerge zu. Glücklicherweise paßte schon der zweite Schlüssel ins Schloß, und im Nu waren die beiden Gefangenen von ihren Fußketten befreit. Sogleich wandte er sich mit erhobenem Schwert dem einzig übriggebliebenen Gegner zu.

Die Freunde hatten sich einen klaren Vorteil erkämpft, doch der drohte ihnen nun wieder verlustig zu gehen, denn aus den Seitengängen drang tumulthafter Lärm. Fackellicht flackerte an den Wänden.

Auch die Wachen auf der Hebebühne versuchten, in den Kampf einzugreifen. Am Schachtrand tauchte ein einäugiges Gesicht auf, dann ein zweites. Die Monstren waren an den Seilen des Flaschenzugs emporgeklettert.

In rasender Wut über den Verlust des Schlüsselrings schlug der Koloß mit der Streitaxt um sich. Oliver hüpfte wendig hin und her, verzichtete auf jede Parade, denn es war nur allzu klar, daß ihm sein Rapier von der mächtigen Waffe zerschlagen oder aus der Hand gerissen würde.

Einem neuerlichen Hieb ausweichend, sprang er über die Kurbel auf die Walze der Winde. Schon war der mächtige Zyklop wieder zur Stelle; er holte aus, hob die Axt hoch über den Kopf und schlug zu. Der Halbling rettete sich mit einem Sprung zur Seite, als die Schneide niedersauste, das aufgewickelte Seil durchtrennte und dann in der Winde steckenblieb. Der genarrte Gefängniswärter zwinkerte verdutzt mit dem Auge, sah das gekappte Seil wegschnellen und durch den Flaschenzug flutschen. Die Bühne und mit ihr ein Dutzend Zyklopen stürzte in die Tiefe.

»Besten Dank auch«, feixte Oliver.

Brüllend zerrte das Monstrum die Axt frei und schleuderte sie mit entfesselter Kraft in seine Richtung, doch der Halbling war längst in Deckung und zurück auf die Windenwalze gesprungen. Er setzte zum Stoß an und traf ins Auge des Zyklopen, als der Gegner, von der schieren Wucht des Hiebs getrieben, um die eigene Achse wirbelte und sich frontal dem Halbling stellte.

Der geblendete Gefängniswärter tobte wie von Sinnen, ließ einen Axthieb auf den anderen folgen. Das Eisen krachte gegen Felsgestein, vor die Winde, ohne auch nur einmal dem Halbling gefährlich nahe zu kommen. Der hatte, wie's schien, Gefallen an dem Spiel, tanzte behende umher und verspottete den wütenden Gegner in der Absicht, ihn an den Rand des Schachts zu locken. Prompt tappte dieser herbei.

Auf ein Zeichen von Oliver hin kam Shuglin angerannt und stieß den Riesen über die Kante. »Schade um die Axt«, grummelte er, als der Zyklop in den Schacht stürzte.

Luthien hatte nur wenig Probleme damit, die ungestümen Angriffe seines zyklopischen Gegners zu parieren. Geduldig wartete er auf seine Chance. Und als die Kräfte des anderen nachließen, ging Luthien mit gezielten Schlägen zur Gegenwehr über.

Das Monstrum sah ein, daß es nur noch verlieren konnte, und reagierte in typischer Manier für seinesgleichen: Es nahm Reißaus und floh – direkt in die Arme seiner Kumpane, die nun durch die Seitengänge die Kammer betraten.

Es wurde für eine Weile ganz still. Lautlos formierte sich der Trupp aus über zehn Zyklopen. Oliver riskierte einen Blick in den Schacht. Das schwarze Loch war unermeßlich tief, als Fluchtweg ungeeignet, zumal Dregge und Seil nach wie vor unter der Kammerdecke hingen. Luthien nutzte die kurzfristige Waffenpause, um Shuglin die Handfesseln abzunehmen. Dann half er auch dem anderen Zwerg aus den Eisen, während Shuglin loseilte, um sich das Schwert jenes Zyklopen zu sichern, den Oliver getötet hatte.

Noch machten die Gegner keine Anstalten loszuschlagen. Luthien ahnte warum. Sie warteten auf weitere Verstärkung.

Oliver schien gleiches zu bedenken. »Wir müssen uns was einfallen lassen«, sagte er und krauste die Stirn.

Luthien steckte das Schwert in die Scheide, klappte blitzschnell den Bogen auseinander und legte einen Pfeil zurecht. Die Zyklopen erkannten sogleich, was der junge Mann mit dem seltsamen Stecken vorhatte, und beeilten sich, in Deckung zu gehen.

Luthiens Geschoß traf in den Hals eines Monstrums, das schreiend zu Boden ging. Unter lautem Gebrüll stürmten die anderen vor, ehe Luthien einen zweiten Pfeil auflegen konnte.

»Das war kein gescheiter Einfall«, meinte Oliver trocken.

Bei dem Tumult, der nun einsetzte, war nicht zu hören, was an anderer Stelle vor sich ging. Mehrere Angreifer rissen plötzlich die Arme in die Luft, torkelten umher und stürzten zu Boden, ein jeder mit einem Pfeil im Rücken. Alles blickte nach oben zur Kante des Ausstiegs, durch den auch Oliver und Luthien gekommen waren. Dort kauerte eine Handvoll schlanker Bogenschützen – Elfen, wie es schien –, die in schneller Folge einen Pfeil nach dem anderen auf die Zyklopen schleuderten.

Die Einäugigen rannten in heller Aufregung davon, nicht wenige waren bespickt mit mehreren Pfeilen. Aus den Seitengängen wurde bald darauf heftig zurückgeschossen mit Armbrustbolzen und Speeren, und obwohl sich erneut bestätigte, daß Zyklopen miserable Schützen waren, stellte allein die Anzahl der fliegenden Geschosse eine ernstzunehmende Gefahr dar.

»Lauft los!« tönte eine helle Stimme, die Luthien sofort erkannte.

»Siobhan«, sagte er zu Oliver und zog den Freund hinter sich her.

Luthien packte Olivers Seil und löste mit dreimaligem Ruck die Dregge von der Decke. Inzwischen hatte Siobhan von sich aus ein Seil heruntergeworfen, an dem Shuglins Gefährte eilig emporklomm. Ein Pfeil bohrte sich in die muskelbepackte Schulter des Zwergs, doch der verzog nur das Gesicht und kletterte unbeirrt weiter.

Luthien warf die Dregge neben die Einstiegskante an die Wand und reichte Shuglin das Seil. Der Zwerg forderte Oliver auf, sich auf seinem Rücken festzuhalten. Luthien staunte nicht schlecht, als er sah, mit welcher Kraft und Schnelligkeit Shuglin Höhe gewann.

Unmittelbar neben Luthiens Füßen schlug ein Speer auf dem Felsboden auf. Wie auf ein Kommando stürmten plötzlich aus allen drei Seitengängen die Zyklopen vor, geduckt hinter Schilden, um sich vor den Pfeilen zu schützen, die nun wieder scharenweise von oben herabflogen.

Luthien hatte warten wollen, bis Shuglin und Oliver an der Kante angelangt waren, weil er nicht wissen konnte, wieviel Last die Dregge würde halten können. Aber ihm blieb keine Zeit mehr. Er sprang an dem Seil hoch, stopfte das Ende in den Hosenbund, stemmte die Beine gegen die Wand und kletterte.

Was bei den kräftigen Zwergen wie ein Kinderspiel ausgesehen hatte, kostete Luthien große Mühe; er kam sehr viel weniger schnell voran, und wahrscheinlich wäre er von einer langen Lanze abgefangen worden, hätte Shuglin, kaum daß er oben angekommen war, nicht sofort zugepackt und mit Hilfe seines Artgenossen das Seil eingeholt.

Pfeile surrten von oben herab, dicht an Luthiens Kopf vorbei; doch weitaus bedrohlicher waren die Geschosse von unten. Er spürte einen Schlag unterm Stiefel und sah, daß sich ein Pfeil in den Absatz gebohrt hatte.

Dann packten ihn rauhe Hände bei den Schultern und hievten ihn über die Kante in Sicherheit. Unverzüglich rannten die Freunde los. Als sie den Eingangstunnel erreichten, wo die beiden Zyklopen lagen, die Oliver und Luthien erschlagen hatten, hörten sie den Lärm hinter sich. Die Verfolger waren ihnen schon auf den Fersen.

»Unsere Pferde stehen da drüben!« erklärte Luthien. Siobhan nickte, gab ihm einen flüchtigen Kuß und drängte ihn, dem Halbling nachzueilen. Mit ihren

Schröpfer-Gefährten und den beiden Zwergen floh sie in entgegengesetzter Richtung und verschwand im Gebüsch.

»Ich kann es kaum glauben, daß sie uns zur Hilfe gekommen sind«, sagte Luthien, als er zu Oliver aufgeschlossen war, der bereits mit einem Fuß im Steigbügel stand.

»Du scheinst gut küssen zu können«, antwortete der Halbling und gab seinem Pony die Sporen.

Die beiden hatten die Straße erreicht, als die zyklopische Horde vor dem Bergwerk ins Freie stürmte, heulend vor Wut. Doch Luthien und Oliver hörten nur noch das Hufgestampfe ihrer fliehenden Pferde.

21. Kapitel

Unerwünschte Aufmerksamkeit

Wie verabredet, ging Oliver allein voraus ins Zwelf; Luthien folgte wenig später. Der Halbling war seit dem Ausbruch aus dem Bergwerk sehr vorsichtig geworden und hielt es für ratsam, daß er und Luthien getrennte Wege gingen, um nicht als unzertrennliches Gespann Aufmerksamkeit zu erregen. Luthien konnte diese Maßnahme nicht so recht einsehen, denn Oliver war beileibe nicht der einzige Halbling in Montfort, der mit einem Menschen umherzog. Falls die prätorianische Garde tatsächlich einen Verdacht gegen sie hegte, würde sie Dutzende ihresgleichen observieren müssen.

Aber Luthien verzichtete auf jeden Einwand, zumal es nie verkehrt sein konnte, Vorsicht walten zu lassen.

Wie an jedem Abend dieser Woche war das Zwelf voller Gäste. Elfen, Zwerge, Halblinge und Menschen hockten dicht gedrängt beieinander und sparten nur die eine Ecke aus, die eine Gruppe von Zyklopen in Beschlag nahm, Prätorianer, mit schweren Waffen und finsteren Mienen.

Luthien bahnte sich einen Weg durch die Menge und fand Oliver am Tresen sitzen. Günstigerweise war neben ihm ein Hocker frei.

»Oliver!« rief Luthien erfreut. »Wie schön, dich wieder mal zu sehen. Wann haben wir das letzte Mal miteinander angestoßen? Muß schon mehrere Wochen her sein.«

Oliver sah ihn verwundert an und krauste die Stirn.

»Ihr habt doch noch gestern abend hier gehockt«, sagte Tasman.

Luthien grinste verlegen und zuckte mit den Achseln. »Die Bude ist wieder mal gerammelt voll«, bemerkte er mit Blick in den Schankraum.

»Es gibt ja auch so manche bemerkenswerte Neuigkeit zu erfahren«, antwortete Tasman und schob Luthien einen Krug Bier zu.

Nachdem der junge Bedwyr einen kräftigen Schluck daraus getan und den Krug wieder abgestellt hatte, fiel ihm auf, daß Oliver ungewöhnlich schweigsam war und mit nachdenklicher Miene vor sich hinstarrte.

»Interessante Neuigkeiten also ...« Luthien griff das Stichwort auf in der Hoffnung, informiert zu werden. Doch aus dem Stimmengewirr im Raum schnappte er genügend Gesprächsfetzen auf, um sich selbst einen Reim machen zu können. Allenthalben war vom Blutroten Schatten die Rede. Ein zerlumpter, alter Kerl torkelte betrunken, wie er war, auf den Tisch der Zyklopen zu, schnippte provozierend mit den Fingern und grölte: »Der Schatten lebt!« Eins der Monstern sprang dem Strolch an die Kehle, wurde aber von einem seiner Kameraden zurückgehalten.

»Es riecht nach Keilerei«, meinte Luthien.

»Das wäre nicht die erste in dieser Woche«, entgegnete Oliver mürrisch.

Über eine Stunde lang blieben sie in der Schenke. Während der Halbling schlechtgelaunt über seinem Bier brütete, lauschte Luthien den aufgeregten Gesprächen, und immer wieder kam ihm zu Ohren, daß die armen Leute von Montfort Mut schöpften und sich aufrichteten an den verheißungsvollen Gerüchten um den legendären Helden.

Als Oliver ging und dem Freund mit winkender Hand bedeutete, ihm zu folgen, eilte Luthien mit leichtem Schritt nach draußen. »Wir hätten noch eine Weile bleiben sollen«, sagte er. »Womöglich kommt es zum Kampf, und die Schurken sind sehr viel besser bewaffnet als unsere Freunde.«

»Sie fordern den Streit heraus«, erwiderte Oliver, kurz angebunden.

Luthien blieb stehen und blickte dem Halbling nach, der weiterging, ohne sich umzuschauen. »Was hat er nur?« murmelte der junge Mann vor sich hin, dabei ahnte er die Antwort längst. Den Halbling verstörte das zunehmende Aufsehen, das er und der Freund in der Stadt erregten.

Und in der Tat, Oliver war besorgt und fürchtete, daß der Wirbel um den Blutroten Schatten außer Kontrolle geriet. Zwar hatte er vollstes Verständnis dafür, daß sich das Volk über Morkneys Tyrannei empörte, doch als Dieb und Einbrecher konnte ihm die allgemeine Unruhe, die er und Luthien heraufbeschwörten, alles andere als recht sein. Aufhebens um seine Person gefiel dem eitlen Halbling nur, wenn er es aus anderen Gründen selbst darauf anlegte.

Schnell schloß Luthien zu dem Freund auf. »Hast du für heute nacht etwa einen Ausflug in die Oberstadt geplant?« Tonfall und Fragestellung machten deutlich, daß Luthien von einem solchen Plan im Grunde nichts wissen wollte.

Der Halbling sah ihn an und kniff die Brauen zusammen. Seit Shuglins Befreiung hatten sie keinen Coup mehr gelandet, und es war längst abgemacht, daß für die nächsten zwei, drei Wochen kein Beutezug in Frage kam. Trotzdem wußte Oliver, worauf Luthien mit seiner Frage abzielte.

»Mir scheint, du hast selbst Pläne«, sagte er und ahnte auch, welche. Der junge Freund sehnte sich danach, Siobhan wiederzusehen.

»Ich werde mich mit den Schröpfern treffen, um zu sehen, wie es Shuglin und seinem Freund so geht.«

»Den Zwergen geht's bestimmt prächtig«, antwortete Oliver. »Elfen und Zwerge kommen gut miteinander aus, denn sie teilen ein ähnliches Schicksal, seit sie von Menschen unterdrückt und verfolgt werden.«

»Ich will mich nur vergewissern«, sagte Luthien.

»Natürlich«, entgegnete Oliver schmunzelnd. »Komm nur früh genug nach Hause zurück. Die Nacht wird kalt, und im Zwelf wird's sicherlich Krach geben, noch ehe der Mond untergeht.«

Luthiens verdatterte Miene reizte Oliver zum Lachen, obwohl ihm danach eigentlich nicht zumute war. Es fiel ihm allerdings nicht ein, Luthien von seiner Verabredung abzubringen. Er wollte ihn nur ein bißchen hinhalten und zappeln lassen, denn aus Erfahrung wußte er, daß solche Neckereien das Verliebtsein um so süßer machten.

»Also dann«, sagte der Halbling, als das hinausgezögerte Schweigen zwischen ihnen unangenehm wurde, »komm beizeiten zurück.«

Luthien eilte davon, und Oliver machte sich schmunzelnd auf den Nachhauseweg; sein romantisches Schwelgen machte alle Sorgen vorläufig vergessen.

Bis tief in die Nacht hinein brannten die Kerzen in Herzog Morkneys Privatgemächern. Eine Gruppe von Kaufleuten hatte ihn um Audienz ersucht, doch der Herzog war den ganzen Tag über so sehr beschäftigt gewesen mit der Bilanzierung der ausgehenden Geschäftssaison, daß er sie nicht früher hatte empfangen können.

Der Grund ihres Kommens war für Morkney unschwer zu erraten. Ganz Montfort kannte zur Zeit nur ein Thema: den Ausbruch aus dem Bergwerk. Doch dieser Zwischenfall beunruhigte den Herzog kaum. Es war schließlich nicht das erste und würde auch nicht das letzte Mal sein, daß ein Gefangener entfliehen konnte. Die Kaufleute aber, die nun mit grimmigen Gesichtern vor dem sagenhaften Schreibtisch Morkneys standen, schienen mehr als besorgt zu sein.

Der Herzog lehnte sich im Sessel zurück und hörte den Männern aufmerksam zu, die sich wieder einmal jammernd über den mysteriösen Unruhestifter, den Blutroten Schatten, beklagten.

»Man hat mein ganzes Geschäft mit roter Farbe beschmiert«, erboste sich einer.

»Meins auch«, riefen zwei andere gleichzeitig.

»Und überall in der Stadt sind Parolen zu lesen wie ›Der Schatten lebt!‹«

Morkney nickte bedächtig. Auch er hatte Beispiele für solche Schmierereien gesehen. Er wußte auch, daß nicht der Blutrote Schatten dafür verantwortlich war, sondern all jene, die seinem legendären Ruf folgten. Und daß diese immer zahlreicher wurden, wuchs zu einem Problem aus, an dem auch Morkney nicht länger vorbeikam.

Eine geschlagene Stunde lang hörte er dem Gestammel der Kaufleute zu, und obwohl diese sich ständig wiederholten, blieb er geduldig. Er versprach, mit aller Entschiedenheit für Abhilfe zu sorgen, hoffte aber im stillen darauf, daß die Unruhen von allein wieder abnehmen würden.

Sorgen hatte er ohnehin genug. König Grünspatz war wieder einmal unzufrieden mit den Steuereinnahmen aus Montfort, und sämtliche Seher stimmten darin überein, daß der kommende Winter mit äußerster Härte zuschlagen würde.

Als er am nächsten Morgen beim Frühstück saß, brachte der Oberst seiner prätorianischen Garde eine Nachricht, die den Herzog aufatmen ließ: Die Wagenkarawane, mit vier Gefangenen nach Avon unterwegs, war auf offener Straße überfallen worden. Der Oberst legte Morkney ein zerrissenes rotes Tuch vor, voll von dunklen Blutflecken.

»Wir haben den Strolch«, sagte der Zyklop. »Mit

dem Blutroten Schatten ist's aus und vorbei. Den Halbling, der, wie es hieß, sein ständiger Begleiter war, konnten wir ebenfalls schnappen und sieben andere dazu.«

»Und die Karawane?«

»Rollt weiter auf Avon zu«, antwortete der Oberst fröhlich, »die Leichen der Strolche im Schlepptau. Vier meiner Soldaten sind gefallen, aber immerhin haben wir zwei weitere Gefangene machen können.«

Morkney musterte den roten Fetzen und versprach dem Oberst und seinen Truppen eine angemessene Belohnung. Dann entließ er den Zyklopen und stellte fest, daß ihm das Frühstück plötzlich sehr viel besser schmeckte.

Aber schon bald darauf regte sich ein ungewisser Verdacht. Er nahm den zerrissenen Stoffetzen mit in sein Studierzimmer, suchte in der Bibliothek nach einem speziellen Buchband und half seinem Gedächtnis auf die Sprünge. Der Blutrote Schatten markierte seine Beutezüge mit unzweideutigen Zeichen, Schemen, die sich auf magische Art an Wänden und Fensterscheiben niederschlugen. Die Ursache dafür, so räsonierte Morkney, mußte in diesem Stoffetzen zu finden sein.

Er kramte in der Schublade nach geeigneten Zaubermitteln, streute exotische Kräuter und Pulver über das Beweisstück und las aus dem Buch die passende Formel ab. Für einen kurzen Augenblick schimmerten die Zaubermittel als ein silbrig blaues Glimmen auf.

Morkney wartete zwei, drei Minuten, doch es tat sich nichts weiter. Der blutbefleckte Lappen war ohne magische Wirkung und nie verzaubert gewesen.

Wie die Schmierereien in der Stadt so war auch der versuchte Überfall das Werk gemeiner Strolche, die den mysteriösen Schatten nachzueifern versuchten.

Morkney ließ sich in seinen Sessel fallen und langte

sich mit zittriger Hand ans Kinn. Der Blutrote Schatten wuchs sich tatsächlich zu einem schwerwiegenden Problem aus.

Unter den Gästen im Zwelf herrschte den ganzen Tag über gedrückte Stimmung. Grund dafür waren Meldungen, wonach ein Halbling, der auf den Namen Klößchen Dickwanst hörte, und sein Menschenfreund alias Dreckspatz Abner auf dem Fuhrweg nach Osten getötet worden seien. Und schon glaubte jeder, daß es den Blutroten Schatten erwischt habe. Oliver deBurrows zeigte sich von diesen Gerüchten wenig beeindruckt, als er am Abend die Schenke betrat, um mit Luthien zusammenzutreffen.

»Tja, den Blutroten Schatten gibt's nicht mehr. So heißt es jedenfalls«, sagte Tasman und schenkte den Freunden ein.

Luthien bemerkte, daß die Miene des Wirts ganz und gar nicht übereinstimmte mit der Ernsthaftigkeit seiner Worte. Und wann, so fragte er sich, hatte Tasman das letzte Mal die Zeche von ihnen verlangt? War er etwa deshalb so großzügig, weil sie ihm die Wohnungsmiete immer pünktlich auszahlten?

Tasman rückte von ihnen ab, um einen anderen Gast zu bewirten, doch sein Blick – sein wissender Blick, wie Luthien befand – blieb lange auf dem jungen Mann und den Halbling an seiner Seite liegen.

»Ein Jammer, daß Klößchen tot ist«, sagte Oliver. »Er war so ein netter Kerl, hatte ein herrlich rundes Bäuchlein.« Auch bei Oliver waren Gemüts- und Tonlage merklich verschieden voneinander.

»Tu nicht so«, antwortete Luthien vorwurfsvoll. »Daß die beiden tot sind, dauert dich doch kaum.«

»Auf Montforts Straßen werden tagtäglich Diebe umgebracht«, entgegnete Oliver und schaute dem jungen Freund in die zimtbraunen Augen. »Wir müssen an die Vorteile denken, die sich für uns daraus ergeben.«

»Vorteile?« Luthien verschluckte sich fast an diesem Wort.

»Unser Geld wird nicht über den Winter reichen«, erklärte Oliver. »Und die Aussicht darauf, bei Frost und Schneetreiben durchs Land vagabundieren zu müssen, gefällt mir überhaupt nicht.«

Luthien setzte den Bierkrug ab und blickte verdrossen drein. Olivers Kommentar zu den traurigen Ereignissen stieß ihm sauer auf.

»Es wäre gut, wenn sich irgendwie verhindern ließe, daß dein Umhang diese verräterischen Schatten wirft«, meinte der Halbling.

Luthien nickte grimmig. Ihm war klar geworden, daß das ehrlose Leben als Dieb seinen Preis verlangte, einen Preis auf Kosten des Gewissens. Daß manche Diebe in der Maske des Blutroten Schattens auf Beutezug gingen, war einigen schon zum Verhängnis geworden, und Oliver sah darin einen Vorteil. Luthien leerte den Krug und bat Tasman um eine weitere Füllung.

Oliver stieß ihn von der Seite an, nickte in Richtung Eingangstür und meinte, daß es besser sei, das Weite zu suchen.

Eine Gruppe von Prätorianern betrat die Schenke; die häßlichen Visagen trugen eine selbstgefällige Miene zur Schau.

Bald nachdem Luthien und Oliver in ihre Wohnung zurückgekehrt waren, brach im Zwelf eine mörderische Schlägerei aus. Drei Männer und zwei Zyklopen wurden getötet, etliche verletzt, und am Ende gelang es, die Prätorianer in die Oberstadt zurückzutreiben.

Herzog Morkney blieb wieder einmal lange wach. Die Mitternacht war der günstigste Zeitpunkt für das, was er im Sinn hatte, denn zu dieser Stunde ließen sich magische Kräfte am besten entfalten.

In seiner Studierkammer zog er den großen Wandteppich beiseite und enthüllte einen goldumrandeten

Spiegel. Unmittelbar davor setzte er sich auf einen Stuhl, rezitierte aus einem seiner Zauberbücher und schleuderte eine Handvoll kristallinen Pulvers gegen das Glas. Schlagartig verschwand das Spiegelbild, und statt dessen wirbelte grauer Rauch durch die eingerahmte Fläche.

Morkney setzte den Singsang aus magischen Formeln fort und schickte seine Gedanken – Gedanken über den Blutroten Schatten – durch den Spiegel. Der bewegte graue Rauch nahm Form an. Morkney beugte sich in seinem Sessel vor, hoffend, nun endlich die Identität des gefährlichen Strolchs in Erfahrung bringen zu können.

Plötzlich aber breitete sich ein roter Fleck auf dem Spiegel aus und überdeckte die hervorgezauberten Konturen.

Morkneys Augen weiteten sich vor Erstaunen. Noch eine volle Stunde lang haspelte er seine magischen Formeln herunter, streute ein ums andere Mal das kostbare Kristallpulver auf den Spiegel, doch der unkenntlich machende Schleier ließ sich nicht entfernen.

Voller Ärger kehrte er an den Schreibtisch zurück und blätterte erneut in seinen Büchern und Pergamenten, über die er schon den ganzen Tag lang gebrütet hatte. Er war bereits auf etliche Hinweise gestoßen, aus denen hervorging, daß der Blutrote Schatten in den Tagen der gasconischen Okkupation als Dieb und Widersacher der Besetzer gewirkt hatte. Doch all diese schriftlichen Indizien waren genausowenig aufschlußreich wie die Spuren, die der Nachfolger des legendären Diebs zurückließ. Aus einer Quelle aber war immerhin von einem blutroten Umhang zu erfahren, der aufgrund magischer Kräfte seinen Träger unsichtbar machte.

Morkney schaute zurück in den Spiegel. Offenbar tarnte dieser Umhang auch vor hellsichtigem Zauberblick.

Vorläufig gab sich Morkney zufrieden mit den Erkenntnissen, die er in dieser Nacht gewonnen hatte, wußte er nun doch mit Gewißheit, daß die erschlagenen Banditen nichts weiter als Hochstapler gewesen waren und daß der echte Blutrote Schatten immer noch lebte. Der fehlgeschlagene Versuch, die leibhaftige Gestalt dieses Schattens kenntlich zu machen, ließ den jahrhundertealten, weisen Hexer nicht verzagen. Wenn auch der Spiegel untauglich war – vielleicht bot sich ja, so hoffte er, eine andere Möglichkeit, Einblick zu nehmen: zum Beispiel durch einen Riß im Umhang des gewieften Diebes.

22. KAPITEL

Der Köder

Ein paar Tage später ging Oliver allein ins Zwelf. Wie üblich war der Schankraum voller Gäste, und wieder einmal kreisten alle Gespräche um den Blutroten Schatten. Oliver hockte am Tresen und hörte einen Zwerg sagen, daß der Held getötet worden sei bei dem Versuch, vier versklavte Männer zu befreien.

»Er ist nicht tot!« widersprach heftig ein Mensch am Nebentisch. »Er hat erst letzte Nacht ein Ding gedreht, 'nen Händler beim Wickel genommen.« Er wandte sich seinen Zechbrüdern zu, die eifrig mit dem Kopf nickten.

»Jawohl, und zwar genau hier«, fügte ein anderer hinzu und zeigte mit dem Finger mitten auf die Brust.

Oliver hatte mit solchen Reaktionen gerechnet und erinnerte sich an ähnliche Geschichten aus Gascony. Berühmt berüchtigte Diebe wurden gern zur Legende stilisiert und durch Nachahmer künstlich am Leben erhalten. Das geschah weniger aus Verehrung denn aus eigennütziger Taktik: Kleine Ganoven waren erfolgreicher, wenn sie, als der notorische Dieb verkleidet, ihre Opfer einzuschüchtern vermochten. Oliver seufzte; es bekümmerte ihn, daß sich da wieder einmal ein Halunke als Blutroter Schatten aufgespielt und einen Kaufmann erschlagen hatte. Wenn man ihn, Oliver, und Luthien jemals schnappte, würde ihnen wahrscheinlich auch dieser Mord in die Schuhe geschoben werden. Aber all diese Geschichten hatten auch etwas Gutes. Nachahmer verwischten die Spur der Freunde, und falls die Händlerfritzen wirklich davon ausgingen, daß der Blutrote Schatten tot sei, würden sie es demnächst womöglich wieder an Vorsicht mangeln lassen.

Zufrieden blickte sich der Halbling in der Schenke um, denn ihm stand der Sinn danach, einer Frau den Hof zu machen. Weil ihm aber unter denen, die er sah, keine attraktiv genug erschien, wandte er sich wieder seinem Bierkrug zu. Tasman stand unmittelbar vor ihm, wischte Gläser trocken und betrachtete ihn mit skeptischem Blick.

»Du bist allein gekommen«, bemerkte der Wirt.

»Luthien muß sein Mütchen kühlen und hat sich mit der Liebsten verabredet«, antwortete Oliver. »Zu einem Stelldichein bei Mondschein.« Olivers Miene verriet, daß er dafür großes Verständnis hatte. Er dachte zurück an jene Zeit in Gascony, wo er, seiner romantischen Natur gemäß, landein, landaus Frauenherzen im Sturm erobert und gebrochen zurückgelassen hatte.

»Du erwartest ihn also beizeiten zurück, oder?«

»Ach was«, entgegnete Oliver und winkte mit der Hand ab. Aber dann wurde er hellhörig, denn der Wirt schien ernstlich besorgt zu sein. »Wieso fragst du?«

Tasman beugte sich über den Tresen. »Siobhan, die Halbelfe«, flüsterte er. »Sie wird morgen vor Gericht gestellt.«

Oliver kippte fast von seinem Hocker.

»Man wirft ihr vor, die Gefangenen aus dem Bergwerk befreit zu haben«, erklärte Tasman. »Ihr Herr ist heute nachmittag mit ihr zum Herzog hin und hat sie angezeigt. Darauf war sie, wie es aussieht, nicht gefaßt gewesen.«

Oliver versuchte, die Nachricht zu verdauen und

deren mögliche Folgen abzuschätzen. Siobhan verhaftet? Warum ausgerechnet jetzt? Dem Halbling drängte sich sofort der Verdacht auf, daß in dieser Frage Siobhans Komplizenschaft mit dem Blutroten Schatten und ihr persönliches Verhältnis zu Luthien eine gewichtige Rolle spielten. War es möglich, daß der Hexerherzog Luthiens Doppelspiel durchschaute?

»Manche behaupten sogar, daß sie der Schatten sei«, fuhr Tasman fort. »Dazu wird sie morgen im Ministerium bestimmt Stellung nehmen müssen.«

Oliver war sichtlich entsetzt über diese Nachricht. »Woher weißt du all das?« fragte er, obwohl ihm sehr wohl bekannt war, daß Tasman seine Ohren überall hatte und über sämtliche Vorgänge in der Unterwelt Montforts bestens Bescheid wußte. Es gab einen Grund dafür, daß er und Luthien seit Wochen von Tasman bewirtet wurden, ohne bezahlen zu müssen. Es gab auch einen Grund dafür, warum Tasman – wie Oliver – Gefallen zeigte an den vielen Geschichten derer, die unter dem Deckmantel des Blutroten Schattens ihr Unwesen trieben.

»Das ist längst kein Geheimnis mehr«, antwortete der Wirt. »Die Spatzen pfeifen's von den Dächern. Mich wundert, daß du noch nicht davon gehört hast.«

In Montfort wurden fast täglich mutmaßliche Diebe verhaftet, ohne daß die Öffentlichkeit davon erfuhr. Oliver fragte sich deshalb, warum ausgerechnet diese Festnahme allseits bekannt gemacht worden war.

Er glaubte, die Antwort zu wissen, und für den Rest der Nacht ging ihm das Wort ›Köder‹ nicht mehr aus dem Sinn.

Kaum hatten er und Luthien am nächsten Morgen die Wachen vorm Portal des Ministeriums passiert, verschwand das ›Jungmädchen-Lächeln‹ vom Gesicht des Halblings. In der Vorhalle blickte er mißmutig auf sein lächerliches Kostüm herab, verärgert darüber, daß es ihn erneut hierher in die Höhle des Löwen verschlagen hatte. Doch daran ging kein Weg vorbei, was ihm bereits klar gewesen war, als er den Freund in der vergangenen Nacht über Siobhans Verhaftung aufgeklärt hatte.

»Es könnte sein, daß wir ihr nur noch mehr schaden«, gab der Halbling zu bedenken, als er die magische Dregge über den Seiteneinstieg schleuderte. Luthien war im Nu oben und hievte Oliver am Seil zu sich empor.

»Morkney hat wahrscheinlich nur einen vagen Verdacht auf ihre Komplizenschaft mit dem Blutroten Schatten«, fuhr der Halbling fort. »Wenn man uns hier erwischt, geht's deiner Liebsten an den Kragen.« An die drohenden Folgen für die eigene Person wollte er lieber nicht denken. Er strich die langen schwarzen Perückenhaare aus dem Gesicht und ordnete das beim Klettern verrutschte Kleidchen.

»Ich muß wissen, was Sache ist«, entgegnete Luthien entschlossen.

»Ich habe schon vor vielen Fallen gestanden, in denen ähnliche Köder ausgelegt waren«, sagte Oliver.

»Hast du jemals eine Liebste so schmählich im Stich gelassen?«

Oliver gab keine Antwort. Die Frage des Freundes versetzte ihm einen tiefen Stich, denn dergleichen hatte er sich tatsächlich vorzuwerfen. Er war damals noch sehr jung gewesen, lebte in einem kleinen Dorf auf dem Lande, begann gerade seine Karriere als Dieb und hatte einen reichen Landbesitzer ausgeraubt. Der Geprellte bekam ihn nicht zu fassen, schnappte sich aber statt dessen jenes Halbling-Mädchen, von dem er wußte, daß es mit Oliver verbändelt war.

Im nachhinein hatte er sich oft gefragt, wie es dem Mädchen wohl ergangen sein mochte, und was er damals als »taktischen Rückzug« zu rechtfertigen versucht hatte, kam ihm dann als Feigheit an.

Er folgte nun Luthien hinauf ins Triforium. Den Weg kannten sie ja schon von ihrer ersten Exkursion in die große Kathedrale. Im Unterschied zu damals waren jetzt, wie Oliver bemerkte, sehr viel mehr zyklopische Wachen und Zuschauer im Hauptschiff versammelt. Morkney plante offenbar einen Schauprozeß vor großem Publikum.

Oliver forderte den Freund auf, den magischen Umhang anzulegen. Er selbst warf sein purpurrotes Cape über das geblümte Kleidchen und setzte den verbeulten Hut auf den Kopf, bevor sie auf den von steinernen Scheusalen gesäumten Laufgang hinaustraten.

Lautlos schlichen sie bis zur Ecke des südlichen Querhauses voran, wo sie hinter einem der dämonischen Standbilder in Deckung gingen.

Die Szene im Chor unterschied sich kaum von dem, was sie während ihres ersten Besuches im Ministerium zu Gesicht bekommen hatten. Hinter dem Hochaltar thronte Herzog Morkney in roter Robe und blickte gelangweilt drein, während seine Lakaien die Steuerpflichtigen aufriefen und deren Abgaben nachzählten.

Luthien war an diesem Vorgang wenig interessiert und wandte seine Aufmerksamkeit der vordersten Sitzreihe zu. Von Zyklopen bewacht, hockten dort mehrere Gefangene in grauen Kutten. Ein Zwerg war darunter; an den blonden Locken, die unter der Kapuze zum Vorschein traten, erkannte Luthien, daß es sich zum Glück nicht um Shuglin zu handeln schien. Daneben kauerten sechs menschliche Gestalten von unterschiedlicher Größe, aber ob Mann oder Frau, war nicht auszumachen.

»Wo bist du?« flüsterte Luthien und starrte nach unten. Plötzlich regte sich eine der Gestalten und ließ ihr langes, weizenblondes Haar unter der Kapuze hervorwallen. Impulsiv drängte Luthien vor, und es schien, als wollte er von der Brüstung springen.

Oliver packte ihn beim Arm und verzog keine Miene, als ihn der junge Bedwyr mit wütenden Blikken bedachte. Doch dann sah auch Luthien ein, daß wirklich nichts zu machen war.

»Es ist wie beim ersten Mal«, flüsterte Oliver. »Ich weiß wirklich nicht, warum wir hier sind.«

»Ich muß doch wissen, was passiert«, empörte sich Luthien.

Oliver seufzte, hatte aber durchaus Verständnis für den Freund.

Über eine halbe Stunde lang wurden Steuern eingetrieben. Alles nahm seinen gewohnten Gang. Dennoch glaubte Oliver deutlich spüren zu können, daß der heutige Tag im Ministerium eine besondere Überraschung bereithielt. Hinter Siobhans Verhaftung steckte ein anderer Grund als der vorgeschobene, und die Meldung von ihrer Festnahme war gewiß mit Absicht ausgestreut worden. Daran hatte Oliver keinen Zweifel. Shuglins Prozeß war noch als bloße Warnung zu verstehen gewesen; mit dem Verfahren gegen Siobhan sollte nun der Blutrote Schatten aus der Reserve gelockt werden.

Voller Mitleid betrachtete er den Freund und sah ihn schon wie eine Forelle im Netz zappeln.

Der Steuereintreiber nahm nun seine Unterlagen vom Lesepult und machte einem anderen Büttel Platz. Der gab den Wachen ein Zeichen, worauf diese die sieben Angeklagten aufforderten, sich zu erheben.

Als erster aufgerufen wurde ein alter Mann von über sechzig Jahren. Er konnte sich kaum auf den Beinen halten und mußte von zwei Zyklopen vor den Altar geschleppt werden. Die Anklage lautete auf Diebstahl; der Alte hatte einen Mantel gestohlen. Als Zeuge trat nun auch der geschädigte Händler vor.

»Sieht nicht gut aus für den armen Kerl«, meinte Oliver. »Den Händler kenne ich; er ist ein Freund des Herzogs.«

»Wurde in diesem Haus denn je ein Angeklagter freigesprochen?« fragte Luthien und preßte die Lippen aufeinander.

Oliver schüttelte den Kopf.

Wie zu erwarten war, wurde der Alte für schuldig befunden und dazu verurteilt, seine gesamte Habe einschließlich der kleinen Hütte, die er in Montforts Unterstadt bewohnte, an den klagenden Händler abzutreten. Der erhielt außerdem die richterliche Erlaubnis, dem Alten die linke Hand abzuschlagen, um sie zur Abschreckung von Dieben über die Tür seines Ladens zu heften.

Zaghaft meldete der Verurteilte Protest an, wurde aber sogleich von den Zyklopen davongezerrt.

Als nächster kam der Zwerg an die Reihe. Luthien schaute sich nervös um. »Wo stecken eigentlich die Schröpfer?« fragte er. »Warum sind sie nicht hier?«

»Vielleicht sind sie's«, antwortete der Halbling, um den Freund zu beruhigen. »Aber wie wir werden sie den Prozeß nur beobachten und sich hüten, einzugreifen. Wer als Dieb erwischt wird, ist auf sich alleingestellt.«

Entrüstet wandte sich Luthien von Oliver ab und blickte hinunter in den Altarraum, wo gerade der Zwerg schuldig gesprochen und zu zwei Jahren Zwangsarbeit im Bergwerk verurteilt wurde. Der junge Bedwyr sah ein, daß die Worte des Halblings praktisch Sinn machten, denn wenn sich jede Diebesbande verpflichten würde, einem festgenommenen Mitglied zur Hilfe zu eilen, hätte der Herzog leichtes

Spiel und in kürzester Zeit sämtliche Diebe der Stadt in Haft genommen.

Daß Siobhan als letzte der Angeklagten aufgerufen wurde, bestätigte Olivers Verdacht, einer genau geplanten Inszenierung beizuwohnen. Sie trat aus der Bank hervor, und obwohl ihre Hände gefesselt waren, wehrte sie sich energisch gegen die Zugriffe der Zyklopen, die sie nach vorn vor den Altar stießen.

»Die Sklavin Siobhan«, verkündete der Ankläger am Lesepult und warf einen Seitenblick auf den Herzog. Morkney zeigte sich nach wie vor gelangweilt.

»Sie war am Überfall auf das Bergwerk beteiligt.«

»Wer behauptet das?« fragte die Halbelfe mit fester Stimme. Der hinter ihr stehende Zyklop versetzte ihr einen Stoß mit dem Knüppel in den Rücken, worauf sie mit dem Kopf herumfuhr und ihm vernichtende Blicke zuschleuderte.

»Sie ist zu hitzköpfig«, flüsterte Oliver mißmutig und hielt Luthiens Umhang gepackt, weil er fürchtete, daß der Freund die Fassung verlieren und von der Brüstung springen könnte.

»Du hast erst dann das Wort, wenn du gefragt wirst«, herrschte sie der Ankläger an.

»Welchen Wert hätte eine Antwort auf Eure Fragen?« entgegnete Siobhan und handelte sich damit einen weiteren Knüppelhieb ein.

Luthien fing vor Wut zu zittern an. Oliver schüttelte verzweifelt den Kopf und wünschte sich dringlichst an einen anderen Ort.

»Sie war dabei, als das Bergwerk überfallen wurde!« rief der Büttel mit Blick auf den Herzog. »Und außerdem ist sie eine Vertraute des ...«

Morkney warf die Arme in die Höhe, um seinen vorlauten Lakaien zum Schweigen zu bringen. Die namentliche Erwähnung des Blutroten Schattens paßte ihm offenbar nicht ins Konzept. Interessant, dachte Oliver bei sich.

Morkney wandte der Halbelfe sein runzliges Gesicht zu. Die blutunterlaufenen Augen glimmten wie ein magisches Feuer. »Wo sind die Zwerge?« fragte er betont gleichmütig.

»Was für Zwerge?«

»Die beiden, die ihr, du und deine … Komplizen, aus dem Bergwerk befreit habt«, antwortete Morkney, und sein auffälliges Stocken inmitten des Satzes bestätigte Oliver wieder einmal, daß Siobhans Verhaftung und Prozeß inszeniert worden waren, um ihn und Luthien zur Strecke zu bringen.

Siobhan schmunzelte und schüttelte den Kopf. »Ich bin Dienerin und komme pünktlich meiner Arbeit nach.«

»Wer ist der Herr dieser Sklavin?« rief Morkney. In der zweiten Bankreihe stand ein Mann auf und hob die Hand. »Du bist ohne Schuld«, erklärte der Herzog, »und wirst deshalb angemessen entschädigt für den Verlust der Arbeitskraft.« Der Angesprochene atmete erleichtert auf, nickte mit dem Kopf und setzte sich wieder.

»O nein«, stöhnte Oliver; ihm war nun alles weitere klar – im Gegensatz zu Luthien, dessen ratlose Blicke zwischen Händler, Herzog und Siobhan hin und her irrten.

»Und du«, knurrte Morkney, der sich nun nach zwei Stunden zum ersten Mal von seinem Thron erhob, »du bist überführt. Freue dich auf fünf denkwürdige Tage in meinem Verließ.« Und nach diesen Worten nahm er grinsend wieder Platz.

Fünf Tage? fragte sich Luthien im stillen. Was war das für eine Strafe? Als Oliver ein weiteres Mal aufstöhnte, ahnte Luthien, daß Morkney seinen Urteilsspruch noch nicht beendet hatte.

»Denn es werden deine letzten Tage sein«, fuhr der

Hexerherzog fort. »Nach deren Ablauf mußt du hängen, und zwar auf dem Platz, der meinen Namen trägt.«

Ein Raunen ging durch die Versammlung. Die zyklopischen Wachen langten nach den Waffen und blickten sich nervös nach allen Seiten um, auf der Hut vor drohender Gefahr. Mit diesem Urteilsspruch war nicht gerechnet worden. Während Morkneys Herrschaft hatte es bislang nur ein einziges Todesurteil gegeben, und zwar wegen Mordes, und wäre das Opfer nicht ein einflußreicher Mensch gewesen, hätte selbst dieses Kapitalverbrechen nur, wie üblich, eine Bestrafung zur Zwangsarbeit nach sich gezogen.

Und erneut drängte sich für Oliver der Verdacht auf, daß hier ein Köder ausgelegt wurde. Er dachte voraus an die schweren Prüfungen, die ihm und dem Freund nun bevorstünden, denn Luthien würde eine solche Ungerechtigkeit nicht hinnehmen und zumindest den Versuch einer Rettung riskieren. Im stillen verplante der Halbling die nächsten fünf Tage. Zunächst galt es, Verbindung zu den Schröpfern aufzunehmen und zu all denjenigen, die bereit waren zu helfen.

Doch sogleich mußte er all seine Pläne wieder über den Haufen werfen, denn Luthien hatte die Deckung verlassen und den Bogen gespannt.

Mit einem Schrei der Entrüstung schleuderte der junge Bedwyr seinen Pfeil dem Herzog entgegen, der verwundert zum Triforium aufblickte. Plötzlich zuckte ein silbrig gleißender Blitz durch den Raum, und aus dem einen Pfeil, der durch die Vierung schnellte, wurden fünf; ein weiterer Blitz verfünffachte diese fünf, und schließlich machte ein dritter Blitz aus diesen fünfundzwanzig Geschossen hundertfünfundzwanzig.

Und sie alle flogen zielstrebig auf den Herzog zu. Luthien und Oliver trauten den eigenen Augen nicht.

Doch das Pfeilgeschwader war nichts weiter als ein Trugbild, Lichtsplitter, die sich teils in Nichts auflösten, teils den Herzog durchdrangen, ohne Wirkung zu zeigen. Denn der beugte sich hämisch grinsend auf seinem Thron vor und deutete mit ausgestreckter Hand auf Luthien.

Luthien bereute sofort seine närrische Tat. Der Halbling schlug in die gleiche Kerbe, als er sagte: »Ich glaube, das war nicht sehr gescheit.«

23. KAPITEL

Sag's ihnen!

Eins der dämonischen Standbilder wurde plötzlich lebendig. Luthien sprang zurück, drosch mit dem Wurfarm des Bogens auf das steinerne Scheusal ein und warf hilfesuchend einen Blick auf Oliver. Der hatte seinen großen Hut aufgesetzt und das Rapier gezückt, bedrängt von unheimlichen Gegnern. Sämtliche Skulpturen zwischen den Säulen des Triforiums waren dem Ruf ihres Hexenmeisters gefolgt und zum Leben erwacht.

»Immer auf die Kleinen«, jammerte der Halbling. Einer Klauenhand, die auf ihn einzuschlagen versuchte, wich er aus und setzte mit dem Degen zum Stoß an, doch die Klinge drohte an der harten Haut des Scheusals zu zerbrechen.

Alle im Hauptschiff Versammelten waren auf den Tumult im hohen Laufgang aufmerksam geworden. Zyklopen brüllten durcheinander. Morkneys Büttel am Lesepult verlangte schreiend den Tod der Verbrecher und ließ sich dann zu einer Torheit hinreißen, indem er lauthals in den Raum brüllte: »Tod dem Blutroten Schatten!«

»Der Blutrote Schatten!« tönte es wie ein Echo aus den Bankreihen, wo das gemeine Volk saß. Der junge Bedwyr nutzte die Gunst des Augenblicks, da alles zu ihm aufblickte, schlug dem angreifenden Scheusal das Schwert in den Nacken und stieß es von der Brüstung. Es flatterte, an einem der Flügel verletzt, hilflos in der Luft und trudelte nach unten.

»Der Blutrote Schatten!« riefen immer mehr, und manche schrien auf vor Entsetzen über die lebendig gewordenen Steinskulpturen.

Von zwei geflügelten Dämonen gejagt, eilte der Halbling Luthien nach, zur Ecke des südlichen Querhauses hin, und kramte verzweifelt nach Dregge und Seil.

Luthiens Schwert krachte funkensprühend ins Gesicht eines der teuflischen Unholde. Verbissen kämpfend, versuchte der junge Bedwyr, die mächtigen Gegner auf Abstand zu halten. Doch es kamen immer mehr über das Triforium herbeigestürmt; andere segelten auf ihren Flügeln durch den offenen Chorraum auf sie zu.

Unten rotteten sich die Zyklopen zusammen, um die aufsässig gewordenen Leute in Schach zu halten. Viele rannten schreiend auf den Ausgang zu. Einer der Zyklopen versuchte, Siobhan zu packen, doch die trat ihm mit Wucht zwischen die Beine. Den anderen, der sie zu bewachen hatte, erwischte es noch schlimmer: Ihn traf ein Pfeil zwischen die Rippen, abgeschossen von jemandem zwischen den Bankreihen.

Die Rufe nach dem Blutroten Schatten wurden immer zahlreicher, und hoffnungsvoll blickten die Augen vieler zum Laufgang auf.

Oliver wußte um die Bedeutung dessen, was sich da unten zusammenbraute. »Ja!« brüllte er aus vollem Hals. »Der Blutrote Schatten ist zurückgekommen! Es schlägt die Stunde der Freiheit!«

Auch Luthien stimmte mit ein. »Für Eriador!« rief er. »Für Bruce MacDonald!« Und an den Freund gewandt, ängstlich und leise: »Beeilung, Oliver!« Denn die Scheusale rückten näher.

»An die Waffen!« forderte der Halbling die Menge auf und schleuderte die magische Dregge unter das Kreuzgewölbe. »Kämpft für eure Freiheit! Erweist euch als Helden. An die Waffen, ihr braven Bürger von Montfort!«

Ächzend zuckte Luthien zusammen, als ihm der schwere Arm eines Scheusals auf die Schulter schlug. Er taumelte zurück und stolperte über den Freund. Doch sofort waren beide wieder auf den Beinen. Oliver hielt sich an Luthien fest, während der nach dem Seil langte und von der Brüstung absprang.

Als sie mit blut- und purpurrot flatternden Umhängen durch den Chorraum in Richtung Altar und dem Thron des tyrannischen Herzogs schwebten, jubelte die Menge, und aus ihrer Angst wurde Mut. Der erste, der sich ein Herz faßte, war ein Händler. Er schlug einen Beutel voll Münzen, die er als Steuer hätte abgeben sollen, einem Zyklopen ins Gesicht. Sofort machte sich die Menge über ihn her; einer entriß ihm die Waffe.

In unmittelbarer Nähe ging ein zweiter Zyklop unter den Schlägen der aufgebrachten Männer zu Boden.

Aus den hinteren Reihen erhoben sich nun Siobhans Freunde, die Schröpfer, und schlugen die angreifenden Wachen mit Pfeil und Bogen zurück.

Mit einem Dolch in der Hand sprang der Ankläger über den Altar; offenbar wollte er die Halbelfe niederstrecken. Doch als sich der verurteilte Zwerg schützend vor sie hinstellte, machte der Büttel auf dem Absatz kehrt und schrie um Hilfe.

Siobhan und der Zwerg sahen den Gefängniswärter hinter einer der ersten Bankreihen in Deckung gehen und liefen los, um den Schlüssel zu ergattern, der ihre Fesseln lösen würde.

Oliver und Luthien waren auf halbem Wege nach unten und pendelten auf die Apsis zu, als ihnen ein Scheusal in die Quere kam. Luthien setzte sich mit wütenden Schwerthieben zur Wehr. Aber schon flatterten weitere Dämonen herbei.

Oliver erkannte die Ausweglosigkeit ihrer Lage, denn nicht zuletzt waren sie, solange sie am Pendel hingen, ein leicht erreichbares Ziel für den Hexerherzog, der unten auf sie lauerte. Seufzend schaute er zu Boden und zerrte dann entschlossen dreimal am Seil.

Das Scheusal verkeilte sich mit Luthien, und zu dritt stürzten sie über fünfzehn Fuß nach unten. Im freien Fall kletterte Oliver geistesgegenwärtig auf den Buckel des Unholds und setzte ihm die Dolchspitze auf den Schädel. Die Wucht des Aufpralls trieb dem belebten Monstrum die Klinge in den Kopf.

Luthien war blitzschnell auf den Beinen und hielt mit schwingendem Schwert die aufgerückten Zyklopen auf Abstand. Die waren nur auf das Freundespaar fixiert und achteten nicht auf die Gruppe, die von hinten herbeidrängte. Doch die umherschwirrenden Dämonen machten leichte Beute unter ihnen. Ein Mann wurde in die Luft gezerrt, dann aber von steinharten Armen zu Tode gewürgt.

Im gesamten Langhaus tobte der Aufstand. Alles, was Waffen finden konnte, stürzte sich in den Kampf, und immer wieder tönten die Rufe: »Der Blutrote Schatten!«

Herzog Morkney ballte die knochigen Fäuste vor Wut, als Luthien und Oliver, seine gefährlichsten Widersacher, vom Seil fielen und im Getümmel untertauchten. Er unterbrach seinen beschwörenden Gesang, den er angestimmt hatte, um den beiden einen vernichtenden Blitzstrahl entgegenzuschleudern. Er blickte sich um und erkannte, daß es unklug wäre, allein auf den jungen Mann und seinen Halbling-Freund zu achten. Die aufsässige Menge war seinen Zyklopen zahlenmäßig überlegen, und zu seinem Erstaunen hatten nicht wenige Waffen parat. Seine steinernen Ungetüme waren tüchtig, aber gering an Zahl und nicht schnell genug im Vollstrecken seiner Anweisungen.

Wieder surrte ihm ein Pfeil entgegen, doch auch der traf auf die magischen Schranke, vervielfältigte sich und zersplitterte dutzendfach, bis von der Schlagkraft des Originals nichts übrigblieb.

Morkney schäumte vor Wut, obwohl er nicht im geringsten daran zweifelte, den Aufstand niederschlagen zu können. Daß es früher oder später dazu kommen würde, hatte er vorausgesehen, und so war er bestens darauf vorbereitet. Das Ministerium stand seit Hunderten von Jahren, und von denen, die durch Arbeit oder großzügige Spenden am Aufbau mitgewirkt hatten, lagen Hunderte unten den Steinplatten am Boden oder in den dicken Wandmauern begraben.

Herzog Morkney versenkte sich in die Schattenwelt und rief die Geister wach. Das ganze Ministerium erzitterte. Die Steinblöcke verschoben sich, verfaulte und skelettierte Hände langten darunter hervor.

»Was haben wir da bloß angezettelt?« keuchte Luthien, als ihm eine kurze Verschnaufpause vergönnt war.

Der Halbling hatte nur noch Zeit, mit den Schultern zu zucken, bevor er entsetzt zurückweichen mußte vor einem halb verwesten Totenkopf, der sich grinsend aus einer Spalte im Boden emporreckte und seine hohlen Augenhöhlen auf ihn richtete.

Luthiens Schwert schlug den Schädel des Untoten entzwei.

»Das sind Morkneys Kreaturen! Uns bleibt nur noch dieser eine Weg«, rief Oliver mit Blick auf die Apsis.

Luthien rannte los, wurde aber nach wenigen Schritten von zwei Zyklopen abgefangen. Mit geradem Stoß nach oben und einem Schlenzer aus dem Handgelenk entwand er dem einen die Waffe und plazierte einen so wuchtigen Fausthieb ins Gesicht des Zyklopen, daß der rücklings zu Boden ging.

Instinktiv duckte er sich unter der seitlich herbeisausenden Klinge des zweiten Gegners weg, wirbelte herum und rammte ihm das Schwert in den Leib.

Oliver kam in einer Hechtrolle hinzugeflogen, sprang mit beiden Beinen vom Boden ab und warf sich mit vorgestrecktem Dolch einem weiteren Prätorianer entgegen. In den Bauch getroffen, knickte die Bestie vornüber und spießte sich am Rapier des Halblings auf.

Luthien sprang über den sterbend zu Boden sackenden Zyklopen hinweg, und schon war der nächste Gegner zur Stelle, das Schwert hoch über den Kopf erhoben. Doch schnell wie er war, kam der junge Bedwyr dem drohenden Schlag zuvor, ließ mit seitlich geführtem Hieb die Klinge des Angreifers abblitzen, wirbelte mit demselben Schwung auf dem Standbein im Kreis herum und trat mit rechts dem Gegner so nachdrücklich in die Rippen, daß der in voller Länge hart auf den Steinplatten aufklatschte. Als er sich wieder berappelte, zog er es eilends vor, an anderer Stelle weiterzukämpfen, und lief davon.

Die beiden Freunde hatten nun den Altarraum vor der Apsis erreicht. Ihnen unmittelbar gegenüber erhob sich Herzog Morkney von seinem Thron.

Luthien sprang links am Altar vorbei; Oliver tauchte darunter weg. Urplötzlich ließ der Herzog den Arm vorschnellen und schleuderte ihnen eine Handvoll kleiner Kugeln entgegen.

Auf den Boden prallend, explodierten diese Kugeln rings um den Altar. Funken sprühten auf, und eine dicke Rauchwolke umhüllte das Freundespaar. Oliver schrie vor Schmerzen auf, als die Funken durch seine Kleider drangen und auf der Haut verglühten, doch geistesgegenwärtig schlüpfte er unter Luthiens schützenden Umhang. Hustend und japsend vor Atemnot drangen die beiden weiter vor, und als sich der Rauch endlich verzogen hatte, mußten sie feststellen, daß Morkney verschwunden war.

Oliver sah, daß sich der große Wandteppich vor der Rundung der Apsis bewegte, und machte den Freund darauf aufmerksam. Luthien fackelte nicht lang, war in wenigen Schritten zur Stelle und riß den Teppich beiseite. Dahinter verbarg sich eine hölzerne Tür. Die führte zu einer engen Steinstiege hinaus, über die der höchste Turm des Ministeriums zu erklimmen war.

Siobhan und ihre acht Mitstreiter teilten sich auf; in zwei Gruppen versuchten sie an jeweils anderer Stelle die tobende Menge zu beruhigen und den Aufstand zu koordinieren. Einer der Schröpfer warf der Halbelfe Bogen und Pfeile zu, zog das Schwert und stellte sich dem Kampf gegen zwei Zyklopen, von denen einer schon bald, von Siobhans Pfeil getroffen, die Waffen streckte.

Insgesamt hätten die zyklopischen Wachen schon längst das Nachsehen gehabt, wären da nicht die Untoten und die belebten Steindämonen gewesen, die die Widerständler in Angst und Schrecken versetzten.

Mit nur einem Knüppel bewaffnet, schlug eine Frau einem Skelett den Schädel ab, und erstarrte vor Entsetzen, als das enthauptete Gerippe weiter auf sie zu kam. Es hätte ihr gewiß den Garaus gemacht, wäre nicht der verurteilte Zwerg, von seinen Fesseln befreit, zur Hilfe gesprungen. Er warf sich dem schädellosen Ungeheuer entgegen, zwang es zu Boden und zerstampfte das spröde Gebein.

Siobhan blickte sich um und sah, wie eine Frau und ihre drei Kinder, von einem der scheußlichen Flügelwesen angegriffen, hinter einer Bank in Deckung gingen. Die Halbelfe schleuderte einen Pfeil in das fliegende Monstrum, kurz darauf einen zweiten; und als es sich der Bogenschützin zuwandte, sprangen mehrere Männer auf, packten das Ungetüm und zwangen es mit ihrem Gewicht zu Boden.

Wohin sich Siobhan auch wendete, überall wurde gekämpft. Sie lief in Richtung Apsis, weil sie Luthien und Oliver dort vermutete und voller Hoffnung war, einen guten Schuß auf Herzog Morkney abgeben zu können. Sie hatte sich gerade aus dem Getümmel freigekämpft, als sie ihren Liebsten und den Halbling hinter dem zurückfallenden Wandteppich verschwinden sah.

Eng und steil wand sich die Stiege in der Außenmauer des Turms empor, so daß Luthien und Oliver immer nur wenige Schritte voraussehen konnten. In den Fensterschächten steckten kleine Steinskulpturen, und Luthien hielt sein Schwert erhoben aus Furcht, daß auch sie lebendig werden und den Kampf aufnehmen könnten.

Nach etwa siebzig Stufen blieb Luthien stehen und drehte sich zu Oliver um, der immer noch damit beschäftigt war, das Seil seiner Dregge aufzuwickeln. Luthien ließ ihn für einen Moment innehalten und lauschen.

Nicht weit über ihnen war ein Singsang magischer Formeln zu hören.

Luthien warf sich flach auf die Stufen und forderte Oliver auf, in Deckung zu gehen. Doch bevor der Halbling reagieren konnte, rollten in rascher Folge Donnerschläge über sie hinweg nach unten; ein Blitzstrahl zuckte herab, prallte zwischen den Seitenwänden hin und her – Luthien spürte den heißen Schwall im Rücken – und erlosch. Luthien schaute nach unten, voller Sorge um den Freund.

Doch der stand aufrecht da, rückte den Hut zurecht und versuchte, den abgeknickten Federschmuck zu ordnen. »Es ist mitunter von Vorteil, nicht allzu groß zu sein«, bemerkte er gelassen.

Die beiden eilten weiter. Luthien nahm jeweils zwei Stufen auf einmal; es drängte ihn, den Herzog einzuholen, bevor der zu weiteren Zaubertricks würde greifen können.

Angesichts der tiefen Risse, die der Blitz in die Steine geschlagen hatte, bekam Luthien zunehmend Angst. Auf was hatte er sich da eingelassen? Wieso jagte ausgerechnet er, der Sohn des Grafen von Bedwydrin, einen Hexerherzog durch den höchsten Turm des mächtigsten Bauwerks von ganz Eriador?

Er verstand sich selbst nicht mehr und rannte trotz aller Bedenken weiter, immer weiter durch die enge Spirale, die nicht enden zu wollen schien. Plötzlich schreckte er entsetzt zurück, als eine schwere Axt von oben herabsauste und dicht über seinem Kopf krachend gegen die Wand prallte. Hintereinander stehend, versperrten ihm zwei Zyklopen den Weg.

Luthien stieß mit dem Schwert zu, doch der Zyklop schützte sich mit einem großen Schild und hatte außerdem den Vorteil der erhöhten Stellung. Erneut hackte das Monstrum mit der Axt zu und zwang den jungen Bedwyr zurück.

»Setz dich durch!« brüllte Oliver von hinten. »Wir müssen den Hexerfritzen erwischen, bevor der neue Gemeinheiten ausheckt.«

Leichter gesagt, als getan. Die Gegner boten kaum einen Angriffspunkt. Auf ebener Erde hätten er und Oliver die beiden Zyklopen gewiß überwinden können, doch hier, im engen Treppenschacht hatten sie keine Chance.

Luthien dachte bereits an Rückzug. In der Schlacht, die unten in der Kathedrale tobte, würden er und der Halbling mit ihrer Kampfkraft mehr ausrichten können.

Unmittelbar neben Luthien prallte ein aufwärts fliegender Pfeil von der runden Außenwand ab und durchschlug die Brust des Zyklopen, der den Schild zu tief gehalten hatte, um sich der fortgesetzten Schwerthiebe des jungen Mannes zu erwehren. Das Monstrum taumelte zurück und riß instinktiv den Schild in die Höhe. Luthien ließ sich die günstige Gelegenheit nicht entgehen und rammte dem Gegner das Schwert ins Knie. Der Geschlagene sackte rücklings auf die Stufen, während der zweite Zyklop in heilloser Flucht nach oben stürmte.

Doch schon nach wenigen Schritten stoppte er jäh, als ihn Olivers Dolch in den Rücken traf. Während sein Kumpan den tödlichen Stoß von Luthiens Schwert empfing, wirbelte er heulend herum und machte so die Brust zum Ziel des zweiten Pfeils, der, von der Wand abgelenkt, auf ihn zuschnellte.

Luthien und Oliver wußten, wem sie die Schützenhilfe zu verdanken hatten. Siobhan lauerte hinter der gewölbten Mauer.

»Beeilung!« drängte Oliver, denn er fürchtete, daß der Freund seiner geliebten Retterin allzu lange schöne Augen würde machen können. »Wir müssen den Hexerfritzen erwischen ...«

»... bevor der neue Gemeinheiten ausheckt«, ergänzte Luthien, der sich längst wieder in Bewegung gesetzt hatte und eilend über die gefallenen Zyklopen hinwegstieg.

Nachdem sie weitere zweihundert Stufen hinter sich gelassen hatten, taten Luthien die Beine so weh, daß sie unter ihm einzuknicken drohten. Er legte eine Pause ein und schaute sich nach dem Freund um.

»Weiter, weiter«, rief der Halbling und wischte sich die schwarzen Perückenhaare aus dem Gesicht. »Wir dürfen keine Zeit verlieren, sonst erwartet uns Morkney mit einer ganz bösen Überraschung. Da bin ich mir sicher.«

Luthien schnappte nach Luft und ließ sich weiter nach oben drängen.

Hundert Stufen höher schimmerte ihnen Tageslicht entgegen. Sie erreichten den oberen Treppenabsatz und nach fünf weiteren Stufen den Ausstieg auf eine runde Plattform, die an die fünfundzwanzig Fuß durchmaß und von einer niedrigen Brüstung umgeben war.

Dort lehnte Morkney; er kicherte wie von Sinnen, und seine Stimme wechselte in eine andere Tonlage über, wurde tiefer, kehliger. Luthien erstarrte vor Schrecken, als sich Morkneys Körper vor seinen Augen unter heftigen Zuckungen verwandelte.

Und sich ausdehnte.

Die Haut wurde dunkel, bildete an Armen und Hals Schuppen aus. Das Gesicht verformte sich auf groteske Weise; aus dem zugespitzten Mund zuckte eine gespaltene Zunge. Der Kopf glich nun der einer Riesenschlange, und aus der Stirn wucherten große, geschwungene Hörner. Im Verhältnis zu seiner verdoppelten Körpergröße schien es, als sei das rote Gewand auf das Maß eines kurzen Kleidchens geschrumpft, und die Nähte drohten zu platzen, so mächtig wölbte sich die normalerweise schmächtige Brust. Aus den Ärmeln ragten lange, kräftige Arme hervor. Die hoch erhobenen Klauenhände krümmten sich krallend, während der Hexerherzog seine offenbar schmerzvolle Verwandlung fortsetzte.

Aus dem Schlangenmaul tropfte Geifer, konzentrierte Säure, wie es schien, die zischend auf die Steine fiel zwischen die zerfetzten Stiefel, aus denen dreigliedrige Füße mit spitzen Krallen hervorgebrochen waren. Zuckend befreite sich das Monstrum von der roten Robe, entfaltete im Rücken große, ledrige Flügel, und der ganze schwarze Schuppenleib dampfte vor Hitze.

»Morkney«, flüsterte Luthien.

»Von wegen«, entgegnete Oliver. »Wir sollten uns schleunigst davonmachen.«

24. KAPITEL

Der Dämon

Ich bin nicht länger Morkney«, verkündete das Monstrum. »Fürchtet euch, denn ihr erblickt keinen geringeren als Praehotec!«

»Praehotec?« Luthien fürchtete sich sehr wohl.

»Ein Dämon«, erklärte Oliver und schnappte nach Luft – nicht nur, weil ihm vom Treppensteigen die Puste ausgegangen war. »Der Hexer hat einen Dämon in seinen Körper schlüpfen lassen.«

»Der kann doch auch nicht schlimmer sein als der Drache Balthasar«, flüsterte Luthien, sich und Oliver Mut machend.

Doch Oliver erinnerte ihn: »Den haben wir nicht besiegt.«

Der Atem, den die Bestie ausstieß, dampfte in der kühlen Oktoberluft. »Ah«, seufzte sie. »Es ist gut, wieder auf der Welt zu sein. Ich werde mich gütlich tun an euch und Hunderten anderer, bevor Morkney den Willen aufbringt, mich in den Abgrund zurückzuschicken.«

Luthien zweifelte keinen Augenblick daran, daß es der Dämon ernst meinte mit dem, was er sagte. Er hatte schon Riesen gesehen, die so groß waren wie dieser Praehotec, aber keiner, nicht einmal Balthasar, hatten eine so mächtige, so unsäglich böse Ausstrahlung gehabt wie dieser. Wie viele Menschen mochten diesem gefräßigen Dämon schon zum Opfer gefallen sein? fragte sich Luthien erschaudernd, ohne die Antwort wissen zu wollen.

Da hörte er Schritte hinter sich auf den Stufen, drehte sich um und sah Siobhan, mit dem Bogen bewaffnet, auf die Plattform hinaustreten.

Um Fassung bemüht, holte Luthien tief Luft. Das Erscheinen der Liebsten kam für ihn einer Erhöhung des Einsatzes gleich. »Komm mit, Oliver«, stieß er zwischen zusammengepreßten Zähnen hervor und umklammerte sein Schwert in der festen Absicht, dem Dämon entgegenzutreten.

Der hob die Klauenhand und ballte sie zu einer mächtigen Faust zusammen. Ein heftiger Windstoß brauste von Westen über die Brüstung und fegte Siobhans Pfeil, den sie in diesem Moment abgeschossen hatte, weit weg von seinem Ziel.

Luthien stemmte sich gegen den Sturm, hob schützend den Arm vors Gesicht, und sein Umhang flappte Oliver ins Gesicht. Als dem Halbling der Hut vom Kopf flog, sprang er spontan auf, um ihn zu fangen. Dabei verlor er das Rapier, und von der gewaltigen Bö gepackt, riß es ihn hoch in die Luft und über die Brüstung hinaus. Grinsend hob Praehotec sein Schlangenhaupt, und auf sein Zeichen hin legte sich der Sturm.

Schreiend stürzte Oliver in die Tiefe.

Mit dem Mut der Verzweiflung schlug Luthien mit dem Schwert zu, während Siobhan Pfeil um Pfeil gegen den Feind schleuderte, doch es schien, als schüttelte Praehotec sie ab wie lästige Schmeißfliegen.

Luthien landete einen wuchtigen Hieb mit dem Schwert, tauchte weg unter der Klauenhand, die nach ihm langte, und sprang zurück, denn schon schnellte der andere Arm des Dämons vor.

Mit wütendem Zischen quittierte er ein Pfeilgeschoß, das ihn auf den Hals traf und davon abprallte.

Und sofort war Luthien wieder zur Stelle mit vorstoßendem Schwert, das sich in die fleischige Innenseite des mächtigen Schenkels bohrte. Schnell wich er vor dem zuschnappenden Schlangenmaul zur Seite aus, war aber nicht gefeit vor den Klauen, die ihn zu Boden streckten und an der Schulter verletzten. Im Fallen noch langte er mit dem Schwert zu und traf mit der Schneide auf die Knöchel des Dämons.

Er ahnte, daß dieser Treffer nicht ohne Wirkung geblieben sein konnte, doch sogleich bereute er seine Attacke, denn als er in Praehotecs Gesicht blickte, sah er unbändige Wut wie Feuer aus den Schlangenaugen lodern.

Gleichzeitig aber wurde er gewahr, daß das Maul des Reptils zu zucken anfing, und ein Flackern durchkreuzte seinen drohenden Blick.

Da streifte ein Pfeil am Hals des Dämons entlang.

Wieder zeigte sich dieses Flackern und Zucken, und Luthien hatte den Eindruck, als fühlte sich Praehotec in seiner anverwandelten Haut nicht mehr sicher.

Als wollte er Luthiens hoffnungsvollem Verdacht Hohn sprechen, bäumte sich der Dämon zur vollen Größe auf, richtete den Blick auf Siobhan und schleuderte ihr aus glühenden Augen einen zuckenden Lichtstrahl entgegen, der sie rücklings die Stufen hinunterstieß.

Luthien fürchtete, sein Herz würde zu schlagen aufhören.

An der Wand des Turmes hängend, drückte Oliver den Hut in den Nacken zurück, doch es lag nicht an der Kopfbedeckung, daß ihm die Sicht verstellt war. Die Perücke hatte sich verschoben, und es hingen ihm lange, schwarze Haare vor den Augen. Beine und Hüfte schmerzten vom Aufprall gegen die gemauerte Wand, und auch die Hände taten ihm weh, mit denen er verzweifelt festhielt am Seil der magischen Dregge.

Dem Halbling war klar, daß er auf Dauer so nicht würde hängen bleiben können. Er schüttelte die Haare aus dem Gesicht und wagte einen Blick nach oben. Seine Dregge – dieses wunderbare Geschenk – steckte fest verankert an der gewölbten Turmmauer, aber weit unterhalb der Brüstung, die zu erreichen darum unmöglich war. Auch reichte die Länge des Seils bei weitem nicht aus, um daran auf die Straße hinabzugleiten.

Auf fast gleicher Höhe und etliche Fuß nach links versetzt, entdeckte er einen Fensterschacht.

»Du bist doch ein tapferer Bursche«, sprach er sich selbst Mut zu, stemmte die Beine gegen die Wand, holte, an ihr entlanglaufend, Schwung und pendelte dem Fensterausschnitt entgegen. Es gelang ihm, mit den Fingerspitzen der linken Hand auf den Sims zu langen, daran emporzuklimmen und in den Schacht zu kriechen.

Groß war seine Enttäuschung, als er feststellen mußte, daß der Fensterausschnitt mit festen Eisenstangen vergittert war. Murrend schaute er über die Schulter nach unten. Vor dem Turm war eine vielköpfige Menge zusammengelaufen. Alle Augen richteten sich auf ihn. Über die Allee kam ein Trupp prätorianischer Wachen anmarschiert, die offenbar zur Verstärkung gerufen worden waren und mithelfen sollten, den Aufstand im Ministerium niederzuwerfen.

Der Halbling schüttelte den Kopf, rückte den Hut zurecht und löste, dreimal am Seil zupfend, die Dregge aus der Verankerung. Er dachte an Flucht und hoffte, sich so schnell wie möglich abseilen zu können, doch zu seiner eigenen Verwunderung schleuderte er die Dregge hinauf an die Wand und in die Nähe eines anderen Fensterausschnitts.

Er brachte es einfach nicht übers Herz, den Freund im Stich zu lassen, und beschwingt von den Jubelrufen aus der Tiefe, kletterte er die Mauer hinauf.

»Einen Freund zu haben ist doch bisweilen ganz schön lästig«, murmelte er vor sich hin.

In der Kathedrale herrschte ein heilloses Durcheinander. Viele Zyklopen lagen tot am Boden; der Rest hatte

Reißaus genommen und sich verkrochen. Die belebten Scheusale aber und Morkneys entsetzliche Brigade der Untoten gaben nicht nach. Sie stellten den Aufständischen nach, die wie aufgeschreckte Hühner umherrannten. Die Schröpfer versuchten vergeblich, die Reihen zu schließen.

Alles drängte nach draußen. Die Zyklopen sahen sich wieder im Vorteil, verließen die Deckung und versperrten sämtliche Ausgänge.

Mit wildem Schrei trat Luthien dem Feind entgegen. Er hatte nur einen Gedanken: die Bestie zu erschlagen, und es kümmerte ihn nicht, was ihm widerfahren mochte. Die Klauenhände langten zu, ergriffen ihn, doch gezielt schlug er mit der Klinge drein, Wunden reißend, aus denen grünlicher Saft sickerte.

Geduckt warf sich Luthien mit der Schulter gegen die Bestie, schlug und trat auf sie ein, die seine Wut nunmehr zu fürchten schien, denn sie flatterte mit den ledrigen Flügeln und stieg auf in die Luft.

»Nein!« schrie der junge Bedwyr. Nicht daß er fürchtete, nun überwältigt zu werden; im Gegenteil, er hatte Angst, der Dämon könnte ihm entwischen. Und so setzte er nach, stieß zu mit dem Schwert und nahm den unausweichlichen Klauenhieb in Kauf, der ihn wuchtig in den Rücken traf.

Er empfand keinen Schmerz, bemerkte auch nicht, daß er blutete. Er spürte nur die Wut im Bauch, und all seine Kraft konzentrierte sich auf den Arm, der das Schwert führte und tief in Praehotecs Leib rammte. Grüne Schmiere quoll daraus hervor. Wie von Sinnen stach Luthien immer und immer wieder zu in der Absicht, die Bestie auszuweiden. Erneut machte sich in deren Blick jenes Flackern bemerkbar, das Luthien den Eindruck vermittelte, als wollte der Dämon raus aus der verwandelten Hülle des Hexers.

Einem Keulenhieb gleich traf Praehotecs mächtiger

Arm auf die Schulter des jungen Mannes, der benommen zu Boden ging, während sich der Dämon auf den Flügeln erhob und wie ein Adler über der Beute schwebte.

Wie von ferne tönte Siobhans Stimme. Luthien hörte sie rufen: »Du häßlicher Bastard!«

Praehotec sah den Pfeil kommen, vom Verlassen des Bogens bis zum Einstich ins Auge.

Am Boden liegend, pflanzte Luthien unwillkürlich das Schwert auf, als der Dämon herabstürzte, in die Klinge fiel und sich bis zur Querstange daran aufspießte. Verwundert starrte Luthien auf die Hand, mit der er das Heft umschlossen hielt und den Herzschlag der mächtigen Bestie spürte.

Mit markerschütterndem Schrei und unter krampfhaften Zuckungen, die das Schwert an der Querstange abbrechen ließen, warf sich Praehotec zurück gegen die Brüstung.

Siobhan gab einen weiteren Pfeil auf das Monstrum ab, was aber nicht mehr nötig gewesen wäre. Der Dämon verströmte rotes und grünes Blut; die Gedärme drängten aus ihm hervor.

Luthien richtete sich vor ihm auf, wehrte Schwindel und Schmerzen ab und blickte der Bestie, die er besiegt zu haben glaubte, ins häßliche Gesicht.

Zu spät bemerkte er das glimmende Feuer, das sich zu einem rot glühenden Energiestrahl bündelte und als verheerender Kraftstoß hervorbrach, dem Luthien erst im allerletzten Moment auszuweichen vermochte. Dennoch geriet er in dessen Sog, der ihn quer über die Turmplattform schleuderte. Auch Siobhan blieb nicht verschont; ein zweites Mal stürzte sie durch die Ausstiegsluke und landete unsanft auf dem steinernen Treppenabsatz, wo sie ächzend und hilflos liegenblieb.

Luthien schüttelte benommen den Kopf, und als er die Orientierung wiedergewonnen hatte und zur anderen Seite blickte, sah er Praehotec aufrecht vor der

Brüstung stehen. Er kicherte hämisch und rief: »Du hast doch wohl nicht im Ernst geglaubt, mich mit deinen jämmerlichen Waffen schlagen zu können?« Das Monstrum langte mit den Klauen in die klaffende Bauchwunde und zog Luthiens Schwertklinge daraus hervor. »Ich bin Praehotec, seit ungezählten Jahrhunderten lebendig und unbezwungen!«

Luthien hatte all seine Kräfte verausgabt und gab sich geschlagen. Er dachte an Brind'Amour und sah nun dessen Behauptung durch Morkneys Wandlung bestätigt: König Grünspatz und seine Vasallen waren im Bund mit solch mächtigen Dämonen wie Praehotec. Wahrhaftig, über ganz Eriador würde sich bald ein tödlicher Schatten legen.

Luthien raffte sich auf; er wollte in Würde sterben.

»Nein!« knurrte Praehotec, und Luthien gewahrte, daß das Monstrum nicht auf ihn blickte, sondern seltsamerweise in die Luft starrte. »Er gehört mir. Ich werde ihn verschlingen.«

»Nein«, war die Antwort, unmißverständlich in der Stimme von Herzog Morkney. »Das Bürschchen eigenhändig umzubringen lasse ich mir nicht nehmen.«

Praehotecs Schlangenkopf geriet aus den Fugen, verzerrte sich und nahm die Züge Morkneys an. Dann schien es einen Moment lang, als würde Praehotec wieder überhand nehmen, doch bald verkehrte sich die Wandlung erneut zugunsten des Herzogs.

Der Kampf zwischen beiden dauerte an. Luthien sah eine letzte Chance für sich gekommen, versuchte, neue Kraft zu schöpfen, hielt nach einer Waffe Ausschau.

Als er den Blick zurückwendete, sah er statt Praehotec den Herzog dürr und nackt vor der Brüstung stehen; er langte nach der Robe, die vor seinen Füßen lag

»Alle Achtung, daß du noch am Leben bist«, sagte Morkney. »Kannst stolz darauf sein, einem Dämon wie Praehotec so lange standgehalten zu haben. Aber jetzt leg dich hin und stirb!«

Luthien war geneigt, der Aufforderung zu folgen. Er konnte sich kaum auf den Beinen halten. Nie zuvor war er so geschwächt gewesen, so schwer verwundet. Er wähnte sich am Ende und ließ den Kopf hängen. Da sah er etwas am Boden liegen, was ihn zwang, sich noch einmal zusammenzureißen: Olivers Rapier.

Morkney lachte höhnisch, als der junge Bedwyr die kleine, schlanke Klinge aufhob, sich unter sichtlichen Mühen wieder aufrichtete und das Gleichgewicht zu halten versuchte. Mit schleppenden Schritten näherte er sich dem Gegner, das Rapier auf dessen nackte, schmächtige Brust zielend.

»Meinst du wirklich, mich bezwingen zu können?« lachte Morkney. »Meinst du, daß ich Praehotec oder irgendeinen anderen Dämonen nötig hätte, um mich eines Bürschchens deines Schlages zu erwehren? Ich habe die Schlange davongeschickt, weil ich will, daß du durch mich stirbst.« Er hob die dürren Arme, krallte die Finger und fing zu singen an.

Luthiens erstarrte und glaubte zu spüren, wie ihm das Blut in den Adern stockte. Durch seinen Körper ging ein Prickeln, und er hatte den Anschein, als saugte der Hexer alle Lebensenergie aus ihm heraus, zu sich hin.

»Nein!« hauchte er, wissend, wie sinnlos dieser Protest war.

Wie ein Parasit raubte der Herzog Luthiens Kraft und kicherte voller Häme. Seine Boshaftigkeit stand der des Dämons, den er gerufen hatte, in nichts nach.

»Es war allzu frech von dir zu glauben, mich bezwingen zu können«, feixte der Herzog. »Weißt du überhaupt, wer ich bin? Hast du eine Ahnung von der Macht unserer Bruderschaft?«

Und dann tönte wieder dieses verspottende Gelächter. Dem Tode nahe bekam Luthien kein Wort mehr über die Lippen. Sein Herz pochte wie wild, und er fürchtete, es könnte zerspringen.

Plötzlich flog eine Seilschlinge über Morkneys Kopf, legte sich fest um seine Schulter und schnürte die Arme an den Oberkörper. Der Herzog sperrte die Augen auf, folgte dem Seilverlauf mit alarmiertem Blick und sah Oliver deBurrows über die Brüstung klettern.

Der Halbling zuckte mit den Achseln, lächelte verschmitzt und winkte dem Herzog sogar zu. Morkney ließ ein unheilvolles Knurren verlauten, und weil er glaubte, den jungen Mann besiegt zu haben, richtete er seine Wut nun auf den kleinen Kerl.

Doch kaum hatte sich Luthien aus seiner Erstarrung gelöst, sprang er nach vorn und stieß dem Herzog die Rapierspitze in die Brust.

Einen Moment lang standen die beiden Auge in Auge einander gegenüber. Entgeistert starrte Morkney auf den, der ihm gerade den Todesstoß versetzt hatte. Aus unerfindlichen Gründen fing er ein letztes Mal zu kichern an und sackte dann tot in Luthiens Arme.

Unten in der Kathedrale verwandelten sich schlagartig alle geflügelten Scheusale zurück in Stein und stürzten krachend zu Boden. Die Skelette und verfaulenden Leichname legten sich wieder zur ewigen Ruhe in ihre Gruften.

Oliver blickte hinunter auf die Straße, wo inzwischen eine riesige Menge zusammengelaufen war. Über den Vorplatz des Ministeriums rückten Dutzende von Prätorianern an.

»Komm, wir hängen ihn in die Turmwand«, rief Oliver dem Freund zu.

Luthien krauste die Stirn; er verstand nicht, worauf der Halbling abzielte.

Kauernd wartete Oliver am Rand der Brüstung. »Los, schaff ihn her! Sie sollen ihn baumeln sehen.«

Luthien zeigte sich entsetzt.

Der Halbling eilte herbei und stieß den Freund beiseite. »Begreifst du nicht?« fragte er. »Sie müssen ihn sehen.«

»Wer?«

»Die Leute! Dein Volk!« rief Oliver und hievte den toten Herzog über die Brüstung. Die Schlinge rutschte über die Schulter und legte sich um den Hals, als der dürre, nackte Leichnam über die Außenmauer nach unten stürzte und baumelnd auf halber Turmhöhe hängen blieb.

Das arme Volk von Montfort, das viele Jahre unter seiner üblen Herrschaft gelitten hatte, erkannte ihn sofort. Aus der Pforte des nördlichen Querhauses strömte der siegreiche Mob und trug den Aufstand in die Straßen. Viele schlossen sich ihm an.

»Was haben wir nur getan?« seufzte Luthien und starrte hilflos hinab auf das brutale Schlachtengetümmel.

Oliver ließ die Achseln zucken. »Wer weiß? Aber gewiß sind unsere Diebsbrüder nun besser gestellt, da der Herzog aus dem Weg geräumt ist«, antwortete er, wie immer das Praktische und Nützliche vor Augen.

Luthien schüttelte den Kopf. Zum wiederholten Male fragte er sich, in was er da eigentlich hineingeraten war. Wie hatte all das bloß geschehen können?

»Luthien?« meldete sich eine Stimme aus der Einstiegsluke. Er drehte sich um und sah Siobhan. Sie lehnte matt an der Mauer; ihre grauen Kleider waren zerfetzt. Doch sie lächelte.

Epilog

Eine dicke Schneedecke lag auf Montforts Straßen, an vielen Stellen rot verfärbt von Blut. Luthien hockte auf dem Giebel eines hohen Hauses in der Unterstadt und blickte nach Norden.

Noch immer wütete der Aufstand, und er, der Blutrote Schatten, war, ohne je gefragt worden zu sein, als Anführer auserkoren worden. Es belastete Luthien schwer, daß so viele hatten sterben müssen, doch er schöpfte Zuversicht und Kraft aus dem tapferen Kampf derer, die so lange unter der Tyrannei gelitten hatten und nun ihr Leben dafür einsetzten, daß ihre Freiheit unumkehrbar war.

Noch hielt eine schwer bewaffnete Armee aus Zyklopen den Stadtbezirk jenseits des trennenden Walles besetzt zum Schutz der Kaufleute, die als Günstlinge der Herzogs zu Wohlstand und Reichtum gekommen waren. Gerüchten zufolge hatte Vicomte Aubrey das Oberkommando über die Streitkräfte übernommen.

Luthien konnte sich an diesen Mann genau erinnern und hoffte, daß die Gerüchte zutrafen.

In den ersten Wochen nach Morkneys Tod war es zu grausamen Schlachten gekommen mit täglich Hunderten von Opfern auf beiden Seiten. Mit Einbruch des Winters nahmen Kälte und Hunger überhand. Zunächst hatte es den Anschein gehabt, als käme der Frost den Kaufleuten und Zyklopen zupaß, denn sie bewohnten die warmen Quartiere der Oberstadt. Doch dann erkannten Luthiens Leute ihren Vorteil. Sie kontrollierten den äußeren Stadtwall und somit alle Lieferungen, die nach Montfort gebracht wurden.

Unablässig führte Siobhans Gruppe im Bunde mit kämpferischen Zwergen die Attacken gegen den Feind fort. Zur Zeit wurde ein groß angelegter Angriff auf die Bergwerke geplant, um den Rest von Shuglins versklavtem Volk zu befreien.

Luthien aber wurde seine Zweifel nicht los. Waren seine Taten wirklich ehrenwert, oder ließ er sich vor den Karren von Narren und Banditen spannen? Wie viele würden noch sterben müssen, weil seine Entlarvung als Blutroter Schatten das Volk in jenem schicksalsträchtigen Moment im Ministerium zum Aufstand angestachelt hatte? Der Winter versprach besonders streng zu werden, und im Frühjahr würde ein Heer, von König Grünspatz auf den Weg geschickt, aus Avon anrücken und die Stadt zurückerobern.

Und alle Aufständischen bestrafen.

Luthien seufzte tief, als er einen Reiter durch das Nordtor aus der Stadt hinausgaloppieren sah, unterwegs zu den umliegenden Dörfern, um neuste Nachrichten zu verbreiten und um Hilfe – vor allem in Form von Lebensmitteln – einzufordern. Nach jüngsten Meldungen waren in Port Charley, der Hafenstadt im Osten, Kämpfe ausgebrochen, doch davon versprach sich Luthien nicht viel.

»Ich wußte, daß ich dich hier oben finde«, meldete sich Olivers Stimme aus dem Hintergrund. »Du thronst wohl gern über deinem Königreich?«

Luthien sah den Freund herbeiklettern und krauste die Stirn.

»Schon gut«, meinte der Halbling. »Ich wollte dir nur mitteilen, daß du Besuch hast.«

Luthien kniff die Brauen zusammen, als er eine weibliche Gestalt hinter dem Giebel auftauchen sah. Die Augen waren so grün wie die von Siobhan, die Haare aber leuchteten feuerrot. Stolz richtete sie sich auf, schaute dem Freund ins Gesicht und bot ihm auf ausgestreckten Händen ein längliches Bündel dar.

»Katerin«, flüsterte Luthien, dem es plötzlich die Stimme verschlagen hatte.

Katerin trat herbei und überreichte ihm das Geschenk.

Vorsichtig nahm er es entgegen, und als er das verhüllende Tuch lüftete, gingen seine Augen über. Er hielt den *Blender* in der Hand, das kostbare Familienschwert.

»Von Gahris, deinem Vater und rechtmäßigem Grafen von Bedwydrin«, sagte Katerin O'Hale, und ihre Stimme war so klar und fest wie die eines Herolds.

Luthien betrachtete sie mit fragendem Blick.

»Avonese liegt in Ketten«, erklärte sie. »Und auf der ganzen Insel von Bedwydrin lebt kein einziger Zyklop mehr.«

Luthien war sprachlos. Gahris hatte sich also doch nicht entmachten lassen. Der junge Mann schaute in Katerins lächelndes Gesicht, dann auf Oliver, der ebenfalls lächelte, und schließlich hinaus über die schneebedeckten Dächer der stillen Stadt.

Luthien sah sich wieder vor eine Entscheidung gestellt und war nun nach all den fremdbestimmten Ereignissen, die ihn bis an diesen Punkt gebracht hatten, erstmals in der Lage, aus eigenem Entschluß zu handeln.

»Mach dich auf den Weg, Oliver«, sagte er. »Sprich den Leuten Mut zu. Sag ihnen, daß ihr Kampf, ihr Kampf um Freiheit, nun erst richtig begonnen hat.« Luthien richtete den Blick zurück auf die stolze Frau aus Hale.

»Mach dich auf den Weg, Oliver«, wiederholte er. »Sag ihnen, daß sie nicht allein stehen.«

FRITZ LEIBER

SCHWERTER UND TEUFELEI

EINFÜHRUNG

Durch Zeit und fremde Dimensionen von uns getrennt, träumt die alte Welt Nehwon vor sich hin – Nehwon mit seinen Türmen, Skeletten, Juwelenschätzen, Schwertern und Zaubersprüchen. Der erschlossene Teil des Landes gruppiert sich um das Binnenmeer: nach Norden zu das grünbewaldete wilde Land der Acht Städte, zum Osten hin die Mingol-Reiterstämme, die in den Steppen leben, und die Wüste, die die Karawanen aus den reichen Ländern des Ostens vom Tilth-Fluß her durchqueren müssen.

Doch im Süden, mit der Wüste nur durch das Sinkende Land verbunden und überdies noch durch den Großen Wall und die Hungerberge geschützt, erstrecken sich die reichen Kornfelder und wohlbefestigten Städte Lankhmars, des ältesten und wichtigsten Landes Nehwons.

Hingeduckt um die verschlammte Mündung des Hlal-Flusses, sicher eingebettet zwischen den Kornfeldern, der Großen Salz-Marsch und dem Binnenmeer, beherrscht die massiv bewehrte, labyrinthische Metropole Lankhmar das Land – eine Stadt voller Diebe und glatzköpfiger Priester, hagerer Zauberer und beleibter Händler – das Unvergängliche Lankhmar, die Stadt der Schwarzen Toga.

Wenn wir den Runenbüchern Sheelbas der Augenlosen glauben können, war es in dieser Stadt, daß sich unsere beiden zweifelhaften Helden und Allerweltskerle zum erstenmal begegneten: Fafhrd und der Graue Mausling.

Fafhrds Herkunft ließ sich mühelos an seiner Größe von über sieben Fuß und seiner Geschmeidigkeit ablesen, aus seiner Vorliebe für gehämmerten Schmuck und an seinem gewaltigen Langschwert: Er war unzweifelhaft ein Barbar aus der Eis-Öde nördlich der Acht Städte und des Trollgebirges.

Die Vorfahren des Mauslings waren weniger offenkundig angesichts seiner kindlichen Statur, seiner grauen Kleidung, seiner Mäusehaut-Kappe, die ein flaches, dunkles Gesicht beschattete, und seines zierlichen Rapiers; doch irgendwie umgab ihn ein Hauch von Städten und südlichen Gefilden, von dunklen Straßen und sonnengetränkten Weiten.

Als sich die beiden herausfordernd anstarrten durch einen Nebel, der nur von entfernten Fackeln leicht erhellt wurde, dämmerte ihnen die erste Erkenntnis, daß sie die lang entbehrten, zueinander passenden Hälften eines größeren Wesens waren und daß jeder von ihnen einen Kameraden gefunden hatte, mit dem zusammen unzählige Gefahren zu überstehen, und ein ganzes abenteuerliches Leben zu verbringen war – oder hundert abenteuerliche Leben.

Niemand hätte in diesem Augenblick wissen können, daß der Graue Mausling wirklich einmal Maus geheißen hatte, oder daß Fafhrd erst kürzlich noch ein Jüngling gewesen war, dessen Stimme hoch und dünn klang, der zudem nur weiße Felle trug und noch, obwohl er bereits Achtzehn war, im Zelt seiner Mutter schlief.

Die Schneefrauen

Im Schneewinkel, zur Zeit der Winterwende, fochten die Frauen des Schnee-Clans mit den Männern einen kalten Krieg aus. Sie stapften in ihren weißesten Fellen wie Gespenster herum, kaum zu erkennen vor dem Hintergrund des frischgefallenen Schnees, fanden sich zu Gruppen zusammen, schweigend oder allenfalls zischend wie ärgerliche Schatten. Sie mieden die Gotteshalle mit ihren Stützpfeilern aus lebenden Bäumen und Wänden aus zusammengenähten Häuten und dem hochaufragenden Dach aus Piniennadeln.

Sie versammelten sich im großen, ovalen Frauenzelt, das vor den kleineren Wohnzelten Wache stand, und machten sich daran, Gesänge und ominöse Klagerufe anzustimmen und durch verschiedene geheimnisvolle Praktiken Zauberwirkungen heraufzubeschwören, die die Füße ihrer Männer an Schneewinkel banden, ihre Lenden gefrieren ließen und ihnen Erkältungen verschafften, wobei sie allerdings den besonders schlimmen Großen Husten und das Winterfieber aussparten.

War ein Mann so unklug, sich bei Tage allein auf den Weg zu machen – sei er nun Skalde oder mächtiger Jäger –, konnte es sehr leicht geschehen; daß er verfolgt und mit Schneebällen beworfen und – verprügelt wurde, wenn er sich erwischen ließ.

Und so ein Schneeballfeuer der Frauen des Schnee-Clans war wirklich keine Kleinigkeit. Gewiß, ihr Wurfstil war nicht gerade männlich, doch dafür waren ihre Muskeln gut durchgebildet, gestählt durch das ständige Feuerholzspalten, das Abschlagen hoher Äste und das Gerben von Häuten – einschließlich der eisenharten Häute des Schnee-Behemoth. Und sie ließen ihre Schneebälle manchmal frieren, ehe sie warfen.

Die sehnigen, wintergestählten Männer ertrugen das alles mit immenser Würde; wie Könige schritten sie einher in ihren auffälligen schwarzen, rotbraunen und regenbogenfarbigen Zeremonienfellen, tranken gewaltig, aber diskret und tauschten schlau wie Ilthmarts ihre Bernstein- und Ambra-Stücke, ihre Schneediamanten, die nur in der Nacht sichtbar waren, ihre schimmernden Tierfelle und ihre Eisgräser gegen Gewebe, scharfe Gewürze, gehärtetes Eisen, Honig, Wachskerzen, Feuerpulver, das mit farbigem Zischen aufflammte, und andere Produkte des zivilisierten Südens. Trotzdem achteten sie darauf, nur in Gruppen unterwegs zu sein, und gar mancher plagte sich mit einer triefenden Nase.

Es war nicht das Schachern und Handeln, gegen das die Frauen Einspruch erhoben. Ihre Männer stellten sich dabei sogar ausgesprochen geschickt an, und sie – die Frauen – hatten in erster Linie den Vorteil davon. Die Tauscherei war ihnen sogar weitaus lieber als die gelegentlichen Piratenzüge, die die unternehmungslustigen Männer an der Ostküste des Äußeren Meers entlang tief in den Süden führten, heraus aus der unmittelbaren Reichweite matriarchalischer Aufsicht und – wie die Frauen manchmal befürchteten – auch aus der Reichweite ihrer mächtigen weiblichen Zauberkräfte.

Schneewinkel war der südlichste Punkt auf den Wanderungen des gesamten Schnee-Clans, dessen Mitglieder ihr Leben zumeist in der Eis-Öde verbrachten und in den Vorbergen des unerforschten Riesengebirges und der noch weiter im Norden liegenden Gebeine der Alten, und so bot dieses mittwinterliche Lager die einzige Chance im Jahr, friedlich mit unternehmungslustigen Mingols, Sarheenmarern und Lankhmarern zu handeln. Gelegentlich verirrte sich aus dem Osten auch ein Wüstenbewohner herauf, in einen schweren Turban gekleidet, bis zu den Augen verhüllt und mit Handschuhen und Stiefeln gegen die Kälte geschützt.

Auch hatten die Frauen nichts gegen das Saufen. Ihre Männer konnten zu allen Zeiten einen guten Trunk vertragen – Met und Ale und sogar den selbstgebrauten weißen Schneekartoffel-Brandy, ein weitaus durchschlagenderes Getränk als die Weine und Schnäpse, die normalerweise die Händler mitbrachten.

Nein, was die Schneefrauen so in Harnisch brachte und was sie jedes Jahr dazu verleitete, einen kalten Krieg gegen ihre

Männer anzuzetteln, bei dem keine materiellen oder magischen Rücksichten genommen wurden, war die Theatershow, die unweigerlich mit den Händlern nach Norden gezogen kam, deren mutige Darsteller sich blaue Gesichter und angefrorene Beine holten, aber nichtsdestoweniger interessiert waren am weichen Gold des Nordens und an einem anspruchslosen, wenn auch wilden Publikum – eine derart blasphemische und obszöne Show, daß die Männer für die Vorstellungen die Gotteshalle leerten (da doch Gott nicht zu schockieren war) und der Jugend und den Frauen den Zutritt verweigerten; eine Show, deren Darsteller nach Auffassung der Frauen ausschließlich schmutzige alte Männer und noch schmutzigere, ausgemergelte Südmädchen waren, denen die Moral so locker saß wie die Verschnürung ihrer kärglichen Kleidung, wenn sie überhaupt etwas anhatten.

Die Schneefrauen übersahen, daß ein ausgemergeltes Mädchen, dessen anstößige Blöße in der zugigen Gotteshalle ausschließlich aus blauer Gänsehaut bestehen mußte, kaum erotische Anziehungskraft ausüben konnte, ganz abgesehen davon, daß es Erfrierungen riskierte.

So kam es also, daß die Schneefrauen jeden Mittwinter zu zischen und zu murmeln und zu schleichen begannen und mit verkrusteten Schneebällen große Männer bewarfen, die sich würdevoll aus der Schußlinie brachten, und daß sie dann und wann einen Alten, einen Verkrüppelten oder einen Betrunkenen schnappten und tüchtig verprügelten.

Dieser äußerlich komische Kampf war jedoch im Grunde ziemlich ernst. Besonders im gemeinsamen Zusammenwirken verfügten die Frauen anscheinend über mächtige Zauberkräfte, die sich besonders im Element des Winters und seiner Folgen äußerten: durch Glätte, durch ein plötzliches Frostgefühl, durch das Festkleben von Haut an Metall, durch die Zerbrechlichkeit von Gegenständen, durch die gefährliche Masse schneebeladener Bäume und Äste und die weitaus größeren Massen von Lawinen. Und es gab keinen Mann, der nicht ein wenig Angst hatte vor der hypnotischen Kraft der eisblauen Frauenaugen.

Jede Schneefrau war – gewöhnlich mit Hilfe der übrigen – bestrebt, ihren Mann absolut in der Gewalt zu behalten, obwohl sie ihn scheinbar frei herumlaufen ließ, und es gab Gerüchte, daß widerspenstige Ehemänner gewöhnlich von irgend etwas Gefrorenem verletzt oder erschlagen worden waren.

Zugleich fochten aber auch Hexencliquen und einzelne Zauberinnen Machtkämpfe untereinander aus, bei denen die stärksten und kühnsten der Männer – sogar die Häuptlinge und Priester – nur unwichtige Zuschauer waren.

Während des zweiwöchentlichen Marktes und der zwei Tage der Show war das Frauenzelt durchgehend von alten Frauen oder großen starken Mädchen bewacht, während das Innere erfüllt war von starken Düften, durchdringendem Gestank, Blitzen, flackerndem Licht bei Nacht, Klappern und Klimpern, Knistern und Gurgeln und beschwörenden Gesängen und Flüstersprüchen, die eigentlich niemals aufhörten.

Der heutige Morgen schien völlig unter dem Einfluß des Zaubers zu stehen; es war windstill und bedeckt, und in der feuchten, frierenden Luft hingen Nebelschwaden, so daß sich auf allen Büschen und Ästen, an jeder Rute und Spitze, Eiskristalle bildeten – sogar an den Enden der Männerbärte und den Ohrenspitzen der gezähmten Luchse. Die Kristalle schimmerten so blau wie die Augen der Schneefrauen und schienen in ihrer Form, wenn man ein wenig Phantasie aufbrachte, den weißumhüllten Gestalten der Frauen zu ähneln, wuchsen doch viele von den Kristallen nach oben.

Und heute morgen hatten die Schneefrauen zudem ein ganz vortreffliches Opfer gefangen – oder hatten es jedenfalls so gut wie sicher. Eines der Mädchen von der Show, entweder aus Unkenntnis oder Tollkühnheit, vielleicht beflügelt durch die relativ milde, kristallbildende Luft, hatte die Geborgenheit der Darstellerzelte verlassen und war auf die krustige Schneefläche hinausgewandert, an der Gotteshalle vorbei zum Abhang hin und von dort zwischen zwei himmelstürmenden schneebeladenen Baumgruppen auf die schneebedeckte natürliche Felsbrücke hinaus.

Diese Brücke war der Beginn der Alten Straße nach Gnampf

Nar im Süden gewesen, bis vor etwa fünf Dutzend Jahren einige Manneslängen aus ihrer Mittelsektion herausgefallen waren.

Wenige Schritte vor dem gefährlich hochgeneigten Abgrund hatte sie innegehalten und lange Zeit nach Süden geschaut – durch die Nebelschwaden, die in der Ferne so dünn wie langgezupfte Wollbäusche wurden. In der überhangenen Tiefe wirkten die schneebedeckten Pinien des Troll-Cañons wie die winzigen weißen Zelte einer Armee von Eis-Gnomen.

Ihr Blick wanderte langsam den Troll-Cañon entlang – von seinem Anfang weit im Osten bis zu der Stelle, wo er, enger werdend, unter ihr entlang lief und dann, sich langsam erweiternd, nach Süden kurvte, bis der gegenüberliegende Steilhang mit seiner hervorstechenden Brückensektion den Blick nach Süden verbaute.

Nun wandte sie sich um und folgte mit dem Blick der Neuen Straße, die auf der anderen Seite der Darstellerzelte abwärts führte und sich an den Hang des Cañons klammerte, bis sie nach mancherlei Biegung und Zurückwendung durch Nebenschluchten und Schründe – ganz im Gegensatz zu dem schnelleren, direkteren Abstieg der Alten Straße – inmitten der Pinien auf dem Boden des Cañons verschwand und sie nach Süden begleitete.

Aufgrund des sehnsüchtigen Blickes hätte man das Mädchen für eine dumme, heimwehkranke Soubrette halten können, die ihre eisige Nordtournee bereits bedauerte und sich nach einer heißen, fliegenverseuchten Bühnengasse jenseits des Landes der Acht Städte und des Binnenmeeres sehnte. Dem entsprach aber nicht das ruhige Selbstvertrauen ihrer Bewegungen, das stolze Hochrecken ihrer Schultern und der gefährliche Aussichtspunkt, den sie gewählt hatte.

Denn dieser Ort war nicht nur körperlich gefährlich, er lag auch dem Zelt der Schneefrauen ebenso nahe wie der Gotteshalle, darüberhinaus war die Stelle tabu, weil vor fünf Dutzend Jahren, als die Mitte des Felsbogens einbrach, ein Häuptling und seine Kinder zu Tode gekommen waren und weil die hölzerne Ersatzbrücke drei Dutzend Jahre später unter dem Gewicht des Brandykarrens eines Händlers ebenfalls eingestürzt war. Brandy von der stärksten Sorte, ein tragischer Verlust, der das strikteste Tabu rechtfertigte und auch den Befehl, daß die Brücke nicht wieder aufgebaut werden durfte.

Und als reichten diese Tragödien noch nicht aus, um die eifersüchtigen Götter zu befriedigen und das Tabu absolut zu machen, hatte vor eben zwei Jahren der geschickteste Skifahrer, den der Clan seit Jahrzehnten hervorgebracht hatte, ein gewisser Skif, unter dem Einfluß von Schneebrandy und eines eisigen Ehrgeizes versucht, die Schlucht von der Schneewinkel-Seite zu überspringen. In schneller Schußfahrt und wütend seine Stöcke schwenkend, war er wie ein Adler gestartet und hatte den gegenüberliegenden Hang nur um Armeslänge verfehlt; seine Skispitzen waren gegen die Felsen geprallt, und er selbst war in den felsigen Cañontiefen zu Tode gestürzt.

Die Schauspielerin trug einen langen kastanienbraunen Fuchspelz mit einer leichten goldüberzogenen Messingkette als Gürtel. Eiskristalle schimmerten in ihrem hoch aufgesteckten dunkelbraunen Haar.

Nach ihrer Gestalt zu urteilen, schien sie so ausgemergelt oder zumindest dünn-muskulös zu sein, wie sich die Frauen eine Schauspielerin vorstellten – aber sie war fast sechs Fuß groß, was entschieden nicht dem entsprach, wie eine Schauspielerin aussehen sollte, und eine zusätzliche Beleidigung für die großen Schneefrauen war, die sich jetzt in stummer weißer Linie von hinten näherten.

Ein überhastig geschwungener weißer Felsstiefel klang über den verharschten Schnee.

Die Schauspielerin fuhr herum und rannte ohne zu zögern in die Richtung, aus der sie gekommen war. Bei den ersten drei Schritten brach sie durch die Schneekruste und verlor an Boden, aber dann begriff sie, daß sie mit einer gleitenden Bewegung laufen und den Fuß ein Stück über den Harschschnee rutschen lassen mußte.

Sie zerrte ihren braunen Mantel hoch. Sie trug schwarze Pelzstiefel und hellrote Strümpfe.

Die Schneefrauen glitten mit schnellen Bewegungen hinter ihr her und schleuderten ihre festgepreßten Schneebälle.

Einer traf das Mädchen schwer an der Schulter. Sie machte den Fehler, zurückzuschauen.

Sie hatte Pech und wurde von zwei Schneebällen ins Gesicht getroffen – unmittelbar über ihren rotgemalten Lippen und über einer hochgewölbten schwarzen Augenbraue.

Sie begann zu schwanken, wandte sich ganz zurück, und ein Schneeball, fast mit der Gewalt eines Schleudersteins geworfen, traf sie in den Magen, ließ sie zusammenklappen und trieb ihr pfeifend die Luft aus den Lungen.

Sie brach zusammen. Die weißen Frauen hasteten mit blitzenden Augen heran.

Ein großer, hagerer Mann mit schwarzem Schnurrbart, gekleidet in eine schmutzige gefütterte Jacke und einen niedrigen schwarzen Turban, löste sich aus seiner Erstarrung neben einem kristallbesetzten, grobrindigen lebenden Pfeiler der Gotteshalle und rannte auf die gestürzte Frau zu. Seine Füße durchbrachen die Schneekruste, doch seine starken Beine trugen ihn weiter.

Dann hielt er erstaunt inne, als er plötzlich blitzschnell von einer großen, weißen, schlanken Gestalt überholt wurde, als stünde er still – eine Gestalt, die so schnell dahinglitt, daß es im ersten Augenblick den Anschein hatte, als liefe sie auf Skiern.

Im nächsten Moment hielt der Turbanmann sie für eine weitere Schneefrau, stellte dann jedoch fest, daß sie ein kurzes Fellwams und keinen langen Pelzmantel trug und somit vermutlich ein Mann oder Jüngling des Schnee-Clans war, obwohl der Turbanmann hier noch nie einen weißgekleideten Mann gesehen hatte.

Die seltsame Gestalt glitt mit geneigtem und von den Schneefrauen abgewandtem Kopf dahin, als fürchtete sie, den zornigen blauen Blicken zu begegnen. Als sie sich hastig bei der gestürzten Schauspielerin niederkniete, fiel langes, rötlichblondes Haar aus der Kapuze.

Daraus und aus der Schlankheit der Gestalt schloß der Mann mit dem schwarzen Turban ängstlich, daß sie doch ein sehr großes Mädchen sein mußte, das nur begierig war, den ersten Schlag anzubringen.

Doch dann erblickte er ein hervorgerecktes, flaumbestandenes männliches Kinn und auch ein paar massive Silberarmbänder, die nur auf Piratenfahrt erlangt werden konnten. Im nächsten Augenblick nahm der Jüngling die Schauspielerin auf und glitt von den Schneefrauen fort, die jetzt nur noch die rotbestrumpften Beine ihres Opfers sehen konnten. Ein Hagel von Schneebällen ging auf dem Rücken des Retters nieder. Er stolperte ein wenig und rannte, den Kopf noch immer geneigt, entschlossen weiter.

Die größte der Schneefrauen, eine Frau, die das Gebaren einer Königin an den Tag legte und deren hageres Gesicht noch immer Spuren von Schönheit offenbarte, obwohl ihr herabfallendes Haar schon weiß war, blieb stehen und rief mit tiefer Stimme: »Komm zurück, mein Sohn! Du hörst mich, Fafhrd, komm sofort zurück!«

Der Jüngling nickte und zog den Kopf noch tiefer ein, doch er hastete weiter. Ohne den Kopf zu wenden, rief er mit ziemlich hoher Stimme: »Ich komme, verehrte Mor, meine Mutter ... später.«

Die anderen Frauen griffen den Ruf »Komm sofort zurück!« auf. Einige fühlten sich zu weiteren Anmerkungen wie »Ungehorsamer Bengel!«, »Fluch deiner guten Mutter Mor!« und »Hurenjäger!« bemüßigt.

Mor brachte sie mit einer kurzen Seitwärtsbewegung ihrer Hände zum Schweigen. »Wir warten hier«, verkündete sie befehlsgewohnt.

Der Mann mit dem schwarzen Turban zögerte einen Moment und folgte dann mit langsamen Schritten dem verschwindenden Paar, wobei er die Schneefrauen besorgt im Auge behielt. Es war eigentlich nicht erlaubt, daß sie die Händler angriffen, aber bei den Frauen dieser Barbaren wußte man das nie – ganz zu schweigen von den Männern.

Fafhrd erreichte die Darstellerzelte, die an der Altarseite der Gotteshalle kreisförmig angeordnet waren, in der Mitte war der Schnee niedergetrampelt. Am weitesten vom Abgrund entfernt erhob sich das große konische Zelt des Show-Leiters. In der Mitte stand das Zelt der einfachen Schauspieler, das etwa die

Form eines Fisches hatte – ein Drittel für die Mädchen, zwei Drittel für die Männer.

Dem Troll-Cañon am nächsten stand ein mittelgroßes, halbkreisförmiges Zelt, das von Halbreifen gestützt wurde. Über die Spitze dieses Zeltes ragte der große schwere Ast einer immergrünen Sykomore, ausgeglichen durch zwei kleinere Äste auf der anderen Seite, übersät mit Kristallen. An der halbkreisförmigen Front des Zeltes befand sich ein zugeschnürter Eingang, mit dem Fafhrd einige Mühe hatte, da sich die lange Gestalt in seinen Armen noch immer nicht regte.

Ein dickbäuchiger kleiner alter Mann kam mit jugendlichem Elan auf ihn zugetrottet. Er war in zerfetztes, goldbesetztes Flitterwerk gekleidet. Sogar sein langer grauer Schnurrbart und sein Ziegenbärtchen über und unter dem Mund voller verfärbter Zähne glitzerten goldfleckig. Seine unterlaufenen Augen waren wäßrig und gerötet, doch im Zentrum dunkel und stechend. Über dem Gesicht erhob sich ein purpurner Turban, mit einer schimmernden Krone voller zackiger Felskristalle, eine armselige Edelsteinimitation.

Hinter ihm tauchten ein hagerer, einarmiger Mingol auf, ein fetter Mann aus dem Osten mit gewaltigem Bart, der angesengt stank, und zwei ausgemergelte Mädchen, die trotz ihrer Gähnerei und der Decken, in die sie eingewickelt waren, wachsam und auf dem Sprung wie Straßenkatzen wirkten.

»Was soll das?« fragte der Anführer, und seine aufmerksamen Augen überflogen Fafhrd und seine Last. »Vlana ermordet? Vergewaltigt und erschlagen, wie? Wisse, du Mörder, daß dich dein Vergnügen teuer zu stehen kommt! Du weißt sicher nicht, wer ich bin, aber du wirst es erfahren! Ich werde mir von deinen Häuptlingen Entschädigung zahlen lassen! Bestimmt! Große Entschädigung! Ich habe Einfluß, das habe ich! Du verlierst deine Piratenarmbänder und die Silberkette, die ich da unter deinem Kragen sehe. Deine Familie wird bettelarm sein, alle deine Verwandten! Was die dann mit *dir* anstellen ...«

»Du bist Essedinex, Leiter der Show«, unterbrach ihn Fafhrd. Sein hoher Tenor schnitt wie eine Trompete durch den heiseren Bariton des anderen. »Ich bin Fafhrd, Sohn Mors und Nalgrons, des Legendenbrechers. Vlana, die Kulttänzerin, ist nicht vergewaltigt oder tot, sondern nur durch Schneebälle betäubt. Das ist ihr Zelt. Öffne es!«

»Wir kümmern uns um sie, Barbar«, sagte Essedinex etwas ruhiger; die fast pedantische Präzision, mit der der junge Mann Leute und Dinge bestimmte, schien ihn zu überraschen und ein wenig zu erschrecken. »Reich sie mir und geh.«

»*Ich* lege sie hin«, beharrte Fafhrd. »Öffne das Zelt!«

Essedinex zuckte die Achseln und machte dem Mingol ein Zeichen, der sarkastisch grinste und Hand und Ellenbogen dazu benutzte, die Verschnürung zu öffnen und die Zeltbahn zur Seite zu schlagen. Ein Duft nach Sandelholz und Brombeeren drang heraus.

Fafhrd bückte sich und betrat das Zelt. Auf halbem Wege bemerkte er einen Haufen Felle und einen niedrigen Tisch mit einem Silberspiegel, der an einigen Krügen und gedrungenen Flaschen lehnte. Am anderen Ende stand ein Gestell mit Kostümen.

Er wich einem Feuergestell aus, von dem ein heller Rauchfaden aufstieg, kniete vorsichtig nieder und legte seine Last sanft auf den Fellen ab. Dann betastete er Vlanas Puls an Kiefer und Handgelenk, hob ein dunkles Lid an und starrte in jedes Auge, erfühlte vorsichtig mit den Fingerspitzen die großen Beulen, die sich auf Wange und Augenbraue zu bilden begannen. Schließlich kniff er sie in das linke Ohrläppchen und schüttelte den Kopf, als sie nicht reagierte. Er schob ihren braunen Mantel zur Seite und begann das darunterliegende rote Kleid aufzuknöpfen.

Essedinex, der zusammen mit den anderen die Vorgänge verwirrt beobachtet hatte, geriet in Bewegung: »Also, da soll doch … Halt ein, du lasziver Bursche!«

»Ruhe!« befahl Fafhrd und setzte sein Tun fort.

Die beiden in Decken gehüllten Mädchen kicherten, schlugen sich mit der Hand vor den Mund und betrachteten Essedinex und die übrigen mit amüsierten Blicken.

Fafhrd streifte das lange Haar von seinem rechten Ohr zurück und legte die Seite seines Kopfes zwischen Vlanas Brüste, die so klein wie halbe Granatäpfel waren und rosabronzene Warzen hatten. Er machte ein feierliches Gesicht. Wieder unterdrückten die Mädchen ein Kichern. Essedinex räusperte sich erstickt und setzte zu einer langen Rede an.

Fafhrd richtete sich auf und sagte: »Ihr Geist wird bald zurückkehren. Ihre Verletzungen müssen mit Schneebandagen behandelt werden, die zu erneuern sind, wenn sie zu schmelzen beginnen. Jetzt brauche ich eine Schale deines besten Brandy.«

»Mein bester Brandy ...!« rief Essedinex erbost. »Das geht zu weit! Zuerst verschaffst du dir eine kleine Privatshow, dann ein starkes Getränk! Unverschämter Lümmel, verschwinde auf der Stelle!«

»Ich brauche doch nur ...«, begann Fafhrd mit klarer und leicht drohender Stimme.

Seine Patientin unterbrach den Disput indem sie die Augen öffnete, den Kopf schüttelte, zusammenfuhr und sich entschlossen aufrichtete – woraufhin sie bleich wurde und ihr Blick unstet flackerte. Fafhrd drückte sie sanft wieder auf die Felle zurück und legte ihr ein paar Kissen unter die Füße. Dann betrachtete er ihr Gesicht. Ihre Augen waren noch immer geöffnet, und sie erwiderte neugierig seinen Blick.

Er sah ein kleines, eingesunkenes Gesicht, nicht mehr mädchenhaft jung, doch irgendwie katzenhaft schön, trotz der Beulen. Der Blick ihrer Augen, die groß und braun waren und lange Wimpern hatten, war nicht weich. Er hatte etwas Einzelgängerisches und zeugte von Entschlossenheit und einem nachdenklichen Abwägen ihrer Umwelt.

Sie erblickte einen gutaussehenden, hellhäutigen Jungen von etwa achtzehn Wintern, einen Jungen mit großem Kopf und langem Kiefer, als wäre er mit dem Wachsen noch nicht ganz zu Ende. Weiches, rotgoldenes Haar spielte um seine Wangen. Seine Augen waren grün, geheimnisvoll und hatten etwas von einer Katze. Seine Lippen waren breit, doch etwas zusammengepreßt, als wären sie eine Tür die die Worte einschlossen und sich nur auf Kommando der geheimnisvollen Augen öffneten.

Eines der Mädchen hatte aus einer Flasche vom niedrigen Tisch eine halbe Schale Brandy eingegossen. Fafhrd nahm das

Gefäß und hob Vlanas Kopf an, so daß sie langsam daraus trinken konnte. Das zweite Mädchen brachte etwas Pulverschnee in Wolltüchern. Sie kniete auf der anderen Seite des Lagers nieder und band die Tücher über die Prellungen.

Nachdem sie Fafhrds Namen erfragt und bestätigt bekommen hatte, daß er sie vor den Schneefrauen gerettet hatte, fragte Vlana: »Warum sprichst du mit so hoher Stimme?«

»Ich studiere bei einem singenden Skalden«, erwiderte er. »Die wahren Skalden sprechen und singen so.«

»Was für eine Belohnung erwartest du für meine Errettung?« fragte sie direkt.

»Keine«, erwiderte Fafhrd.

Wieder brachen die beiden Mädchen in Kichern aus und schwiegen sofort, als Vlana zu ihnen hinübersah.

Fafhrd fügte hinzu: »Ich hatte sogar die persönliche Verpflichtung, dich zu retten, da die Anführerin der Schneefrauen meine Mutter war. Ich muß die Wünsche meiner Mutter respektieren, aber ich muß auch verhindern, daß sie etwas Falsches tut.«

»Oh. Warum benimmst du dich wie ein Priester oder Heiler?« fragte Vlana weiter. »Gehört das zu den Wünschen deiner Mutter?« Sie hatte sich nicht die Mühe gemacht, ihre Brüste zu bedecken, die Fafhrd ohnehin nicht beachtete; er sah auf ihre Lippen und Augen.

»Heilen gehört zu den Künsten eines singenden Skalden«, erwiderte er. »Und was meine Mutter angeht, so tue ich ihr gegenüber meine Pflicht, nicht mehr und nicht weniger.«

»Vlana, es ist nicht recht, daß du so mit diesem Jüngling sprichst«, schaltete sich Essedinex nervös ein. »Er muß ...«

»Halt den Mund!« schnappte Vlana. Zu Fafhrd gewandt fuhr sie fort: »Warum trägst du Weiß?«

»Das ist die Kleidung des Schneevolkes. Ich habe für die neue Mode der dunklen oder gefärbten Manneskleidung nichts übrig. Mein Vater hat immer Weiß getragen.«

»Er ist tot?«

»Ja. Er ist beim Besteigen des verbotenen Berges Weiße Klippe umgekommen.«

»Und deine Mutter will, daß du Weiß trägst, als wärst du dein Vater?«

Fafhrd schien sich nicht an der schlauen Frage zu stören, doch ging er auch nicht darauf ein. Vielmehr fragte er: »Wie viele Sprachen sprichst du, außer diesem Lankhmarisch?«

Endlich lächelte sie. »Was für eine Frage! Nun, ich spreche – wenn auch nicht allzu gut – Mingol, Kvarchisch, Hoch- und Nieder-Lankhmarisch, Quarmallisch, Ghoulisch, die Wüstensprache und drei Sprachen aus dem Osten.«

Fafhrd nickte. »Das ist gut.«

»Aber warum denn nur?«

»Weil das heißt, daß du sehr zivilisiert bist.«

»Was ist so Besonderes daran?« fragte sie mit bitterem Auflachen.

»Du mußtest es wissen, du bist eine Kulttänzerin. Jedenfalls interessiere ich mich für die Zivilisation.«

»Es kommt jemand«, zischte Essedinex vom Eingang. »Vlana, der Junge muß jetzt ...«

»Er muß nicht!«

»Wie die Dinge stehen, muß ich leider tatsächlich gehen«, sagte Fafhrd und stand auf. »Laß die Schneebandagen um«, unterwies er Vlana, »und bleib bis zum Sonnenuntergang ruhig liegen. Dann noch etwas Brandy mit heißer Suppe.«

»Warum mußt du gehen?« wollte Vlana wissen und stützte sich auf einen Ellenbogen.

»Ich habe meiner Mutter ein Versprechen gegeben«, sagte Fafhrd, ohne sich umzudrehen.

»Deine Mutter!«

Gebückt im Eingang stehend, wandte sich Fafhrd endlich zurück. »Ich schulde meiner Mutter manches«, sagte er. »Dir schulde ich nichts – noch nicht.«

»Vlana, er *muß* jetzt gehen. *Er* kommt«, flüsterte Essedinex heiser, während er verzweifelt an Fafhrd herumschob. Aber er hätte ebensogut versuchen können, einen Baum von seinen Wurzeln zu trennen.

»Fürchtest du dich vor dem Mann, der da kommt?« Vlana knöpfte ihr Kleid zu.

Fafhrd musterte sie nachdenklich. Ohne auf ihre Frage zu reagieren, bückte er sich durch den Eingang, stand auf und erwartete die Annäherung eines Mannes, in dessen Gesicht sich Wut spiegelte.

Der Mann war so groß wie Fafhrd, noch einmal halb so breit und etwa doppelt so alt. Er trug braune Seehundfellkleidung mit amethystbesetztem Silberschmuck und eine Goldkette um den Hals – Würdezeichen eines Piratenführers.

Angst durchflutete Fafhrd – nicht vor dem näherkommenden Mann, sondern vor der Macht der Kristalle, die sich jetzt wesentlich dicker auf den Zelten ablagerten, als er es von vorhin in Erinnerung hatte, da er Vlana hineintrug. Das Element, das Mor und ihre Schwesterhexen am besten zu nutzen verstanden, war die Kälte – in der Suppe oder in den Lenden eines Mannes oder in seinem Schwert oder Kletterseil, das sie zum Zersplittern brachten. Er fragte sich oft, ob die Kälte seines Herzens etwa auf Mors Zauber zurückzuführen war. Jetzt würde sich die Kälte auch an die Tänzerin heranmachen. Er sollte sie eigentlich warnen, aber sie war zivilisiert und würde ihn sicherlich auslachen.

Der große Mann kam heran.

Als Antwort zielte der Mann mit einem Rückhandschlag auf Fafhrds Gesicht.

Der Jüngling beugte sich heftig zur Seite, glitt unter dem Hieb dahin und schritt ruhig in der Richtung davon, aus der er gekommen war.

Hringorl, schweratmend, starrte ihm einige Herzschläge lang nach und betrat dann das halbkreisförmige Zelt.

Hringorl war zweifellos der mächtigste Mann im Schnee-Clan, überlegte Fafhrd, obwohl er wegen seiner anmaßenden Art und seiner mangelnden Anpassung an die Sitten und Gebräuche nicht zu den Häuptlingen gehörte. Die Schneefrauen haßten ihn, wußten ihn jedoch nicht recht zu packen, da seine Mutter tot war und er keine Frau genommen hatte und sich mit Konkubinen zufriedenstellte, die er von seinen Piratenzügen mitbrachte.

Der Mann mit dem schwarzen Turban hatte an unauffälliger

Stelle neben dem Zelt gewartet und näherte sich jetzt leise. »Eine gute Reaktion, mein Freund. Auch als du die Tänzerin hereinbrachtest.«

Fafhrd sagte gleichgültig: »Du bist Vellix der Verwegene.«

Der andere nickte. »Ich bringe Brandy von Kleg Nar hier zum Markt. Würdest du eine Probe der besten Sorte mit mir nehmen?«

Fafhrd sagte: »Es tut mir leid, aber ich habe eine Verabredung mit meiner Mutter.«

»Dann ein andermal«, sagte Vellix ruhig.

»Fafhrd!«

Hringorl hatte gerufen. Seiner Stimme war keine Wut mehr anzumerken. Fafhrd wandte sich um. Der große Mann stand vor dem Zelt und kam mit großen Schritten heran, als sich Fafhrd nicht von der Stelle rührte. Vellix verschwand so leichtfüßig zwischen den Zelten, wie er seine Zunge handhabte.

»Es tut mir leid, Fafhrd«, sagte Hringorl mürrisch. »Ich wußte nicht, daß du das Leben der Tänzerin gerettet hattest. Du hast mir einen großen Dienst erwiesen. Hier.« Er öffnete eines der schweren Armbänder und hielt es hoch.

Fafhrd ließ die Hände herunterhängen. »Keinen Dienst, Ich habe nur meine Mutter vor einer falschen Handlung bewahrt.«

»Du bist unter mir gesegelt«, brüllte Hringorl plötzlich los, und sein Gesicht rötete sich, obwohl er noch lächelte oder sich wenigstens zu lächeln bemühte. »Du nimmst also meine Geschenke an – genauso wie meine Befehle!« Er packte Fafhrds Hand, drückte das schwere Gebilde hinein, schloß Fafhrds schlaffe Finger darüber und trat zurück.

Sofort kniete sich Fafhrd hin und sagte hastig: »Es tut mir leid, aber ich darf nicht annehmen, was nicht rechtens verdient ist. Und jetzt habe ich eine Verabredung mit meiner Mutter.« Mit schneller Bewegung stand er auf, wandte sich um und marschierte davon. Hinter ihm, auf einem Stück verharschten Schnees, schimmerte das goldene Armband.

Er hörte Hringorls Schnauben und erstickten Fluch, doch vergewisserte er sich nicht, ob Hringorl seine verschmähte Gabe wieder aufnahm, obwohl er mühsam dem Drang widerstand, Haken zu schlagen oder den Kopf ein wenig einzuziehen für den Fall, daß es Hringorl einfallen sollte, ihm das schwere Armband nachzuwerfen.

Gleich darauf erreichte er die Stelle, wo seine Mutter zwischen sieben Schneefrauen saß – acht Gestalten insgesamt. Sie standen auf. Er blieb einen Meter vor ihr stehen, zog den Kopf ein, sah zur Seite und sagte: »Hier bin ich, Mor.«

»Du hast lange gebraucht«, sagte sie. »Zu lange.« Sechs Köpfe ringsum nickten feierlich. Nur Fafhrd bemerkte verschwommen aus dem Augenwinkel, daß die siebente und schlankste Schneefrau stumm zurücktrat.

»Aber hier bin ich doch«, sagte Fafhrd.

»Du hast meinen Befehl mißachtet«, verkündete Mor kalt. Ihr ausgezehrtes und einst schönes Gesicht war von Stolz und Herrschsucht gezeichnet, die keinen Platz für Gefühle ließen.

»Aber jetzt folge ich ihm«, konterte Fafhrd. Er gewahrte, daß die siebente Schneefrau mit flatterndem weißem Umhang zwischen den Wohnzelten auf den hohen weißen Wald zurannte, der außer dem Troll-Cañon Schneewinkels einzige Grenze bildete.

»Nun gut«, sagte Mor, »und jetzt wirst du gehorchen und uns in das Traumzelt folgen, wo wir eine rituelle Reinigung vornehmen.«

»Ich bin nicht befleckt«, verkündete Fafhrd. »Außerdem reinige ich mich auf meine Weise selbst – auf eine Weise, die die Götter ebenfalls gestattet haben.«

Mors Gefolgschaft ließ schockiertes Mißfallen laut werden. Fafhrd hatte kühn und mutig gesprochen, doch sein Kopf war noch immer vornübergeneigt, so daß er die Gesichter und die gefährlichen Augen der Frauen nicht sah, sondern nur ihre umhüllten weißen Gestalten, die wie ein Hain großer Birken aussahen.

Mor sagte: »Schau mir in die Augen.«

Fafhrd sagte: »Ich komme allen Pflichten eines erwachsenen Sohnes nach – von der Nahrungssuche bis zur Schwertwache. Aber soweit ich weiß, gehört es nicht zu meinen Aufgaben, meiner Mutter in die Augen zu schauen.«

»Dein Vater hat mir immer gehorcht«, sagte Mor drohend.

»Aber wenn er einen hohen Berg erblickte, stieg er hinauf und gehorchte dabei nur sich selbst«, widersprach Fafhrd.

»Ja, und er ist dabei umgekommen!« rief Mor, und sie hielt Kummer und Wut im Zaum, ohne diese Gefühle völlig verbergen zu können.

Fafhrd sagte hart: »Woher kam denn die plötzliche Kälte, die sein Seil und seinen Eispickel an der Weißen Klippe zersplittern ließ?«

Begleitet von den entrüsteten Ausrufen ihrer Begleiterinnen sagte Mor mit ihrer tiefsten Stimme: »Der Fluch einer Mutter, Fafhrd, über deinen Ungehorsam und deine bösen Gedanken!«

Mit seltsamem Eifer sagte Fafhrd: »Ich nehme deinen Fluch gehorsam auf mich, Mutter.«

Mor sagte: »Mein Fluch gilt nicht dir, sondern deinen schlimmen Phantastereien.«

»Trotzdem werde ich ihn für immer hochhalten«, unterbrach sie Fafhrd. »Und jetzt, meinem freien Willen gehorchend, muß ich dich allein lassen, bis der Teufel der Wut dich aus seinen Fängen gelassen hat.«

Den Kopf noch immer gesenkt und zur Seite geneigt, marschierte er mit schnellen Schritten auf den Wald zu – östlich der Wohnzelte, doch westlich der großen Baumzunge, die sich im Süden fast bis zur Gotteshalle erstreckte. Das ärgerliche Zischen der Frauen folgte ihm, doch seine Mutter rief seinen Namen nicht, ließ sich überhaupt nicht mehr hören. Fafhrd wäre es fast lieber gewesen, wenn sie noch etwas gesagt hätte.

Doch der Kummer der Jugend heilt schnell, wenigstens äußerlich. Als Fafhrd in seinen geliebten Wald eindrang, ohne einen einzigen kristallbesetzten Ast aus der Ruhe zu bringen, waren seine Sinne wieder geschärft, seine Muskeln entspannt und das Äußere seiner Seele allem Neuen wieder so aufgeschlossen wie der unberührte Schnee vor seinen Füßen. Er nahm den leichtesten Pfad und mied die diamantbehangenen Dornenbüsche zur Linken und die riesigen von Pinien bestandenen Granitformationen zur Rechten.

Er sah Vogelspuren, Eichhörnchenspuren, tagealte Bärenspuren; Schneevögel schnappten mit ihren schwarzen Schnäbeln nach roten Schneebeeren; eine pelzige Schneeschlange zischte ihn an, und er hätte sich auch nicht gewundert, wäre ihm jetzt ein Drache mit eisverkrusteten Schuppen entgegengerasselt.

So war er auch ganz und gar nicht aus der Ruhe zu bringen, als eine große Pinie mit hohen Ästen ihre schneebepflasterte Rinde öffnete und ihm seine Dryade zeigte, ein fröhliches, blauäugiges, blondhaariges Mädchengesicht, eine Nymphe von allenfalls siebzehn Jahren. Tatsächlich hatte er mit einer solchen Erscheinung gerechnet, seit er die siebente Schneefrau davonstürmen sah.

Und doch tat er überrascht – etwa zwei Heraschläge lang. Dann sprang er los und rief: »Mara, meine Hexe«, und trennte den weißgekleideten Körper mit beiden Armen von seinem täuschenden Hintergrund und hielt ihn umfangen und stand mit dem Mädchen – eine weiße Säule im Schnee – etwa zwanzig Herzschläge lang Kapuze an Kapuze und Lippen auf Lippen – eine höchst anregende und entzückende Beschäftigung.

Dann fand sie seine rechte Hand, zog sie unter ihren Umhang und durch eine Öffnung unter ihren langen Mantel und drückte sie gegen ihren umwickelten Unterleib.

»Rate mal«, flüsterte sie und leckte sein Ohr.

»Der Teil eines Mädchens. Würde ich glatt wetten ...«, begann er fröhlich, obwohl sich seine Gedanken bereits in eine fürchterliche Richtung wandten.

»Du Idiot, etwas, was dir gehört«, flüsterte sie.

Die fürchterliche Richtung wurde zu einer Eisrutsche, die zur Gewißheit führte. Trotzdem sagte er mutig: »Nun, ich hatte wirklich gehofft, du würdest keine anderen ausprobieren, obwohl das dein Recht wäre. Ich muß sagen, ich bin sehr geehrt ...«

»Dummer Junge! Ich meine, es ist etwas, das uns gehört!«

Die gräßliche Gewißheit war ein schwarzer Eistunnel, der zu einem bodenlosen Brunnenschacht wurde. Automatisch sagte Fafhrd: »Doch nicht ...?«

»Ja! Ich bin ganz sicher. Es ist schon zweimal ausgeblieben.«

Besser als je zuvor in seinem Leben erfüllten Fafhrds Lippen ihre Aufgabe, Worte im Zaum zu halten. Als sie sich schließlich öffneten, standen sie und die Zunge dahinter völlig in der Gewalt der großen grünen Augen. Ein freudiger Ausbruch: »O Götter! Wie wunderbar! Ich bin Vater! Wie geschickt von dir, Mara!«

»Sehr geschickt, allerdings!« sagte das Mädchen. »Nach deinem rohen Tun etwas so Empfindliches entstehen zu lassen! Aber jetzt will ich dir deine unfreundliche Bemerkung über das Ausprobieren anderer Männer heimzahlen!« Sie hob ihren Rock und führte seine Hände unter ihrem Umhang zu einem Knoten aus Bändern an ihrem Steißbein.

Schneefrauen trugen Pelzhauben, Fellstiefel, einen hohen Pelzstrumpf an jedem Bein, der mit einem Hüftgurt verbunden war, und einen oder mehrere Pelzmäntel und Umhänge – es war eine praktische Kleidung und ähnelte der der Männer, wenn man von den längeren Mänteln absah.

Als er den Knoten befingerte, von dem drei Stränge abgingen, sagte Fafhrd: »Wirklich, liebste Mara, ich habe nichts übrig für diese Keuschheitsgürtel. Sie sind keine sehr zivilisierte Einrichtung. Außerdem stören sie sicher deinen Kreislauf.«

»Du und dein Zivilisationstick! Den treibe ich dir schon aus. Los, mach den Knoten auf und vergewissere dich, daß du und niemand anders ihn gebunden hat.«

Fafhrd gehorchte und mußte zugeben, daß es sein Knoten war und nicht der Knoten eines anderen Mannes. Das festzustellen, dauerte einige Zeit und machte Mara großen Spaß; sie begann leise zu quietschen und zu stöhnen und sanft an ihm herumzuknabbern.

Auch Fafhrd begann bald Interesse aufzubringen. Als es vollbracht war, erhielt er die Belohnung aller höflichen Lügner: Mara liebte ihn aus ganzem Herzen, weil er ihr all die richtigen Lügen gesagt hatte, und sie bewies es ihm mit jeder aufreizenden Bewegung, und sein Interesse und seine Erregung wuchsen.

Nach gewissen Maßnahmen und Gesten gegenseitiger Zuneigung fielen sie Seite an Seite in den Schnee, beide rundum geschützt durch ihre weißen Pelzmäntel und Hauben.

Ein Spaziergänger hätte glauben mögen, ein Schneeberg wäre konvulsivisch zum Leben erwacht und mache Anstalten, einen Schneemann, eine Elfe oder einen Dämon auf die Welt zu bringen.

Nach einer Weile wurde der Schneeberg ganz still, und der hypothetische Passant hätte sich schon sehr nahe heranbegeben müssen, um die Stimmen zu verstehen, die darin sprachen.

MARA: Rate mal, was ich so denke.

FAFHRD: Daß du die Königin aller Wonnen bist. Aaah!

MARA: Selber Aaah und Oooh! Und daß du der König aller Ungeheuer bist! Nein, Dummerchen, ich sag's dir. Ich habe überlegt, wie froh ich bin, daß du deine Abenteuer im Süden vor der Heirat gehabt hast. Ich bin sicher, du hast Dutzende von Südfrauen vergewaltigt oder unanständig besessen, was vielleicht eine Erklärung für deine Zivilisationsmarotte ist. Aber das macht mir gar nichts. Meine Liebe treibt dir das schon aus.

FAFHRD: Mara, du bist ein schlaues Köpfchen, aber trotzdem übertreibst du gewaltig wegen jener einen Piratenfahrt, die ich unter Hringorl mitgemacht habe, und besonders wegen der amourösen Möglichkeiten, die sich dabei boten.

Zunächst sind in jeder Küstenstadt, die wir heimsuchten, die Einwohner – und natürlich besonders die jungen Frauen – in die Hügel davongestürzt, ehe wir überhaupt landen konnten. Und wenn es Frauen zum Vergewaltigen gab, stand ich als Jüngster natürlich am Ende der Liste von Vergewaltigern und wäre also sicher nicht in Versuchung gekommen.

Um die Wahrheit zu sagen, die einzigen interessanten Leute, die ich während der langweiligen Reise kennenlernte, waren zwei alte Männer, die eines Lösegeldes wegen festgehalten wurden und mir etwas Quarmallisch und Hoch-Lankhmarisch beibrachten, und ein ausgemergelter junger Mann, der bei einem alten Zauberer in die Schule gegangen war. Dieser Bursche konnte mit dem Dolch umgehen und hatte keinen Respekt vor Legenden – ebensowenig wie ich oder mein Vater.

MARA: Mach dir keine Gedanken. Das Leben wird aufregender für dich werden, wenn wir erst verheiratet sind.

FAFHRD: Da irrst du dich, liebste Mara. Moment, laß mich erklären! Ich kenne meine Mutter. Wenn wir erst verheiratet sind, erwartet Mor von dir, daß du das Kochen und die ganze Zeltarbeit übernimmst. Sie wird dich zu sieben Achteln als Sklavin und – vielleicht – zu einem Achtel als meine Konkubine ansehen.

MARA: Ha! Du wirst es wirklich lernen müssen, deine Mutter zu beherrschen, Fafhrd. Aber mach dir darum keine Sorgen, Liebster. Offensichtlich weißt du nichts über die Waffen, die eine starke und junge Frau gegen eine alte Schwiegermutter einsetzen kann. Ich werde ihr schon den ihr gemäßen Platz zuweisen, und wenn ich sie vergiften muß – oh, nicht um sie umzubringen, sondern um sie nur zu schwächen.

Ehe drei Monde vergangen sind, zittert sie bei meinem Anblick, und du wirst dir viel mehr wie ein Mann vorkommen. Ich weiß schon – du bist immerhin das einzige Kind, und dein wilder Vater ist jung gestorben, und da hat sie einen unnatürlichen Einfluß über dich gewonnen, aber ...

FAFHRD: Ich komme mir in diesem Augenblick sehr als Mann vor, du amoralische, giftspritzende Hexe, du Eis-Tigerin, und ich beabsichtige dir das unverzüglich zu beweisen. Verteidige dich! Ha, los ...!

Wieder geriet der Schneeberg in heftige Bewegung, wie ein riesiger Eisbär, der am Ersticken war. Der Bär verendete zu den musikalischen Klängen zerbrechender Eiskristalle, die sich in unnatürlicher Anzahl und Größe während ihres Dialogs auf Maras und Fafhrds Mänteln gebildet hatten.

Der kurze Tag raste der Nacht entgegen, als mochten selbst die Herrscher über Sonne und Sterne den Beginn der Vorstellung nicht abwarten.

Hringorl besprach sich mit seinen drei Günstlingen, Hor, Harrax und Hrey. Stirnrunzeln und Nicken, und Fafhrds Name fiel.

Der jüngste Ehemann des Schnee-Clans, ein eingebildeter und unvorsichtiger Grünschnabel, wurde von einer Patrouille junger Schneefrauen überfallen und mit Schneebällen bewußtlos geschlagen. Er war gesehen worden, wie er sich frech mit einem Mingol-Bühnenmädchen unterhielt.

Nachdem er als Zuschauer für die zwei Abende der Show nicht mehr in Frage kam, wurde er zärtlich, doch langsam von seiner Frau wieder gesundgepflegt, die die eifrigste der Schneeballwerferinnen gewesen war.

Mara, glücklich wie eine Schneetaube, platzte in diesen Haushalt hinein und half aus. Aber als sie den hilflosen Ehemann und die zärtliche Frau beobachtete, schwanden ihr Lächeln und ihr träumerisches Gefühl. Sie wurde angespannt und unruhig. Dreimal machte sie Anstalten, etwas zu sagen, schließlich schürzte sie nur die Lippen und machte sich davon, ohne ein Wort zu sagen.

Im Frauenzelt belegten Mor und ihre Frauen Fafhrd mit einem Spruch, der ihn nach Hause bringen sollte, und mit einer zweiten Verwünschung, die seine Lenden gefrieren lassen sollte; anschließend machten sie sich daran, noch schwerwiegendere Maßnahmen gegen das ganze Universum von Söhnen, Ehemännern und Schauspielerinnen zu beschließen.

Die zweite Verwünschung hatte keine Wirkung auf Fafhrd – vermutlich weil er zu der Zeit gerade ein Schneebad nahm. Es zählte zu den wohlbekannten Tatsachen, daß Zaubersprüche kaum Wirkung haben auf jene, die sich bereits den Folgen unterwerfen, die der Zauber bewirken soll. Nach der Trennung von Mara hatte er sich ausgezogen und sich in eine Schneewehe geworfen, hatte jede Oberfläche, jede Stelle seines Körpers mit dem betäubenden Pulverzeug eingerieben. Anschließend hatte er dickbenadelte Pinienäste dazu benutzt, sich abzuklopfen und sein Blut wieder in Wallung zu bringen.

Wieder angezogen, spürte er den Drang der ersten Verwünschung, widersetzte sich jedoch und schlich sich heimlich in das Zelt zweier alter Mingol-Händler, Zax und Effendrit, die Freunde seines Vaters gewesen waren; und hier schlummerte er auf einem Stapel Felle bis zum Abend.

Keine der Verwünschungen seiner Mutter konnte ihm in dieses Zelt folgen, dessen Grundfläche nach alten Handelsbräuchen ein winziges Stück Mingol-Territorium darstellte. Allerdings begann das Zelt der beiden Mingols unter einer unnatürlich schweren Last von Eiskristallen herabzusinken, die die alten Mingols gewitzt mit langen Pfählen klirrend abschlugen.

Das Geräusch drang angenehm in Fafhrds Träume, ohne ihn zu wecken, worüber seine Mutter sehr ärgerlich gewesen wäre, hätte sie Bescheid gewußt – sie war der Meinung, daß sowohl Vergnügen als auch Faulenzen nicht gut waren für die Männer. Sein Traum wandte sich Vlana zu, die gelenkig in einem Netzkleid aus feinen Silberdrähten tanzte, und an den Kreuzpunkten der Drähte hingen Myriaden von winzigen Silberglöckchen, eine Vision, die Mor auf das Äußerste gereizt hätte. Es war nur gut für Fafhrd, daß sie nicht in diesem Augenblick ihre Fähigkeit des Gedankenlesens nutzte!

Vlana selbst schlummerte ebenfalls, während eines der Mingol-Mädchen, dem die verletzte Schauspielerin einen halben Smerduk gegeben hatte, die Schneebandagen laufend erneuerte und Vlanas Lippen, wenn sie trocken zu werden drohten, mit süßem Wein benetzte, von dem ein paar Tropfen in den Mund drangen.

In Vlanas Kopf wirbelten ständig die Pläne und Ideen durcheinander, und wenn sie erwachte, pflegte sie die Flut ihrer Gedanken durch einen einfachen Kindervers aus dem Osten zu beruhigen: »Schlaf und traf, wach und mach, Nummer und Schlummer, geh und weh, spring und fing, Brand und Hand«, und so weiter, bis ihr nichts mehr einfiel.

Vellix der Verwegene, der müßig im Lager herumschlich, bekam einen Teil von Hringorls Plänen mit, sah Fafhrd seine Zufluchtsstätte betreten, bemerkte, daß Essedinex mehr trank als ihm bekam, und lauschte ein wenig, was der Leiter der Show zu sagen hatte.

Im Umkleideraum der Schauspielerinnen sprach Essedinex mit den beiden Mingol-Mädchen, Zwillingen, und einer blutjungen Ilthmarix über die Menge Fett, die sie für die heutige Vorstellung auf ihre glattrasierten Körper schmieren sollten.

»Bei allen schwarzen Knochen, ihr bringt mich noch um den Verstand«, sagte er weinerlich. »Ihr werdet so erotisch wirken wie Schmalzklumpen.«

»Wie ich die Nordmänner kenne, mögen sie ihre Frauen gut gefettet, und warum soll das äußerlich nicht ebenso gelten wie innerlich?« fragte eines der Mingol-Mädchen.

»Und überhaupt«, fügte ihre Zwillingsschwester hinzu, »wenn du von uns erwartest, daß wir uns Zehen und Brustwarzen abfrieren, nur um einem Publikum stinkender alter Bärenhäute zu gefallen, liegst du schief.«

»Mach dir keine Sorgen«, sagte die Ilthmarix, tätschelte ihm die gerötete Wange und seine dünnen weißen Haare. »Ich bin immer am besten, wenn ich überall eine Gänsehaut habe. Wir werden sie schon dazu bringen, uns die Wände hochzujagen, und wir rutschen ihnen dann aus den Händen wie schlüpfrige Melonenkerne.«

»Jagen ...?« Essedinex umfaßte die schmalen Schultern der Ilthmarix. »Du wirst heute abend keine Orgien provozieren, hörst du? Necken macht sich bezahlt. Orgien nicht. Es kommt immer darauf an ...«

»Wir wissen schon, wie wir das Publikum anpacken müssen, Opa«, sagte eines der Mingol-Mädchen.

»Wir wissen sie im Zaum zu halten«, fuhr ihre Schwester fort.

»Und wenn wir's nicht schaffen – Vlana bringt es immer«, endete die Ilthmarix.

Als die fast unsichtbaren Schatten länger und die nebelschwere Luft dämmerig wurde, schienen die allgegenwärtigen Kristalle womöglich noch schneller zu wachsen. Das Palaver in den Handelszelten; die durch die schneebedeckte Waldzunge von den Wohnzelten getrennt waren, geriet ins Stocken und ging schließlich zu Ende. Der leise Dauergesang aus dem Frauenzelt machte sich lauter und schriller bemerkbar. Ein Abendhauch aus dem Norden ließ die Kristalle klirren. Das Singen bekam etwas Mürrisches, und der Windhauch und das Klirren hörten wie auf einen Befehl auf. Der Nebel kam in Fetzen aus dem Osten und Westen zurück, und die Kristalle wuchsen weiter. Die Gesänge der Frauen wurden zu einem Murmeln. Als der Abend herannahte, machte sich in Schneewinkel eine erwartungsvolle Stille breit.

Der Tag floh über den eisbewehrten westlichen Horizont, als fürchtete er sich vor der Dunkelheit.

In der Enge zwischen den Darstellerzelten und der Gotteshalle war Bewegung, ein Schimmer, ein heller Funke, der neun, zehn, elf Herzschläge lang flackerte, dann kam ein Blitz, ein Zischen, und es erhob sich – zunächst langsam, dann schneller und immer schneller – ein Komet mit einem buschigen Schwanz aus funkensprühendem orangenem Feuer. Hoch über den Pinien, fast an der Schwelle zum Himmel – einundzwanzig, zweiundzwanzig, dreiundzwanzig – verblaßte der Kometenschweif und zersprang mit lautem Donnerschlag in neun weiße Sterne.

Es war das Raketensignal zum Beginn der ersten Vorstellung.

Im Innern war die Gotteshalle ein großes langes Schiff kalter Schwärze, unzureichend beleuchtet und beheizt durch eine Reihe Kerzen am Bug, der während des übrigen Jahres den Altar darstellte und jetzt als Bühne diente. Die Masten des ›Schiffes‹ waren lebende Pinien, die an Bug, Heck und an den Seiten emporwuchsen. Seine Segel – genau genommen, seine Wände – waren zusammengenähte Häute, fest an die Masten gelascht. Statt eines Himmels gab es oben nur dick miteinander verwobene Pinienäste, weiß von herabrieselndem Schnee, die etwa fünf Mannshöhen über dem Deck begannen.

Im Heck und Mittelteil dieses seltsamen Schiffes, das nur von den Winden der Phantasie angetrieben wurde, saßen dicht gedrängt, auf Baumstümpfen oder Deckenrollen, die Männer des Schnee-Clans in ihren düster-farbenfrohen Pelzen. Sie lachten trunken, knurrten sich Bemerkungen oder Witze zu – doch alles in gemäßigter Lautstärke. Denn immerhin waren sie in der Gotteshalle – oder besser: im Gottesschiff –, und beim Betreten dieses Raumes hatte sie die religiöse Ehrfurcht angerührt, gepaart mit Angst – trotz oder vielleicht gerade wegen der profanen Verwendung, der diese Stätte heute abend zugeführt wurde.

Es ertönte ein rhythmisches Trommeln, drohend wie das Anschleichen eines Schneeleoparden und zunächst so leise, daß niemand zu sagen wußte, wann es eigentlich begonnen hatte; noch eben war der Saal voller Leben und Bewegung, im nächsten Augenblick herrschte starre Stille; Hände legten sich leicht auf die Knie oder klammerten sich dort fest, und Augen erforschten die kerzenbeleuchtete Bühne zwischen den beiden Vorhängen, die mit schwarz-grauen Spiralen bemalt waren.

Das Trommeln wurde lauter, schneller, komplizierter, webte geklopfte Arabesken und kehrte zum Leopardenschritt zurück.

Im Rhythmus der Trommelschläge sprang ein kleines, schlankes, silberpelziges Katzenwesen auf die Bühne – mit langen Beinen, langen, spitzen, aufgerichteten Ohren, langen Schnauzhaaren und langen weißen Fangzähnen. Auf allen vieren war es etwa einen Meter groß. Der einzige menschliche Zug war ein schimmernder schwarzer Haarschopf, der dem Wesen glatt über die rechte Schulter herabfiel.

Die Erscheinung umkreiste dreimal die Bühne, zog den Kopf ein, schnüffelte, als folge sie einer Spur, und knurrte tief in der Kehle.

Dann bemerkte sie das Publikum und wich mit einem Aufschrei zurück, bedrohte es mit den langen, schimmernden Klauen, in die ihre Vorderpfoten mündeten.

Zwei Männer im Publikum standen so sehr im Bann der Illusion, daß sie mühsam daran gehindert werden mußten, ein Messer oder eine Axt auf das Ungeheuer zu schleudern, das sie für echt und gefährlich hielten.

Das Wesen musterte sie, entblößte sein Raubtiergebiß. Als es mit schneller Bewegung den Kopf hin und her wandte und die Männer mit großen braunen Augen betrachtete, schlug im gleichen Rhythmus der kurzhaarige Schwanz in die andere Richtung aus.

Nun begann das Wesen einen Leopardentanz um Leben, Liebe und Tod, manchmal auf den Hinterbeinen, doch meistens auf allen vieren. Es hüpfte und erforschte, bedrohte und wich zurück, es griff an und floh, es warf sich herum und wand sich mit den lasziven Bewegungen einer Katze.

Auch das lange Haar machte es dem Publikum nicht leichter, sich das Wesen als eine Frau in einem engen Pelztrikot vorzustellen. Vor allem schienen seine Vorderbeine so lang zu sein wie seine Hinterbeine und ein Extragelenk zu haben.

Etwas Weißes krächzte und flatterte hinter einem der Vorhänge hervor. Mit schnellem Sprung und Prankenhieb schlug die große silberne Katze danach und warf sich darauf.

Niemandem in der Gotteshalle entging der Todesschrei der Schneetaube und das Knirschen ihres brechenden Genicks.

Die große Katze hielt den toten Vogel vor ihre Fangzähne, richtete sich fraulich auf und stieß einen Seufzer aus, in dem sich Abscheu und Sehnsucht, Staunen und Vorfreude mischten – Vorfreude auf das, was jetzt kommen mochte.

Fafhrd jedoch seufzte nicht. Zum einen hätte die geringste Bewegung sein Versteck offenbart. Zum anderen konnte er deutlich sehen, was hinter den beiden spiralenbemalten Vorhängen vor sich ging.

Wegen seiner Jugend zur Show noch nicht zugelassen – ganz zu schweigen von Mors Wünschen und Zaubersprüchen –, hatte er eine halbe Stunde vor Beginn der Vorstellung auf der Schluchtseite, wo niemand auf ihn achtete, eine der Pinien der Gotteshalle bestiegen. Die Schnüre der Hautwände erleichterten ihm das Klettern sehr. Oben war er dann vorsichtig auf zwei starke Pinienäste gekrochen, die nach innen über die Halle ragten, und er hatte sich vorgesehen, keine braungewordenen Nadeln und auch keinen Schnee loszuschütteln, bis er eine Stelle mit guter Sicht zur Bühne gefunden hatte, ohne daß er vom Publikum aus zu sehen war. Danach hatte er nur noch still liegen müssen, um keine verräterischen Nadeln oder Schneebrocken herabregnen zu lassen.

Wenn jemand durch das Halbdunkel nach oben schaute und zufällig ein Stück seiner weißen Kleidung entdeckte, so hoffte Fafhrd, daß er das für Schnee halten würde.

Jetzt beobachtete er die beiden Mingol-Mädchen, die mit schnellen Bewegungen Vlana die engen Pelzärmel abzogen, zusammen mit den fellbedeckten, klauenbewehrten starren Pfoten, die sie umklammert hatte. Sie vollzogen das gleiche Ritual mit den Beinfellen Vlanas die sich auf einen Stuhl gesetzt hatte und – nachdem die Eckzähne entfernt waren – hastig Leopardenmaske und Schulterstück abmachte.

Einen Augenblick später schlappte sie wieder auf die Bühne – eine Höhlenfrau in einem kurzen silbrigen Fellumhang. Langsam knabberte sie am Ende eines langen, dicken Knochens. Pantomimisch spielte sie den Arbeitstag einer Höhlenfrau vor: Aufpassen auf das Feuer und die Babys, Züchtigen der Kinder, Häutekauen und eifriges Nähen. Als der Ehemann zurückkehrte, kam etwas Leben in die Szene wenn der Mann auch unsichtbar blieb und nur durch Vlanas Mimik dargestellt wurde.

Ihr Publikum folgte der Geschichte mühelos und grinste, als sie ihren Mann nach dem Fleisch fragte, das er mitgebracht hatte, und sich dann über seinen mageren Fang enttäuscht zeigte. Es lachte laut, als sie ihn mit ihrem Knochen zu prügeln versuchte und selbst zu Boden geschlagen wurde, während ihre Kinder ringsum tobten.

Aus dieser Stellung hastete sie von der Bühne hinter den anderen Vorhang, hinter dem sich der Ausgang der Schauspieler (normalerweise die Tür des Schneepriesters) und der einarmige Mingol verbargen, dessen flinke fünf Finger auf der Trommel zwischen seinen Füßen wirbelten.

Vlana riß sich den Rest ihres Pelzes vom Leibe, veränderte mit vier schnellen Strichen die Linie ihrer Augen und Brauen, wand sich scheinbar aus der gleichen Bewegung heraus in ein langes graues Kapuzengewand und war schon wieder auf der Bühne – diesmal in der Rolle einer Mingol-Frau aus der Steppe.

Nach einer weiteren kurzen Pantomime setzte sie sich zierlich an einem niedrigen, mit Krügen vollgestellten Tisch im Vordergrund der Bühne und begann sorgsam ihr Gesicht und ihre Haare zu machen, wobei ihr das Publikum als Spiegel diente. Sie ließ die schwarze Kapuze und das Gewand zurückgleiten und enthüllte darunter ein kürzeres rotes Kleid.

Es war faszinierend, wie sie verschiedenfarbige Salben und Pulver und Glitzerstaub an Lippen, Wangen und Augen anbrachte, wie sie ihr dunkles Haar zu einem hohen Gebilde aufkämmte, das durch lange, juwelenbesetzte Nadeln gehalten wurde.

In diesem Augenblick wurde Fafhrds Selbstbeherrschung auf eine harte Probe gestellt – ihm wurde eine Handvoll Schnee vor die Augen geklatscht und dort festgehalten.

Drei Herzschläge lang rührte er sich überhaupt nicht. Dann umfing er ein ziemlich dünnes Handgelenk und zerrte es nach unten, während er gleichzeitig vorsichtig den Kopf schüttelte und mit den Augen blinzelte.

Das Handgelenk machte sich frei, und der Schneeklumpen fiel auf den Wolfsfellkragen von Hringorls Kumpan Hor, der unter Fafhrd saß. Hor stieß einen seltsam erstickten Schrei aus und wollte nach oben blicken, aber zum Glück ließ Vlana in diesem Augenblick ihren roten Seidensarong fallen und begann ihre Brustwarzen mit einer korallenfarbigen Salbe einzureiben.

Fafhrd blickte sich um und sah Mara grimmig herüberlächeln; das Mädchen lag auf zwei Ästen zu seiner Linken; ihr Kopf war etwa auf der Höhe seiner Schultern.

»Wenn ich ein Eis-Gnom wäre, müßtest du jetzt sterben!« zischte sie ihn an. »Oder wenn ich meine vier Brüder auf dich gejagt hätte, wie ich's hätte tun sollen. Deine Ohren waren ja auch schon tot, dein Geist hockte dir in den Augen, auf die dürre Schlampe da gerichtet. Ich habe gehört, daß du Hringorl ihretwegen gefordert hast! Und sein goldenes Geschenk hast du abgelehnt!«

»Ich will zugeben, meine Liebe, daß du dich sehr geschickt und leise angeschlichen hast«, sagte Fafhrd leise, »und daß du Augen und Ohren für alles zu haben scheinst, was sich in Schneewinkel ereignet – und auch für manches, das sich nicht ereignet. Aber ich muß sagen, Mara ...«

»Ja! Jetzt willst du mir sicher sagen, daß ich als Frau hier nichts zu suchen habe, männliche Vorrechte, Sakrileg zwischen den Geschlechtern, und so weiter. Nun, du hast hier ebensowenig verloren.«

Fafhrd dachte ernsthaft darüber nach. »Nein, ich meine, alle Frauen sollten hier sein. Was sie hier lernen könnten, würde sie sehr interessieren und wäre sehr vorteilhaft.«

»Damit wir wie eine heiße Katze herumstreunen und wie eine dumme Sklavin latschen können? Ja, ich habe alles gesehen, während du dir taub und stumm die Lefzen lecktest! Ihr Männer lacht auch wirklich über alles, besonders wenn eure dumme, keuchende, rotgesichtige Lust von einem schamlosen Weibsbild geweckt wird, das seine knochige Nacktheit zur Schau stellt!«

Maras erregtes Geflüster wurde gefährlich laut und hätte womöglich die Aufmerksamkeit Hors und anderer erweckt, wenn nicht in diesem Augenblick wieder der Zufall in Form eines Trommelwirbels zu Hilfe gekommen wäre. Vlana huschte von der Bühne, und es begann eine zwar dünne, aber wilde, galoppierende Musik, die der einarmige Mingol zusammen mit der kleinen Ilthmarix erzeugte, die auf einer Nasenflöte spielte.

»Ich habe nicht gelacht, meine Liebe«, sagte Fafhrd nicht ohne Stolz. »Auch habe ich mir nicht die Lefzen geleckt oder bin rot geworden oder habe schneller geatmet – das hast du bestimmt gemerkt. Nein, Mara, ich liege nur hier oben, weil ich mehr über die Zivilisation lernen möchte.«

Sie starrte ihn verblüfft an, grinste und lächelte plötzlich zärtlich. »Weißt du, ich habe das Gefühl, du glaubst wirklich, was du da sagst, du Schaf«, flüsterte sie erstaunt. »Wenn man nur glauben könnte, daß die Dekadenz, die du Zivilisation nennst, wirklich jemanden interessieren und eine laszive Hure ihre Botschaft überbringen könnte ...«

»Ich denke und glaube nicht, ich *weiß* es«, erwiderte Fafhrd, ohne sich um Maras andere Bemerkung zu kümmern. »Eine ganze Welt ruft, und haben wir Augen nur für Schneewinkel? Komm, sieh weiter zu, Mara, und gewinne an Weisheit. Die Schauspielerin tanzt die Kulturen aller Länder und Zeiten vor. Jetzt ist sie eine Frau der Acht Städte.«

Vielleicht waren Fafhrds Worte überzeugend. Vielleicht lag es auch daran, daß Vlanas neues Kostüm ihren Körper von Kopf bis Fuß bedeckte – lange Ärmel, grünes Wams, ein langer blauer Rock, rote Strümpfe und gelbe Schuhe – und daß die Kulttänzerin ein wenig heftig atmete und die Stränge ihres Halses die Anstrengungen des heftigen, wirbelnden Tanzes erkennen ließen. Jedenfalls zuckte das Schneemädchen die Achseln, lächelte großmütig und flüsterte: »Nun, ich muß zugeben, das alles ist irgendwie widerlich interessant.«

»Ich wußte, daß du mich verstehen würdest, Liebling. Du hast mehr Grips als jede andere Frau unseres Stammes – und auch als jeder Mann«, behauptete Fafhrd und tätschelte sie zärtlich, wenn auch ein wenig geistesabwesend, denn er nahm den Blick nicht von der Bühne.

Nach kurzen Kostümwechseln erschien Vlana hintereinander als Paradiesjungfrau der Ostländer, als sittenstrenge quarmallische Königin, als matte Konkubine des Königs der Könige und als hochmütige lankhmarische Lady mit schwarzer Toga.

Diese letzte Szene offenbarte etwas künstlerische Willkür, denn in Lankhmar trugen nur die Männer eine Toga, aber dieses Kleidungsstück war Lankhmars bekanntestes Symbol überall in der Welt Nehwon.

In der Zwischenzeit mühte sich Mara redlich, an dem exzentrischen Vergnügen ihres künftigen Mannes teilzuhaben. Zuerst war sie wirklich interessiert und merkte sich Einzelheiten an Vlanas Kostümen und Auftritten, die sie selbst einmal nutzen konnte. Aber mit der Zeit überwältigte sie die Erkenntnis, daß ihr die ältere Frau an Wissen und Erfahrung doch weit überlegen war.

Vlanas Tanzerei und Schauspielerei war sicherlich das Ergebnis langjährigen Trainings. Und wie – und besonders wo – konnte ein Schneemädchen schon jemals solche Kleider tragen? Das Gefühl der Minderwertigkeit machte der Eifersucht Platz und dann dem Haß.

Die Zivilisation war schrecklich. Man sollte Vlana aus Schneewinkel hinauspeitschen, und Fafhrd brauchte eine Frau, die sich um alles kümmerte und seine verrückten Phantastereien im Zaum hielt. Natürlich nicht seine Mutter – die auf schreckliche und inzestuöse Weise ihren eigenen Sohn beherrschte –, sondern eine hübsche, kluge, junge Frau.

Sie begann Fafhrd eindringlich zu beobachten. Er sah eigentlich gar nicht betört aus, sondern kalt wie Eis, aber er war von der Szene unten auf der Bühne entschieden gebannt. Sie dachte daran, daß einige Männer ihre wahren Gefühle gut zu verbergen wußten.

Vlana warf ihre Toga ab und zeigte sich in einem großmaschigen Kleid aus feinen Silberdrähten. Wo sich die Drähte kreuzten, hingen winzige Silberglocken. Sie wand sich hin und her, und die Glocken läuteten wie ein Baum voller winziger Vögel, die zusammen eine zwitschernde Hymne auf ihren Körper sangen. Jetzt schien ihre Schlankheit die Jugend zu verkörpern, während ihre Augen zwischen den glatt herabfallenden Haarsträhnen geheimnisvoll und einladend schimmerten.

Fafhrds kontrollierter Atem beschleunigte sich. Sein Traum im Zelt der Mingols war also wahr gewesen! Seine Aufmerksamkeit, die sich bisher halb auf die Länder und Episoden gerichtet hatte, die Vlana vortanzte, konzentrierte sich jetzt völlig auf sie und wurden zu Verlangen.

Diesmal wurde seine Beherrschung noch mehr auf die Probe gestellt, denn ohne Vorwarnung griff ihm Mara zwischen die Beine.

Aber ihm blieb wenig Gelegenheit, sich zur Ruhe zu ermahnen. Sie ließ los und brüllte: »Schmieriger Schuft! Dich lüstet!« Und im gleichen Augenblick schlug sie ihm unterhalb der Rippen in die Seite.

Er versuchte ihre Handgelenke zu packen, ohne die Balance zu verlieren. Sie versuchte ihn wieder zu schlagen. Die Pinienäste knirschten und warfen Schnee und Nadeln ab.

Fafhrd landete einen Hieb auf Maras Ohr und ihr Oberkörper rutschte ab, ohne daß ihre Füße den Halt an den kleineren Ästen verloren.

»Gott soll dich erfrieren lassen, du Scheusal!« knurrte Fafhrd, ergriff den stärksten Ast mit einer Hand und langte mit der anderen nach unten, um Maras Arm dicht an der Schulter zu packen.

Wer jetzt nach oben schaute – und da gab es inzwischen einige, trotz der starken Anziehung, die die Bühne ausübte –, erblickte zwei miteinander ringende, weißgekleidete blondschöpfige Gestalten, die halb aus dem verästelten Dach herabhingen, als wollten sie sich im Gleitflug auf die Zuschauer stürzen. Weiterkämpfend verschwanden die Gestalten wieder nach oben.

Ein älterer Mann rief: »Sakrileg!« Ein jüngerer: »Eindringlinge! Verhauen wir sie!« Man wäre seinem Vorschlag sicher gefolgt, denn ein Viertel des Publikums war inzwischen auf den Beinen, wenn Essedinex nicht durch ein Vorhangloch den Zuschauerraum im Auge behalten und etwas von widerspenstigen Menschenmengen verstanden hätte. Er schnipste dem Mingol hinter sich zu und machte eine schnelle Handbewegung.

Die Musik wurde lauter. Zimbeln erklangen. Die beiden Mingol-Mädchen und die Ilthmarix sprangen splitternackt auf die Bühne und begannen Vlana zu umtanzen. Der fette Mann aus dem Osten trottete um sie herum und setzte seinen großen schwarzen Bart in Brand. Blaue Flammen züngelten und flackerten vor seinem Gesicht und umspielten seine Ohren. Er löschte das Feuer erst – mit einem nassen Handtuch, das er in der Hand hielt –, als ihm Essedinex von seinem Posten hinter dem Guckloch zuflüsterte: »Es reicht. Wir haben sie wieder.« Inzwischen war der schwarze Bart zur Hälfte abgebrannt. Manche Schauspieler bringen große Opfer, die viele Spötter und sogar ihre Kollegen nur selten zu schätzen wissen.

Fafhrd ließ sich das letzte Stück hinabfallen und landete im hohen Schnee außerhalb der Gotteshalle. Im gleichen Augenblick hatte auch Mara ihren Abstieg beendet. Sie sahen sich an; schenkeltief standen sie in verkrustetem Schnee, den der aufgehende Halbmond mit schimmernden Streifen versah und zwischen ihnen mit einem Schatten verdunkelte.

Fafhrd fragte: »Mara, wer hat dir die Lüge erzählt, daß ich mit Hringorl um die Schauspielerin kämpfen wollte?«

»Ungetreuer Lüstling!« rief sie, versetzte ihm einen Schlag aufs Auge und rannte laut schluchzend auf das Frauenzelt zu. »Ich sag's meinen Brüdern! Warte nur ab!«

Fafhrd hüpfte vor Schmerz ein paarmal auf der Stelle, rannte ihr drei Schritte nach, blieb stehen, hielt sich etwas Schnee vor das schmerzende Auge, und als der Schmerz zu einem dumpfen Pochen abgeklungen war, begann er nachzudenken.

Er sah sich mit dem anderen Auge um, erblickte niemanden,

kämpfte sich zu einer Gruppe schneegebeugter Immergrünbäume am Rande des Abgrunds durch, suchte sich ein Versteck dazwischen und ließ seinen Gedanken freien Lauf.

Seine Ohren verrieten ihm, daß die Show in der Gotteshalle mit unverändertem Tempo weiterging. Es ertönte Gelächter und lautes Rufen, das zuweilen das wilde Trommeln übertönte. Seine Augen – das verletzte funktionierte wieder – sagten ihm, daß sich niemand in der Nähe aufhielt. Sie richteten sich auf die Darstellerzelte am diesseitigen Ende der Gotteshalle, nahe der Neuen Straße nach Süden, erfaßten dann die Ställe und die Zelte der Händler dahinter. Schließlich fiel sein Blick wieder auf das Zelt, das ihm am nächsten war: Vlanas halbkreisförmige Unterkunft. Es war von Kristallen bedeckt, die im Mondlicht schimmerten, und ein riesiger kristalliner Wurm schien sich unterhalb des immergrünen Sykomorenastes über seine Mitte zu erstrecken.

Im Gleitschritt huschte er über die diamantenbesetzte Schneekruste darauf zu. Der Knoten, der den Eingang verschloß, lag im Schatten und fühlte sich sehr kompliziert an. Er ging um das Zelt herum, lockerte zwei Pflöcke an der Rückseite, wand sich wie eine Schlange durch die Öffnung und fand sich zwischen den Rocksäumen von Vlanas aufgehängten Kostümen wieder, steckte die Pflöcke locker zurück, stand auf, schüttelte sich, machte vier Schritte und legte sich auf das Fellbett. Ein schwach glühendes Feuergestell strahlte etwas Wärme aus. Nach einer Weile langte er zum Tisch hinüber und goß sich eine Schale Brandy ein.

Schließlich hörte er Stimmen, die lauter wurden. Als die Schnüre der Tür aufgeknüpft und gelockert wurden, tastete er nach seinem Messer und machte Anstalten, sich unter einem großen Pelz zu verstecken.

Lachend, doch mit Entschlossenheit, sagte Vlana: »Nein, nein, *nein*«, trat hastig rückwärts durch die Zeltöffnung und hielt die Tür mit einer Hand zu, während sie die Schnüre mit der anderen schnell festzog und über die Schulter blickte.

Ihre Überraschung verging so schnell, daß sich Fafhrd fragte, ob überhaupt eine Veränderung auf ihrem Gesicht vorgegangen war. Dann schenkte sie ihm ein schnelles Willkommenslächeln, bei dem sich ihre Nase komisch verzog. Sie wandte ihm den Rücken zu, zupfte sorgsam die Schnüre fest und verwandte einige Zeit darauf, an der Innenseite einen Knoten zu knüpfen. Dann kam sie herbei und kniete aufrecht neben ihm nieder. Als sie auf ihn herabblickte, lächelte sie nicht mehr; ihr Ausdruck war gesammelt, nachdenklich, und er versuchte sich ihrer Stimmung anzupassen.

»Du hast deine Ansicht über eine Belohnung also geändert«, sagte sie leise und sachlich. »Wie willst du wissen, daß ich es mir inzwischen nicht auch anders überlegt habe?«

Fafhrd schüttelte den Kopf als Antwort auf ihre erste Bemerkung. Nach kurzem Zögern sagte er dann: »Trotzdem habe ich entdeckt, daß ich dich besitzen möchte.«

Vlana sagte: »Ich habe gesehen, wie du von ... von der Galerie aus zugesehen hast. Weißt du, du hast uns fast die Show gestohlen. Wer war denn das Mädchen bei dir? Oder war es ein Junge? Ich hab's nicht genau gesehen.«

Fafhrd ging nicht auf ihre Fragen ein. Statt dessen sagte er: »Ich möchte dir auch Fragen stellen über dein vorzügliches Tanzen und ... und das Alleinspielen.«

»Pantomime«, sagte sie.

»Ja, Pantomime. Und ich möchte mit dir über die Zivilisation reden.«

»Stimmt, heute morgen hast du mich gefragt, wie viele Sprachen ich kann«, sagte sie und starrte über ihn hinweg an die Zeltwand. Es war klar, daß auch sie sich ihre Gedanken machte. Sie nahm ihm die Brandyschale aus der Hand, schluckte die Hälfte des verbliebenen Restes und gab sie ihm zurück.

»Gut«, sagte sie und schaute ihn endlich an, doch ohne daß sich ihr Ausdruck veränderte. »Ich werde dein Verlangen stillen, mein lieber Junge. Aber nicht sofort. Ich muß mich zuerst ausruhen und wieder zu Kräften kommen. Geh jetzt und komm zurück, wenn der Shadahstern untergeht. Wecke mich, wenn ich schlafen sollte.«

»Aber das ist eine Stunde vor Sonnenaufgang«, sagte er und sah zu ihr auf. »Es wird kalt sein draußen im Schnee.«

»Nicht«, sagte sie schnell. »Ich möchte dich nicht halb erfroren. Geh ins Warme. Wenn du wachbleiben willst, denk an mich. Trink nicht zuviel Wein. Jetzt geh.«

Er stand auf und wollte sie umarmen. Sie trat einen Schritt zurück und sagte: »Später. Alles später.« Er ging auf die Tür zu. Sie schüttelte den Kopf und sagte: »Man könnte dich sehen. Wie du gekommen bist.«

Als er an ihr vorbeiging, stieß sein Kopf gegen etwas Hartes. Zwischen den Streben, die das Zelt in der Mitte hochhielten, wölbte sich die weiche Fellplane einwärts, während sich die Streben unter der Last etwas bogen. Sekundenlang duckte sich Fafhrd zusammen, bereit, Vlana zu packen und zur Seite zu reißen. Dann begann er methodisch gegen die Beulen zu schlagen. Knacken und lautes Klirren ertönten, als die massiven Kristalle, die ihn von außen an einen Riesenwurm erinnert hatten – er mußte sich inzwischen zu einer Riesenschlange ausgewachsen haben! – zerbrachen und zu Boden rieselten.

Er sagte: »Die Frauen des Schnee-Clans mögen dich nicht. Auch ist Mor, meine Mutter, deine Freundin nicht.«

»Glauben sie mich mit ihren Eiskristallen erschrecken zu können?« fragte Vlana verächtlich. »Weißt du, ich kenne Feuerzauber im Osten, gegen die diese läppischen Kindereien …«

»Aber du bist jetzt in *ihrem* Gebiet und bist *ihrem* Element ausgeliefert, das grausamer und heimtückischer als Feuer ist«, wandte Fafhrd ein und fegte die letzten Einbuchtungen fort, so daß sich die Streben wieder auswärts reckten und das Leder sich zwischen ihnen flach erstreckte wie zuvor. »Unterschätze ihre Kräfte nicht.«

»Dank, daß du mein Zelt vor dem Einsturz bewahrt hast. Aber jetzt geh – und zwar schnell.«

Sie sprach, als wäre ihr das Ganze nebensächlich, doch in ihren großen Augen stand ein nachdenklicher Ausdruck.

Ehe er sich wieder unter der rückwärtigen Plane hindurchwand, blickte Fafhrd noch einmal zurück. Vlana starrte wieder auf die Zeltwand; sie hielt die leere Schale in der Hand, die er ihr gegeben hatte, doch als sie seine Bewegung bemerkte, lächelte sie zärtlich und hauchte ihm einen Kuß zu.

Draußen herrschte klirrende Kälte. Trotzdem begab sich Fafhrd zu seiner Baumgruppe, zog den Mantel eng um sich, ließ seine Kapuze über den Kopf herabsinken, zog die Kapuzenschnur an und beobachtete Vlanas Zelt.

Wenn die Kälte seine Felle zu durchdringen drohte, dachte er an Vlana.

Plötzlich duckte er sich zusammen und lockerte sein Messer.

Im Schatten bleibend, näherte sich eine Gestalt dem Zelt der Schauspielerin. Sie schien schwarzgekleidet zu sein.

Fafhrd huschte leise näher.

Durch die stille Luft tönte das leise Kratzen von Fingernägeln auf Leder.

Ein Lichtschimmer, als der Zelteingang geöffnet wurde.

Er war hell genug, um das Gesicht Vellix' des Verwegenen zu erkennen. Er betrat das Zelt, und dann wurden die Schnüre wieder festgezogen.

Fafhrd hielt zehn Schritte vor dem Zelt inne und rührte sich etwa zwei Dutzend Atemzüge lang nicht von der Stelle. Dann, die Entfernung wahrend, ging er leise um das Zelt herum.

Aus dem Eingang des hohen, konischen Zeltes von Essedinex fiel ein Lichtschein. In den dahinterliegenden Ställen schnaubte ein Pferd.

Fafhrd duckte sich und starrte einen Messerwurf entfernt durch den schmalen, erleuchteten Eingang und bewegte sich langsam hin und her. Er erblickte vor der hinteren Zeltwand einen Tisch voller Krüge und Trinkschalen.

An einer Seite des Tisches saß Essedinex. Ihm gegenüber hockte Hringorl.

Vorsichtig nach Hor, Harrax oder Hrey ausschauend, umkreiste Fafhrd das Zelt. An der Stelle, an der sich der Tisch und die beiden Männer als schwache Silhouetten abzeichneten, schlich er näher. Er strich Kapuze und Haar zur Seite und legte vorsichtig das Ohr an das Zeltleder.

»Drei Goldbarren – das ist mein letztes Angebot«, sagte Hringorl mürrisch. Das Leder ließ seine Stimme hohl klingen.

»Fünf«, erwiderte Essedinex, und es ertönte ein kurzes Schlürfen, und eine Silhouette setzte ihre Trinkschale ab.

»Hör mal, Alter«, erwiderte Hringorl mit drohender Stimme. »Ich brauche dich überhaupt nicht. Ich kann mir das Mädchen schnappen und brauche dir dann überhaupt nichts zu zahlen.«

»O nein, das geht nicht, lieber Hringorl«, erwiderte Essedinex ungerührt. »Denn dann würde die Show nie wieder nach Schneewinkel kommen, und wie würde das deinen Stammesgenossen gefallen? Auch würde ich dir keine Mädchen besorgen.«

»Was macht das schon?« erwiderte der andere gleichgültig. Die Worte gingen in einem Schlucken unter, doch Fafhrd hörte heraus, daß der Mann bluffte. »Ich habe mein Schiff. Ich könnte dir jetzt die Kehle durchschneiden und mir das Mädchen heute nacht nehmen.«

»Dann tu's doch«, sagte Essedinex fröhlich. »Laß mir nur Zeit für einen letzten Schluck.«

»Na gut, du knickriger Bock. Vier Goldbarren.«

»Fünf.«

Hringorl fluchte ausgiebig. »Irgendwann treibst du mich noch mal zu weit, du Zuhälter. Außerdem ist das Mädchen alt.«

»Aye, alt und erfahren im Geschäft der Wonnen, gewiß. Habe ich dir schon erzählt, daß sie Lehrling der Zauberer von Azorkah gewesen ist? Sie wollte sich von ihnen ausbilden lassen, damit sie eine Konkubine des Königs der Könige werden und zugleich ihre Spionin am Hofe von Horborixen sein konnte. Aye, und dann ist sie diesen schlimmen Hexern geschickt entkommen, als sie das gewünschte erotische Wissen erlangt hatte.«

Hringorl lachte gezwungen. »Warum soll ich auch nur einen einzigen Silberbarren für ein Mädchen ausgeben, das Dutzende von Männern besessen haben? Das das Spielzeug jedes Mannes gewesen ist?«

»Von Hunderten«, berichtigte ihn Essedinex. »Können läßt sich nur durch Erfahrung gewinnen, wie du selbst weißt. Und je größer die Erfahrung, desto größer auch das Können. Und doch ist dieses Mädchen niemals nur Spielzeug. Sie ist die Unterweiserin; sie offenbart, sie spielt mit einem Manne zu seinem

Vergnügen, sie schafft es, daß er sich wie der König des Universums vorkommt und daß er – wer weiß? – vielleicht einen Moment auch König ist. Was ist einem Mädchen unmöglich, das die Vergnügungen der Götter selbst kennt – aye, und der Erzdämonen ebenfalls? Und doch – du wirst es mir nicht glauben, aber es stimmt – und doch bleibt sie auf ihre Art stets jungfräulich. Denn kein Mann hat sie jemals wirklich gemeistert.«

»Dafür läßt sich sorgen!« Hringorls Worte waren fast ein fröhliches Auflachen. Wieder waren Trinkgeräusche zu hören. Dann wurde seine Stimme leise. »Na gut, fünf Goldbarren also, du Schacherer. Lieferung nach der Show morgen abend. Das Gold wird bezahlt, wenn du mir das Mädchen übergibst.«

»Drei Stunden nach der Show, wenn das Mädchen betäubt und alles ruhig ist. Es wäre unklug, die Eifersucht deiner Stammesgenossen zu früh zu wecken.«

»Sagen wir zwei Stunden. Abgemacht? Und laßt uns jetzt vom nächsten Jahr sprechen. Ich möchte dann ein schwarzes Mädchen, eine Vollblut-Kleshitin. Und das war heute das letzte Fünf-Barren-Geschäft, verstanden? Ich will kein Hexenwunder sondern Jugend und Schönheit.«

Essedinex erwiderte: »Glaub mir, du wirst keine andere Frau ersehnen, wenn du Vlana erst kennengelernt und – ich wünsche dir Glück dabei – gemeistert hast. Oh, natürlich nehme ich an …«

Fafhrd taumelte ein halbes Dutzend Schritte zurück und stellte sich mit breit gespreizten Beinen in den Schnee; ihm war seltsam schwindlig zumute, oder war er betrunken? Er hatte sofort angenommen, daß die beiden Männer von Vlana sprachen, aber ihren Namen jetzt ausgesprochen zu hören war schlimmer, als er erwartet hatte.

Die beiden Entdeckungen, die so dicht aufeinander gefolgt waren, erfüllten ihn mit einem völlig unbekannten Gefühl – mit einer übermächtigen Wut und auch dem Wunsch, laut loszulachen. Er wünschte sich ein Schwert, mit dem er den Himmel aufschlitzen und die Paradiesbewohner aus ihren Betten holen konnte. Er wollte sämtliche Raketen der Show an sich bringen und in das Zelt von Essedinex rasen lassen. Wollte die Gotteshalle mit ihren Pinien einreißen und alles über die Darstellerzelte fallen lassen. Er wollte …

Er wandte sich um und ging mit schnellen Schritten auf das Stallzelt zu. Der Stallbursche schnarchte auf dem Stroh neben einem leeren Krug und neben dem leichten Schlitten von Essedinex.

Fafhrd stellte mit wilden Lächeln fest, daß das Pferd, mit dem er am besten umzugehen wußte, Hringorl gehörte. Er fand das Zaumzeug und ein langes, festes Seil. Dann murmelte er dem Pferd aus halbgeschlossenen Lippen beruhigend zu und führte es – eine weiße Stute – aus dem Zelt. Der Wächter schnarchte nur noch lauter.

Wieder fiel sein Blick auf den leichten Schlitten. Der Teufel ritt ihn, und er löste die steife Plane über dem Laderaum hinter den beiden Sitzen. Neben anderen Dingen befanden sich die Raketen der Show darin. Er ergriff drei von den größten – mit ihren steifen Lunten waren sie so lang wie Skistöcke – und nahm sich die Zeit, die Plane wieder festzuzurren. Noch immer erfüllte ihn der verrückte Vernichtungsdrang, den er aber inzwischen unter Kontrolle hatte.

Draußen legte er der Stute das Zaumzeug an und verknotete es fest mit einem Ende des Seils. Aus dem anderen Ende machte er eine große Schlinge. Dann legte er das Seil wieder zusammen, klemmte sich die Raketen unter den linken Arm, kletterte gewandt auf die Stute und lenkte sie in die Nähe des Zeltes von Essedinex. Die beiden Schemen saßen sich noch immer an Tisch gegenüber.

Er ließ die Schlinge um seinen Kopf wirbeln und warf. Das Seil legte sich um die Zeltspitze; dies geschah fast geräuschlos, da er darauf achtete, die Schlinge zuzuziehen, ehe sie sich auf die Zeltwände legte.

Sie lag um den Mittelmast des Zeltes. Er versuchte seiner Erregung Herr zu werden. Langsam führte er die Stute über den mondhellen Schnee auf den Wald zu und ließ währenddessen das Seil aus. Als er nur noch vier Schlingen übrig hatte, brachte er das Tier in Trab. Er beugte sich über das Zaumzeug, hielt sich fest und trieb der Stute seine Stiefel in die Flanken. Das Seil straffte sich, die Stute ging gegen die Last an. Hinter ihm ertönte ein leises Knacken.

Er lachte triumphierend auf. Die Stute kämpfte gegen den unregelmäßigen Druck des Seils. Er wandte sich um und sah das Zelt hinter dem Pferd herschleifen. Er sah Feuer und hörte Überraschungsrufe und Wutschreie. Wieder brüllte er sein Lachen hinaus.

Am Waldrand zog er sein Messer und schnitt das Seil durch. Er sprang zu Boden, summte der Stute ein Lob ins Ohr, versetzte ihr einen Schlag auf die Flanke und ließ sie zum Stall zurücktraben. Er überlegte, ob er die Raketen auf das zusammengesunkene Zelt abfeuern sollte, aber das hätte nicht mehr die rechte Wirkung gehabt. Er rückte sie unter seinem Arm zurecht und wanderte in den Wald.

Als er außer Sichtweite war schlug er einen Haken und machte sich auf den Weg nach Hause. Er schritt vorsichtig aus, um möglichst wenig Fußspuren zu hinterlassen, fand schließlich einen Pinienast und zerrte ihn hinter sich her, und bei jeder sich bietenden Gelegenheit ging er auf Felsgestein.

Seine gute Laune war geschwunden, ebenso wie seine Wut; eine tiefe Niederschlagenheit hatte ihn befallen. Er haßte Vellix und auch Vlana nicht mehr, doch die Zivilisation kam ihm wie ein Flitterwerk vor, seines Interesses nicht mehr würdig. Er war froh, daß er Hringorl und Essedinex einen Streich gespielt hatte, aber sie waren nicht wichtig. Er selbst war ein einsames Gespenst, dazu verdammt, in der Eis-Öde herumzugeistern.

Er überlegte, ob er nach Norden durch die Wälder ziehen sollte, bis er ein neues Leben fand oder auch erfror; er spielte mit dem Gedanken, seine Skier zu holen und die verbotene Schlucht zu überspringen, die Skifs Tod gewesen war, oder sich ein Schwert zu beschaffen und Hringorls Streiter zum Kampf zu reizen. Hundert andere Herausforderungen des Schicksals fielen ihm ein.

Die Zelte des Schnee-Clans wirkten wie bleiche Pilze im Licht des verrückt leuchtenden Mondes. Einige hatten ein konisches Dach auf gedrungenem Kegel, andere wirkten wie aufgeblasene Halbkugeln, wie im Boden steckende Rüben. Gleich

Pilzen berührten sie an den Rändern nicht den Schnee. Ihre Böden aus aufgestapelten Ästen und Fellen ruhten auf mächtigen Holzpfosten, so daß die Hitze des Zeltes den darunterliegenden gefrorenen Boden nicht erreichen konnte.

Der riesige, silbrige Stamm einer toten Schneeiche, die etwa die Form eines gebrochenen Riesenfingernagels hatte – dort wo ein Blitzstrahl sie vor Urzeiten auf halber Höhe gespalten hatte – kennzeichnete Mors und Fafhrds Zelt und auch die Lage des Grabes seines Vaters, auf dem das Zelt in jedem Jahr errichtet wurde.

In einigen Zelten war noch Licht, ebenso wie im großen Frauenzelt, das auf der anderen Seite, zur Gotteshalle hin, wachte; doch es schien niemand mehr unterwegs zu sein. Mit entmutigtem Seufzen machte er sich auf den Heimweg. Dann fielen ihm die Raketen ein, und er steuerte auf die tote Eiche zu. Ihre Oberfläche war glatt, die Rinde längst abgeschält. Die wenigen verbliebenen Äste waren ebenfalls glatt und abgesplittert, und der niedrigste schien außer Reichweite zu sein.

Einige Schritte entfernt hielt er inne und sah sich noch einmal um. Nachdem er sich vergewissert hatte, daß niemand in der Nähe war, rannte er auf die Eiche zu und tat einen senkrechten Leopardensprung, packte mit der freien Hand den niedrigsten Ast und schwang sich hinauf, ehe der Aufwärtsschwung völlig verloren war.

Dann stand er auf dem toten Ast und stützte sich leicht am Baumstamm ab und hielt ein letztesmal Ausschau nach Zuschauern und Spätheimkehrern. Schließlich drückten seine Finger zu, seine Fingernägel gruben sich ein, und in dem scheinbar fugenlosen grauen Holz öffnete sich eine Tür, die so groß war wie er, doch kaum halb so breit. Er tastete sich an Skiern und Skistöcken vorbei und stieß auf einen langen schmalen, in leicht geölte Seehundsfelle gewickelten Gegenstand. Das Tuch gab den Blick frei auf einen mächtig aussehenden Bogen und eine Reihe langer Pfeile. Er legte die Raketen in das Bündel, schlug das Tuch wieder darum, schloß die seltsame Tür seines Baumverstecks und ließ sich wieder in den Schnee fallen, den er sorgfältig glattstrich.

Als er sein Wohnzelt betrat, kam er sich wieder wie ein Gespenst vor und versuchte entsprechend leise aufzutreten. Die bekannten Gerüche beruhigten ihn gegen seinen Willen – es duftete nach Fleisch, kaltem Rauch, Häuten, Schweiß, nach dem Nachttopf; dazu Mors leichter, süß-saurer Körpergeruch. Er ging über den nachgebenden Boden auf seine Schlafpelze zu und ließ sich bekleidet darauf nieder. Er war todmüde. Es herrschte absolute Stille. Mors Atem war nicht zu hören.

Er dachte daran, wie er zum letztenmal seinen Vater gesehen hatte, blau angelaufen und mit geschlossenen Augen, sein bestes Schwert blank neben ihm, die grauen Finger um den Griff geschlossen. Er dachte an Nalgron, der jetzt in der Erde unter dem Zelt lag, von den Würmern zu einem Skelett zerfressen, das Schwert verrostet die Augen geöffnet – leere Höhlen, die durch die dichtgepackte Erde nach oben starrten. Er erinnerte sich auch noch an den Moment, da er seinen Vater zum letztenmal lebend gesehen hatte: ein großer davonmarschierender Wolfsfellmantel, gefolgt von Mors heftigen Warnungen und Drohungen. Dann mußte er wieder an das Skelett denken. Es war eine Nacht der Gespenster.

»Fafhrd?« rief Mor leise von der anderen Seite des Zeltes.

Fafhrd erstarrte und hielt den Atem an. Als er es nicht mehr aushielt, ließ er die Luft langsam aus und atmete mit offenem Mund lautlos wieder ein.

»Fafhrd?« Die Stimme war ein wenig lauter, obwohl sie immer noch etwas Gespenstisches an sich hatte. »Ich habe dich hereinkommen hören. Du schläfst noch nicht.«

Es hatte keinen Sinn mehr. »Du hast auch nicht geschlafen Mutter?«

»Wenn man alt ist, schläft man wenig.«

Das stimmte nicht, überlegte er. Mor war nicht alt, nicht einmal nach den gnadenlosen Maßstäben der Eis-Öde. Zugleich war es doch richtig. Mor war so alt wie der Stamm, wie die Öde, wie der Tod.

Mor sagte langsam – Fafhrd wußte, daß sie auf dem Rücken lag und nach oben starrte: »Ich bin einverstanden, daß du Mara zur Frau nimmst. Nicht erfreut, aber einverstanden. Wir brauchen hier ein paar starke Hände, solange du nur Tagträumen nachhängst und deine Gedanken wild verschießt – wie Pfeile, die nie ein Ziel finden – und solange du Schauspielerinnen und Tandwerk nachstellst. Außerdem hast du Mara ein Kind gemacht, und ihre Familie ist nicht völlig ohne Ansehen.«

»Mara hat heute mit dir gesprochen?« fragte Fafhrd. Er versuchte seiner Stimme nichts anmerken zu lassen, doch seine Frage kam seltsam erstickt heraus.

»Wie es jedes gute Schneemädchen tun sollte. Nur hätte sie es mir früher sagen müssen. Und du sogar noch eher. Aber du hast doppelt und dreifach den Hang zur Geheimnistuerei von deinem Vater geerbt – ebenso wie seine Neigung, die Familie zu vernachlässigen und sich nutzlosen Abenteuern hinzugeben. Nur daß die Krankheit in dir noch schlimmere Formen annimmt.

Seine Leidenschaft waren kalte Berggipfel, während du dich zur Zivilisation hingezogen fühlst – jener Pestbeule des heißen Südens, wo es keine natürliche Kälte zur Bestrafung der Dummen und Bequemen gibt, keine Kälte, die auf die Wahrung der Sitten achtet. Aber du wirst noch feststellen, daß es eine Hexenkälte gibt, die dir in Nehwon überallhin folgen kann. Schon einmal ist das Eis nach Süden gewandert und hat alle südlichen Länder bedeckt – zur Strafe für eine frühere sündige Zeit. Und wo das Eis einmal gewesen ist, kann die Hexerei es wieder hinschicken. Du wirst das noch erkennen und deine Krankheit überwinden – oder du wirst Erfahrungen machen müssen, wie sie auch dein Vater gemacht hat.«

Fafhrd versuchte die Beschuldigung des Gattenmordes vorzubringen, die ihm heute morgen so leicht über die Lippen gekommen war, doch die Worte blieben ihm – nicht in der Kehle, sondern schon im Gehirn stecken, über das er plötzlich nicht mehr allein zu befehlen schien.

Mor hatte schon vor langer Zeit sein Herz erstarren lassen. Jetzt ließ sie auch in seinen geheimsten Gedanken Kristalle erstehen, die alles verzerrten und ihn daran hinderten, die Waffe nüchtern erfüllter Pflichten und kühlen Verstandes gegen sie einzusetzen, die ihm bisher seine Eigenständigkeit bewahrt hatten. Er hatte das Gefühl, als wollte ihn der ganze Kosmos auf ewig umschließen – eine Welt, in der die Starrheit des Eises identisch war mit der Starrheit der Moral und der Starrheit aller Gedanken.

Als fühlte sie ihren Sieg und gestattete sich ein wenig Freude darüber, sagte Mor im gleichen monotonen, nachdenklichen Tonfall: »Aye, dein Vater bereut inzwischen den Grand Hanack, die Weiße Klippe, die Eiskönigin und all seine anderen Berglieben. Sie können ihm nicht mehr helfen. Sie haben ihn vergessen. Endlos starrt er aus augenlosen Höhlen zu dem Heim auf, das er verschmähte und sich jetzt ersehnt, das jetzt so nahe und doch so unerreichbar fern ist. Seine Fingerknochen scharren schwach in der gefrorenen Erde, er versucht sich vergeblich unter ihrem Gewicht zu regen ...«

Fafhrd hörte ein leises Kratzen; vielleicht bewegte sich ein vereister Ast am Zeltleder, doch seine Haare richteten sich auf. Als er hochfahren wollte, stellte er fest, daß er sich nicht rühren konnte. Die Schwärze war wie eine gewaltige Last.

Er fragte sich im ersten Augenblick, ob ihn Mor etwa neben seinen Vater unter die Erde gezaubert hatte. Und doch bedrückte ihn ein Gewicht, das größer war als acht Fuß frostharter Erde. Es war das Gewicht der gesamten tödlichen Eis-Öde, der Tabus und Verachtung und Engstirnigkeit des Schnee-Clans, der Piratengier und Beutelust Hringorls, es war die Last Maras fröhlicher Selbstaufgabe und ihres wachen, doch halbblinden Geistes, und es war vor allem Mor mit Fingerspitzen voller Eiskristalle, die sie zu einem Zauberbann verwob.

Und dann dachte er an Vlana.

Vielleicht war es dieser Gedanke, der die Befreiung brachte. Vielleicht kroch ein Stern über den schmalen Rauchabzug des Zeltes und schickte seinen winzigen Silberpfeil in die Pupillen seiner Augen. Vielleicht pfiff auch nur der angehaltene Atem aus seinem Körper, und seine Lungen kämpften automatisch um einen neuen Atemzug und bewiesen ihm, daß seine Muskeln *nicht* starr und unbeweglich waren.

Jedenfalls schoß er von seinem Lager hoch und raste auf die Tür zu. Er wagte es nicht, die Schnüre zu öffnen, weil Mors eiszackige Finger nach ihm griffen. Vielmehr riß er das brüchige alte Leder mit einer Abwärtsbewegung seiner zur Klaue gekrümmten Rechten auf und sprang wild aus dem Zelt, weil sich Nalgrons Skelettarme aus der schmalen schwarzen Lücke zwischen Zeltboden und Frostgrund nach ihm ausstreckten.

Und dann rannte er wie nie zuvor in seinem Leben. Er lief, als wären alle Gespenster der Eis-Öde hinter ihm her – und auf eine Weise waren sie das auch. Er passierte das letzte der Zelte des Schnee-Clans, die jetzt alle im Dunklen lagen, und das schwach klirrende Frauenzelt und sprintete über den flachen Hang, der vom Mond in Silber getaucht war, auf den hochgewölbten Rand des Troll-Cañons zu. Er verspürte den Drang, in den Abgrund zu springen und es der Luft freizustellen, ihn zu stützen und nach Süden zu tragen – oder ihn in den Tod fallen zu lassen. Und einen Augenblick lang schien es ihm, als habe er überhaupt keine andere Wahl.

Dann plötzlich hatte er das Gefühl, nicht so sehr vor der Kälte und ihren schlimmen, übernatürlichen Schrecken zu fliehen, als vielmehr auf die Zivilisation zuzulaufen, die in seinen Gedanken wieder zu einem leuchtenden Ideal geworden war, eine Antwort auf alles Kleingeistige dieser Welt.

Er lief etwas langsamer und begann wieder klarer zu denken und sah sich zum erstenmal um, ob etwa tatsächlich Menschen oder Dämonen hinter ihm her waren.

Er gewahrte Shadah, der über den Baumspitzen im Westen blinzelte.

Er wanderte zwischen der Gotteshalle und dem Cañonrand entlang, der nun keine Verlockung mehr für ihn darstellte.

Er registrierte, daß Essedinex' Zelt wieder aufgerichtet worden war und noch Licht darin leuchtete. Kein neuer Schneewurm kroch über Vlanas Zelt. Der Ast der Schneesykomore darüber glitzerte kristallbesetzt im Mondschein.

Ohne Vorwarnung betrat er das Zelt durch seine Hintertür, zerrte leise die gelockerten Pflöcke heraus und schob dann seinen Kopf und seine Rechte durch die Öffnung unter die Kleidungsstücke; in der Hand hielt er sein Messer.

Vlana schlief allein auf ihren Fellen, eine leichte, rote Wolldecke bis zu ihren nackten Achselhöhlen hochgezogen. Das Licht der Lampe flackerte gelblich, reichte jedoch aus, um das Zeltinnere zu erhellen und Fafhrd zu zeigen, daß er mit dem Mädchen allein war. Das erhöhte Feuergestell strahlte Hitze aus.

Fafhrd kroch ganz hinein, steckte sein Messer fort und blickte auf die Schauspielerin herab. Ihre Arme kamen ihm sehr schlank vor, ihre Hände langfingrig und ein wenig zu groß. Nun, da die großen Augen geschlossen waren, erschien ihm das Gesicht sehr klein im Mittelpunkt des herrlich ausgebreiteten dunkelbraunen Haars. Und doch wirkte es zugleich edel und wissend mit seinen feuchten Lippen, die, sorgsam frisch gerötet, erregend waren und ihn in Versuchung brachten. Auf ihrer Haut glitzerte ein leichter Ölschimmer. Er konnte das Parfüm wahrnehmen.

Einen Augenblick lang erinnerte ihn Vlanas hingestreckte Gestalt an Mor und Nalgron, doch der Gedanke ging sofort in der starken Hitze des Feuergestells unter, das ihn an eine kleine Kunstsonne gemahnte, verging im Ansturm der zahlreichen Details und kunstvollen Gegenstände der Zivilisation, die ihn rings umgaben, und im Ansturm der Schönheit und unschuldigen Anmut Vlanas, die sich sogar im Schlaf ihrer selbst bewußt schien. Sie war für ihn das Sinnbild der Zivilisation.

Er wich langsam zum Kleidergestell zurück und begann sich auszuziehen und seine Kleidung sorgsam zusammenzufalten und aufzuschichten. Vlana wachte nicht auf, zumindest blieben ihre Augen geschlossen.

Einige Zeit später kroch er wieder unter die Decke, nachdem er sich Erleichterung verschafft hatte, und sagte: »Jetzt erzähl mir von der Zivilisation und deiner Rolle darin.«

Vlana trank die Hälfte des Weines, den ihr Fafhrd auf dem Rückweg geholt hatte, dann reckte sie sich wohlig, während ihr Kopf auf den verschränkten Händen ruhte.

»Nun, zunächst bin ich keine Prinzessin, obwohl ich mich gern so nennen lasse«, sagte sie leichthin. »Ich muß dir sagen, daß du dir auch nicht einmal eine Dame angelacht hast, mein liebster Junge. Was die Zivilisation angeht – die stinkt mir.«

»Nein«, stimmte ihr Fafhrd zu. »Ich habe mir die beste und tollste Schauspielerin ganz Nehwons ausgesucht. Aber warum hat die Zivilisation einen schlimmen Beigeschmack für dich?«

»Ich glaube, ich muß dir deine Illusionen tatsächlich völlig rauben, Geliebter«, sagte Vlana und rieb sich etwas geistesabwesend an ihm. »Sonst entwickelst du vielleicht noch dumme Vorstellungen über mich und machst dumme Pläne.«

»Wenn du damit meinst, daß du die Hure gespielt hast, um erotische Kenntnisse und anderes Wissen zu erlangen...« begann Fafhrd.

Sie sah ihn nicht wenig überrascht an und unterbrach ihn ziemlich scharf: »Ich bin nach manchen Maßstäben schlimmer als eine Hure. Ich bin eine Diebin. Ja, eine Beutelschneiderin und Taschendiebin, eine, die Betrunkene ausfledderte, Einbrüche wagte und Passanten überfiel. Ich bin als Bauernmädchen geboren, womit ich noch niedrigeren Standes sein dürfte als ein Jäger, der von dem Tod von Tieren lebt und seine Hände nicht in den Dreck stecken muß und nur mit dem Schwert erntet.

Als meine Eltern durch Gesetzestricks ihr Land verloren, das zu einer winzigen Ecke der neuen, riesigen, von Sklaven bearbeiteten lankhmarischen Kornfarmen werden sollte, und als meine Eltern daraufhin verhungerten, faßte ich den Entschluß, mir das alles von den Kornhändlern zurückzuholen. Die Stadt Lankhmar sollte mich ernähren – aye, sehr gut sogar! – und nur mit Beulen oder Kratzern bezahlen.

So ging ich nach Lankhmar. Dort tat ich mich mit einem schlauen Mädchen zusammen, das so etwa die gleichen Gedanken und Erfahrungen hatte wie ich, und kam einige Monde lang ganz gut zurecht. Wir arbeiteten nur in schwarzer Kleidung und nannten uns das Dunkle Duo.

Um überhaupt einen Beruf vorweisen zu können, tanzten wir – vorwiegend in der Dämmerstunde, um die Zeit bis zu den bekannten Zugnummern zu überbrücken. Ein wenig später begannen wir auch zu schauspielern, was uns von einem gewissen Hinerio beigebracht wurde, einem berühmten Darsteller, der ein Opfer des Weines geworden war, der liebste und höflichste alte Zitterer, der jemals bei Sonnenaufgang um einen

Drink bettelte oder in der Dämmerung ein Mädchen zu tätscheln versuchte, das noch nicht einmal ein Viertel seines Alters hatte. Und wie ich schon sagte, wir kamen ganz gut zurecht ... bis ich, wie meine Eltern, ein Opfer des Gesetzes wurde.

Nein, das hatte nichts zu tun mit den Gerichtshöfen des Oberherrn, mein lieber Junge, und auch nicht mit seinen Gefängnissen und Streckbänken und Hackblöcken für Köpfe und Hände, obwohl die zum Himmel schreien. Nein, ich kam mit einem Gesetz in Konflikt, das sogar noch älter ist als das lankhmarsche Rechtssystem und das einen Gerichtshof hat, der weitaus weniger barmherzig ist. Kurz, unser Spiel wurde von der Diebeszunft beendet, einer sehr alten Organisation, die in jeder zivilisierten Stadt ihre Vertreter hat und in der verrückterweise weibliche Mitglieder auf das Schärfste verpönt und selbständig arbeitende Diebe womöglich noch mehr verschrien sind.

In frühester Jugend hatte ich schon von der Zunft gehört und in meiner Unschuld gehofft, ihr einmal beitreten zu können, aber ich erfuhr bald von dem allgemeinen Motto: ›Lieber einer Kobra einen Kuß geben, als einer Frau ein Geheimnis anvertrauen.‹ Übrigens, du süßer Zivilisationsschüler – wenn die Zunft zur Ablenkung oder so Frauen braucht, mietet sie sie halbstundenweise von der Hurenzunft.

Ich hatte Glück. Während ich an einem bestimmten Ort schon erwürgt werden sollte, stolperte ich über die Leiche meiner Freundin; ich war schnell nach Hause gehuscht, um einen vergessenen Schlüssel zu holen. Ich zündete in unserem engen Raum eine Lampe an und sah in Vilis Gesicht die Spuren endloser Qualen und die rote Seidenschnur, die sich tief in ihren Hals eingeschnitten hatte. Aber was mich vor allen Dingen in Wut brachte und zugleich den schlimmsten Haß in mir aufkommen ließ – zusammen mit einem guten Stück knieweicher Angst –, war die Tatsache, daß der alte Hinerio auch erwürgt worden war.

Vilis und ich zumindest waren Konkurrenten und galten somit nach den unmöglichen Gesetzen der Zivilisation als Freiwild, aber er hatte keine Ahnung gehabt, daß wir Diebstähle begingen. Er hatte nur angenommen, daß wir andere Liebhaber oder zahlende Liebeskunden hatten.

So gab ich also Fersengeld und verließ Lankhmar so schnell ich konnte. In Ilthmar traf ich auf Essedinex und seine Truppe, die für die Nebensaison nach Norden zog. Zum Glück war gerade eine Stelle für die Hauptrolle frei, und meine Talente befriedigten den alten Seddy.

Doch zugleich schwor ich einen Eid auf den Morgenstern, daß ich den Tod Vilis und Hinerios rächen würde. Und das werde ich eines Tages tun! Sorgfältig geplant, mit tüchtigen Helfern und in einer neuen Maske. Die Mächtigen der Diebeszunft werden es am eigenen Leibe erfahren, wie es ist, wenn sich eine Schnur langsam um den Hals enger zieht!

Aber das alles ist kein schönes Thema für einen kosigen Morgen, mein Liebling, und ich habe auch nur davon gesprochen, um dir zu zeigen, warum du dich nicht mit einem verdorbenen Mädchen wie mir einlassen darfst.«

Damit wandte sich Vlana herum, lehnte sich gegen Fafhrd und küßte ihn vom Mundwinkel bis zum Ohrläppchen ab, aber als er diese Liebesbezeugung erwidern wollte, lenkte sie seine zugreifenden Hände ab, stützte sich auf seine Arme, so daß er sie nicht mehr bewegen konnte, richtete sich halb auf, blickte ihn rätselhaft an und sagte: »Liebster Junge – es wird langsam hell, und bald geht die Sonne auf, und du mußt mich jetzt verlassen – oder spätestens nach einem weiteren Zusammensein. Geh nach Hause, heirate das liebe Baummädchen – ich bin sicher, daß es kein Junge war – und lebe dein vernünftiges, gradliniges Leben weitab von den Fallstricken und Gerüchen der Zivilisation. Unsere Truppe packt übermorgen früh zusammen und zieht weiter, und ich habe meine unschöne Bestimmung, der ich folgen muß.

Wenn sich dein Blut abgekühlt hat, wirst du nur Verachtung für mich empfinden. Nein, streite es nicht ab – ich kenne doch die Männer! Obwohl ich eine winzige Chance sehe, daß du mich – weil du es bist – doch mit ein wenig Freude in Erinnerung behalten wirst. In welchem Falle ich dir nur eines raten kann: Sprich niemals zu deiner Frau davon!«

Fafhrd erwiderte ihren rätselhaften Blick und sagte: »Prinzessin, ich bin Pirat gewesen, ein Dieb, der oft Leute heimsucht, die so arm sind wie deine Eltern. Wir Barbaren nehmen es noch mit jedem Übelgeruch der Zivilisation auf. Nicht eine Bewegung in unserem frostbelasteten Leben tun wir ohne die Gesetze eines verrückten Gottes, die wir Sitten und Gebräuche nennen, und begleitet von düsterem Widersinn, vor dem man nicht fliehen kann. Mein eigener Vater wurde zum Tode durch Zerschellen verurteilt von einem Gerichtshof, den ich nicht zu nennen wage. Sein Vergehen: Er hat einen Berg bestiegen. Und es gibt Morde, Diebstähle und Überfälle und ... Oh, was ich dir alles erzählen könnte, wenn ...

Er brach ab, hob die Hände und umfaßte sie zärtlich unter den Achseln, hielt sie über sich, so daß sie sich nicht aufzustützen brauchte. »Laß mich mit dir nach Süden kommen, Vlana«, sagte er eifrig, »sei es nun als Mitglied deiner Truppe oder allein – obwohl ich ein singender Skalde bin, obwohl ich Schwerttanzen und mit vier Dolchen jonglieren kann und mit dem Messer auf zehn Schritte ein fingernagelgroßes Ziel treffe. Und wenn wir in die Stadt Lankhmar kommen, vielleicht als Nordische verkleidet, denn du bist groß, dann laß mich dein Rachearm sein. Ich vermag auch an Land zu stehlen, glaub mir, und ein Opfer durch Gassen zu verfolgen, möchte ich annehmen, so unsichtbar und leise wie in den Wäldern. Ich kann ...«

Vlana, von seinen Händen getragen, legte die Finger auf seine Lippen, während ihre andere Hand ihm langsam unter das lange Haar im Nacken fuhr. »Liebling«, sagte sie. »Ich bezweifle nicht, daß du für einen Achtzehnjährigen mutig und treu und geschickt bist. Und deine Liebespraktiken sind für dein Alter auch in Ordnung – jedenfalls ausreichend für dein weißbepelztes Mädchen und vielleicht ein paar andere Abenteuer, wenn dich danach gelüstet. Aber trotz deiner wilden Worte – verzeih mir meine Offenheit – spüre ich in dir Ehrlichkeit und sogar Edelmut, ein Gefühl für Fairneß und einen Haß vor Quälereien jeder Art. Der Helfer, den ich mir für meine Rache wünsche, muß grausam und verräterisch und heimtückisch wie eine Schlange sein, während er sich zumindest wie ich in den Wirrnissen der großen Städte und alten Zünfte auskennen muß.

Ganz offen: er muß so alt sein wie ich – und du bist fast um so viele Jahre jünger, wie ich Finger an beiden Händen habe. Also komm und küß mich, mein Junge, und genieße mich noch einmal und ...«

Fafhrd richtete sich heftig auf, hob sie ein wenig an und setzte sie ab, so daß sie seitwärts auf seinen Schenkeln saß; seine Hände fuhren an ihre Schultern.

»Nein«, sagte er entschlossen. »Ich sehe nicht, wieso ich dich noch einmal meinen unerfahrenen Liebkosungen aussetzen sollte. Aber ...«

»Ich hatte befürchtet, daß du so darauf reagierst«, unterbrach sie ihn unglücklich. »Ich wollte nicht ...«

»Aber«, fuhr er mit kühler Autorität fort, »ich möchte dir eine Frage stellen. Hast du deinen Helfer schon erwählt?«

»Darauf antworte ich dir nicht«, erwiderte sie und beäugte ihn nicht minder kühl und selbstbewußt.

»Ist es ...«, begann er, preßte die Lippen zusammen und fing den Namen ›Vellix‹ auf, ehe er ihn aussprechen konnte.

Sie musterte ihn mit umverhohlener Neugier. »Gut«, sagte er und ließ seine Hände von ihren Schultern sinken und stützte sich darauf. »Ich nehme an, du hast dich so geäußert, wie es für mich deiner Meinung nach am besten ist – also werde ich ähnlich verfahren. Was ich dir enthüllen muß, bringt Barbarei und Zivilisation gleichermaßen auf die Anklagebank.« Und er erzählte ihr von Essedinex und Hringorls Plänen.

Sie lachte herzlich, als er fertig war, obwohl er das Gefühl hatte, daß sie auch ein wenig bleicher geworden war.

»Ich scheine unvorsichtig zu werden«, bemerkte sie. »Deshalb also haben meine schwer verständlichen Pantomimen Seddys Gefallen gefunden, der doch sonst den gröberen Dingen aufgeschlossen ist. Und deshalb war auch eine Stelle in der Truppe für mich frei, und deshalb brauchte ich nach der Show nicht für ihn zu huren wie die anderen Mädchen.«

Sie blickte Fafhrd scharf an. »Ein paar Lausejungen haben heute nacht Seddys Zelt umgeworfen. Hast du ...?«

Er nickte. »Ich war gestern abend in seltsamer Stimmung – irgendwie fröhlich, aber doch wütend.«

Sie begann laut und perlend zu lachen, als sie das hörte, gefolgt von einem zweiten scharfen Blick. »Also bist du gar nicht nach Hause gegangen, als ich dich nach der Show wegschickte?«

»Erst später«, sagte er. »Nein, ich bin geblieben und habe aufgepaßt.«

Sie musterte ihn mit einem zärtlichen, herausfordernden, fragenden Blick, der ihn offen drängte, seine Beobachtungen mitzuteilen. Aber diesmal fiel es ihm sehr leicht, Vellix nicht zu erwähnen.

»Also bist du auch noch ein Ehrenmann«, witzelte sie. »Aber warum hast du mir nicht früher von Hringorls schlimmem Plan erzählt? Hattest du die Befürchtung, ich könnte zu erschreckt sein, um mich liebevoll zu zeigen?«

»Ein wenig schon«, gab er zu, »aber eigentlich habe ich mich erst jetzt entschlossen, dich zu warnen. Um ehrlich zu sein, ich bin heute nacht nur zu dir gekommen, weil ich auf der Flucht vor Gespenstern war, obwohl ich später auch noch andere gute Gründe fand. Tatsächlich hätten mich kurz vor meinem Kommen Angst und Einsamkeit – ja, und auch ein wenig Eifersucht – fast dazu getrieben, in den Troll-Cañon zu springen oder Skier anzulegen und den nahezu unmöglichen Sprung über die Schlucht zu wagen, der mich seit Jahren reizt ...«

Sie packte seinen Oberarm, und ihre Finger preßten sich in seine Haut. »So etwas darfst du nie tun«, sagte sie mit ernstem Gesicht. »Klammere dich an das Leben. Denke nur an dich selbst. Das Schlimme kann immer nur besser werden oder endet im Nichts.«

»Ja, das waren meine Gedanken, als ich die Luft im Cañon über mein Schicksal entscheiden lassen wollte. Würde sie mich tragen oder mich zerschellen lassen? Aber meine Selbstsucht – von der ich, was immer du denken magst, genügend habe – und ein gewisser letzter Zweifel an dem Wunder trieben mir die Anwandlung aus. Auch hatte ich nicht übel Lust, dein Zelt niederzutrampeln, ehe ich das andere in Angriff nahm. Es ist also doch Böses in mir, wie du siehst. Aye, und eine tückische Arglist.«

Sie lachte nicht, sondern musterte nachdenklich sein Gesicht. Dann kehrte einen Augenblick der rätselhafte Blick in ihre Augen zurück. Sekundenlang glaubte Fafhrd daran vorbeischauen zu können, und das beunruhigte ihn, denn was er hinter diesen großen, braunen Pupillen wahrzunehmen glaubte, war keine Sibylle, die das Universum von einem Berggipfel aus überschaute, sondern ein Händler mit Waagschalen, in denen er sorgsam gewisse Objekte wog und dann und wann in einem Büchlein alte Schulden und neue Bestechungssummen und aktuelle Gewinnpläne notierte.

Aber das war nur ein kurzer besorgniserregender Blick, und sein Herz machte einen Freudensprung, als ihn Vlana, noch immer gestützt von seinen großen Händen, anlächelte und sagte: »Ich will jetzt deine Frage beantworten, was ich vorher nicht konnte und wollte. Denn ich habe mich erst in diesem Augenblick entschlossen, daß ... *du* mein Helfer sein sollst. Komm, umarme mich!«

Fafhrd umfaßte sie so heftig, daß sie aufschrie, aber ehe sein Körper in unerträgliche Glut geraten konnte, stemmte sie sich hoch und sagte atemlos: »Warte, warte – wir müssen zuerst unsere Pläne machen.«

»Hinterher, meine Liebe. Hinterher«, flehte er und zog sie herab.

»Nein!« protestierte sie scharf. »Das *Hinterher* verliert zu viele Kämpfe an das *Zu Spät*. Wenn du mein Helfer bist, bin ich dein Kommandeur und gebe die Anweisungen.«

»Stets zu Diensten«, sagte er und gab nach. »Nur beeil dich.«

»Wir müssen zum Zeitpunkt der Entführung schon aus Schneewinkel fort sein«, sagte sie. »Heute muß ich meine Sachen zusammensuchen und uns einen Schlitten, schnelle Pferde und einen Vorrat an Nahrungsmitteln besorgen. Überlaß das alles mir. Du benimmst dich heute wie üblich, hältst dich von mir fern, falls unsere Feinde Spione auf dich ansetzen, was man von Seddy und Hringorl erwarten kann ...«

»Gut, gut«, sagte Fafhrd eilig. »Und jetzt, meine Liebste ...«

»Psst! Hab Geduld! Um die Täuschung vollkommen zu machen, mußt du heute lange vor der Show in das Dach der Gotteshalle klettern – wie gestern abend. Es könnte sein, daß man mich schon während der Vorstellung zu entführen versucht – falls Hringorl oder seine Männer übereifrig werden oder Hringorl Seddy um sein Gold bringen will. Ich werde mich am sichersten fühlen, wenn ich dich auf Wache weiß. Wenn ich dann nach dem Tanz mit der Toga und den Silberglocken abgehe, kommst du schnell herab, und wir treffen uns am Stall. Wir fliehen dann in der Pause zwischen der ersten und der zweiten Hälfte der Show, wenn sich alle Leute noch zu sehr auf das Kommende freuen, um auf uns zu achten. Hast du das verstanden? Du bleibst mir heute fern! Versteckst dich im Dach! Kommst in der Pause zu mir! Gut! Und jetzt, mein geliebter Helfer, laß alle Disziplin beiseite. Vergiß jeden Fetzen Respekt, den du deinem Kommandeur schuldest und ...«

Doch jetzt hatte Fafhrd noch etwas zu sagen. Vlanas Rede hatte seine eigenen Sorgen geweckt, und er hielt sie jetzt von sich ab, obwohl sie ihre Hände hinter seinem Hals verschränkt hatte und ihre beiden Körper aneinanderdrücken wollte.

Er sagte: »Ich werde dir in allem gehorchen. Nur noch eine Warnung, die lebenswichtig ist. Denke heute so wenig wie möglich über unsere Pläne nach, selbst wenn du unmittelbar mit den Vorbereitungen beschäftigt bist. Verstecke sie hinter der Fülle deiner anderen Gedanken. So werde ich auch handeln, das darfst du glauben. Mor, meine Mutter, ist eine großartige Gedankenleserin.«

»Deine Mutter! Gewiß hat sie dich übermäßig beeindruckt, Liebling, auf eine Weise, die mich wünschen läßt, ich könnte dich so schnell wie möglich völlig freilassen – oh, halt mich nicht länger hin! Du sprichst ja von ihr, als wäre sie die Königin aller Hexen!«

»Das ist sie auch, ganz bestimmt«, versicherte ihr Fafhrd ernsthaft. »Sie ist die große weiße Spinne, während die gesamte Eis-Öde, über und unter der Erde, ihr Netz darstellt, das wir Fliegen nur auf Zehenspitzen betreten können und auf dem wir die klebrigen Stellen umgehen müssen. Du wirst doch meinen Rat befolgen?«

»Ja, ja! Und jetzt ...«

Er ließ sie langsam auf sich herabsinken, so wie ein Mann einen Weinsack ansetzt und sich den Genuß noch einen Augenblick länger vorenthält. Ihre Haut berührte sich. Ihre Lippen verharrten.

Fafhrd wurde sich einer tiefen Stille bewußt – oben, ringsum, unten – als ob die Erde selbst den Atem anhielte. Es erschreckte ihn.

Sie küßten sich und tranken in vollen Zügen voneinander, und seine Furcht erstarb.

Sie fuhren auseinander, um Atem zu holen. Fafhrd streckte den Arm aus und drückte den Lampendocht zusammen, so daß die Flamme floh und das Zelt dunkel wurde bis auf den Schimmer der ersten Dämmerung, der hier und da durch eine Ritze drang. Die Finger taten ihm weh. Er fragte sich, warum er das getan hatte – sie hatten sich schon einmal bei Lampenlicht geliebt. Die Angst kehrte zurück.

Er umfing Vlana fest in jener Umarmung, die alle Ängste besiegt.

Und dann ganz plötzlich – er hätte nicht sagen können, wieso – rollte er wild mit ihr auf den hinteren Teil des Zeltes zu. Seine Hände umfingen ihre Schultern, seine Beine klammerten die ihren zusammen, und er warf sich in schneller Folge seitlich über sie und weiter.

Es ertönte ein Knacken wie ein Donnerschlag, und der Aufprall einer Riesenfaust ließ den Granitboden hinter ihnen erbeben, wo die Mitte des Zeltes plötzlich verschwand, während sich die Streben über ihnen scharf in diese Richtung lehnten und die Lederhaut des Zeltes mitzerrten.

Sie rollten in die herabfallenden Kleidungsstücke hinein. Es ertönte ein zweites gewaltiges Knacken, gefolgt von einem knirschenden, dröhnenden Laut, als wäre ein Riesenungeheuer dabei, ein Raubtier zu greifen und es zwischen seinen Fängen zu zerquetschen. Die Erde zitterte einen Augenblick.

Dann war es still nach dem ungeheuren Lärm und dem Be-

ben des Bodens, nur Schrecken und Angst summten ihnen noch in den Ohren. Sie umklammerten sich wie entsetzte Kinder.

Fafhrd kam als erster wieder zu sich. »Zieh dich an!« befahl er, wand sich unter der Rückwand des Zeltes hindurch und richtete sich nackt in der klirrenden Kälte unter dem rosa Himmel auf.

Der große Ast der Schneesykomore, dessen Kristalle zu einem großen Haufen zusammengesunken waren, lag quer über der Mitte des Zeltes und preßte es und das Fellager darunter in die frostharte Erde.

Der Rest des Baumes, plötzlich eines ausbalancierenden Astes beraubt, war in die entgegengesetzte Richtung gefallen und lag im Schnee, ringsum von abgeschüttelten Kristallen umgeben. Seine schwarzen, haarigen, abgebrochenen Wurzeln ragten entblößt aus dem Schnee.

Die aufgehende Sonne sandte ein rosiges Glitzern über die Kristalle.

Nirgendwo rührte sich etwas, nicht einmal ein Frühstücksfeuer war zu sehen. Die Zauberkräfte hatten zugeschlagen, und nur die vorgesehenen Opfer hatten etwas davon gemerkt.

Fafhrd, der zu zittern begann, glitt wieder in das Zelt. Vlana hatte ihm gehorcht und zog sich mit der Schnelligkeit einer Schauspielerin an. Fafhrd hastete ebenfalls in seine Kleidung, die er so vorsorglich an diesem Ende des Zeltes aufgestapelt hatte.

Er fragte sich, ob er das unter der Anleitung eines Gottes getan hatte, und ob der gleiche Gott ihn auch dazu gebracht hatte, die Lampe zu löschen, die inzwischen das zerdrückte Zelt in Brand gesetzt hätte.

Seine Kleidung fühlte sich kälter an als die schneidende Luft, aber er wußte, daß dieses Gefühl nicht lange anhalten würde.

Zusammen mit Vlana kroch er ein zweitesmal hinaus. Als sie sich aufrichteten, drehte er sie in die Richtung des herabgefallenen Astes mit dem großem Kristallhaufen und sagte: »Jetzt lache über die Zauberkräfte meiner Mutter und ihrer Frauen!«

Vlana sagte zweifelnd: »Ich sehe nur einen Ast, der zu schwer mit Eis beladen war.«

Fafhrd sagte: »Vergleiche einmal die Kristallmasse und den Schnee, der von diesem Ast geschüttelt wurde, mit den Kristallen an anderen Ästen. Denke daran: Verbirg deine Gedanken!«

Vlana antwortete nicht.

Eine schwarze Gestalt rannte von den Zelten der Händler auf sie zu. Grotesk springend wurde sie langsam größer.

Vellix der Verwegene war außer Atem, als er vor Vlana innehielt und ihre Arme ergriff. Er versuchte seinen Atem zu bändigen. »Mir träumte, du wärst niedergeschlagen und zerdrückt. Dann bin ich von einem Donnerschlag geweckt worden.«

Vlana erwiderte: »Du hast den Anfang der Wirklichkeit geträumt, aber bei solchen Dingen ist ein *Fast* so gut wie ein *Überhaupt nicht*.«

Jetzt erblickte Vellix den Jüngling. Linien der Eifersucht und der Wut durchzogen sein Gesicht, und seine Hand fuhr an seinen Dolch.

»Halt!« befahl Vlana scharf. »Ich wäre tatsächlich zerschmettert worden, wenn die Sinne des Jungen, die sich mit etwas anderem hätten beschäftigen sollen, den brechenden Ast nicht erahnt und er mich im letzten Moment nicht vor dem sicheren Tode errettet hätte. Er heißt Fafhrd.«

Vellix fälschte seine Handbewegung ab und leitete sie zu einer tiefen Verbeugung über, bei der er den Arm weit ausschwenkte.

»Ich bin dir sehr verbunden, junger Mann«, sagte er herzlich und fügte nach kurzer Pause hinzu, »daß du das Leben einer bemerkenswerten Künstlerin gerettet hast.«

Jetzt tauchten auch andere Gestalten auf; einige eilten von den nahegelegenen Darstellerzelten herbei, andere standen in den Eingängen der fernen Schnee-Clan-Zelte und rührten sich nicht.

Wie zum formellen Dank drückte Vlana ihre Wange an die seine und flüsterte hastig: »Denk an unseren Plan für heute abend und für unsere Zukunft. Halt dich daran. Und bleib im Hintergrund.«

Fafhrd brachte heraus: »Achte auf Eis und Schnee. Reagiere, ohne zu denken.«

Zu Vellix gewandt, sagte Vlana ein wenig nüchterner, aber höflich und freundlich: »Ich danke für deine Fürsorge, sowohl im Schlaf als auch im Wachen.«

Aus einer Pelzrobe, deren Kragen seine Ohren überragte, schaltete sich Essedinex ein: »Schlimme Nacht für Zelte.« Vlana zuckte die Achseln.

Die Frauen der Truppe scharten sich um sie und bedrängten sie mit Fragen, und sie sprach leise zu ihnen, während sie auf das Darstellerzelt zugingen und schließlich darin verschwanden.

Vellix blickte ihr stirnrunzelnd nach und zupfte an seinem schwarzen Schnurrbart.

Die Schauspieler besahen sich den Unglücksort und schüttelten die Köpfe.

Vellix wandte sich an Fafhrd und sagte verbindlich: »Ich habe dir schon einmal Brandy angeboten und möchte doch annehmen, daß du ihn jetzt brauchst. Auch habe ich seit gestern morgen den großen Wunsch, mit dir zu sprechen.«

»Ich bitte um Verzeihung, aber wenn ich erst einmal sitze kann ich keinen Augenblick wachbleiben«, erwiderte Fafhrd höflich und unterdrückte ein Gähnen, das nur halb gespielt war. »Ich danke dir trotzdem.«

»Dann vielleicht gegen Mittag. Oder am Nachmittag?« fügte er schnell hinzu.

»Letzteres, bitte«, erwiderte Fafhrd und ging mit schnellen Schritten auf die Zelte der Händler zu. Vellix versuchte erst gar nicht, mit ihm Schritt zu halten.

Fafhrd fühlte sich zufriedener als je zuvor in seinem Leben. Der Gedanke, daß er dieser Schneewelt und ihren herrschsüchtigen Frauen heute nacht auf ewig entfliehen würde, erfüllte ihn fast mit Wehmut, wenn er sich umsah.

Vorsicht mit den Gedanken! ermahnte er sich. Ein seltsames Gefühl der Bedrohung oder vielleicht auch sein Schlafbedürfnis ließen seine Umgebung in ganz besonderem Licht erscheinen, wie eine lang entbehrte Szene aus seiner Kindheit.

Er leerte eine weiße Porzellanschale mit Wein, die ihm von seinen Mingol-Freunden Zax und Effendrit angeboten wurde, ließ sich von ihnen zu einem schönen Fellager leiten, das durch zahlreiche Pelzstapel geschützt war, und fiel sofort in einen tiefen Schlaf.

Nach äonenlanger, weicher Dunkelheit gingen langsam wieder die Lichter an. Fafhrd saß neben seinem Vater Nalgron an einer langen Tafel voller dampfender, schmackhafter Speisen, voller würziger Weine in irdenen Kürgen, in Stein, Silber, Kristall und Gold. Auch andere Leute saßen aufgereiht am Tisch, doch Fafhrd vermochte nur ihre dunklen Silhouetten wahrzunehmen und das einschläfernde Summen ihrer Gespräche, das zu leise war, als daß er einzelne Worte verstehen konnte: murmelnden Wasserbächen vergleichbar, allerdings gelegentlich von Lachen durchdrungen, wie kleine Wellen, die einen Kiesstrand hinauflaufen und wieder zurückfließen. Und das dumpfe Klingen der Bestecke war das Klacken der Kiesel in dieser Brandung.

Nalgron war in seine weißesten Eisbärenfelle gekleidet, hier und da durch Nadeln und Kettchen und Armbänder aus reinem Silber gehalten, und er hatte auch einen Silberglanz im Haar, was Fafhrd ein wenig beunruhigte. In seiner Linken hielt er einen Silberkelch, den er immer wieder an die Lippen führte, während die Rechte, seine Eßhand, unter dem Umhang verborgen blieb.

Nalgron sprach klug und tolerant, fast zärtlich über verschiedene Themen. Er richtete seinen Blick hierhin und dorthin am Tisch, sprach jedoch so leise, daß seine Worte nur an seinen Sohn gerichtet sein konnten.

Fafhrd wußte auch, daß er sorgsam auf jedes Wort achten und jeden Aphorismus in seinem Gedächtnis bewahren müßte, denn Nalgron sprach vom Mut, von der Ehre, von Klugheit und Rücksicht, vom Geben und Nehmen; er sprach davon, wie man sein Wort halten, wie man den Wünschen seines Herzens folgen sollte, wie man sich ein hohes romantisches Ziel setzen und dieses unermüdlich erstreben sollte; er sprach von der Ehrlichkeit sich selbst gegenüber in allen diesen Dingen, doch besonders von der Erkenntnis der eigenen Abneigungen und Sehnsüchte, von der Notwendigkeit, Augen und Ohren vor den Ängsten und Nörgeleien der Frauen zu verschließen, ihnen jedoch auch ihre Eifersucht, ihre Lenkversuche und sogar ihre schlimmste Arglist zu verzeihen, da all jene Dinge ihrer unwägbaren Liebe entsprangen – und er sprach von vielen anderen Dingen, die einem Jüngling an der Schwelle zum Mannesalter höchst nützlich sind.

Doch obwohl er das erkannte, verstand Fafhrd seinen Vater nur bruchstückweise, denn ihn beunruhigte viel zu sehr Nalgrons Ausgezehrtheit und die Dürre seiner Finger, die den Silberkelch umschlossen, und der Silberschimmer in seinem Haar und der schwache Hauch von Blau auf seinen roten Lippen. Zugleich strahlte Nalgron aber mit jeder Bewegung, mit jedem Wort Sicherheit und Lebhaftigkeit aus; trotzdem fühlte Fafhrd sich getrieben, ständig die dampfenden Platten und Schalen ringsum nach besonders schönen Portionen abzusuchen und mit Löffel oder Gabel auf Nalgrons großem Silberteller abzulegen, um seinen Appetit anzuregen.

Jedesmal sah Nalgron dann mit einem Lächeln und höflichem Nicken auf, und mit Liebe in den Augen, und er führte den Kelch an die Lippen und setzte seine Ausführungen fort; jedoch nie zeigte er seine Eßhand.

Als das Bankett seinen Fortgang nahm, begann Nalgron von Dingen zu sprechen, die womöglich noch wichtiger waren, doch jetzt bekam Fafhrd seine kostbaren Worte kaum noch mit, so erregte ihn die Sorge um die Gesundheit seines Vaters. Plötzlich erschien ihm die Haut zum Platzen gespannt über dem vorspringenden Wangenknochen, die schimmernden Augen waren noch tiefer eingesunken, von noch schwärzeren Ringen umgeben, die blauen Adern neben den straffen Sehnen der Hand, die den Silberkelch hielt, traten noch stärker hervor – und in Fafhrd keimte der Verdacht, daß er, obwohl er den Kelch oft genug an den Mund hob, keinen einzigen Tropfen trank.

»Iß, Vater«, flehte Fafhrd mit leiser, besorgter Stimme. »Trink wenigstens.«

Wieder dieser Blick, das Lächeln, das freundliche Nicken, in den blanken Augen die Wärme der Liebe, der kurze Kontakt zwischen Kelch und ungeteilten Lippen, das Fortblicken, die Fortsetzung der ruhigen Ausführungen, denen er nicht folgen konnte.

Und jetzt stieg Angst in Fafhrd auf, denn die Lichter wurden blau, und er machte sich klar, daß bisher keine der undeutlichen schwarzen Gestalten am Tisch auch nur eine Hand, geschweige denn ein Trinkgefäß an die Lippen gehoben hatte, obwohl sie alle mit ihren Bestecken ständig dumpf herumlärmten. Die Sorge um seinen Vater wurde zur Tortur, und ehe er wußte, was er da tat, hatte er den Umhang seines Vaters aufgeschlagen, seinen rechten Unterarm ergriffen und die Eßhand an den vollgehäuften Teller geführt.

Jetzt nickte Nalgron nicht mehr, sondern stieß Fafhrd seinen Kopf entgegen, und lächelte nicht mehr, sondern grinste ein Grinsen, das alle seine elfenbeinernen Zähne zugleich entblößte, während seine Augen kalt waren – kalt, kalt.

Der Arm, den Fafhrd umschlossen hielt, fühlte sich an, sah aus, *war* bloßer Knochen!

Plötzlich am ganzen Körper geschüttelt, doch vorwiegend in den Armen, huschte Fafhrd blitzschnell von der Bank.

Dann schüttelte es Fafhrd nicht mehr, sondern er wurde wachgeschüttelt von starken, fleischigen Händen an seinen Schultern, und anstelle der Dunkelheit gewahrte er die leicht durchscheinende Plane des Mingol-Zeltes, und statt seines Vaters blickte das hohlwangige, schwarzbärtige, traurige und besorgte Gesicht Vellix' des Verwegenen auf ihn herab.

Fafhrd starrte betäubt zu ihm auf und bewegte dann Schultern und Kopf, um seinen Kreislauf anzuregen und die zupackenden Hände loszuwerden.

Doch Vellix hatte bereits losgelassen und sich auf den nächsten Pelzhaufen gesetzt.

»Entschuldigung, junger Krieger«, sagte er ernst. »Du schienst einen Traum zu haben, der lieber nicht länger dauern sollte.«

Sein Benehmen und sein Tonfall erinnerten Fafhrd sehr an

Nalgron aus seinem Alptraum. Er stützte sich auf einen Ellenbogen, gähnte und schüttelte sich ein zweitesmal.

»Eine seltsame Kälte scheint dir Körper und Geist zu erfüllen«, sagte Vellix. »Da hätten wir also eine gute Entschuldigung für den Brandy, den ich dir versprochen habe.«

Er brachte mit einer Hand zwei kleine Silberkrüge zum Vorschein und mit der anderen einen braunen Brandy-Krug, den er jetzt mit Zeigefinger und Daumen entkorkte.

Fafhrd beäugte mißtrauisch die Schmutzflecken an den Krügen und überlegte, ob vielleicht auf dem Grunde eines Bechers etwas abgelagert war, das nicht in das Getränk hineingehörte. Mit Besorgnis erinnerte er sich daran, daß dieser Mann, was Vlana anging, sein Rivale war.

»Moment«, sagte er, als Vellix einschenken wollte. »Ein Silberkelch hat eine unschöne Rolle in meinem Traum gespielt. Zax!« rief er dem Mingol zu, der aus der Zelttür starrte. »Eine Porzellanschale bitte!«

»Nimmst du den Traum als Warnung vor silbernen Trinkgefäßen?« fragte Vellix leise und mit zweideutigem Lächeln.

»Nein«, erwiderte Fafhrd, »aber er hat mir einen Widerwillen eingegeben, der mir noch immer eine Gänsehaut macht.« Er wunderte sich ein wenig, daß die Mingols den anderen so einfach hereingelassen hatten. Vielleicht kannten sich die drei von zahlreichen Händlerlagern. Oder vielleicht hatte Vellix auch ein Sümmchen bezahlen müssen.

Vellix lachte leise und gab sich gelöster. »Du hast recht, da ich ohne Frau oder Diener lebe, ist mein Geschirr nicht das sauberste. Effendrit! Sagen wir zwei Porzellanschalen – so sauber wie eine frisch entrindete Birke.«

Tatsächlich, es war der andere Mingol, der am Eingang gestanden hatte – Vellix kannte die beiden besser als er. Der Mann neben ihm reichte ihm sofort eine der schimmernd weißen Schalen. Er goß ein wenig von dem prickelnden Getränk in seine Porzellanschale, schenkte dann Fafhrd großzügig ein und füllte schließlich auch seine eigene Schale weiter – als wollte er demonstrieren, daß Fafhrds Getränk unmöglich vergiftet oder sonstwie präpariert sein konnte.

Und Fafhrd, der ihn aufmerksam beobachtet hatte, machte keine verdächtige Feststellung. Sie stießen leise an, und als Vellix mit großen Zügen trank, nahm auch Fafhrd einen sorgfältig bemessenen, langsamen Schluck. Das Zeug brannte etwas in der Kehle.

»Mein letzter Krug«, sagte Vellix fröhlich. »Ich habe meinen ganzen Bestand in Bernstein, Schneesteine und andere Kleinigkeiten eingetauscht – aye, und auch mein Zelt und meinen Wagen, alles bis auf meine beiden Pferde und mein Privatzeug und die Winterrationen.«

»Ich habe gehört, eure Pferde sind die schnellsten und ausdauerndsten auf der Steppe«, bemerkte Fafhrd.

»Das will ich nicht sagen. Hier machen sie sich zweifellos gut.«

»Hier!« sagte Fafhrd verächtlich.

Vellix musterte ihn, wie es Nalgron im ersten Teil des Traumes getan hatte. Dann sagte er: »Fafhrd – ich kann dich doch so nennen? Darf ich mir eine Bemerkung erlauben? Darf ich dir einen Rat geben, so wie ich meinem Sohn raten würde?«

»Natürlich«, antwortete Fafhrd, dem plötzlich ziemlich unwohl in seiner Haut war. Er wollte auf der Hut sein.

»Du bist offensichtlich unruhig und unzufrieden mit deinem Leben. So ergeht es jedem vernünftigen jungen Mann deines Alters, wo er auch lebt. Es juckt dich, deine Wurzeln auszureißen. Aber ich möchte dir eins sagen: Man braucht mehr als nur ein kluges Köpfchen und Vorsicht – aye, und auch Weisheit –, um es mit der Zivilisation aufzunehmen und sich dort einigermaßen wohl zu fühlen.

Man braucht eine gute Portion Arglist, eine gewisse Gemeinheit, so wie auch die Zivilisation gemein ist. Man kann dort nicht zum Erfolg aufsteigen, wie man etwa einen Berg erklettert, mag er auch noch so eisig und gefährlich sein. Letzteres verlangt dir das Beste ab. Ersteres vielmehr dein Schlechtestes: ein berechnetes Böse-sein, das du noch nicht kennst und das du gar nicht kennenzulernen brauchtest.

Ich bin als Renegat geboren. Mein Vater war ein Mann aus dem Land der Acht Städte, und er ist seit jeher mit den Mingols geritten. Ich wünsche mir heute, ich wäre auf der Steppe geblieben, so grausam diese Länder auch sind, und hätte dem korrumpierenten Ruf Lankhmars und der Ostländer widerstanden.

Ich weiß, die Leute hier sind engstirnig, in ihren Sitten und Gebräuchen befangen. Aber verglichen mit den Winkelzügen der Zivilisation sind sie aufrecht und gerade wie Pinien. Deine natürlichen Gaben befähigen dich ohne weiteres, hier zum Häuptling aufzusteigen – mehr sogar, zum Oberhäuptling; du könntest es schaffen, ein Dutzend Clans zusammenzuschweißen, die Nordischen zu einer Macht zu vereinigen, mit der die anderen Nationen zu rechnen haben. Dann erst kannst du, wenn du das noch möchtest, die Zivilisation herausfordern. Zu deinen Bedingungen, nicht zu den ihren.«

Fafhrds Gedanken und Gefühle, obwohl er sich äußerlich fast übernatürlich ruhig gab, bildeten einen wilden, wogenden Aufruhr. Sogar ein Hauch von Freude durchzog dieses Chaos bei dem Gedanken, daß Vellix seine, Fafhrds, Chancen bei Vlana hoch genug einschätzte, um sich mit Schmeicheleien und Brandy an ihn heranzumachen.

Doch was sein Innerstes wirklich aufwühlte, war der schwer zu erschütternde Eindruck, daß Vellix nicht nur schauspielerte, daß er tatsächlich eine Art Vatergefühl für Fafhrd empfand, daß er ihn wirklich vor Rückschlägen bewahren wollte, daß seine Bemerkungen über die Zivilisation einen wahren Kern hatten. Natürlich konnte das daran liegen, daß er sich Vlanas absolut sicher war und einen Rivalen deshalb freundlich behandeln konnte. Trotzdem …

Trotzdem war Fafhrd unwohler zumute als je zuvor.

Er leerte seine Schale. »Dein Ratschlag ist des Nachdenkens wert, Vellix. Ich werde mich damit beschäftigen.«

Mit leichter Kopfbewegung lehnte er eine zweite Schale Brandy ab, stand auf und glättete seine Kleidung.

»Ich hatte gehofft, daß wir uns etwas länger unterhalten können«, sagte Vellix, ohne aufzustehen.

»Ich muß etwas erledigen«, erwiderte Fafhrd. »Herzlichen Dank.«

Vellix lächelte nachdenklich, als er das Zelt verließ.

Das Gewirr der schneezertrampelten Wege zwischen den Zelten der Händler war von Lärm und Gedränge erfüllt. Während Fafhrd schlief, waren die Männer des Eis-Stammes und eine Abordnung der Frost-Gemeinschaft gekommen, von denen sich viele jetzt um zwei Sonnenfeuer versammelt hatten – die wegen ihrer Größe, Hitze und der Höhe der emporzüngelnden Flammen so genannt wurden. Sie tranken dampfenden Met und lachten und balgten sich.

Zu beiden Seiten gab es Oasen des Kaufens und Schacherns, je nach Stand und Bedeutung der Beteiligten von den Feiernden bedrängt oder in Ruhe gelassen. Alte Kameraden entdeckten einander nach langer Zeit wieder und drängten durch die Menge, um sich zu umarmen. Essen und Trinken waren reichlich vorhanden, Drohungen wurden ausgestoßen, Duelle ausgemacht, die aber sehr oft im Gelächter untergingen. Skalden sangen und brüllten.

Der Tumult mißfiel Fafhrd, der in aller Ruhe Vellix von Nalgron scheiden, seine gelinden Zweifel an Vlana stillen und sein Zivilisationsbild wieder zurechtrücken wollte. Wie ein Schlafwandler stolperte er herum, runzelte dann und wann die Stirn, wenn er zu heftig angerempelt wurde, doch im Grunde kümmerte er sich um nichts.

Dann plötzlich wurde er hellwach, denn er bemerkte Hor und Harrax, die von zwei Seiten durch die Menge auf ihn zuhielten und damit offenkundig eine bestimmte Absicht verfolgten. In einem kleinen Menschenauflauf drehte er sich um und bemerkte Hrey, den dritten Helfer Hringorls, dicht hinter sich.

Der Plan der Drei war klar. Sie wollten so tun, als verwickelten sie ihn in eine kameradschaftliche Balgerei, und wollten ihm dabei eine tüchtige Tracht Hiebe verabreichen – oder Schlimmeres.

In seiner Sorge um Vellix hatte er seinen anderen eindeutigen Feind und Rivalen, den brutal direkten und doch schlauen Hringorl, völlig vergessen.

Dann waren die drei heran. Erschreckt stellte er fest, daß Hor einen kleinen Knüppel in der Hand hielt und daß Harrax' Fäuste seltsam groß erschienen, als habe er einen Stein oder ein

Metallstück in den Händen, um seinen Schlägen damit mehr Wirkung zu verleihen.

Er sprang zurück, als ob er sich zwischen den beiden und Hrey hindurchducken wollte; aus der gleichen Bewegung heraus änderte er ebenso plötzlich seinen Kurs und rannte mit erschrecktem Aufschrei direkt auf das Sonnenfeuer zu. Köpfe wandten sich in seine Richtung, und ein paar verblüffte Gestalten wichen ihm aus, doch die Männer des Eis-Stammes und der Frost-Gemeinschaft hatten Gelegenheit, auf das Ereignis aufmerksam zu werden: ein großer Junge, der von drei kräftigen Männern verfolgt wurde. Das mochte ein schönes Spiel werden.

Sie stellten sich zu beiden Seiten des Sonnenfeuers auf, um ihm den Weg zu versperren. Fafhrd hielt erst auf die linke, dann auf die rechte Seite zu. Spöttelnd rückten die Männer enger zusammen.

Er hielt den Atem an, hob schützend einen Arm vor die Augen und sprang direkt durch die Flammen. Das Feuer hob ihm den Pelzmantel vom Rücken und blies ihn in die Höhe. Er spürte die stechende Hitze an Händen und Hals.

Mit glimmendem Fell kam er wieder zum Vorschein, und blaue Flammen liefen ihm über die Haare. Vor ihm drängten sich andere Leute – nur zwischen zwei Zelten war eine Stelle sauber gefegt und mit Teppichen ausgelegt. Hier saßen Häuptlinge und Priester konzentriert um einen niedrigen Tisch, an dem ein Händler damit beschäftigt war, Goldstaub abzuwiegen.

Er hörte Schreie hinter sich, jemand rief: »Lauf, du Feigling!«, ein anderer: »Kampf, einen Kampf!« Er sah Maras Gesicht vor sich, rot und aufgeregt.

Dann hüpfte der künftige Oberhäuptling des Nordlandes – so dachte er in diesem Augenblick von sich – im Hechtsprung über den bedeckten Tisch und warf den Händler und zwei Häuptlinge um, stieß die Waage zur Seite und fegte den Goldstaub in die Luft, ehe er mit dampfendem Zischen in der großen Schneewehe dahinter landete.

Er rollte zweimal hin und her, um sicherzugehen, daß der

Brand erstickt war, dann richtete er sich wieder auf und rannte wie eine Gazelle in den Wald, gefolgt von Flüchen und Gelächter.

Fünfzig große Bäume später blieb er in der Schneedämmerung stehen und hielt lauschend den Atem an. Durch das leise Rauschen seines Blutes war von einer Verfolgung nichts zu hören. Bedauernd fuhr er mit den Fingern durch sein gestutztes, stinkendes Haar und klopfte unkonzentriert seinen fleckigen Pelz ab.

Dann wartete er darauf, daß er wieder zu Atem kam und mehr auf seine Umgebung achten konnte. Und während dieser Ruhepause machte er die unangenehme Entdeckung. Zum erstenmal in seinem Leben kam ihm der Wald, der zuvor immer seine Zuflucht, sein allumfassendes Zelt, sein großer privater, nadelbedachter Raum gewesen war, feindlich vor, als wüßten die Bäume und die außen kalte, im Innern warme Mutter Erde, in der sie wurzelten, von seiner Abtrünnigkeit, von seiner Schmähung, von seiner beabsichtigten Trennung von seinem Heimatland.

Es war nicht so sehr die ungewöhnliche Stille oder die verdächtigen leisen Geräusche, die endlich zu hören waren: das Rindenkratzen einer kleinen Kralle, der ferne Schrei einer Eule vor Beginn des Abends. Das waren nur Nebenwirkungen oder allenfalls Begleitumstände. Vielmehr erregte ihn etwas Unbenennbares, Unberührbares, doch zugleich Tiefgreifendes, wie das Stirnrunzeln eines Gottes. Oder einer Göttin.

Er war zutiefst bedrückt. Noch nie war ihm das Herz so schwer gewesen.

Als er sich schließlich wieder auf den Weg machte, bemühte er sich, möglichst geräuschlos aufzutreten. Seine übliche entspannte, umfassende Bewußtheit war einer nervenaufreibenden Sensitivität und gespannten Aufmerksamkeit gewichen, wie sie ein Kundschafter in Feindesland aufbringen mußte.

Und das war gut so, denn sonst hätte er dem nahezu geräuschlosen Fall eines schweren, spitzen Eiszapfens, der fast so lang war wie das Geschoß eines Belagerungskatapults, sicherlich nicht ausweichen können, ebensowenig wie dem plötzlichen Herabschlagen eines riesigen, schneebeladenen toten Astes, der mit donnerndem Krachen abbrach, auch nicht dem heftigen Zustoßen einer Schneeviper, die sonst nicht im offenen Schnee zu finden war, und auch nicht dem Prankenhieb eines Schneeleoparden, der sich mitten im Sprung in der kalten Luft vor ihm zu materialisieren schien und ebenso seltsam verschwand, als Fafhrd sich mit gezogenem Dolch zum Kampfe stellte. Auch wäre er sicher nicht rechtzeitig auf die sorgfältig geknüpfte hochschnellende Schlinge aufmerksam geworden, die gegen alle Gewohnheit in diesem Teil des Waldes ausgelegt war und die nicht nur einen Hasen, sondern einen ganzen Bären hätte erwürgen können.

Er fragte sich, wo Mor sein mochte, und was sie jetzt vor sich hin murmelte oder sang. War es sein Fehler gewesen, von Nalgron zu träumen? Trotz der gestrigen Verwünschung – und anderer aus früherer Zeit – und der bitteren Drohungen der letzten Nacht hatte er nicht wirklich angenommen, daß seine Mutter ihn töten wollte. Doch jetzt standen ihm vor Angst und Entsetzen die Haare zu Berge, der wachsame Blick seiner Augen war fiebrig, gehetzt, während ihm Blut aus dem Schnitt an der Wange tropfte, wo ihn der herabfallende Eiszapfen gestreift hatte.

Seine Aufmerksamkeit war so sehr auf die Gefahren des Waldes gerichtet, daß er sich mit einiger Überraschung plötzlich auf der Lichtung wiederfand, auf der Mara und er sich erst gestern umarmt hatten; seine Füße hatten ihn auf den kurzen Pfad getragen, der zu den Wohnzelten führte.

Da entspannte er sich ein wenig, steckte seinen Dolch fort und drückte eine Handvoll Schnee auf seine blutende Wange – doch er blieb weiterhin wachsam, was zur Folge hatte, daß er einen Menschen kommen spürte, ehe er überhaupt bewußt die Schritte hörte.

Lautlos verschmolz er mit seinem schneeweißen Hintergrund, so daß Mara bis auf drei Schritte heran war, ehe sie ihn überhaupt entdeckte.

»Sie haben dich verletzt!« rief sie aus.

»Nein«, erwiderte er kurz, seine Aufmerksamkeit noch immer auf die Gefahren des Waldes gerichtet.

»Aber der rote Schnee an deiner Wange. Hat es einen Kampf gegeben?«

»Habe mich nur im Wald verletzt. Ich bin ihnen davongelaufen.«

Ihr besorgter Blick verschwand. »Ich habe dich noch nie vor einem Kampf davonlaufen sehen.«

»Ich hatte keine Lust, mich mit dreien oder mehr einzulassen«, sagte er kurz.

»Warum siehst du dich andauernd um? Sind sie dir auf den Fersen?«

»Nein.«

Ihr Gesicht verhärtete sich. »Die Alten sind außer sich. Die Jugend nennt dich feige. Auch meine Brüder. Ich wußte nicht, was ich dazu sagen sollte.«

»Feine Brüder!« rief Fafhrd aus. »Soll mich der stinkende Schnee-Clan doch nennen, wie er will. Ist mir doch egal!«

Mara stemmte die Fäuste in die Hüften. »Du gehst mit deinen Beleidigungen in letzter Zeit recht freizügig um. Ich lasse nichts auf meine Familie kommen, hörst du? Auch lasse ich mich nicht beleidigen.«

Sie atmete schneller. »Gestern nacht bist du zu der alten Hurentänzerin gegangen. Stundenlang bist du in ihrem Zelt gewesen.«

»War ich nicht!« stritt Fafhrd ab und dachte: *Höchstens anderthalb Stunden.* Der Streit erwärmte ihn und dämpfte seine Angst vor dem Übernatürlichen.

»Du lügst! Die Geschichte ist schon im ganzen Lager bekannt. Jedes andere Mädchen hätte dir längst ihre Brüder auf den Hals geschickt.«

Fafhrd kam zusammenfahrend wieder zu sich. An diesem Abend aller Abende durfte er keine unnötigen Schwierigkeiten riskieren – keine Streitereien, bei denen er verkrüppelt oder etwa getötet werden mochte.

Taktik, Mann, Taktik, ermahnte er sich, während er auf Mara zuschritt und mit schmollend-süßlichem Tonfall ausrief: »Mara, meine Königin, wie kannst du das von mir glauben, wo ich dich doch mehr liebe ...«

»Bleib mir vom Leibe, du Lügner und Betrüger!«

»Und du trägst meinen Sohn«, fuhr er fort und versuchte sie wieder zu umarmen. »Wie geht es dem süßen Kleinen?«

»Er spuckt seinen Vater an. Laß das, sag ich!«

»Aber es verlangt mich, deine schöne Haut zu berühren, die der einzige Balsam dieser Erde für mich ist, oh, du Schönste, die durch die Mutterschaft noch schöner geworden ist.«

»Scher dich zum Teufel. Und hör mit diesen ekligen Schmeicheleien auf. Deine Schauspielerei täuscht nicht mal ein betrunkenes Küchenmädchen, Schmierenkomödiant!«

Bis aufs Blut gereizt, schnappte Fafhrd: »Und was ist mit deinen eigenen Lügen? Gestern hast du dich noch gebrüstet, daß du meine Mutter beherrschen wolltest. Statt dessen bist du weinend zu ihr gelaufen und hast ihr gesagt, daß du mein Kind trägst.«

»Erst nachdem ich wußte, daß dich nach der Schauspielerin gelüstet. Und war das denn nicht die volle Wahrheit? Oh, du Wortverdreher!«

Fafhrd trat zurück und verschränkte die Arme. Er sagte langsam: »Meine Frau muß mir treu sein, muß mir vertrauen, muß mich fragen, ehe sie etwas unternimmt, muß sich wie die Frau des künftigen Oberhäuptlings verhalten. Es hat den Anschein, daß du allen diesen Erfordernissen nicht genügst.«

»Dir treu sein? Das mußt du gerade sagen!« Ihr hübsches Gesicht wurde rot und verzog sich vor Wut. »Oberhäuptling! Sieh erst mal zu, daß du im Schnee-Clan überhaupt als Mann angesehen wirst, wovon du noch weit entfernt bist! Hör mal zu, du abtrünniger Angeber. Du wirst mich sofort auf den Knien um Verzeihung bitten und mit mir kommen, um bei meiner Mutter und meinen Tanten um meine Hand anzuhalten. Wenn nicht ...«

»Eher würde ich vor einer Schlange hinknien! Oder eine Bärin heiraten!« brüllte Fafhrd, der jeden Gedanken an Taktik vergessen hatte.

»Ich hetze meine Brüder auf dich!« kreischte sie zurück. »Feiger Grobian!«

Fafhrd hob seine Faust, senkte den Arm, preßte seinen Kopf

zwischen die Arme, ruckte ihn in einer Geste wahnsinniger Verzweiflung hin und her und rannte plötzlich an ihr vorbei auf das Lager zu.

»Ich schicke dir den ganzen Stamm auf den Hals! Ich verrate dich im Frauenzelt! Ich sage deiner Mutter ...«, schrie Mara hinter ihm her, doch ihre Stimme verlor sich schnell zwischen Schnee und Bäumen.

Fafhrd nahm sich kaum die Zeit festzustellen, daß niemand zwischen den Zelten des Schnee-Clans zu sehen war – weil entweder alle bei den Händlern waren oder drinnen das Abendessen bereiteten –, und er sprang seinen Schatzbaum hinauf und riß die Tür seines Verstecks auf. Er spaltete sich dabei einen Fingernagel und begann laut zu fluchen, dann holte er das Seehundsfell-Paket mit Bogen und Pfeilen und Raketen heraus, fügte sein bestes Paar Skier und Skistöcke hinzu, ein etwas kürzeres Gebilde, das das zweitbeste Schwert seines Vaters enthielt, gut geölt, und einen Beutel mit Kleinigkeiten. Er ließ sich wieder in den Schnee fallen und band die längeren Gegenstände hastig zu einem Bündel zusammen, das er sich auf den Rücken schnallte.

Nach einem kurzen Augenblick der Unentschlossenheit raste er in Mors Zelt, zerrte aus seinem Beutel einen kleinen Feuertopf aus Stein, füllte ihn mit Glut aus dem Ofen, streute Asche darüber, band den Topf ganz fest zu und steckte ihn wieder in den Beutel.

Hastig wandte er sich dann zur Tür und erstarrte. Mor stand auf der Schwelle – eine große Gestalt, deren Gesicht im Schatten lag.

»Du willst mich und die Eis-Öde also im Stich lassen. Du willst nie wieder zurückkehren. Glaubst du.«

Fafhrd war sprachlos.

»Und doch wirst du zurückkehren. Wenn du nicht willst, daß das kriechend auf allen vieren geschieht oder leblos ausgestreckt auf einer Bahre aus Speeren, dann wäge schleunigst deine Pflichten ab.«

Fafhrd lag eine wütende Antwort auf der Zunge, doch die Worte blieben ihm im Hals stecken. Er ging auf Mor zu.

»Mach mir Platz, Mutter«, brachte er flüsternd heraus.

Sie bewegte sich nicht.

Sein Gesicht verkrampfte sich zu einer entsetzlichen Maske; er hob mit schneller Bewegung beide Hände, packte sie unter den Achseln und setzte sie auf die Seite. Sie schien so steif und kalt wie Eis. Sie leistete keinen Widerstand. Er brachte es nicht fertig, ihr ins Gesicht zu schauen.

Draußen ging er mit schnellem Schritt in Richtung Gotteshalle davon, doch da stellten sich ihm Männer in den Weg – vier große blonde Jungen, von einem Dutzend anderer flankiert.

Mara hatte nicht nur ihre Brüder vom Handelsplatz geholt; ihre gesamte Verwandtschaft war gekommen.

Doch schon schien sie ihr Handeln zu bedauern, denn sie zupfte ihren ältesten Bruder am Arm und redete, nach ihrem Gesichtsausdruck und ihren Lippenbewegungen zu urteilen, beschwörend auf ihn ein.

Ihr ältester Bruder marschierte weiter als gäbe es sie nicht. Und als sein Blick jetzt auf Fafhrd fiel stieß er einen Ruf aus, riß sich von ihr los und stürmte auf ihn zu, gefolgt von den anderen. Alle schwenkten Knüppel oder Schwerter.

Maras gequältes: »Flieh, mein Liebster!« kam für Fafhrd fast zwei Herzschläge zu spät. Er wandte sich um und rannte auf den Wald zu, wobei ihm das lange steife Bündel auf dem Rükken herumtrommelte. Als er auf die Spur einschwenkte, die er beim Verlassen des Waldes gemacht hatte, achtete er darauf, seine Füße in die alten Stapfen zu setzen, ohne dabei langsamer zu laufen.

Hinter ihm riefen sie: »Feigling!« Er rannte schneller.

Als er im Wald die ersten Granitformationen erreichte, wandte er sich scharf nach rechts, sprang von Fels zu Fels, ohne eine Spur zu hinterlassen, erreichte schließlich eine niedrige Granitklippe und bestieg sie mit zwei Handbewegungen; dann hastete er weiter, bis ihn der Klippenrand der Sicht der Männer unter ihm entzog.

Er hörte, wie seine Verfolger in den Wald hasteten und vernahm ihre ärgerlichen Rufe, als sie zwischen den Bäumen ge-

geneinanderliefen; schließlich ertönte eine Stimme, die herrisch um Ruhe schrie.

In großem Bogen warf er drei Steine in Richtung auf seine alte Spur – ein gutes Stück vor den menschlichen Jagdhunden Maras. Das Poltern der Geschosse und das Rascheln der Äste, als sie durch die Bäume fielen, täuschte die anderen und hatte einen erneuten Befehl um Ruhe zur Folge.

Jetzt hob Fafhrd einen größeren Felsen an und warf ihn beidhändig gegen den Stamm eines großen Baumes auf dieser Seite des Pfades. Ganze Äste entleerten unter dem Aufprall Schnee und Eis auf den Weg. Die überraschten und vermutlich zu drei Vierteln begrabenen Männer stießen wilde Schreie aus. Fafhrd grinste, dann wurde sein Gesicht ernst und seine Augen blickten wachsam hierhin und dorthin, als er jetzt wieder durch den dunkler werdenden Wald lief.

Diesmal spürte er keine Feindseligkeit ringsum; die Natur und die Geister hielten sich mit ihren Angriffen zurück. Vielleicht glaubte Mor, daß Maras Verwandte ihn in Trab halten würden; und sie hatte daher ihre Zaubersprüche aufgegeben. Oder vielleicht ... Fafhrd unterdrückte seine wirbelnden Gedanken und konzentrierte sich ganz auf den Weg. Vlana und die Zivilisation lagen vor ihm. Seine Mutter und die Barbarei gehörten der Vergangenheit an – trotzdem wollte er lieber nicht an sie denken.

Die Nacht rückte heran, als Fafhrd den Wald verließ. Er hatte den größtmöglichen Bogen geschlagen und kam jetzt in der Nähe des Abstiegs in den Troll-Cañon heraus. Der Gurt seiner unförmigen Last schnitt ihm tief in die Schulter.

Von den Zelten der Händler drangen Licht und Lärm herüber; ein Fest schien im Gange zu sein. Die Gotteshalle und die Darstellerzelte lagen im Dunkeln. Ganz in der Nähe ragten die dunklen Umrisse des Stallzeltes auf.

Schweigend überquerte er den frostigen Kies der Neuen Straße, die nach Süden in den Cañon führte.

Dann bemerkte er, daß das Stallzelt nicht völlig dunkel war. Ein Schimmer bewegte sich geisterhaft darin. Vorsichtig näherte er sich dem Eingang und erblickte die Silhouette Hors, der hineinstarrte. Lautlos schlich er sich hinter Hor und starrte über dessen Schulter.

Vlana und Vellix schirrten zwei Pferde – die vermutlich dem Verwegenen gehörten – vor Essedinex' Schlitten, aus dem Fafhrd die drei Raketen gestohlen hatte.

Hor hob den Kopf und legte eine Hand an die Lippen, um eine Art Heulen oder Wolfsschrei auszustoßen.

Fafhrd zog sein Messer und machte Anstalten, Hor die Kehle durchzuschneiden. Doch im letzten Augenblick überlegte er es sich anders und versetzte dem anderen nur einen kräftigen Schlag mit dem Messergriff an die Schläfe. Hor brach lautlos zusammen, und Fafhrd zerrte ihn aus dem Weg.

Vlana und Vellix sprangen in den Schlitten, der Mann schüttelte die Zügel, und die Pferde kamen herausgedonnert.

Fafhrd umklammerte mit äußerster Kraft sein Messer – und steckte es fort und wich in die Schatten zurück.

Der Schlitten glitt die Neue Straße hinab. Fafhrd blickte ihm hochaufgerichtet nach, die Arme starr herabhängend wie die zurechtgelegten Arme eines Toten; seine Finger waren verkrampft.

Dann wandte er sich ruckartig um und eilte auf die Gotteshalle zu.

Hinter dem Stallzelt war plötzlich ein Eulenschrei zu hören. Fafhrd kam gleitend zum Stehen und fuhr herum.

Zwei Gestalten rannten durch die Dunkelheit auf den Troll-Cañon zu, die eine mit einem Feuerbrand in der Hand. Der größere der beiden war unzweifelhaft Hringorl. Sie blieben am Abgrund stehen. Hringorl schwang seine Fackel im großen Flammenkreis. Das Licht beschien Harrax neben ihm. Einmal, zweimal, dreimal fuhr der Arm herum, als sollte jemandem unten im Cañon ein Signal gegeben werden. Dann huschten die Männer auf den Stall zu.

Fafhrd rannte weiter. Als hinter ihm ein heiserer Schrei ertönte, blieb er stehen und sah sich erneut um. Aus dem Stall kam ein großes Pferd galoppiert; Hringorl war der Reiter. An einem Seil zog er einen Mann auf Skiern hinter sich her: Harrax. Das Paar huschte in einem Schneewirbel die Neue Straße hinab.

Fafhrd rannte weiter, bis er die Gotteshalle hinter sich gelassen und ein Viertel des Hanges erklommen hatte, der zum Frauenzelt führte. Er warf das Bündel ab, öffnete es, zog seine Skier heraus und schnallte sie an. Er packte das Schwert seines Vaters aus und gürtete es links, zum Ausgleich für den Beutel auf seiner rechten Seite.

Dann wandte er sich dem Troll-Cañon zu – der Stelle wo die Alte Straße die Schlucht überquert hatte. Er nahm zwei seiner Skistöcke auf, duckte sich und stemmte sie in den Schnee. Sein Gesicht schimmerte wie ein Totenschädel, das Schemengesicht eines Mannes, der sich mit dem Tode einläßt.

In diesem Augenblick machte sich hinter der Gotteshalle, dort, von wo er gekommen war, ein kleines gelbes Zischen bemerkbar. Er hielt inne und zählte seine Herzschläge – er wußte nicht, warum.

Neun, zehn, elf – eine große Flamme blitzte auf. Die Rakete stieg auf und signalisierte den Beginn der heutigen Show. Einundzwanzig, zweiundzwanzig, dreiundzwanzig – und der Feuerschweif verblaßte, und die neun weißen Sterne gingen auf.

Fafhrd ließ seine Skistöcke fallen, nahm eine der drei Raketen, die er gestohlen hatte, und zog den Zünder heraus, wobei er gerade so fest zog, daß der Verschlußteer brach, ohne den Zünder zu beschädigen.

Er steckte sich den fingerlangen schlanken Teerzylinder zwischen die Zähne und nahm seinen Feuertopf aus dem Beutel. Der Stein war kaum noch warm. Er knüpfte den Deckel auf und strich die Asche zur Seite, bis er auf ein rotes Glühen stieß, das ihm die Finger verbrannte.

Er nahm die Zündkapsel zur Hand und legte sie so in den Feuertopf, daß ein Ende auf dem Rand auflag, während das andere die rote Glut rührte. Es folgte ein Sprühen. Sieben, acht, neun, zehn, elf, zwölf – und das Sprühen wurde zu einem flammenden Schweif und war vorbei.

Er setzte den Feuertopf im Schnee ab, nahm die beiden verbleibenden Raketen auf, klemmte sich die dicken Zylinder unter die Arme und stemmte ihre Starthölzer in den Schnee, testete ihre Haltbarkeit. Die Holzstangen waren so starr wie Skistöcke.

Er hielt die beiden Raketen parallel in einer Hand, blies hart in die Glut seines Topfes und hob sie an die beiden Zünder.

Mara kam aus der Dunkelheit herbeigerannt und sagte: »Liebling, ich bin ja so froh, daß dich meine Leute nicht erwischt haben.«

Der Schimmer des Feuertopfes enthüllte ihre Schönheit.

Fafhrd starrte sie an und sagte: »Ich verlasse Schneewinkel. Ich verlasse den Schnee-Clan. Ich verlasse dich.«

Mara sagte: »Das kannst du nicht.«

Fafhrd setzte den Feuertopf und die Raketen ab.

Mara streckte ihm die Hände entgegen.

Fafhrd nahm seine silbernen Armbänder ab und legte sie in Maras Hände.

Mara umklammerte sie und sagte: »Die will ich nicht. So etwas will ich überhaupt nicht. Du bist der Vater meines Kindes. Du gehörst mir!«

Fafhrd riß sich die schwere Silberkette vom Hals, legte sie über ihre Handgelenke und sagte: »Ja! Du bist auf ewig mein, und ich bin dein. Dein Sohn gehört mir. Ich werde niemals eine andere Frau des Schnee-Clans heiraten. Wir sind verheiratet.«

Mit diesen Worten nahm er die beiden Raketen wieder auf und hielt ihre Zünder an den Feuertopf. Sie begannen gleichzeitig zu sprühen. Er setzte sie ab, schloß den Feuertopf und verstaute ihn hastig in seinem Beutel. Drei, vier …

Mor starrte Mara über die Schulter und sagte: »Ich habe deine Worte gehört, mein Sohn. Halt!«

Fafhrd packte die sprühenden Raketen und stemmte sich mit den Starthölzern den Hang hinab. Sechs, sieben …

Mara schrie: »Fafhrd! Mann!«

Mor rief: »Er ist nicht mein Sohn!«

Wieder half Fafhrd mit den zischenden Raketen nach. Kalte Luft peitschte ihm ins Gesicht. Er spürte sie kaum. Der mondhelle Abgrund war jetzt ganz nahe. Er spürte die Aufwärtsbewegung des Hanges. Dahinter, Dunkelheit. Acht, neun …

Mit wilder Bewegung klemmte er sich die Raketen unter die Arme und flog durch die Dunkelheit. Elf, zwölf …

Die Raketen zündeten nicht. Das Mondlicht offenbarte ihm die jenseitige Cañonwand, die mit unvorstellbarer Geschwindigkeit auf ihn zuraste. Seine Skier waren auf eine Stelle unmittelbar unter dem Schluchtrand gerichtet, und dieser Punkt verlagerte sich ständig weiter nach unten. Er neigte die Raketen nach unten und klemmte sie ganz fest.

In diesem Augenblick zündeten sie. Es war, als hielte er sich an zwei gewaltigen Armen fest, die ihn nach oben zogen. Ellenbogen und Rippen wurden ihm warm. In dem plötzlichen Lichtschimmer war die Felswand ganz nahe, doch lag sie jetzt unter ihm. Sechzehn, siebzehn …

Sanft setzte er auf der glatten Schneekruste auf, die die Alte Straße bedeckte, und ließ die Raketen fallen. Es ertönte ein doppelter Donnerschlag, und weiße Sterne umflogen ihn. Einer verbrannte ihm die Wange. Ihn durchzuckte der Gedanke: *Ich verschwinde mit Blitz und Donner.*

Dann blieb ihm keine Zeit mehr für Gedanken, denn er mußte sich auf seine Schußfahrt auf der Alten Straße konzentrieren, die jetzt hell im Mondlicht vor ihm lag, unterbrochen von pechschwarzen Windungen, die der Mond nicht erreichte; Kurven und Geraden, Abgründe zur Rechten, Abgründe zur Linken. Hingeduckt bemühte er sich, die Skier zusammenzuhalten und nur mit den Hüften zu steuern. Gesicht und Hände wurden ihm taub. Die Alte Straße, die sich ihm entgegenschleuderte, war die Wirklichkeit. Winzige Unebenheiten wurden zu gewaltigen Erschütterungen. Schwarze Abhänge bedrohten ihn.

Ganz tief im Innern ging es nicht ohne Gedanken ab. Selbst während er sich bemühte, alle Aufmerksamkeit auf die Schußfahrt zu richten, ließen sie ihn nicht in Ruhe.

Idiot, du hättest dir mit den Raketen ein paar Skistöcke schnappen sollen. Aber wie hättest du die beim Wegwerfen der Raketen gehalten? Auf dem Rücken? – da würden sie dir jetzt nichts nützen. Du hättest bei Mara bleiben sollen. Du wirst nie wieder ein so liebliches Mädchen kennenlernen. Aber du willst doch Vlana. Oder etwa nicht? Wie denn, wenn Vellix dabei ist?

Wenn du nicht so gut wärst, hättest du Vellix im Stall getötet, anstatt dich selbst ... Hast du dich wirklich selbst umbringen wollen? Was hast du jetzt vor? Sind Mors Zaubersprüche schneller als deine Skier? Waren die Raketen wirklich Nalgrons Arme, die aus der Hölle zu dir heraufangten? Was ist das da vorn?

Das war ein aufragender Hügel, den er umfahren mußte. Als der weiße Streifen zu seiner Linken schmaler wurde, legte er sich nach rechts. Der Streifen hielt sein Gewicht. Jenseits, auf der anderen Seite des breiter werdenden Cañons, erblickte er einen winzigen Flammenschweif. Hatte Hringorl noch immer seine Fackel dabei, während er die Neue Straße hinabgaloppierte und Harrax hinter sich her zog?

Fafhrd legte sich wieder nach rechts, als die Alte Straße in enger Kurve noch weiter in diese Richtung ausschwang. Der Himmel drehte sich über ihm. Der Lebenswille machte es eigentlich erforderlich, daß er jetzt anhielt. Doch der Tod war noch immer ein gleichwertiger Mitspieler. Vor ihm lag die Gabelung, wo die Alte und die Neue Straße zusammentrafen. Er mußte sie nach Möglichkeit noch vor Vlana und Vellix erreichen. Er mußte sich also beeilen. Wieso? Er wußte es nicht. Neue Kurven folgten.

Unmerklich flachte der Abhang ab. Schneebeladene Baumwipfel stießen aus den düsteren Tiefen zur Linken auf ihn zu und tauchten dann auch auf der anderen Seite auf. Er war in einem niedrigen schwarzen Tunnel. Er bewegte sich lautlos wie ein Gespenst. Als der Tunnel zu Ende ging, bremste er. Seine tauben Finger betasteten die von dem Raketenstern hinterlassene Stelle an seiner Wange. Eisnadeln knackten leise in der Wunde.

Kein Laut außer dem leisen Klirren der Kristalle, die ringsum in der stillen, feuchten Luft wuchsen.

Fünf Schritte vor ihm, am unteren Ende eines kleinen Steilhangs, entdeckte er einen kugelförmigen, schneebeladenen Rollbusch. Hinter dem Gebüsch hockte Hringorls erster Helfer

Hrey – der Spitzbart war nicht zu verkennen, obwohl das rote Haar im Mondlicht grau wirkte. Er hielt einen gespannten Bogen in der Linken.

Jenseits, zwei Dutzend Schritte hangabwärts, lag der Treffpunkt der Neuen und der Alten Straße. Der Tunnel, der nach Süden durch die Bäume führte, war von einigen Rollbüschen versperrt, die hoch aufragten. Vellix' und Vlanas Schlitten stand vor dem Hindernis; die Pferde waren zwei große Schatten. Mondlicht schimmerte auf den silbrigen Mähnen und den silbrigen Büschen. Vlana kauerte im Schlitten, ihr Haupt pelzverhüllt.

Vellix war abgesprungen und versuchte den Weg freizumachen.

Eine Fackel kam die Neue Straße von Schneewinkel herabgefegt. Vellix gab seine Arbeit auf und zog sein Schwert. Vlana blickte über ihre Schulter zurück.

Hringorl galoppierte mit triumphierendem Lachen auf die Lichtung, warf seine Fackel hoch in die Luft und brachte sein Pferd hinter dem Schlitten zum Stehen. Der Skifahrer, den er im Schlepp hatte – Harrax – schoß an ihm vorbei und halb den Hang hinauf. Hier kam er zum Stehen und bückte sich, um seine Skier abzumachen.

Die Fackel fiel zu Boden und verlöschte zischend.

Vellix rannte auf Hringorl zu. Es war ihm zweifellos klar, daß er den riesigen Piraten erledigen mußte, ehe Harrax seine Skier gelöst hatte, oder er hatte es mit zwei Gegnern zugleich zu tun.

Vlanas Gesicht war eine kleine weiße Maske im Mondlicht, als sie sich halb von ihrem Sitz erhob, um ihm nachzuschauen. Die Kapuze rutschte ihr vom Kopf.

Fafhrd hätte Vellix zu Hilfe eilen können, aber er machte keine Anstalten, seine Skier abzuschnallen. Mit schmerzlichem Gefühl – oder war es ein Gefühl der Erleichterung? – fiel ihm ein, daß er ja Pfeil und Bogen zurückgelassen hatte. Er sagte sich, daß er Vellix helfen müßte. War er nicht das unvorstellbare Risiko eingegangen, hier herabzufahren, um den Verwegenen und Vlana zu retten oder sie zumindest vor dem Hinterhalt zu warnen, den er vermutet hatte, seit er Hringorl mit der Fackel am Abgrund sah? Und sah Vellix nicht wie Nalgron aus – in diesem Augenblick des höchsten Mutes mehr denn je? Aber das Phantom Tod stand noch immer neben Fafhrd und hemmte jede Bewegung.

Außerdem hatte Fafhrd das Gefühl, daß ein Zauberbann über der Lichtung lag und ohnehin jede Handlung sinnlos machte. Als hätte eine gigantische, weißpelzige Spinne bereits ein Netz darum gesponnen und sie vom übrigen Universum abgetrennt und zu einem Gebiet erklärt, das nur der Spinne des Todes gehörte. Dabei war es ohne Belang, daß diese Weiße Spinne keine Fäden, sondern Kristalle spann – das Ergebnis war das gleiche.

Hringorl zielte mit einem gewaltigen Axthieb auf Vellix. Der Verwegene wich dem Schlag aus und stieß sein Schwert in Hringorls Unterarm. Mit lautem Wutschrei wechselte dieser die Waffe in seine linke Hand, sprang vor und schlug erneut zu.

Aus dem Gleichgewicht gebracht, konnte sich Vellix noch im letzten Moment vor dem zischenden Stahlrund in Sicherheit bringen, das im Mondlicht aufblitzte. Und doch war er sofort wieder leichtfüßig auf den Beinen. Hringorl kam jetzt vorsichtiger heran, die Axt hoch erhoben und ein wenig vorgestreckt, zu kurzen Hieben bereit.

Vlana stand im Schlitten auf, Stahl blitzte in ihrer Hand. Sie machte eine Bewegung, als wolle sie das Messer schleudern, und hielt unsicher inne.

Hrey richtete sich hinter seinem Busch auf, einen Pfeil angelegt.

Fafhrd hätte ihn töten können, notfalls durch einen Wurf mit seinem Schwert, doch das Gefühl der Todesgestalt neben sich lähmte ihn noch immer, und das Gefühl, sich in der ausweglosen Falle der großen Weißen Eisspinne zu befinden. Außerdem, was empfand er denn wirklich für Vellix oder etwa Nalgron?

Die Bogensehne summte. Vellix erstarrte mitten in einem Abwehrschlag. Der Pfeil hatte ihn neben dem Rückgrat getroffen, und die Spitze ragte vorn dicht unter dem Brustbein heraus.

Mit einem gewaltigen Axthieb schlug Hringorl dem Sterbenden das Schwert aus der Hand. Wieder stieß er ein lautes, hartes Lachen aus. Er wandte sich dem Schlitten zu.

Vlana schrie auf.

Ehe er sich der Bewegung überhaupt bewußt wurde, hatte Fafhrd lautlos das Schwert aus der gutgeölten Scheide gezogen und sich damit auf dem weißen Hang abgestoßen. Seine Skier sangen schrill auf dem verkrusteten Schnee.

Der Tod stand nicht länger neben ihm. Der Tod war in seinen Körper getreten. Es waren die Füße des Todes, an die seine Skier geschnallt waren. Es war der Tod, der die Falle der Weißen Spinne als sein Zuhause empfand.

Hrey wandte sich um und kam damit Fafhrd entgegen, der ihm mit einem Streich die Seite des Genicks aufschlitzte – ein Schnitt, der ihm sowohl die Gurgel als auch die Halsschlagader durchtrennte. Sein Schwert war schon weitergehuscht, ehe es von dem hervorspritzenden Blut benetzt werden konnte, und natürlich ehe Hrey seine großen Hände hob, in dem vergeblichen Bemühen, den tödlichen Blutsturz aufzuhalten.

Es war alles ganz mühelos. Seine Skier hatten den Schlag geführt, sagte sich Fafhrd, nicht er. Seine Skier, die ein eigenes Leben, das Leben des Todes hatten, und ihn auf eine höchst gefährliche Reise trugen.

Auch Harrax war mit dem Abschnallen seiner Skier fertig und richtete sich wie eine Marionette der Götter in dem Augenblick auf, als Fafhrd zustieß – ein Hieb aus dem Ducken nach oben, durch den Magen, so wie der Pfeil, der Vellix getroffen hatte – nur in umgekehrter Richtung.

Das Schwert knirschte gegen Harrax' Rückgrat, ließ sich jedoch leicht wieder herausziehen. Fafhrd huschte hangabwärts davon, ohne sich umzusehen. Harrax starrte mit weit aufgerissenen Augen hinter ihm her. Der Mund des grobschlächtigen Mannes war weit geöffnet, doch er ließ keinen Laut hören. Wahrscheinlich hatte der Stoß eine Lunge und auch sein Herz durchschnitten.

Und jetzt war Fafhrds Schwert auf den Rücken Hringorls gerichtet, der eben Anstalten machte, in den Schlitten zu steigen.

Die Skier trugen die blutige Klinge schneller und immer schneller voran.

Vlana starrte über Hringorls Schulter, und es war, als sähe sie den Tod persönlich herannahen, und sie schrie.

Hringorl schwang herum und hob augenblicklich seine Axt, um Fafhrds Schwert zur Seite zu schlagen. Sein breites Gesicht trug den Ausdruck eines Mannes, der dem Tod oft ins Auge gestarrt hat und sich durch das plötzliche Auftauchen des Allgegenwärtigen nicht mehr überraschen läßt.

Fafhrd bremste und drehte die Skier herum, so daß er, langsamer werdend, um das rückwärtige Ende des Schlittens herumfuhr. Sein Schwert strebte die ganze Zeit zuckend auf Hringorl zu, ohne ihn ganz zu erreichen. Er wich dem Hieb aus, den Hringorl vollführte.

Dann erblickte Fafhrd unmittelbar vor sich den Körper Vellix' im Schnee. Er machte eine hastige Wendung, bremste sofort und stieß auch noch sein Schwert in den Schnee, damit er nicht über die Leiche stolperte; die Klinge traf auf Gestein und ließ Funken sprühen.

Aus der gleichen Bewegung heraus warf er sich herum, soweit seine noch in den Skiern gefangenen Füße das ermöglichten, und er erhaschte noch einen Blick auf Hringorl, der sich aus dem aufgestäubten Schnee auf ihn stürzte und mit gewaltigem Axtschlag Fafhrd das Genick durchtrennen wollte.

Fafhrd parierte den Schlag mit dem Schwert. Hätte er die Klinge im rechten Winkel zu der anstürmenden Axt gehalten, wäre ihm der Stahl zersprungen, doch Fafhrd hielt das Schwert in einem Winkel, der die Axt mit stählernem Kreischen abgleiten ließ und pfeifend über seinen Kopf lenkte.

Hringorl, der nicht mehr abbremsen konnte, stürmte an ihm vorbei.

Wieder warf sich Fafhrd herum und verfluchte die Skier, die seine Füße an den Boden fesselten. Sein Hieb kam zu spät, um Hringorl noch zu erreichen.

Der mächtigere Mann wandte sich um und setzte erneut zum Angriff an, wieder mit seiner Axt. Diesmal wußte Fafhrd nicht anders auszuweichen, als sich flach auf den Boden zu werfen.

Stahl blitzte im Mondlicht auf. Dann benutzte er sein Schwert, um sich wieder aufzurichten, bereit, erneut auf Hringorl loszugehen, oder sich wieder zu ducken, wenn ihm die Zeit dazu blieb.

Der große Mann hatte seine Axt fallen gelassen und betastete sein Gesicht.

Mit ungeschicktem, skibehindertem Schritt stieß ihm Fafhrd das Schwert durch das Herz.

Hringorl ließ seine Hände sinken, als er nach hinten stürzte. Aus seinem rechten Auge ragte der Silberknauf und schwarze Griff eines Dolches. Fafhrd zog sein Schwert zurück. Hringorl stürzte mit dumpfem Geräusch zu Boden und ließ ringsum den Schnee aufstäuben, während er zweimal zusammenzuckte und dann still lag.

Fafhrd hob sein Schwert und sah sich hastig um. Er war bereit für weitere Angriffe – von wem auch immer.

Doch keiner der fünf Körper bewegte sich – weder die beiden zu seinen Füßen, noch die beiden am Hang, und auch Vlanas Gestalt im Schlitten stand starr.

Überrascht stellte er fest, daß das Keuchen, das ihm in den Ohren klang, von ihm selbst stammte. Ansonsten bestand das einzige Geräusch auf der Lichtung in einem schwachen, hohen Klirren, das er zunächst ignorierte. Sogar Vellix' Pferde vor dem Schlitten und Hringorls großer Brauner, der ein wenig abseits auf der Alten Straße stand, waren unnatürlich ruhig.

Er lehnte sich rückwärts an den Schlitten, legte seinen linken Arm auf die eisige Plane, die die Raketen und anderen Gegenstände bedeckte. Seine rechte Hand hielt das Schwert in die Höhe, ein wenig nachlässig jetzt, doch immer noch kampfbereit.

Er betrachtete noch einmal die Körper und ließ seinen Blick schließlich auf Vlana ruhen. Noch immer hatte sich niemand bewegt. Die vier Toten waren von blutbeflecktem Schnee umgeben, große Flächen bei Hrey, Harrax und Hringorl, ein kleiner Fleck bei Vellix, der durch einen Pfeil gestorben war.

Er starrte in Vlanas weitaufgerissene, starre Augen. Um Atem kämpfend sagte er: »Ich bin dir Dank schuldig dafür, daß du Hringorl umgebracht hast. Ich bezweifle, daß ich ihn hätte besiegen können, da er doch auf Füßen stand und ich auf dem Rücken lag.

Aber war dein Messer auch auf Hringorl gezielt und nicht etwa auf meinen Rücken? Und bin ich dem Tod vielleicht nur durch meinen Sturz entkommen, während das Messer über mich dahinzischte und einen anderen Mann traf?«

Sie antwortete nicht. Statt dessen flogen ihre Hände hoch und preßten sich vor ihre Wangen und Lippen. Sie nahm ihren starren Blick nicht von Fafhrd.

Er fuhr fort, und seine Stimme klang noch beiläufiger: »Du hast Vellix mir vorgezogen, nachdem du mir ein Versprechen gegeben hattest. Warum dann nicht auch Hringorl Vellix vorziehen – und wiederum mir –, wenn Hringorl ohnehin der wahrscheinlichere Sieger war? Warum hast du nicht Vellix mit deinem Messer geholfen, als er so mutig auf Hringorl losging? Warum hast du geschrien, als du mich herankommen sahst, und hast mir damit die Chance genommen, Hringorl mit einem einzigen Hieb aus dem Hinterhalt zu töten?«

Er unterstrich jede Frage mit einem nachlässigen Stoß seines Schwertes in ihre Richtung. Er atmete jetzt wieder leichter, und die Müdigkeit fiel von seinem Körper ab, während Niedergeschlagenheit seinen Geist erfüllte.

Vlana nahm langsam die Hände von den Lippen und schluckte zweimal. Dann sagte sie mit harter, doch klarer Stimme: »Eine Frau muß sich immer alle Möglichkeiten offenlassen, kannst du das verstehen? Nur wenn sie bereit ist, sich mit jedem Mann zusammenzutun und mit einer Wende des Glücks notfalls den einen zugunsten eines anderen fallenzulassen, kann sie den großen Vorteil der Männer auszugleichen hoffen.

Ich habe Vellix dir vorgezogen, weil seine Lebenserfahrung größer war und weil ich – das kannst du mir glauben oder nicht – der Meinung war, daß mein Partner kein langes Leben erwarten könnte, und ich dich am Leben wissen wollte. Ich habe Vellix hier an der Straßensperre nicht geholfen, weil ich ihn und mich verloren gab. Die Sperre und das Wissen, daß sich hier Leute versteckt haben mußten, lähmte mich – obwohl Vellix das nicht zu glauben schien oder es ihm egal war. Was meinen Schrei anging, als ich dich sah – ich habe dich gar nicht erkannt. Ich hielt dich für den Tod persönlich.«

»Nun, das war ich anscheinend auch«, bemerkte Fafhrd leise und blickte ein drittesmal über die stumm daliegenden Gestalten hin. Er schnallte seine Skier ab. Nachdem er ein paarmal mit den Füßen aufgestampft hatte kniete er neben Hringorl nieder, riß ihm den Dolch aus dem Auge und wischte ihn am Pelz des Toten ab.

Vlana fuhr fort: »Und ich fürchte den Tod sogar mehr als ich Hringorl verabscheute. Ja, ich wäre gern mit Hringorl geflohen, wenn ich damit dem Tode hätte entkommen können!«

»Diesmal hatte Hringorl die falsche Richtung gewählt«, sagte Fafhrd und wog den Dolch in der Hand. Die Waffe ließ sich gut stoßen oder werfen.

Vlana sagte: »Jetzt gehöre ich natürlich dir. Mit Freuden sogar – du magst es glauben oder nicht. Wenn du mich überhaupt haben möchtest. Vielleicht glaubst du immer noch, ich wollte dich umbringen.«

Fafhrd wandte sich zu ihr um und warf ihr den Dolch zu. »Fang«, sagte er. Sie fing.

Er lachte und sagte: »Nein, ein Theatermädchen, das auch Diebin gewesen ist, versteht sicher etwas vom Messerwerfen. Und ich bezweifle, daß Hringorl nur zufällig ins Auge getroffen wurde. Sinnst du immer noch auf Rache an der Diebeszunft?«

»Allerdings«, erwiderte sie.

Fafhrd sagte: »Frauen sind grausam. Ich meine, so grausam wie Männer. Oder gibt es einen Menschen auf der weiten Welt, der nur Eiswasser in den Adern hat?«

Und wieder lachte er, lauter diesmal, als wüßte er, daß es auf diese Frage unmöglich eine Antwort gab. Dann wischte er sein Schwert an Hringorls Pelz ab, stieß es in die Scheide zurück und ging an dem Mädchen vorbei, ohne es anzusehen, vorbei auch an den stummen Pferden, und begann das Hindernis beiseite zu räumen. Die gestapelten Rollbüsche waren aneinandergefroren, und er mußte heftig ziehen und drehen, mußte seine ganze Kraft in diese Tätigkeit legen und heftiger mit den Büschen kämpfen, als sich seiner Erinnerung nach Vellix damit hatte mühen müssen.

Vlana schaute nicht auf, auch als er sie ganz dicht passierte. Sie starrte auf den Hang mit seinen durcheinanderkurvenden Skispuren, die zur schwarzen Tunnelöffnung der Alten Straße führten. Ihr Blick war weder auf Harrax und Hrey gerichtet noch auf die Tunnelöffnung. Er reichte weiter.

In der Luft schwang ein leichtes Klirren, das nicht aufhören wollte.

Dann ertönte ein Knirschen von Kristallen, und Fafhrd riß den letzten eisbedeckten Rollbusch los und schleuderte ihn beiseite.

Er schaute die Straße entlang, die nach Süden führte. Zur Zivilisation, was immer ihm das jetzt bedeuten mochte.

Auch diese Straße war ein Tunnel zwischen schneebeladenen Pinien.

Und er war erfüllt – das Mondlicht zeigte es ganz deutlich – von einem Netz aus Kristallen, das unendlich zu sein schien; Stränge von Eis, die sich von Zweig zu Zweig und Ast zu Ast zu erstrecken schienen, Schicht auf Schicht ohne Ende.

Fafhrd dachte an die Worte seiner Mutter: *Es gibt eine Hexenkälte, die dir in Nehwon überallhin folgen kann. Wo das Eis einmal gewesen ist, können die Zauberkräfte es wieder hinschicken. Dein Vater bedauert es heute sehr …*

Er dachte an eine große weiße Spinne, die die Lichtung mit ihrem frostigen Netz umspann.

Er sah Mors Gesicht neben Maras Kopf, oben am Felsrand, auf der anderen Seite der großen Schlucht.

Er fragte sich, was wohl jetzt im Frauenzelt gesungen wurde und ob auch Mara in den Gesang eingefallen war. Irgendwie hatte er das Gefühl, daß das nicht sein konnte.

Vlana rief leise aus: »Frauen sind wirklich grausam. Schau. Schau!«

In diesem Augenblick begann Hringorls Pferd laut zu wiehern. Mit klappernden Hufen galoppierte es die Alte Straße hinauf.

Gleich darauf regten sich auch Vellix' Pferde und stiegen auf die Hinterhand.

Fafhrd schlug mit dem Arm gegen den Hals des Tieres neben ihm. Dann sah er zu der kleinen, großäugigen, dreieckigen weißen Maske auf, die Vlanas Gesicht war, und folgte ihrem Blick.

Am Hang, der zur Alten Straße führte, erwuchs ein halbes Dutzend dürrer Gestalten, so groß wie Bäume. Sie sahen aus wie verschleierte Frauen. Zusehends gewannen sie an Substanz.

Entsetzt duckte er sich zusammen. Bei dieser Bewegung verklemmte sich der Beutel an seinem Gürtel zwischen Schenkel und Bauch. Er spürte eine schwache Wärme.

Hastig sprang er auf und raste den Weg zurück, den er gekommen war. Mit schnellen Bewegungen riß er die Plane von der Ladefläche des Schlittens. Er packte die acht verbliebenen Raketen und steckte sie nacheinander mit ihren Leithölzern in den Schnee, ihre Spitzen auf die gewaltigen Eisgestalten gerichtet.

Dann langte er in seinen Beutel, nahm den Feuertopf heraus, verschüttete die graue Asche, neigte die rote Glut auf eine Seite der Schale und berührte damit in schneller Folge die Zünder der Raketen.

Das vielfältige Sprühen und Zischen der Zünder begleitete ihn, als er in den Schlitten sprang.

Vlana rührte sich nicht, obwohl er sie streifte. Doch sie ließ ein leises Klimpern hören. Sie schien von einem durchsichtigen Umhang aus Eiskristallen umschlungen, die sie festhielten. Das Mondlicht schimmerte auf der Erscheinung.

Er packte die Zügel, die wie eisiges Metall an seinen Fingern schmerzten. Sie ließen sich nicht bewegen. Das Eisnetz ringsum hatte nun auch die Pferde umfangen. Sie waren ein Teil davon, gewaltige Statuen, in einen größeren Kristall eingeschlossen. Eines der Tiere stand auf vier Hufen, das andere hatte gerade furchtsam gescheut. Die Eiswände rückten näher.

Es gibt eine Hexenkälte, die dir folgen kann …

Die erste Rakete dröhnte auf, dann die zweite. Er spürte ihre

Wärme. Er hörte das gewaltige Klirren, als sie hangaufwärts ihre Ziele trafen.

Die Zügel bewegten sich, klatschten auf die Pferderücken. Ein Zerspringen wie von Glas war zu hören, als sie vorwärtsstürmten. Er zog den Kopf ein, sammelte die Zügel in der Linken, schwang den rechten Arm hoch und zerrte Vlana neben sich auf den Sitz. Ihr Eisumhang klirrte und verschwand. Vier, fünf ...

Ein ständiges Klimpern und Sirren ertönte mit jedem Schritt der Pferde durch das Eisnetz. Kristalle rieselten ihm auf den eingezogenen Kopf und glitten ab. Das Klirren wurde leiser. Sieben, acht ...

Und dann blieb das eisige Element zurück. Die Hufe trommelten auf der Straße. Ein gewaltiger Nordwind fuhr auf und machte der Stille ein Ende. Vor dem Schlitten zeigte sich die erste Morgenröte am Himmel. Hinter ihm rötete sich der Himmel von der Glut der Piniennadeln, die von den Raketen in Brand gesteckt worden waren. Fafhrd meinte durch den Nordwind das Brüllen mächtiger Flammen zu hören.

Er rief: »Gnamph Nar! Klurg Nar, das große Kvarch Nar – wir werden das alles sehen! All die Städte des Waldlandes! Und das Land der Acht Städte!«

Neben ihm regte sich Vlana warm in seinem Arm und nahm seinen Ruf auf: »Sarheenmar, Ilthmar, Lankhmar! Die Stätte des Südens! Quarmall! Horborixen! Tilsilinilit mit seinen schlanken Türmen! Das Hohe Land!«

Es kam Fafhrd vor, als erfüllten Visionen all dieser unbekannten Städte und Länder den heller werdenden Horizont. »Reisen, Lieben, Abenteuer, die Welt!« rief er und drückte Vlana mit dem rechten Arm an sich, während seine Linke die Zügel auf die Pferderücken klatschen ließ.

Doch er fragte sich, warum, obwohl seine Phantasie in hellen Flammen stand wie der Cañon hinter ihm, die Kälte aus seinem Herzen noch immer nicht gewichen war.

Der unheilige Gral

Drei Dinge machten den Zauberlehrling darauf aufmerksam, daß etwas nicht stimmte: zunächst die tiefen Abdrücke beschlagener Hufe auf dem Waldpfad – er spürte sie durch seine Stiefel, noch ehe er sich bückte und im Dunkeln ertastete; dann das unheimliche Summen einer Biene, die unnatürlicherweise in der Nacht unterwegs war; und schließlich ein schwacher, aromatischer Brandgeruch.

Maus rannte los, wobei ihn ein fledermausartiger Sinn für zurückgeworfene Schallwellen davor bewahrte, gegen Baumstämme zu laufen oder über verkrümmte Wurzeln zu stolpern; außerdem kannte er sich gut in der Gegend aus. Graue Beinkleider, Umhang, spitze Kapuze und wehender Mantel ließen den Jungen, der in langjähriger Askese abgemagert war, wie einen dahinfliegenden Schatten erscheinen.

Die freudige Erregung, die Maus angesichts des erfolgreichen Abschlusses seiner langen Reise und der triumphalen Rückkehr zu seinem Zaubermeister Glavas Rho erfüllt hatte, wich jetzt einer Angst, die er nicht recht in Gedanken zu kleiden wagte. Sollte etwa dem großen Zauberer, dessen unbedeutender Lehrling er war, etwas zugestoßen sein?

»Meine kleine graue Maus, noch halb hin und her gerissen zwischen der Weißen und der Schwarzen Magie«, so hatte ihn Glavas Rho einmal bezeichnet. Nein, es war undenkbar, daß jenem großen Sinnbild von Weisheit und spiritistischer Macht ein Unglück widerfahren sein sollte. Der große Zauberer ... (Die Art und Weise, wie Maus auf diesem ›groß‹ beharrte, hatte etwas Hysterisches, denn für die Außenwelt war Glavas Rho nur ein einfacher Hinterwald-Zauberer, der kein besseres Ansehen genoß als ein Mingol-Hexenmeister mit seinem gefleckten Hund, der gewöhnlich das zweite Gesicht besaß, oder etwa ein bettelnder Geisterbeschwörer aus Quarmall) ... der große Zauberer und sein Heim waren gleichermaßen durch starke Zaubersprüche geschützt, die kein ruchloser Außenseiter durchbrechen konnte, nicht einmal (Maus' Herz stockte) der oberste Herr dieser Wälder, Herzog Janarrl, der Zauberei jeder Art aus tiefstem Herzen verabscheute, Weiße Magie noch mehr als Schwarze.

Und doch wurde der Brandgeruch jetzt stärker; und Glavas Rhos Häuschen bestand aus harzigem Holz!

Aus Maus' Gedanken schwand jetzt auch die Vision eines ewig furchtsamen, doch hübschen Mädchengesichtes – das Gesicht von Herzog Janarrls Tochter Ivrian, die heimlich bei Glavas Rho Unterricht nahm und im übertragenen Sinne zusammen mit Maus in vollen Zügen die Milch seiner Weißen Magie schlürfte. Tatsächlich nannten sie sich schon gegenseitig Mäuschen, während Maus unter seiner Tunika einen schlichten grünen Handschuh trug, den er Ivrian bei seinem Aufbruch abgeluchst hatte, als wäre er ihr wohlgerüsteter und schwerbewaffneter Ritter und nicht ein schwertloser kleiner Zauberlehrling.

Als Maus die Lichtung auf der Hügelspitze erreichte, ging sein Atem schwer, und nicht nur von dem langen Lauf.

Im ersten Dämmerlicht offenbarte sich auf einen Blick der hufzerpflügte Garten mit Zauberkräutern, der umgeworfene Bienenkorb aus Stroh, der große rußige Streifen an dem glatten Granitfelsen, der das winzige Haus des Zauberers schützte.

Doch auch ohne die dämmerige Helligkeit hätte er die feuerzerfressenen Balken und Stützpfosten wahrgenommen, über die sich noch immer kleine Glutwürmer zogen und hier und da eine gespenstische grüne Flamme, wo irgend eine Zauberflüssigkeit noch beharrlich weiterschwelte. Er hätte das Durcheinander der kostbaren Gerüche von Drogen und Salben registriert und den Geruch verbrannten Fleisches.

Sein hagerer Körper schien zusammenzuklappen. Wie ein Hund auf der Spur eilte er weiter.

Der Zauberer lag dicht hinter der eingeschlagenen Tür. Ihm war es nicht anders ergangen als dem Haus: die Balken seines Körpers waren entblößt und geschwärzt, die Säfte und Substanzen seines Körpers zerkocht, für immer vernichtet oder zu einer jenseits des Mondes liegenden Hölle aufgegangen.

Und überall ringsum war die Luft von dem leisen, traurigen Summen der Bienen erfüllt, die nun keine Heimat mehr hatten.

Entsetzliche Erinnerungen befielen ihn: die jetzt geschrumpften Lippen, die leise Zaubersprüche sangen, die verkohlten Finger, die auf die Sterne wiesen oder ein kleines Waldtier streichelten.

Zitternd zog Maus aus dem Lederbeutel an seinem Gürtel einen flachen grünen Stein, auf einer Seite mit tiefgeritzten, fremdartigen Hieroglyphen versehen, auf der anderen mit einem gepanzerten, vielbeinigen Monstrum, das wie eine Riesenameise über unzähligen fliehenden Menschengestalten hockte.

Dieser Stein war das Ziel der Reise gewesen, auf die Glavas Rho ihn geschickt hatte. Dieses Steines wegen war er auf einem Floß über den Pleea-See geschwommen, in den Vorbergen des Hungergebirges herumgestrichen, hatte sich vor einem Trupp rotbärtiger Piraten in Sicherheit gebracht, hatte unbeholfene Fischer hereingelegt, mit einer ältlichen, übelriechenden Hexe geflirtet, einen Stammesschrein ausgeraubt und war schließlich einer Hundemeute entkommen, die man auf ihn angesetzt hatte. Diesen Stein zu gewinnen, ohne einen Tropfen Blut zu vergießen, bedeutete, daß er die nächste Stufe seiner Zauberausbildung erklommen hatte.

Jetzt starrte er betäubt auf die matte Oberfläche des Steins, und als er seinen zitternden Körper wieder in der Gewalt hatte, legte er das Gebilde vorsichtig in die verkohlte Hand seines Meisters. Als er sich vorbeugte, merkte er, daß seine Fußsohlen schmerzhaft heiß waren und seine Stiefel an den Rändern ein wenig zu qualmen begannen, und doch beeilte er sich nicht mit dem Zurücktreten.

Es war inzwischen heller geworden, so daß er nun auch andere Dinge bemerkte – so den Ameisenhaufen bei der Schwelle. Der Meister hatte die schwarzgepanzerten Wesen so intensiv studiert wie zuvor ihre Verwandten, die Bienen. Der Haufen wies eine tiefe Einkerbung auf, hervorgerufen durch einen Stiefelabsatz, dessen Nägel einen Halbkreis von Vertiefungen hinterlassen hatten. Trotz aller Vernichtung regte sich etwas auf dem Haufen. Maus beugte sich herab und entdeckte einen winzigen, von der Hitze angeschlagenen Krieger, der sich über die Sandkörner schleppte. Er erinnerte sich an das Monstrum auf dem grünen Stein und schüttelte einen Gedanken ab, der doch zu nichts führte.

Er schritt durch die klagenden Bienen über die Lichtung – zu der Seite, wo bleiches Licht zwischen den Baumstämmen hindurchschimmerte. Gleich darauf stand er, eine Hand an einen knorrigen Stamm gestützt, auf einem kleinen Vorsprung, unter dem der Hügel scharf abfiel. In dem bewaldeten Tal unter ihm erstreckte sich eine Schlange aus milchigem Nebel und zeichnete den Lauf des Flusses nach, der sich zwischen den Hängen hindurchwand.

Der dünner werdende Rauch der Dunkelheit lag schwer in der Luft. Zu seiner Rechten zeigte der Horizont bereits den ersten roten Schimmer der aufgehenden Sonne. Dahinter, das wußte Maus, lagen weitere Wälder und dann die unendlichen Kornfelder und Marschen Lankhmars und schließlich der uralte Mittelpunkt der Welt, die Stadt Lankhmar, die Maus noch nicht gesehen hatte, deren Oberherr jedoch theoretisch auch hier noch herrschte.

Ganz in der Nähe nun, betont durch das Rot des Sonnenaufgangs, erhob sich ein Bündel spitzer Türme – die Festung von Herzog Janarrl. Maus' maskenstarres Gesicht belebte sich. Er dachte an den genagelten Absatz, an den zertrampelten Garten und an die Hufspuren, die den Hang hinabführten.

Alles deutete darauf hin, daß der zauberhassende Janarrl der Anstifter des Ungeheuerlichen hinter ihm war, auch wenn Maus in seiner blinden Hochachtung vor den Fähigkeiten seines Meisters nicht verstand, wie der Herzog durch die Zaubersprüche hatte brechen können, die normalerweise auch den klügsten Holzfäller schwindeln ließen und die Glavas Rhos Haus gar manches Jahr geschützt hatten.

Er beugte den Kopf … und erblickte, hingeworfen auf dem frischen Gras, einen schlichtgrünen Handschuh. Er nahm ihn auf, wühlte in seiner Tunika, zog einen zweiten Handschuh hervor, der dunkle Schweißflecken aufwies, und hielt die beiden nebeneinander.

Sie paßten.

Seine Lippen entblößten die kleinen weißen Zähne, und sein Blick richtete sich erneut auf die Festung. Dann entfernte er ein dickes Stück vernarbter Rinde von dem Baum, an dem er gelehnt hatte, und tauchte schultertief in die dunkle Öffnung. Als er mit langsamen, vorsichtigen Bewegungen automatisch darin herumsuchte, fielen ihm einige Bemerkungen ein, die Glavas Rho einmal bei einem Mahl milchlosen Haferschleims lächelnd gemacht hatte:

»Maus«, hatte der Magier gesagt, und der Feuerschimmer hatte in seinem kurzen weißen Bart geflimmert, »wenn du so um dich starrst und die Nüstern blähst, hast du viel zuviel von einer Katze an dir, als daß du den Namen Maus verdienst, ganz zu schweigen davon, daß du jemals ein Wachhund der Wahrheit werden könntest.

Du bist ein eifriger Schüler, doch insgeheim sind dir Schwerter lieber als Zauberstäbe. Dich bringen die heißen Lippen der Schwarzen Magie mehr in Versuchung als die keuschen schlanken Finger der Weißen Zauberei – wie schön das Mäuschen auch sein mag, dem diese Finger gehören – nein, streite mir das nicht ab! Du fühlst dich mehr zu den verlockenden Windungen des linken Weges als zum geraden steilen Pfad des rechten hingezogen.

Du wirst wohl nie eine weiße Maus sein, sondern allenfalls ein grauer Mausling – aber das ist immerhin noch besser als schwarz. Und jetzt wasche die Schalen aus und hauche eine Stunde lang die neugeborene Ague-Pflanze an, denn es ist eine kühle Nacht. Und denke daran, dem Dornenbusch ein paar freundliche Worte zu sagen.«

Die Worte verklangen in seiner Erinnerung, ohne völlig zu verschwinden, als Maus jetzt aus dem Loch einen Ledergürtel hervorholte, pelziggrün von Schimmel. An dem Gürtel baumelte eine gleichermaßen verkommene Scheide, aus der Maus an einem riemenumwickelten Griff ein spitzes Bronzeschwert hervorzog, das mehr Grünspan als Metall zeigte. Seine Augen weiteten sich, und sein Gesicht wurde noch maskenhafter, als er die hellgrüne, an den Rändern braune Klinge dem roten Huckel der aufgehenden Sonne entgegenhielt.

Von der anderen Seite des Tales klang schwach der hohe, klare Ton eines Horns herüber, das die Männer zur Jagd rief.

Abrupt setzte sich Maus hangabwärts in Bewegung, ging schräg auf die Hufspuren zu; er bewegte sich mit langen, hastigen Schritten und ein wenig steifbeinig, wie betrunken, und schnallte sich im Gehen den schimmeligen Schwertgürtel um.

Ein dunkler, vierfüßiger Schatten huschte über die sonnenfleckige Waldlichtung, riß mit seiner breiten, niedrigen Brust durch das Unterholz und trampelte es mit seinen schmalen Hufen nieder. Weiter hinten ertönten Hörnerklang und die Rufe von Männern. Am anderen Ende der Lichtung wandte sich der Eber um. Sein Atem pfiff durch die Nüstern, und er schwankte. Dann richteten sich seine halb glasigen kleinen Augen auf die Gestalt eines Mannes auf einem Pferd.

Eine Reflexion des Sonnenlichtes ließ sein Fell dunkler erscheinen – dann griff der Eber an. Doch ehe seine fürchterlichen Hauer ein Ziel finden konnten, bohrte sich ein Speer mit breiter Klinge in sein Schulterbein und warf ihn zurück und Blut spritzte über das Grün.

Braun- und grüngekleidete Jäger erschienen auf der Lichtung, und einige umgaben den liegenden Eber mit einem Wall von Speerspitzen, andere eilten auf den Berittenen zu. Er trug vornehme gelbe und braune Kleidung. Er lachte, warf einem seiner Jäger den blutigen Speer zu und nahm von einem anderen eine lederumhüllte Silberflasche mit Wein entgegen.

Ein zweiter Reiter erschien auf der Lichtung, und die kleinen gelben Augen des Herzogs verdüsterten sich unter den buschigen Brauen. Er nahm einen großen Schluck und wischte sich mit dem Ärmel über die Lippen. Wachsam schlossen die Jäger ihren Speerkreis um den Eber, der starr im Gras lag, jedoch den Kopf hin und her neigte, während ihm das Blut aus der Schulter spritzte. Die Speere wollten sich eben ihr Ziel suchen, als Janarrl den Jägern ein Zeichen gab.

»Ivrian!« rief er dem Neuankömmling heiser zu. »Du hattest zwei gute Gelegenheiten, aber du hast ihn entwischen lassen! Deine tote Mutter, sie sei verflucht, hätte jetzt sicher schon vom rohen Fleisch gekostet!«

Seine Tochter starrte ihn elend an. Sie war wie die Jäger gekleidet und ritt im Herrensitz mit einem Schwert an der Seite und einem Speer in der Hand, doch diese Ausstattung verstärkte nur noch den Eindruck eines hageren, dünnarmigen Mädchens.

»Du bist ein Milchling, ein zauberliebender Feigling!« fuhr Janarrl fort. »Deine abscheuliche Mutter wäre dem Eber auf bloßen Füßen entgegengetreten und hätte gelacht, wenn ihr das Blut ins Gesicht gespritzt wäre. Schau, das Tier ist angeschlagen. Es kann dir nichts tun. Treib deinen Speer hinein, jetzt! Ich befehle es dir!«

Die Jäger öffneten ihre Speerkette und wichen seitwärts zurück, bildeten einen Pfad zwischen dem Eber und dem Mädchen. Sie lachten unterdrückt, und der Herzog lächelte ihnen aufmunternd zu. Das Mädchen zögerte, nagte an seiner Unterlippe und starrte furchtsam und fasziniert auf das Tier, das den Blick mit erhobenem Kopf erwiderte.

»Gib's ihm mit deinem Speer!« wiederholte Janarrl und nahm einen schnellen Schluck aus der Flasche. »Tu's, oder du bekommst auf der Stelle die Peitsche zu schmecken.«

Daraufhin drückte sie ihrem Pferd die Absätze in die Flanken und trabte über die Lichtung, den Körper tief herabgeneigt, den Speer auf sein Ziel gerichtet. Doch im letzten Augenblick schwenkte die Speerspitze zur Seite und bohrte sich in den Boden. Der Eber hatte sich nicht gerührt.

Die Jäger lachten lauthals los.

Janarrls weißes Gesicht rötete sich vor Wut, und er streckte den Arm aus und umfing ihr Handgelenk, hielt es mit eisenhartem Griff. »Deine verdammte Mutter konnte einem Mann die Kehle durchschneiden, ohne sich dabei zu verfärben. Ich will jetzt sehen, wie du das Tier da aufspießt, oder ich bringe dich zum Tanzen, hier auf der Stelle, wie gestern abend, als du mir die Sprüche des Zauberers und seinen Unterschlupf verrietest.«

Er beugte sich zu ihr herüber, und seine Stimme wurde zu einem Flüstern: »Weißt du, Kindchen, ich hatte schon lange den Verdacht, daß deine Mutter, so wild sie auch sein konnte, vielleicht selbst etwas für die Zauberei übrig hatte – womöglich gegen ihren Willen –, und daß du vom Blut dieses verbrannten Zauberers bist.«

Sie riß die Augen auf und wollte sich von ihm losreißen, doch er zog sie noch näher heran. »Hab keine Angst, Kindchen, ich gewöhne dir diese Blässe schon ab – so oder so. Zunächst wirst du mir den Eber da aufspießen!«

Sie rührte sich nicht. Ihr Gesicht war eine kremig-weiße Maske der Angst. Er hob die Hand.

Doch in diesem Augenblick gab es eine Unterbrechung.

Eine Gestalt erschien am Rande der Lichtung – an der Stelle, wo sich der Eber zu seinem letzten Angriff umgewandt hatte. Es war ein hagerer Jüngling, von Kopf bis Fuß in Grau gekleidet. Wie ein Betrunkener oder Betäubter wanderte er geradewegs auf Janarrl los. Die drei Jäger, die sich um den Herzog gekümmert hatten, zogen ihre Schwerter und schlenderten müßig auf ihn zu.

Das Gesicht des Jungen war bleich und gespannt, auf seiner Stirn unter der halb zurückgeschobenen Kapuze schimmerte Schweiß. Seine Wangen- und Kiefermuskeln waren verkrampft. Seine Augen, auf den Herzog gerichtet, waren Schlitze, als wären sie direkt in die strahlende Sonne gerichtet.

Seine Lippen öffneten sich weit und entblößten seine Zähne. »Schlächter von Glavas Rho! Zauberer-Töter!«

Im nächsten Augenblick hatte er sein Bronzeschwert aus der schimmeligen Scheide gezogen. Die zwei Jäger stellten sich ihm in den Weg, einer rief: »Achtung, Gift!«, als er den grünen Belag auf der Klinge des anderen erblickte. Der Junge griff mit einem fürchterlichen Schlag an, wobei er sein Schwert wie einen Hammer führte. Der Jäger parierte mühelos, so daß die Klinge über seinen Kopf zischte und der Junge von der Gewalt seines Schlages fast zu Boden gerissen wurde.

Der Jäger trat vor und führte einen schnellen Schlag gegen das Schwert des Jungen ganz oben am Griff – in der deutlichen

Absicht, ihn zu entwaffnen –, und der Kampf war vorüber, noch ehe er begonnen hatte – fast.

Der glasige Blick des Jungen schwand, und sein Gesicht zuckte wie das einer Katze, und er packte erneut sein Schwert und sprang mit einer Drehbewegung auf das Handgelenk des anderen los und entriß dem verblüfften Jäger seine Waffe. Aus dem gleichen Schwung heraus zielte er geradewegs auf das Herz des zweiten Jägers, der sich seinem Schicksal nur durch einen schnellen Sprung nach rückwärts entzog.

Janarrl beugte sich gespannt im Sattel vor und knurrte: »Der Kleine zeigt seine Beißerchen«, doch in diesem Augenblick schlug der dritte Jäger, der einen kleinen Bogen geschlagen hatte, dem Jungen mit seinem Schwertknauf gegen den Hals.

Der Jüngling ließ sein Schwert fallen, schwankte und begann umzusinken, doch der erste Jäger packte ihn am Kragen seiner Tunika und schleuderte ihn auf seine Begleiter zu. Diese empfingen ihn auf ihre Weise und reichten ihn mit Knüffen und Püffen weiter, schlugen ihm mit Dolchgriffen auf den Kopf und in die Rippen, ließen ihn schließlich zu Boden sinken, traten ihn weiter, beutelten ihn wie eine Hundemeute.

Janarrl rührte sich nicht. Er beobachtete seine Tochter. Ihm war ihr erschrecktes Auffahren nicht entgangen, als der Junge auf der Lichtung erschien.

Jetzt sah er, wie sie sich mit zuckenden Lippen vorbeugte. Zweimal setzte sie zum Sprechen an. Ihr Pferd bewegte sich unruhig und wieherte. Schließlich ließ sie den Kopf hängen und wich, ein leises, ersticktes Schluchzen ausstoßend, langsam zurück.

Janarrl stieß ein befriedigtes Grunzen aus und rief: »Genug für jetzt. Bringt ihn her!«

Zwei Jäger schleppten den halb ohnmächtigen Jungen herbei, dessen graue Kleidung blutbespritzt war.

»Feigling«, sagte der Herzog. »Dieser Sport bringt dich nicht um. Man hat dich nur ein bißchen zart herumgestoßen zur Vorbereitung für andere Spiele. Aber ich vergaß, daß du nur ein pfiffiger Zauberlehrling bist, eine weibische Kreatur, die im

Dunkel hinter dem Rücken anderer Leute ihre Zaubersprüche babbelt und Flüche ausstößt – eine Memme, die Tiere tätschelt und den Wald entehrt. Pfui Teufel! Ich spucke dich an. Und doch wolltest du meine Tochter korrumpieren und – hör mir zu, Zauberlehrling, sage ich!«

Und er beugte sich tief aus dem Sattel, ergriff den herabhängenden Kopf des Jungen am Haar und zerrte ihn hoch. Der Junge begann wild mit den Augen zu rollen und zuckte mit einer heftigen Bewegung zurück, die die Jäger überraschte und Janarrl fast aus dem Sattel gerissen hätte.

Im gleichen Augenblick ertönte ein unheimliches Brechen und Scharren, gefolgt von schnellem Hufgetrappel.

Jemand schrie: »Achtung, Herr! O Götter, schützt den Herzog!«

Der verwundete Eber war auf die Füße gekommen und raste auf die Gruppe bei Janarrls Pferd zu.

Die Jäger hasteten durcheinander und griffen nach ihren Waffen.

Janarrls Pferd scheute und brachte seinen Reiter noch mehr aus dem Gleichgewicht. Der Eber donnerte wie eine blutbeschmierte Geistererscheinung vorüber. Janarrl fiel dem Tier fast auf den Rücken. Der Eber fuhr heftig herum, um einen Gegenangriff zu starten, und wich drei Speeren aus, die dicht neben ihm in den Boden dröhnten. Janarrl versuchte aufzustehen, doch einer seiner Füße war in einen Steigbügel verwickelt, und sein Pferd befreite sich mit einem Ruck und warf ihn wieder um.

Der Eber raste heran, doch da dröhnten andere Hufe auf. Ein zweites Pferd huschte an Janarrl vorüber, und ein sicher geführter Speer drang dicht neben dem Kopf des Ebers ein, riß eine tiefe Wunde. Das schwarze Ungeheuer wurde zurückgeworfen, hieb einmal mit seinen Hauern nach dem Speer, fiel schwer auf die Seite und lag still.

Daraufhin ließ Ivrian den Speer fahren. Der Arm, mit dem sie ihren Angriff geführt hatte, baumelte unnatürlich steif herab. Sie fiel im Sattel zusammen, umfing des Sattelhorn mit der anderen Hand.

Janarrl rappelte sich auf, beäugte seine Tochter und den Eber. Dann wanderte sein Blick langsam über die Lichtung.

Glavas Rhos Lehrling war verschwunden.

»Nord sei Süd, und Ost sei West, Tal sei Berg und Wasser fest. Schwindligkeit, die die Wege läßt. Blätter, Gräser tun den Rest.«

Maus murmelte durch geschwollene Lippen seinen Zauberspruch, als spreche er zu der Erde, auf der er lag. Seine Finger machten dabei kabbalistische Zeichen, und er nahm eine Prise grünes Pulver aus einem kleinen Beutel und schleuderte es mit einer schnellen Bewegung seiner Hand in die Luft, die ihn aufstöhnen ließ. »Wisse, Tier, bist wohlgeborgen, Feind von Peitsch und Pfeilesbogen, frei seit allererstem Morgen. Weichet von mir, alle Sorgen!«

Nachdem der Zauberspruch vollendet war, blieb er still liegen, und die Schmerzen in seinem zerschundenen Körper ließen etwas nach. Er lauschte auf die Geräusche der Jagdgesellschaft, die sich langsam entfernte.

Sein Gesicht war in ein Grasbüschel gedrückt. Er sah, wie eine Ameise eifrig einen Grashalm erklomm, zu Boden fiel und ihre Aufgabe unbeirrt erneut in Angriff nahm. Einen kurzen Augenblick hatte er das Gefühl, daß das winzige Insekt und er doch viel gemeinsam hatten. Er dachte an den schwarzen Eber, dessen unerwarteter Angriff ihm eine Fluchtchance geboten hatte, und einen seltsamen Moment lang empfand er auch diesem Tier gegenüber eine unheimliche Verbundenheit.

Vage dachte er an die Piraten, die ihm im Westen ans Leder gewollt hatten. Ihre fröhliche Wildheit war etwas völlig anderes gewesen als die zielbewußte Brutalität der janarrlschen Jäger.

Langsam stiegen Wut und Haß in ihm auf. Er sah die Götter Glavas Rhos, deren feierliche Gesichter weiß und höhnisch verzogen waren. Er vernahm die Worte der alten Gesänge, aber sie hatten plötzlich eine gänzlich neue Bedeutung.

Dann verschwanden diese Visionen, und er sah sich nur von einem Wirbel grinsender Gesichter und grausamer Hände umgeben. Irgendwo in all dem Durcheinander war auch das weiße, schuldbewußte Gesicht eines Mädchens. Schwerter, Stöcke, Peitschen. Alles wirbelte durcheinander.

Und in der Mitte, wie die Nabe eines Rades, auf dem Männer gerädert werden, die breite, stämmige Gestalt des Herzogs.

Was bedeuteten diesem Rad die Lehren Glavas Rhos? Es hatte ihn überrollt und zerdrückt. Was bedeutete Janarrl und seinen Günstlingen die Weiße Magie? Sie war für sie ein kostbares Pergament, das sie besudeln mußten. Magische Perlen, die in den Dreck getreten wurden. Gedanken großer Weisheit, die zerquetscht wurden, wie das Gehirn, das diese Gedanken gedacht hatte.

Aber da gab es noch eine andere Art Zauber. Einen Zauber, den ihm Glavas Rho verboten hatte, manchmal mit lächelndem Gesicht, doch nie ohne einen tiefen Ernst. Eine Magie, die Maus nur in Form von Hinweisen und Warnungen kennengelernt hatte. Die Magie, die von Tod und Haß und Schmerz und Verfall abstammte, die sich mit Giften und nächtlichem Kreischen umtat, die aus der schwarzen Leere zwischen den Sternen herabrann, die – wie Janarrl selbst gesagt hatte – hinter dem Rükken der Leute in der Dunkelheit schwelte.

Es war, als wäre Maus' früheres Wissen – das Wissen um kleine Wesen und Sterne und wohltätige Zauberkräfte und die höflichen Regeln der Natur – urplötzlich in Flammen aufgegangen. Und die schwarze Asche nahm Leben an, begann sich zu rühren, und heraus kroch eine Vielzahl nächtlicher Gestalten. Herzlos, nur aus Haß und Schrecken bestehend, doch so lieblich von Angesicht wie schwarze Spinnen, die sich über ihr geometrisches Netz schwingen.

Wie schön es wäre, diesem Pack das Jagdhorn zu blasen! Es auf die Spur Janarrls zu setzen!

Tief in seinem Innern begann eine böse Stimme zu flüstern: »Der Herzog muß sterben. Der Herzog muß sterben.« Und er wußte, daß ihn diese Stimme so lange nicht mehr in Ruhe lassen würde, bis er das offenkundige Ziel erreicht hatte.

Eifrig richtete er sich auf, und ein stechender Schmerz durchfuhr ihn, als wäre eine Rippe gebrochen; er wunderte sich, daß er es überhaupt bis hierher geschafft hatte. Er biß knirschend die Zähne zusammen und stolperte über eine Lichtung. Als er wieder in den Schutz der Bäume getaucht war, zwang ihn der Schmerz auf alle viere herab. Noch ein kleines Stück kroch er weiter und brach dann zusammen.

Gegen Abend des dritten Tages nach der Jagd schlich sich Ivrian aus ihrem Turmzimmer, befahl dem Stallburschen, ihr ein Pferd zu satteln, und ritt durch den Fluß und den gegenüberliegenden Hang hinauf, bis sie das felsgeschützte Haus Glavas Rhos erreichte.

Das Chaos, das sie hier entdeckte, verhärtete die Züge ihres weißen Gesichtes noch mehr. Sie stieg ab und trat nahe an die verbrannte Ruine heran und begann zu zittern bei dem Gedanken, daß sie vielleicht die Leiche des Zauberers finden würde. Aber es war nichts zu sehen. Sie konnte erkennen, daß die Asche aufgewühlt war, als hätte jemand suchend darin herumgewühlt und sich Objekte herausgesucht, die der Gewalt der Flammen entkommen waren.

Absolute Stille herrschte.

Eine Erhebung am Rande der Lichtung fiel ihr auf, und sie ging darauf zu. Es war ein frisch aufgeworfenes Grab, und anstelle eines Grabsteins lag, von grauen Kieseln umgeben, ein kleiner, flacher grünlicher Stein mit seltsamen eingekerbten Symbolen.

Plötzlich ertönte ein leises Geräusch aus dem Wald. Sie begann zu zittern und erkannte, daß sie schreckliche Angst hatte – Angst, die bis zu diesem Augenblick nur von ihrem Elend überschattet gewesen war.

Sie blickte auf und stieß einen erstickten Schrei aus, denn ein Gesicht starrte sie durch ein Loch zwischen den Blättern an. Es war ein wildes Gesicht, schmutzverkrustet und grasverschmiert, hier und dort noch mit getrocknetem Blut bedeckt, und von Bartstoppeln beschattet.

Dann erkannte sie es.

»Maus!« rief sie zögernd.

Die antwortende Stimme war ihr fremd.

»Du bist also zurückgekehrt, um das Unheil, das dein Verrat angerichtet hat, richtig auszukosten?«

»Nein, Maus, nein!« rief sie. »Das wollte ich nicht! Du mußt mir glauben.«

»Lügnerin! Es waren die Leute deines Vaters, die ihn umgebracht und das Haus niedergebrannt haben!«

»Aber das habe ich nicht von ihnen erwartet!«

»Nicht von ihnen erwartet – als ob das eine Entschuldigung wäre! Du fürchtest dich so sehr vor deinem Vater, daß du ihm alles sagen würdest. Du lebst ja ständig in Angst.«

»Nicht immer, Maus. Schließlich habe ich den Eber getötet.«

»Um so schlimmer – damit hast du das Tier umgebracht, das die Götter zur Bestrafung deines Vaters geschickt hatten.«

»Aber nicht wirklich ich habe den Eber getötet! Ich wollte damit nur angeben, als ich das eben sagte – ich dachte, du hättest es gern, wenn ich mutig bin. Ich erinnere mich nicht daran, wie ich den Speer führte. Mein Kopf war völlig leer. Ich glaube, meine tote Mutter hat mich in diesem Augenblick besessen und den Speer gelenkt.«

»Lügnerin und Wortverdreherin! Aber ich werde meine Meinung anders formulieren: Du lebst in Angst außer in den Momenten, wenn dich dein Vater zu einer mutigen Tat aufpeitscht. Ich hätte das längst erkennen und Glavas Rho vor dir warnen müssen. Aber ich hatte so meine Träume, was dich betraf.«

»Du hast mich immer Mäuschen genannt«, sagte sie schwach.

»Aye, und wir spielten das Mäuschenspiel und vergaßen dabei, daß es auch Katzen auf der Welt gibt. Und während ich dann fort war, hast du dich durch Peitschenhiebe dazu bringen lassen, Glavas Rho an deinen Vater zu verraten!«

»Maus, verdamme mich nicht.« Ivrian schluchzte. »Ich weiß, daß mein Leben bisher nur aus Angst bestanden hat. Seit meiner Kindheit hat mein Vater mich zu der Überzeugung zwingen wollen, daß Grausamkeit und Haß die einzigen Gesetze des Universums sind. Er hat mich gefoltert und gequält. Es gab niemanden, an den ich mich wenden konnte, bis ich eines Tages Glavas Rho kennenlernte und erfahren mußte, daß das Universum auch Gesetze der Sympathie und Liebe kennt, denen sich sogar der Tod und die Haßgefühle unterordnen.

Aber jetzt ist Glavas Rho tot, und ich bin verängstigter und einsamer als je zuvor. Ich brauche deine Hilfe, Maus. Du hast von Glavas Rho gelernt. Du kennst seine Lehren. Komm und hilf mir.«

Sein höhnisches Gelächter klang hoch und schrill. »Ich soll herauskommen und mich verraten lassen? Ich soll mich wieder durchprügeln lassen, während du zuschaust? Ich soll deiner süßen Stimme lauschen, während die Jäger deines Vaters heranskriechen? Nein, ich habe andere Pläne.«

»Pläne?« fragte sie. Ihre Stimme war gepreßt. »Maus, dein Leben ist in Gefahr, wenn du länger hier verweilst. Die Männer meines Vaters haben sich geschworen, dich sofort umzubringen, wenn sie dich erwischen. Ich würde vor Kummer sterben, wenn sie dich bekämen. Zögere nicht, geh fort von hier. Nur mußt du mir vorher noch sagen, daß du mich nicht haßt.«

Und sie machte einen Schritt auf ihn zu.

Wieder erklang sein höhnisches Gelächter.

»Du bist meines Hasses nicht würdig«, kamen die verletzenden Worte. »Ich habe nur Verachtung für deine feige Schwäche. Glavas Rho hat zuviel von der Liebe gesprochen. Es gibt Gesetze des Hasses in diesem Universum, dem sich selbst die Liebe beugen muß, und es wird Zeit, daß ich sie für mich nutze.

Komm mir nicht näher. Ich habe nicht die Absicht, dir meine Pläne zu verraten, auch nicht meine neuen Verstecke. Aber eins kann ich dir sagen, und hör mir gut zu. Die Qualen deines Vaters beginnen in sieben Tagen.«

»Die Qualen meines Vaters ...? Maus, Maus, hör mich an! Ich möchte mehr von dir wissen als nur Glavas Rhos Lehren. Ich möchte überhaupt mehr über Glavas Rho wissen. Mein Vater machte eine Andeutung, daß er meine Mutter gekannt hat und ich vielleicht sogar seine Tochter bin.«

Diesmal herrschte ein kurzes Schweigen, ehe das spöttische Gelächter erneut aufklang. »Gut, gut! Es macht mir Spaß, daß der alte Weißbart doch ein wenig vom Leben gehabt hat, ehe er so überaus weise wurde. Ich hoffe wirklich, daß er deine Mutter ins Heu geführt hat. Das würde seinen Edelmut erklären. Wo es soviel Liebe gab – Liebe für jedes einzelne Geschöpf –, da muß vorher doch Lust und Schuld gesteckt haben.

Aus dieser Begegnung – und all dem Bösen, das deine Mutter bewegte – erstand seine Weiße Magie. Es stimmt! Schuld und Weiße Magie – Seite an Seite –, und die Götter lügen nie! Was dich zur Tochter Glavas Rhos macht, die ihren eigenen Vater dem gierigen Feuer überantwortete.«

Und damit war sein Gesicht verschwunden, und die Blätter rahmten ein dunkles Loch.

Sie stolperte hinter ihm in den Wald und rief: »Maus, Maus!« und versuchte dem leiser werdenden Gelächter zu folgen. Aber die Laute erstarben nach einiger Zeit, und sie fand sich in einer dämmerigen Schlucht wieder und machte sich klar, wie böse das Gelächter geklungen hatte, als ob er den Tod aller Liebe belachte oder vielleicht ihre Fehlgeburt.

Dann wurde sie von Panik ergriffen und floh durch das Unterholz zurück, während Dornen und Zweige ihr über das Gesicht peitschten, und sie hielt erst inne, als sie die Lichtung wieder erreicht hatte. Gleich darauf galoppierte sie durch die Abenddämmerung, von tausend Ängsten bedrängt, vor allem von dem krankmachenden Gedanken, daß es auf der ganzen Welt keine einzige Seele gab, die sie nicht haßte und verachtete.

Die Festung schien sich wie ein häßliches Monstrum über sie zu ducken, und als sie durch das große Tor in den Hof galoppierte, hatte sie das Gefühl, von dem Ungeheuer ein für allemal verschlungen zu werden.

Am Abend des siebenten Tages, als im großen Festsaal das Essen aufgetragen war, begleitet von lauten Gesprächen, vom Knirschen der Knochen und vom Klirren des Silbergeschirrs, unterdrückte Janarrl einen Schmerzschrei und fuhr sich mit der Hand an das Herz.

»Es ist nichts« sagte er einen Augenblick später zu dem schmalgesichtigen Günstling an seiner Seite. »Gib mir einen Kelch Wein. Das treibt den Schmerz fort.«

Aber er sah bleich und nicht recht gesund aus, und er aß wenig von dem Fleisch, das in großen, dampfenden Scheiben herangetragen wurde. Sein Blick fuhr unstet um den Tisch und richtete sich schließlich auf seine Tochter.

»Starr mich nicht so unglücklich an, Mädchen!« rief er. »Man könnte ja meinen, du hast mir den Wein vergiftet und wartest jetzt, daß mir die roten Flecken auf dem Gesicht erscheinen. Oder rote, schwarzumrandete.«

Diese Bemerkung wurde von den Anwesenden an der Tafel mit großem Gelächter quittiert, was dem Herzog zu gefallen schien, denn er riß sich einen Fasanenflügel ab und begann hungrig darauf herumzukauen, doch im nächsten Augenblick stieß er erneut einen Schmerzensschrei aus, lauter als das erstemal, fuhr auf, stolperte vor und zurück, griff sich konvulsivisch an die Brust und stürzte vornüber auf den Tisch, wo er sich vor Schmerz zu winden begann.

»Der Herzog ist krank«, sagte der schmalgesichtige Mann unnötigerweise, nachdem er sich über ihn gebeugt hatte. »Tragt ihn zu Bett. Einer soll sein Hemd lockern. Er schnappt nach Luft.«

Ein erregtes Flüstern lief den Tisch hinauf und hinab. Als die große Tür seiner Privaträume für den Herzog geöffnet wurde, beunruhigte ein kalter Lufthauch die Fackeln und ließ ihr Feuer blau werden, so daß die Halle ringsum plötzlich von Schatten erfüllt war. Dann flammte eine Fackel wie ein Stern weißhell auf und offenbarte das Gesicht eines Mädchens.

Ivrian spürte, wie die anderen mit mißtrauischen Blicken und zweifelndem Murmeln von ihr abrückten, als glaubten sie plötzlich, der Herzog habe die Wahrheit gesprochen. Sie blickte nicht auf. Nach einer Weile kam jemand und sagte ihr, der Herzog wolle sie sehen. Wortlos stand sie auf und folgte dem Boten.

Das Gesicht des Herzogs war grau und schmerzzerfurcht, doch er hatte sich in der Gewalt, wenn sich auch mit jedem Atemzug seine Hand konvulsivisch so fest um den Bettrand krampfte, daß seine Knöchel weiß hervortraten. Er saß aufgerichtet im Bett, zahlreiche Kissen im Rücken und trug einen

Pelzumhang, und rings um das Bett waren hohe Feuergestelle aufgereiht, die eine große Wärme ausstrahlten. Trotzdem war er von innerer Kälte geschüttelt.

»Komm her, Mädchen«, befahl er mit leiser, mühsamer Stimme, die zwischen seinen zusammengepreßten Lippen hindurchzischte. »Du weißt, was geschehen ist. Das Herz tut mir weh, als wäre ein Feuer darunter angezündet, und doch ist meine Haut von Eis umschlossen. Ich spüre einen Schmerz in den Gelenken, als würden mir lange Nadeln ins Mark gesteckt. Das ist Zauberwerk!«

»Zweifellos, Zauberwerk«, wiederholte Giscorl, der schmalgesichtige Günstling, der am Kopfende des Bettes stand. »Und wir brauchen auch nicht herumzurätseln, wer dafür verantwortlich ist! Dieser junge Schleicher, den du vor zehn Tagen nicht schnell genug getötet hast! Wir haben gehört, daß er sich in den Wäldern herumtreibt und mit ... mit gewissen Wesen spricht«, fügte er hinzu und beäugte Ivrian mit mißtrauisch zusammengezogenen Augen.

Eine Schmerzwoge überlief den Herzog. »Ich hätte den Welpen tottreten sollen«, stöhnte er. Dann fiel sein Blick wieder auf Ivrian. »Hör mal, Mädchen, man hat dich im Wald gesehen, dort, wo der alte Zauberer getötet wurde. Man glaubt, daß du mit dem Jungen gesprochen hast.«

Ivrian fuhr sich mit der Zunge über die Lippen, versuchte etwas zu sagen und schüttelte schließlich nur den Kopf. Sie spürte den stechenden Blick ihres Vaters, der ihr Geheimnis zu ergründen versuchte. Dann kamen seine Finger auf sie zu und verkrampften sich in ihr Haar.

»Ich glaube, daß du dich mit ihm verschworen hast!« Sein Flüstern war wie ein Messerstich. »Du hilfst ihm bei seinem bösen Treiben, hilfst ihm, mir das anzutun. Gib es zu! Gib es zu!«

Und er drückte ihre Wange gegen das neben ihr stehende Feuergestell, daß ihr Haar zu qualmen anfing und ihr »Nein!« zu einem zitternden Schrei wurde. Das Feuergestell schwankte, und Giscorl griff mit schneller Hand zu. Durch Ivrians Schrei fauchte der Herzog: »Meine Mutter hat einmal rotglühende

Kohlen in die Hand genommen, um ihre Ehre unter Beweis zu stellen!«

Eine geisterhafte Flamme lief an Ivrians Haar entlang. Der Herzog riß sie vom Feuer zurück und ließ sich wieder in die Kissen sinken.

»Schickt sie fort«, flüsterte er schließlich kaum hörbar; jedes Wort schien ihm Mühe zu machen. »Sie ist ein Feigling und würde es nicht einmal wagen, mir etwas anzutun. Aber du mußt mehr Leute in die Wälder schicken, Giscorl. Sie sollen weiter nach dem Burschen jagen. Sie müssen ihn vor Morgengrauen haben, oder der Widerstand gegen den Schmerz macht mich fertig!«

Mit knapper Bewegung winkte Giscorl das Mädchen zur Tür. Sie wich vor ihm zurück und schlich, gegen die Tränen ankämpfend, aus dem Zimmer. In ihrer Wange pochte der Schmerz. Sie sah nicht das seltsam berechnende Lächeln, mit der der falkengesichtige Mann ihr nachblickte.

Ivrian stand am schmalen Fenster ihres Zimmers und beobachtete die kleinen Reitertrupps, die ständig in der Burg aus und ein gingen; ihre Fackeln schimmerten wie Glühwürmchen in den Wäldern. Überall in der Festung herrschte eine geheimnisvolle Geschäftigkeit. Selbst das Mauerwerk schien von seltsamem Leben erfüllt, als ob es die Qualen seines Herrn teilte.

Sie fühlte sich zu einem bestimmten Punkt dort draußen in der Dunkelheit hingezogen. Ein Gedanke ließ sie nicht mehr los, eine Erinnerung an Glavas Rho, der ihr eines Tages an einem Hang eine kleine Höhle gezeigt und ihr gesagt hatte, daß das ein böser Ort wäre, wo in grauer Vergangenheit manch schlimmer Zauber ausgesprochen worden sei. Ihre Fingerspitzen betasteten die halbkreisförmige Wunde an ihrer Wange und den dunklen Streifen in ihrem Haar.

Schließlich wurden ihre Unruhe und der seltsame Drang übermächtig. Sie zog sich im Dunkeln an und öffnete langsam ihre Zimmertür. Auf dem Korridor schien im Augenblick niemand zu sein. Sie hastete los, dicht an die Wand geduckt, und huschte die ausgetretenen Steinstufen hinab.

Bei dem Geräusch näherkommender Schritte duckte sie sich in eine Nische. Gleich darauf kamen zwei Jäger vorüber, die mit düsterem Gesicht auf die Gemächer des Herzogs zuhielten. Sie waren über und über mit Staub bedeckt und steif vom langen Reiten.

»In der Schwärze kann ihn niemand finden«, murrte einer der beiden. »Es ist, als wollte man in einem dunklen Keller eine Ameise suchen.«

Der andere nickte. »Und Zauberer können die Landschaft verändern und dafür sorgen, daß Pfade im Kreise führen, so daß alle Suchenden ganz verwirrt werden.«

Sobald sie vorüber waren, hastete Ivrian in den großen Festsaal, der jetzt dunkel und verlassen dalag, und durch die Küche mit ihren großen Backsteinherden und den riesigen Kupferkesseln, die im Schatten schimmerten.

Draußen im Hof zischten die Fackeln, und es herrschte das lebhafte Treiben von Stallknechten, die frische Pferde brachten oder erschöpfte Tiere davonführten.

Sie vertraute auf ihr Jägerkostüm. Sie hielt sich im Schatten und arbeitete sich langsam zu den Ställen vor. Ihr Pferd bewegte sich unruhig und schnaubte, als sie zu ihm in die Box glitt, beruhigte sich jedoch beim Klang ihrer leisen Stimme sofort.

Eine Minute später war es gesattelt, und sie führte es durch den Hinterausgang ins Freie. Hier schienen keine Suchgruppen in der Nähe zu sein, und sie stieg auf und trabte auf den Wald zu.

In ihrem Innern herrschte ein Durcheinander von tausend Ängsten. Sie vermochte sich nicht zu erklären, wie sie überhaupt den Mut zu diesem Ausflug aufgebracht hatte, abgesehen von der Anziehungskraft, die dieser seltsame Ort auf sie ausübte – jene Höhle, vor der Glavas Rho sie gewarnt hatte.

Als der Wald sie umfing, hatte sie plötzlich das Gefühl, sich den Kräften der Dunkelheit zu ergeben und die düstere Festung und ihre grausamen Bewohner für immer hinter sich zu lassen. Die Blätterdecke über ihr ließ nur vereinzelte Sterne durchscheinen. Sie lenkte ihr Pferd mit leichtem Zügel und vertraute darauf, daß es sie auf kürzestem Wege zu ihrem Ziel führte. Und sie hatte sich nicht getäuscht, denn kaum eine halbe Stunde später erreichte sie eine flache Schlucht, die an der gesuchten Höhle vorüberführte.

Zum erstenmal wurde ihr Pferd jetzt unruhig. Es stockte, stieß ein leises, angstvolles Wiehern aus und versuchte auf dem Wege durch die Schlucht wiederholt auszubrechen. Sie kam nur noch langsam voran. Schließlich wollte das Tier überhaupt nicht mehr weiter. Es hatte die Ohren angelegt und zitterte am ganzen Körper.

Ivrian stieg ab und setzte ihren Weg zu Fuß fort. Der Wald war ungeheuer still, als wären alle Tiere und Vögel – und auch die Insekten – verschwunden. Die Dunkelheit vor ihr war fast greifbar, als bestünde sie, zum Greifen nahe, aus Backsteinen.

Dann wurde sich Ivrian eines grünen Schimmers bewußt, zuerst nur vage und schwach wie der Geisterschimmer einer Aura. Langsam wurde er heller, und als das Blattwerk zwischen ihr und der Erscheinung dünner wurde, begann er zu flackern. Plötzlich befand sie sich unmittelbar davor – vor einer dicken, schweren, düsteren Flamme, die nicht fröhlich tanzte, sondern sich nur hin und her wand. Wenn grüner Schleim zu Feuer werden konnte, mochte er so aussehen. Die Flamme brannte im Eingang einer flachen Höhle.

Da entdeckte sie neben der Flamme das Gesicht des Lehrlings von Glavas Rho, und bei dem Anblick überfiel sie ein Gefühl des Schmerzes und des Mitleids.

Das Gesicht schien nichts Menschliches mehr zu haben, eine grüne Maske der Qual. Die Wangen waren eingefallen, die Augen starrten unnatürlich wild; es war sehr bleich und überzogen von kaltem Schweiß, der eine ungeheure innere Anstrengung erkennen ließ.

Unsägliches Elend stand in diesem Gesicht geschrieben, doch auch große Macht – Macht über die gewaltigen, zuckenden Schatten, die sich um die grüne Flamme zu drängen schienen, Macht über die Kräfte des Hasses, die hier in den Kampf geschickt wurden. In regelmäßigen Abständen bewegten sich die gesprungenen Lippen, und die Arme und Hände machten bestimmte Gesten.

Ivrian glaubte die sanfte Stimme Glavas Rhos Worte wiederholen zu hören, die er einmal vor Maus und ihr geäußert hatte: »Niemand kann die Schwarze Magie einsetzen, ohne die Seele auf das Äußerste anzustrengen – und sie mit in die Waagschale zu werfen. Niemand kann andere Leute leiden lassen, ohne in gleicher Weise mit zum Opfer zu werden. Niemand kann durch Zaubersprüche Tod säen, ohne selbst am Abgrund des Todes zu schreiten und, aye, sein eigenes Blut mit hineintropfen zu lassen.

Die Kräfte der Schwarzen Magie sind wie zweischneidige vergiftete Schwerter, deren Griffe mit Skorpionstacheln besetzt sind. Nur ein starker Mann mit ledernem Handschuh, in dem der Haß und das Böse übermächtig sind, vermag sie zu führen, und auch er nur eine gewisse Zeit lang.«

In Maus' Gesicht erkannte Ivrian jetzt die Wahrheit dieser Worte. Langsam bewegte sie sich näher heran, wie in einem Alptraum einen Schritt vor den anderen setzend.

Sie wurde sich schattenhafter Wesen bewußt, als ob sie sich durch Vorhänge aus Spinnweben einen Weg bahnen müßte. Sie kam so nahe heran, daß sie die Hand hätte ausstrecken und ihn berühren können – trotzdem bemerkte er sie nicht, als ob sein Geist jenseits der Sterne schwebte und dort draußen mit der Schwärze kämpfte.

Dann brach ein Zweig unter ihrem Fuß. Maus sprang mit erschreckender Schnelligkeit auf. Er ergriff sein Schwert und stürzte sich auf den Eindringling. Doch als seine Klinge noch eine Handbreit von Ivrians Kehle entfernt war, hielt er mühsam inne. Er starrte sie mit gebleckten Zähnen an. Obwohl er seinen Hieb abgebremst hatte, schien er sie gar nicht zu erkennen.

In diesem Augenblick strich ein mächtiger Windstoß aus der Höhlenöffnung, ein seltsamer Wind, der Schatten mit sich brachte. Das grüne Feuer wurde kleiner, leckte hastig an den Scheiten entlang, die seine Nahrung waren, und verlöschte fast.

Dann hörte der Wind auf, und die zähe Dunkelheit hob sich, um von einem bleichen Licht ersetzt zu werden, das das Nahen der Dämmerung ankündete. Die Flamme wurde gelb. Der Zauberlehrling taumelte, und das Schwert fiel ihm aus der Hand.

»Warum bist du gekommen?« fragte er mit schwerer Zunge.

Sie sah, daß sein Gesicht von Hunger und Haß verwüstet war, daß seine Kleidung von zahlreichen Nächten zeugte, die er wie ein Tier im Wald verbracht hatte. Und sie erkannte plötzlich, daß sie die Antwort auf seine Frage wußte.

»O Maus«, flüsterte sie, »laß uns gemeinsam von hier fortgehen. Hier herrscht nur der Schrecken.« Er schwankte, und sie stützte ihn. »Nimm mich mit, Maus«, sagte sie.

Er starrte sie stirnrunzelnd an. »Du haßt mich also nicht, weil ich deinem Vater das angetan habe? Oder weil ich die Lehren Glavas Rhos so übel genützt habe?« fragte er verwirrt. »Du fürchtest dich nicht vor mir?«

»Ich fürchte mich vor allem«, flüsterte sie und klammerte sich an ihn. »Ja, ich fürchte mich auch vor dir, sehr sogar. Aber diese Angst mag sich eines Tages geben. O Maus, nimmst du mich mit? – nach Lankhmar oder an das Ende der Welt?«

Er nahm sie bei den Schultern. »Ich habe davon geträumt«, sagte er langsam. »Aber du …?«

»Lehrling Glavas Rhos!« donnerte eine triumphierende Stimme. »Ich verhafte dich im Namen Herzog Janarrls wegen der Zaubertricks, die du mit der Gesundheit des Herzogs angestellt hast!«

Vier Jäger sprangen mit gezogenen Schwertern aus dem Unterholz, gefolgt von Giscorl.

Maus stürmte ihnen entgegen, und die Leute des Herzogs mußten schnell erkennen, daß sie es diesmal nicht mit einem wutgeblendeten Jüngling zu tun hatten, sondern mit einem überlegenen Schwertkämpfer. Seine primitive Klinge schien von einem Zauber erfüllt. Mit wohlberechnetem Stoß fegte er den Arm des ersten Angreifers beiseite, entwaffnete den zweiten mit einer plötzlichen Wendung seiner Klinge, und erwehrte sich überlegen der anderen beiden, wobei er langsam zurückwich.

Doch weitere Jäger traten aus dem Wald und bildeten langsam einen Kreis. Maus kämpfte mit größter Intensität und ließ keinen Hieb unbeantwortet, doch die Übermacht seiner Gegner war einfach zu groß. Sie banden ihm die Arme fest und zerrten ihn auf die Füße. Er blutete aus einer Wunde im Gesicht, doch er trug den Kopf hoch. Seine blutunterlaufenen Augen richteten sich auf Ivrian:

»Ich hätte es wissen müssen«, sagte er leise» »daß du nach dem Verrat an Glavas Rho nicht ruhen würdest, bis du auch mich verraten hättest. Du hast gute Arbeit geleistet, Mädchen. Ich nehme an, mein Tod wird dir Freude machen.«

Giscorl lachte. Maus' Worte trafen Ivrian wie Peitschenhiebe. Sie vermochte ihm nicht in die Augen zu schauen. Sie bemerkte einen Reiter hinter Giscorl und erblickte ihren Vater. Sein gewaltiger Körper war schmerzverkrümmt. Sein Gesicht war eine Totenmaske.

Es kam ihr wie ein Wunder vor, daß er sich überhaupt im Sattel halten konnte.

»Schnell, Giscorl!« krächzte er.

Sein schmalgesichtiger Helfer schnüffelte bereits wie ein gehorsamer Spürhund im Höhleneingang herum. Er stieß einen befriedigten Schrei aus und nahm eine kleine Figur von einem Felsvorsprung über dem Feuer, das er sofort austrat. Er behandelte die Figur mit einer Vorsicht, als wäre sie aus Spinnenweben gemacht. Als er an Ivrian vorbeikam, sah sie, daß es sich um eine Tonpuppe handelte, die etwa so hoch wie breit war, in braune und gelbe Blätter gehüllt, und daß ihre Gesichtszüge ein grobes Abbild des Gesichts ihres Vaters darstellten. Die Puppe war an mehreren Stellen von Knochennadeln durchdrungen.

»Das ist das Ding, o Herr«, sagte Giscorl und hielt es in die Höhe, doch der Herzog erwiderte nur:

»Schnell, Giscorl!«

Der Mann machte Anstalten, die größte Nadel herauszuziehen, die durch den Oberkörper der Puppe führte, doch der Herzog keuchte schmerzerfüllt und rief: »Vergiß den Balsam nicht!« Woraufhin Giscorl mit den Zähnen ein Fläschchen entkorkte und vorsichtig eine sirupartige Flüssigkeit über die Puppe goß.

Der Herzog seufzte erleichtert auf. Dann zog Giscorl sehr langsam die langen Nadeln heraus, eine nach der anderen, und mit jeder Nadel pfiff der Atem des Herzogs, und er schlug sich mit der Hand an die Schulter oder den Schenkel, als würden die Nadeln aus seinem Körper entfernt. Als die letzte herausgezogen war, saß er lange Zeit zusammengesunken im Sattel.

Er sah schließlich auf, und es war eine erstaunliche Veränderung mit ihm vorgegangen. Sein Gesicht hatte wieder Farbe bekommen, und die Linien des Schmerzes waren verschwunden, und seine Stimme war laut und klar.

»Führt den Gefangenen in unsere Festung, wo er seinen Urteilsspruch zu erwarten hat!« rief er. »Sei dies eine Warnung für alle, die in unserem Gebiet Zauberei praktizieren wollen! Giscorl, du hast dich als treuer Diener erwiesen.« Sein Blick fiel auf Ivrian. »Du hast zu oft mit der Hexerei gespielt, Mädchen, und brauchst andere Ablenkung. Zunächst wirst du der Bestrafung beiwohnen, die ich diesem verdorbenen Zauberlehrling zudenken werde.«

»Eine kleine Strafe, o Herzog!« rief Maus. Man hatte ihn in einen Sattel gehoben und seine Beine unter dem Leib des Pferdes zusammengebunden. »Halt mir deine stinkende, spionierende Tochter vom Leibe. Und laß sie nicht meinen Schmerz sehen.«

»Gebt ihm einen Streich auf den Mund!« befahl der Herzog. »Ivrian, du reitest dicht hinter ihm – ich befehle es.«

Langsam ritt die kleine Kavalkade durch die aufsteigende Dämmerung auf die Festung zu. Man hatte Ivrian ihr Pferd gebracht, und sie nahm befehlsgemäß ihre Position ein, in einem Alptraum des Elends und der Niedergeschlagenheit befangen.

Ihr ganzes Leben schien sich auf einmal vor ihr auszubreiten – Vergangenheit, Gegenwart und Zukunft –, und es bestand nur aus Angst, Einsamkeit und Schmerz. Selbst die Erinnerung an ihre Mutter, die gestorben war, als sie noch ein kleines Mädchen war, trug einen Hauch von Panik in ihr Herz: eine kühne, schöne Frau, die stets eine Peitsche in der Hand trug und die selbst ihr Vater gefürchtet hatte. Ivrian wußte noch, daß bei der Nachricht der Dienerschaft, ihre Mutter habe sich bei einem Sturz vom Pferd das Genick gebrochen, ihr einziges Gefühl in der Angst bestanden hatte, man könne sie anlügen, und das alles wäre ein neuer Trick ihrer

Mutter, um sie wieder aus dem Gleichgewicht zu bringen, und die Strafe würde bald folgen.

Vom Tage des Todes ihrer Mutter an hatte ihr Vater sie mit einer seltsam perversen Grausamkeit behandelt. Vielleicht lag es an seiner Enttäuschung, keinen Sohn zu haben, daß er sie wie einen feigen Jungen anstatt wie ein Mädchen schalt und daß er seine niedrigsten Untergebenen ermunterte, sie zu quälen – von den Zimmermädchen, die ihr des Nachts als Gespenster erschienen, bis zu den Küchenfräulein, die ihr Frösche in die Milch und Nesseln in den Salat taten.

Manchmal hatte sie aber das Gefühl, daß Wut über ihr Geschlecht eine zu schwache Erklärung für die Grausamkeiten ihres Vaters war, daß er sich vielmehr in Ivrian an seiner toten Frau rächen wollte, die er gewiß gefürchtet hatte und die noch immer sein Leben beeinflußte, denn er hatte nicht wieder geheiratet oder auch nur offen eine Mätresse genommen.

Oder vielleicht war doch etwas Wahres an dem, was er über ihre Mutter und Glavas Rho gesagt hatte – nein, bestimmt war das ein Phantasiegebilde, aus Wut geboren. Oder vielleicht ging es darum, daß er – wie er ihr manchmal gesagt hatte – bemüht war, sie dem bösartigen und blutdurstigen Beispiel ihrer Mutter nacheifern zu lassen, daß er sich wünschte, seine gehaßte und bewunderte Frau in der Person ihrer Tochter wiedererstehen zu sehen, und daß er an der Brüchigkeit des Materials, mit dem er arbeitete, und an der Groteskheit des ganzen Versuches ein seltsam verqueres Vergnügen fand.

Dann hatte sie bei Glavas Rho einen Unterschlupf gefunden. Als sie dem weißbärtigen alten Mann auf ihren einsamen Waldwanderungen zum erstenmal begegnete, war er gerade dabei, das gebrochene Bein eines Fauns zu richten, und er hatte ihr leise von der Freundlichkeit in der Welt und der Verwandtschaft allen tierischen und menschlichen Lebens erzählt. Und Tag um Tag war sie wiedergekommen und hatte zugehört, wie ihre vagen Intuitionen als große Wahrheiten enthüllt wurden, hatte eine Zuflucht gefunden in seinem großen Herzen ... und sie hatte ihre schüchterne Freundschaft mit dem schlauen kleinen Lehrling des Zauberers ausgekostet.

Doch jetzt war Glavas Rho nicht mehr am Leben, und Maus hatte den Spinnenweg genommen – oder den Schlangenpfad oder Katzentritt, wie der alte Zauberer die Böse Magie manchmal genannt hatte.

Sie blickte auf und sah Maus ein Stück schräg vor sich reiten, die Hände auf dem Rücken gefesselt, Kopf und Körper nach vorn geneigt. Das Gewissen schlug ihr, denn sie wußte, daß sie an seiner Gefangennahme schuld war. Aber schlimmer als das Gewissen war der Schmerz um eine verpaßte Gelegenheit, denn dort vor ihr, zum Untergang verurteilt, ritt der einzige Mann, der sie vor ihrem Leben hätte bewahren können.

Eine schmale Stelle auf dem Pfad brachte sie dicht neben ihn. Sie sagte hastig und beschämt: »Wenn ich irgend etwas für dich tun kann, damit du mir ein wenig vergibst ...«

Der Blick, den er ihr von der Seite zuwarf, war scharf, abschätzend und überraschend munter.

»Vielleicht kannst du das«, murmelte er leise, damit die Jäger weiter vorn ihn nicht hören konnten. »Wie du sicher weißt, wird mich dein Vater zu Tode foltern. Er wird von dir verlangen, daß du zusiehst. Tu das. Halt die Augen die ganze Zeit auf mich gerichtet. Setz dich dicht neben deinen Vater. Lege ihm deine Hand auf den Arm. Aye, und küß ihn auch. Vor allem laß dir keine Angst und auch keinen Widerwillen anmerken. Sei eine Marmorstatue. Sieh zu, bis alles vorüber ist.

Noch etwas – wenn du kannst, mußt du ein Kleid deiner Mutter tragen, oder wenn du kein Kleid findest, irgendeinen Schmuck von ihr.« Er lächelte sie dünn an. »Wenn du das tust, habe ich wenigstens den Trost, dich leiden zu sehen – wirklich leiden!«

»Keine Zaubersprüche da!« rief plötzlich einer der Jäger und zerrte Maus' Pferd von Ivrians Seite.

Das Mädchen schwankte im Sattel, als wäre es geschlagen worden. Sie hatte gedacht, ihr Elend könnte nicht noch größer werden, doch Maus' Worte hatten sie noch eine weitere letzte Stufe der Dunkelheit und Bedrückung hinabgestoßen. In diesem Augenblick kam die Kavalkade ins Freie, und die Festung ragte querab auf – ein gewaltiger, zackiger Umriß im Sonnenaufgang.

Nie zuvor war sie ihr so sehr wie ein häßliches Ungeheuer vorgekommen. Ivrian hatte das Gefühl, daß die hohen Burgtore der Schlund des Todes waren.

Als Janarrl die Folterkammer im Tiefkeller seiner Festung betrat, überlief ihn eine heiße Woge freudiger Erwartung, wie immer dann, wenn sich er und seine Jäger zum letzten Zustoßen um ein gestelltes Tier scharten. Doch mit der Freude kam auch ein leiser Tropfen Angst. Seine Gefühle waren ein wenig mit denen eines heißhungrigen Mannes vergleichbar, der zu einem gewaltigen Festmahl eingeladen wird, den aber eine Wahrsagerin vor einem Giftanschlag gewarnt hat.

In seinen Gedanken verfolgte ihn das fiebrig-verängstigte Gesicht des Mannes, der von dem halb zerfallenen Bronzeschwert des Zauberlehrlings am Arm verletzt wurde. Sein Blick begegnete dem des Jünglings, dessen halbnackter Körper – zunächst noch ohne Anspannung – auf der Streckbank lag, und Janarrls Herz begann schneller zu schlagen. Sie waren zu forschend, diese Augen, zu kalt und drohend, zu sehr von Zauberei bestimmt.

Er sagte sich aufgebracht, daß ein wenig Schmerz diesen Blick bald verändern würde, daß angesichts der aussichtslosen Lage bald Panik in diese Augen steigen mußte. Er sagte sich auch, daß es ganz natürlich war, nach den Schrecknissen des gestrigen Abends noch etwas nervös zu sein, nach den magischen Spielereien, die ihn fast das Leben gekostet hatten.

Doch tief im Innern wußte er, daß die Angst ihn nicht mehr loslassen würde – Angst vor allem und jedem; vor etwas, das eines Tages stärker sein mochte als er; das ihm weh tun mochte, so wie er anderen weh getan hatte; Angst vor den Toten, denen er nachgestellt hatte und die jetzt seinem Zugriff entzogen waren; Angst vor seiner toten Frau, die tatsächlich stärker und grausamer gewesen war als er, und die ihn bei tausend Gelegenheiten erniedrigt hatte – Gelegenheiten, an die nur er sich noch erinnerte.

Aber er wußte auch, daß bald seine Tochter hier sein würde und daß er dann seine Angst auf sie abladen konnte; indem er sie zur Angst zwang, vermochte er seinen eigenen Mut zurückzugewinnen, wie er es schon unzählige Male getan hatte.

Selbstbewußt setzte er sich also und gab den Befehl, mit der Folterung zu beginnen.

Als das große Rad knackte und die ledernen Fesseln um Maus' Arm- und Fußgelenke ein wenig anzuziehen begannen, fühlte er sich von hilfloser Panik ergriffen, die seinen ganzen Körper erfaßte. Diese Panik konzentrierte sich auf seine Gelenke – jene kleinen Knochenscharniere, die normalerweise aller Gefahr entrückt sind. Noch verspürte er keinen Schmerz. Sein Körper wurde nur etwas gestreckt.

Die niedrige Decke hing dicht über seinem Gesicht. Das flackernde Licht der Fackeln legte Schatten in die Vertiefungen zwischen den Steinen und hinter die verstaubten Spinnennetze. Zu seinen Füßen konnte er den oberen Teil des Rades und die beiden großen Hände sehen, die in die Speichen griffen und sie mühelos herumdrehten, sehr langsam und in Intervallen von zwanzig Herzschlägen.

Wenn er den Kopf zur Seite wandte, war die große Gestalt des Herzogs sichtbar – nicht so breit wie die Puppe, die er von ihm gemacht hatte, aber doch ziemlich massig. Er saß in einem geschnitzten Holzstuhl, zwei bewaffnete Männer neben sich. Seine braunen Hände, mit glitzernden Juwelenringen besetzt, ruhten auf den Knöpfen der beiden Seitenlehnen. Die Füße hatte er gegen den Boden gestemmt und die Zähne zusammengebissen. Nur in seinen Augen zeigten sich Spuren von Unruhe und Verletzlichkeit. Ihr Blick wanderte immer wieder hin und her – schnell und gleichmäßig, wie die beweglichen Augen einer Puppe.

»Meine Tochter müßte längst hier sein«, hörte er den Herzog abrupt mit tonloser Stimme sagen. »Sagt ihr, sie soll sich beeilen. Sie darf nicht zu spät kommen.«

Einer der Männer eilte aus dem Raum.

Dann begann der Schmerz zu zwacken, zunächst unzusammenhängend am Unterarm, im Rücken, am Knie, dann in der Schulter.

Mit Mühe wahrte Maus seinen Gesichtsausdruck. Er richtete seine Aufmerksamkeit auf die Gesichter ringsum und musterte sie in allen Einzelheiten, als wären sie ein Bild; er bemerkte die Lichtreflexionen auf den Wangenknochen und in den Augen und Bärten, er nahm ihre Schatten wahr, die im Rhythmus des Fackelfeuers schwankten.

Dann vergingen die niedrigen Wände um ihn, und als ob es plötzlich keine Entfernungen mehr gab, sah er die ganze weite Welt da draußen, die er noch nicht zu Gesicht bekommen hatte: große Wäldereien, hellbraune Wüsten und türkisfarbenc Meere; der See der Ungeheuer, die Stadt der Geister, das herrliche Lankhmar, das Land der Acht Städte, das Trollgebirge, die sagenumwobene Eis-Öde, einen großen rothaarigen Jungen mit ehrlichem Gesicht, den er bei den Piraten kennengelernt hatte – Orte und Leute, die ihm nun ewig fremd bleiben würden, die sich ihm jetzt aber in herrlichem Detail zeigten, wie von einem Meisterbildhauer gestaltet und bemalt.

Mit erschreckender Plötzlichkeit kehrte der Schmerz zurück und verstärkte sich. Das Nagen wurde zu Nadelstichen, ein vorsichtiges Tasten in seinem Innern – kräftige Finger, die an seinen Armen und Beinen entlang und auf sein Rückgrat zukrochen – ein Lockern und Knacken an der Hüfte. Verzweifelt straffte er seine Muskeln, um der Bewegung zu begegnen.

Dann hörte er die Stimme des Herzogs: »Nicht so schnell. Haltet mal einen Moment.« Maus glaubte einen Hauch von Panik in dieser Stimme wahrzunehmen. Gegen den Schmerz wandte er den Kopf und starrte in die unruhigen Augen. Sie schwangen wie kleine Pendel hin und her.

Und dann plötzlich, als gäbe es die Zeit nicht mehr, sah Maus eine andere Szene in diesem Raum. Der Herzog saß da, und seine Augen schwangen von einer Seite zur anderen, doch er war jünger, und auf seinem Gesicht zeigten sich Schrecken und Panik. Dicht neben ihm saß eine aufreizend gutaussehende Frau in einem dunkelroten Kleid mit gewagtem Ausschnitt und Ärmelschlitzen, in denen gelbe Seide glänzte.

An Maus' Stelle auf der Streckbank lag ein wohlgeformtes, in höchsten Tönen wimmerndes Mädchen, das die rotgekleidete Frau unbarmherzig verhörte. Es ging um ein amouröses Zusammensein mit dem Herzog und einen Giftmordversuch an ihr, der Herzogin.

Schritte unterbrachen diese Szene, so wie ein geworfener Stein ein Spiegelbild im Wasser zerstört, und brachten die Gegenwart zurück. Dann eine Stimme: »Deine Tochter kommt, o Herzog.«

Maus stählte sich. Ihm war bisher nicht bewußt geworden, wie sehr er sich trotz seines Schmerzes vor dieser Begegnung fürchtete. Ihn erfüllte die bittere Gewißheit, daß Ivrian seinen Worten nicht gefolgt war. Er wußte, daß sie nicht böswillig war und ihn nicht hatte verraten wollen, doch gleichermaßen war sie ohne Mut. Sie würde sicher wimmernd herbeikommen, und ihre Qualen würden ihm auch noch den Rest seiner Selbstbeherrschung rauben und seine letzten, hoffnungsvollen Pläne zunichte machen.

Leisere Schritte näherten sich jetzt; sie hatten etwas seltsam Gemessenes.

Es bereitete ihm Schmerzen, den Kopf so weit zu wenden, daß er auch die Tür sehen konnte; und doch tat er es und verfolgte, wie ihre Gestalt an Umriß gewann, als sie jetzt den verschwommenen Lichtkreis der Fackeln betrat.

Dann sah er die Augen. Sie waren weit aufgerissen und hatten etwas Starres. Sie waren unbeweglich auf ihn gerichtet. Sie wandten sich nicht ab. Das Gesicht war bleich, von einer tödlichen Ruhe geprägt.

Er sah, daß sie ein dunkelrotes Kleid trug, mit großem Ausschnitt und Armschlitzen, in denen gelbe Seide schimmerte.

Und dann machte Maus' Herz einen gewaltigen Sprung, denn er erkannte, daß sie seiner Bitte gefolgt war. Glavas Rho hatte gesagt: »Der Leidende kann seine Leiden dem Unterdrücker zuschleudern, wenn nur der Unterdrücker dazu gebracht werden kann, einen Weg für seinen Haß zu bahnen.« Jetzt lag ihm ein solcher Weg offen – ein Weg, der in Janarrls Innerstes führte.

Hungrig richtete sich Maus' Blick auf Ivrians starre Augen, als wären sie Zentren Schwarzer Magie unter einem kalten

Mond. Jene Augen, das wußte er, würden empfangen, was er zu geben hatte.

Er sah, wie sie sich neben den Herzog setzte. Er sah, wie der Herzog seine Tochter von der Seite ansah und dann auffuhr, als wäre sie ein Gespenst. Doch Ivrian wandte nicht den Kopf, nur ihre Hand stahl sich heraus und legte sich auf seinen Unterarm, und der Herzog sank zitternd auf seinen Stuhl.

»Fortfahren!« hörte er den Herzog ausrufen, und diesmal war die Panik in seiner Stimme ganz dicht vor dem Ausbrechen.

Das Rad drehte sich. Maus hörte sich mitleiderregend stöhnen. Aber da gab es jetzt etwas in ihm, das oben auf dem Schmerz schwamm und das daran nicht teilhatte. Er hatte das Gefühl, als gäbe es einen Pfad zwischen seinen und Ivrians Augen – einen felsigen Tunnel, durch den sich die Kräfte des menschlichen und auch eines übermenschlichen Geistes wie ein Bergstrom ergießen konnten.

Und noch immer wandte sie sich nicht ab. Ihr Gesicht blieb steinern, wenn er stöhnte, nur ihre Augen schienen sich zu verdunkeln, als sie noch bleicher wurde.

Maus spürte, wie sich in seinem Körper etwas regte. Durch die kochendheißen Wasser des Schmerzes stieg sein Haß, erreichte die Oberfläche und schwamm gleichfalls dort oben. Er stieß seinen Haß durch den felsigen Tunnel, sah, wie Ivrians Gesicht unter dem Aufprall noch totenstarrer wurde, sah, wie sich ihre Hand um den Unterarm ihres Vaters krampfte, spürte das Zittern, das Janarrl nicht länger unterdrücken konnte.

Das Rad drehte sich. Von weitem hörte Maus ein ständiges herzzerreißendes Wimmern. Doch ein Teil seiner selbst hing jetzt außerhalb des Raumes, schien sich hoch hinaufzuschwingen in die frostige Leere über der Welt. Er sah ein nächtliches Panorama waldiger Hügel und Täler unter sich ausgebreitet. Nahe bei einer Hügelspitze ragte eine kleine Gruppe spitzer Türme auf. Als wäre er mit den magischen Augen eines Zaubervogels ausgestattet, konnte er durch die Wände und Dächer dieser Türme schauen, bis in die Fundamente darunter, in einen winzigen, kaum erleuchteten Raum, in dem sich Menschen – kleiner als Insekten – zu schlimmem Tun zusammengefunden hatten. Einige machten sich an einem Mechanismus zu schaffen, der einem anderen Wesen Schmerz zufügte – einem Wesen, das eine sich windende Ameise sein mochte.

Und der Schmerz dieses Wesens, dessen Schreie dünn zu hören waren, hatten einen seltsamen Einfluß auf ihn da oben, stärkten seine inneren Kräfte und rissen ihm einen Schleier von den Augen fort – einen Schleier, der ihm ein schwarzes Universum verhüllt hatte.

Denn er begann ringsum ein gewaltiges Murmeln zu hören. Die frostige Dunkelheit wurde wie von mächtigen Flügeln erschüttert. Das stählerne Licht der Sterne durchschnitt wie schmerzlose Klingen sein Gehirn. Er spürte einen wilden Wirbel des Bösen wie einen reißenden Strom von Raubtieren von oben auf sich herabstoßen, und er wußte, daß es an ihm lag, diesen Ansturm zu lenken.

Er ließ ihn durch seinen Körper fahren und schleuderte ihn durch jenen ungebrochenen Pfad, der zu zwei schwarzen Punkten in dem winzigen Raum unter ihm führte – in die beiden starren Augen Ivrians, der Tochter des Herzogs Janarrl.

Er sah, wie sich die Schwärze des Wirbels wie ein Tintenfleck auf ihrem Gesicht bemerkbar machte, ihre weißen Arme hinabrann und ihre Finger färbte. Er sah, wie sich ihre Hand konvulsivisch um den Arm ihres Vaters klammerte. Er sah, wie sie ihre andere Hand dem Herzog näherte und ihre geöffneten Lippen an seine Wange hob.

Und dann, einen Augenblick lang, während die Fackeln blau durchgepeitscht wurden von heftigen Windstößen, die die Steine des Kellerraumes zu durchdringen schienen … einen Moment lang, während die Folterknechte und Wächter ihr Handwerkszeug fallenließen … einen unauslöschlichen Augenblick des erfüllten Hasses und der vollzogenen Rache, sah Maus das starke, gedrungene Gesicht Herzog Janarrls in höchstem Entsetzen erzittern, sah die Gesichtszüge, die wie ein schweres Tuch von unsichtbaren Händen durchgewrungen wurden, sah sie zerfallen in Hilflosigkeit und Tod.

Die Bänder, die Maus gehalten hatten, entspannten sich. Sein Geist stürzte wie ein Vogel auf den Kellerraum zu.

Ein stechender Schmerz erfüllte ihn, doch ein Schmerz, der Leben verhieß und nicht den Tod. Über ihm war die niedrige Steindecke. Die Hände am Rad waren weiß und schlank. Dann merkte er, daß der Schmerz ein Schmerz der Entspannung war, als jetzt der Druck auf seine Arme und Beine nachließ.

Langsam löste Ivrian die Lederbänder um seine Hand- und Fußgelenke. Langsam half sie ihm auf, stützte ihn mit ganzer Kraft. Sie schleppten sich durch den Raum, aus dem alle anderen entsetzt geflohen waren mit Ausnahme einer zusammengesunkenen, juwelengeschmückten Gestalt in einem hölzernen Stuhl.

Sie blieben einen Augenblick davor stehen, und er betrachtete das tote Ding mit dem kühlen, befriedigten, maskenhaften Ausdruck einer Katze. Dann gingen sie weiter, die Treppen hinauf, Ivrian und der Graue Mausling, durch die in panischem Entsetzen verlassenen Korridore, hinaus in die Nacht …